KB244269

사적 기록성과 미적 거리의 길항

북한 대표작가 천세봉의 문학과 삶

저자 **김은정**(金銀貞, Kim Eun-Jung) 1969년 서울에서 태어났다. 한국외국어대학교에서 문학박사학위를 받았다. 성신여대 인문과학연구소 전임연구원을 역임했으며, 현재 한국외대 HK교수로 재직하고 있다. 저서로『북한의 언어와 문학』(공저),『북한문학의 지형도』1(공저),『총서 '불멸의 력사' 용어사전』(외저),『총서 '불멸의 력사' 해제집』(외저),『북한의 문화정전 '총서 불멸의 력사'를 읽는다』(외저) 등이 있다.

사적 기록성과 미적 거리의 길항

북한 대표작가 천세봉의 문학과 삶

초판 인쇄 2013년 3월 15일 **초판 발행** 2013년 3월 25일
지은이 김은정 **펴낸이** 박성모 **펴낸곳** 소명출판 **출판등록** 제13-522호
주소 서울시 서초구 서초동 1621-18 란빌딩 1층
전화 02-585-7840 **팩스** 02-585-7848 **전자우편** somyong@korea.com **홈페이지** www.somyong.co.kr

값 33,000원

ⓒ 김은정, 2013

ISBN 978-89-5626-817-0 93810

사적 기록성과
미적 거리의 길항

북한 대표작가 천세봉의 문학과 삶

김은정

소명출판

■일러두기

이 책은 북한의 작품의 제목과 원전을 인용하는 경우, 간접 인용과 직접 인용의 경우 소리에 관한 철자(두음법칙 등), 형태에 관한 철자(사이시옷 등), 외래어 표기 등은 원전대로 표기하였다. 또 한자는 의미 이해에 도움을 주는 경우에 한하였다.

저녁 무렵 큰 교실에 책상 한 개. 교실 가운데 덩그러니 놓여 진 책상 앞에 초등학생 무렵의 내가 쪼그리고 앉아 있고, 키다리 아저씨처럼 비정상적으로 키가 큰 천세봉이 언제나 나를 비웃으며 내려다보는 꿈. 창으로 들어온 빛에 의해 드리워진 천세봉의 그림자가 무섭고, 그의 시선에 부끄러워 책상 위에 고개를 숙이는 꿈을 논문을 쓰는 동안 몇 번이나 꿨다. 이런 꿈에 시달린 것은 아마도 내가 그를 완전하게 정복하지 못했다는 증거일 것이다.

천세봉을 연구하기 전 나는 많이 망설였다. 북한문학에 관심을 갖고 있었으면서도 계속 머뭇거렸던 것은 몇 권 읽어 본 북한 작품이 나의 흥미를 끌지 못했기 때문이었다. 그중 천세봉의 첫 장편인 『석개울의 새봄』 1부를 읽는 일은 나에겐 고역이었다. '큰 작가'와 '최악'의 사이에서 고민을 하던 내가 그를 선택한 것은 일종의 오기였다. 국내에 출판된 그의 작품을 단순한 독자로 읽었을 때 거기에 '큰 작가'의 그릇이 보이지 않았기 때문이다. 그래서 파헤쳐 보고 싶었다. 큰 작가가 없다는 것을 증명해 보이겠다는 오기가 나로 하여금 그를 선택하게 했다.

이 책의 목적은 천세봉이 삶과 문학을 통해 드러내는 문제의식은 무엇인지, 그의 문학에 북한 사회가 어떻게 반응했으며, 어떠한 영향을 미쳤는지, 그리고 당 정책과 예술과의 관계 속에서 천세봉이 어떠한 역할을 했으며, 어떠한 방식으로 대응하였는지 고찰하여 그의 문학적 특질을 밝히는 데 있다. 그 목표를 달성했다고는 말할 수 없지만 작품과 관련 자료를 수집하여 읽고, 분석하고, 고민하고, 쓰는 작업은 매우 즐거웠다. 이 작업을 하는 동안 천세봉이 꿈에 나타나 나의 즐거움을 갉아 먹고, 부끄러움을 유발시켰지만 그때만큼 집중해 본적이 없는 터라 천세봉을 이해하려고 노력했던 그 기간에 만족한다.

이 책은 천세봉을 본격적으로 연구하기 위한 시작에 불과하다. 북한에서는 현재 작가연구가 본격적으로 진행되고 있지 않기 때문에 천세봉 연구를 시작으로 북한의 좋은 작가들이 발굴되기를 기대해 본다.

채호석 선생님과, 이 책 출판에 도움을 주신 강진호 선생님, 나를 언제나 격려해주셨던 주철형에게 이 자리를 빌려 감사의 인사를 드린다. 그리고 교정보느라 고생한 하태진 선생님과, 이 책을 출간해주신 소명출판 박성모 사장님과 편집부에게 감사드린다.

이문동에서
김은정

제1장

천세봉의 문학과 삶

1. 북한문학에서의 천세봉 문학의 지평

1) 북한문학과 천세봉 문학의 연구동향

한민족은 불과 10여 년 사이에 다른 민족이라면 수세기 동안 겪었을 변화, 즉 일제로부터의 해방, 분단 그리고 동족 간의 전쟁을 경험했다. 급속하게 이루어진 일련의 변화는 한반도에 세계 유일의 분단국가라는 특수한 성격을 부여했다. 그러나 반세기를 넘는 대치 상황 속에서 현재 남북은 어느 정도 서로를 인정하고 일정부분 의존하는 관계를 맺게 되었다. 그러나 여전히 다수의 사람은 북한에 대해 거부와 수용이라는 두 가지 태도를 견지하고 있다. 이 태도는 남과 북이 지닌 차이와 유사성에서 비롯된 것이다. 다르면서도 닮아 있는 사회에 우리는 괴리감을 더욱 강하게 느낀다. 이것은 닮음과 다름의 거리에서 오는 괴리이다. 이 괴리를 좁히기 위해서는 거리에 대한 주도적 장악이 필요하다. 그런 면에서 문학은 북한 사회를 투사하여 거리를 장악할 수 있는 좋은 매개가 된다.

언어와 사회의 발전은 동시에 진행되어 왔다. 글쓰기를 통해 고정화된 구어적 담화는 한 사회의 현상을 비추는 거울이다. 지난날 남한에서는 북한을 이해하기 위해 '북한 바로 알기'가 진행되었으며, 문학에 대한 관심이 높았다. 많이 알고 더 많이 설명할수록 잘 이해할 수 있기 때문이었다. 그리고 1988년 월북 작가의 해금은 북한문학에 대한 관심을 더욱 촉발시켰다.

그로부터 20여 년 이상이 지난 지금 열풍처럼 몰아쳤던 북한문학에 대한 관심은 예전 같지 않다. 북한문학 연구는 한때의 유행으로 이미 1990년대 중반 이후 시들해진 상태이며, 현재는 답보 상태에 놓여 있다. 그 이유는 외적 요인과 내적 요인으로 나눌 수 있다.

외적 요인은 다시 두 가지로 나눌 수 있는데 첫째, 분단 이데올로기로 인해 자료 수집 통로가 제한적이라는 점이다. 둘째, 자료 수집 통로의 제한적이므로 연구자들의 북한 자료 및 정보수집이 취약할 수밖에 없고, 수집된 자료의 신빙성 확인은 곤란하다는 점이다. 이러한 제도적·물적 기반은 북한문학 연구를 수행하는 데 제약이 되었다.

내적 요인은 세 가지로 요약할 수 있다. 첫째는 북한문학을 다루기 어렵다는 것이다. 여기서 다루기 어렵다는 것은 이해하기 어렵다는 것을 뜻하는 것이 아니라 적대적인 성질을 지닌 이데올로기를 수용하기 어렵다는 것을 의미한다. 정부의 북한정보에 대한 제한도 바로 이 측면에서 비롯됐다. 둘째는 접근법의 문제이다. 현재 남한에서 북한문학을 연구할 때 많은 연구자들이 내재적·외재적 접근법을 취하고 있다. 외재적 접근법은 자본주의-자유민주주의의 가치나 기준만을 준거로 하여 해석하는 것으로, 내재적 접근법은 사회주의 이념과 논리에 따라 해석하는 것으로 양자 모두 편협한 이해를 보였고 양 접근법의 대립은 좌우 이데올로기

대립으로 치환되었다. 이와 같이 북한문학에 대한 인식은 객관적인 인식보다는 연구자의 주관이나 감정이 우선적으로 적용되어, 연구에 장애가 되었다. 이러한 상황은 연구자가 문화적 구속성(cultural bound) 또는 이데올로기적인 입장에서 벗어날 수 없었던 데에서 발생한 것으로 보인다. 아직도 북한문학을 분석할 때 두드러지게 나타나는 현상은 이분법적인 논리이며, 필자 역시 여기서 자유로울 수 없다. 셋째는 북한문학 연구가 기형적으로 발전했다는 점을 들 수 있다. 현재 북한문학의 연구는 문학사와 북한문학의 동향에 집중되어 있다. 북한문학사에 대한 기술은 북한의 도식주의 논쟁이나, 비판적 리얼리즘과 사실주의 논쟁, '혁명적 대작' 논쟁 등 북한문학의 미학 발전을 엿볼 수 있는 논쟁들은 간과한 채 북한의 문학사가 주체 사실주의 문학 위주로 발전해 왔다는 서술[1]에서 벗어나지 못하고 있는 실정이다.

작품의 경우 소개된 장편소설 대부분은 이기영·한설야·박태원·최명익 등과 같은 월북작가의 작품이 중심이 되고 있다. 그리고 나머지 여백을 북한 작가인 천세봉·석윤기·남대현·백남룡·홍석중 등 소수의 작가와 그들의 작품이 메우고 있다. 단편 역시 1990년대와 2000년대 초기의 『조선문학』과 『조선문학 단편집』에 실린 몇 편의 단편소설에 집중되는 기형적 연구경향을 보인다.

이와 같은 현상이 발생한 것은 첫째, 작품을 선정할 때 북한에서 공식 발표된 작품들에 의존할 수밖에 없는 정보의 부족과 주요 사건을 중심으로 하거나 흥미 위주로 작품을 선정하는 편향적인 태도와도 무관하지 않다. 이러한 태도는 한 시기나 한 작가에 대한 깊은 연구를 방해하고 있으며 연구들이 지속성과 연결성을 갖지 못하게 하는 한계를 드러내고 있다. 그리고 북한문학 연구를 문학사와 소수의 작가·작품[2] 소개 정도에

---

1   신형기·오성호, 『북한문학사』, 평민사, 2000.
2   신형기, 『북한 소설의 이해』, 실천문학사, 1996; 임형태, 『북한 50년사』, 들녘, 1999; 신형기·오성호, 『북한문학사』, 평민사, 2000; 이형기·이상호, 『북한문학의 현대문학』Ⅰ, 고려원, 1990.

머무르게 하고 있다.

둘째, 북한문학이 도식적이라는 인식도 연구자들의 흥미와 관심을 떨어뜨리는 주요 요인이다. 북한문학을 연구하는 연구자들에게 북한 소설에는 당과 수령 그리고 영웅이나 추종자 그리고 교양 가능한 부정적 인간형만 존재할 뿐 일반적인 인민대중의 전형이 보이지 않는다는 믿음이 공유되고 있다. 이러한 믿음은 북한의 사회 작동원리와 연관해 문학작품을 분석하는 정치학 쪽에서 더욱 강하게 나타난다.[3] 북한 문학작품에는 그런 경향이 존재하는 것이 사실이다. 그러나 그러한 경향은 연구자의 텍스트 설정에서 야기되는 문제이기도 하다. 이것은 현 연구자들이 분석의 대상으로 단편이나 '수령형상 문학'에 집중한 결과이다. '수령형상 문학'에서는 김정일 국방위원장이나 수령을 보위하는 '주체형 공산주의자'가 주요 인물로 등장하기 때문에 그러한 결과가 도출될 수밖에 없다.

북한 소설에서는 최고의 모범작품으로 '수령형상 문학'을 꼽는다. 하지만 북한에는 '수령형상 문학'과 모범작품들만 있는 것이 아니다. 1980년대 들어서 우수작품 중에 남녀 간의 애정과 삶 등 일상성을 소재로 한 작품들이 늘어나고 있는 추세로 볼 때 한 작품군에 편중된 분석 결과를 북한문학 작품 전체에 대입시킬 필요는 없다.

기존의 연구가 '수령형상 문학'이 아니더라도 작품이나 인물형을 분석할 때 문제적 개인만을 대상으로 한다는 데서도 문제점을 찾을 수 있다. 북한의 문학은 한 문제적 개인을 통해 집단의 문제를 다루고 있으며 집단적이며 문제적인 인물들을 묘사하는 것이 동시에 집단적인 문제를 다루는 것이라는 사실을 간과할 때 북한문학 작품에서 도출해 낼 수 있는 인물 유형은 협소해질 수밖에 없다. 물론 이 도식성의 문제는 비단 남한 연구자들의 문제만이 아니라 북한문학이 지닌 근원적 한계이기도하다.

북한은 자체 내에 문학 창작방법론을 가지고 있다. 따라서 북한문학의

---

3   임순희, 『북한문학의 김정일 '형상화' 연구』, 통일연구원, 2001; 엄경순, 「김정일형상 문학에 나타난 북한사회의 작동원리」, 동국대 석사논문, 2000.

연구는 북한문학이 갖는 특수성과 그 속에서 파생될 수밖에 없는 도식성을 인정하고, 작가들이 작품 속에 숨겨 놓은 의미를 파악하는 작업에서 출발하여야한다.

셋째, 한 시기의 몇 편의 작품과 몇 명의 작가를 통해 북한문학 전반을 평가하기는 어려운 일이다. 좀 더 조밀한 연구를 위해서는 본격적인 작품론과 작가론이 필요하다. 그럴 때만이 북한의 문학 작품을 거시적인 안목에서 볼 수 있으며, 더 나아가 미시적 접근도 용이해질 것이다.

그런 점에서 북한문학의 흐름을 전반적으로 이해하기 쉽게 하는 작가가 바로 천세봉(千世鳳, 1915~1986)이다. 천세봉은 북한의 대표적 작가 중한 사람이다. 북한에서는 그를 '대표적 작가' 또는 이례적[4]으로 "세계적으로 널리 알려진 우리나라의 이름있는 소설가"[5]로 소개하고 있다. 그는 46년 초 문단에 등장하여 마지막 장편 수기 『작가수업 40년』을 남기기까지 40여 년간 10편의 장편(편수로는 13권), 중편 4편, 단편 33편과 이외에도 많은 가사, 장시, 평론 등을 발표했다.

그가 남한에 알려진 것은 1988년 올림픽 개최를 앞두고 【불멸의 력사】 시리즈 중의 하나인 『혁명의 려명』[6]과 『은하수』가 출판되면서부터이다.[7] 이후 『석개울의 새봄』, 『안개 흐르는 새 언덕』까지 그의 작품 4편이 소개되었다. 천세봉의 작품은 다른 작가들에 비해 남한에 많이 소개된 편이나 인지도는 높은 편이 아니다. 그 이유는 정치적 성향을 강하게 내포하고 있다고 생각하게 만드는 【불멸의 력사】 시리즈로 국내에 처음 소개되었기 때문이다. 문학적 접근이 아닌 이데올로기적 측면에서의 접근

---

4 다른 작가들은 '우리나라 소설가'나 '재능 있는 소설가', 또는 '인민이 사랑하는 작가' 등으로 표현되고 있다. 그가 세계적인 작가로 소개되고 있는 것은 그가 로터스 상을 수상했기 때문이다.

5 윤종성 외, 『문예상식』, 평양 : 문학예술종합출판사, 1994, 247면.

6 연대기적 즉 권호로는 2권 김일성의 배움의 천릿길을 다룬 김정의 『닻은 올랐다』가 1권이 된다.

7 【불멸의 력사】 시리즈가 남한에 처음 소개된 것은 1988년 5월이다. 석윤기 작의 『봄우뢰』가 『고추잠자리』라는 이름으로 제본되어 서점가에 유통되면서부터이다. 당시 뉴스를 통해 이 작품이 유통되고 있다는 사실이 확인 보도되었다. 【불멸의 력사】 시리즈는 이후 여러 출판사를 통해 정식 출판되었으나 올림픽이 끝난 이후 모두 회수, 판금 조치되었다.

이 이루어져 그의 소설은 대중적으로 읽히지 못했다.

이러한 경향은 연구자들에게서 두드러지게 나타난다. 현재 연구자들 사이에서도 총서 문학 즉, '수령형상 문학'은 김일성 찬양 문학이라는 선입견과 그러한 문학이 내포하는 적대적 이데올로기에 대한 거부감이 지배적이다. 이러한 경향은 총서가 가진 다른 측면까지 이데올로기적 관점에서 바라보게 하는 현상을 낳았으며, 그 결과 그의 작품에 대한 분석은 『석개울의 새봄』과 『안개 흐르는 새 언덕』 두 편에 집중되었다.

천세봉의 문학은 해방 이후부터 1980년대 후반 사회주의 체제의 변화와 붕괴에 따른 대내외적 환경변화가 일어나기 전까지 북한의 문예정책과 당 정책을 포괄하고 있으며, 당대의 중요한 문제들을 형상화하고 있다. 이렇게 그의 문학이 북한문학사의 한 축을 이룬다는 점에서 천세봉은 북한문학의 성격을 드러내는 좋은 표본이 될 수 있다고 생각한다.

천세봉이 드러내는 문학적인 성향은 문예 정책뿐만 아니라 당 정책과도 깊이 결부되어 있다. 당 정책으로부터 자유롭지 못한 것은 비단 천세봉뿐만 아니라 북한 작가 전반이 처해 있는 실정이다. 그렇다고 해서 북한의 작가 모두가 당 정책을 선전하는 나팔수의 역할만 하는 것은 아니며, 당 문예정책이나 교시가 장르적 특성을 고려하지 않은 채 무조건 관철되는 것만도 아니다.[8] 작가들은 당 정책을 비판하기도, 작가 나름의 특유의 개성으로 자신의 문학 예술적 입지를 공고히 하기도 한다. 이 점은 북한 작가들이 창작의 틀 속에서의 누리는 나름의 창작의 자유를 보여주는 것이다.

북한에서 소위 '창작적 개성'이란 문학예술 작품은 일반적으로 비반복적이고 개성적인 특성이 있어야 한다는 것이다. 작가와 작품의 비반복적인 독창성은 문학예술작품의 존재 가치를 규정하는 중요한 조건이다. 창작가의 개성적 특성과 창발성을 살리는 것은, 개성적이며 비반복적인 형

---

[8] 1965년 1월 15일에서 19일 사이에 진행된 '혁명적 대작 창작과 영화예술'이란 주제 토론은 영화의 특수성이 반영된 한 예이다. 혁명투사의 영웅적 성격을 그릴 때 영화는 문학과 달리 반드시 다부작(多部作)일 필요가 없고 서사적 화폭에만 얽매일 필요도 없다는 주장이 일었고, 기술적 측면에서 해결책이 제시되었다. 『문학신문』(1965.1.15~19) 참조.

상을 창조하는 문학예술의 본성적 요구이며, 창작적 개성은 예술 창조의 능력이다. 천세봉은 이처럼 '창작의 자유'란 창작을 제멋대로 하는 것이나 개인의 그릇된 주관을 허용하는 것과는 관계가 없다[9]고 당중앙위원회 정치이론 기관지『근로자』에서 밝히고 있다.

북한에서 '창작의 자유'는 당 사상에 엄격하게 의거해야 하며 근로인민 대중에게 가치 있고 유익한 것이 되어야 한다는 점에서 제한적일 수는 있으나 남한 역시 자유민주주의 체제를 부정하거나 비판, 공서양속(公序良俗)에 어긋나는 작품과 작가가 법의 제제를 받는다는 점에서 제한적이기는 마찬가지다. 법률상으로는 창작의 자유, 표현의 자유가 허용되고 있지만 과거 정권에 의해 일어난 필화사건은 물론이고, 근래에도 공서양속에 어긋난다는 특정 단체의 항의에 의해 작가의 창작의 자유는 침해받고 있다.[10] 이것은 법률이 정하고 있는 공서양속의 기준 이 공히 모호함에 따른 결과이다. 따라서 북한은 창작의 자유가 없고, 남한은 있다는 식의 소모적인 논쟁은 여기서는 불필요하다고 본다.

천세봉의 장편소설 전반에 관해 고찰함으로써 밝히고자 하는 바는 다음과 같다. 첫째, 인물 유형 분석을 통해 그의 문학 특징을 밝히고자 한다. 인물 유형 분석을 통해 밝히고자 하는 것은 천세봉이 북한문학에 끼친 영향과 그의 위치 그리고 지향점이다. 소설은 인물의 행동에 의해 이루어진다. 따라서 인물 유형의 고찰은 소설구조에 대한 접근을 보다 쉽게 한다. 또한 북한의 리얼리즘 논쟁의 주요한 부분을 인물형상론이 차지하고 있는 점을 볼 때 인물 유형을 통해 그가 문단에 끼친 영향과 그의 위치 그리고 지향을 도출해 낼 수 있으리라 본다.

지향의 도출을 위해 인물 유형 분류에서는 '민중'과 '인민'이라는 용어를 구별하여 쓸 것이다. 여기에서 도출하고자하는 것이 인민들의 이해관

9　천세봉, 「온 사회의 주체사상화에 이바지하는 혁명적 문예작품을 창작할데 대한 당의 탁월한 방침」, 『근로자』, 1975.12, 56면.

10　1991년부터 진행된 조정래의 『태백산맥』의 이적성 논란은 최근에야 마무리된 상태다. 마광수, 장정일 역시 음란성 시비로 구속된 바 있다.

계와 요구를 반영하며 인민을 위하여 복무하는 북한문학예술의 질적 특성인 인민성이 아니기 때문이다. 북한에서 규정하는 인민은 사회적 운동의 주체로 친일파, 민족반역자, 반동분자들을 제외한 노동자, 농민, 근로 인텔리 등 사회의 모든 계급, 계층을 가리키는 말이다. 따라서 인민은 정치적 집단인 핵심 간부, 고급 당원까지 포괄한다. 이들을 모두 인민으로 지칭할 때 인민과 기본군중[11]과의 구별이 모호해지며, 인물의 변화 과정은 물론 천세봉의 지향도 명확하게 드러나지 않는다. 그러므로 계급과 계층의 구별을 명료하게 하기 위해서는 국가나 사회를 구성하는 일반 국민. 피지배 계급인 일반 대중을 이르는 민중이라는 용어가 더 적합하다고 생각한다. 그리고 해방 후를 배경으로 하는 작품에서는 민중과 비슷한 개념으로 공화국 인민 또는 공화국 민중이라는 개념의 '공민'이라는 용어를 혼용하여 사용할 것이다.

둘째, 인물 유형에서 드러나는 신화성을 통해 북한을 지배하고 있는 신화의 어떤 차원이 작품 속에 표현되고 있으며 신화가 어떤 방식으로 유형화되고 있는지와 작품의 완성도, 특징적인 면, 실패한 시도들은 무엇인지를 밝히려는 것이다. 그리고 이를 통해 그가 지니는 대표성을 확인하고자 한다.

천세봉을 북한의 대표적 작가라 할 때 그가 지니는 대표성은 두 가지이다. 하나는 그가 북한이 인정하는 대표적 '농민작가'라는 점이다. 그의 소설은 '항일혁명문학' 중 1920~1930년대를 다룬 작품을 제외한 거의 대부분의 작품이 농촌문제에 집중되어 있다.

북한은 주체사상이 확립되기 이전까지 계급투쟁은 역사의 원동력이고 "노동자 계급의 해방은 노동자 계급 자산의 사업이어야 한다"[12]는 마

11　"우리가 말하는 군중은 우리가 의거하고 있는 기본군중 즉 로동자, 농민들과 우리를 지지하며 우리를 따라오는 우리의 동맹자들입니다." 김일성, 『김일성 저작집』 1, 평양 : 조선로동당출판사, 1979, 579면.

12　Marx. Karl Heinrich · Engels. Friedrich, 김재기 역, 『마르크스 · 엥겔스 저작선』, 거름, 1988, 46면. 마르크스는 노동자 계급을 기본적으로 경제적 상황에 의해 규정했기 때문에 노동자계급의 정치의식

르크스-레닌주의 노선을 걷고 있었다. 1960년대까지 북한에서 공장, 기업의 발전은 미비했다. 토지개혁, 농업협동화정책 등 농업 부문에서의 개혁은 북한의 체제를 확립시키는 근간이 되었지만 북한의 당 정책은 중공업 우선주의에 집중되어 있었으며, 노동자 계급이 전위로서 기타 계급을 지도하는 역할을 하고 있었다. 따라서 중공업의 강조 속에서 '천리마운동', '대안 사업체계' 등의 따라 배우기 열풍이 번지면서 노동소설의 붐이 형성되었으며, 많은 작가들이 노동소설로 인기를 얻었다. 그럼에도 그는 데뷔 초기부터 단편은 물론이고, 장편에 이르기까지 줄곧 농민소설만 창작함으로써 농민작가로서의 자리를 굳혔다. 이것이 북한에서 천세봉이 다른 작가와 구별되는 점이다.

평론가인 김헌순은 "농촌과 농민을 떠나서 그의 예술적 재능을 설명할 수 없다"[13]고 말하고 있으며, 작품을 통해서만 그를 알고 있다는 조정국은 그에 대한 인상을 "농민의 체취와 순박성-그것이었다"[14]고 적고 있을 만큼 북한의 농민소설에서 그의 위치는 독보적이다. 그의 "흙냄새가 물씬물씬 풍기는 천부적 재능"에 대해서는 석윤기도 때때로 부러워하였다.[15] 그가 농민소설에 주력했던 것은 농촌에서의 고달팠던 삶이 가슴속에 깊이 뿌리 박혀 있었기 때문이지만 혁명의 주세력으로 농민을 지목하고 있는 그의 역사관도 간과할 수 없다.

이들의 평가를 굳이 빌리지 않더라도 그의 소설 속에서 농민의 감정과 자연에 대한 묘사만큼은 다른 부문에서 구태에서 벗어나지 못하는 동작이나 행위 묘사와는 달리 생동감을 전하고 있음이 사실이다. 그것은 그가 해방 전 30여 년 동안 농촌에서 농민다운 소박한 기질을 접하고, 농촌과 농민에 대한 풍부한 지식과 체험을 통해 농촌의 특수성과 역사적 본

은 경제적 상황과 투쟁의 산물이라고 생각했다. 이러한 의식은 북한 당 정책을 강하게 지배하고 있었다.

13 김헌순, 「천세봉과 농촌」, 『조선문학』, 평양 : 조선작가동맹출판사, 1960.7, 111면.

14 조정국, 「농촌 현실과 작가의 사업」, 『조선문학』, 평양 : 조선작가동맹출판사, 1956.7, 162면.

15 최학수, 「영생하는 작가의 초상」, 『조선문학』, 평양 : 조선작가동맹출판사, 2003.5, 38면.

질을 누구보다도 구체적으로 파악하고 있었기 때문일 것이다. 천세봉의 농촌과 농민 소설에 대한 애착은 그를 이기영을 제치고 북한 농민 문학의 거봉으로 우뚝 설 수 있게 한다.

다른 하나는 주체사상이 확립된 1970년대 초반부터 1986년 사망까지 '수령형상 문학'을 창조하였던 사실과 관련된다. '수령형상 문학'의 본격적인 성과물이 나오기 시작한 것은 4·15문학창작단이 창단된 이후부터다. 그러나 북한문학에서 수령형상의 존재가 확인되는 것은 1928년에 창작되었다고 전해지는 혁명송가 〈조선의 별〉에서이다. 소설에서 '수령형상 문학'의 선구자적 역할을 한 사람은 한설야로 그는 지금의 '수령형상 문학' 형성에 중요한 역할을 하였다.[16]

그러나 천세봉이 그리고 있는 김일성은 소년시절로 한설야가 그렸던 영도자로서 완성된 모습과는 다르다. 김일성이 수령으로서 면모를 드러내기 시작하는 시기의 형상화는 개인적 신화 창조에서 탈피해 집단적 신화 창조의 기반을 다지고 있다는 점에서 천세봉이 수령형상에 미친 영향도 무시할 수 없다.[17]

천세봉의 작품세계에 비추어 볼 때 북한문학은 대중영웅 신화에서 시작하여 점차 '수령형상 문학'으로 발전해간다. 북한에서는 공산주의 영웅들에 대한 정치적 성인 문학, 특히 '수령형상 문학'으로 대변되는 김일성 문학을 장려하고 있다. 이러한 신화화 작업 속에서 다양한 영웅들이 생산되었으며, 이들에 대한 숭배와 찬미는 또 다른 영웅들을 재생산하는 기제가 되었다.

상징[18]은 '신의 본성을 가르쳐 주기보다 타인에 대한 지배와 행위의 수

---

16 그가 월북 후 처음으로 발표한 「혈로」(1946)나 김일성의 혁명역사를 반영한 「력사」, ·『영웅김일성장군』(1960), 『만경대』(1970) 등에서 김일성의 형상이 그려지고 있다.

17 최학수는 김일성뿐만 아니라 김정일의 비범한 위인상과 매혹적인 인품 그리고 천재적 예지에 대해 작가들에게 맨 처음 알려 준 사람 역시 천세봉이라고 회상하고 있다. 최학수, 「'그 시절'에 대한 추억」, 『문학신문』, 2003.6.28, 1면.

18 A. 랄랑드는 상징을 부재해 있거나, 지각하기 불가능한 그 무언가를, 자연스런 관계에 의해서 표현해 내는 구체적인 모든 기호라고 정의하였으며, 융은 비교적 미지의 것이어서 우선, 보다 확실하고

단, 사회적 위엄의 도구로서 특정한 개인들을 조작하고 사용하는 신적 힘을 표현'[19]한다. 따라서 상징은 역사적으로 정치세력의 권력을 합법화하고 정당화하는 데 이용되어 왔다.

상징이 정치세력에 의해 이용된 것은 상징의 기능 가운데 반복을 통해 그 대상에 참여하게 하는 기능 때문이다. 또한 상징은 무엇이든지 대상을 그것과 다른 것으로 변형시키는 기능이 있다. 즉 상징은 어떤 행동이나 말 같은 추상적인 것을 이미지화시킴으로써 어떤 실재를 나타내는 도구가 되는 것이다. 정치권력은 이와 같은 상징의 기능을 이용하여 자신들에게 유리한 질서를 형성·유지하고, 나아가 이 질서에 대중들을 자발적으로 참가·복종시키려는 시도를 해 왔다.

대중들이 정치권력에 기꺼이 복종하고 추종하려는 태도와 집단행동의 원천을 종교의식(儀式)에서 찾아 볼 수 있다. 의식은 한 사회적 집단의 상징을 영원히 보존해 주는 것을 목표[20]로 한다. 제국주의나 파시즘, 사회주의권에서 나타나는 성상숭배, 노래, 구호, 행진, 집단 사열 등은 종교적 의식을 모델로 발전해 온 것이다.[21]

초기적인 종교적 환경 속에서 성장해 온 사회운동 역시 종교적 행동유형, 관습은 물론이고 기술까지 정치행동 속에 투사되는 의식의 대체를 통해 권력을 강화하고 공고해 왔다. 오늘날에도 상징의 호소력은 특정 국가나 집단·민족에 국한된 것이 아니라 전 세계적으로 여전히 위력을 지닌다.[22]

이러한 상징화 기술이 잘 발달한 나라 중 하나가 북한이다. 북한 사회에 널리 이용되고 있는 상징화 기술이 신화 창조이다. 북한의 정치적 측

특징적인 방법으로 지칭할 수 없는 대상을 가능한 최선의 방법으로 형상화시킨 것이라고 정의하였다. Durand Gilbert, 진형준 역, 『상징적 상상력』, 문학과지성사, 1983, 15~16면 재인용.

19　Vernant Jean pierre, 박희영 역, 『그리스인들의 신화와 사유』, 아카넷, 2005, 397면.

20　위의 책, 396면.

21　이에 뒤랑은 상징적인 것의 주요한 총체가 신화라고 지적하고 있다. Durand Gilbert, 앞의 책, 64면.

22　미국이 북한을 '악의 축'으로 규정함으로써 불량국가로 이미지화하는 것 역시 상징 기술이다.

면에서 신화 창조는 두 가지 형태로 나타난다. 먼저 역량의 실제적 동원의 대안으로 사용되는 것이 영웅 창조이다. 다른 한 가지는 시저주의(Caesarism)[23]에서 찾을 수 있다. 고대 성인과 성상에 바쳐지던 경의가 전체주의 시대에는 정치적 순교자들이나 히틀러와 같은 대량학살의 집행자 등의 초상화에 돌려졌다. 이러한 시저주의는 스탈린을 거쳐 북한에서 발달하였다.

북한의 문학작품 중 많은 작품이 수적인 면에서 신화 문학을 지향하고 있다. 북한문학이 북한의 국가권력을 공고히 하고 국가 경제 발전에 일조해 왔기 때문에 그들의 지향은 당연하다. 그리고 '혁명적 대작' 논쟁에서 주인공의 영웅적 성격과 전형성의 관련 문제가 주요 논점이 되었던 것도 이 때문이다.

그렇다면 천세봉이 신화 문학 창조에 일조하였는가 하는 물음에 답하라고 한다면 결론적으로 형식적인 측면에서는 '예'라고 할 수 있다. 그러나 천세봉이 지향한 것이 신화 문학이냐고 묻는다면 그 답은 '아니요'이다. 차후에 서술하겠지만 천세봉은 북한의 문예창작 형식에서 크게 벗어나고 있지는 않다. 그러나 그의 시각은 영웅보다는 평범한 민중에게 맞추어져 있다.

이 연구에서는 한국전쟁 직후부터 사망 직전까지의 천세봉과 그의 장편소설을 살필 것이다. 천세봉의 소설은 문학사적 측면에서 크게 전·후기로 나눌 수 있다. 그러나 여기서는 변모 과정의 흐름을 자세히 보기 위해 3기로 나누고자 한다. 그의 작품의 1~3기 사이에는 형식과 내용의 차

---

[23] 카이사리즘 즉 시저주의는 파시스트였던 무솔리니가 현대 이탈리아의 지위에서 카이사르(시저)가 했던 것과 같은 비슷한 변화를 가져왔다는 생각을 비웃기 위한 용어로 그람시가 사용한 것이다. 그람시는 시저주의가 피지배계층의 정치의식이 포착된 것으로 위로부터의 인위적 선동에 의해 1인의 인격 속에 대중이 직접적으로 자신의 정치적 소망이나 감정을 만족시킬 수 있다는 신화를 만들어 내고 유사민주주의 독재를 완성하는데 성공하게 한다고 말하고 있다. Gramsci Antonio, 이상훈 역, 『옥중수고』 1, 거름, 1986, 256~262면 참조. 이후 이 용어는 전제주의 형태를 띤 국가나 동구 공산권의 정치현상을 비판하는 용어로 사용되고 있다. 흐루시초프는 이것을 개인숭배(personality cult)라고 불렀다. 본고에서는 시저주의를 흐루시초프가 사용한 개념인 개인숭배의 개념으로 이 용어를 사용한다.

이가 있다. 그의 1기 소설은 '혁명적 대작'의 영향권 안에 있는 작품들이고, 2기 소설은 '항일혁명문학'에 관계된 총서 문학과 가계형상 문학이다. 3기의 소설은 대작과 총서의 문학의 틀 속에 있지만 다시 농민 문학으로 회귀하고 있다.

'혁명적 대작'과 총서 문학은 형식과 내용의 경계가 뚜렷하게 구분된다. 형식적인 면에서 대작 소설은 대형식의 작품으로 꼭 연대기적일 필요가 없기 때문에 완결을 지향하는 인물형을 그리고 다면적 정황을 담기 위해 장편으로 또는 다부작[24]의 형식으로 창작된다. 반면 총서는 연대기적 순서를 통해 시대의 중요 사건을 해결점으로 한다는 것과 각 권의 창작자가 다르다는 것이 그 특징이다. 그의 장편소설을 시기별로 살펴보면 다음과 같다. 1기 소설에는 『석개울의 새봄』 1~3부, 『대하는 흐른다』 1부, 『고난의 력사』 1부가 있으며, 2기 소설로는 『안개 흐르는 새 언덕』 상·하, 『혁명의 려명』, 『은하수』, 『유격구의 기수』, 『사령부로 가는 길』이 있고, 3기 소설로는 『축원』, 『조선의 봄』 등이 있다.

이 작품들은 먼저 미학 논쟁의 영향 속에서 역사적 실재성 문제를 검토해보아야 할 필요가 있다. 그 이유는 첫째, 미학 논쟁은 천세봉의 작품의 변화에 지대한 영향을 미치고 있으며, 이후 작품 개작에도 영향을 끼치기 때문이다. 둘째, 역사적 실재성 문제는 '항일혁명문학'에서 다루어지고 있는 역사가 남한에는 잘 알려지지 않은 사실들이고, 북한의 정통성을 뒷받침해주는 근간이 되기 때문이다. 뿐만 아니라 이 역사적 실재성의 문제는 천세봉의 작품 개작에 영향을 미치고 있으며, 천세봉 소설의 인물 유형에 일정한 영향을 미치고 있기 때문에 검토되어야 할 사항이다. 그리고 역사적 실재성 문제와 개작 문제는 '혁명적 대작' 논쟁 이후 북한 문단의 창작 원칙과 기준의 변화를 알 수 있다는 점에서도 중요하다.

---

24 『문학예술 사전』에 의하면 다부작이란 자체로써 각각 완결되었으나 사상적으로 서로 통일되어 있는 두 편 내지 세 편의 장편소설을 말한다. 그러나 1980년대에 들어와서는 그 편수가 늘어나는 추세이며 총서처럼 다른 작가가 이어서 쓰기도 한다. 『문학예술 사전』, 평양: 사회과학출판사, 1972, 187면.

셋째, 천세봉 소설에는 각계각층의 방대한 인물이 등장한다. 그런데 남한에서는 낯선 인물 유형들이 전형화되어 나타난다. 그렇다고 해서 북한 작가들이 그리는 인물들이 남한 사회에서 결코 볼 수 없는 인물 유형들로만 이루어진 것은 아니다. 비슷한 인물 유형이라도 북한의 윤리관에 의해 인물 유형이 변화하기 때문에 낯설어 보이는 것이다. 인물 연구의 장점은 이렇게 낯선 인물이 등장하는 작품의 이해를 쉽게 한다는데 있다. 따라서 천세봉 소설의 구조와 본질을 이해하기 위해서, 더 나아가서는 북한 소설의 구조를 올바로 이해하기 위해서는 이 낯선 인물들을 유형화해야 할 필요성이 있다. 이 유형화를 통하여 북한 소설 속의 인민의 층위를 확인할 수 있을 것이다.

따라서 이 연구는 먼저 미학 논쟁과 역사적 실재성이 개작에 끼친 영향의 검토를 통해 북한 문단의 상황은 물론 소설 창작 규정과 원칙과 인물 유형의 변화에 끼친 영향에 대해 살펴볼 것이다. 그리고 인물의 성격과 계층·계급을 중심으로 인물 유형을 분류하여, 인물창조를 통해 천세봉이 북한 문단에 끼친 영향과 북한에서 지향하는 인물형, 천세봉이 지향하는 인물의 차이를 밝힐 것이다. 그리고 인물 유형에 '인물선'을 부여함으로써 인물 유형의 특징과 천세봉의 지향점을 찾는 것에 연구의 목적을 두고자한다. 이를 위해 천세봉에 대한 연구동향을 살펴보면 다음과 같다.

(1) 남한

남한에서 천세봉에 대한 연구는 오창은에서부터 시작된다. 『석개울의 새봄』에 대한 연구로 '이념'과 '실제'의 갈등을 중심으로 다룬 오창은의 「천세봉의 『석개울의 새봄』론」[25]과 이주미의 「북한의 농민소설 연구」[26]가 있다. 오창은은 『석개울의 새봄』 전작을 검토하면서 천세봉의 현실과

25 　오창은, 「천세봉의 『석개울의 새봄』론」, 『북한문학의 이념과 실체』, 국학자료원, 1998.
26 　이주미, 「북한의 농민소설 연구」, 동덕여대 박사논문, 2000.

이상 사이의 갈등에 초점을 맞추고 있다. 그는 창혁을 혁명적 영웅의 위치에 놓고 작품을 분석하면서 그의 주체적인 면모가 당의 지도를 받으면서 비주체적으로 변모해가고 있으며, 영웅적인 전형이 당적 전형으로 변화하고 있다고 지적하고 있다. 그러나 여기에 대한 자세한 설명이 없어 그가 어떻게 비주체적으로 변화해갔는지 가늠하기 어렵다. 또한 그를 진정 혁명적 영웅으로 볼 수 있는지 그리고 그가 진정으로 당적 전형으로 변모했는지에 대해서 의문이 간다. 그는 혁명적 영웅이라기보다는 노력영웅에 가까우며, 완성된 당적 인간형들은 작품 속에 이미 등장하고 있기 때문이다. 창혁에 대한 당적 인간형이라는 분석은 '당적 인간형의 전형 창조'라는 북한 문단 내의 평가를 그대로 수용했다는 인상을 강하게 준다.

이주미는 이기영의 『두만강』과 『땅』, 한설야의 『설봉산』, 천세봉의 『석개울의 새봄』 등 해방 이후에 창작된 작품들을 연대기적으로 배열하여 리얼리즘적 성과와 오류를 살피면서 『석개울의 새봄』의 인물 분석에서 인물들이 당적 인간형을 추구하고 있다고 분석하고 있다.

이대철[27]은 논문에서 『석개울의 새봄』을 주로 분석하며 도식주의 논쟁에 대해 정리하고 있다. 그러나 작품 분석은 오창은의 논의에서 진전을 보이지 못하고 있어 새로울 것이 없다. 작가소개 역시 이명재의 『북한문학사전』을 요약하는 수준에 그치고 있다. 그리고 그는 천세봉의 농촌 3부작 중 『석개울의 새봄』만이 계획대로 3부로 완성되었다고 기술하고 있는데 이 점은 수정을 요하는 부분이다. 『석개울의 새봄』은 5부작으로 계획되었던 작품이기 때문이다.

『안개 흐르는 새 언덕』에 대한 연구로는 김재용의 「유일사상의 체계의 확립과 북한문학의 변모―천세봉의 『안개 흐르는 새 언덕』에 대한 평가를 중심으로」[28]와 김주성의 「『안개 흐르는 새 언덕』과 비평적 관점의 변화」[29]가 있다.

---

27 이대철, 「천세봉 소설연구」, 원광대 석사논문, 2004.
28 김재용, 『북한문학의 역사적 이해』, 문학과지성사, 1994.

　김재용은 역사주의 접근을 통해『안개 흐르는 새 언덕』에 대한 안함광의 평론「영광스러운 혁명전통에 대한 송가—장편소설『안개 흐르는 새 언덕』을 두고」를 중심으로 인물에 대한 안함광의 긍정적 평가와 김일성 교시와 관련된 부정적 평가를 검토하고 있다.

　김주성은 당시『안개 흐르는 새 언덕』의 비평 검토를 통해 작품을 분석하고 있다. 그러나 김재용의 논의에 너무 많이 기대어 있다는 점에서 새로운 점이 없다. 또한 그는 천세봉의 정치적 입지와 문학적 입지를 혼동함으로서 천세봉의 대표성에 대하여 대부분의 논자들이 범했던 오류를 반복하고 있다. 남한에서는 그의 작품 전체를 아울러 '대표성'으로 파악하고, 이 용어를 사용하는 경향이 짙다. 그러나 북한에서 그의 대표성은 농민 문학에 국한되어 있다. 그런 측면에서『안개 흐르는 새 언덕』에 대한 비평만으로 그의 대표성을 논하기는 미흡한 점이 많다. 그리고 김주성은 '무갈등성' 이론을 천세봉의 모든 작품에 기계적으로 대비시킴으로써 작품을 오독하는 결과를 범하고 있다. 그는『혁명의 려명』과『은하수』를 예로 들며 "『안개 흐르는 새 언덕』이후에 복합적인 인물 형상은 찾아 볼 수 없으며, 주체문학론과 무갈등 이론성에 입각한 극단적 이항 대립의 도식적 인물만 그리고 있다. (…중략…) 당대의 기층민중인 농민들의 구체적인 생활상과 고통의 모습들은 상대적으로 허술하게 다루어지고 있다"[30]고 주장하고 있다. 그러나 이 주장은 수정되어야 한다. 김일성의 맹원은 물론 주변 인물들은 대부분이 기층 민중이며, 농민, 노동자들이다. 그럼에도 그는 김일성에게만 초점을 맞춰 그 주변 인물들의 고뇌와 생동감 있는 삶을 외면하고 있는 것이다. 비록 총서【불멸의 력사】[31] 중『혁명의 려명』과『은하수』가 북한의 정통성을 확보하고 김일성을 미화하기 위한 선전 수단으로 창작되었다 하더라도 다른 맥락에서 해석하

29　김종회 편,『북한문학의 이해』, 청동거울, 1999.
30　김주성,「『안개 흐르는 새 언덕』과 비평적 관점의 변화」, 김종회 편, 위의 책, 282면.
31　김일성의 혁명업적과 공산주의적 풍모를 반영할 것을 목적으로 하여 4·15문학창단에서 창작하고 있는 여러 권의 장편소설로 이루어진 총서의 제목이다. 이 표제를 제안한 사람은 김정일이다.

지 않는다면, 이전의 이데올로기적 시각에서 조금도 발전할 수 없으며, 작가의 특정한 세계인식을 간과하는 태도이다. 뿐만 아니라 천세봉의 대표성 역시 논할 가치가 없는 것이 되어버리고 만다.

이상경은 「체험에서 역사로」[32]에서 『대하는 흐른다』 1부를 '국가주의와 민중'이라는 소제목으로 다루고 있다. 이상경은 천세봉이 해방 직후 북한의 국가 권력에 대한 문제제기를 토지개혁 속에서 종파의 틀을 빌려, 관료주의를 통해 비판하고 있다고 지적하고 있다. 북한의 내외 정세를 통해 당시 북한이 관료주의로 골치를 앓아왔으며, 작가가 관료주의에 대한 문제의식이 있었다는 그의 지적은 타당하다. 그러나 작가가 최일벽을 통해 관료주의의 문제를 제기하기 위해 종파의 틀을 빌렸다는 주장은 조금은 성급한 듯싶다. 그의 이와 같은 평가는 천세봉이 작품에서 통해 종파주의자가 권력을 쥐었을 때 관료주의를 동반하고 있음을 보여주고 있기 때문에 가능했던 것 같다.

그러나 이 작품이 창작될 당시 국제적으로 수정주의가 대두되기 시작했으며, 북한은 그것에 위협을 느끼고 있었다. 소설의 배경이 되는 국가 조각 당시 확고하게 권력을 틀어쥐지 못했던 북한의 혼란했던 실정에 비춰 볼 때 언제든지 다시 준동할 수 있는 종파주의의 경계로 보는 것이 더 타당하다. 천세봉은 관료주의에 대한 문제를 『석개울의 새봄』, 『유격구의 기수』, 『사령부로 가는 길』, 『축원』, 『조선의 봄』[33] 등을 통해 종파주의 문제와 구분하여 다루고 있다.

(2) 북한

『석개울의 새봄』에 대한 북한의 평가는 다음과 같다. "농촌에서의 사회주의적 개조를 위한 투쟁을 폭넓게 형상한 이 시기 소설의 대표작"[34]

---

32 동국대 한국문학연구소 편, 『북한의 문학과 문예론』, 동국대 출판부, 2003.
33 이것은 종파주의자와 관료주의자의 구분은 『조선의 봄』에서 좀 더 명확하게 드러난다.

"농촌에서의 우리 인민의 투쟁을 폭넓게 형상화",[35] "농업협동화 방침에 조합이 어떻게 조직되고 어떻게 점차 튼튼히 꾸려져나가는가 하는 과정을 극적인 정황과 첨예한 갈등, 풍부한 생활화폭, 각이한 계층과 계급을 대표하는 여러 인물들의 전형적 형상을 통하여 사실주의적으로 일반화"[36]한 작품으로 평가된다. 또한 한설야는 "『석개울의 새봄』은 농업협동조합의 우월성을 사회학적 명제의 개념적 해설로써 대치하는 일부 도식주의적 경향에 대한 산 교훈을 준 점에 있어서 특히 농촌 생활의 생동하는 농민들이 가질 개성적인 풍모와 언어와 습관들이 종합된 구체적인 인간성격들의 복잡한 호상관계의 발전을 통하여 농촌에서의 새것의 승리를 보여준 점에 있어서 하나의 성과를 거두었다"[37]고 평가하고 있다.

이 작품이 북한에서 이러한 평가를 받는 이유는 먼저 천세봉이 수십 년간의 풍부한 체험을 바탕으로 이 소설을 썼다는 데서 찾을 수 있다. 그러나 보다 더 직접적인 이유는 이 작품이 영도계급인 노동자들에 비해 사상의식 수준이 전반적으로 낮으며, 혁명성과 조직성이 미약한 농민들을 대상으로 한 대작 소설이라는 점이다. 농민소설이 이전에도 없었던 것은 아니지만 그들의 작품 안에서 인물들이 겪는 변화는 상당히 미약했다. 또한 국가의 근간이 되는 양곡생산이 절실하던 시기 농업협동화라는 당의 노선과 정책을 민감하게 반영하고 나섰다는 것도 긍정적 평가의 이유 중 하나이다.[38]

---

34 박종원·류만,『조선문학 개관』, 평양: 사회과학출판사, 1986, 212면.

35 사회과학원 문학연구소 편,『조선문학사』1945~1958, 평양: 과학·백과사전출판사, 1978, 309면.

36 사회과학원 력사연구소 편,『조선전사』29, 평양: 과학·백과사전출판사, 1981, 308면.

37 한설야,「계급적 교양과 사회주의 레알리즘의 제문제」,『조선문학』, 평양: 조선작가동맹출판사, 1956.2, 7~8면.

38 『석개울의 새봄』에 대한 다른 평가는 다음 평론들에서 찾아 볼 수 있다. 김영석,「우리 산문 문학에 반영된 농촌 생활의 진실」,『조선문학』, 평양: 조선작가동맹출판사, 1957.5; 김헌순,「공산주의 교양과 장편소설『석개울의 새봄』」,『조선문학』, 평양: 조선작가동맹출판사, 1959.7; 김헌순,「천세봉과 농촌」,『조선문학』, 평양: 조선작가동맹출판사, 1960.7; 윤세평,「농촌 협동화에 바쳐진 예술적 화폭-장편『석개울의 새봄』을 읽고」,『문학신문』, 1959.3.1; 리상태,「소설에서의 구성의 기교」,『문학신문』, 1962.7.17; 리상태,「전변되는 현실의 생동한 화폭-『석개울의 새봄』(1·2부)에 대하여」,『문학신문』, 1962.10.5;『문학예술사전』, 평양: 과학·백과사전출판사, 1993; 윤종성 외,『문예

1962년 발표된 두 번째 장편소설『대하는 흐른다』1부에 대한 평가는
『석개울의 새봄』1부의 경우처럼 찬사까지는 아니나, 그의 다른 작품들
과 견주어 볼 때 남다름을 알 수 있다. 1964년 발표된『고난의 력사』에 대
한 평가가『조선중앙년감』에만 올라 있는 반면, 이 작품은 연감은 물론
이고 전사, 개관, 사전에까지 올라 있으며, 연극으로 만들어져『조선예
술』[39]에서도 그 평을 찾아볼 수 있다.

　『조선중앙년감』은 이 작품에 대해 "작가는 이 기간이 거대한 력사적
위업의 수행 과정을 첨예한 계급투쟁 속에서 진실하게 묘사하였으며, 사
회계급투쟁의 전모를 혁명 투쟁의 가장 복잡하고 결정적인 단계에서 폭
넓게 보여주었다"[40]고 평하고 있다.『조선문학 개관』에는 "작품은 해방
후 첨예한 계급투쟁과정을 현실의 복잡성과 다양성 속에서 사실주의적
으로 심오하게 반영한 갖춤으로써 새로운 창조적 경험을 남겼다"[41]라는
평이 실려 있다.『조선전사』에는 "『대하는 흐른다』는 해방직후부터 토
지개혁에 이르기까지의 력사적 현실을 시대적 배경으로 하여 당시의 복
잡한 정세와 첨예한 계급투쟁을 서사시적 화폭으로 폭넓게 반영하면서
긍정인물들의 성격장성과 투쟁을 통하여 혁명적 민주기지 창설로선을
높이 받들고 새 사회 건설을 위한 투쟁에 일떠선 인민민중의 대하와 같
은 흐름을 그 어떤 힘으로도 막을 수 없다는 것을 뚜렷이 보여주었다"[42]
라고 평했다. 그리고 평론가 리상태는 "당시의 계급투쟁의 심각한 내용
을 폭 넓게 보여줄 수 있도록 갈등을 설정하고 해결해 나간 데 있으며 또
한 당시의 전형적인 사회 계급적 관계를 정확히 반영한 데 있다"[43]라고

상식』, 평양: 문학예술종합출판사, 1994.

39 『조선예술』은 문예총 산하의 예술 기관지로 문학을 제외한 음악, 미술, 무용, 영화, 연극, 기예 등
　　　모든 예술 부분을 다루고 있는 종합 예술 잡지이다.

40 『조선중앙년감』 1963, 평양: 조선중앙통신사, 1964, 242~243면.

41 박종원·류만,『조선문학 개관』Ⅱ, 평양: 사회과학출판사, 1986, 242면.

42 사회과학원 력사연구소 편,『조선전사』30(현대 편), 평양: 과학·백과사전출판사, 1982, 256면.

43 리상태, 「우리 문학에서의 갈등의 특징에 대한 의견」,『조선문학』, 평양: 조선작가동맹출판사,
　　　1964.5, 104면.

평하고 있다. 이들의 평가는 예술적 측면보다는 토지개혁의 의미에 더 큰 비중을 두고 있다. 또한 가장 최근에 실린『문학신문』의 평을 보면 "친애하는 지도자 김정일 동지께서는 오늘 조성된 정세의 요구로부터 근로자들과 청소년들 속에 혁명교양, 계급교양을 그 어느 때보다 강화하야 한다고 가르치시였다. 이런 측면에서『대하는 흐른다』는 사람들에게 우리의 계급적 원쑤가 누구이고 어떤 놈들인가를 똑똑히 깨우쳐 주는데 힘 있게 이바지한다는 작품으로 보인다"[44]라고 평하고 있는데, 이러한 평가를 볼 때 이 작품이『혁명적 대작』으로서의 기능에 초점이 맞춰져 평가되고 있음을 알 수 있다.[45]

『고난의 력사』 1부(1964)에 대한 평가는『석개울의 새봄』이나『대하는 흐른다』 1부에 비하면 냉담한 편이다. 유일하게『조선중앙년감』에서만 이 "조선 인민이 민족적 및 계급적 해방을 달성하기 위하여서는 맑스-레닌주의 진리가 가르치는 대로 계급적으로 단결하여 싸워야 한다는 문제성을 제시하고 있다"[46]라고 평하고 있을 뿐이다. 이 냉담한 반응은 한국에까지 이어져 줄거리가 소개된 두 소설과는 달리 3부작 중 유일하게『고난의 력사』만이 제목의 거명(擧名) 수준에 머물러 있는 실정이다.[47]

---

44 리기주,「해방후 토지혁명과 계급투쟁의 심각한 반영 ― 장편소설『대하는 흐른다』를 읽고」,『문학신문』, 1993.9.3, 3면.

45 이외의 평은 다음과 같다. 장형준,「준엄한 계급투쟁의 생동한 화폭」,『문학신문』, 1963.6.21; 계훈관,「과장법의 능란한 구사 ― 장편소설『대하는 흐른다』(1부)를 읽고」,『문학신문』, 1966.8.30; 김길순,「『대하는 흐른다』와 구성 ― 소설가 리상현과의 담화에서」,『문학신문』, 1965.10.22; 차균호,「성격이 생동하고 심오하다 ― 소설가 리근영 박효준과의 담화에서」,『문학신문』, 1965.10.22; 김길순,「'대하'를 이루게 한 것은 무엇인가 ― 장편소설『대하는 흐른다』의 작품합평회 진행」,『문학신문』, 1963.9.24; 최일룡,「대하의 흐름을 재현한 력작 ― 장편소설『대하는 흐른다』(1부)의 구성슈제트 문제」,『문학신문』, 1965.2.23; 최일룡,「혁명적 대작과 사실주의 묘사정신」,『조선문학』, 평양 : 조선작가동맹출판사, 1966.2; 리금중,「생활의 론리와 작가의 묘사정신」,『조선문학』, 평양 : 조선작가동맹출판사, 1966.4; 현종호,「작품의 미학적 높이와 탐구정신」,『조선문학』, 평양 : 조선작가동맹출판사, 1966.7; 엄호석,「당문예정책 관철의 선도자적 역할을 놀 수 있는 평론 활동을 적극 전개하겠다」,『조선문학』, 평양 : 조선작가동맹출판사, 1971.4;『문학예술사전』, 평양 : 과학·백과사전출판사, 1993; 윤종성 외, 앞의 책.

46 『조선중앙년감』, 평양 : 조선중앙통신사, 1965, 172면.

47 이명재의『북한문학 사전』(국학자료원, 1995)에도『고난의 력사』의 작품 소개는 제외되어 있다. 이는 북측 자료의 빈약에서 온 결과이며, 북한의 작품 선정 기준에 따른 결과이다.

이 작품에 대해 제일 먼저 포문을 연 사람은 평론가 최일룡이다. 최일룡은 주인공 '무림'의 성격이 발전의 일관성을 보여줄 수 있는 전형적 사건의 선을 따라가지 못한다[48]고 지적하였다. 즉 '무림'의 성격적 발전을 보여줄 수 있는 사건이 없다는 것이다. 그는 무림이란 소년이 주인공으로 등장할 수 있는가에 의문마저 제기한다. 그의 이러한 시각은 다른 평론가들에게서도 동일하게 나타난다. 이 평의 연장선상에서 엄호석 역시 『고난의 력사』에 대해 다음과 같이 평가를 내리고 있다.

> 동일한 작가가 쓴 『고난의 력사』가 『대하는 흐른다』에 비하여 그 슈제트가 미약하고, 작품의 집중성이 덜한 약점은 결코 작가가 이 작품에 대해서 『대하는 흐른다』에서처럼 거대한 력사적사건을 묘사하지 않았기 때문이 아니다. 『고난의 력사』는 광범한 생활 령역에 침투하여 20년대 농민들의 암담한 생활과 고난의 력사, 그들의 투쟁과 운명의 전망을 비상히 생동하고 개성화된 등장인물들의 성격을 통하여 보여준 성과에도 불구하고 작품의 구성이 산만하고 슈제트가 집중화되지 않은 것은 이 작품에 광범하게 묘사된 다양한 생활과 사건들이 중심 주인공인 무림의 성격과 그 장성, 슈제트의 발전에 내'적으로 련결되어 일관된 중심 슈제트를 구성하지 못 하였기 때문이다.[49]

이 같은 작품에 대한 평가는 '혁명적 대작'의 창작 방법과 밀접하게 관계가 있다. 계급투쟁을 묘사하는 모든 작품 특히 '혁명적 대작'에서는 계급투쟁을 지도해 나가는 완성된 혁명 투사만이 반드시 중심 주인공이 되어야 한다.[50] 그럼에도 천세봉은 어린 14세의 소년을 주인공으로 내세움으로써 '혁명적 대작' 형상에 실패했다는 것이다. 작품 평의 대부분을 차지하는 것이 재현이 아닌 무림이가 주인공이라는 사실에 대한 비판[51]이다.

---

48 최일룡, 「혁명적 대작과 구성」, 『조선문학』, 평양 : 조선작가동맹출판사, 1965.6, 77면.

49 엄호석, 「혁명적 대작과 슈제트 문제 1」, 『조선문학』, 평양 : 조선작가동맹출판사, 1965.8, 83면.

50 엄호석, 「혁명적 대작과 구성의 기교 2」, 『조선문학』, 평양 : 조선작가동맹출판사, 1965.11 · 12(합본호), 11면. 이러한 맥락의 지적은 최일룡의 글에서도 발견된다. 최일룡, 앞의 책, 77면.

평단의 혹독한 비평은 전사나 연감에도 반영되어『조선전사』에도『고난의 력사』1부는 '지난날 우리 인민의 피눈물 나는 생활로정에 대한 사실주의적 묘사로 착취 사회의 암흑 속에서도 희망을 잃지 않고 짓밟힌 자주성을 되찾기 위해 억세게 싸워온 인민들의 투쟁을 보여준 계급교양 주제의 대표적 작품'[52] 가운데 하나로 소개되고 있을 뿐이며,『조선문학개관』이나『문예상식』에서는 일체의 언급을 찾아볼 수 없다.[53] '혁명적 대작'의 범주에 드는 이 작품이 그들이 요구하는 '혁명적 대작'의 수준에는 이르지 못했음을 보여준다.[54]

『안개 흐르는 새 언덕』은 김일성의 교시가 있기 전까지 평론가 박종모로부터는 '혁명투사에 대한 서사시적 화폭'[55]이라는, 안함광으로부터 '영광스러운 혁명전통에 대한 송가'[56]라는 호평을『문학신문』을 통해 받았다.

1966년『조선문학』에서 현종호는「항일의 혁명력사와 인간운명에 대한 영웅서사시적 화폭—장편소설『안개 흐르는 새 언덕』(상·하)을 론함」이라는 글에서 이 소설을 호평[57]하고 있으며, 작품평 역시 안함광과 그리 다르지 않다. 언제나 안함광에게 날을 세웠던 엄호석 역시「혁명적 대작의 성과와 제기되는 몇 가지 문제점」[58]이라는 논문을 통해서 당시 발표

51　장형준,「혁명적 대작과 주인공의 성격창조」,『조선문학』, 평양: 조선작가동맹출판사, 1965.10, 106면.

52　사회과학원 력사연구소 편,『조선전사』30(현대 편), 평양: 과학·백과사전출판사, 1982, 259면.

53　그 외 평론은 다음과 같다. 최일룡,「혁명적 대작과 사실주의 묘사정신」,『조선문학』, 1966.2; 안함광,「형상적인 생동한 언어 표현에로—장편『고난의 력사』를 읽고」,『문학신문』, 1966.6.21.

54　엄호석은 천세봉의『석개울의 새봄』1부와『대하는 흐른다』, 석윤기의『시대의 탄생』, 황건의『아들딸』, 박태원의『계명산천 밝았느냐』, 윤시철의『거센흐름』등 대표적인 장편소설이 쏟아져 나온다. 엄호석은 이 작품들이 1964년 11월 7일 김일성의 교시처럼 서사시적인 시대적 화폭의 창조를 통하여 혁명대작을 지향하고 있으며 혁명전통 주제의 영역을 확대하고 있다는 것을 단적으로 보여준다고 설명하고 있다. 엄호석,「혁명대작 창작에서 더 큰 성과를 이룩하자」,『문학신문』, 1965.11.5, 1면.

55　박종모,「혁명투사에 대한 서사시적 화폭—장편소설『안개 흐르는 새 언덕』(상·하)에 대하여」,『문학신문』, 1966.7.15, 2면.

56　안함광,「영광스러운 혁명전통에 대한 송가—장편소설『안개 흐르는 새 언덕』(상·하)」,『문학신문』, 1966.9.9, 2면.

57　현종호,「항일 혁명력사와 인간 운명에 대한 영웅서사시적 화폭—장편소설『안개 흐르는 새 언덕』(상·하)을 론함」,『조선문학』, 평양: 조선작가동맹출판사, 1966.11 참조.

58　엄호석,「혁명적대작의 성과와 제기되는 몇 가지 문제점」,『조선문학』, 평양: 조선작가동맹출판사,

된 주요 작품들과 함께 『안개 흐르는 새 언덕』을 논하며 "일반적으로 이전 우리의 장중편의, 수준을 릉가하고 급격히 높아진 독자들의 다양한 정신적 수요와 취미를 만족시키고 있다는 점에서 우리는 문학을 자랑할 만한 충분한 근거를 가지고 있다"고 흥분하고 있다.

그러나 이 작품은 김일성의 교시 이후 판금되고 그에 대한 비평은 물론 문학사에서도 이 작품의 실체는 사라져 버린다. 그 이유는 이 소설이 형식상의 결함을 여러 측면에서 비판 받았기 때문이다.

『혁명의 려명』과 『은하수』에 대한 북한의 치밀하고도 구체적인 평은 그리 많지 않은 편[59]이다. 먼저 『조선중앙년감』에 실린 평을 보면 "장편소설 『혁명의 려명』은 전편을 통하여 민족의 태양으로 솟아오르신 금성 동지의 간고하고 준엄한 시련으로 가득 찬 당시의 투쟁을 서사시적 화폭으로 펼쳐 보이면서 그이께서 검은 구름이 드리웠던 이 땅우에 혁명의 려명을 안아 오신데 대하여 형상적으로 그려져 있으며 수령님께서 창시하신 위대한 주체사상의 출발점과 불패의 생활력이 예술적으로 확증되었다"[60]라는 평이한 평을 하고 있다.

『조선문학』에서는 "장편소설 『혁명의 려명』은 우리나라 혁명 발전에서와 반일민족해방운동발전에서 위대한 혁명적전환의 새시대를 열어놓으신 그이의 초기 혁명활동에서 의의 깊은 길림에서의 혁명활동을 생동한 예술적 화폭으로 빛나게 재현하였다"[61]라는 평하고 있다.[62]

1966.12, 19면. 여기서 엄호석은 순영을 상당히 긍정적으로 평가하고 있으며, 순영의 나약성 역시 천세봉이 강림과 대비하여 혁명자의 모습을 보여주기 위함이라고 두둔하고 있다. 그리고 아쉬움이 있다면 관동군이 상대하는 부대가 오로지 강림부대로 여러 유격대의 모습을 그리지 못한 것이 안타깝다고 평하고 있다. 20~24면 참조.

59 『조선문학 개관』에는 "『혁명의 려명』은 1926년부터 1928년 사이를 시대적 배경으로 하여 인민대중과 리탈하여 파쟁만 일삼고 있던 민족주의자들과 초기공산주의자들의 본질적 약점을 꿰뚫어보시고 혁명의 주인은 인민대중이며 자기 나라 혁명은 자신이 책임지고 자주적으로 해야 한다는 주체의 원리를 발견한데 기초하시여 조선공산주의 청년동맹을 비롯한 각종 혁명조직을 무으시고 새세대청년 공산주의자들과 각계각층의 인민대중을 반일투쟁에로 불러 일으키시여 첫 승리를 거두시는 길림에서의 위대한 수령님의 혁명 활동을 그리고 있다"는 작품 설명만이 나와 있는 정도다. 『은하수』 역시 마찬가지다. 박종원·류만, 앞의 책, 『조선문학 개관』 II, 285면.

60 『조선중앙년감』, 평양: 조선중앙통신사, 1974, 217면.

『은하수』에 대한 평은『조선중앙년감』에서 찾을 수 있다. "장편소설 『은하수』는 (…중략…) 위대한 수령님의 불멸의 형상을 생동한 예술적 화폭으로 감명깊게 그려냄으로써 온 사회의 주체사상화 위업을 실현하기 위하여 힘찬 투쟁을 벌리고 있는 전체 당원들과 근로자들을 힘있게 고무하였다"[63]라고 평하고 있다. 이 두 편의 소설평은 주체사상의 출발점으로서의 의의와 김일성 묘사에 집중되어 있다.

김정숙을 형상화한『유격구의 기수』(『충성의 한길에서』 1부)에 대한 평가는 다음과 같다.

> 장편소설『충성의 한길에서』의 주인공 정순의 성격은 우리 소설문학이 창조한 주체형의 혁명가의 전형적 성격들 가운데서 가장 빛나는 자리를 차지한다. 위대한 수령님을 높이 우러러 모시고 반드시 충성의 한길에 자신의 모든 것을 다 바친 탁월한 녀성혁명가 정순의 성격은 주체형의 혁명가의 빛나는 귀감으로서 우리 당원들과 근로자들 속에서 당의 유일사상체계와 유일적 지도체제를 크게 이바지하였다.[64]

라고 평가하고 있다.[65] 또한『사령부로 가는 길』(『충성의 한길에서』 2부)은

---

61 「조선혁명 려명기에 대한 기념비적 화폭―장편소설『혁명의 려명』(총서【불멸의 력사】중에서)에 대하여」,『조선문학』, 평양: 조선작가동맹출판사, 1975.1, 19면; 방연승, 「위대한 수령님의 영광찬한한 혁명력사와 혁명적 가정을 형상하는 것은 우리 혁명적 문학예술의 첫째가는 과업」,『조선문학』, 평양: 조선작가동맹출판사, 1975.4.

62 그 외의 평은『문학예술사전』, 평양: 과학·백과사전출판사, 1993; 윤종성 외, 앞의 책; 김홍섭,『소설창작과 기교』(주체적문예리론연구 13), 평양: 문예출판사, 1991; 김정일,『주체문학론』, 평양: 조선로동당출판사, 1992, 129면 등에서 볼 수 있다.

63 『조선중앙년감』, 평양: 조선중앙통신사, 1983, 339면.

64 『조선중앙년감』, 평양: 조선중앙통신사, 1976, 347면.

65 이외 평가는 다음의 평론에서 찾을 수 있다. 방연승, 「위대한 수령님을 높이 우러러모시고 받드는 충성의 한길을 열어 놓은 탁월한 녀성혁 명가의 빛나는 형상에 대하여―장편소설『충성의 한길에서』(제1부)에 대하여」,『조선문학』, 평양: 조선작가동맹출판사, 1976.3; 김려숙, 「위대한 수령님께 끝없이 충성다한 공산주의혁명가의 불멸의 전형적 형상―장편소설『충성의 한길에서』(제1부)를 읽고」,『조선문학』, 평양: 조선작가동맹출판사, 1976.3; 김홍섭, 「위대한 수령님에 대한 충성의 빛나는 귀감―장편소설『충성의 한길에서』(제1부)를 읽고」,『조선문학』, 평양: 조선작가동맹출판사,

"혁명임무에 대한 높은 책임성과 불굴의 투쟁정신을 깊이있게 형상한 훌륭한 작품"[66]이라는 평가를 받고 있다.[67]

『축원』에 대한 평은 거의 찾을 수가 없다. 다른 작품들의 평가 속에서 가끔 언급되기는 하나 큰 비중은 차지하고 있지 못하며, 그 언급들 역시 『축원』이 실화를 바탕으로 한 농촌 소설이라는 것 외에는 구체적인 평은 만날 수 없다. 다만 오승련의 평론 속에서 비교적 상세해 보이는 4~5줄의 짧은 평을 만날 수 있을 뿐이다. "주인공들과 함께 성장한 작가의 사상적 높이는 장편소설 『축원』에서 집중적으로 구현되었다. (…중략…) 권학이와 연순이의 애정선이 그어지고 그것을 두고 마음을 쓰는 주인공 한씨의 근심과 당의 축산정책을 반대하는 종파분자들과의 심각한 대결이 그려지면서 평범한 이야기에 극이 조성되었다. 이 극으로 하여 조성된 정황 속에서 주인공들이 겪는 복잡한 체험세계가 개방되고 있다"[68]라는 원론적인 평을 하고 있다.

토지개혁을 다룬 작품 중 가장 주목할 만한 작품인 『조선의 봄』은 『문학신문』과 『조선중앙년감』, 『조선문학』[69]에서 그 평을 찾을 수 있다.

『문학신문』에 실린 평을 보면 "총서 【불멸의 력사】 중 장편소설 『조선의 봄』은 높은 사상예술적 경지를 개척한 우수한 작품이다. 소설은 실재한 력사적 사실에 충실하면서도 종자가 심오하고 주제적초점이 명백하며 형상체계의 급격이 굵고 튼튼하다. 소설은 특히 작품 중심에 위대한 수령님의 존귀하신 영상을 확고히 모시고 인물선, 사건선들이 모두 수령

1978.2; 「충실성의 빛나는 구감」, 『조선문학』, 평양: 조선작가동맹출판사, 1980.7; 『문학예술사전』, 평양: 과학·백과사전출판사, 1993; 윤종성 외, 앞의 책.

66　『조선중앙년감』, 평양: 조선중앙통신사, 1980, 158면.

67　이외의 평가는 다음의 평론에서 찾을 수 있다. 최길상, 「위대한 수령님에 대한 끝없는 충실성의 빛나는 구감—장편소설 『충성의 한길에서』(제2부)에 대하여」, 『조선문학』, 평양: 조선작가동맹출판사, 1980.6; 『문학예술사전』, 평양: 과학·백과사전출판사, 1993; 윤종성 외, 앞의 책.

68　오승련, 「천세봉과 그의 문학」, 『문학신문』, 1992.12.18, 2면.

69　윤상현, 「총서 【불멸의 력사】 중 장편소설 『조선의 봄』의 사상미학적특성」, 『조선문학』, 평양: 조선작가동맹출판사, 1992.1; 리환식, 「총서 【불멸의 력사】(해방 후 편) 중 장편소설 『조선의 봄』의 언어형상」, 『조선문학』, 평양: 조선작가동맹출판사, 1999.10.

님의 형상을 높이 부각하는 데로 일관하게 집중되어 있으며 토지개혁을 승리적으로 이끌어나가신 수령님의 혁명력사를 전면적으로 깊이 있게 형상하고 있다"[70]라는 언급과 함께 역사소설의 교과서로 남을 것이라는 호평을 아끼지 않고 있다. 이 평이 아니더라도 그의 작품 중 이 작품은 『고난의 력사』 1부와 더불어 상당한 수준을 보여주는 작품이다. 그러나 호평의 중심에는 이 작품이 『대하는 흐른다』 1부보다 좀 더 깊이 있고 냉정한 눈으로 토지개혁을 바라보고 있다는 측면도 있지만, 김일성과 더불어 그 측근 그리고 일가의 형상이 다른 작품에 비해 두드러지게 묘사되어 있음에도 불구하고 작품 속에서 조화를 잘 이루고 있다는 점에 있다.

『조선중앙년감』은 "소설은 실재한 력사적 사실에 충실하면서도 종자가 심오하고 형상체계의 골격이 튼튼한 것으로 하여 높은 사상예술적 경지를 개척한 우수한 작품으로 평가되었다"[71]는 평을 통해 다른 작품들에 비해 원론적 평론에서 벗어나 있다.

북한의 평가를 검토해 보면 천세봉의 '대표성'은 그가 창작한 농민소설의 범위로 한정되어 있다. 사실상 천세봉이 작품 발표 당시나 현재에 주목을 받고 있는 작품은 『석개울의 새봄』 1부와 『대하는 흐른다』 정도를 꼽을 수 있다. 『안개 흐르는 새 언덕』은 판금되었으며, 총서인 『혁명의 려명』과 『은하수』는 『백두산 기슭』과 『준엄한 전구』에 밀려[72] 『조선문학』에 겨우 1, 2회 소개되었고, 『충성의 한길에서』 1·2부 역시 평론가들의 비평이나 평가보다는 독자들의 독후감 정도가 3~4편 실리는 것에 그칠 정도로 문단에서는 그리 주목을 받지 못했다.

위의 평가에서 알 수 있듯이 북한의 천세봉 작품에 대한 평가는 농민문학을 떠나서는 생각했던 것만큼 호의적이지도 긍정적이지도 않다. 농민소설이라 하더라도 그의 개성이 가장 잘 발휘된 『고난의 력사』가 가장

---

70 량남익, 「총서 [불멸의 력사](해방 후 편) 장편소설 『조선의 봄』 출판」, 『문학신문』, 1991.12.18.

71 『조선중앙년감』, 평양: 조선중앙통신사, 1992, 216면.

72 이 두 작품은 [불멸의 력사] 총서 중 최고의 작품과 우수작품으로 평가받으면서 『조선문학』에 1년 가까이 일정 정도의 지면을 할당받아 작품평과 내용 소개, 독자 감상문들이 실리고 있다.

강도 높은 비판을 받았으며, 당 정책에 대한 비판이 살아 있는 『석개울의 새봄』 2·3부가 논쟁에서 제외되었고, 토지개혁을 다룬 그의 작품 중 수작인 『조선의 봄』 역시 관심에서 멀어져 있다.

그가 농민소설의 대표적 작가로 위치를 확고히 하고 있었음에도 불구하고 북한에서 많은 비판을 받고 논쟁을 불러일으킨 것은 그가 작가로서 지닌 개성과 북한의 사회현상을 바라보는 시각의 차이에서 비롯된다. 이 점은 앞으로 검토해 볼 그가 지니는 '대표성'을 명확하게 보여준다는 점에서 참고할 만하다. 그리고 이를 통해 북한문학의 대표적 작가로서의 천세봉의 위치를 확인하고, 나아가 북한에서 간과하고 있는 또 다른 대표성을 찾아볼 수 있을 것이다.

2) 천세봉 문학에 접근하기 위한 몇 가지 방법

이 연구는 천세봉 소설의 본격적 연구를 위한 기초 작업이다. 이 연구에서는 인물 유형을 통해 천세봉 소설의 특질을 발견하고자 한다.

이를 위해 먼저 전통적인 역사·전기주의적 방법론을 통해 문예정책과 당 정책 속에서의 작품의 창작 계기를 밝혀내고, 천세봉 소설의 인물 유형의 변모 과정을 탐구할 것이다. 인물 유형의 변모 과정을 살피기 위해 사회행위론적 관점[73]에서 작품 속에 나타난 인물 유형을 분석하고자 한다.

이 연구에서 천세봉의 작품을 행위론적 관점에서 보려는 이유는 그의 장편소설이 혁명과 북한의 개혁을 다루고 있기 때문이다. 혁명은 일종의 사회운동으로 이데올로기와 사상, 노동과 소유관계를 변화시키고자 하

---

[73] 행위론적 관점은 한 사회를 분석하는데 있어서 매우 중요한 시각이다. 의식 있는 행위자들의 행동으로 낡은 구조를 개조하는 혁명이야말로 구조주의로는 설명할 수 없는 현상이기 때문이다. 그러나 마르크스주의는 일반적 연역이론으로, 구체적인 사건들의 이해를 좀 더 상위 단계의 이론으로부터 도출해 내려고 한다. 이러한 일반적 연역이론은 사회운동 행위의 구조적인 전제 조건을 규정하기 위해 그들 스스로를 제한해야만 한다는 한계를 가지고 있다.

는 행위 등을 통일시키는 광범위한 집단을 포함하고 있다. 또한 정치, 군사적 방식으로 대중의 광범위한 동원을 시도한다. 그의 작품 안에는 구질서를 복구하고자 하는 보수주의 집단으로 대변되는 지주, 과거의 유산뿐만 아니라 새로운 혁신을 함께 결합시키는 온건파로 대변되는 민족주의자와 독립군, 구문화와 사회체계를 전체적으로 뿌리 뽑고자 하는 급진주의 혁명세력으로 대표되는 '주체형 공산주의자' 등 혁명적 상황을 구성하는 세 개의 집단이 고루 분포되어 있다. 또한 작품은 집단행동의 조건인 모순이 내재되어 있는 사회구조를 통해 구조적 유인성을, 사회구조의 부적절한 기능을 통해 집단행동의 구체적 환경을 만들어 냄으로써 구조적 긴장을 형성하며, 적절한 신념을 가지고 상황을 재구성함으로써 일반화된 신념을 성장·확대시킨다. 그리고 집단을 이루기 위한 구성원의 결집을 위해 지도자의 리더십이 작용하고 있다.[74] 행위론적 관점을 견지하고자 하는 것은 인물들의 행위를 통해 '인물선'에 따라 인물 유형을 분류하기 위해서이다.

'인물선'이란 문학예술작품에서 등장인물의 성격과 운명 발전의 흐름을 의미한다.[75] 김정일은 1973년 4월 11일 발표한 「영화예술론」에서는 '인물선'에 대해 다음과 같이 설명하고 있다.

> 인물선 문제는 구성에서 인물배치를 어떻게 하는가 하는 것과 직접 관련되여 있다. 인물배치에서는 빈 구석이 있어도 안 되지만 비슷한 성격들을 겹놓아도 안 된다. 인물들은 제구실을 할 수 있게 제자리에 서 있어야 한다. 작품의 내용에 따라 이러저러한 계급과 계층에 속하는 전형적인 인물들을 골라서 그들의 관계를 정치적으로 의의 있게 풀 수 있도록 잘 맺어 놓아야 그것이 주제와 사상을 밝혀내는 생활적기초로 될수 있다.[76]

---

74 사회문화연구소 편, 『사회운동론』, 사회문화연구소, 1995.
75 『조선말 대사전』 2, 평양 : 사회과학출판사, 1992, 1699면. 이 용어를 처음 사용한 사람은 김정일이다. 김정일에 의해 처음 '감정선'이라는 용어가 『영화예술론』에서 사용된 이후 '인물선', '애정선', '운명선', '행동선' 등으로 보편화되어 사용되고 있는 듯하다.

위의 인용문에서 알 수 있듯이 '인물선'은 인물배치와 관련이 있다. '인물선'은 인물의 성격을 규정한다. '인물선'을 잘 드러내는 것은 계급과 계층에 속하는 전형적인 인물을 작품 속에서 잘 보여주는 것이다. 그러므로 '인물선'은 인물을 계급·계층과 성격 별로 인물 유형을 세분화할 수 있게 한다. 같은 계급과 계층일지라도 그 성격이 다양하게 드러나는 천세봉 소설의 인물 유형을 세분화하는 데 '인물선'은 분석도구로 유용하게 쓰일 것이다.

인물 유형을 세분화하려는 이유는 남한에서 북한 소설에 나타나는 인물 유형에 구분할 때 북한의 인물분류를 따르고는 있으나 인물 유형의 다양성을 반영하지 못하고 있기 때문이다. 영웅만 하더라도 '대중적 영웅', '혁명영웅', '전쟁영웅', '노력영웅', '숨은 영웅'까지 그 층위가 다양하다. 그럼에도 남한의 인물 유형의 분류 태도를 볼 때 '당적 인간형' 속에 층위가 다양한 영웅들을 포괄해 버리는 경향이 있다. 천세봉처럼 다양한 인물 구성을 보여주는 작가의 경우 '당적 인간형'으로 그 인물들을 포괄하기 어렵다.

이 분석을 위해 먼저 북한 소설의 구성 체제를 살펴 볼 필요가 있다. 천세봉의 작품이 『주체문학론』에 서술된 지침을 중심으로 창작된 것은 아니다. 하지만 북한의 문학 형식 논쟁이 이후 대작 소설에서 총서 문학으로 발전해 갔다는 점을 볼 때 이들의 특성을 종합 정리한 『주체문학론』을 통해 북한 소설을 구조를 살피는 것이 천세봉 소설의 구조 파악에 도움이 될 수 있다. 그리고 소설 창조규정은 천세봉 작품에 등장하는 인물 유형의 분류를 위한 모델로 사용할 것이다. 『주체문학론』에서 서술된 내용을 바탕으로 북한 소설의 소설 창조 규정을 모형화하면 〈그림 1〉과 같다.[77]

〈그림 1〉을 보면 『주체문학론』에 입각한 북한 소설은 다음과 같이 종

76　김정일, 「영화예술론」, 『김정일 선집』 3, 평양 : 조선로동당출판사, 1992, 98면.
77　〈그림 1〉은 『주체문학론』에 기술된 내용을 근거로 하여 작성하였다. 김정일, 『주체문학론』, 평양 : 조선로동당출판사, 1992, 3~176면 참조.

자를 중심으로 소설의 주체성·사상성·예술성·인물에 대한 창작 방법이 규정이 되어 있다. 〈그림 1〉에서 볼 수 있듯 『주체문학론』은 인물 창조를 다음과 같은 요건에 맞추어서 창작하도록 요구하고 있다. 인물의 성격을 창조할 때 주체적인 인물을 그려야 하는데 인물에게는 인간의 본

그림 1. 『주체문학론』에 서술된 북한 소설의 창조규정

성인 자주성·창조성·의식성이 생활에서 구체적인 형태로 표현되어야 하며, 주체성이 있어야 한다고 밝히고 있다.

인물의 유형화는 『주체문학론』에서 유형화된 인물형과 그로스(Feliks Gross)가 제시한 인물형의 도움을 받아 분류할 것이다. 그로스는 유럽의 경험(폴란드)에 비추어 외국지배나 국내 독재하에서 저항자(The Resister), 거짓 협조자(The Wallenrod), 동조자(The Sympathizer), 실증주의자(The Positivist), 충실한 추종자(The Believer), 기회주의자(The Opportunist), 이중감정 소유자(The Ambivalent), 생존자(The Survivor) 등의 8가지의 인물 유형이 나타난다[78]고 서술하고 있다. 이 유형들은 일제강점기를 그린 천세봉의 작품에서도 나타난다. 단, 해방 이후를 다룬 『석개울의 새봄』, 『축원』에는 그로스가 분류한 인물 유형을 도입하지 않을 것이다.

여기서는 이 인물 유형을 기초로 하여 북한문학의 특성에 맞게 인물들

---

[78] Gross Feliks, 신석호 역, 『당 조직론』, 녹두, 1984, 174~178면.

을 19개의 '인물선'으로 세분화하여 분석할 것이다. 이것은 천세봉 소설에 나타나는 계층의 성격변화 과정을 파악하기 위함이다. 그리고 〈그림 1〉의 모형을 토대로 '인물선'에 근거한 인물분류를 통해 인물군의 특성과 천세봉의 지향점을 도출해낼 것이다.

위의 두 이론서를 참고하는 이유는 ① 북한문학에만 존재하는 특징적인 인물 유형을 찾아 그 특성에 맞게 재분류하기 위해서이다. ② 북한에서 요구하는 인물형과 천세봉이 창조해내고 있는 인물형의 차이를 확인하기 위해서이다. ③ 천세봉 역시 '수령형상 문학'을 창조했으며, 북한문학가들의 창작 지침서로 기능을 하는 『주체문학론』이 기존 작가들의 창작 방식 중 특징적인 것들을 반영하고 있다는 점에서 참고할 만하기 때문이다.

이 분석을 통해 북한에서 요구하는 인간형과 수용되는 인간형의 범위를 확인할 수 있을 것이며, 천세봉 개인이 지향하는 인간형을 찾아낼 수 있을 것이다. 그리고 차후 북한문학을 연구할 때 다른 작가 작품의 인물 유형을 분석해내는 데도 도움이 될 것이다.

이 연구에서는 독해의 오류를 막고 논의의 객관성을 확보하기 위해 북한 원전을 해석한 2차 자료가 아닌 북한 원전을 적극 활용하였다.

이 연구에서 분석될 작품은 천세봉의 장편소설 전작 10편 총 13권이다. 남한에서 출판된 『안개 흐르는 새 언덕』[79]을 제외한 모두를 북한에서 간행된 원전으로 텍스트로 삼았다. 그리고 『혁명의 려명』과 『은하수』는 초판본을 주요 텍스트로 삼되, 개작 여부를 확인하기 위해 가필수정된 1987년판 【불멸의 력사】 시리즈를 비교 활용하였다.

1장에서는 천세봉의 전기적 사실을 고구하는 작업부터 시작할 것이다. 아직까지 국내는 물론 북한에도 천세봉의 전기적 측면을 본격적으로 연구한 논문이 없기 때문이다. 물론 그의 전기적 측면은 여러 연구자들에 의해 재구되었지만 알려진 전기적 사실의 대부분이 북한에서 발행된

---

79 『안개 흐르는 새 언덕』은 북한에서 판금된 관계로 원전을 구할 수 없었다.

『문예상식』 일부의 요약과 이명재의『북한문학 사전』의 요약에서 그치고 있으며 더 이상의 진전을 보이지 않고 있다. 그의 생애는 크게 3기로 나누어 서술할 것이다. 그리고 생애 속에서 문예정책의 검토를 통해 북한문학의 발전과 문제점을 살펴볼 것이다. 이것은 천세봉의 작품에서 당 정책 및 문예정책과 관련하여 역사적 실재성 문제와 개작 문제를 고찰하는데 기초가 될 것이다.

1기는 초기 단편소설과『고난의 력사』1부의 창작 시기까지로 그의 문단 데뷔와 농민소설을 쓰게 된 계기와 그 창작과정과 '도식주의'과 '혁명적 대작' 논쟁을 중심으로, 2기인 '항일혁명문학' 창작기는 문인으로서 그의 정치적 행보와 총서와 가계형상 문학을 창작하게 된 계기를 중심으로, 3기에서는 농민소설로의 회귀와 천세봉의 죽음까지를 다룰 것이다. 이를 통해 당대의 북한 문단의 상황과 그가 북한 문단 내에서 점하고 있던 위치와 창작 변모의 과정을 구체적으로 살펴볼 것이다.

2장에서는 역사적 실재성의 문제와 개작 문제에 미학 논쟁이 끼친 영향을 통해 천세봉 작품이 변화한 지점과 변화되지 않은 지점을 밝혀볼 것이다. 역사적 실재성과 관련해 천세봉 작품 중 특히 '항일혁명문학'은 지나간 역사를 다루고 있는데, 이 역사는 남한에는 잘 알려지지 않은 사건들이 대부분이다. 뿐만 아니라 천세봉이 채택하고 있는 역사적 사실은 북한 내에서도 실재성에 대한 문제가 제기되고 있다. 천세봉의 '항일혁명문학'에 속하는 대작 소설『안개 흐르는 새 언덕』과 총서【불멸의 력사】와 디부작 소설『충성의 한길에서』1·2부가 역사·전기적 형식을 띠는 바 역사적 진실도는 가치 평가의 중요한 준거가 된다. 따라서 작품 속에 나타나는 역사적 실재성의 검토가 필요하다. 천세봉은 북한 내에서 역사적 실재성 시비에 휘말린 경험이 있으며 이를 통해 작품이 판금되거나 개작되었다. 이 연구에서 중점적으로 다루려 하는 시대 상황은 작품 속에 나타나는 1920~1940년대의 만주와 농업협동화 시기이다.

만주의 이민사에 대해서는 비교적 많은 연구가 되어 있지만 남한에서의 항일무장투쟁에 대한 연구는 범박한 상태이다. 정권의 정통성을 항일 빨치산(동북항일연군)에서 찾고 있는 북한에서 항일 무장 투쟁 시기를 중요하게 다루고 있는 반면 남한에서 다루는 만주 지역의 무장투쟁은 대부분 독립군과 광복군에 대한 연구에 국한이 되어 있으며, 동북항일연군은 크게 다루어지지 않고 있다. 이는 임정주류론[80]의 시각이 아직도 한국을 지배하고 있기 때문이다. 이와 관련하여 남한 학계의 주된 견해는 1980년대 중반 이전까지 김일성의 무장투쟁 자체를 부정하는 것이었다. 일부 학자들의 주장처럼 북한의 항일무장투쟁사가 진정 날조되었다 할지라도 역사란 불가피하게 주관적일 수밖에 없으며 관계를 통한 해석을 전제로 한다는 점을 미루어 보았을 때 역사란 한 국가가 역사적 사실을 어느 지점에서 강세를 두었는가에 따라 중요도의 위치가 달라지고 역사를 바라보는 시각이 변하기 때문에 북한 역사의 날조 주장에 부담을 느끼지 않을 수 없다.[81]

그리고 현재는 남한의 일부 연구자[82]들과 미국 등지의 연구에서 김일성에 의한 무장투쟁을 역사적 사실로 인정하고 있지만 이 역시 전투 중심으로 제한하여 그 의미를 상대화하거나 축소한 평가[83]이다.

---

80 물론 임시정부가 애국적이기는 하지만 3 · 1운동 이후 한국의 민족해방 운동의 주류를 독립군 운동, 임정에서 광복군으로 이어지는 흐름으로 파악하는 견해는 편견적 고찰이다. 임시정부는 대중적 기반 없이 개인적 테러 활동에 국한하였으며, 장개석의 보호 밑에서 기구 유지에만 총력을 기울였던 임정만을 반일 민족해방운동을 주도한 세력으로 보는 것은 무리가 있다. 이재화, 『한국근현대 민족해방운동사』, 백산서당, 1988, 24면 참조.

81 주변 강대국들 역시 국제 정세의 역학 관계에 따라 역사를 왜곡하고, 날조하고 있기 때문이다. 지금도 많은 사건들이 역사왜곡 시비에 휘말려 있으며, 현재 진행되고 있는 중국의 고구려 역사왜곡 편입과정을 볼 때 조선민중이 만주에서 벌였던 항일무장투쟁의 성과 역시 국제 정세에 따라 편입시키려는 시도를 하지 않으리라는 보장 또한 없다.

82 정창현, 「항일무장투쟁사연구」, 『남북한 역사인식 비교강의』, 일송정, 1989; 김광운, 「항일무장투쟁과 조국광복회운동」, 『쟁점과 과제 민족해방운동사』, 풀빛, 1990, 293~301면; 신주백, 「항일무장투쟁」, 『한국역사입문』 3, 풀빛, 1996.

83 김일성 부대는 존재했으며, 1930년대 주요 전투는 사실이지만, 중국 항일연군 소속으로 중국군의 통제를 받는 작은 부대의 지휘자에 불과했다는 견해와 또한 일제가 만주지역에 주둔군의 규모를 대폭 늘리며 항일무장부대에 대한 발악적 탄압을 가하기 시작한 1941년 이후부터 김일성 부대는 일본 관동군에 소련 · 만주 국경까지 쫓기다 국경을 넘어 소련으로 피신한 후 해방과 함께 소련의 '꼭두각시'로 등장해 권력을 장악했다는 주장들이 그러하다.

역사적 실재성에 대한 검토는 만주에서 벌어졌던 항일무장투쟁에 대한 북한의 입장과 천세봉의 역사관을 살펴 볼 수 있는 계기가 될 것이며, 한편 항일무장 투쟁을 그린 작품들은 남한 문학에서 공백으로 남아 있는 문학적 자리를 채워 줄 것이다.

본 연구는 역사적 실재성의 문제를 기반으로 당 정책과 관련하여 천세봉 작품의 개작 문제를 살펴볼 것이다. 개작 문제는 북한문학의 지향을 알려주고 있다는 점에서 매우 중요한 부분이며, 역사적 실재성 문제와 더불어 이후 인물 유형의 변화에 일정한 영향을 미친다. 따라서 이 두 가지 사항은 천세봉 소설을 분석하기 위해서는 반드시 필요한 작업이다. 이를 위해 먼저 역사적 실재성을 검토하고 이를 바탕으로 개작의 원인과 개작의 방향을 살펴볼 것이다. 그리고 이 두 가지 문제에 영향을 받지 않은 것으로 보이는 천세봉의 문제의식을 소외와 양심을 통해 고찰해 볼 것이다.

3장에서는 인물 유형을 중심으로 한 작품 분석을 통해 문학적 특징과 다른 작가와의 차이를 살펴보고자 한다. 이 분석은 북한사회의 변화 과정을 바라보는 작가의 시각과 소설의 변모 과정 그리고 그 방향을 보여 줄 것이며, 천세봉의 작품의 특질을 보여주는 계기가 될 것이다. 또한 인물분석은 정치성이 강한 작품과 정치성이 결핍되어 있는 작품을 구분하게 해줄 것이다. 이 장에서 도출해 내고자 하는 것은 천세봉이 지니는 대표성과 지향이다.

1기 소설로 '혁명적 대작'소설인 농민소설 3부작을 통해 북한 사회의 내적 갈등이 작품 속에서 어떻게 구체화 되고 있는지 알아보고, 작품 속 당 정책의 수용 여부와 천세봉 당대의 시대상의 반영 등을 살펴 볼 것이다. 그리고 '혁명적 대작'소설에 나타난 두 지향의 관철을 위해 신화적 측면과 반신화적 측면이 어떻게 강화되고 있는가 하는 점을 살펴 볼 것이다. 여기서 주요 분석 인물 유형은 '대중적 영웅'과 민중, 그리고 종교인과 종파주의자, 지주들이다. 2기 소설인 '항일혁명문학' 속에 나타난 인물 유형의 분화에 대해 살필 것이다. '항일혁명문학'에 나타나고 있는 주요 인물들은 대부분이 실존인물들이다. 이 인물들을 통해 영웅의 분화양상과 새로운 인물형인 주체형 공산주의자들의 형상을 살펴보고, 민족주의자와 여성, 독립군의 형상이 1기 소설과 어떤 차이를 보이는지 살펴 볼것이다. 그리고 그가 '수령형상 문학'과 '가계형상 문학'에 끼친 영향에 대해서 살펴 볼 것이다. 농민소설로 다시 회귀한 천세봉의 3기 작품을 통해 군인의 역할과 종교인과 독립군 묘사의 변화를 알아보고, 주적으로서의 종파주의자의 변화된 위치를 함께 다룰 것이다.

4장에서는 인물 유형을 토대로 북한문학의 특성에 맞게 '인물선'과 인물 유형을 재정리함으로써 소설의 변화 과정에서 창출된 새로운 인물형과 천세봉 소설에 주로 등장하는 인물 유형을 중심으로 기본적으로 등장하는 인물 유형을 도출해 낼 것이다. 그리고『주체문학론』의 인물 창조 규정을 바탕으로 작품 속의 인물들을 재분류함으로써 '인물선' 간의 갈래와 천세봉의 지향을 살펴 볼 것이다. 이 갈래를 통해 부정적 인물이 긍정적 인물로 변모하는 과정과 북한에서 요구하는 인물형과 천세봉이 선호하는 인물 유형의 차이를 확인할 수 있을 것이다. 그리고 천세봉의 문학이 갖는 의의와 특질에 대해 살펴보고 그가 지니는 대표성과 그의 위치를 가늠해 보고자 한다.

2. 천세봉의 삶과 북한 문단의 상황

한 작가의 생애를 고구하는 작업은 그 사람의 문학을 깊게, 좀 더 쉽게 이해하기 위함이다. 그러나 남한에서 북한 작가의 생애를 연구하는 일은 매우 어렵고 힘든 작업이다. 가장 큰 문제는 남과 북의 정치적 상황 속에서 정보의 교환이 이루어지고 있지 않기 때문이며, 유일화 정책과 맞물려 현재 북한에서 작가들의 전기적 고찰에 대한 작업을 하고 있지 않기 때문이다. 그렇다고 북한에 작가연구가 아예 존재하지 않는 것은 아니다. 1960년대 중반까지는 북한에서도 작가론이 보이고 있다.[84] 그러나 이후 작가연구가 확인되고 있지 않으므로, 연구 대상인 작가가 북한에서 대표성을 띠지 못하거나 정치적인 이력이 없을 때, 또는 남한에서 관심을 갖지 않는 인물일 때 북한 작가에 대한 전기적 접근은 더욱 어려워진다.

천세봉의 생애 역시 다른 작가들과 마찬가지로 잘 알려져 있지 않다. 그러나 그의 생애에 대한 고구가 아예 불가능한 것은 아니다. 북한에서 발행되고 있는 사전이나 신문, 잡지, 회상기 등 여러 경로를 통해 작가에 대한 추적이 가능하다. 천세봉의 경우 그의 자전적 소설『고난의 력사』1부에서 거의 알려지지 않은 그의 청소년기와 문학의 길을 걷게 된 동기와 가족사를 엿볼 수 있다.[85] 이 점에서『고난의 력사』1부는 천세봉의 생애를 연구하는 데 자료적 가치를 지니고 있다.

이 장에서 천세봉의 생애는『문예상식』과『문학예술사전』에 기술된 천세봉의 약력을 기본 골격으로 하여 천세봉이 생존 당시 그와 연관된 기록들과 천세봉 본인의 회상기나 서간문, 수필, 소설, 사후 다른 작가들에 의한 회상기와 작품 평에서 발견되는 전기적 측면을 추출하여 천세봉의 생애를 재구성하였다. 그리고 미학 논쟁에 관련한 부분은『문학신문』과『조선문학』에 실린 논쟁과 평론,『제2차 조선작가대회 문헌집』, 그리고 평론집들을 참고하였다.

---

84 윤세평,『현대 작가론』1, 평양: 조선작가동맹출판사, 1961. 이 책은 당시의 북한 비평가들이 카프 작가와 신경향 작가를 중심으로 작가의 생애와 대표 작품을 분석해 놓은 책이다. 1999년 중국을 방문했을 당시 연변 대학에서는 이 책을 텍스트로 작가론을 교수하고 있었다. 그리고 1964년에 엄호석의『김소월론』등이 출간된 것이 발견되었으나 그 이후 몇 권이 더 나왔는지는 확인할 길이 없다. 2000년대 들어오면서『조선문학』을 통해 천세봉, 황건, 석윤기 등의 작가들에 대한 일화가 단편적으로 실리고 있으나 본격적인 전기연구로는 볼 수 없다.

85 『문예상식』,『문학예술사전』등 북한에서 제시하는 그의 생애 중 청소년기와 관련된 대부분이 이 작품 속에 기술된 것을 그대로 차용하고 있다.

1) 1기–"도식주의 논쟁"과 '혁명적 대작'의 창작

천세봉은 1915년 2월 10일 함경남도 고원군 덕지리[86]에서 머슴 집안의
외아들로 출생하였다.[87] 그의 할아버지, 아버지, 다섯 삼촌은 물론이고,
천세봉 자신도 머슴이었다.[88] 그는 문맹을 대물림할 수 없다는 부모의 간
절한 소망에 의해 5살 때부터 마을 서당에서 한문을 배웠다.[89] 고향에서
보통학교를 다니던 천세봉은 한때 생활고로 월사금 3원 50전을 내지 못
해 중퇴할 처지에 놓이게 되지만 동창생들의 도움으로 보통학교를 졸업
한다.[90] 그러나 그는 그 후 상급학교에는 진학하지 못하고 농부가 된다.

그가 언제 머슴신분에서 벗어났는지에 대해서는 명확한 기록을 찾을
수 없다. 그리고 그 역시 그 시기에 대한 언급을 하지 않고 있다. 23세에
이르는 7~8년간을 병든 어머니를 도와 산허리의 자갈밭을 개간해야 했
으며 때로는 남의 집 고용농으로 고된 일[91]을 하기도 했다는 김헌순의 글

---

86 해방 전 함경남도 고원군은 1개 읍, 5개 면과 104개 리로 구성되어 있었다. 고원군에 편입되어 있는
    덕지리 옛 금수리(今水里)이다. 금수리는 고원군 하발면에 소재하며, 비단결같이 아름다운 물이 흐
    르는 마을이라는 뜻을 지녔지만 한자로는 이제 금(今)자와 물 수(水)로 표기되었다고 한다. 금수리
    는 1983년 1월 덕지리로 개칭되었다. 방린본,『조선지명편람』함경남도 편, 평양 : 사회과학출판사,
    2002, 40면. 이 때문에 1980년 이전에 보이는 잡지나 사전류에서는 그의 고향이 덕지리가 아닌 금수
    리로 표기되어 있다.

87 김정웅 · 천재규,『조선문학사』15, 평양 : 사회과학출판사, 1998, 69면.

88 윤기덕,『수령형상 문학』, 평양 : 문예출판사, 1991, 247면.

89 김정웅 · 천재규, 앞의 책, 69~70면.

90 『고난의 력사』1부에서 무림은 수업료 미납으로 인하여, 일본인 선생 시마다(島田)에게 매를 맞고
    돌아온 후 머슴인 무림의 아버지가 상전인 박진우에게 돈을 빌리려고 하나 거절당하고, 무림은 그
    사건 이후 학교에서 퇴학당하고 만다. 현실의 천세봉과는 달리 무림의 반 친구들은 월사금을 모아
    무림에게 학교에 다니기를 권하나 무림은 거절한다. 월사금에 관한 에피소드 역시 천세봉의 체험
    에서 나온 것이다. 김정웅 · 천재규,『조선문학사』15에 실린 내용을 보면 천세봉이 소학교를 졸업
    한 것이 아니라 월사금 미납으로 4학년 때 퇴학을 당한 것으로 기록되어 있다. 김정웅과 천재규의
    이러한 기술은 최근에 나온 천세봉에 대한 기록이라는 점에서 참고할만하지만 이 기록이『고난의
    력사』1부의 내용을 그대로 인용하고 있다는 점에서 그 신빙성 여부가 확인되지 않으며, 이 두 자료
    를 제외한 모든 자료가 천세봉이 소학교를 졸업한 것으로 기록을 하고 있어 본고에서는 그 기록을
    따른다.

91 윤기덕,『수령형상 문학』, 평양 : 문예출판사, 1991, 247면; 김헌순,「천세봉과 농촌」,『조선문학』,
    평양 : 조선작가동맹출판사, 1960.7, 111면.

을 볼 때 15세까지 그가 머슴 생활을 했을 것이라는 추측만이 가능하다.

고된 생활 속에서 독서는 그에게 유일한 기쁨이었다. 그는 틈나는 대로 당시 발행되던 소년 잡지를 비롯한 고대 소설, 신소설, 세계명작을 탐독하였다.[92] 『고난의 력사』 1부에서 무림이 친구 대복에게 소년 잡지, 신문, 톨스토이의 『부활』 등을 빌려 보며 문학의 꿈을 키우는 장면은 천세봉이 어떻게 작가의 꿈을 품게 되었는가를 추측할 수 있게 한다. 그가 문학수업을 하는 데 가장 큰 도움이 되었던 것은 장인의 서가였다. 장인은 서울에서 고학을 하고 돌아온 보통학교의 교원으로 그의 집에는 많은 문학도서들이 비치되어 있어 천세봉은 손에 잡히는 대로 책을 읽으며 그 과정에서 작품을 써 보겠다는 충동을 받게 되었다[93]고 한다.

문학에 대한 심취는 그의 정신세계를 넓혀 주었을 뿐만 아니라 사회로 눈을 돌리게 했다. 그는 고향에서 야학을 세운 후 10여 년 동안 농민들에게 글을 가르친다. 그가 야학에서 글을 가르치게 된 것은 동네에서 보통학교를 졸업한 이도, 글을 아는 이도 천세봉밖에 없었기 때문이라고 한다.[94]

천세봉은 23세 이후 철도 공사판의 인부, 신문배달부, 운송점의 탁송원의 직업을 거치면서 힘든 생활을 한다. 그는 이 당시의 생활을 "몸서리치는 칠칠흑야"[95]로 회상하고 있다. 1945년 고원읍 운송점 탁송원, 하급 사무원 생활을 하다 해방을 맞은 그는 해방 후 고원군 자치위원회에서 일하게 된다.

천세봉을 만나 본 작가들이나 기자들의 회상에 의하면 그는 매우 소박한 생활을 했으며, 문예총 중앙원장이 된 이후에도 그의 생활 태도는 그다지 변한 것 같지 않다. 작가 김영근은 천세봉과의 첫 만남을 다음과 같

---

92 김정웅·천재규, 앞의 책, 70면.

93 위의 책, 70면.

94 김헌순, 앞의 글, 111면. 김헌순은 이 글에서 "그는 고향마을에서 농민야학을 시작하였다. 원래 극빈한 빈촌이었던 고향마을에서는 그나마 보통학교의 맛을 본 것이 가장 유식한 편이여서 천세봉이 이 때로부터 근 10년간을 동네 가난한 소년들과 농민들을 계몽하는데 바치여 왔다"고 기술하고 있다.

95 윤기덕, 앞의 책, 247면.

이 회상하고 있다.

군도서관 주최[96]로『석개울의 새봄』에 대한 합평회를 위해 군도서 관장과 마중을 나간 김영근은 그를 기다리며 다림발이 선 고급양복과 특색 있는 넥타이 값나가는 중절모와 양복을 쓴 사람이 작가일 거라고 짐작하고 개찰구에 서서 그러한 사람들만을 찾았다고 한다. 자신들이 그러한 짐작을 한 것은 1950년 중반까지만 해도 북한에서 중편소설을 두 편이나 써 내고, 장편소설을 써낸 작가가 열 손가락 안에 꼽을 정도밖에 안 되었기 때문에 작가가 두메산골 역에 내리면 첫눈에 유표히 알려질 것이라고 기대했다[97]는 것이다. 그러나 열차가 정시에 도착하였음에도 천세봉이 나타나지 않아 당황했다고 한다. 역에서 천세봉을 기다리던 김영근과 도서관 관장은 자신들을 찾으러 온 여인을 통해 이미 천세봉이 도착했음을 알게 된다. 도서관 앞에 서 있는 천세봉에 대한 첫 인상을 김영근은 다음과 같이 회상하고 있다.

검스레한 무명천으로 지은 닫긴형 양복에 진회색천으로 만든 채양모자를 깊숙이 눌러 쓴 키가 후리후리한 40대의 기름한 얼굴의 천세봉이 색이 다 바랜 소가죽 가방을 한손에 들고 한손에는 무슨 나무뿌리로 만든 듯 싶은 물부리에 가치담배를 꽂아서 피우며 서 있었다.[98]

그는 옷차림새뿐만 아니라 성격도 소박했던 것 같다.[99] 김영근의 회상에 의하면 그가 집을 찾아 갈 때마다 천세봉은 청장년층들과 어울려 송

---

96 함경남도 수동군당위원회 선전부 계획에 따라『석개울의 새봄』합평회가 수동군에서 주최되었다.
97 김영근, 「20세기 추억－생활의 바다속에서」, 『조선문학』, 평양: 조선작가동맹출판사, 2002.11, 44면.
98 위의 글, 44~45면. 김영근은 이때의 만남을 계기로 자신의 중편소설 초고를 들고 천세봉의 고향집을 자주 찾았다고 회상하고 있다.(48면)
99 그의 소박함은 당시 문학도였던 김삼복에 의해서도 회상되고 있다. 그는 황건에 대한 회상기에서 작가동맹 부원으로 들어가 만난 작가들과 평론가들에 대한 인상을 기록하고 있는데 당시 작가동맹 위원장이었던 천세봉의 인상에 대해 "천세봉은 매우 소박하고 겸손했으며 평범했다"라고 기록하고 있다. 김삼복, 「소설가의 모습」, 『조선문학』, 평양: 조선작가동맹출판사, 2003.6, 41면.

어를 잡고 있거나 마을의 놀이에 빠지지 않고 어울렸다고 한다. 또 한 가지 예로 8년 만에 자신을 찾아온 김영근에게[100] 천세봉이 자신이 평양에 부모와 처자를 데리고 올라와 살고 있는 줄 알면서 왜 자주 찾아오지 않았냐고 묻자, 김영근은 변명조로 "주소도 몰랐지만 햇내기 편집위원이 작가동맹위원장 집을 찾아가는 것이 쉬운 일이 아니었다"고 대답하여 서운함[101]을 샀다고 한다.

그의 성격은 천세봉에 대한 글을 가장 많이 남기고 있는 최학수[102]의 회상에서도 엿볼 수 있다. 그의 회상에 의하면 천세봉은 당시 작가들 모두에게 존경받는 선배였다고 한다.[103] 그는 「영생하는 작가의 초상」[104]이라는 글을 통해 천세봉과 석윤기를 다음과 같이 비교하고 있다.

천세봉은 뛰여난 재능을 가진 큰 작가였다. 그의 흙냄새가 물씬물씬 풍기는 천부적 재능에 대하여서는 석윤기도 때때로 몹시 부러워하였다. 그러나 천세봉은 다른 작가나 작품에 대해서는 지나친 '호인'이였다. 그는 다른 사람들의 작품을

---

100 김영근은 이 당시 천세봉이 혁명전통주제의 상·하권 장편소설을 쓰고 있다고 회상한 것으로 보아 이때 천세봉이 쓰고 있던 소설은 『안개 흐르는 새 언덕』으로 보인다.

101 김영근, 앞의 글, 49면.

102 최학수는 전쟁소설 전문작가로 천세봉의 담당 편집위원 중 한 사람이었다. 그는 『대하는 흐른다』의 편집을 맡으며 천세봉과 개인적 친분을 쌓았고, 천세봉이 『대하는 흐른다』를 수정하는 동안 그의 고향인 금수리에 머물며 최학수는 단편소설 「궤도를 따라」의 초고를 마친다. 그는 그때 그 초고를 천세봉에게 보이며 작품이 될 것 같냐고 물었다고 한다. 이에 천세봉은 대번에 "토하나 고칠 것 없이 잘된 5점짜리 단편소설"이라고 하면서 『조선문학』 잡지 편집부에 자신의 추천서까지 써 주었다고 한다. 이에 고무된 최학수는 출세작을 쓰겠다는 욕심에 그 소설을 들고 바로 평양으로 올라와 다른 작가들의 의견도 수렴하기 위해 석윤기에게 찾아갔다고 한다. 최학수, 「영생하는 작가의 초상」, 『조선문학』, 평양: 조선작가동맹출판사, 2003.5, 38면.

103 "작가들 모두의 존경을 받고 있었던 선배작가 천세봉이였다"라고 회상하고 있다. 최학수, 「'그 시절'에 대한 추억」, 『문학신문』, 2003.6.28.

104 「영생하는 작가의 초상」은 사망한 예술가들의 작품과 작품창작 배경 그리고 당시의 상황을 소개하는 코너로 이 글은 당시 예술인들의 담당 편집인이었던 작가나 편집인들이 회고하는 형태로 쓰인 글이다. 『조선문학』에 2003년도부터 신설되어 10개월간 예술인들이 소개하고 있다. 여기서 최학수가 회고하는 작가는 석윤기이다. 그는 이 글에서 석윤기를 회고하면서 자신에게 소설에 대한 욕심을 불어 넣어 준 사람을 천세봉으로, 자신의 문학적 스승을 석윤기라고 말하고 있다. 「영생하는 작가의 초상」은 현재도 부정기적으로 『조선문학』에 실리고 있다.

보고 결함을 지적하는 일이 아주 드물었다. 그 지나친 호인성으로 하여 천세봉은 '병아리'들을 생명력이 강한 엄지닭으로 길러 내는 데서는 석윤기와는 달랐다고 나는 생각한다.[105]

그가 문예총 위원장으로 선출된 것은 당성과 출신성분 외에도 소박한 성격과 사람들과의 무난한 친분관계 때문인 것 같다. 그리고 무엇보다도 그에게는 권력욕이 없었다. 한동안 작가수업을 받기 위해 당시 작가동맹 위원장이었던 천세봉의 집에 머물던 김영근의 회상에 의하면 그는 창작에 방해가 된다면 작가동맹위원장 자리도 내놓을 사람이라고 평하고 있다. 그의 이러한 면모는 천세봉의 아래의 대답에서도 알 수 있다.

원 사람두 별소리를 다 하는군. 작가동맹위원장이 무슨 임금이요. 작가야 어디 까지나 작가이지. 나는 이렇게 창작을 기본으로 하면서 위원장도 하라니 하지, 위원장사업만 하고 창작을 하지 말라고 하면 위원장을 그만 두겠소.[106]

그는 해방 초기 창작을 위해 고원군당 선전부장 직위를 내던진 적이 있었다. 김영근에 의하면 당시 이 직위는 웬만한 사람이라면 아까워서라도 쉽게 내놓지 못할 자리였다고 한다. 그러나 천세봉은 창작을 위해 군당 책임자들을 설득해 선전부장직을 사임하고 창작에만 몰두했다. 작가동맹 소설분과위원장이 된 이후에도 평양으로 이사 오기를 요구하는 당의 요청을 거부하고 고향집에 머물렀는데 그것 역시 소설분과장직을 사임하기 위한 속셈이었다고 한다.[107] 그는 창작을 위한 사색 이외에 다른 활동을 귀찮아했으며, 그의 치료처로 간부들이 찾아오면 접대를 할만도 한 데 그들이 낚시나 놀이를 권유해도 절대 응하지 않았다고 한다.[108]

---

105 최학수, 「영생하는 작가의 초상」, 『조선문학』, 평양 : 조선작가동맹출판사, 2003.5, 38~39면.
106 김영근, 앞의 글, 49면.
107 위의 글.
108 위의 글.

김영근은 이기영이 "그는 밥을 먹고 잠을 자는 시간 외에는 문학으로 산 사람"이라는 나도향의 창작습관을 회상한 것을 인용하면서 천세봉도 나도향과 같은 창작습관을 가진 인물이라고 평하고 있다.[109]

이를 볼 때 천세봉을 작가로서 최고 권력의 자리에 올려놓은 것은 그의 지도력이나 역량보다도 무권력욕과 창작에 대한 열의 때문이었던 것 같다.

『문예상식』에 의하면 천세봉은 새벽에 일어나 책상에 앉지 않고 언제나 둥그런 밥상 앞에 무릎을 꿇고 앉아 작품을 썼다고 한다. 글을 쓸 때의 버릇 가운데 하나가 글이 술술 잘 풀릴 때에는 자세가 점점 높아져서 거의 반쯤 일어서 글을 쓰는 것이다. 하기에 그가 고향에서 글을 쓸 때는 그의 창작하는 모습을 본 농부들이 "논 김매는 일이 저렇게 힘들가"라고 말하기도 하고 밭을 갈며 말 안 듣는 소를 몰아칠 때는 "이놈이 소! 소설을 씌울라"라고 말하였다[110]는 일화가 있을 만큼 그의 창작 습관은 육체적으로 고통을 수반한 듯하다. 말년에 와병으로 더 이상 무릎을 꿇고 앉을 수가 없게 되자 천세봉은 구술하는 방법으로 작품을 썼다.

그가 구술로 창작을 하게 된 원인은 지병 때문이었다. 이 지병은 글을 쓰는 내내 그를 괴롭힌다. 그의 지병은 위병이었다. 이 위병은 공복에 아스피린을 복용하는 습관 때문에 생긴 것 같다. 아스피린 복용 습관은 그의 창작 습관에서 비롯되었다. 천세봉은 김영근과의 대화에서 아스피린을 복용하게 된 이유에 대해 다음과 같이 밝히고 있다.

그는 새벽 3시면 꼭 깨여 나서 글을 쓰기 시작하였는데 그전에 약부터 먹군하였다. 무슨 약을 새벽마다 공복에 잡숫는가하고 내가 물었더니 뜻밖에도 아스피린을 두 알씩 먹는다고 하였다. "새벽마다 편두통이 이군 합니까?"내가 물었다. "그런건 없구 새벽에 일어나 원고지에 마주 앉으면 잠이 채 깨지 않은 것처럼 머리가 뻥한데 아스피린 두 알만 먹으면 인차 정신이 말쑥해지오." "공복에 아스피

---

109 위의 글, 50면.
110 윤기덕, 앞의 책, 248면.

린이 위에 좋지 않겠는데요?" "그래서 위병이 온 것 같소. 하지만 아스피린을 먹은후 30분만 지나면 머리가 맑아지면서 쓰는 글에 기름기가 도는 것이 막 알리는데 안 먹을 수 있겠소."[111]

천세봉도 아스피린 복용이 위병을 불러왔다고 생각하고 있다. 이렇게 시작된 그의 위병이 위장 계통의 고질병으로 발전한 것 같다.

위장병 때문인지 한국전쟁이 발발할 당시에도 그는 병석에 누워 있었으며, 『대하는 흐른다』 1부를 쓸 때부터 신병으로 인해 건강이 좋지 않아 집필 도중 앓아눕고 만다.[112] 의사의 작업 중단의 요구에도 그가 집필을 멈추지 않자 천세봉의 어머니가 원고지를 감추는 사태가 벌어진다. 원고지를 찾을 수 없게 된 그가 버릇대로 쭈그리고 앉아 신문지 여백에 글을 쓰는 것을 보다 못한 어머니가 다시 원고지를 내놓았다고 할 만큼 작품에 대한 의지가 강했다. 이를 본 사람들은 그날부터 천세봉이 앓아눕는 날에는 주위 사람들이 돌아가며 그의 글을 받아쓰기 시작했다.[113] 이때부터 몸이 좋지 않은 날은 구술하는 방식으로 작품을 완성을 했다. 이를 두고 일부 작가들로부터 설화문학 작가라는 비난을 듣게 된다. 그는 이런 사실을 매우 섭섭해 했으며 불만을 토로한 것으로 전해진다.[114]

김영근은 1974년 가을 천세봉이 『충성의 한길에서』 1부 집필 도중 몸 상태가 악화되었을 때 그의 구술을 받아 적은 경험이 있다. 김영근은 천세봉으로부터 혼자 중얼거리는 소리가 아닌 큰소리로 정확히 발음하는

---

111 김영근, 앞의 글, 49면.
112 윤세평이 작품에 대한 비평을 실으며 함께 천세봉의 건강에 대한 걱정을 하고 있는 것을 보며 당시 천세봉의 건강 상태는 무척 좋지 않았던 것으로 보인다. 윤세평, 「천세봉 형에게」, 『문학신문』, 1962.7.20, 2면.
113 최창학, 「체험의 터전우에 솟은 두 개의 장편─『대하는 흐른다』(1부)와 『고난의 력사』(1부)의 창작 과정을 두고」, 『문학신문』, 1965.11.12, 2면. 최창학은 『문학신문』 기자인 동시에 작가이다. 그는 이후 4·15문학창작단에 들어가 총서 중 수작으로 꼽히고 있는 『위대한 사랑』과 『설령의 붉은기』(『충성의 한길에서』 6부)를 천세봉이 이어 창작한다.
114 김영근, 앞의 글, 54면. 김영근은 당시 천세봉 담당 편집부장으로 그가 우산장 창작실에서 『충성의 한길에서』 1부를 창작할 때 함께 생활을 했다.

것만 받아 적으라는 당부를 들은 후 작업을 하던 도중 구술을 한 절이 너무 좋다고 타고난 작가라고 칭찬을 했다가 천세봉을 격분시킨 일이 있다. 김영근은 천세봉이 그의 말에 격분하여 "어떤 작가들은 나의 구술을 두고 묘사 문학이 아니라 설화문학이라고 한다는데 타고난 천부적인 작가요, 설화문학이요 하는 건 나의 작가적 노력에 대한 모독이요. 그 한개 절의 매 문장을 내가 얼마나 많은 시간과 정열을 바쳐 모색하고 다듬었는가를 안다면 그따위 소릴 하겠소? 그건 다 남의 작가적 노력을 백분의 일도 가늠하지 못하는 사람들이 하는 소리란 말이요"[115]라며 진정으로 섭섭해 했다고 회상하고 있다.

그가 3천여 매에 달하는 장편을 누운 채 구술로 두 달 반 만[116]에 완성한 작품이 『대하는 흐른다』 1부이다. 『고난의 력사』 1부를 쓸 때도 역시 치료를 위해 강서 약수에 머물렀지만 혈압이 올라 쓰러지는 바람에 평양까지 전보가 올라간 일도 있었다. 그의 신병으로 인해 『고난의 력사』 1부는 추고 작업을 그리 많이 하지 않은 작품으로 통한다.[117]

그의 창작 속도는 매우 빠른 편으로 중편은 한 달 내에, 장편은 석 달을 넘기지 않았다고 한다. 그러나 작품을 구상하는 시간은 천세봉의 말에 따르면 『싸우는 사람들』은 근 1년 반을 구상하고 초고는 약 한 달에, 『흰 구름 피는 땅』은 근 1년을 구상하고 초고는 한 달 반, 『석개울의 새봄』 1부는 구상을 1년 동안 하고 초고를 쓰는 데 반 년 이상이 걸렸다고 한다.[118] 구상 기간이 제일 짧았고, 쓰기도 서둘러 썼던 작품이 『안개 흐르는 새 언덕』이었는데 결국 실패를 가져왔다고 회상하면서 체험이 아주 깊었던 농촌물 중편도 구상만 2년씩 걸렸는데 체험이 없는 혁명소설은 더 많은 기간, 더 많은 모색이 필요했음에도 그러지 못했다고 고백했다고 한다.[119]

---

115 위의 글, 54면.
116 위의 글, 54면.
117 최창학, 앞의 글, 2면.
118 김영근, 「20세기 추억―생활의 바다속에서」, 『조선문학』, 평양: 조선작가동맹출판사, 2002.11, 54면.

김영근은 천세봉이 제일 싫어하고 불쾌해 하는 순간이 한창 글에 몰두해 있을 때 누군가 찾아와 인사를 하거나 창작에 대한 고무를 할 때라고 회상하고 있다. 어느 날 우산장에 방문한 노 작가가 천세봉을 찾아가 인사를 하며 우산장의 창작환경에 만족하는지를 물으며 우수한 작품을 쓰라고 격려를 하고 갔다고 한다. 그러나 천세봉은 그를 배웅하고 돌아와 불쾌한 얼굴로 "에익 오늘 쓰자던 글은 다 깨졌소" 하고 담배만 연거푸 피워댔으며, 다음날에야 겨우 다시 쓰기 시작했지만 어제의 흥분되었던 것만 같지 못하다며 분해했다[120]고 한다. 그 때문에 김영근은 그와 작품 토론을 해야 할 때는 아무리 급해도 식사 시간이나 식사 직후를 택해야 했다고 회상하고 있다.[121]

천세봉이 창작을 시작한 것은 해방 직후부터이다. 그는 문단에 들어서기까지 체계적인 교육을 받지 못했음은 물론 습작기도 거의 거치지 않은 상태였다. 그는 처녀작 「령로(嶺路)」를 공모하기 전 장막 희곡 〈고향의 인상〉을 집필했으나 이 희곡은 연출가의 보류로 공연되지 못한다.[122]

그는 자신이 김일성의 은혜로 문학수업을 받았다고 여러 차례 밝히고 있으나 구체적인 시기는 밝히고 있지 않다. 「향도의 별빛」에서 "해방 후 머슴군의 아들로 태여난 나는 공부도 하지 못했다. 그런 나를 해방 후 어버이 수령님께서 배움의 길을 활짝 열어 주"[123]었다고 진술하고 있는 보면 아마도 해방 직후 그가 소련(지금의 러시아)으로 단기유학[124]을 떠났거나 국내에서 공부를 했던 것 같다.

---

119 위의 글, 55면.

120 위의 글, 55면.

121 위의 글, 55면.

122 천세봉, 『안개 흐르는 새 언덕』 상, 살림터, 1996, 2면.

123 천세봉, 「향도의 별빛」, 천세봉 외편, 『향도의 태양』, 평양 : 평양출판사, 1994, 15면.

124 김주성은 「『안개 흐르는 새 언덕』과 비평적 관점의 변화」에서 천세봉이 1950년 소련 유학에 나섰다가 6 · 25전쟁이 발발하면서 귀국하였다고 쓰고 있으나 참고문헌을 밝히지 않고 있어 확인해 볼 길이 없었다. 그리고 김주성의 주장처럼 그 시기 천세봉은 유학을 떠난 것이 아니라 국내에 있었다. 『문학신문』 1961년 8월 25일자 「창작기지-고향의 번영과 함께-작가 천세봉을 찾아서」에 의하면 천세봉은 당시 위병으로 거동조차 불편한 상태였으며 고향집에 있었다.

1946년 북조선문학예술총련맹에 가입한 그는 해방 직후 고원군 자치위원회에 있을 당시의 체험이 반영된 처녀작 「령로」를 지방 신문인 『예술』에 발표한다. 「령로」는 식량난을 극복하기 위한 탄광 노동자들의 투쟁을 그리고 있는 작품이다.

천세봉이 본격적으로 작품 활동을 시작한 것은 1947년 신병으로 고향에 머무르며 쓴 소설 「새로운 맥박」이 『함남일보』가 주관한 8·15해방 2주년 전국현상모집에서 3등에 당선되면서부터이다.[125] 「새로운 맥박」은 한 소작인 일가가 해방과 더불어 땅의 주인이 되어 어떻게 사람다운 삶을 살게 되었는가를 보여주는 작품이다. 이 작품은 예술적인 표현력이 부족하긴 하지만 향토적 정서와 농촌 세태에 대한 특징적 관찰력, 개성적인 묘사력으로 하여 그의 창작 스타일이 충분히 발휘된 작품이라 할 수 있다.

그 후 천세봉은 단편 「소낙비」(『문학예술』, 1948), 「밤나무 있는 집」(『농민신문』, 1948), 「신혼 부처」(『새조선』, 1948), 「땅의 서곡」(1948), 「호랑령감」(『문학예술』, 1949), 「5월」(1949) 등을 발표하며 왕성한 작품 활동을 한다. 그리고 이 시기 「푸른 하늘」(1948)이라는 중편을 탈고하였지만 이 작품은 한국전쟁 때 유실[126]되었다고 한다.

이 작품들의 주제는 거의가 토지개혁 후 농촌의 모습에 대한 것으로 농민들의 생산의욕이 높아진 원인과 그들의 성격과 정신적 풍모의 변화 과정을 그리고 있다. 그러나 이 시기 그의 작품에는 뚜렷한 갈등의 제시가 없으며, 반전도 없는 아주 단조로운 소위 무갈등론적 경향[127]이 나타난다.

「땅의 서곡」에는 천세봉의 소설에서 투사적 인간형이 처음 등장한다. 그가 바로 막둥이이다. 투사적 인물은 중편 「싸우는 마을 사람들」에서는

---

125 윤성종 외, 『문예상식』, 문학예술종합출판사, 1994, 247면. 천세봉은 이 작품을 필두로 농촌과 농민에 대해 쓰기 시작한다. 그리고 이 작품은 『조선문학』에 다시 실린다.

126 김정웅·천재규, 앞의 책, 72면.

127 무갈등론적 경향은 현실에 존재하는 모순과 갈등을 예리하게 표현하는 대신에 난관과의 투쟁과 성격적 충돌이 없이 주인공을 안일하게 성공시키며 현실을 미화하는 것이다.

권영필로, 「흰 구름 피는 땅」에서는 김철수로, 『석개울의 새봄』에서는 창혁으로 모습을 바꿔가며 투사적 성격의 전형으로 완성되어 간다.

1950년 천세봉은 농업협동조합 준비위원회 위원으로 선출된다. 그리고 한국전쟁이 발발하자 그는 마을에서 무장유격대의 지휘 성원으로 활동하였다. 천세봉은 이 당시 심한 위병을 앓고 있었으며, 고질화된 위경련으로 바깥출입을 못할 형편에까지 이르렀다. 1950년 늦가을에도 천세봉은 위경련으로 며칠째 물 한 모금 마시지 못한 채 집에 누워 있었다. 그는 마을의 당 세포 위원장 조필균에게 인민군이 원산에서 밀렸다는 소식을 듣고 와병 중임에도 군중을 조직하여 함께 피란을 떠난다.[128] 마을을 떠난 천세봉은 부축을 받지 않으면 걸을 수 없는 자신의 몸이 짐이 된다는 자책 속에 일부러 일행으로부터 떨어져 3일간을 산중에 홀로 누워 있었다고 회상하고 있다.[129] 그러던 중 그는 마음을 고쳐먹고 살아야겠다는 일념으로 기어서 누이의 집에 갔을 때는 국군이 그곳까지 들어와 체포의 위기를 넘기기도 했다. 그는 일행과 떨어져 빨치산을 만나기 전까지 보름 이상을 홀로 지냈다. 빨치산이 된 천세봉은 시와 격문을 쓰며 지낸다. 그가 빨치산으로 지내는 동안 고향의 아내는 체포되어 고문을 당하고, 어머니가 서슬[130]을 먹고 자살을 기도했으나 미수에 그치는 일이 발생한다.[131]

전쟁에 대한 체험은 중편소설 「싸우는 마을 사람들」(1953)에 반영되어 있다. 천세봉은 정찰원으로부터 가족의 소식을 전해들은 그때부터 이 작

---

128 김수경, 「창작기지−고향의 번영과 함께−작가 천세봉을 찾아서」, 『문학신문』, 1961.8.25. 김수경은 『문학신문』 기자로 활동하다 1985년 장편소설 『탄생하는 계절』(문예출판사)로 그 모습을 드러낸다. 이후 1990년대 [불멸의 력사] 해방 후 편 『승리』와 『삼천리 강산』을 창작함으로써 4·15문학창작단의 주요작가로 활동한다.

129 위의 글.

130 서슬은 바닷물로부터 소금을 생산하고 남은 어미액으로 쓴맛을 가진 염화마그네슘이 많이 들어 있다. 서슬을 종합적으로 처리하여 염화칼슘, 브롬, 염화마그네슘 등 여러 가지 화학제품을 생산한다. 『조선말 대사전』 1, 평양 : 사회과학출판사, 1992, 1, 726면. 이것은 두부를 만들 때 쓰는 간수로도 이용된다. 흑석동 소재 '신토불이 식품(두부공장)' 주인의 말에 따르면 간수는 식용과 공업용으로 나뉘는데 공업용은 인체에 치명적이라고 한다. 북한에서 독극물로 사용하는 서슬은 공업용 간수를 가리키는 것 같다.

131 김수경, 앞의 글.

품을 구상했던 것으로 보인다. "산에 있을 때부터 작품의 디테일이 머리에서 떠나지 않았습니다. 생활이 요구하기 때문에 당시는 격문과 시를 썼습니다."[132] 그는 산에서 내려오자마자 방공호에서 이 작품을 한 달 반 만에 완성한다.[133] 「싸우는 마을 사람들」은 미국의 침략을 반대하는 강안 마을 사람들의 투쟁을 그린 작품이다. 북한에서의 이 작품에 대한 평가는 다음과 같다.

> 중편소설 「싸우는 마을사람들」은 미제침략자들을 반대하는 강안 마을 농민대중의 영웅적인 투쟁을 전형적인 계기와 갈등 속에서 파악하고 생동한 개성과 선명한 필치로 예리하게 그려냄으로써 조국해방전쟁시기 우리의 소설문학을 빛나게 장식한 성과작이다.[134]

김헌순은 천세봉이 사상과 예술성에서 새로운 봉우리에 올라 설 수 있었던 것이 이 작품을 통해 가능했다고 말하고 있다.[135] 이후 천세봉은 1954년 '조선작가동맹'[136] 위원장으로 선출됨으로써 북한 문단 중심부에 진출하게 된다. 1955년 이전까지 중·단편소설 집필에 치중하던 천세봉은 이때부터 장편소설을 쓰기 시작한다. 그해 7월부터 『조선문학』에 장편소설 『석개울의 새봄』 1부를 연재한다.

『석개울의 새봄』은 『조선문학』에서 1955년 7월부터 1963년도 6월까

---

132 위의 글.

133 위의 글.

134 윤종성 외, 앞의 책, 247면.

135 김헌순, 「천세봉과 농촌」, 『조선문학』, 평양: 조선작가동맹출판사, 1960.7, 115면.

136 작가동맹은 1946년 3월 북조선문학예술총연맹의 산하단체로 발족했으며 몇 차례 개편을 거쳐 오늘날에 이르고 있다. 오늘날의 조직은 중앙 위원회(위원장 1명 부위원장 1명), 서기장(당위원장), 조직부, 신인지도부 등의 부서가 있으며, 시·소설문학·희곡·아동문학·평론·고전문학·외국문학 분과위원회, 문학신문사 등으로 구성되어 있으며, 산하에는 4·15문학창작단 등의 집체문학 창작 단체와 각 도지부가 있다. 작가동맹의 임무와 기능은, 작가들에게 당의 문예정책을 알리고 그를 관철하도록 지도·통제, 창작지도, 교양, 맹원과 후보맹원의 가입과 축출의 결정권을 지니고 있다. 오양열, 「남·북한 문예정책의 비교연구」, 성균관대 박사논문, 1998, 100면.

지 연재된 작품이다.[137] 작품의 배경은 전쟁 직후인 1953년 늦가을 당 중앙위 제6차 전원회의에서 전후복구의 기본노선을 결정[138]을 한 직후부터 1954년 가을까지이다. 1부의 초고가 완성된 것은 1954년 5월이다. 당시 천세봉의 고향 마을인 덕지리에는 협동화의 움직임이 없었으며 작품에서처럼 제대군인들도 귀향하지 않은 상태였다. 그는 당시 마을 농업협동조합 준비위원 중 한 사람으로, 군당위였던 만큼 준비위원회를 지도하는 입장이었다.[139] 그는 다른 지역의 협동조합의 연구를 통해 1953년 11월 마을에 협동조합을 건설하는 일에 매진한다. 따라서『석개울의 새봄』에는 그의 풍부한 현장 경험이 담겨져 있다.

초고가 완성된 시기를 보면 알 수 있듯이 그는 자신의 마을에서 이미 진행된 이야기를 쓰기보다는 앞으로 야기될 문제들을 작품으로 구상해 놓았다고 한다. 즉 농업협동화가 끝난 후 그 성과를 작품화한 것이 아니라 농업협동화의 진행과정 속에서 작품을 창작한 것이다.

1956년『조선문학』1월호에 실린「一九五六년도를 맞이하는 작가들의 창작 계획에서」, 그는「석개울의 새봄 2부」[140]가 마무리 단계에 있음을 밝히며, 1956년도에는「석개울의 새봄 3부」를 쓸 것이라고 자신의 계획을 밝힌다.[141] 그의 계획을 엿보면 다음과 같다.

---

137 『석개울의 새봄』1부는 1955.7~9(1회분 : 1~3회), 1956.6~8(2회분 : 1~3회), 1957.8~10(3회분 : 1~3회)까지 연재되었으며『석개울의 새봄』2부는 1959.8~1960.9(2부 : 1~8회), 1960.7~12(2부 : 9~14회)까지 연재되었다.『석개울의 새봄』3부는 1962.3~1963.6(3부 : 1~16회)까지 연재되었다.

138 노동당 중앙위 제6차 전원회의는 1953년 8월 5~9일간 진행되었다. 여기서 김일성은 중공업우선주의를 실제 내용으로 하는「중공업우선의 경공업·농업 동시발전노선」과「농업협동화」실시를 제기하였다. 조선로동당 중앙위원회 당력사연구소 편,『조선로동당략사』2(1979년판), 돌베개, 1989, 23~45면. 이러한 중공업 우선의 발전전략과 농업협동화는 반대파들의 비판에 직면하게 되었으며, 결정적으로 '8월 종파사건' 이후 반대파들이 제거됨으로써, 김일성이 제시한 경제건설노선은 확고한 뿌리를 내리게 되었다.

139 천세봉,「원형과 전형」,『문학신문』, 1966.5.20. 이 글은 학생 독자가 보낸 편지에 대한 답글 형식으로 위와 같은 내용 이외에도 원형과 전형의 차이점을 설명하고 있다.

140 『석개울의 새봄』1부는 1955.7~9(1회분 : 1~3회), 1956.6~8(2회분 : 1~3회), 1957.8~10(3회분 : 1~3회)로 나뉜다. 여기서 그가 말한 2부는 2회분을 지칭한다.

141 1956년 당시에는『석개울의 새봄』1부 1회가 연재되는 중이었다.

새해에 나는 장편소설 三부작 『석개울의 새봄』을 완성하려고 생각합니다. 제
二부는 좀더 추고해서 멀지 않아 붓을 떼겠습니다. 그러니 금년도에 쓸 것은 주
로 제 三부입니다. 제 二부에서 창혁이를 비롯한 조합의 관리 일꾼들은 더욱 어
려운 여러가지 난관에 봉착합니다. 그러나 그들은 과감하게 자기들의 애로를 타
개하며 온갖 부정적인 것들을 이겨 나갑니다. 조합에서는 저수지의 설치, 토지
개량사업, 그밖에 여러 가지 큰일들을 성공합니다. 조합은 이런 과정을 밟아 조
직 경제적으로 더욱 강화됩니다.[142]

그의 계획은 창작 결의에서 크게 빗나가지 않는 수준에서 완성된다.
그러나 『석개울의 새봄』 1부로 인해 천세봉은 '제2차 작가 대회'를 통해
'도식주의와 기록주의' 논쟁에 휘말린다. '도식주의를 교살하는 회의'라
불리었던 '함경남도 작가회의'에서도 도식주의 작품의 대표적 실례로 뽑
힌 단편소설 「보리마당」과 변희근의 「안해」와 더불어 천세봉의 『석개울
의 새봄』 1부가 비판의 대상[143]이 되었다.
당시 북한 문단은 월북 작가들을 중심으로 1950년대 초부터 사회주의
리얼리즘론의 자기 정립을 위한 시도로 여러 차례 미학 논쟁을 벌인다. 그
리고 논쟁을 통해 사회주의 리얼리즘을 발전시켜간다.[144] 1950년대의 북한
은 한국전쟁이라는 최대의 사변과 종파투쟁이라는 최대의 권력투쟁으로
정치적·경제적인 문제가 착종되어 있던 불안정한 시기였다. 정치적·경
제적 문제는 북한문학계에도 영향을 미쳤다. 이 영향은 북한 문단에 '전후

---

142 천세봉 외, 「一九五六년도를 맞이하는 작가들의 창작 계획에서」, 『조선문학』, 평양 : 조선작가동맹
　　출판사, 1956.1, 192면. 3부 역시 1957년 8~10월(3회분 : 1~3회)까지 연재된 3회분을 지칭한다.
143 「제2차 작가 대회 결정 정신을 받들고」, 『문학신문』 2호, 1956.12.13, 1면.
144 『조선문학』을 중심으로 북한에서 전개된 사실주의 논쟁의 흐름을 살펴보면 다음과 같다. 민족문
　　학론 및 고상한 리얼리즘·사회주의 리얼리즘론(1946~1949), 부르조아 미학사상 잔재 비판론
　　(1953~1958), 도식주의·기록주의 논쟁(1956~1959), 사실주의 발생발전론(1956~1963), 공산주
　　의자 전형 창조론(1956~1966), 천리마기수 형상론(1958~1963), 수정주의 비판론(1958~1961), 갈
　　등론, 혁명적 대작 창작론(혁명투사 투사-인간 형상론(1964~1969)), 항일혁명문학론(1967~
　　1970), 수령형상 문학론(1968~현재)으로 구분할 수 있다.

복구건설과 사회주의 기초건설'이라는 물적 토대 위에서 사회주의적 문예 정책과 이론 및 다양한 창작의 시도와 조직개편으로 나타났다.[145]

1953년 9월 제1차 전국 작가 예술가 대회에서는 '부르조아 미학사상 잔재의 청산'이 제기되었다. 이어 1956년 10월 제2차 조선작가대회에서 제기된 '도식주의 논쟁'은 이후 북한 문단에서 사상적 이론 투쟁의 주요 쟁점이 된다.

'도식주의 논쟁'의 핵심은 1차 작가대회 이후 경직된 평단의 평론, 즉 무원칙한 찬사와 '타도식 평가', '독재식 평론'에 대한 반성에 있었다. 따라서 이에 따른 '도식주의' 극복을 통해 작품에서 문제성을 제기하고 그를 예술적으로 일반화하여 주제의 협애성과 장르의 국한성 및 스타일의 단조성을 퇴치하고자 하였다.

2차 조선작가 대회는 「전후 조선 문학의 현 상태와 전망」이라는 한설야의 보고로 시작된다. 한설야는 이 보고에서 이 시기 문학의 성격을 '도식주의' 경향으로 규정하고 있다. 당시의 문학이 "현실의 미화와 도색, 이상적이며 가장 모범적인 주인공을 등장시켜 사회주의 사실주의의 강력한 측면인 전진운동으로써의 비판성을 마비시킴으로써 문학의 사회 교육적 기능을 상실"[146]하였다는 것이다. 그와 함께 문학작품을 빈곤하게 하는 요인으로 '기록주의'를 지목하고 있다. "도식주의가 어떤 기성의 틀을 가지고 현실을 대함으로써 생활의 진실을 외곡시킨다면 기록주의는 예술의 형상과 생활 자체를 혼동하면서 현실의 본질적인 것과 우연적인 것을 구분하지 못하는 자연주의의 변종"[147]이라는 것이다.

---

145 이와 같은 시도는 한국전쟁 직후 북한은 당 중앙위 6차 전원회의에서 3단계 '인민경제계획'을 통해 사회주의 체제의 기초를 건설한다는 목표에서부터 나타난다. 그리고 이 목표에 의해 이 문예조직도 사회주의 체제의 기초 건설에 부합하는 조직으로 대규모 개편이 진행된다. 작가들은 1953년 9월 제1차 전국작가예술가대회를 통해 '부르조아미학의 잔재'에 물들어 있는 기존의 '조선문학예술총동맹'을 해체하고 '조선작가동맹'을 발족시킨다.
146 한설야, 「전후 조선 문학의 현 상태와 전망」, 『제2차조선작가대회 문헌집』, 평양 : 조선작가동맹출판사, 1956, 35면.
147 위의 글, 44면.

한설야는 이 보고에서 '도식주의' 경향을 타개하기 위한 다섯 가지 방도를 제시하고 있다. ① 문학의 레닌적 원칙을 견지하기 위한 투쟁을 할 것을 요구한다. 지난 시기 레닌적 당성 기치를 고수하기 위한 투쟁을 통한 '행정적 조치'[148]의 경험을 되새기자는 것이다. ② 전후문학이 현실을 인위적으로 왜곡하거나 도색함으로써 개성 없고, 천편일률적인 작품을 생산하는 약점을 지녔다고 지적하면서 이와 같은 문예미학의 오류가 발생한 것은 작가들이 생활의 진실을 반영하지 않고 당성, 전형성의 문제를 관념적으로 사고한 데 기인한다고 비판하고 있다. ③ 사회주의 리얼리즘론을 교조주의적으로 인식하거나 일면적으로 봄으로써 그에 따른 실천의 결과 기록주의, 도식주의, 무갈등론 등의 제경향이 만연하게 되는 원인이 되었다는 것이다. ④ 작품의 문제성을 잘 살리려면 작가가 예술적 환상의 소유자가 되어야 한다는 것이다. 이 예술적 환상은 자기 주관적 기호에 의해 되는 것이 아니라 목적 지향성과 유기적으로 연계되어 있다는 것이 그의 주장이다. 그리고 평론가들 역시 선진 문학이론을 기계적으로 받아들여 맹목적으로 추종함으로써 문제를 야기하고 있다고 지적하면서 작가들이 평론사업에 참여할 것을 촉구하고 있다. ⑤ '도식주의' 현상 타개를 위한 조직 개편안을 제시하고 있다.[149]

그리고 조선작가동맹 제2차 조선작가대회 「'전후 조선문학의 현 상태와 전망'에 관한 결정서」에서 한설야는 '도식주의적 경향을 현실생활에 기초하여 그것을 진실하게 묘사하는 대신에 작가 자신의 주관적 견해를 도해하는 것으로 규정했다. '기록주의적 경향은 작가가 내세운 사상, 주제적 과업에 복종되도록 생활현상들을 선택하며 일반화하는 대신에 이것저것을 복사하는 것으로 규정하였다. 그리고 무갈등 경향은 현실에 존재하는 모순과 갈등을 예리하게 표현하는 대신에 난관과의 투쟁과 성격적 충돌이 없이 주인공을 안일하게 성공시키며 현실을 미화하는 것[150]으

---

148 행정적 조치란 임화, 이태준, 김남천, 기석복 등의 제거와 8월 종파투쟁을 가리킨다.
149 한설야, 앞의 글, 10~61면.

로 규정한다.

 이 대회를 통해 많은 작가들의 작품이 '도식주의' 혐의를 받았다. 천세봉의 『석개울의 새봄』 1부 역시 작가대회 직후 벌어진 '함경남도 작가회의'에서 비판의 대상이 되었다. 천세봉이 받은 주된 비판은 '도식주의'를 피하기 위해 '기록주의'[151]로 흘렀으며 이로 인해 작품이 단조로워졌다는 것이다. 또한 이러한 습성 때문에 주제가 명확하지 못하고, 디테일들이 유기적으로 집중되어 있지 못하기 때문에 지루하고 산만하다[152]는 것이다. 그러나 천세봉에게 가해진 '기록주의'에 대한 비판을 자세히 살펴보면 '기록주의'가 자연주의적 묘사 외에도 작가의 당 정책에 대한 문제의식을 봉합하기 위한 수단으로 사용되고 있음을 알 수 있다.

 이때 '도식주의' 비판으로 북한 평론계에서 두각을 나타내는 인물은 엄호석, 조중곤, 강능수 등이다. 이 당시 엄호석의 '도식주의' 비판은 문학의 예술적 측면을 무시한 채 사상적인 부분만을 강조하는 좌편향으로 흐르고 있었다. 그의 당시 평론을 보면 김하명의 지적처럼 사상과 형상, 사상성과 예술성을 분리시키려는 시도가 명확하게 드러나 있다. 이것은 그가 『문학신문』에 기고한 「전투적 쟌르인 서정시와 단편소설의 예술적 성능을 제고하자」(1958.11.27)에서도 확인할 수 있다. 엄호석은 천세봉의 단편 「두조합원」이 지닌 지루하기 짝이 없는 설명조의 문체와 작가의 개입 등 예술적 형상의 약점을 인정하면서도 사상성이 잘 드러나고 있다는 점에 초점을 맞춰 이 작품을 우수한 작품으로 평가하고 있다.

 좌편향에 대한 최초의 우려는 제2차 작가대회 직후 김일성에 의해서 시작된다. 김일성은 「현실을 반영한 문학예술작품을 많이 창작하자」에

---

150 한설야, 「『전후 조선 문학의 현 상태와 전망』에 관한 결정서」, 『제2차조선작가대회 문헌집』, 평양: 조선작가동맹출판사, 1956, 311면.
151 김명수, 「조선 작가 동맹 중앙 위원회 제2차 전원 회의에서 토론(요지)」, 『문학신문』, 평양: 조선작가동맹출판사, 1957.11.14, 6면.
152 유항림, 「명확한 주제가 요구된다—소설분과위원회에서」, 『문학신문』, 평양: 조선작가동맹출판사, 1957.3.7, 4면.

서 '도식주의', '교조주의' 경향을 비판하면서도 다른 한편으로 '도식주의' 비판이 가져올지도 모르는 역기능인 '수정주의'를 통해 반론을 제기하고 있다.[153] 이 반론의 중점은 '도식주의' 비판을 통해 일게 될 작가들의 자율성 문제에 있었다. 김일성은 자율성의 요구를 수정주의로 지목하고 부르주아적 '창작의 자유'로 보고 있다. '도식주의' 비판에 대한 이 반론은 부르주아적 '창작의 자유'라는 '수정주의' 비판에 묻혀 본질적인 비판이 되지 못했다. 이러한 도식주의 비판의 역기능에 대한 본격적인 비판은 1958년 김명수와 김하명, 현종호에 의해 이루어진다. 이들이 문제 삼은 것은 사상과 형상, 사상성과 예술성의 분리 문제였다.

김명수[154]의 평론 「평론은 생활 및 창작과 더욱 밀접히 연결되어야한다」의 주요 요점은 문학의 현상태가 생활에 뒤지고 있다는 것이다. 특히 평론은 생활 뿐 아니라 창작에서도 뒤쳐져 있어 평론과 생활, 평론과 창작 사이의 간극이 벌어짐으로써 문제를 야기 시키고 있다는 것이 그의 주장이다.[155]

그는 먼저 평론이 생활과 창작을 유리시킴으로써 스스로 불구화의 길로 빠져들고 있다고 지적하면서 '도식주의'를 반대하는 투쟁에서 뜻하지 않는 손실을 보고 있는 부분이 정론시(政論詩)[156]라고 비판하고 있다. 김

---

153 김일성, 「현실을 반영한 문학예술작품을 많이 창작하자─문학예술부문지도일군들과 한 담화(1956.12.25)」, 조선로동당 중앙위원회 당력사연구소 편, 『김일성 저작집』 10, 평양: 조선로동당출판사, 1980 참조. 여기서 김일성이 말하는 수정주의적 경향은 당 영도를 거부하는 태도를 가리킨다. 당시 북한에서는 일부 작가들 사이에서 당 조직이 작품창작사업을 지도하는 것을 마치 작가들의 의견을 무시하고 조직의 의견을 강요하는 것처럼 생각하면서 당 조직의 지도를 잘 받지 않으려고 하는 일들이 자주 발생한 듯하다. 또한 이 글에서 김일성이 혁명전통 주제의 작품을 창작할 것에 대해 언급하고 있다는 점은 이후 1960년대 혁명 전통을 다룬 '항일혁명문학'의 등장을 예고하고 있다는 점에서 주목할 만하다.

154 김명수는 김하명과 논리의 패를 같이하고 있으며, 그가 도식주의 비판 계열뿐만 아니라 반론파가 안고 있는 문제까지 함께 지적하고 있다는 점에서 다른 인물들보다 도식주의 비판에 대한 반론의 성격이 명확하게 드러남으로 본고에서는 그의 논의를 통해 반론의 성격에 대해 살펴보기로 하겠다.

155 김명수, 「평론은 생활 및 창작과 더욱 밀접히 연결되어야한다」, 『조선문학』 127, 평양: 조선작가동맹출판사, 1958.3, 137면. 김명수는 조중곤의 평론을 김하명은 엄호석의 평론을 예로 들어 반론을 제기하고 있다.

156 북한의 사회 정치의 문제를 다룬 서정시. 전투성과 호소성이 강하게 드러난다.

명수에 의하면 지금은 정치적 사변들로 충만한 시대이므로 훌륭한 정론시가 요구됨에도 불구하고 정론시가 가지는 특수한 성격, 그 형상에 대한 몰이해로 '도식주의' 비판이 정론시의 창작의욕을 저하[157]시켰다는 것이다. 둘째, '도식주의'가 가져온 편향의 문제를 지목하고 있다. 창작실천과 유리된 논의는 탁상공론으로 화할 우려가 농후하다는 것이다. 그는 엄호석과 김창석이 문학 특성의 몰이해로 사상과 형상, 사상성과 예술성을 분리하고 있는 데 대해 다음과 같이 비판하고 있다.

> 전형적인 것이 사회력사적 력량의 본질에 합치되는 것만으로 규정한 공식의 잘못은 다른 사회 과학에서 연구하는 사회의 력량의 본질을 문학 예술에서는 다른 각고에서 다르게 천명한다는 특수한 특면을 도외시한 데 있는 것이며, 문학 예술에서는 그 본질이 항상 감성적 — 정서적이며 구체적 — 개성적인 형태로 표현된다는 것을 무시하고 일면적으로 규정한 데 있는 것이다.[158]

셋째, 평론가의 재판관화이다. 김명수는 엄호석도 문제지만 그에 대한 안함광의 타도식 비판과 한효의 결론식 비판 역시 비속 사회학적 독단을 극복하려는 긍정적 시도를 권투시합으로 만들고 있다[159]고 지적한다.

그러나 이러한 반론의 노력에도 불구하고 1958년 11월 20일에 나온 김일성의 교시 「공산주의 교양에 대하여」는 도식주의적 문예정책을 강화시키는 결과를 야기하였다. 그리고 조선작가동맹 중앙위 4차 전원회의에서 가장 중요한 현안으로 제기된 '천리마 기수 형상론'의 결의로 북한 문학은 좌경화로 흐르고 만다. '천리마 기수 형상론'이라는 좌경적 경향의 대두는 당시 북한을 지배하고 있었던 국가 재건 이데올로기의 영향 때문이다. 당시 북한 사회의 경제적 상황은 정치적인 경향에 영향을 미

---

157 김명수, 앞의 글, 132면. 이 평론에서 김명수는 엄호석, 조중곤, 김하, 김우식의 평론을 반박하고 있다.
158 위의 글, 133면.
159 위의 글, 136~137면.

쳤다. 국가 재건 이데올로기와 대립하던 비주류의 민족 이데올로기는 경제적 상황 아래서 압도당할 수밖에 없었다. 또한 주류와 비주류의 대립이라는 정치적 상황은 즉각적으로 문단에 영향을 미치게 된다. 결국 교시「공산주의 교양에 대하여」는 김일성의 정치적 의도 속에서 나온 것이며 북한 문단은 '천리마 기수 형상론'이라는 좌경화로 흐를 수밖에 없었던 것이다.

좌경적 오류를 시정하려는 반성에서 나온 이 논쟁이 비록 좌경화로 귀결되었지만 자체 내에서 사회주의 리얼리즘의 정립을 위한 반성이 있었다는 점은 물론 전형화 문제, 리얼리즘론의 중요한 이론적 범주인 혁명적 낭만성, 민족적 형식 문제 등이 이 과정을 통해 구체화 되었다는 점은 이 논쟁의 의의이자 성과로 볼 수 있다.

'도식주의' 논쟁과정 중에 불거진 '기록주의' 비판이나 '수정주의'적 면모 역시 그들의 미학 논쟁을 성숙시키는 데 기여한 것은 사실이다. 그러나『석개울의 새봄』에 대한 비판을 볼 때 '기록주의'라는 용어는 작가의 비판적인 시각을 가로막는 장애요인으로 작용하고 있다. 작가가 현실을 사실적으로 반영하는 것을 방해하고 있다는 측면에서 기록주의에 대한 부분은 비판적 시각에서 바로 볼 수밖에 없다.

비판을 받은『석개울의 새봄』1부는 초고의 합평회와 잡지 연재를 거친 후 1958년에 단행본으로 재판되었다. 그리고『석개울의 새봄』1부는 1979년 가필 수정이 이루어졌으나 2, 3부는 계획대로 개작하지 못하였다.[160]

정치적으로 천세봉은 1958년 9월 28일 '조선문학예술총동맹(이하 문예총)'[161] 중앙위원으로 선출되었으며, 1961년에는 '작가동맹' 중앙위원회 소설

---

160 김정웅·천재규, 앞의 책, 73면.

161 문예총은 북한의 작가·예술인들을 망라하여 결성된 단체로 당초 1946년 3월 북한문학예술총연맹으로 발족하였다가 한국전쟁 중이었던 1951년 3월 조선문학예술총동맹으로 개편되었으며, 1953년 3월 작가동맹, 미술가동맹, 작곡가동맹으로 분리 개편되었다. 1961년 3월 위원장 1명, 제1 부의원장 1명, 부위원장 4명, 당에서 파견된 지도원 1명 등을 배치하고 있으며, 중앙위원회에는 조직부, 선동부, 교양부의 부서가 있으며, 별도의 도지부는 없다. 그리고 산하에 7개의 부문별 동맹과 조선민족음악위원회, 공연협회, 예술교류협회 등을 두고 있으며 문예총 직속기관으로 문예총출판사를 두

분과 위원장으로 선출된다.[162] 그리고 『석개울의 새봄』 2부를 출간한다.[163]

1959년 그는 8월부터 『조선문학』에 장편소설 『석개울의 새봄』 2부 연재를 시작하는 한편 8월 초에 슬로바키아 인민봉기 15주년(1959.8.29)을 맞아 체코슬로바키아를 방문한다. 그는 체코에서 인민봉기의 근거지인 반스까 비스뜨리짜와 과학원 농업연구원을 방문하고 집시와 작가들을 만난다.[164] 그의 이 방문은 인민봉기일을 맞아 우방 사회를 시찰하는 차원에서 그친 것 같다. 그는 『조선문학』에 「잊을 수 없는 벗의 나라」라는 제목으로 기행문 형식의 감상만을 남기고 있다.

천세봉은 1962년 9월에는 작가동맹 중앙위원회 위원장으로 선출[165]된다. 대작 세 편을 발표한 1960년대 전반기는 그가 창작에 새로운 변화를 가져옴은 물론 정치적·문학적으로 입지를 다지는 시기이다. 그는 소설 분과 위원장으로 활동하면서 1962년에 농촌계급투쟁을 그린 장편 대하소설 『대하는 흐른다』 1부[166]를 발표한다.[167] 그리고 이 시기 그는 「제비」라는 작품을 구상 중이었던 것 같다. 윤세평은 『문학신문』에서 『대하는 흐른다』에 대한 평을 하면서 구상 중인 「제비」가 좋은 작품이 되길 바란다[168]며 글을 맺고 있다. 그러나 이 작품의 완성 여부와 출간 여부는 확인할 수 없었다.

천세봉의 장편 『고난의 력사』 1부는 세 번째 대작 소설이다. 천세봉이 이 작품을 구상한 것은 첫 장편소설 『석개울의 새봄』 3부작을 집필하면

고 『조선예술』 등 월간 문예지를 발간하고 있다. 『문학예술 사전』, 평양: 사회과학출판사, 1972, 698~699면.

162　『조선문학사』 15에는 1959~1961년까지 역임하였다고 기술하고 있다. 김정웅·천재규, 앞의 책, 73면.

163　『조선문학년감』, 평양: 조선중앙통신사, 1962, 274면.

164　천세봉, 「잊을 수 없는 벗의 나라」, 『조선문학』, 평양: 조선작가동맹출판사, 1960.5, 95~112면.

165　최학수, 「'그 시절'에 대한 추억」, (『문학신문』, 2003.6.28)에는 1964년으로 기록되어 있다. 본고에서는 『조선문학사』 15가 취임 월까지 기록하고 있어 『조선문학사』 15의 기록을 따른다. 그는 이때부터 1986년 사망 시까지 작가동맹중앙위 위원장으로 활동한다. 김정웅·천재규, 앞의 책, 73면.

166　『대하는 흐른다』 1부 역시 윤세평으로부터 작가의 사색의 깊이가 떨어진다는 즉 기록주의에 대한 지적을 받는다. 윤세평, 「천세봉 형에게」, 『문학신문』, 1962.7.20, 2면.

167　『조선문학년감』, 평양: 조선중앙통신사, 1963, 242면.

168　윤세평, 앞의 글, 2면.

서부터였다. 자신이 체험한 농민의 역사를 그려보고 싶다는 욕심은 곧 『대하는 흐른다』 1부와 『고난의 력사』 1부로 체현된다. 『석개울의 새 봄』을 탈고한 해인 1961년 그는 노동운동의 영향하에 앙양되었던 농민 운동에 대해 쓰려고 했다. 그러나 그가 먼저 손을 댄 것은 토지개혁에 관한 『대하는 흐른다』 1부였다. 그가 구상을 해 두었던 『고난의 력사』 1부 보다 『대하는 흐른다』 1부를 먼저 집필한 것은 8·15해방이 그의 체험 중 가장 감격적인 역사적 사변이었기 때문이라고 한다.[169] 8·15해방은 최하층의 생활을 하던 그에게 새로운 삶이 시작된 기점이기에 아마도 해 방이 가장 인상에 남는 시기였을 것이고, 그 시기의 감격을 글로 옮기고 싶었을 것이다. 그는 『대하는 흐른다』 1부를 먼저 쓰고, 바로 『고난의 력 사』 집필에 들어간다.

이 작품은 첫 장편소설 『석개울의 새봄』 3부작을 마친 1961년 봄에서 40여 년을 거슬러 올라가 1920년대 중반(1923~1927)의 농촌을 배경으로 현 씨 일가와 월하리 농민들의 고단한 삶을 통해 사회 계급의 모순을 고발 하고, 혁명운동의 흐름과 그 속에서 성장하는 미래의 혁명 투사를 그리 고 있다.

『고난의 력사』 1부[170]와 『대하는 흐른다』 1부는 1964년 조선문학예술 총동맹출판사에서 간행된다. 원래 이 세 편의 대작은 모두 10부작으로 계획되었다.[171] 그러나 1920년대부터 1930년대까지를 그린 『고난의 력 사』가 1부만으로 끝났고, 해방 직후부터 조국해방전쟁 시기까지를 다루 려 했던 『대하는 흐른다』 역시 1부만을 창작했으며, 5부작으로 계획된 전후 폐허가 된 농촌을 복구하는 과정을 그린 『석개울의 새봄』은 3부로 끝을 맺었다. 비록 10부작의 꿈은 실현되지 못했으나 천세봉은 이 세 편 의 대작을 통해 북한의 농촌의 모습을 사실적으로 형상화하는데 기여하

---

169 천세봉은 이 두 작품을 강서 약수에서 집필한다. 최창학, 「체험의 터전우에 솟은 두 개의 장편―『대 하는 흐른다』(1부)와 『고난의 력사』(1부)의 창작 과정을 두고」, 『문학신문』, 1965.11.12, 2면.
170 『조선문학년감』, 평양 : 조선중앙통신사, 1965, 172면.
171 최창학, 앞의 글, 2면.

였다. 또한 이 세 편의 장편소설은 이후 1964년부터 시작되어 3~4년간 북한문학계의 창작 논의의 주된 관심사가 된 '혁명적 대작' 논의의 이론적 토대가 되었다.

1960년대는 북한이 내외적으로 체제 안정의 기반을 마련한 때인 동시에 사회체제의 기본성격과 특수성을 구조화시킨 시기다. 1960년대 초는 후르시초프의 주도하에 사회주의권에서 스탈린 격하 운동이 진행되던 때이다. 한편으로는 소련·중국 간의 이데올로기 논쟁과 국경분쟁으로 사회주의 진영 내에 균열과 갈등이 표면화된 시기였다.[172] 북한은 중·소 분쟁에 대해 중립적인 태도를 유지하였지만 내용적으로는 명확하게 중국의 입장을 지지하였다.[173] 북한은 그들의 대남 혁명 전략에 배치되는 소련의 평화공존 정책에 반대하지 않을 수 없었다. 국제공산주의운동의 구심점인 소련의 세계 전략에 대한 이견은 북한의 독자적인 권력 구축에 대한 집권 세력의 요구와 결부되었다. 따라서 북한과 소련의 불편한 관계가 지속되었다.[174]

172 　중·소 대립의 단서는 1956년 2월에 열린 제20회 소련공산당대회에 있다고 평가되고 있다. 1958년은 중·소 대립이 격화되고 표면화된 결정적인 시기이다. 중·소의 대립은 1964년 흐루시초프가 실각한 후에도 지속되었으며, 1979년 4월 중국은 소련에 대하여 중소우호동맹 상호원조조약 폐기를 정식으로 통고한다. 조선작가동맹출판사 편집부 편, 『중소대립과 북한』, 나라사랑, 1988, 14~18면.

173 　북한은 중·소 대립을 바라보며 다음과 같은 두 개의 사설을 통해 수정주의에 대한 경계를 하고 있다. 그 내용의 기본적인 골격은 「모스크바선언」(1957.11.22) 그리고 「모스크바 성명」(1960.12.6)과 같지만 내용적으로는 수정주의 국으로 소련을 지목하고 있다. 이것은 특히 범공산권의 단결을 촉구하는 글에서 잘 드러난다. 「국제 공산주의 운동의 단결을 강화하고 반제 혁명투쟁을 더욱 강력히 전개하자」, 『로동신문』, 1964.12.3에서 북한은 공산주의 진영 내의 교조주의와 수정주의를 배격하고 마르크스-레닌주의 원칙에 입각, 범 공산권이 단결하여 제국주의를 분쇄해야 한다고 주장하고 있다. 이와 같은 논조의 사설은 1966년 8월 12일자 로동신문 「자주성을 옹호하자」에서도 볼 수 있다. 이 글에서 북한은 "우리 당은 현대수정주의와 교조주의 종파주의를 반대하여 맑스-레닌주의의 순결성을 고수하기 투쟁할 것이다"라고 밝히고 있다. 「모스크바선언」(1957.11.22)과 「모스크바 성명」(1960.12.6)의 전문은 조선작가동맹출판사 편집부, 『중소대립과 북한』, 나라사랑, 1988, 19~70면 참조. 중·소 대립에 관련된 양국의 서한은 71~105면 참조.

174 　소련과의 불편한 관계는 『로동신문』의 논평 「왜 평양 경제 토론회의 성과를 헐뜯으려 하는가?-제2차 아세아 경제 토론회에 대한 『쁘라우다』의 비방을 론박함」에서도 잘 나타나 있다. 「왜 평양 경제 토론회의 성과를 헐뜯으려 하는가?-제2차 아세아 경제 토론회에 대한 「『쁘라우다』의 비방을 론박함」, 『로동신문』, 1964.9.7. 중국과 소련의 관계가 악화되던 시기 중국의 노선을 지지하던 북한은 평양에서 제2차 아시아 경제토론회에 소련과 인도를 초청하지 않았다. 이에 소련의 『프라우다』

또한 1961년 한국에서 일어난 군사 쿠테타, 반공 정부의 수립과 함께 이루어진 군비 확장, 한국과 일본과의 국교 정상화 과정은 북한의 위기의식을 확장시켰다.[175] 1962년 쿠바 사태에서 보여준 소련의 태도[176] 등을 접하면서 소련이 절대적 동맹이 아니라는 인식 전환[177] 아래 북한은 자주 국방과 자주적인 혁명 역량의 문제를 강조하기 시작한다. 이러한 위기의식은 북한이 군사 우선 정책을 추진하게 하고, 김일성을 중심으로 빨치산 세력 및 군부 엘리트가 보다 확고하게 권력을 유지·강화시킬 수 있는 상황적 요인이 되었다.[178]

'승리자의 대회'로 불린 1961년 9월의 제4차 노동당대회는 김일성 중심의 지도체제의 구성을 완결 짓는 당대회이자, 항일 빨치산 세력과 그 추종세력의 완전한 권력 장악을 결정지은 당대회였다.[179] 이 당 대회에서

지 「누구의 리익을 위함인가?」라는 논설을 통해 평양 경제토론회가 전 사회주의권의 분열을 조장하고 개별 국가들의 이해관계만을 반영하여 새로운 블럭을 구성하려는 친중국 세력들의 망동이라고 주장했다.

175 강만길 외, 앞의 책, 211~214면.

176 특히 1962년 10월 쿠바 사태가 발생하자 소련은 쿠바와의 약속을 깨고 후퇴했다. 미국의 강경한 자세에 놀란 북한은 부득이 소련에 군사 원조를 요청했는데, 북한과 냉각 관계에 있던 소련은 응하지 않았다. 김일성은 더 이상 소련을 믿을 수 없다고 판단하고, '국민경제 발전의 일부를 희생해서라도 자체적으로 국방력을 강화한다'라는 중대 정책 전환을 하게 된다. 그리고는 ① 전인민의 무장화, ② 전국토의 요새화, ③ 인민군대의 간부화, ④ 인민군 장비의 현대화를 목표로 한 자주방위의 군 강경노선을 채택했다. 7개년 계획 추진은 일단 뒷전으로 물러간 것이다. 이때부터 경제에 있어 '자력갱생, 민족경제건설'이란 구호가 나오기 시작한다. 소위 경제의 주체사상이다. 김일성, 「여섯개 고지 점령을 위한 투쟁에서 이룩한 성과를 더욱 공고발전시키자—조선로동당 중앙위원회 제4기 제5차 전원 회의에서 한 결론(1962.12.14)」, 『김일성 저작집』 16, 평양 : 조선로동당출판사, 1981, 540~553면.

177 「미제의 침략 책동에 의하여 조성된 큐바 정세에 대한 상보」(『로동신문』, 1962.10.30)에는 쿠바사태에 대한 북한 정부의 처음으로 공식 입장을 밝히고 있다. 이 글에서 북한은 후르시초프를 비판하고 있다.

178 강만길 외, 앞의 책, 214면.

179 조선로동당 제4차 당대회는 건국 초기의 경쟁적인 파벌들이 모두 사라지고 김일성파가 완전히 권력을 장악하는 형세를 이룬 대회이다. 4차 대회가 있기까지 북한 내부의 역사는 종파와 파벌투쟁의 역사였다. 1950년 12월 조선노동당 중앙위원회 제3차 전원회의를 통해 무정을 제거하고, 1952년 5차 당중앙 전원회의를 통해 남로당파를 제거, 1956년 8월종파사건을 통해 잔여 연안파를 제거, 1958년 조선로동당 제1차 대표자대회를 통해 국내파마저 제거한다. 『조선중앙년감』 1951~1952, 평양 : 조선중앙통신사, 1952, 480면; 조선로동당, 『결정집』(1953년 전원회의·정치·조직·상무위원회), 평양 : 조선로동당출판사, 1954, 35~45면.

김일성은 종파주의를 척결하고 완전한 당노선을 획득했다고 다음과 같이 보고하고 있다.

당은 수정주의 및 온갖 반동적 부르죠아 사상의 침습을 반대하며 당 내에서의 종파주의, 가족주의 등 반맑스주의적, 반당적 사상 요소들을 반대하는 강력한 사상 투쟁을 끊임없이 전개함으로써 항상 당 내 사상의 순결성과 의지 및 행동의 통일을 보존하였으며 자기의 정당한 혁명 로선을 끝까지 관철시켜 왔습니다. (…중략…) 우리 당은 반당 종파분자들과 그들의 사상적 여독을 반대하는 완강한 투쟁을 통하여 장구한 기간 우리나라 로동운동에 막대한 해독을 끼쳐 온 종파를 뿌리채 청산하고 당의 통일과 단결을 결정적으로 강화하였으며 조선 공산주의 운동의 완전한 통일을 실현하는 력사적 위업을 달성하였습니다. 이것은 조선 공산주의자들이 장기간에 걸친 어려운 투쟁에서 달성한 가장 고귀한 전취물이며 우리 당 발전에서 력사적 의의를 가지는 위대한 승리입니다. (…중략…) 장구한 기간 매우 어려운 환경에서 일제를 반대하여 싸워 이긴 항일 빨찌산들의 투쟁과 생활은 우리의 전체 근로자들을 무한히 감동시키며 그들을 영웅적 투쟁에로 고무하는 산 모범으로 됩니다. 특히 그것은 혁명의 견고성을 체험하지 못한 젊은 후대들을 공산주의 혁명 정신으로 교양하는 가장 훌륭한 교과서로 됩니다.[180] (강조-인용자)

아울러 위의 강조된 부분처럼 당 규약을 통해 조선노동당이 "영예로운 항일무장투쟁의 혁명전통의 직접적 계승자"[181]라고 규정지음으로써 김일성 중심의 항일무장투쟁에 정권의 정통성을 부여하기 시작했다. 15년 만에 다른 파벌을 모두 제거하고 당을 독점한 빨치산 출신세력들은 정권체제를 공고화하기 위하여 항일무장투쟁의 혁명전통을 세우고, 교양할 필요성을 느낀다. 또한 1960대 중반으로 치달리던 북한문학계에서는 '천리

---

180 김일성, 「당 중앙위원회 사업 총화 보고—제4차 대회(1961.9)」, 『북한 '조선로동당'대회 주요 문헌집』, 돌베개, 1988, 234~253면.
181 이 내용은 1980년 10월 13일 제6차 당대회 개정 전의 내용이다.

마 기수'의 형상에 문예의 모든 관심을 맞추는 것에 한계가 있음을 깨닫는다. 그 무렵 고개를 들기 시작한 것이 '혁명적 대작' 논쟁이다.

1964년 2월 25일자 『문학신문』 사설은 「혁명적 대작 창작에 화력을 집중하자」라는 슬로건 아래 '혁명적 대작'이 갖추어야 할 원칙과 구성 등에 대해 제시하고 있다. 사설의 일부를 보도록 하자.

혁명적 대작 — 이것은 우리 시대와 현실의 영웅 서사시적 화폭이며, 그 화폭의 중심에는 혁명투사들의 영웅적 성격의 기념비적 형상이 서 있다. 이와 같이 현실 반영의 규모의 있어서 방대할 뿐만 아니라 질적 수준에 있어서도 비상히 높은 거대한 시대적 화폭을 창조함으로써 우리 작가들은 인민들의 미학적 요구에 더욱 원만하게 대답할 수 있다.

현 시기 혁명적 대작을 창작해야 할 필요성을 혁명의 요구와 우리 문학의 발전과 관련하여 절실하게 제기되고 있다. 당은 오늘 혁명 전통 교양, 계급 교양, 공산주의 교양을 그 어느 때 보다도 심도 있게 강화할 데 대한 과업을 제시하고 있다. (…중략…) 우리 작가들은 혁명적 대작을 통하여 근로자들과 청소년들을 공산주의 사상과 계급의식으로 확고히 무장시킴으로써 사회주의 건설을 성과적으로 진행하며 남반부를 해방하고 세계 혁명을 끝까지 수행하기 위한 혁명 투쟁에 헌신적으로 참가하도록 교양해야 한다. 우리 작가들은 비단 오늘의 우리 인민들을 교양하기 위해서만이 아니라 우리 시대의 기념비적 대작을 후세에 돌려줌으로써 자라나는 새 세대와 후대들을 혁명투사로, 공산주의자로 교양 하여야 한다. 그렇기 때문에 혁명적 대작을 창직하는 것은 오늘 우리 문학이 짊어진 력사적인 과업이다. (…중략…) '혁명적 대작' 창작에서 중심 주제는 혁명 전통에 대한 주제와 로동계급에 대한 주제이다. (강조 — 인용자)

위의 내용을 정리 해보면 '혁명적 대작'의 대두 원인을 다음 두 가지에서 찾을 수 있다. 먼저 '혁명적 대작'은 정치적인 측면에서 군사 우선 정책의 일환으로 나타났다고 할 수 있다. 빨치산 출신세력들이 권력의 중심으로 진입함으로써 김일성 중심의 항일무장투쟁에 북한 정권의 정통성을 부여하기 위한 일환으로 '혁명적 대작'이 진행되었다는 점이다. 그리고 위의 사설에 확인할 수 있듯이 근로자와 청소년의 교양에서 그 두 번째 목적을 찾을 수 있다. 이 시기 북한에는 해방 후 20년이라는 세월 속에서 일제강점기나 착취시기를 경험하지 못한 젊은 세대들이 등장한다. 따라서 이들에 대한 계급 교양 사업을 강화해야할 필요성을 느끼게 된다. '혁명적 대작'의 교육적 측면이 특히 강조된 것은 바로 이 때문이다.

'혁명적 대작'에 대한 논의는 2년여에 걸쳐 진행이 된다. 1964년 2월 25일자『문학신문』사설「혁명적 대작 창작에 화력을 집중하자」이후 이 논의는 5월 5일 '조선작가동맹 8차 전원회의'에서 정식 안건으로 채택된다. 그리고 1964년 11월 7일의 교시「혁명적 문학예술을 창작할 데 대하여」를 계기로 '혁명적 대작 창작방법론'에 대한 본격적인 논쟁이 시작된다. 이 교시 중 혁명 전통 교육을 빨치산 투쟁에만 국한시키지 말고 토지개혁, 당 건설, 한국전쟁, 4·19항쟁, 6·3사태 등 남한에서의 통일 투쟁 등으로 폭을 넓혀야 한다는 주장[182]은 바로 '혁명적 대작 창작론'의 지침이 되었다.

이 논쟁의 진행 과정에서 눈에 띄는 점은 최명익·현덕·유항림 등의 월북 작가들이 상당한 발언권을 가지고 토론에 참여하고 있다는 사실이다.[183] 교시 이후 조선작가동맹 중앙위원회는 1964년 11월 22일부터 5일간 '혁명적 작품 창작을 위한 연구토론회'를 진행한다.[184] 이 토론회에는 40명의 작가 및 평론가가 각 주제에 따라 참여하고 있다.

---

182 김일성,「혁명적 문학예술을 창작할 데 대하여」, 조선로동당 중앙위원회 당력사연구소 편, 앞의 책, 444~445면.

183 안함광은 이 토론회에 참가하지는 않았으나 이후 이 논의를 바탕으로 '혁명적 대작'에 대한 자신의 견해를『문학신문』에 지속적으로 발표한다.

184 조선작가동맹 중앙위원회에서 열린 이 토론회는 김영화·리금중,「혁명적 작품의 주제와 성격창조─혁명적 작품 창작을 위한 연구 토론회」(『문학신문』, 1964.11.27, 2면)와 최창학,「혁명적 대작과 혁명가의 영웅적 성격 창조─소설분과 토론회 진행」(『문학신문』, 1964.12.1)에 토론 진행과정이 소개되고 있다.

당시 위원장인 천세봉의 보고에 의하면 '혁명적 대작'을 창작하기 위한 방도로써 제기된 문제는 작가의 사상적 준비 문제, 미학적 학습 문제, 주인공의 성격 문제, 형상성 제고의 방식 문제 등이다. 이 항목들은 이후에도 지속적으로 논란이 되었다. 토론회에서 논의된 내용은 '혁명적 주제의 탐구', '혁명적 대작'의 개념, 1930년대 항일무장 투쟁을 주제로 한 작품 창작의 문제, 남한의 민중투쟁을 주제로 한 작품 창작의 문제, 조국해방전쟁을 주제로 한 작품 창작의 문제, 혁명적 주인공들의 성격 창조, 혁명적 작품 창작과 사실주의적 묘사 정신 등이다.

'혁명적 주제의 탐구'에 대해서는 주제의 영역 확장에 대한 논의가 벌어졌다. 1930년대 혁명뿐 아니라 한국전쟁, 남한에서의 민주투쟁 등으로 주제의 영역을 확대한다는 데 모두 의견을 모았다.

'혁명적 대작'의 개념에 대한 토론에는 장형준·윤세중·김명수·김영석 등[185]이 참가하였다. 『문학신문』에 실린 이들의 토론을 바탕으로 '혁명적 대작' 개념을 정리하면 다음과 같다. ① 인민대중을 혁명적으로 각성시키며 그들을 혁명가로 키우는 데 이바지하는 작품으로 혁명투쟁 과정과 투사의 성격이 묘사되어야 한다. ② 형식에서 대형식의 작품이어야 하며, 내용은 광활한 서사시적 화폭을 담되 시대의 본질, 시대의 특성, 시대의 주류를 보여주어야 한다. ③ 혁명가의 형상을 기본 주인공으로 창조하되 그의 운명을 예술적으로 일반화해야 한다. ④ 혁명사상을 표현하되 그것이 작품에 일관되고 충만되어야 하며, 동시에 사상성과 예술성의 통일이 이루어져야 한다.

특히 주인공의 규모에 대한 논쟁은 이후 "혁명투사를 형상하자"란 슬로건 아래 2년 동안 지속되었다. 논쟁의 쟁점은 작품 주인공인 혁명투사의 성격을 어떻게 형상화할 것인가에 있었다.

---

185 김영화·리금중, 「혁명적 작품의 주제와 성격창조—혁명적 작품 창작을 위한 연구 토론회」, 『문학신문』, 1964.11.27, 2면. 이 네 사람은 엄호석, 최일룡, 강능수와 더불어 당시 북한의 평단을 이끌었던 주요 인물들이다.

'혁명적 주인공들의 성격 창조' 문제에는 현종호·김재규·최명익·리상현·황건·최일룡 등이 참여하였다. 이날 이들이 결의한 내용은 주인공들의 성격의 다양화였다. 리상현은 장편의 구성에 나선형 구조가 필요하다고 제기한다. 리상현의 이 제기한 나선형 구성은 이후 북한에서 장편소설의 중요한 구성 요소가 된다. 또한 이 논의에서 황건과 최일룡은 심리 묘사로 대표되는 주인공의 내면세계를 형상화할 때 해당 시대와의 유기적 관련성이 전제되어야 한다고 주장하고 있다. 대작에서 주인공의 성격의 발전을 사건이 아닌 심리 묘사 속에서 보여야 한다는 주장은 유형적이고, 도식적인 성격 묘사를 극복하려 했다는 의미에서 긍정적이라 할 수 있다.

그리고 곧바로 구체적 실천 방도에 대한 토론이 1964년 11월 26일부터 3일간 소설분과에서 「혁명적 대작과 혁명가의 영웅적 성격 창조」[186]라는 주제하에 진행된다. 이 토론의 주 토론자는 황건이었으며, 김병훈, 윤시철, 유항림, 석윤기, 리상현, 변희근, 김근오, 현덕, 리택진, 김승건, 리갑기, 김흥무 등이 참가했다. 여기서 중점적으로 논의된 것은 주인공의 영웅적 성격과 전형성의 관련 문제였다. 그밖에 혁명적 낙관주의, 갈등의 설정, 구성, 세부의 사실주의적 묘사정신 등이 거론 되었다. 황건은 혁명적 영웅성을 부각시키기 위해서는 ① 직업적 혁명가를 그려야 하며, ② 완결된 인물이 아닌 완결을 지향하는 인물형이어야 한다고 주장하였다. 그리고 이를 위해 다면적 정황에 의해 소설이 다부작으로도 발전할 수 있음을 시사하였다. 이 주장에서 영웅은 이미 완성된 과거형적 영웅이 아닌 완결 지향이라는 미래형적 표현으로 바뀌어 있다.

'혁명적 대작' 논쟁은 완벽한 영웅을 주인공으로 등장시키고 있는 천리마 형상의 문제점을 보완하기 위해서였다. 여기서 "주인공을 그릴 때 '직업적 혁명가를 그려야 하며, 완결된 인물이 아닌 완결을 지향하는 인물

---

186 최창학, 「혁명적 대작과 혁명가의 영웅적 성격 창조」, 앞의 책, 2면.

형'으로 그려야 한다"는 황건의 제안은 4·15문학창작단의 건설 이후 영웅을 서열화 시킬 수 있는 가능성을 제공하게 된다. 이로서 '혁명적 대작'에 등장하는 '대중적 영웅'은 '수령형상 문학'에 나타나는 영웅과 차이를 지니게 된다.

1965년에 이르러서도 '혁명적 대작'의 논의는 계속된다. 엄호석은 1965년 11월 5일자 『문학신문』에 기고한 「혁명적 대작 창작에서 더 큰 성과를 이룩하자」에서 '혁명대작'의 기본과제는 인민들을 이 혁명적 폭풍우의 시대에 상응한 혁명 투사로 교양하는 데 있으며, 주인공을 묘사함에 있어 혁명 투사를 계급의 정황 속에서 묘사하면서도 그의 투사의 영웅적 풍모를 생뚱한 개성으로 보여주는데 각별히 주목해야한다고 주장하고 있다. 그리고 그의 '혁명적 대작'에 대한 인식 중 가장 중요한 것은 혁명 투쟁의 영향과 선진 투사들의 지도적 역할에 의하여 적극적인 투사로 성장하는 모습을 옳게 그려야 한다는 것이다.

'혁명적 대작'은 당 시대의 계급투쟁과 혁명 발전과정을 폭넓고 깊이 있게 반영함으로써 사람들의 혁명적 세계관 형성에 큰 영향을 준다는 점에서 동시대의 다른 작품과 차별성이 있다. 또한 구성은 한 시기구성이나 연대기적 구성이 가능하며, 연대기적 구성인 경우 단부작 내지 다부작 구성이 가능하다. 그리고 그것을 구성하는 한 부분도 상대적 독자성[187]을 가져야 한다는 점이 장편소설과 구별된다.

'혁명적 대작' 논쟁의 성과는 먼저 장편소설의 새로운 형식에 대한 도전에 있다. 이 논쟁을 통해 소설의 독자적인 기준과 틀이 마련되고 있다. 형상의 다양성의 지향은 이전의 '천리마 기수 형상론'이 가지고 있었던 혁명적 낭만주의에 입각한 주관성·관념성을 극복하고 좀 더 현실성을 확보하기 위한 시도로 볼 수 있다. 또한 내용적 측면에서 교조주의적 편향에서 벗어나 주인공의 성격 창조 문제에 대한 의식의 진전을 보인다.

---

187 안함광, 「혁명적 대작에서의 서사시적 화폭」, 『문학의 탐구』, 평양 : 조선문학예술총동맹출판사, 1966, 6면.

이러한 의식의 진전은 혁명적 대작으로 하여금 예술성을 담보할 수 있게 하였다. 그러나 '혁명투사를 형상하자'란 슬로건도 결국 엄호석의 주장에서 알 수 있듯 1965년 이후에는 좌편향적 경향으로 흐르게 된다. 이것은 북한 문단 전체에서 볼 때 인물의 다양성에 반하는 결과를 초래하였다. 그리고 이 형식 속에서 천세봉의 작품은 논쟁거리가 된 것이다.

2) 2기―'항일혁명문학'과 수령형상의 길

문단에서 '혁명적 대작' 논쟁이 가속화되고 있을 즈음 북한 내에서는 제4차 노동당대회의 영향으로 항일혁명투쟁의 전통 계승에 대한 문제가 지속적으로 제기된다. 항일무장투쟁 전통을 대중들에게 각인시킬 수 있는 수단으로 두 가지 방법이 있다. 바로 정치선전과 예술 동원이다. 문학계에서 '항일혁명문학' 재현에 대한 첫 과업을 받은 사람은 천세봉이다.

그러나 세 편의 대작으로 전성기를 맞았던 천세봉은 '항일혁명문학'으로 인해 결정적인 비판을 받는다. 그 작품이 바로 김일성의 교시에 의해 창작된 『안개 흐르는 새 언덕』이다. 이 작품은 1920년대부터 8·15해방에 이르기까지 항일혁명 운동을 생생하게 그려낸 상·하권 1,360여 쪽에 달하는 방대한 분량의 장편소설이다.

1966년 북한 조선문학예술총동맹출판사에서 출간되었을 당시 평론가 박종모는 서평을 통해 '혁명투사에 대한 서사시적 화폭'[188]이라는, 평론가 안함광으로부터 '영광스러운 혁명전통에 대한 송가',[189] 김갑기로부터는 '혁명적 낙관주의 정신의 구현'[190]이라는 호평을 받았다. 그리고 각 감상

---

188 박종모, 「혁명투사에 대한 서사시적 화폭―장편소설 『안개 흐르는 새 언덕』(상·하)에 대하여」, 『문학신문』, 1966.7.15, 2면.

189 안함광, 「영광스러운 혁명전통에 대한 송가―장편소설 『안개 흐르는 새 언덕』(상·하)」, 『문학신문』, 1966.9.9, 2면.

190 김갑기, 「투쟁과 랑만의 력사를 비친 화폭―장편소설 『안개 흐르는 새 언덕』(상·하)을 읽고」, 『문

모임을 통한 감상 토론문과 개인의 독후감 등이 『문학신문』에 게재된다. 그러나 천세봉은 김일성에게 강령적 교시를 받은 후 이미 제본소에 넘겨진 『안개 흐르는 새 언덕』 상·하에 문학 전반에 걸쳐 사상적 결함이 있다는 것을 포착했다고 한다. 이 작품은 천세봉의 우려대로 곧 김일성의 담화문 이후 북한문학계에서 벌어진 논쟁에 휘말린다. 김일성의 담화문이 발표되기 전까지 1966년까지 안함광[191]과 대립하던 엄호석,[192] 현종호[193] 등의 평론가도 비교적 우호적인 평을 『조선문학』에 싣지만 담화 이후 엄호석을 선두로 하여 이 작품에 대한 비판이 나오기 시작한다. 이 작품에 대한 비판은 1967년 1월 10일 '혁명주제작품에서의 몇 가지 사상미학적 문제'라는 주제로 시작되었다. 『안개 흐르는 새 언덕』을 영화화한 예술영화 〈내가 찾은 길〉을 보고 영화예술인들과 한 담화에서 김일성은 이 작품에 내용을 넘어서 작가의 자질 문제까지 확대하여 다음과 같이 비판한다.

작가들이 공부를 잘하지 않으며 그들의 지식이 깊지 못하다는 것이 이번에 드러났습니다. 적지 않은 작가들이 우리 당의 계급로선을 잘 모르며 혁명의 동력과 대상을 똑똑히 가려보지 못합니다. 한마디로 말하여 작가들이 혁명적세계관으로 튼튼히 무장하지 못하였습니다. 그러니 그들이 쓴 작품에서 이러저러한 결함이 나타날 수밖에 없습니다. (…중략…) 작가들에게 공부를 많이 시켜야 하겠습니다. 작가들을 대학에 보내여 그들이 우리 당의 정책과 계급로선, 혁명로선을 깊이 배우도록 하는 것이 좋겠습니다. (…중략…) 장편소설 『안개 흐르는 새 언덕』과 영화문학 『어둠을 뚫고』[194]를 쓴 작가들은 다 당에서 키워왔고 또 아끼는

학신문』, 1966.11.15, 2면.

191 안함광, 「혁명적 대작의 성과와 형상의 론리」, 『조선문학』, 1966.11, 81~85면 참조.

192 엄호석, 「혁명적 대작의 성과와 제기되는 몇 가지 문제」, 『조선문학』, 평양: 조선작가동맹출판사, 1966.12, 10~11면 참조.

193 현종호, 「항일의 혁명력사와 인간운명에 대한 영웅서사시적 화폭―장편소설 『안개 흐르는 새 언덕』(상·하)을 론함」, 『조선문학』, 평양: 조선작가동맹출판사, 1966.11, 86~94면.

194 영화문학 〈어둠을 뚫고〉는 『안개 흐르는 새 언덕』의 시나리오 제목으로 시나리오 작가는 한성운

사람들입니다. 비판하고 교양하여 그들이 자기의 잘못을 빨리 고치고 일을 잘하도록 하여야 하겠습니다. (…중략…) 작가들에게 창작실을 더 지어주고 여러 가지 창작조건을 충분히 마련해주어야 하겠습니다.[195]

이 비판이 있은 후 『안개 흐르는 새 언덕』은 판금된다. 그리고 1967년부터 『안개 흐르는 새 언덕』에 대한 거명이나 작품평 등이 『조선문학』과 같은 문학잡지와 『문학신문』, 『조선중앙년감』 등에서 사라진다.[196]

주로 장편을 쓰며 왕성한 활동을 벌였던 천세봉은 이 사건 이후 2년에 1편 정도의 단편과 논설, 평론만을 발표[197] 등 4년간 작품 활동이 뜸해진다. 때문에 그가 판금사건으로 자숙을 하거나 창작활동에 제한을 받았을 거라는 추측을 하기 쉽다. 그러나 이 사건으로 인해 그의 사회적·정치적 위치는 흔들리지 않았다.

이러한 점을 뒷받침해 주는 것이 바로 4·15문학창작단[198] 건설을 주도한 김정일이 그를 여러 번 만났다는 점이다. 김정일은 1966년 2월 7일 조

이다. 한성운 역시, 김일성과 김정일 교시에서 천세봉과 함께 비판을 받고 있다.

195 김일성, 「혁명주제작품에서의 몇 가지 사상미학적 문제—예술영화 〈내가 찾은 길〉 첫필림을 보고 영화예술인들과 한 담화(1967.1.10)」, 『김일성 저작집』 21, 평양: 조선로동당출판사, 1983, 27~28면.

196 작품에 대해 설명은 하되 금서에 대한 작품제목은 거명은 하지 않는다. 이것은 1998년 김정웅·천재규의 『조선문학사』 15가 출간되기까지 지켜져 왔다. 또한 이 책은 모두 회수 조치되어 북한 내에서는 유통되지 않으며, 다만 인민대학습당에 역사본으로 단 한 부만이 소장되어 있다. 목원대 국어교육과, 『북한문학의 이해』, 국학자료원, 2002, 275면. 이 책은 북한의 작가출신인 탈북자들이 쓴 글을 중심으로 묶어낸 것이다.

197 1967년: 『조선문학』에 단편소설 「력사의 자취」, 논설 「근로자들을 공산주의세계관으로 무장시키기 위한 혁명적인 작품들을 더 많이 창작할 데 대한 경애하는 수령 김일성동지의 교시를 철저히 관철하기 위하여」, 1969년: 단편소설 「세대 앞에서」, 1971년: 『조선문학』에 평론 「작가 예술인은 민조주선의 건국의 투사」, 당 문예정책 「근로자들을 공산주의세계관으로 무장시키기 위한 혁명적인 작품들을 더 많이 창작할데 대한 경애하는 수령 김일성동지의 교시를 철저히 관철하기 위하여」 등을 발표한다.

198 4·15문학창작단은 1967년 6월 20일 김정일의 주도로 공식적으로 제기되었으며, 1968년 설립되었다. 4·15문학창작단은 김일성의 생일인 4월 15일 그의 55회 생일을 기념하여 이름을 따온 창작집단이다. 4·15문학창작단은 현재 북한의 행정 체계상 조선작가동맹 중앙위원회 산하단체로 되어 있고 소설가, 시인, 희곡작가 등 50~60여 명으로 구성되어 있으며, 4·15문학창작단의 대표적인 작가로는 최창학과 권정웅 등이 꼽히고 있다. 그리고 현재 가장 활발하게 활동하고 있는 작가는 정기종, 리종렬, 안동춘, 김삼복, 남대현, 백남룡 등이다.

선작가동맹 중앙위원회 위원장과 한 담화 「새로운 혁명문학을 건설할데 대하여」에서 "작가동맹위원장동무는 지금까지 주로 농촌에 대한 소설을 많이 썼는데 앞으로 수령님을 형상한 소설을 쓰는데서 한몫 단단히 하여야 합니다. 작가동맹위원장은 자기가 직접 소설도 쓰면서 동맹적인 조직 사업을 놓치지 말고 강하게 밀고나가야"[199] 한다고 당부하고 있다. 1967년 6월 20일 담화문에서는 "나는 이미 지난해에 조선작가동맹 중앙위원회 위원장에게 당성을 생명으로 하는 사회주의적 사실주의문학이 자기의 사명을 다하기 위해서는 수령형상창조를 핵으로 하는 새로운 혁명문학을 건설하여야 한다는데 대하여 말하였습니다"[200] 라고 밝히고 있다. 그리고 천세봉 역시 수기에서 그와 만남에 대해 다음과 같이 쓰고 있다.

> 친애하는 지도자동지께서는 수령형상문제를 전면적으로 제기하시면서 공산주의혁명가의 전형창조문제에 대해서도 독창적인 사상과 리론을 제시해주시였다. (…중략…) 우리들은 이 영광스러운 위업을 위하여 친애하는 지도자 동지의 독창적인 사상과 리론을 받들고 그이의 정력적인 지도 밑에서 충성으로 벼려낸 펜을 들고 일어섰다. 누구나 다 불후의 고전적 명작들을 본보기로 하고 좋은 작품을 쓰기 위하여 낮과 밤을 이어 정력을 쏟아 부었다.[201] (강조-인용자)

천세봉의 위 글에서 4·15문학창작단[202]에 대한 실체를 접할 수 있다. 강조한 수령형상 문제에 대한 제기는 4·15문학창작단에 건설과 직접적

---

199 김정일, 「새로운 혁명문학을 건설할데 대하여(1966.2.7)」, 『김정일 선집』 1, 평양: 조선로동당출판사, 1992, 120면.

200 김정일, 「4·15문학창작단을 내올데 대하여―조선로동당 중앙위원회 선전선동부 책임일군들과 한 담화(1967.6.20)」, 『김정일 선집』 1, 평양: 조선로동당출판사, 1992, 224면.

201 천세봉, 「향도의 별빛」, 천세봉 외편, 앞의 책, 24~25면.

202 이 단체명을 제안한 사람 역시 김정일이다. 그는 「4·15문학창작단을 내올데 대하여―조선로동당 중앙위원회 선전선동부 책임일군들과 한 담화(1967.6.20)」에서 "내 생각에는 작가동맹안에 적은 인원으로 수령님을 형상하는 문학작품창작집단을 따로 내오고 이 창작집단의 명칭을 4·15문학창작단이라고 하는 것이 좋을 것 같습니다"라고 말하고 있다.

연관이 있다. 회상기『향도의 태양』[203]과 『문예상식』에 의하면 천세봉은 판금사건 이후에도 김정일을 지속적으로 만났으며, 김정일의 지도 아래 자기 작품의 소재를 조국광복의 위업이 이룩되던 역사적 사변들에서 찾기 시작했다고 말하고 있다.[204]

이것이 천세봉이 밝힌『혁명의 려명』·『은하수』(「불멸의 력사」 총서), 『유격구의 기수』·『사령부로 가는 길』(『충성의 한길에서』 1·2부)을 4·15문학창작단에서 창작하게 된 동기이다.

즉, 이 당시 그의 창작활동이 뜸해졌던 이유는 판금사건에 대한 영향 때문이 아니라 당시 그가 4·15문학창작단 건설에 주도적으로 참여하고 있었기 때문이다. 1966년 이후 김일성과 김정일과의 접촉은 더욱 빈번해진다. 김일성에게 소환되어 직접 과업을 받은 천세봉의 작업은 북한 문단에 논쟁거리만을 남겨 준 채 실패로 끝났다. 이로 인해 김일성은 4·15문학창작단의 건설에 대한 필요성을 더욱 절감하게 하였을지도 모른다.

4·15문학창작단의 건설이유는 크게 두 가지로 요약할 수 있다. 첫째, 1960년대 북한의 정치권력의 핵심 세력인 항일 빨치산 세력과 연관이 있다. 1961년 9월의 제4차 노동당대회에서 김일성은 권력을 완전하게 장악한다. 그리고 김일성 중심의 항일무장투쟁에 정권의 정통성을 부여하기 위하여 항일무장투쟁의 혁명 전통을 세우고, 교양할 필요성을 느낀다. 그러나 군사력 강화, 통합 전체주의적 집권제의 강화보다도 선 경제건설을 주장했던 갑산파는 1967년 조선노동당 중앙위원회 제4기 제15차 전원회의에서 제기된 유일사상체일성의 후계나 김계구도 문제에도 장애요인으로 작용해 숙청이 불가피하였다.[205]

---

203 『향도의 태양』에 실린 이 회상기는 조선노동출판사에 1999년 출판된『주체의 시대를 빛내이시며』 1에 재수록되어 있다.

204 천세봉 외편, 앞의 책, 15~28면.

205 1967년 조선노동당 중앙위원회 제4기 15차 전원회의에서 박금철, 이효순 등이 반당종파분자로 숙청되었다. 박금철은 일제하에서의 변절의혹과 당 부위원장이 당의 군사노선을 불성실하게 집행하였다는 점, 이효순은 대남공작을 실패하였다는 것이 그 이유였다. 이어서 1969년 민족 보위상 김창봉, 참모총장 최광, 대남공작 책임자 허봉학 등 고위 군부 지도자들도 숙청되었다. 오진우는 이들

15차 전원회의 전까지 진행되었던 사상혁명 사업은 이를 기점으로 유일사상[206]으로 전환된다. 유일사상이란 곧 자기 수령의 혁명사상, 자기 당 정책으로 전당을 무장시키고 모든 당원들을 수령과 당중앙의 주위에 묶어세워 혁명과업을 해나가는 것이다.[207] 이 작업은 전당을 수령의 혁명사상·주체사상으로 일색화하는 데 결정적 계기가 되었다.[208] 갑산파의 숙청 작업과 동시에 유일사상체계의 확립에 박차를 가하기 시작한 북한은 수령제로 나가기 위한 기초 작업으로 4·15문학창작단 건설을 제기한 것이다.

둘째, 4·15문학창작단의 건설이 후계자로 지목될 김정일의 등장 통로였다는 점에서 창작단의 건설과정은 상당히 전략적이며, 정치적 색채를 띠고 있다.[209] 또한 4·15문학창작단은 혁명가계를 형상화해냄으로써 이후 김정일의 후계체제를 형성하는 데 발판이 되고 있다.

'항일혁명문학' 작업의 실패를 통해 천세봉은 김일성 부자와 직접적 연계 속에서 좀 더 면밀하게 구체적인 작업에 착수한다.

위대한 수령께서는 우리 혁명에서 혁명문학을 창조하는 문제가 중요하기 때문

이 당의 유일사상체계를 문란케 하였다며 김창봉의 13가지 과오를 비판하였으며, 김일성은 김창봉, 허봉학이 당의 유일사상체계를 문란케 하였고, 당의 정책과 사상을 왜곡 오도하였다고 비판하고 각종 구체적인 정책 실패를 지적하였다. 이 두 사건은 이후 김정일 등장의 예고탄이 되었다. 극동문제연구소 편, 『북한 전서』 1945~1980, 극동문제연구소, 1980, 165~166면.

206 북한은 유일사상을 제기한 이유를 부르주아 및 수정주의자들의 반당·반혁명적 책동을 분쇄하기 위해서라고 말하고 있다.

207 김광동, 「1960년대의 사회주의 건설과정」, 강만길 외편, 『북한의 정치와 사회』 1(한국사 21), 한길사, 1994, 223면.

208 특히 1967년 5월 30일 문학예술부문 일군들과 한 담화 「문학예술부문에서 당의 유일사상체계를 튼튼히 세울데 대하여」에서 김정일은 당의 유일사상에 이바지할 문학예술 작품창작에서 혁명적 전환을 가져올 것을 요구하고 있으며, 그 혁명적 전환의 방도로 4·15문학창작단의 활동에 기대를 보이고 있다. 김정일, 『김정일 선집』 1, 평양: 조선로동당출판사, 1992, 298~305면 참조. 이 문건은 『주체문학론』이 태동하게 된 계기가 되는 문건이다. 김정일은 이후로부터 한 달에 한 번 꼴로 담화를 통해 문학 예술인들에게 유일사상체계를 제대로 세우고 있지 못함을 비판하고 있다.

209 물론 이 당시 김정일이 김일성과 함께 군부대의 서클을 시찰하러 다니긴 했지만 이때까지만 하더라도 전면적으로 부상하지는 않은 때였다. 천세봉, 「향도의 별빛」, 『향도의 태양』, 평양: 평양출판사, 1994, 7면.

에 동무를 또 불렀다고 말씀하신 후 혁명문학을 하자면 혁명가를 알고 혁명의 간고성과 그 우여곡절을 알아야한다고 하면서 혁명소설을 쓰는데 도움이 될 혁명투쟁을 하는 과정에서 겪으신 잊혀지지 않는 일들을 이야기해주겠다고 말씀하시였다. 그날로부터 17일간 위대한 수령님의 교시를 받고 돌아온 천세봉은 커다란 흥분과 격동에 잠겨있었다.[210]

위의 글에서도 확인할 수 있듯 그는 1966년 1월 초에는 김일성과 17일 동안을 함께 지내며 혁명문학 창조에 대해 논의를 한 것에 대해 밝히고 있다. 혁명문학 창조에 관한 논의라 함은 아마도 '수령형상 문학'에 관한 논의였을 가능성이 짙다. 1960년대는 1950년대를 통해 성립된 김일성 유일체제를 확립하고 정당화하기 위한 제반의 이데올로기 작업이 진행되던 시기다.[211] 그 일환으로 김일성의 혁명전통과 가계에 대한 우상화 작업이 필요했다. 이를 위해 김일성은 당시 작가동맹 중앙위 소설분과 위원장이며, 문예총 중앙위 위원장이었던 천세봉과의 직접적인 접촉을 통해 4·15문학창작단 건설에 대한 논의를 했을 것이다.

4·15문학창작단에 건설 문제는 이미 1963년부터 그 실마리를 보이고 있었다. 천세봉은 수기를 통해 1963년 11월과 1964년 11월 두 번에 걸쳐 김일성으로부터 "'항일혁명문학'이 나아갈 방향과 방도 그리고 이론 실천적인 문제에 대해 교시를 받았다"[212]고 고백하고 있다.

위대한 수령님께서는 항일혁명투쟁시기의 수많은 공산주의자의 실례를 들어 말씀하시면서 바로 이런 사람들을 작품의 주인공으로 하고 쓰면 훌륭한 혁명문학 작품이 될 수 있다고 가르쳐 주시었다.[213]

---

210 윤성종 외, 『문예상식』, 문학예술종합출판사, 1994, 248면.
211 1960년대 전반기에는 소련과 후반기에는 중국과의 관계가 불편해지면서 대외적 자주성을 강조하고 북한사회주의의 독자성을 확고히 하면서 이것을 곧 김일성 체제의 강화로 연결시키는 작업을 하였다. 김광동, 앞의 책, 227면.
212 천세봉 외편, 앞의 책, 6면. 이 글은 천세봉이 1975년 7월에 쓴 글이다.

위의 진술을 볼 때 1963년에 이미 4·15문학창작단의 건설이 태동하기 시작하였다고 볼 수 있다. 그러나 이때까지는 김정일이 직접적으로 개입을 하지 않고 있다. 천세봉의 수기「향도의 별빛」에 의하면 김일성은 그가 있는 곳으로 방문하여 보름간씩 머물렀으며, 김정일이 김일성을 수행하였지만 그 당시는 천세봉과의 직접적인 만남은 없었던 것으로 보인다. 천세봉이 김정일을 처음 만난 것은 1965년 겨울이다. 김일성을 만나기 위해 찾아 간 곳에서 그를 만났으며, 그때 처음으로 주체적 혁명문학의 실제적 건설 방도에 대한 김일성의 교시가 있었다고 진술하고 있다.[214] 이와 같은 사실들을 종합해 보면 4·15문학창작단의 건설은 이미 1963년부터 구상되고 있었으며, 문제제기 역시 김일성을 통해 시작된 것을 알 수 있다.

물론 4·15문학창작단은 이 세 사람이 협의한 끝에 만들어 낸 기구는 아니다. 최학수의 글에 의하면 "1966년 1월과 2월에 천세봉과 유능한 작가 몇몇이 보름 동안 김일성으로부터 항일혁명시기의 회상을 들"[215]었다고 기술하고 있는 것을 보면 이때 천세봉을 비롯하여【불멸의 력사】시리즈를 집필할 작가들이 김일성에게 소환된 것 같다.[216] 김일성이 4·15문학창작단에 대한 직접적 언급을 하지 않았다 하더라도 그가 항일무장투쟁의 경험을 작가들에게 보름간에 걸쳐 들려주었다는 것은 이미 김일성이 김정일과 함께 유일체계 확립의 방도로 4·15문학창작단 건설을 구상하고 있

---

213 위의 책, 6면.
214 위의 책, 5면.
215 최학수,「'그 시절'에 대한 추억」,『문학신문』, 2003.6.28.
216 4·15문학창작단이 건설되고 천세봉의『혁명의 려명』(1973), 권정웅의『1932년』(1972), 석윤기의『고난의 행군』(1976), 현승걸·최학수의『백두산 기슭』(1978)이 1970년대에 출간된 것을 볼 때 이때 초대된 '몇몇 사람'에 천세봉을 비롯하여 석윤기와 권정웅이 포함되어 있었음을 추측할 수 있게 한다.『백두산 기슭』역시 1970년대 후반에 나왔지만 이 작품을 공동집필한 최학수·현승걸은 4·15문학창작단의 건설이 제기될 당시 신인 유망주였을 뿐 유능한 작가로 인정받지 못한 상태였다. 최학수는『평양시간』으로 작가적 재능을 인정받는다. 최학수는「'그 시절'에 대한 추억」에서 자신은 1967년『평양시간』원고와 힘든 싸움을 하고 있었으며 이 작품이 세상에 나오고 나서야 4·15문학창작단의 대열에 들어 갈 수 있는 혜택을 얻을 수 있었다고 고백하고 있다.

었음을 증명한다. 4 · 15문학창작단의 실체는 천세봉과 김정일의 만남에서 구체화되고 있다. 이때 김정일은 비공식적으로 천세봉과 만났던 것 같다. 최학수는 김정일과 천세봉의 만남에 대해 다음과 같이 기술하고 있다.

> 작가나 공민이나 평생 두 번 다시 차려질 수 없을 그 행복한 기회에 위원장이 신비한 전설적 위인이시라는 소문만 들어 왔던 김정일 동지의 접견까지 받는 최상의 행복자로 될 줄은 누구도 몰랐다.[217]

그의 진술을 보면 김정일은 이때까지 공식석상에 모습을 드러내지 않은 것 알 수 있다. 천세봉과 김정일의 비공식적인 만남은 극비리에 진행되었던 것으로 보인다. 최학수는 자신이 2월 말 지방 취재를 마치고 돌아와 위원장실에 들렀을 때야 겨우 그러한 사실을 알게 되었다고 진술하고 있다.[218] 이때는 이미 김정일이 1966년 2월 7일 조선작가동맹 중앙위원회 위원장인 천세봉과 담화를 한 이후이다.

김정일은 천세봉과의 담화를 통해 활동을 개시한다. 이 두 사람의 만남은 이후 후계를 계승하게 될 김정일의 북한 사회의 공식 등장을 알리는 첫 신호탄이라는 점에서 그 의미가 크다.

이와 같이 4 · 15문학창작단은 항일무장투쟁의 혁명 전통 확립과 교양, 유일체제 확립을 통한 수령제로의 전진, 김정일 등장의 통로 확보라는 필요성에 따라 건설되었으며, 이를 통해 항일무장투쟁과 수령형상을 다룬 【불멸의 력사】 총서 시리즈와 가계형상 문학의 간행이 시작된다.

북한의 '수령형상 문학'에 대한 공식적인 지향은 김정일이 1966년 2월 7일 조선작가동맹 중앙위원회 위원장 천세봉과 한 담화에서 찾을 수 있다. 이 담화에서 김정일은 '혁명문학'이란 '수령을 형상한 문학'이라는 명제를 제시하고 있다.

---

217 최학수, 앞의 글.
218 위의 글.

"새로운 혁명문학을 건설하자!" 바로 이것이 오늘 우리 문학이 틀어쥐고 나가야 할 전투적 구호입니다. 우리는 새로운 혁명문학을 건설하여야 합니다. 우리가 말하는 새로운 혁명문학은 명실공히 수령을 형상한 문학을 의미합니다.[219]

김정일은 1966년의 담화에서 지금까지 수령형상에 바쳐진 혁명문학 작품 창작사업이 조직적으로, 계획적으로 되지 못하고 분산적으로, 자연발생적으로 되고 있으며 문학 부문에서도 김일성을 형상화한 문학작품 창작사업이 조직적으로 이루어지지 않는 것에 대해 비판을 한다. 그리고 작가동맹을 중심으로 김일성을 형상화한 '새로운 혁명문학'을 건설하기 위해 정연한 지도체계와 조직적인 집단창작 체계를 마련할 것을 강력하게 요구하고 있다.

수령을 형상한 새로운 혁명문학을 건설하기 위하여서는 이 사업에 대한 정연한 지도체계를 세워야 합니다. 수령의 형상을 창조하는 사업은 당의 유일적인 지도 밑에 목적의식적이며 조직적인 사업으로 되어야 합니다. 당의 유일적인 지도에 의하여서만 이 사업이 목적의식적이며 조직적인 사업으로 될 수 있으며 확고한 목표와 뚜렷한 전망을 가지고 박력있게 전개될 수 있습니다. 작가동맹에서는 앞으로 수령형상창조와 관련한 모든 중요한 문제를 당에 보고하고 당의 유일적인 지시와 결론에 따라 처리하는 엄격한 규율을 세워야 합니다. 새로운 혁명문학을 건설하기 위하여서는 작가대열을 튼튼히 꾸려야 합니다. 수령형상사업은 높은 세계관과 실력을 요구하는 어려운 창작활동입니다. 정치사상적으로 튼튼히 준비되고 창작적 재능이 있는 작가들이 있어야 수령형상창조사업을 성과적으로 진행할 수 있습니다. 작가동맹에서는 지금부터 수령님을 형상한 문학작품을 쓸 수 있는 작가들을 키우고 선발하는 사업을 적극 벌려야 합니다. 수령님을 형상한 문학작품을 쓰는 데서는 창작기량이 높은 관록있는 작가들이 핵심이 되고 주동

---

219 위의 글, 1면.

이 되어야합니다.[220]

　위의 담화 내용을 보면 김정일은 창작집단의 필요성을 시사하면서 그 집단의 중심 작가를 창작 재능이 좋은 작가들로 구성할 것을 요구하고 있다. 여기에는 창작집단의 전문성을 통해 수준 높은 작품을 창작하고 새로운 작가들을 발굴, 키워 나간다는 전망이 내포되어 있다.

　그리고 1년 후 4·15문학창작단의 건설이 가시화되고 있음을 다음의 담화에서 확인할 수 있다. 1967년 6월 20일 조선로동당 중앙위원회 선전선동부 책임일군들과 한 담화 「4·15문학창작단을 내올데 대하여」에서 김정일은 4·15문학창작단의 구체적인 임무와 그 설립 목적을 밝히고 있다.[221] 그리고 1968년 4·15문학창작단의 건설 후 천세봉은 초대 단

---

220 김정일, 「새로운 혁명문학을 건설할 데 대하여 ─ 조선작가동맹 중앙위원회 위원장과 한 담화(1966. 2.7)」, 『김정일 선집』 1, 평양: 조선로동당출판사, 1992, 119~120면.

221 4·15문학창작단의 구체적인 임무는 다음과 같다. ① 4·15문학창작단은 위대한 수령님의 영광 찬란한 혁명역사와 혁명적 가정을 소설로 형상하여 수령님께서 몸소 창작하신 불후의 고전적 명작들을 소설로 옮기는 역사적 위업을 수행하는 창작집단으로 되어야 한다. ② 4·15문학창작단은 위대한 수령님의 어린 시절과 만경대 고향집을 떠나신 때로부터 오늘에 이르는 혁명 활동의 전 노정을 시기별로 보여주는 '혁명적 대작'을 창작하여야 한다. ③ 4·15문학창작단은 위대한 수령님의 혁명 활동 노정을 따라가면서 수령님께서 이룩하신 불멸의 혁명 업적을 전면적으로 깊이 있게 형상하며 수령님의 위대한 사상과 이론, 영도풍모와 공산주의적 덕성을 감동 깊은 예술적 형상으로 보여주어야 한다. ④ 4·15문학창작단은 위대한 수령님의 혁명적 가정을 형상한 '혁명적 대작'을 창작하여야 한다. ⑤ 4·15문학창작단은 수령님의 혁명일가의 투쟁과 생활에 대한 자료에 기초하여 우리 인민들을 혁명적으로 교양하는 훌륭한 소설작품들을 많이 써야 한다. ⑥ 4·15문학창작단은 항일혁명투쟁시기 위대한 수령님께서 몸소 창작하신 불후의 고전적 명작들을 소설로 옮겨야 한다. 4·15문학창작단의 위상과 관리체계에 대해서는 ① 4·15문학창작단은 우리 문학의 핵을 담당한 창작집단의 마땅히 우리 당의 혁명문학 건설의 전위대로, 우리나라 문학창작집단의 본보기 단위로 되어야 한다. ② 4·15문학창작단의 사업에 대한 정연한 지도체계를 세우기 위해 4·15문학창작단에서는 창작과 생활에서 제기되는 모든 문제를 당중앙위원회에 직접 보고하고 당의 유일적 지시와 결론에 따라 처리하는 엄격한 규율을 세우도록 하여야 한다. 김정일, 「4·15문학창작단을 내올데 대하여 ─ 조선작가동맹 중앙위원회 위원장과 한 담화(1966.2.7)」, 『김정일 선집』 1, 평양: 조선로동당출판사, 1992, 247~250면. 4·15문학창작단은 김일성이 혁명시기 창작한 창작품을 소설로 옮기는 작업과 인민들의 교양서로써 김일성과 그 가계의 투쟁, 그리고 항일 빨치산들의 역사를 집필해 내는 것을 전담하는 창작단인 것이다. 그 일환으로 김일성이 항일무장투쟁시기 창작했다는 「피바다」를 석윤기의 책임 집필로 소설화하는 작업 등을 수행했다. 특히 김정일은 1966년 2월 7일 조선작가동맹 중앙위원회 위원장과 한 담화에서 김일성은 자신의 전기를 쓰거나 형상하지 말고 어떤 혁명가를 주인공으로 하여 소

장[222]이 된다.

4 · 15문학창작단의 대표작은 【불멸의 력사】 시리즈와 【불멸의 향도】 시리즈라 할 수 있다. 【불멸의 력사】 시리즈의 첫 과업을 맡은 사람은 천세봉이다. 천세봉은 지난날의 과오를 씻기 위해 모두가 부담스러워하던 첫 과업을 자진해서 맡은 것으로 전해진다.[223] 이 작품이 바로 【불멸의 력사】 시리즈 제2권인 『혁명의 려명』이다. 이 작품은 그가 1여 년에 걸친 지도 작업, 인물 연구, 역사 분석을 통해 반년 만에 내놓은 소설이다. 『혁명의 려명』(불멸의 력사】 총서)은 본래 『태양이 솟는다』라는 제목으로 1971년 12월 중순에 처음 나왔다.[224] 그러나 1973년 4월 15일 김 주석의 61회 생일 때 『혁명의 려명』이라는 이름으로 바뀌어 다시 출판됐다. 『혁명의 려명』은 1927년 초부터 1928년 말까지를 배경으로 길림을 중심으로 김일성의 활동을 그리고 있다. 『혁명의 려명』은 '수령형상 문학' 창작에서 매우 중요한 계기가 되었으며 특히 이후의 혁명소설 창작의 방향타가 되었다.

천세봉은 이 작품을 출판하고 얼마 안 되서 회의장 휴게실에서 만난 김정일을 통해 김일성이 그의 작품을 30쪽 가량도 채 읽지 못했지만 아

설을 쓰라고 하지만 우리는 이에 대하여 심중하게 생각하여야 한다고 말하며 자신이 김일성과 4 · 15문학창작단에 대한 견해가 다름을 밝히고 있다.

222 보통 4 · 15문학창작단 단장은 조선작가동맹 중앙위원회 위원장이 겸임을 한다. 2대는 석윤기(1985 ~1989) 3대는 강능수(1990~1999)가 조선작가동맹 중앙위원회 위원장과 겸임하여 4 · 15문학창작단 단장을 맡았다. 석윤기 때까지는 단장으로 선출되면 직위는 사망 시까지 유지되었다. 단장이 사망하면 부단장이 단장의 직위를 계승하는 것 역시 석윤기 때까지는 지켜지고 있었다. 그러나 석윤기 단장 재임 당시 부단장이었던 현승걸이 그의 사망 후 단장직을 승계해야 했지만 무슨 이유에서인지 강능수가 3대 단장으로 취임했으며 현승걸은 1990년 사망한다. 그의 죽음은 남한에서는 현재 자살설이 유력하다. 강능수 이후 단장직 승계는 1~2대 때처럼 사망 시까지 유지되지 않는 것 같다. 그러나 탈북자들은 자살은 북한에서 반역이기 때문에 그가 자살했다면 크게 이슈화되거나 소문이 돌아야 하는데 그런 소문은 없었다고 증언하고 있다. 강능수는 1999년 9월 문화상을 거쳐 현직 조선공보위원회 위원장으로 활동하고 있으며, 현재는 김정(1999~)이 조선작가동맹 중앙위원회 위원장과 겸임하여 4 · 15문학창작단 단장을 맡고 있다. 강능수, 현승걸, 김정에 대한 인물 정보는 http://nk.chosun.com/person/person.html 참조.

223 김영근, 「20세기 추억 – 생활의 바다속에서」, 『조선문학』, 평양: 조선작가동맹출판사 2002.11, 51면. 김영근은 4 · 15문학창작단 건설 당시 문예출판사 문학도서 편집부장으로 재직하고 있었다. 문예출판사는 【불멸의 력사】 시리즈를 출판 · 간행한 출판사이다.

224 위의 글, 52면.

주 만족하고 있다는 소식을 듣는다.[225] 천세봉의 회상에 의하면 김일성의 만족은 이미 예상된 것이었다. 『혁명의 려명』이 탄생하기까지 김정일은 천세봉이 쓴 초고는 물론이고 심의본을 꼼꼼히 읽고서 완성본을 찍을 때도 교정지에 붉은 줄을 그어 가며 수정 방향을 제시했다고 한다.[226] 그러나 천세봉의 수기와 김영근의 회상[227]과는 달리 윤기덕에 의하면 김정일은 이 책이 출판 되자 불쾌감을 표시하며 종자를 바로 잡지 못했다고 비판을 가하였다고 한다.[228] 그 때문인지 이후 출간된 다른 작품들에 비해 『혁명의 려명』은 【불멸의 력사】 시리즈의 첫 권이라는 의미 외에 별다른 평가를 받지 못한다. 그리고 이 작품은 1987년 【불멸의 력사】 시리즈가 출판될 당시 내용이 대폭 수정되어 출판된다.

4·15문학창작단의 건설 이후 천세봉의 작품 경향은 『혁명의 려명』을 시작으로 한 번의 큰 전환을 맞는다. 그의 작품 경향은 농민 문학에서 '항일혁명문학' 즉 '수령형상 문학'으로 옮겨간다. 그리고 그의 정치적 행보 역시 활발해진다. 56세 되던 해인 1970년에는 제5차 당대회를 통해 정치적으로는 노동당 중앙위원회 후보위원으로 선출되며, 1972년에는 최고인민회의 제5기 대의원 및 상설회의 위원으로 선출되는 화려한 경력에서 그것을 알 수 있다.

이후 천세봉은 1975년에는 김정숙의 혁명활동을 형상화한 '다부작 소설' 『유격구의 기수』(『충성의 한길에서』 1부)[229]를 발표한다. 세 달 만에 탈고된 이 작품은 74년 가을 우산장 창작실 6각 2층 방에서 한 달간 수정작업을 진행하였다. 당시 작가들 사이에서 밤 줍기 내기가 성행하였지만 천세봉은 작품 수정에 대한 생각 때문에 거기에 참여하지도 못했[230]을만큼

225　천세봉 외편, 앞의 책, 26면.
226　위의 책, 27면.
227　김영근, 앞의 글, 52면.
228　윤기덕, 『수령형상 문학』, 평양: 문예출판사, 1991, 155면 참조.
229　원래는 『유격구의 기수』가 아닌 『충성의 한길에서』 1부로 발행되었지만 후에 『충성의 한길에서』가 다부작 장편소설의 제목이 되면서 1부의 제목을 『유격구의 기수』로 재판하였다. 이 과정에서 정순으로 등장했던 인물이 김정숙으로 바뀐다. 『조선중앙년감』, 평양: 조선중앙통신사, 1976, 347면.

정신적 부담이 컸다고 한다. 그는 오랜 시간 고민하여도 형상이 잘 떠오르지 않거나 수정을 요구 받은 부분에 대한 형상의 질이 수준에 오르지 못하면 앓아누워 버릴 만큼 '작품앓이'를 심하게 했는데 '작품 앓이'가 식사는 물론 혈압에 영향을 미치거나 신경통으로 발전했다[231]는 것을 보면 작품에 대한 강박이 매우 심했음을 알 수 있다.

천세봉이 이 작품을 쓰게 된 동기를 표면적으로는 "어머니를 그리워하는 김정일을 위해 어머니의 산 모습을 보여주고 싶어서"[232]라고 밝히고 있지만 김일성의 지적처럼『안개 흐르는 새 언덕』에서 여성을 나약하고 비투쟁적으로 그림으로써 범했던 오류를 항일의 여성영웅으로 일컬어지는 김정숙을 형상을 적극적으로 그려냄으로써 극복해 내고 싶었는지도 모른다.

천세봉은 이 작품을 창작함으로 해서 '수령형상 문학'에서 뿐만 아니라 다부작 장편소설『충성의 한길에서』의 창작에서도 개척자적 역할을 한다.[233] 북한에서 부모로 우러르는 어버이 수령 김일성과 어머니 김정숙[234]을 형상화함으로써, 그는 자애로운 수령과 그 수령에게 충성하고 사랑으로 민중을 보살피는 인자한 여성영웅의 이미지를 구축해 놓은 것이다.

---

230 김영근, 「20세기 추억 ─ 생활의 바다속에서」, 앞의 책, 53면.

231 위의 글, 54면.

232 위의 글, 52면.

233 북한의『문학 예술 사전』(1972)에서는 대표적 다부작 소설로 이기영의『두만강』을 꼽고 있다. 그러나 '혁명적 대작 논쟁'을 분석해 보면『두만강』다부작이라기 보다는 혁명적 대작 소설에 더 근접해 있다. 특히 1970년대 들어 집체창작에 의한 창작이 일반화되면서 다부작 소설은 총서나 다부작 영화와 마찬가지로 같은 제호 아래 다른 작품명으로 여러 작가에 의해 창작되고 있으며,『문학 예술 사전』에서 명시한 것처럼 다부작이 2부작이나 3부작 소설이라는 틀이 깨진지는 이미 오래다. 천세봉이 창작하기 시작한『충성의 한길에서』시리즈가 이미 3부를 넘어 6부까지 다른 작가들에 의해 나왔기 때문이다. 따라서 현재적인 의미에서 다부작 소설은 1960년대 문학 이론 논쟁 속에서 마련된 다부작의 개념과는 차이가 있다.

234 김정숙은 1917년 12월 24일 함북 회령에서 출생했다. 그녀는 1922년 가족을 따라 만주로 이주했으며, 1932년 7월 공산주의청년동맹 가입한다. 이를 계기로 1935년 3월 김일성과 만나게 되고, 1935년 9월 조선인민혁명군 입대하여 동북항일연군에서 김일성과 함께 항일무장투쟁을 한다. 1937년 1월에는 공산당에 입당을 하고, 1940년 9월 김일성과 결혼하여 1942년 2월 김정일을 출산한다. 그리고 1946년 5월 김정일의 여동생 김경희를 출산하였으며 1949년 9월 22일 출산 중 31세의 나이로 사망한다.『력사사전』Ⅰ, 평양 : 사회과학출판사, 1971, 251~254면.

그가 『충성의 한길에서』 1·2부에 구축해 놓은 김정숙의 성격과 품성, 그녀에 대한 이미지는 다른 작가들이 이어 받아 작품을 창작할 수 있는 지침이 되었다. 이전에도 김정숙을 형상화하기 위한 작가들의 노력이 없었던 것은 아니다. 그러나 다른 작가들이 김정숙을 피상적으로 묘사하는 데 그쳐 형상화에 실패한 반면 천세봉은 김정숙을 형상화해냄으로써 가계형상 문학에서 중요한 자리를 차지하게 된다. 그 성과로 『충성의 한길에서』는 1975년부터 1992년까지[235] 총 6부까지 연작되었으며, 2007~2008년에 부 표시 없이 2권이 더 출간되었다.

그는 1977년에는 중앙선거위원회위원과 최고인민회의 제6기 대의원 및 상설회의 의원으로 선출된다. 그리고 1979년에는 연이어 『사령부로 가는 길』(『충성의 한길에서』 2부)의 발표로 다부작 장편소설의 형상기준과 성격규정을 제시하여 이후 작가들이 다음 편을 이어 쓸 수 있도록 방향을 설정한다. 김일성과 김정숙의 모습을 최초로 설정하고 형상화 해내는 일은 당과 인민을 감동시키는 일이었으며, 그에게는 아주 명예로운 일이었다.

3) 3기—농민소설로의 회귀

1970년대의 북한이 당면한 가장 중요한 과제는 '세대교체 문제'와 '후계자 문제'를 원만하게 해결하는 것이었다. 이 시기가 김정일이 3대혁명 진행 과정을 통해 세대교체를 주도함으로써 정치권에 대중적 지도자로 전면적으로 부상한 때였다면 1980년은 '조선로동당 제6차 대회' 개최와 더불어 시작되었다고 할 수 있다. 1980년 10월 조선노동당은 당 창건 35돌을 맞아 제6차 당대회를 개최한다. 5차 당대회 이후 10년만 개최된 이

---

235 『조선중앙년감』, 평양: 조선중앙통신사, 1976, 344면; 『조선중앙년감』, 평양: 조선중앙통신사, 1993, 300면.

당대회에서 채택된 1980년대 과제를 제시한 결성서[236]의 채택은 1980년대 북한 사회 발전의 기본방향을 제시한 것으로 매우 중요한 의미를 갖는다. 또한 1980년대는 정치·군사부문에 집중되어 있던 항일무장투쟁 출신의 혁명 1세대와는 달리 경제, 정치, 군사 등 각 분야에 전문적인 역량을 갖춘 실무형 그룹인 혁명 2세대가 조선노동당뿐 아니라 국가기관의 핵심부서에 진출하기 시작한 시기이다. 이는 1980년대 들어서면서 보다 안정화된 사회체제에 대한 요구가 핵심적인 과제로 떠오르면서 나타난 현상이었다. 천세봉도 혁명 2세대의 작가로 작품창작 뿐만 아니라 전문적인 역량을 갖춘 실무형 인물로 문예총에서 자리매김을 해왔다. 그리고 1980년 10월 그는 '조선로동당 제6차 대회'에서 노동당 중앙위 위원으로 선출된다.

1970년대 '수령형상 문학'에 주력하던 천세봉은 이 시기 다시 농민소설을 창작하게 된다. 그것이 바로 대작 소설『축원』이다.『축원』은 실화를 바탕으로 창작된 작품으로 당 정책 관철을 위해 농촌에서 애쓰는 한증녀 일가의 모습을 통해 김일성에 대한 인민의 충성을 그려내고 있는 장편소설이다. 이 작품은 농업협동화가 진행되는 시기를 그린 작품이다. 이 작품이 나올 당시 북한은 제2차 7개년 계획(1978~1984)에 돌입해 있었다. 이 2차 계획의 지향은 사회주의의 물적 기반의 확립과 풍요로운 사회의 지향에 있었다. 그리고 이 시기는 불균형적으로 발전한 경제를 극복하기 위한 노력이 보이는 때이다. 실무적으로도 중공업보다는 인민의 생활과 밀접한 경공업과 주택건설 사업에 김정일의 현지 지도가 눈에 띠게 늘어나는 시기도 바로 이때이다. 따라서 인민 생활과 밀접한 식량의 문제 역시 중요한 과제였다. 천세봉의 농민소설로의 회귀는 바로 여기에서 시작된다. 30년 전에 벌였던 농업협동화 완수의 신화를 인민들에게 다시금 되새기고자 하는 것이 바로『축원』이 등장한 이유다.[237]

---

236 결정서에 의해 제시된 1980년대의 과제는 ① 온 사회의 주체사상화와 사회주의 건설의 10대 전망목표, ② 유일사상체계의 강화와 혁명전통 계승문제 해결, ③ 고려만주연방제 통일방안 제시 등이다.

이와 같은 상황 속에서 천세봉은 1982년에는 최고인민회의 제7기 대의원 및 상설회의 의원에 선출되며, 작품으로 【불멸의 력사】 총서 제10권[238]인 『은하수』를 세상에 내놓는다.

『은하수』는 1929년 여름부터 1930년까지의 김일성의 혁명업적을 소설화한 것이다. 이 소설은 12개의 장으로 구성되어 있으며 단순한 줄거리의 나열이 아닌 입체적인 내용 전개를 구사하고 비약과 함축을 활용함으로써 구성을 탄탄히 하였다고 평가받고 있다.

천세봉이 언제 또 어떤 불치의 병을 진단 받았는지는 확실하게 밝히고 있지 않아 확인할 수 없으나 그 시기는 『은하수』를 쓰고 난 이후인 것 같으며, 병은 고질병이었던 위병과 연관이 있는 듯하다. 그는 전쟁 전부터 줄곧 병석에 누워 있었고[239] 불치의 병을 선고받은 직후에도 그는 병상에서 글을 썼다. 말년에 몸이 불편한 천세봉의 구술 작업에 참여한 사람이 바로 그의 넷째 아들 천태식[240]이다. 천태식은 4·15문학창작단에 소환되어 아버지의 유고 작품인 장편소설 『영원한 봄노래』의 초고를 집필한다. 이 작품은 【불멸의 력사】 중 해방 후 편으로 해방 전 편이 1987년 완간되어 시리즈로 출판된 이후 1988년부터 시작된 총서 작업의 일환이다. 이 작품은 1991년에 【불멸의 력사】 중 해방 후 편 『조선의 봄』이란 제목으로 출판된다.

---

237 그러나 이러한 노력에도 불구하고 북한의 발표와는 달리 제2차 7개년 계획은 소기의 성과를 거두지 못한 것으로 알려져 있다. 양곡생산만 하더라도 북한은 1,000만 톤의 알곡고지를 점령했다고 발표하고 있으나, 남한의 정보통은 500만 톤, 미국의 정보기관 CIA는 600만 톤으로 획량에 미달한 것으로 파악하고 있다. 『내외통신』 396호, 1984.8.10(종합판 30집), 241~244면; 서진영, 『현대중국과 북한 40년』, 고려대 아세아문제연구소, 1989, 345면; 이종석, 「1980년대의 북한」, 강만길 외편, 앞의 책, 310면 재인용.

238 10권은 1982년 출판 당시 권호이고, 1987년 문예출판사에서 재출간될 때는 연대별로 정리되어 권 3호가 된다. 『은하수』 역시 1987년판은 개작되어 출판된다.

239 김수경, 「창작기지-고향의 번영과 함께-작가 천세봉을 찾아서」, 『문학신문』, 1961.8.25, 1면. 윤세평 역시 신문 지면을 빌어 그가 하루 빨리 병석에서 일어나기를 바라는 글을 쓰고 있다.

240 천태식은 1979년 『조선문학』 3월호에 그는 「감정조직과 흥미」라는 논평에서 1978년 7월 『조선문학』에 실렸던 단편소설 「전사의 노래」를 분석하고 있다. 이를 볼 때 천태식은 문학을 전공하였고, 평론가였던 것 같다.

그는 병으로 인해 탈고 후 수정을 하지 않은 채 출판된 책들이 작품의 절반을 차지한다. 구술 창작은 문체가 다듬어져 있지 않다는 점에서는 한계가 될 수 있으나, 내용면에서 그의 작품이 검열을 통해 여러 번의 수정을 거쳐 출간된 다른 작가들의 작품과는 달리 수정을 거치지 않았다는 점에서 천세봉 개인의 개성을 작품 속에서 볼 수 있도록 한다. 결과적으로 볼 때 그의 지병은 육체적으로는 고통을 주었을지 모르지만 작품 창작에서 그를 당 정책이나 검열로부터 일정정도 자유롭게 해주었다.

그는 『조선의 봄』의 창작 이후에도 창작생활에서 문학 세대들에게 교훈이 될 만하다고 생각하는 점들을 묶은 장편수기 『생의 마지막 초불을 켜들고』[241]를 썼다.

천세봉은 1985년에는 북한 최고의 훈장인 김일성훈장과 최고의 상인 김일성상[242]을 수여받는다. 그리고 1986년 천세봉은 향년 71세의 일기로 4월 18일에 사망하였으며 애국열사릉에 안치되었다.[243] 사후 같은 해 10월 26일 아시아·아프리카 작가회의로부터 로터스(LOTUS, 연꽃)상이 수여되었다.

이 책에서는 그의 생애를 3기로 분류하였지만 그의 생애를 더듬어 볼 때 크게 농민 문학기와 항일혁명문학기로 나눌 수 있다. 그리고 그의 정치 이력이 권력욕에서 파생된 것이 아니라는 사실과 창작욕이 강했다는 점을 확인할 수 있었다. 이것은 천세봉이 당 정책의 나팔수가 아닌 작가로 그를 평가할 수 있게 하는 하나의 근거가 된다. 물론 그가 농민의 대변

---

241 이 수기는 『작가수업 40년』으로 제목이 바뀌어 출판된다. 이 수기는 천세봉은 자신의 창작생활에서 문학 세대에서 교훈이 될 만하다고 생각되는 점들을 모아 장편 수기로 묶어낸 것이다.

242 김일성상은 "수령의 사상과 의지대로 사고하고 행동하며 수령의 두리에 굳게 뭉쳐 그이를 정치 사상적으로 목숨으로 튼튼히 보위하며 수령의 교시와 그 구현인 당 정책을 견결히 옹호관철하기 위한 투쟁에서 위훈을 세운 일군들에게 수여한다"고 규정하고 있다. 또한 국가 최고 권위 표창인 김일성 상을 수여 받은 작가를 김일성상 계관인, 작품을 김일성상 계관작품이라 한다. 오양열, 「남·북한 문예정책의 비교연구」, 성균관대 박사논문, 1998, 163면.

243 『문학신문』에는 문학 예술인이 사망하면 부고를 싣는데, 이때 당시의 『문학신문』이 국내에 들어와 있지 않은 관계로 그의 죽음에 대해 북한에서 어떠한 평가를 내렸는지는 알 길이 없다. 『조선중앙년감』이나 『조선문학』에서도 그의 죽음과 관련된 언급은 찾아볼 수 없다.

자로 당 정책을 비판하기도 하지만 그가 점했던 위치에서 당 정책에 예
민하게 반응하고 있음 역시 부정할 수 없는 사실이다.

제2장

사적 기록성과 미적 거리

북한의 미학 논쟁이나 항일혁명문학의 대두는 천세봉 문학에 일정한 영향을 미친다. 그 영향은 역사적 실재성 문제에 의한 작품 개작으로 나타난다. 천세봉의 작품 중 개작이 확인된 작품은 『석개울의 새봄』, 『혁명의 려명』, 『은하수』 등이다. 그리고 이 세 작품의 직접적인 개작 원인은 역사적 실재성과 긴밀한 관계를 맺는다. 또한 『안개 흐르는 새 언덕』의 경우 역사적 실재성 문제에 휘말려 개작도 되지 못한 채 판금된 것을 보면 북한문학에서 역사적 실재성의 문제가 작품에 끼치는 영향이 매우 크다는 사실을 알 수 있다.

역사적 실재성 문제는 북한 정권의 정통성과 깊은 관련이 있다. 역사적 사실이란 어느 정도까지 해석을 전제로 하고, 불가피하게 주관적일 수밖에 없음에도 항일무장투쟁의 경우 소설이라 할지라도 북한 역사와 상이한 평가를 용납하지 않고 있다. 이것은 김정일이 『주체문학론』에서 제시한 "작품 내용은 철저하게 역사적 사실에 맞게 창작되어야 한다"[1]는 창작원칙에서도 알 수 있다. 즉 역사 속의 사건에 상상력이 가미된 경우 개작의 조건이 되는 것이다.

이 장에서는 역사적 실재성과 개작 문제를 통해 북한이 문학에 요구하는 역사와 모범작품이 무엇인지를 밝혀 보고자 한다. 이것을 밝히고자하는 이유는 역사적 실재성의 문제로 불거진 개작의 문제가 천세봉 개인이 아닌 당 정책과 문예정책적인 차원에서 이루어져, 그의 작품에 영향을 끼치고 있기 때문이다. 그리고 '수령형상 문학'의 경우 개작의 문제는 당시 4·15문학창작단 내에서 논쟁의 초점이었던 총서에 대한 구성과 서술방식[2] 그리고 총서를 바라보는 김일성과 김정일의 견해 차이와도 깊은 관련이 있기 때문이다.[3]

천세봉 작품 중 역사적 실재성 논란이 있는 작품은 『석개울의 새봄』, 『안개 흐르는 새 언덕』, 『혁명의 려명』, 『은하수』([불멸의 력사] 총서)이다. 그러나 본고에서는 논란이 된 역사적 사실 이외에도 '다부작 소설'인 『유격구의 기수』와 『사령부로 가는 길』(『충성의 한길에서』 1·2부)에서 나타나고 있는 사건들을 검토함으로써 북한에서 왜 그 사건을 중요하게 취급하여 소설 속에 그리고 있는지를 밝혀 보고자 한다. 그중 『혁명의 려명』과 『은하수』는 1987년 [불멸의 력사] 시리즈로 발행된 개작본이 아닌 원전을 텍스트로 하여 역사적 실재성에 대해 논할 것이며 필요에 따라 개작본을 적극 활용할 것이다.

둘째, 개작과정을 통해 북한 문단에서의 작품 출판과정과 심의 구조를

---

1   김정일, 『주체문학론』, 평양 : 조선로동당출판사, 1992, 147면.

2   당시 창작단 내에서는 총서를 창작하는 방법에 있어서 전기식과 일반소설로 크게 양분되어 초기에는 의견을 총화하지 못한 채 작가들이 쓰고 싶은 대로 작품을 창작했다고 한다. 「총서형식으로 하는 것이 좋을것 같다하시며」, 『조선문학』, 평양 : 조선작가동맹출판사, 1992.2, 12~13면.

3   1966년 2월 7일 김정일은 조선작가동맹 중앙위원회 위원장 천세봉과 한 담화 「새로운 혁명문학을 건설할데 대하여」라는 글에서 수령은 자신의 전기를 쓰거나 형상하지 말고 어떤 혁명가를 주인공으로 하여 소설을 쓰라고 하지만 우리는 이에 대하여 심중하게 생각하여야 한다고 말하며 자신이 김일성과 4·15문학창작단에 대한 견해가 다름을 밝히고 있다. 김정일, 『김정일 선집』 1, 평양 : 조선로동당출판사,. 1992, 117~118면.

살펴보고 역사적 실재성과 관련하여 문제가 되었던 사건들이 어떠한 방식으로 개작이 되었는지를 미학 논쟁과 관련하여 검토할 것이다. 셋째, 작품 형식에 따른 작가의 문제의식이 어떻게 변화 발전해 나가고 있는지를 작품 형식에 따른 변화양상을 통해 밝혀보고자 한다.

1. 역사적 실재성 문제와 미학 논쟁

앞에서 언급했듯이 북한의 미학 논쟁이나 새로운 형식, 항일혁명문학의 대두는 천세봉의 작품 창작에 영향을 미쳤다. 그 영향 중 하나가 작품의 역사적 실재성 문제이다. 역사적 실재성 문제는 작품의 형식에 따라 긍정적인 평가와 부정적인 평가를 낳게 했다. 특히 투쟁역사의 교양서로 '항일혁명문학'을 중시 여기던 북한에서『안개 흐르는 새 언덕』이 역사적 실재성이 문제가 되어 판금의 사태까지 불러 왔음을 볼 때 그의 작품을 이해하는데 역사적 실재성에 대한 검토가 무의미하다고 생각하지 않는다. 또한 역사적 실재성의 문제는 미학 논쟁의 영향관계뿐만 아니라 항일무장투쟁 역사에 대한 재인식의 기회를 주고 북한의 역사관을 알 수 있는 계기가 될 것이다.

『석개울의 새봄』을 제외한 천세봉의 작품들은 해방 이전의 상황은 물론, 일제 침략기의 만주정세와 상황이 반영되어 있는 작품들이다.[4] 이 작품들은 만주 이민들의 삶과 고통, 항일 빨치산의 투쟁을 그리고 있는 전

---

4 조선에서 3·1운동의 실패 이후 주권 쟁취를 위한 민족운동의 주류는 무장투쟁이었다. 그 뿌리는 한말 의병전쟁에서 찾을 수 있다. 1920년대 무장투쟁을 주류로 한 다양한 형태의 주권쟁취투쟁에 대하여 민족주의자들은 주권 복권에 초점을 맞춘 '독립운동'으로, 사회주의자들은 저항에 초점을 맞춘 '해방운동'으로 인식하였다. 무장투쟁의 흐름은 이후 초기 독립군 전투, 광복군 그리고 조선의 용군 등의 무장활동 및 김일성이 이끄는 항일무장투쟁으로 발전하였다.

사(戰史)로서의 기능을 지니고 있다. 특히 천세봉이 다루는 사건들은 남한에서는 잘 알려지지 않는 사건들이다. 따라서 작품을 올바로 이해하기 위해서는 만주에서의 조선인들의 항일무장투쟁사에 관한 지식이 필요하다. 뿐만 아니라 해방 이후의 북한 정세는 물론 일제 침략기 조선사와 중국 혁명사 역시 간과할 수 없는 부분이다. 이 지식은 천세봉이 작품의 배경이 되는 시대를 진실하게 그리고 있는가 하는 점에 대한 가치평가의 중요한 준거가 될 것이며, 북한의 역사왜곡 논란을 판단하는 데 도움이 될 것이다.

역사란 불가피하게 주관적일 수밖에 없다. 역사적 사실이란 어느 정도까지는 해석을 전제로 하고 있는 것이며 역사적 해석은 도덕적 판단과 가치판단을 내포하고 있기 때문이다.[5] 이 점은 역사를 바라보는 관점에 따라 중대한 시각 차이를 가져온다. 그것은 역사가가 주는 의의에 따라 역사상의 사실이 달라지기 때문이다. 역사적 사실의 객관성이란 사실의 객관성이 아니고, 단지 관계의 객관성, 즉 사실과 해석 사이의, 과거와 현재와 미래 사이 관계의 객관성이다.[6]

이러한 관계의 객관성을 남·북·중의 사료에서 확인할 수 있다. 만주에서 벌어진 항일무장투쟁을 바라보는 삼국(三國)의 시각이 서로 다르다. 남한의 입장에서는 중국과 연합한 독립운동, 북한의 입장에서는 중국과 연계한 항일무장 투쟁이었지만, 중국의 입장에서 볼 때 중국 내 소수민족이 참여한 중국인의 항일전쟁일 뿐이었다. 그리고 연변 조선족들은 이 당시의 투쟁을 중국공산당의 영도 아래 자신의 나라(중국)를 지키기 위한 투쟁으로 평가하고 있다. 하나의 역사적 사실을 두고 이러한 상이한 평가가 나오는 것은 만주가 조선족 자치주의 기능과 함께 중국 대륙의 일부이기 때문이다. 따라서 간도를 남한이나 북한의 상황에 비추어 분석했을 때 남·북에서 바라보는 만주와 중국이 바라보는 만주사에 시

---

5   Carr. E. H., 『역사란 무엇인가?』, 조은문화사, 1981, 149면.
6   위의 책, 231면.

각차가 날 수 밖에 없다. 이것이 바로 만주가 갖는 이중성이기도 하다.

이러한 시각차를 줄이고 사료의 객관성에 근접하기 위해서 본고에서는 남·북·중·미의 사료[7]를 모두 검토하여 기술하되 북한과 중국의 사료에 무게 중심을 두었다. 남한에서 나온 사료보다 북·중의 사료에 무게를 둔 것은 남한 사료는 '항일혁명문학'의 소재가 되고 있는 사건들을 취급하지 않고 있는 경우가 많으며, 취급하고 있다 해도 깊게 다루어지지 않거나 분단 이데올로기가 강하게 작용[8]하고 있기 때문이다. 그리고 그렇지 않은 사료들은 모두 북한 자료에 기대어 서술되어 있었기 때문이다.

역사적 실재성에 대한 검토 대상은 농업협동화 과정을 다루고 있는 『석개울의 새봄』, 『안개 흐르는 새 언덕』과 총서 【불멸의 력사】, 『충성의 한길에서』 1·2부 등으로 당대 현안이나 북한 혁명발전의 의의를 가지는 회의나 전투 사변을 그 해결점으로 하고 있는 작품들이다. 이 장에서는 여러 회의나 사건들의 실재성과 함께 그 사건이 작품에 채택된 이유와 미학 논쟁이 역사적 실재성 문제에 끼친 영향을 규명해 보려 한다.

7　강만길 외, 『민족해방운동의 전개』 2(한국사 16), 한길사, 1994; 김일성, 『세기와 더불어』 1~4, 평양 : 조선노동당출판사, 1993~1997; 김창국, 『남만인민항일투쟁사』, 연변 : 연변인민출판사, 1986; 김철만 외, 『회상기』 上·中·下, 대동, 1990; 김한길, 『현대조선역사』, 평양 : 사회과학원 역사연구소, 1983; 남현우, 『항일무장투쟁사』, 대동, 1988; 사회과학원 력사연구소 편, 『조선전사』 16~22, 평양 : 과학·백과사전출판사, 1980; Scalapino Robert A., 이정식, 한홍구 역, 『한국 공산주의 운동사』 1·2, 돌베개, 1986; 양소현, 『중국에 있어서의 한국독립운동사』, 한국정신문화연구원 1996; 윤신명, 「중국의 신민주주의 혁명」, 『녹두서평』 1, 녹두, 1986, 149~212면; 이재화, 『한국근현대 민족해방운동사』, 백산서당, 1988; 중국조선민족역사족적 편찬위원회 편, 『불씨』·『봉화』·『결전』(중국조선민족발자취총서 2~4), 연변 : 민족출판사, 1989~1995; 한국독립유공자협회 편, 『중국 동북지역 한국 독립운동사』, 집문당, 1997.

8　1990년대 이전 남한 자료들은 항일무장투쟁을 북한의 정통성을 다지기 위한 일환이나 김일성 신화 창조의 일환으로 보고 있다. 물론 항일무장투쟁이 개인 신화로 미화된 측면도 있겠지만 항일무장투쟁의 예봉이 일본으로 향해져 있었던 것은 분명한 사실이며, 당시 만주 이민들의 적극적인 참여 역시 부정할 수 없는 사실이다.

1) '기록주의' 비판—『석개울의 새봄』

　　종전 직후 북한은 자작소농제의 기반이었던 중농층 가운데 다수가 빈
농화되었으며, 일부 농민층의 부농화와 빈농지배현상이 나타나면서 농
촌에 체제적으로 위기감이 확산되었다.[9] 북한은 외자 도입을 통해 자립
적 경제구조를 만들고자 했다. 그러나 미국 등 자본주의 시장에서 고립
된 상태에서 공산주의권 내에서의 식량 수입에는 한계가 있었다. 그러므
로 북한은 식량자급체계를 갖추지 않으면 안 될 처지에 놓이게 된다. 따
라서 그들은 자립적 민족경제를 건설하기 위해 경제건설에서 자력갱생[10]
의 원칙을 견지할 수밖에 없었다.

　　『석개울의 새봄』 1부의 배경이 되는 1953년 8월 전원회의 이후부터
1954년 가을까지는 농업협동회의 점진적인 추진 정책이 급진적인 방향
으로 급선회하게 되는 시기다. 그중 1953년 8월은 전쟁으로 인해 경제적
기반이 붕괴된 시점이다. 당시 북한은 수리관개시설 등 농업 생산 기반
의 파괴[11]로 인해 도시 주민의 식량 공급이 원활하게 이루어지지 못하였
다. 이 때문에 『석개울의 새봄』 1부에서 농사에 필요한 물을 확보하기 위

9 　김성보, 「북한의 토지개혁과 농업협동화」, 연세대 박사논문, 1996, 198·231면. 종전 직후인 북한의
　　농촌은 30~40%의 빈농과 50~60%의 중농하층, 그리고 0.6% 부농과 기타 중농상층을 포함한 약
　　10%의 부유한 농민으로 구성되어 있었다.

10 　"자기의 힘으로 혁명을 끝까지 하려는 공산주의자들이 혁명정신이며 투쟁원칙이다. 혁명과 건설
　　의 다른 모든 사업에서와 마찬가지로 경제건설에서도 자기 힘을 믿고 그에 의거하여야한다. 자기
　　의 힘을 믿고 이악하게 투쟁하는 인민은 어떤 어려운 일도 해낼 수 있지만 자기 힘을 믿지 못하고
　　남만 쳐다보는 인민은 아무 일도 잘할 수 없다." 김정일, 『주체사상에 대하여』, 평양 : 조선로동당출
　　판사, 1991, 55면.

11 　특히 미군은 북한의 농업기반을 파괴하기 위해 종전을 앞둔 1953년 5월과 6월 저수지를 집중적으
　　로 폭격한다. 미국은 애초부터 평양 근교의 주요 댐 5곳을 목표로 선정해 놓고 있었다고 한다. 이러
　　한 사실은 미국 측의 사료에서도 확인 할 수 있다. 브루스 커밍스의 『한국전쟁의 전개과정』에 의하
　　면 "5월 공격은 심리적으로 가장 효과적이었다"고 미 공군 연구소는 논평하고 있다. 그때가 시기적
　　으로 모내기의 끝 무렵으로 모의 뿌리가 완전히 뿌리내리 전이기 때문이었다. 5월 13일의 첫 번째
　　공습은 "범람하는 홍수가 그 아래 계곡 27마일을 깨끗이 쓸어버렸다. 홍수 사태는 수도 평양에 막
　　대한 피해를 입혔다"고 한다. Cumings Bruce·Holliday John, 차성수·양주동 역, 『한국전쟁의 전개
　　과정』, 태암, 1989, 197면.

한 관개시설 공사는 조합의 첫 사업으로 등장한다.[12] 창혁은 공사가 난관에 부딪히자 조합원들에게 저수지 공사는 국가와 개인을 잘되게 하는 일[13]이라고 설득을 한다. 그만큼 저수지 공사는 국가적으로도 중요한 사업이었다.

또한 북한은 농업협동화를 추진함에 앞서 농업협동화의 절실함에 대해 3차 당대회에서 다음과 같이 고백하고 있다.

> 더욱이 3년간의 전쟁 피해로 인하여 우리나라 농촌에서 **로력과 축력 및 농기구**들이 부족되고 농민들의 경제 토대가 현저히 약화된 조건하에서 농업협동화의 필요성은 더욱 절실하게 되었습니다.[14] (강조-인용자)

농업의 생산 기반이 모두 파괴된 상태에서 생산력을 증진할 수 있는 방도를 모색해야 하는 절박한 실정에 놓여 있던 북한에게 더욱 심각한 문제는 위의 인용문에서 볼 수 있듯 노동력의 문제였다. 그중에서도 '농업인구의 연령과 성비'가 문제로 대두 되었다. 전체적으로 남자인구가 감소하였으며, 남성 청장년층의 다수는 전쟁과 도시 복구 등에 동원되어 소년층과 노인층, 그리고 여성들이 농촌 복구의 중심이 될 수밖에 없었다.[15]

북한의 이러한 실정은 작품 속에서도 확인된다. 탁준보나 조희모와 같은 노인층이 소를 기르는 가축반에 배치되어 일하는 모습이나 룡이나 금란이 등과 같은 여성들이 사양공이 되어 양을 치고 관리하는 모습, 김성녀 등 노인들을 축으로 탁아소를 운영하는 모습, 봉호와 같은 청소년층이 민청원을 조직하여 퇴비를 모으기 위해 니탄 채취를 다니는 모습 등은 당시 농촌 복구의 중심이 소년층과 노인층, 그리고 여성들이었음을

---

12 천세봉, 『석개울의 새봄』 1부, 평양 : 조선문학예술총동맹출판사, 1958, 140～262면 참조.
13 위의 책, 180～181면.
14 김일성, 「제3차 대회 당중앙위원회 사업 총결보고-조선로동당 제3차 대회(1956.4)」, 『북한 '조선로동당'대회 주요문헌집』, 돌베개, 1988, 97면.
15 김성보, 「북한의 토지개혁과 농업협동화」, 연세대 박사논문, 1996, 201면.

알게 한다.

1951년 초 북한은 이미 소두수는 39%, 돼지두수는 70.4%가 감소했으며, 닭과 오리는 거의 멸종상태에 처했다[16]고 한다. 이 때문인지 『석개울의 새봄』 1·2부와 『축원』에서 양 사육이나 돼지 사육은 조합과 여자들에게 매우 중요한 사업으로 그려지고 있다.

이와 함께 축력과 농기구의 부족 현상은 개인 독점이 아닌 조합으로의 집중을 필요로 했다.[17] 이 문제를 해결하기 위한 방도는 소련과는 다른 방식으로 나타난다. 소련의 콜호즈(Kolkhoz, 집단농장)는 농기구의 통합시 유상으로 대가를 지불하지 않은 대신 그 일부분을 개인의 출자금으로 인정하여 탈퇴 시 현금으로 상환 받게 했다. 반면 북한은 유상 통합하여 조합소유로 일원화하였다.[18] 북한의 유상통합 방법은 『석개울의 새봄』 1부의 다음의 대화에 잘 나타나 있다.

> "조합에 무슨 돈이 있어서 소를 산단말이요?" "그러게 조합이 당분간 소 값을 빚지구 있어야 하지요. 년부로 해마다 얼마씩 물어줄 수도 있으니까……." "허허 소값을 년부로? 소있는 사람들이 말을 듣는다면 그것두 좋겠지."[19]

위의 인용에서 알 수 있듯 농기구 통합과 동시에 대가를 받은 것이 아니라 수확 후에 그 대가를 계산하는 방식이었으므로 조합에 소를 내었던 조형모가 자신의 소가 혹사당한다고 생각하자 소를 끌어가는 사태가 벌어지게 된 것이다. 이 사건 또한 실제로 있었던 일[20]이다.

---

16 「조선민주주의인민공화국 내각결정 제295호 ─ 도 시 군영 목장설치에 관하여」, 『내각공보』, 1951. 6.14, 191~193면; 김성보, 앞의 글, 200면 재인용.
17 토지개혁 후 지주제가 해체되어 농민적 토지소유가 성립되지만 농민들 대다수는 일제하 이래 영세 소농경영의 조건에서 크게 벗어나지 못한 상태였다. 북한 농민들에게는 주요 생산수단인 기본적인 농기구조차 부족했다. 김성보, 「북한의 토지개혁과 농업협동화」, 연세대 박사논문, 1996, 169면. 이러한 상황은 전쟁 이후 더욱 악화되었다.
18 위의 글, 241면.
19 천세봉, 앞의 책, 16~17면.

한편 북한은 전쟁으로 빈민화가 촉진되면서 빈농들의 노동력을 고용하거나 고리대를 주는 방법을 통해 부농화가 촉진[21]되고 있었기 때문에 이에 대한 수습이 필요했다. 이러한 모습은 정미소를 매입하려는 중농 탁수일과 고리대를 놓는 부농 리인수, 권치도의 모습에 잘 나타나 있다.

또한 1·2부에서 그려지는 서기표나 조맹원이 벌이는 가축제거사건이나 축사방화사건,[22] 2부에서 그려지는 부농인 박중근의 조합탈퇴사건 역시 배천바람사건[23]에서 모티프를 취한 것이다.

이념적 경직화·농업생산 기반의 붕괴·남녀의 성비문제·농촌 계층 분화 문제와 함께 1950년대에 농업협동화 문제를 촉발한 또 다른 배경은 농업과 공업 간의 불균형 발전 문제[24]였다. 북한은 공업에 대한 집중적인 투자를 통해 공업 지표가 1954년에는 전쟁 이전 1949년 수준까지 접근하였으며 1955년도에는 이를 능가하였다. 그러나 1955년까지 농업 부문의 생산성은 더욱 심하게 정체되고 있었다.[25]

이와 같은 사실은 1956년 4월 조선노동당 3차 대회에서 인민경제발전

---

20 이와 유사한 사건으로 개성의 김태근 농민은 역축을 통합시킨 후에도 자기 소라고 하면서 공동 사육을 시키지 않았으며 다른 조합원들이 부리지 못하도록 하였다. 리현우, 「신해방지구 농민들의 앞장에 서서」, 『농업협동화 운동의 승리』 1, 363면; 김성보, 앞의 글, 239면 재인용.

21 위의 글, 202면.

22 강동군 맥전 농업협동조합에서는 독이 든 사료를 먹고 황소 5마리가 죽는 등 가축들이 제거되었으며, 양덕군 용평 협동조합에서는 화재로 양 27마리가 죽었다는 기록이 있다. 리상준, 「조선로동당의 농업협동화 정책과 평안남도에서의 그 승리적 실현」, 『력사 논문집』(사회주의 건설 편), 평양: 과학원출판사, 1960, 37면.

23 배천바람사건은 배천에서 협동조합에 가입하였던 농민들 다수가 1956년 결산분배가 끝나자마자 조합을 탈퇴한 사건으로 1956년 말 1957년 초 신행방지구인 황해남도 배천지방에서 발생하였다. 당시 조합을 탈퇴했던 농민들 대부분은 중농과 부농 그리고 과거 지주와 그의 아들로 조사되었다. 당시 황해남도 당위원장이었던 고봉기(독립동맹계의 비주류)는 이 일로 인해 비판을 받았으며 후에 숙청되었다. 그의 숙청은 독립동맹 계열이 협동조합의 가입과 탈퇴를 존중하였던 것과 관계가 깊다. 허학송, 「농업 협동조합들에 대한 집중 지도사업에서 얻은 몇 가지 경험」, 『농업협동화 승리』 6, 74~78면; 김성보, 앞의 글, 225면 재인용.

24 1954~1956년간의 3개년 경제계획 기간 생산적 건설에 대한 투자의 67.8% 공업건설에 돌려졌으며, 공업건설의 대한 투자의 81.2%는 중공업부문에 집중되었다. 안광즙, 「사회주의 공업화를 위한 자금 원천」, 『근로자』, 1957.9, 42~43면.

25 정대화, 「전후 복구건설과 사회주의제도의 확립」, 강만길 외편, 앞의 책, 182~184면.

5개년 계획에서 기본 과업으로 의식주의 기본적 해결을 요구하는 것에서도 확인된다.[26] 이러한 상태에서 시장을 방임한다면 국가의 식량 통제력을 상실할 우려가 있었다. 그런 이유로 협동화에 대한 주장이 강하게 제기되었다. 그들은 생산력주의 모델인 소련의 콜호즈를 통해 식량난을 해소해 나가려고 하였다. 소련의 콜호즈는 테일러주의(Taylorism)를 생산 과정에서 적극 도입한 것이다. 소비에트 혁명 직후에 레닌은 과거 자신이 자본가들의 대변자라고 통렬히 비난했던 T. W. 테일러(Taylor)의 시간 연구와 동작연구의 원리를 도입해야 한다고 주장[27]하였다. 테일러주의 운동은 소련 경제 전 부분에 걸쳐 도입되어 농업에서는 콜호즈의 형태로 나타난다. 북한은 생산력 증대를 위해 콜호즈 형태를 이식해 농업협동화를 진행한다.

그러나 협동농장의 성공적 건설에도 불구하고 불균형의 차이는 1960년대에 이르러서도 쉽게 극복되지 못했음을 「석개울의 새봄 3부」는 잘

26　"5개년 계획의 기본과업은 공화국북반부에서 사회주의의 경제적 기초를 더욱 튼튼히 하며 인민들의 의식주문제를 기본적으로 해결하는데 있습니다. 공업생산력을 더욱 발전시켜 앞으로 인민경제의 모든 부분들을 현대적 기술로 장비하며 더욱 대규모적인 기본건설사업을 할 수 있는 사회주의 적공업화의 토대를 쌓아야 하겠습니다. 5개년 계획기간에 농업집단화를 완성하여야 하며 인민경제의 모든 분야에서 사회주의적 경제 형태를 더욱 공고히 하여야 하겠습니다." 조선로동당 중앙위원회 당력사연구소 편, 『김일성 저작집』 11, 311면. 5개년 계획은 3개년 계획의 성과를 바탕으로 사회주의적 공업화의 토대를 쌓고 자립적 기초를 튼튼히 하는 것이었다.

27　Service. R., 정승현·홍민표 역, 『레닌』, 시학사, 2001, 626면. 레닌과 스탈린 선진자본주의 국가와의 경쟁에서 승리하기 위해 생산성의 문제에 주목하였으며, 그들은 자본주의에서 존중해야 할 하나의 체계로 과학적이고 진보된 테일러 시스템을 사회주의적 생산과정에 적극적으로 도입할 것을 주장하였다. 그중 한 예가 집단 농장이다. 이를 통해 사회주의와 자본주의의 작업장 조직은 본질적으로 큰 차이를 보이지 않는 명령과 위계 중심의 체제로 나아갔다. 혁명 러시아의 테일러주의 도입은 어려운 경제조건을 타개하려는 레닌의 순발력 있는 감각이자, 새 체제에 새로운 과학적 조직이론을 정립하려는 레닌 및 여타 사회주의자들의 노력의 소산이었다. 이후 테일러주의는 1920년 가스쩨프(Gast'ev)에 의해 모스크바에 중앙노동연구소를 세우면서부터 그 실험이 본격화된다. 1924년 3월 2차 HOT대회에서 가스쩨프식 테일러주의가 승리하면서 중앙노동연구소는 볼셰비키 지도부의 전면적인 지지 속에서 소련 전역에 걸친 수많은 테일러주의 운동을 아우르는 중심기관으로 성장한다. 노경덕, 「알렉세이 가스쩨프와 소비에트테일러주의, 1920~1929 이론적 구성요소를 중심으로」, 『서양사연구』 27, 서울대 서양사연구회, 2001, 56·61면. 그러나 북한의 농업협동화 과정은 생산 과정에서 이 모델을 차용을 해 왔지만 운영방식에 있어서는 처절하리만치 노동훈련(시간동작연구)에 매달린 소비에트 테일러주의와는 다른 방식으로 나타난다.

보여주고 있다.[28] 그것은 평양축전에 대표로 참가한 창혁이 기계화된 평양의 모습에 충격을 받는 것에서 나타난다. 평양축전에 대표로 참가한 창혁은 평양 거리에 아파트가 거대하게 올라가는 모습과 아파트 건설과정이 기계화되어 있는 것에, 그리고 황도일의 조합이 기계화로 월등한 생산량을 보이는 데 충격을 받는다. 창혁은 기계화된 평양의 모습에 석개울을 떠올리며 "아득히 먼 어느 한 귀퉁이의 땅, 지금 그땅 우에 벌어지는 일들은 생각만 해도 가슴이 아팠다. 너무도 작고 뒤떨어진 것 같았다"[29]는 생각을 한다. 그의 이와 같은 생각은 농촌을 하루 빨리 기계화시켜야 한다는 조급함으로 발전한다. 그의 이러한 조급함은 경영 실패를 불러오게 된다. 그러나 이와 같은 경영실패의 모습은 역사적 실재의 모습이었을 가능성이 크다. 그러나 천세봉의 사실주의적 묘사는 북한 문단으로부터는 철저하게 외면당한다. 그것은 혁명적 낙관주의를 거스르는 행위이기 때문이다.

또한 배천바람사건과 마찬가지로 중농인 마영감과 같은 인물 역시 실제로 존재했을 것이다. 그러나 북한 문단은 조합과 모범농민과의 대립, 불만 등과 같은 있었던 사실에 대한 묘사를 '기록주의'로 평가・비판함으로써 치부를 봉합하려하고 있다. 조합의 경영의 실패와 가장 적극적으로 협력해야할 모범농민의 반항하는 모습은 혁명적 낭만성에 위배되는 것이다. 이 때문에 그가 『석개울의 새봄』에서 보여준 핍진한 묘사와 실재 사건을 모티프로 한 에피소드는 오히려 '도식주의' 논쟁 속에서 '기록주의'라는 비판을 받게 되는 계기가 되었다.

---

28 도시와 농촌의 이 불균형의 차이가 농업협동화 실패를 말하는 것은 아니다. 1960년대 중반까지 농업협동화는 매우 효과적으로 진행되었으며, 성공적이었다. 이 불균형은 중공업 우선주의 정책과 도시로의 식량 집중 그리고 무리한 군비 부담이 초래한 결과이다.

29 천세봉, 「석개울의 새봄 3부」, 『조선문학』, 1962.8, 48면.

2) 민중 중심의 역사적 형상화와 역사왜곡 비판―『안개 흐르는 새 언덕』

'항일혁명문학'에 속하는 대작 소설 『안개 흐르는 새 언덕』은 항일 혁명영웅 강건[30]의 항일투쟁 과정을 그린 작품이다. 1963년 김일성은 천세봉을 조선미술박물관으로 데리고 가서 항일 혁명영웅 강건의 동상 앞에서 그에 관한 이야기를 작품으로 창작할 것을 부탁한다. 천세봉은 김일성의 청탁에 의해 쓰게 된 이 작품을 2년여에 걸쳐 완성한다. 그의 초고를 읽어 본 김정일은 영화화할 것을 지시했고, 강서 약수 마을에서 마감된 이 작품은 2통이 필사되어 1통은 인쇄소로 1통은 영화제작소로 넘어가 출판 공정과 영화제작 공정이 거의 동시에 이루어졌다.[31]

천세봉은 김일성을 만난 직후 이 작품에 심각한 결함이 있다는 것을 알았지만 원고가 이미 인쇄소로 넘어간 뒤라 어쩔 수가 없었다고 한다.[32] 그는 이 작품이 지닌 결함에 대해 다음과 같이 고백하고 있다.

> 우선 작품에 그려진 공산주의자가 수령님께서 말씀하여주신 그런 공산주의자들처럼 소박하고 고결한 품성과 정신세계를 체현하지 못했고 어딘가 왈패스러워 보이는 성격적 특질이 나의 마음을 몹시 무겁게 하였다. 그런가 하면 또 어딘가 혁명가들의 생활의 깊이에 정면으로 육박해들어가지 못하고 많이는 소설을 만드는 수법으로 성격을 가공해버린듯한 아쉬운 감도 금할 수 없었다.[33]

30 　강건(姜健, 1918~1950). 본명은 강신태이다. 경북 상주의 빈농 가정에서 태어나, 1928년 부모를 따라 만주 흑룡강성 영안현으로 이주했다. 1933년 영안현 팔도하자(八道河子)에서 항일 유격대에 입대한 후. 항일연군 제4영장, 소련 영내 항일연군 교도려 제2영 정치위원을 지냈다. 1945년 9월 연변으로 가서 중국공산당 연변위원회 서기, 동부민주연군, 길동군구(吉東軍區) 사령원이 되었다. 1946년 여름 평양으로 귀국하여 나남주둔 인민군 제2사단장, 1948년 2월 인민군 참모총장, 3월에는 북조선노동당 중앙위원이 되었다. 북한 측 자료에 따르면 그는 1950년 한국전쟁 중 전사하였다. 강만길·성대경, 『한국사회주의 운동 인명사전』, 창작과비평사, 1996, 5면. 북한 문헌에는 김일성과 함께 전선을 시찰하다가 지뢰 사고로 32세의 나이로 폭사하였다고 전하고 있다. 이후 공화국 영웅 칭호가 수여되었다. 안룡선, 『위대한 수령님과 전사 강건』, 평양 : 금성청년출판사, 1998, 238~239면.

31 　천세봉, 『향도의 태양』, 평양 : 평양출판사, 1994, 9~11면 ; 김영근, 「20세기 추억―생활의 바다속에서」, 앞의 책, 50면.

32 　천세봉, 위의 책, 9~10면.

그의 이러한 우려는 현실화된다. 1967년 1월 이 작품을 토대로 다시 만들어진 영화 〈내가 찾은 길〉을 시사한 뒤 김일성이 영화예술인들을 대상으로 한 담화에서 '혁명주제 작품에서의 몇 가지 사상미학적 문제'를 지적하면서 원작의 결함과 함께 소설의 형식상의 결함을 여러 측면에서 다음과 같이 구체적으로 비판한다.

이 영화의 가장 큰 결함은 로동계급과 혁명가에 대한 형상을 잘못한 것입니다. 영화에서 로동계급을 그릇되게 취급하였습니다. 영화에서는 주인공을 주먹이 세고 힘꼴이나 쓰는 사람으로, 왈패로 묘사하였습니다. (…중략…) 영화에서 로동계급을 싸움군으로, 왈패로 묘사한 것은 로동계급에 대한 그릇된 관점의 표현입니다. (…중략…) 다른 나라의 일부 예술작품을 보면 로동계급을 싸움군으로, 무정부주의자모양으로 형상한 것들이 더러 있습니다. 그러나 우리는 그렇게 하는 것을 절대로 허용할 수 없습니다. (…중략…) 이 영화에서는 주인공이 혁명가로 자라나는 과정을 진실하게 형상하지 못하였습니다. 우리가 늘 말하는 것이지만 타고난 혁명가란 있을 수 없습니다. 사람들은 생활과 투쟁 속에서 점차 혁명적세계관이 서고 혁명가로 자라나는 것입니다. 그러므로 예술작품에서는 혁명가의 성격을 성장발전과정에서 그려야 하며 구체적인 생활과 투쟁을 통하여 보여주어야 합니다. (…중략…) 영화에서는 또한 1920년대의 우리나라 로동운동에 대하여 바로 취급하지 못하였습니다. (…중략…) 이 영화의 주요한 결함은 또한 중산계급을 잘못 취급한 것입니다. 영화에서는 마땅히 중산계급이 부르죠아지와 로동계급 사이에서 동요하다가 나중에는 로동계급의 편에 서는 것으로 그려야 합니다. 영화에서는 혁명가들의 사랑문제도 옳게 취급하지 못하였습니다. (…중략…) 영화에서 주인공들의 사랑관계를 삼각련애로 만들어 놓은 것도 잘못되었고 강민호와 순영의 관계가 사랑으로부터 시작되는 것으로 만들어 놓은 것도 잘못되었습니다. 또한 녀성들의 투쟁을 잘 반영하지 못하였습니다. (…중략…)

---

33 위의 책, 9면.

강민호의 어머니를 너무 나약한 녀성으로 묘사하였습니다. (…중략…) 순영이를 못쓸 녀자로 만들었는데 순영이를 살려 그가 혁명의 길에서 끝까지 싸우는 것으로 만들어야 하겠습니다.[34]

김일성이 지적한 이 작품의 결함은 천세봉이 자아비판한 주인공과 혁명가들에 대한 문제보다 더욱 확대되어 있다. 김일성이 지적한 결함은 다음과 같다.

① 1920년대 노동운동을 바로 취급하지 못했다는 데 있다. 노동계급을 형상하는 데 있어서 노동자 개인의 힘을 보여줄 것이 아니라 노동계급의 조직성과 혁명성, 강의성, 단결된 위력을 보여주어야 하는데 주인공을 왈패로 묘사하여 노동자이며 혁명가로서의 주인공이 아니라 왈패가 하는 수 없이 항일무장 투쟁에 투신하는 것으로 그려졌다는 것이다. 조국을 찾으려는 혁명적 각오를 가지고 투쟁의 길에 나선 혁명가들과 노동계급을 그렇게 묘사한 것은 그들에 대한 모독이라는 이유가 첫 번째 비판의 원인이다. 이와 관련된 지적으로 1930년대의 혁명가들이 1920년대의 공산주의운동자들의 영향을 받아 성장하게 된 것으로 그리고 있는데 당시는 문경태와 같은 그런 '혁명의 스승'이 없었다는 점을 들면서 당의 혁명전통의 뿌리를 1920년대로까지 소급하고 있다는 점을 비판하고 있다. 이와 같은 비판이 나오게 된 까닭은 북한의 당 창건의 기원을 1926년 10월 17일에 결성된 '타도제국주의동맹'으로 보고 있기 때문이다. 문경태는 '타도제국주의동맹'의 맹원인 '주체형 공산주의자'가 아닌 1920년대 초 러시아의 영향을 받은 사회주의자였기 때문에, 북한은 그를 부정하는 것이다.

② 주인공이 혁명가로 자라나는 과정을 진실하게 형상하지 못하였다는 점을 들어 작품의 논리성을 문제 삼고 있다. 혁명가로 성장하기 위해서는 체계적인 교양과 검열이 필요하며 한 가지의 임무 수행 뒤 보다 큰

---

34 김일성, 「혁명주제작품에서의 몇 가지 사상미학적 문제―예술영화 〈내가 찾은 길〉 첫필림을 보고 영화예술인들과 한 담화(1967.1.10)」, 『김일성 저작집』 21, 평양 : 조선로동당출판사, 1983, 13~28면.

새로운 임무를 주는 방법의 실천투쟁을 통하여 단련시켜야 함에도 그런 과정이 생략되어 있다는 것이다. 이 지적은 매우 타당한 것이다. 천세봉은 강민호가 혁명적 영향을 문경태에게 받는 것으로 설정하고 있지만 강민호가 문경태의 집에 기숙하는 것 외에 경태의 여동생인 경희가 민호에 대해 갖는 연애 감정만이 부각되어 있을 뿐, 문경태가 강민호에게 혁명적 영향을 주는 뚜렷한 내용을 그리지 못하고 있다. 그리고 문제가 된 것이 부두 노동자로 오기 전 고향의 독서회에서 논쟁을 벌이는 부분이다. 그 당시 강민호의 수준은 논쟁을 격렬하게 벌일 수 있을 만큼의 역량이 없었다는 것인데, 이 지적 역시 적확한 것이라 생각한다.

③ 1920년대 공산주의 운동자들에 대한 묘사가 너무 지나치다는 것이다. 물론 파벌투쟁도 심하였고 변절자들도 많았지만 그들이 1920년대 초에 조선에 마르크스주의를 보급하는 데 일정한 역할을 하고 있음에도 불구하고, 1920년대에 공산주의자들을 다 러시아의 무정부주의자들이나 변절자처럼 묘사하고 있다는 것이다. 천세봉이 이 작품에서 그리고 있는 당시 1920년대 공산주의자들은 엠엘(ML)파[35]이다. 그는 이들을 투쟁자금을 빼돌리는 파렴치한이나 변태나 마약·알코올 중독자와 같은 타락한 인물들로 그려냄으로써 항일무장투쟁기의 공산주의들과 차별을 두고 있다. 그 결과 이 작품은 김일성의 지적처럼 1920년대 공산주의자를 한결같이 개량주의자, 변태적이며, 무정부주의적 변절자로 그림으로써 당

---

[35] 화요계 중심의 공산당이 1·2차에 걸친 피검으로 파괴되자, 1926년 서울계 소장파와 상해파가 주동이 되어 김철수를 책임비서로 하여 제3차로 공산당을 조직한다. 이 3차 조선공산당은 1928년 2월 검거선풍으로 붕괴되기까지 초대 김철수, 2대 안광천, 3대 김준연, 4대 김세연의 책임비서 시대를 거친다. 이것을 세칭 제3차 조선공산당 또는 ML당이라고 한다. 그런데 사실상 ML당이란 명칭은 없었다. 1928년 2월 이들 당원들이 서루 종로경찰성에 검거됐을 때 동아일보 2월 3일자에 "ML당을 중심으로 종로서 돌연 검거 착수"라는 제하의 기사가 실려 ML당으로 세상에 알려진데서 비롯된다. ML당은 표면상 각 파벌을 없앤다는 데 당의 주된 목표를 두었기 때문에 계보를 달리하는 사람들도 포섭할 수 있었다. 김남식, 『남로당 연구』 I, 돌베개, 1984, 15~16면.
ML당에 관련된 간부급 인물로는 위에 든 책임비서 외에 오희선, 원우관, 양명, 권태석, 김강, 하필원, 최익한(서울계), 한위건, 남천우, 김광수, 박낙종, 이우적, 온낙중, 송필언, 김철, 김상혁, 정익현, 최창익(서울계), 이정윤 등이 있다. 이 중 최익한과 최창익은 8월 종파투쟁 속에서 김일성으로부터 공개적 비판을 받고 숙청된다.

시 공산주의자들에 대한 다양성을 결여하고 있다. 이와 같이 초기 공산
주의자들의 역할을 인정하지 않은 채 운동의 독초로만 왜곡하고 있는 모
습은 아무리 '항일무장혁명투쟁'의 주체를 초기 공산주의자가 아닌 '타도
제국주의동맹'의 '주체형 공산주의자'로 보는 북한의 입장을 수용한다 하
더라도 지나친 면이 있다.

④ 중산계급을 잘못 취급하고 있다는 것이다. 순영은 민족주의자인
아버지에게서 일정한 교양을 받아 조국광복을 위한 투쟁에 나서서 끝까
지 잘 싸울 수 있는 여자임에도 불구하고 혁명투쟁에 참가하였다가 변절
하고, '토벌대' 대장의 한달수의 아내가 되는 것으로 그려진다. 이처럼 중
산계급을 잘못 취급하고 있다는 것이다. 북한은 혁명시기 중산계급을 누
가 쟁취하는가 하는 것이 혁명의 승패를 좌우하는 중요한 문제로 보았기
때문에 강민호의 애인이었던 순영의 변절에 대해 상당히 예민하게 반응
을 보이고 있다. 특히 "로동계급의 혁명투쟁은 순영이와 같이 동요하는
인테리들도 혁명의 편에 이끌어 그들을 살리는 투쟁"이라는 김일성의 지
적은 이후 '수령형상 문학'을 창작할 때 천세봉의 지식인 형상의 변모에
상당한 영향을 끼친다.

⑤ 여성의 투쟁이 나약하게 또는 잘못 그려져 있다는 것이다. 순영의
관심이 애정문제에 집중되어 있으며, 강민호 어머니의 활동 역시 보이지
않는다는 것이다. 순영이 우유부단하고 나약하게 묘사되어 있는 것은 사
실이지만 그녀에 대한 비판은 당시 북한의 인민들의 호응과는 상치되는
부분이다. 김일성의 비판과는 달리『안개 흐르는 새 언덕』에서 많은 독
자들이 주목하고 흥미를 느끼는 인물이 바로 순영이었다. 금서가 되기
전 감상평[36]을 보면 북한 독자들은 당국의 문제의식과는 달리 순영의 형상
에 매력을 느끼고 있다. 그리고 그녀의 최후에 대한 만족도 역시 높았다.
그러나 여기에 대해 김일성은 계급의 잣대로 그녀를 문제 삼아 순영과 같

---

[36]　『문학신문』, 1966.7.15·9.30 참조. 반면 문경회의 형상이 너무 단순하다는 공통된 지적이 있었다.

은 인물을 천세봉의 작품 속에서는 다시는 만날 수 없게 되어 버린다.

그리고 비록 경직되어 있긴 하지만 경희가 투쟁하는 모습이 보이고 있으며, 강민호의 어머니도 순영도 나름대로의 방식으로 투쟁을 하려 하였다는 점을 볼 때 김일성이 인물들에게 요구하는 투쟁의 방식과 수위가 높았음을 알 수 있다. 비판 때문인지 이후 천세봉의 '항일혁명문학'에서 등장하는 여성들은 조직사업과 전투를 겸하는 유격대원의 모습으로 등장한다.

판금의 결정적 원인된 역사적 진실성 왜곡은 먼저 항일혁명의 뿌리에서부터 공산주의자들의 형상까지 다양한 측면에서 비판을 받는다. 김일성의 ②와 ③의 비판은 정당한 것이었다. 그러나 나머지의 비판은 남한에서는 수용하기 힘든 내용이다. 그리고 ①에서부터 ④까지의 지적은 김정일이 1967년 2월 10일 작가들과 한 담화 「인간 성격과 생활에 대한 사실주의적전형화를 깊이있게 실현할데 대하여」에서 다시 반복되고 있다.

이 작품이 금서가 된 결정적인 이유는 위의 다섯 가지 결함 중 공산주의의 뿌리를 김일성의 활동 시기보다 소급하여 설정하고 있기 때문이다. 김정일은 이에 대해 역사왜곡 행위라고 위의 담화를 통해 강도 높게 비판하고 있다. 그들이 이처럼 항일전통의 뿌리에 대해 예민하게 반응하는 것은 유일사상체계의 대두와 직접적 연관이 있다.

앞에서도 지적했듯이 김일성의 담화가 있기 전까지 이 작품에 대한 작품의 평은 상당히 호의적이었다. 이 작품을 호평한 안함광과 대립하고 있던 현종호마저도 이 작품이 출간되자 김일성의 담화문과는 다른 평가를 다음과 같이 하고 있기 때문이다.

『안개 흐르는 새 언덕』은 대작으로서의 폭과 길이의 등퇴장 인원수효도 알맞춤히 가지고 있으며, 강림(강민호)이라는 인간의 뚜렷한 성격을 창조하여 보여주고 있는바 그는 의심할 바 없이 그 내용의 충만성, 작품의 주제 — 사상적 지향과의 그 내영의 충만성, 작품의 주제 — 사상적 지향과의 관계, 그의 인간적 개성,

다른 인간성격들과 호상관계 등에 있어서 아주 뚜렷하고 감격적인 성공하는 주
인공의 형상으로 되고 있다.[37]

이를 볼 때 김일성의 담화는 '항일혁명문학' 나아가서는 '수령형상 문
학'의 원칙을 제시하는 역할을 하고 있음을 알 수 있다.

이 작품에서 천세봉은 1920년대 공산주의자들 중 엠엘파를 타락의 표
본으로 내세우고 있다. 그중 대표적인 사람이 최인렬이다. 최인렬은 문
경희의 오빠 문경태가 동경에 있을 때부터 면목이 있는 사람으로 동경에
서 조직된 '북성회'의 중심인물이다. 사람들이 "걸어 다니는 뿌레하노브,
맑스주의 사전"이라고 할 만큼 이론가이며, 레닌주의자 동맹에 가입되어
있으면서 파벌 척결을 위해 러시아와 같이 「이스크라」를 발간해야 한
다[38]고 주장하는 인물로 등장하는 것을 볼 때 '정우회 선언'을 작성한 안
광천[39]을 모델로 하고 있음을 알 수 있다. 천세봉은 안광천을 모델로 한

---

37 현종호, 「항일 혁명력사와 인간 운명에 대한 영웅서사시적 화폭」, 『조선문학』, 평양: 조선작가동
맹출판사, 1966.11, 87면.

38 천세봉, 『안개 흐르는 새 언덕』 상, 살림터, 1996, 179~181면.

39 안광천(1897~?), 본명은 안효구(安孝駒)이고 안호우(安乎于)・노정환(盧正煥)・사공표(史空杓)라
고도 불리었다. 1897년 경상남도 진양에서 태어났으며, 경성의학전문학교를 졸업하고 가난한 사
람을 치료하기 위해 설립된 자혜병원(慈惠病院)에서 근무하였다. 1923년 동경에서 조직한 사회주
의 단체인 북성회(北星會)의 국내 순회강연에 자극을 받아 사회주의 사상단체인 제사회(第四會)에
가입하여 사회주의 사상을 전파하였으며, 이듬해 일본으로 건너가 북성회에 가담하였다. 1925년
이여성・하필원(河弼源) 등과 함께 북성회를 발전적으로 해체하고 결성한 일월회(日月會) 상무집
행위원이 되었고, 그해 2월에 동경에서 재일본조선노동총동맹을 결성하여 조선인 노동자 권익보
호에 힘썼다. 1925년에 일어난 을축년대홍수 수재의연금을 전달하기 위해 일시 귀국하여 같은 사
회주의 사상단체인 화요회(火曜會)와 서울청년회를 합치는 데 힘쓰다가 일본으로 돌아갔다. 한편
같은 해 4월 광양청년연맹에서 연설하다가 불온하다는 이유로 금지되기도 하였다. 1926년 9월 제2
차 조선공산당 선전부장에 선임된 뒤 사회주의 운동의 새로운 방향을 밝힌 정우회선언(正友會宣
言)을 발표하였으며, 12월에 제3차 조선공산당(일명 ML당) 책임비서가 되었다. 1927년 2월 민족주
의 계열과 사회주의 계열의 민족협동전선체인 신간회(新幹會) 결성에 동참하였고 4월에 조선공산
당 검거 사건으로 와해된 조선공산당 일본총국의 재조직을 박낙종(朴洛鍾)・한림(韓林)에게 지시
하였다. 1928년 2월 일제의 스파이라는 혐의를 받고 하필원(河弼源)의 집에 감금되어 있다가 도망
쳤으며 제3차 조선공산당 검거 사건을 피해 중국으로 망명하였다. 1929년 베이징에서 의열단 단장
김원봉(金元鳳)과 함께 조선공산당재건설동맹, 1930년에는 무산자전위동맹을 결성하였고 1930년
에 레닌주의정치학교를 설립하여 잡지 『레닌주의』를 주관하였으며, 1930년부터 1931년에 걸쳐 레
닌정치학교에서 양성한 20여 명을 국내에 파견한다. 강만길・성대경, 『한국사회주의 운동 인명사

최인렬과 오기섭[40]을 모델로 하고 있는 로총지부장 유진 그리고 송미라를 통해 초기 공산주의자들의 도덕성을 손상시키고 있다.

이를 볼 때 김일성은 담화에서 1920년대 초기 공산주의자들에 대한 인물묘사 전체를 문제 삼고 있지만 그 대표적인 인물로 묘사되고 있는 안광천에 대한 평가가 천세봉과 달랐음을 알 수 있다. 김일성은 자서전『세기와 더불어』1에서 안광천과 이론투쟁을 벌인 것으로 회고[41]하고 있다. 『혁명의 려명』에서 다시 후술하겠지만 김일성이 이론투쟁을 벌인 인물들은 당대 이름 있는 사상가로 도덕적인 면에도 별 문제가 없는 인물들이었으며 그가 그들의 노선을 지지하고 존경하는 사람들이 많았다.

그러나 천세봉이 그려낸 최인렬의 모습은 횡령에 아편환자, 부녀자 폭행을 일삼는 인물로 묘사하고 있다. 이것은 이후 계획된 '수령형상 문학'에서 형상화될 김일성의 비범성을 훼손하는 결과를 가져온다. 김일성과 같은 비범한 인물이 이 작품에서 묘사된 것처럼 탐욕스럽고, 추악한 인물과 사상투쟁을 벌였다는 것은 그의 격을 떨어뜨리는 일이며 한편으로 그를 모욕하는 일이었을 것이다.

이를 볼 때 이 당시부터 김일성에게는 '수령형상 문학'에서의 형상 원칙이 나름대로 서 있었던 것으로 보인다. 그리고 이와 같은 비판 때문인지 아니면 일관성을 지키기 위함인지 천세봉은『혁명의 려명』에서 의도적으로 안광천과 사상투쟁만은 다루지 않고 있다.

천세봉이 지식인 혁명가의 타락한 일면만을 부각시키고 있는 것은 그가 지식인에게 지닌 불신에서 비롯된 것으로 볼 수 있으나 초기 20년대 공산주의자들을 타락하고 파쟁만 일삼는 무리들로 보는 사회적 인식과 북한문학 속에서 그들이 타락의 상징으로 전형화 되어 있었다는 점이 더 크게 작용하고 있는 것으로 보인다.[42]

전』, 창작과비평사, 1996, 263~264면.

40　오기섭은 원산총파업 당시 노총의 후원회 위원장이었다. 위의 책, 282면.

41　김일성,『세기와 더불어』1, 평양 : 조선로동당출판사, 1992, 328~329면.

42　김정일은『주체문학론』에서 1920년대 초기 공산주의자들과 민족주의자, 독립운동가들을 부정적

이 작품에서 강건을 모델로 한 강민호는 물론 주변 인물들이 작가의 상상적 허구에 의해 재탄생되고 있다. 이것은 '항일혁명문학'에 대한 김일성의 구상과는 동 떨어지는 것이었다.

작품 속에서는 강민호가 중학을 중퇴한 후 원산총파업에 참여하는 것으로 그려지고 있다. 하지만 실제 강건은 소학교를 중퇴하고 곧바로 유격대에 입대[43]했으며, 원산총파업이 있을 당시 그의 나이는 11세에 불과했다. 그리고 그가 혁명의 첫 발을 내딛은 것은 1930년 영안의 아동단에 입단[44]하면서부터였다. 김일성과의 첫 만남도 영안 아동단 시절에 이루어진다. 그리고 문경희의 모델인 아내 박경숙과의 결혼도 소설 속에서와는 달리 1940년 연해주에서 김일성의 추천과 조직의 주선으로 처음 만나 이루어졌다.[45]

작가의 상상적 허구는 작품성 면에서는 높이 평가할 수 있지만 역사적 실재성을 중시하는 '항일혁명문학'과는 매우 동떨어진 묘사이다. 특히 강건은 김책과 더불어 김일성이 각별하게 아꼈던 인물이다. 그의 사망 후 김일성은 「고 강건동지의 유가족들을 보호함에 관한 결정서」라는 내각 결정서 166호까지 채택하여 법적으로 유가족을 보호할 만큼 강건에 대해 애틋함을 보였다. 그런 강건의 젊은 시절을 시정잡배의 모습으로 그려 놓은 것은 김일성의 심기를 매우 불편하게 했을 것이다. 앞의 다섯 가지 이유 외에도 그의 모습의 대한 왜곡 부분도 개작의 여지마저도 남겨두지 않고 판금 결정이 난 원인 중의 하나로 볼 수 있다.

이 담화에서 왜곡 문제로 직격탄을 맞은 것은 '삼화조'에 대한 묘사이다. 작품의 전편 초반 부분에서 천세봉은 일제의 앞잡이 '삼화조'를 무솔

인 인물로만 묘사하지 말 것을 촉구하고 있는 것을 보면 이것은 비단 천세봉의 문제만은 아니었던 것 같다.

43 안룡선, 『위대한 수령님과 전사 강건』, 평양 : 금성청년출판사, 1998, 13면.

44 위의 책, 15면.

45 문경희의 실재 모델은 강건의 아내 박경숙이다. 박경숙은 당시 간호 장교였던 것 같다. 소설 속에서와는 달리 강건과 박경숙이 처음 만난 것은 1940년 초봄으로 조직의 주선으로 만나 만난 자리에서 약혼을 한다. 그리고 박경숙은 강건 사망 후에 국가의 보호 아래 살아간다. 위의 책, 7면.

리니의 '검은 샤츠단'[46]과 같은 파시스트로 묘사하고 있다. '검은 샤츠단'
이란 조직으로 활동하는 '삼화조'는 공장주와 경찰들로부터 지원을 받으
며 노농사무소를 습격하고 약탈 등을 일삼는 것으로 묘사되고 있는데 이
에 대해 김일성은 다음과 같이 비판을 하고 있다.

> 주인공을 『삼화조』의 『흑샤쯔단』에 들어가게 한것도 잘못입니다. 『흑샤쯔
> 단』이라는것은 원래 테로단체인데 다른 나라에 있었지 우리나라에는 없었습니
> 다. 우리나라에 그런 단체가 있었던 없었던 무엇 때문에 주인공을 그런 반동조직
> 에 들어가게 하겠습니까. 주인공이 일정한 목적을 가지고 거기에 들어갔다고 하
> 더라도 그렇게 한것은 잘못입니다. 어떤 의도에서든지 혁명하는 사람이 반동단
> 체에 들어가서 그들이 주는 뢰물까지 받는 것으로 해서는 안 됩니다. 고양이가
> 반찬맛을 알면 도적질을 하지 않고 견디지 못하는 것과 같이 혁명가가 돈맛을 들
> 이면 혁명을 할수 없습니다. 지난날 항일무장투쟁을 할 때 일부 유격대원들이 변
> 절하는 것으로 가장하고 일본군부대에 들어가 놈들을 처단하는 경우가 더러 있
> 었는데 우리는 이런 행동을 하는 대원들을 엄격히 처벌하였습니다. 그것은 이런
> 행동이 잘못하면 항일유격대의 명예를 훼손시킬 수 있기 때문이였습니다.[47]

이 묘사에 대한 비판은 작품이 역사성에 어긋나는 부분도 있지만 주인
공 강민호(강림)가 이들의 눈을 속이기 위해서 파시스트 단체에 가입하여
운동의 순결성을 더럽히고 있다는데 중점을 두고 있다. 이러한 비판이
가해진 것은 외국의 좋지 않은 예의 차용이 투쟁의 본질을 흐릴 수 있으
며 역사를 오도하는 것이기 때문일 것이다. 이 비판을 볼 때 북한에서 '항

---

46   파시스트들은 나라별로 색깔을 달리하여 자신들을 대표하는 셔츠를 입고 행동하였기에 무솔리니
의 행동 대원들은 '검은 셔츠단', 독일은 '갈색 셔츠단', 아이슬란드는 '회색 셔츠단', 아일랜드는 '푸
른 셔츠단', 프랑스는 '녹색 셔츠단' 등으로 색깔에 따른 이름을 붙혀 파시스트의 행동대원들을 불
렀다. Paxton, Robert O., 손명희·최희영 역, 『파시즘』, 교양인, 2005, 40·139·173·182·246면.

47   김일성, 「혁명주제작품에서의 몇 가지 사상미학적 문제─예술영화 〈내가 찾은 길〉 첫필림을 보고
영화예술인들과 한 담화(1967.1.10)」, 『김일성 저작집』 21, 평양 : 조선로동당출판사, 1983, 17면.

일혁명문학'을 창작할 때 과거의 역사를 현재의 전사로 일관되게 충실하게 재현할 것을 요구하고 있음을 알 수 있다. 따라서 이 작품 이후 거짓협조자의 모습도 그의 작품 속에서 사라지고 만다.

역사적 사실 중 천세봉이 의도적으로 삽입한 사건이 열차습격 사건이다. 강민호(강림)가 식량난을 해결하기 위해 벌인 열차습격 사건 역시 1935년 5월 2일 동북항일연군 제2군 제1퇀 제5련이 벌인 '경도선 열차 습격' 사건을 모델로 한 것이다. 조선 라진에서 신경(지금의 장춘)으로 가는 202호 국제열차를 습격하여 항일 연군은 일본군 30여 명을 사살하고, 군정요인 17명은 생포한다. 그 가운데는 일본 황족과 일본군 장군이 포함되어 있었[48]던 승리한 투쟁이었다.

그러나 천세봉은 이 작전을 실패한 작전으로 그리고 있다. 이 사건을 실패한 작전으로 그린 것은 지휘자가 이성적 판단을 잃었을 때 조직에 피해를 끼칠 수도 있다는 것을 보여주기 위해서이다. 담화에서 직접적 언급은 없었지만 총서의 작품내용이 철저하게 역사적 사실에 맞아야 한다는 창작원칙에서 볼 때 작가의 의도와는 관계없이 이 부분 역시 역사 왜곡 논란을 피할 수 없는 부분이다.

또한 이 작품에는 경희의 탈옥투쟁이 묘사되어 있다. 동만에서 김일성의 비서로 있던 허인숙이 주도하는 탈옥 투쟁의 삽입은 천세봉의 순수 창작이라기보다 1961년부터 1966년 3월까지 51개월 동안 중판을 거듭했던 중국 건국 이래 최고의 베스트셀러 『붉은 바위』의 한 부분을 그대로 옮겨 놓은 인상이 짙다. 시기적으로 보았을 때 이 작품이 북한에서도 번역되어 읽혔을 가능성이 크다. 특히 허인숙이 발에 찬 족쇄를 쇠톱을 이용해 끊는 장면이나 파옥과정에서 탈옥수들과 중국 특무들과의 충돌, 파옥을 주도한 인물인 허인숙의 희생 등은 『붉은 바위』에서 모티프를 따온

---

48 중국조선민족역사족적 편찬위원회 편, 『봉화』(중국조선민족발자취총서 3), 연변 : 민족출판사, 1989, 268~270면. 이 습격 성공 후 하발령 기차 습격, 8월에는 군용열차를 습격, 9월에는 교하현경 내의 이도하자와 황송전의 철도구간을 습격하는 등 열차습격을 통해 많은 군수품 노획과 포로를 사로잡았다.

듯하다.[49] 이송 도중의 개인 탈옥의 사례는 발견되지만 파옥을 통한 집단 탈주는 북한 사료나 중국 측 사료에서 찾아 볼 수 없다.

역사왜곡 논란에도 불구하고 충실하게 재현된 사건은 『안개 흐르는 새 언덕』 하권에서 중요하게 다뤄지는 혜산사건(惠山事件)[50]과 일명 마에다(前田) 부대 섬멸 작전으로 불리는 홍기하 전투(紅旗河戰鬪, 1940.3.25)[51] 그리고 소련과 연합한 진공 작전이다.

천세봉은 이 작품에서 혜산사건으로 인해 조국광복회[52] 조직이 괴멸된 것으로 그리고 있다. 반면 『잊지못할 겨울』(불멸의 력사] 시리즈)에서는

---

49 라광빈·양익언, 『붉은 바위』 下, 일월서각, 1989 참조. 이 작품은 미국과 장개석 특무기관 '중미합작소'에 수감되어 있던 중국공산당원들의 감옥투쟁과 집단 탈옥 투쟁을 그린 작품이다.

50 김일성 부대의 보천보 공격에 뒤이은 '혜산사건(惠山事件, 1937~1938)'으로 불린 대규모 조국광복회 검거사건으로 권영벽(權永璧)·이제순(李悌淳)·박달(朴達)·박금철(朴金喆) 등 739명의 관련자가 체포되고, 조직은 괴멸한다. 혜산사건 이후 조국광복회 조직이 얼마나 유지되었고, 활동이 얼마나 계속되었는가 하는 것은 제대로 밝혀지지 않고 있다. 이재화, 『한국근현대 민족해방운동사』 (항일무장투쟁사 편), 백산서당, 1988, 355~359면.

51 홍기하 전투는 보천보 전투로 항일 빨치산으로 명성을 날리게 된 김일성이 만주 일대에서 신출귀몰한다는 평을 듣게 한 전투이다. 제2 방면군은 김일성의 지휘로 화룡현 홍기하 부근에서 보천보 전투 이후 뒤를 쫓던 일본의 마에다 경찰 토벌대를 매복 습격해 140여 명을 격사하거나 생포하였으며 엄청난 양의 양곡과 탄약을 노획한다. 이것이 바로 홍기하 전투이다. 김일성은 이 전투로 소련 정부로부터 적기 훈장을 받는다. 그러나 이 전투 이후 일본에 '공산군이 몰살되었다'고 왜곡 보도된다. 『력사사전』 II, 평양: 사회과학출판사, 1971, 1,048면; 이재화, 앞의 책, 384면. 마에다는 김일성의 수급은 내가 거두겠다고 장담하던 인물인데 그가 홍기하 전투에서 죽자 일본군경측의 한 자료는 "어떻게 된 노릇인가, 토벌에 있어서는 천군만마의 오랜 강자인 마에다 대장, 이러한 술책에 빠져본적이 없는 토벌의 왕자인 마에다 대장이 뜻하지 않게도 이러한 궁지에 빠져들어간 데 대하여 이러저러한 비판의 여지가 있을지 모르겠으나 이것은 요컨대 흔히 말하는 귀신의 작간이라고 할 수밖에 다른 말을 찾아낼수가 없다"고 기록하고 있다. 최홍빈, 「홍기하 전투」, 중국조선민족역사족적 편찬위원회 편, 『결전』, 연변: 민족출판사, 1991, 227면.

52 조국광복회는 1936년 5월 5일 동강회의 창립되었으며, 주로 장백현과 함경도 지방에 건설되었다. 조선광복회는 반일독립운동에 관한 정치적 태도를 표준으로 삼고 반일에 동조하는 모든 대중 조직을 결집시킨 통일전선 조직으로 조선인 무장역량과 생산유격대를 선두로 하여 결정적 시기에 봉기하려는 방침을 가지고 있었다. 조국광복회는 1938년 7월 2차 혜산사건으로 조직이 와해될 때까지 중국공산당 동만특위 장백현공작 위원회(권영벽, 이제순, 김일, 최현 등)의 지도 아래 조국광복회 장백현위원회 산하에 구회 3개, 지회 11개, 분조 41개, 반 10개, 생산 유격대를 각각 결성하였고 김일성은 박달, 박금철 등을 국내에 파견하여 갑산, 산수, 풍산군의 천도교 세력을 포용하였으며 국내 조직으로 한인민족해방동맹을 결성하였다. 조국광복회는 반일에 동조하는 모든 사람들이 지역 대표제에 입각하여 직접 보통 선거로 성립된 정권이다. 조국광복회가 건설하고자 했던 인민정부는 소비에트 형태의 혁명적, 민주적 노농독재가 아닌 항일혁명적 인민정부로 중간정부로서의 위상을 갖고 있는 정권이라 할 수 있다. 이재화, 앞의 책, 265~319면; 남대현, 앞의 책, 213면.

지하조직 책임자인 권영벽이 혜산사건이 터지기 전 검거선풍을 미리 예 감하고 지하조직원들 중에서 유격대에 보낼 청년들을 선발하여 입대시 키고, 어떤 사람들은 피신시키는 등 각방으로 대책을 세웠다고 묘사하고 있다. 뿐만 아니라 김일성이 사건 직후 지하로 잠적해 들어간 동지를 언 급함으로써『잊지못할 겨울』을 창작한 진재환은 검거 사건 이후에도 조 국광복회조직이 유지된 것으로 묘사하고 있다[53]는 점에서 해석이 각기 다름을 알 수 있다.

작품 하권에서 야야허강 전투로 묘사되어 있는 부분은 홍기하 전투를 모델로 한 것이다. 천세봉은 북한의 사가들로부터 집중 조명을 받고 있는 보천보 전투가 아닌 홍기하 전투[54]를 작품에 반영함으로써 전투의 역사적 의미를 새롭게 부각시키고 있다.[55] 홍기하 전투가 북한의 혁명사에서도 사가들에게 조명을 받지 못한 까닭은 보천보 전투가 전과는 약하지만 대 규모 국내진공작전에서 승리함으로써 조선민중이 일제에 반대하여 투쟁 하고 있다는 사실을 전 세계에 알릴 수 있었기 때문이었다. 반면 홍기하 전투는 전고는 보천보 전투보다 높았지만 일제의 기만전술에 의해 공산 군이 섬멸된 전투로 왜곡되어 알려졌다는 데서 상대적으로 조명을 받지 못한 이유를 찾을 수 있다.[56]

그러나 오히려 이러한 부분이 이 전투의 주체를 김일성이 아닌 강민호

---

53 진재환,『잊지못할 겨울』, 평양: 문예출판사, 1984, 471～477면.

54 천세봉,『안개 흐르는 새 언덕』하, 살림터, 1996, 427～434면.

55 이후 홍기하 전투가 재조명된 것은 1982년 출판된『준엄한 전구』([불멸의 력사] 시리즈)에서이다. 여기서도 김일성은 작전 명령만 내릴 뿐 전투에는 직접 참가하지 않는다. 홍기하 전투는 김병훈,『준 엄한 친구』, 평양: 평양출판사, 1982, 497～509면 참조.

56 그렇다고 하더라도 전고로 본다면 보천보 전투보다 훨씬 더 혁혁한 전과를 올렸던 홍기하 전투를 북한 역사가들이 조명하려고 하지 않는 것은 기이한 일이다. 김일성조차도『세기와 더불어』8에서 가장 기억에 남았던 일본군이 마에다라고 회상하며 홍기하 전투에 대해 여러 번 언급함에도 불구 하고 홍기하 전투는 북한의 많은 역사서에서 거론되지 않거나 대부대 선회작전 속에 묻혀서 두 세 줄 정도로 간단하게 소개되는 정도이다.『현대조선력사』에도 홍기하 전투에 대해서는 김일성이 추격해오는 적들을 결정적으로 타격할 것을 결심하고 1940년 3월 일제의 가장 강한 '정예부대'로 알려진 '마에다 부대'를 순식간에 전멸시킨 홍기하 전투를 지휘하였다고 간단하게 소개하고 있다. 김한길,『현대조선력사』, 사회과학원연구소, 1983, 139면.

로 설정하여 묘사하는 것을 가능하게 했을 것이다. 그는 작품에서 홍기하 전투를 통해 전투만을 부각 시키는 것이 아니라 전투를 둘러싼 여러 가지 상황들을 배치해 놓고 있다. 이 전투를 강민호의 첫사랑인 순영의 남편 한달수와 순영을 짝사랑하는 고이시 부대를 매복 습격한 것으로 묘사를 하고 있으며, 이 전투를 중심으로 장경도의 무단이탈 사건과 한달수가 전투에서 패배한 분풀이로 강민호의 어머니를 처형한 사건들을 배치해 놓고 있다. 또한 전투에서 패배한 고이시가 각 신문사를 부추겨 대토벌작전에서 공산군을 섬멸했다는 보도가 나가게 하여 일본정부와 군부에게 공로를 치하를 받은 것으로 묘사함으로써 홍기하 전투 후의 일본의 기만전술을 고이시란 인물을 통해 그리고 있다.

홍기하 전투의 반영은 그의 역사를 보는 안목을 엿볼 수 있는 부분이다. 비록 일본의 왜곡 보도에 의해 홍기하 전투의 전과가 일반인들에게 잘 알려지지 않았지만 1940년대 역량 보존을 위해 소련-만주의 국경을 넘어 버린 동북항일연군의 1940년대에 마지막으로 가장 큰 전과를 올린 전투를 묘사했다는 점에서 역사의 재조명이라는 측면에서도 의미가 크다.

또한 이 작품에는 10성상에 걸친 중국과의 연계투쟁이 그려져 있지 않다. 반면 소련군의 대일 참전과 함께 조선 항일 유격대가 소련군의 협조 아래 진행한 진공작전에 대해서는 다음 인용문과 같이 묘사되어 있다.

드디여 쏘련이 일본에 대한 선전포고를 했다. 붉은 군대의 대무력은 만주땅으로 홍수처럼 터져서 넘어오기 시작했다. 바로 선전포고를 한 이튿날 아침 신경의 하늘에는 쏘련의 전투기들이 은익을 번쩍거리며 날아들었다. (…중략…) 쏘련 군대와 함께 진격해 들어온 강림은 혁명군들을 데리고 시내에 돌입했다.[57]

---

57 천세봉, 『안개 흐르는 새 언덕』 하, 살림터, 1996, 616~630면. 당시의 전투 상황에 대한 북한 측의 자료 중에는 『안개 흐르는 새 언덕』의 주인공 강민호(강건)에 대한 기록도 보인다. 다음 기록은 오케얀스카야에 있다가 진공작전에 들어간 오백룡의 회상 중 일부이다. "조선 인민군혁명군의 다른 한 부대는 훈춘 방향으로 진격하여 국경선을 돌파하는 전투를 벌였다. (…중략…) 해안상륙부대들은 불과 며칠 사이에 나진, 청진항들을 점령하고 이어 원산항에도 상륙하였다. (…중략…) 강건동

소련군에 대한 직접적인 묘사를 하는 반면 중국 공산당의 모습을 그리지 않은 것은 만주에서의 항일무장투쟁을 조선 민중과 공산주의자들의 투쟁으로 보는 북한의 시각이 반영되었기 때문일 것이다.[58]

천세봉은 이 작품에서 조선 공산주의 운동에 대한 중국 개입의 의도적인 경계와 배제를 하면서도 중국인(한족에 한해서)을 적이기보다는 혁명의 일원으로 그리고 있다.[59] 추수·춘황 폭동 때 중국인 지주를 타도하는 상황이 묘사되어 있기는 하다. 그러나 조·중 간의 민중들 간의 관계 악화보다는 중국인이 탈옥을 돕는다거나 조선인의 아이를 양자로 키우는 등 일제의 분열 책동에도 굴하지 않고 반일반제를 위해 함께 싸우는 혁명의 일원이나 의식 있는 중국인 가정을 묘사함으로서 혁명의 국제성이 가지는 힘을 보여주는데 더 주력하고 있다. 이는 함께 항일투쟁을 수행한 사회주의 형제국인 중국을 폄하하지 않으려는 데서 나온 배려로 보인다. 그러나 이러한 배려는 만주 내에서 중국인들에게 핍박받던 조선 민중들의 분노와 원한에 대해서는 등한시하는 결과를 낳고 말았다.

천세봉의 소설에서 역사적 사실의 부분적인 훼손은 소설의 극성을 높이기 위한 장치에 불과하다. 그러나 '항일혁명문학'을 젊은 세대를 위한 교양서로서의 기능을 중요시하는 북한에서 이러한 점을 역사적 사실의 왜곡으로 평가함으로써 소설에서 작가의 상상력 개입을 인정하지 않고 있다. 이러한 태도에서 총서가 나오기 이전부터 '항일혁명문학'에서도 작품 내용은 철저하게 역사적 사실에 맞게 창작되어야 한다는 '수령형상 문학'의 창작원칙이 적용되고 있었음을 알게 한다.

무가 지휘하는 예비대들도 만주의 여러 도시와 마을을 해방하면서 압록강, 두만강 대안의 작전지대로 진격하고 있었다. 각 전선부대의 진격속도는 상당히 빨랐다. (…중략…) 8월 11일 12일경에는 만주의 관동군 무력이 조선인민혁명군 부대들과 소련부대들의 섬멸적 타격을 받고 지리멸렬되어 무질서 패주를 하고 있었다." 김일 외, 『붉은 햇발 아래 항일혁명 20년』, 평양: 조선로동당출판사, 1979, 181~188면.

58 소련군에 대한 묘사도 1960년대 중반 이후에는 나타나지 않으며, 중국공산당의 모습도 총서 개작본에서는 상당 부분 축소되어 있다.

59 작품 속에서 중국인 중 한족은 혁명이 일원으로 만주족은 일제와 야합한 특무로 묘사되고 있다.

이 작품은 북한의 입장에서는 비록 항일혁명 형상화에 실패한 작품이지만 이후【불멸의 력사】시리즈에서 다루어질 굵직한 사건들을 당의 시각이 아닌 작가의 시각에서 그리고 있다는 점에서 의미가 있다. 그리고 이 작품에서 채택된 사건들이 김일성이 주도적으로 참여하여 지휘한 사건이나 핵심 당원들보다는 일반 빨치산들의 애환과 그들이 중심이 된 사건에 초점을 맞추고 있는 것 역시 눈여겨봐야 할 점이다. 그런 의미에서 이 작품은【불멸의 력사】시리즈에서 나타나는 공백을 메워 주는 역할을 한다. 그리고 천세봉에게 이 작품의 창작 경험이【불멸의 력사】시리즈와 『충성의 한길에서』1·2부를 창작할 수 있게 하는 교두보적 역할을 한다. 그러나 이 작품으로 인해 비판 받은 부분들은 천세봉의 이후 작품 창작에 영향력으로 작용을 한다.

3) 수령 중심의 역사적 형상화―총서【불멸의 력사】『혁명의 려명』과 『은하수』

이 두 작품의 배경이 되는 1920년대 중국 내 조선인 중심의 반제반봉건운동은 반일민족의식, 조선공산당 만주총국 결성(1926.5)을 비롯한 조선인 사회주의자들의 운동 경험의 축적 그리고 '12월 테제'를 계기로 조선공산당의 해체, 조선인 사회주의자들이 1국 1당의 원칙에 따라 1930년대부터 중국공산당에 가입함으로써 더욱 추동되는 추세였다. 이와 같은 내외적 조건은 조선인들로 하여금 중국공산당의 지도 아래 항일무장투쟁의 중심으로 성장할 수 있게 하였다. 이러한 여건이【불멸의 력사】2권인 『혁명의 려명』의 기본 토대가 된다.

천세봉은 이 작품에서 뿐만 아니라 1920~1940년대를 다루는 작품 속에서 화요파, 서울파, 엠엘파, 콤·그룹 중 화요파, 엠엘파와 그 계보를 잇는 인물을 주적으로 삼고 있다. 이들은 『안개 흐르는 새 언덕』, 『혁명의 려명』, 『은하수』 등에서는 파벌 싸움을 벌이는 종파주의자로, 『고난의 력사』1부, 『대하는 흐른다』1부에서 개량주의자로 그려지고 있다. 이들을 일제와 더불어 주적으로 삼는 이유는 먼저 당대에 공산주의 운동 세력들 간의 권력 장악 투쟁이 민족해방운동이나 공산주의 운동에 직접적 피해를 준 요인에서 찾을 수 있다. 둘째, 이 두 계열의 운동세력이 조선 그리고 중국 내의 공산주의 세력에게까지 일정한 영향력 끼치고 있었던 까닭이다. 1·2차 공산당 공산당운동을 주도한 화요파와 3차 공산당 사건을 일으킨 엠엘파는 1920년대 공산주의 운동의 중심에 있었던 조직이었다. 그리고 엠엘파는 1945년까지 지속적으로 공산주의 세력에 영향을 미쳤으며, 8월 종파투쟁으로 제거되기 전까지 북한의 주요 핵심세력으로 활동을 하고 있었다.

북한은 1961년 9월의 제4차 노동당대회에서 김일성과 항일 빨치산 세력이 권력을 장악함과 동시에 항일무장투쟁의 기원을 '타도제국주의동맹'에서 찾는 작업에 박차를 가였다. 이러한 상황에서 북한 정권에게 중국 내에서 무장 세력 갖추고 있던 부르주아 민족주의 계열과 진보적 민주주의 계열에 대한 인정은 그들의 입장에서는 정권의 뿌리를 위협하는 일이었다. 『대하는 흐른다』1부 이후의 작품들은 화요파의 핵심 인물이었던 박헌영과 한설야가 제거된 후에 나온 작품이다. 따라서 남한의 공산주의 단체에 대한 시각이 부정적일 수밖에 없다.

초기 공산주의 운동에 비판적 태도를 취하던 소년 김일성이 "뼈가 부서지고 몸이 쪼개지는 한이 있더라도 나라를 반드시 찾아야한다"[60]는 김형직의 유언에 따라 화성의숙에 입학한 후 길림성 화전에서 공산주의적 혁명조직인 '타도제국주의동맹'을 결성한 것은 1926년 10월 17일이다.[61] "'타도제국주의동맹'은 일제의 타도, 조선의 해방과 독립의 성취를 당면 과업으로, 조선에서의 사회주의, 공산주의 건설, 나아가서 모든 제국주의의 타도, 세계의 공산주의건설을 최종목적으로 내세웠다."[62] 북한은 김

---

60 김일성, 『세기와 더불어』1, 평양 : 조선로동당출판사, 1992, 128면.
61 김한길, 앞의 책, 36면.

일성이 조직한 '타도제국주의동맹'을 종전의 당과는 구별되는 주체형의 혁명적 당 창건을 위한 투쟁의 출발점이 되었다고 기술함으로써 항일무장투쟁의 기원을 '타도제국주의동맹'에 두고 있다. 『혁명의 려명』은 바로 이 지점에서부터 시작되고 있다.

『혁명의 려명』에는 민족주의자의 후원을 받고 있던 길림의 조선인 유학생들의 합법적인 조직인 여길학우회가 '타도제국주의동맹'의 지도를 받게 되면서 유길 학우회로 개칭되고, 새날소년 동맹, 조선인 길림소년회 등에 대한 결속 요구에 의해 '타도제국주의동맹'이 1927년 8월 27일 반제 청년동맹으로 개편되는 과정이 담겨져 있다. 반제 청년동맹은 다시 '조선공산주의 청년동맹'으로 명칭을 바꾸고 야학, 연극공연, 출판물 간행, 강연회 개최 등 다양한 활동을 전개함으로써 길림 주변의 넓은 농촌지대의 대중을 세력화하는 데 주력하고 있는 것으로 그려지고 있다. 이들의 대중의식화 사업의 일단은 북한의 자료에서 찾을 수 있다. 회상기 중의 하나인 『인민의 자유와 해방을 위하여』 1에서는 1928년 김일성이 새날 소년 동맹원들로 연예 선전대를 조직하여 연극 〈안중근 이등박문 쏘다〉 등을 공연하였다[63]고 회상하고 있다.

이들은 지지 기반을 중심으로 조직을 발동하여 일본제국주의와 만주군벌을 반대하는 투쟁을 벌인다. 이때의 대표적인 투쟁이 1928년에 일어난 반동군벌과 교원에 반대해 일어난 육문 중학교의 동맹휴교 사건[64]과 1928년 10~11월 사이에 일어난 일본 제국주의의 대륙침략의 교두보가 될 길회선 철도부설 반대 및 일본상품 배척투쟁[65]이다. 이 투쟁은 만주에서 일어난 최초의 대중적인 반일 · 반군벌 투쟁이었다.[66] 이 투쟁에 대한

---

62 사회과학원 력사연구소 편, 『조선전사』 16, 평양 : 과학 · 백과사전출판사, 1980, 62면.

63 채규룡, 「인민대중을 교양각성시키기 위하여」, 『인민의 자유와 해방을 위하여』 1, 평양 : 평양출판사, 1977, 1~24면. 〈안중근 이등박문 쏘다〉는 1975년 영화화되었다.

64 천세봉, 『혁명의 려명』(총서 【불멸의 력사】 2), 평양 : 문예출판사, 1973, 483~493 · 592~606면.

65 위의 책, 528~632면.

66 『동아일보』 1928년 11월 2일자에는 길회선 반대 투쟁에 대한 정황 보도가 실려 있으며, 11월 13일자에는 할빈에서 길회선 반대투쟁을 벌이던 18교 학생단체 2,000여 명이 11월 9일 경관대와 충돌,

중국의 서술은 다음과 같다.

> 1928년 10월 하순에 길림시의 각족 학생과 각족 각계각층 인민들은 일제의 만몽5로수축을 반대하는 운동을 일으켰다. (…중략…) 육문중학 등 학교의 학생들은 군벌정부의 위협과 공갈에도 아랑곳하지 않고 분연히 집회를 가지고 반일애국선전을 하였다. 학생들의 영향 밑에 길림시의 상인들도 철시를 단행하였으며 길림성 의회도 일제의 '만몽5로수축'을 반대하는 통전을 냈다.[67]

40일간이나 진행된 이 사건에 대해 연변 사료는 연변 내 조선민중들의 반일투쟁으로 다루고 있으며, 『혁명의 려명』에서 작품의 해결점으로 제시되고 있다. 남한에는 잘 알려지지 않은 이 투쟁이 『혁명의 려명』에서 중요한 사건으로 등장하는 이유는 북한에서 이 투쟁을 육문 중학 동맹휴학과 더불어 김일성이 '타도제국주의동맹' 성원과 독서조직회를 발동하여 조직해 낸 최초의 실천투쟁으로 보고 있기 때문이다.

천세봉은 1973년도판에서는 이 투쟁을 김일성이 중심이 된 육문 중학 학생들과 그와 연대한 학교와 철도 노동자들 일부가 동참하여 시작된 집회로 그리고 있다. 그는 이렇게 촉발된 집회에 무력이 동원되면서 시민들이 참가하고 시가전의 양상으로 변화하는 과정을 순차적으로 보여주고 있다.

천세봉은 이때 표출되는 집단을 지배하는 충동이 얼마나 긴박하고 전제적이며 개인적 이익만이 아니라 자기 보존 본능조차 느낄 수 없게[68] 하

발포에 의하여 148명의 부상자를 냈다고 보도하고 있다.

67 김창국, 『남만항일 무장투쟁사』, 연변 : 연변인민출판사, 1986, 27면; 이재화, 『한국근현대 민족해방운동사』(항일무장투쟁사 편), 백산서당, 1988, 51면 재인용. 이때의 광경에 대한 북한 측의 자료 『불멸의 자욱을 따라』 1, 250면; 허동찬, 『김일성 평전』, 북한연구소, 1974, 187면의 자료도 이 내용에서도 크게 벗어나지 않는다. 그리고 연변해외문제 연구서 편저, 『연변조선족력사화책』, 연변 : 연변인민출판사, 1997, 66면에서는 길회선 철도부설 반대 행진을 하는 만주 내 민중들의 모습을 사진으로 볼 수 있다.

68 Freud Sigmund, 김석희 역, 「집단 심리학과 자아분석」, 『문명속의 불만』, 열린책들, 1997, 87면.

는지에 대해 경주와 영숙을 통해 잘 보여주고 있다. 아래 인용문에서 볼 수 있듯 경주는 김일성을 보위하기 위해 육탄전도 마다하지 않는다.

> "맨 앞 놈을 잡아라! 금성동지의 신변이 위험하다!" 뒤따르는 녀학생들도 부르짖었다. 녀학생들은 터진 봇물같이 달려나갔다. 경주를 앞질러나가며 연설대 뒤쪽으로 달려가는 맨 첫 놈의 옷자락을 붙잡고 늘어졌다. 그러자 놈은 옷자락을 나꿔채면 뛰여가려고 하였다. 경주는 이를 악물고 더 단단히 틀어잡으며 놈에게 감기였다. (⋯중략⋯) 수십명의 경찰이 다 녀학생들의 끈덕진 손아귀에 붙잡혔다 녀학생들은 놈들의 내려치는 총탁을 틀어잡기도 하고 놈들의 눈깔에 흙을 쳐던지기도 하고 신짝으로 갈기기도 하였다. 그야말로 처절한 결사전이였다. 경주는 벌써 총창에 찔려 옷이 피에 젖고 손등에서도 피가 떨어져 내렸다. (⋯중략⋯) 경주는 또 고함을 쳤다. 경주의 눈에는 거리의 지붕너머로 연설대우에 서계시는 그이의 상반신이 언뜻 비쳤다. (김성주동지를 보위해야 한다! 죽어도 보위해야 한다!) 경주는 울음이 터질 것 같았다. 두 눈에서는 불이 일었다. 그는 피묻은 주먹을 움켜쥐고 총알같이 내달았다. 하나 그 찰나 잔등판에 총탁이 와서 자끈 부딪치며 숨이 꽉 막혔다. 경주는 손을 허공에 저으며 길바닥에 쓰러졌다.[69]

경주에겐 자신의 신변보존이나 이념·혁명보다 그의 신변안전이 우선한다. 경주는 독서회의 성원으로 '주체형 공산주의자'이기에 그렇다 하더라도 경주의 지도하에 김일성을 보위하기 위해 일본 경찰들에게 달려드는 여학생들은 김일성과의 이해관계가 전혀 없는 상태이다. 경주에게는 김일성의 보위가 공산주의 이념의 실현과 조선혁명의 성공을 뜻한다는 목적이 있는 반면 그녀의 목적하에 움직이는 여학생들은 당시의 긴박한 상황과 충동이라는 집단 심리에 지배를 받고 있다.

또 한편으로 경주나 영숙의 애국심은 집단 무의식적인 모습으로 나타

---

69 천세봉, 『혁명의 려명』(총서 【불멸의 력사】 2), 평양 : 문예출판사, 1973, 577~578면.

나고 있다. 중상을 당하고 병원에 실려와 생사를 장담 못하던 경주가 함성이 멀어지는 것을 보고 초인적인 힘을 발휘해 거리로 나가 동료들에게 투쟁을 계속하기를 요구하며 군중을 격동시키는 것이나, 안정을 취하고 치료를 받아야 하는 영숙이 치료를 거부하고 병상에서 일어나 울면서 병원으로 실려 온 학생들의 선동에 함께 노래를 부르며 구호를 외쳐 병원 업무가 마비되는 상황을 통해 천세봉은 집단 속의 개인의 평균적 성격을 보여주고 있다.

이와 같은 사례는 집단 속에서 개인에게 불가능이란 없다는 것과 개인의 사고 인식 능력이 집단 속에서 얼마나 낮아지는가를 보여준다. 구호와 선동만으로는 투쟁을 지휘할 수 없다. 특히 시위가 시가전 양상으로 변모했을 때는 더욱 그렇다. 투쟁을 지휘해야 하는 지도부가 지적 능력의 저하를 가져올 때 투쟁은 폭동으로 변한다. 물론 폭동화된 모습이 독자에 따라 투쟁적인 모습으로 읽혀질 수도 있다. 천세봉이 이 투쟁의 묘사를 통해 획득해 내고자 하는 점은 폭동화의 문제와 '주체형 공산주의자'들의 투쟁 정신이다. 그는 계획성을 갖고 있지 않은 집단을 통해 애국심만 가지고는 앞으로 시작될 투쟁을 완성시킬 수 없다는 것을 보여주고 있다. 천세봉이 이 투쟁을 조직적인 모습보다 폭동에 가까운 모습으로 표현하고 있는 것은 위와 같은 집단 무의식을 조율해 줄 젊은 영웅을 등장시키기 위해서이다.

그의 이러한 의도는 경주와 영숙에 의해 고양된 학생들과 시민들이 거리로 나가 결국은 무력충돌을 하게 되고 그 과정에서 조창진을 희생시키는 것에서 드러난다. 이를 통해 그는 최종 목적인 이들을 제어할 영도자의 필요성을 자연스럽게 제기하는 것이다.

작품에서 그려지고 있는 폭동화의 양상은 투쟁이 김일성에 의해 조직적으로 진행되었다는 북한의 주장[70]과는 상치되는 결론이다. 이러한 결

---

70 김한길, 앞의 책, 39면.

론은 김정일에게는 종자를 잘못 잡은 것으로 비쳤을 것이다. 김정일의 요구에 부응하려면 결론은 영도세력의 필요성의 제기에서 그치는 것이 아니라 이 사건을 통해 김일성의 영도성이 드러나야 했다.

그러나 천세봉은 결코 서두르지 않고 그 후편인 『은하수』에서 지속적인 영도자의 필요성에 대한 제기와 김일성이 영도성을 획득하는 과정을 묘사하고 있다. 이것은 그가 당시 상황을 정확하게 파악하고 있다는 것을 보여준다. 당시 김일성은 세력의 기반도 미약했으며, 영도자로서 그의 영도성을 민중들에게 각인시키지 못한 16세의 소년에 불과했기 때문이다.

천세봉은 '타도제국주의동맹'의 맹원인 조창진을 희생[71]시켜 무장투쟁의 필요성을 확인하는 절차를 통해 김일성과 '주체형 공산주의자'들에 의해 조선 혁명이 서서히 시작되고 있음을 알리는 데서 이 작품을 맺고 있는 것이다. 그러나 김일성이 조창진의 죽음으로 인해 무장투쟁의 필요성을 절감했는지에 대해서는 확인할 수 없다.[72]

당시 김일성은 영도자로서의 위치를 굳히지 못하고 있었지만, 이 투쟁을 계기로 그의 비범성을 보여줌으로써 앞으로 영도자로서 그의 출현에 당위성을 확보할 수 있게 된다.

당시 민족운동 진영은 헤게모니 투쟁에 몰두해 있었다. 천세봉은 당시 만주의 운동세력이 정의부·참의부·신민부 등의 3파로 분열 되어 있었던 것으로 묘사하고 있다. 천세봉은 작품 서장에서부터 3파의 민족주의자들이 1927년 봄부터 진행한 3부 통합 회의가 결국 권력 투쟁의 일환이었다는 관점을 보이고 있다. 이에 김일성이 종파투쟁을 통해 나라가 망한다는 연극을 만들어 이들 앞에서 공연하여 파벌 싸움만 일삼는 민족주의자들에게 경종을 울렸다는 것이다. 이것이 김일성이 직접 창작·연출

---

71 1987년판에서는 조창진이 아니라 박두학이 희생되는 것으로 설정되어 있다. 박두학은 1972년판에서 타도동맹 성원으로 등장하는 박두식이다

72 이때의 사상자는 총 20여 명이다. 김일성의 회고록 『세기와 더불어』에서도 박두학이 그곳에서 희생되었다는 기록은 찾아볼 수 없다.

하여 1929년 길림에서 공연한 〈송도국의 룡상〉[73]이라는 연극이다. 이 연극은 현재 우리에게 알려진 〈3인 1당〉이다.[74]

『혁명의 려명』의 내용에 따르면 이 연극 공연 이후 나온 통합 단체가 국민부라는 것이다. 북한과 연변자료에 의하면 이 공연으로 타격을 받은 지도부들이 통합에 동의했다고 기술하고 있지만 그 사실성의 여부는 더 이상 확인할 수 없다. 중국에서 출간된 자료에서는 그러한 내용이 보이지 않기 때문이다. 다른 연변자료에 의하면 삼부의 통합은 제2차 회의의 결렬 후 "자파 단위에서 조직정비 작업이 시작되면서 삼부정립 체제가 종말을 고했다"[75]고 기록하고 있을 뿐이다.

3부 통합 회의의 기본적인 문제는 정의부의 지나친 주도권 장악 문제와 신민부 내의 민정파와 군정파의 분쟁[76]으로 비롯된 것이었다. 이 회의는 비록 만주 전체의 민족주의 계열을 통합하지는 못했으나 민족주의 계열의 새로운 투쟁진영을 형성하였다는 점에서 일정한 의의가 있다. 그리고 국민부가 국민부 내에 무장대오를 가지고 있었으며, 무장대오들의 활약과 그 성과 역시 무시할 수 없는 부분이다. 그럼에도 작품 속에서의 국민부의 활동 모습은 전혀 보이지 않는다. 뿐만 아니라 당시 경제 상황의 악화로 조선족 빈고농들이 국민부 통치 기반에서 벗어나 좌익화되어 가던 경향이 국민부 내에도 영향을 미쳐 좌익 계열 일부가 국민부에서 탈퇴하여 조선 혁명군을 조직하여 항일무장 투쟁에 흡수되었다는 것도 작품 속에는 묘사되어 있지 않다. 이는 조선혁명군 세력이 홍군에 대항하여 결성되었으며, 초기 최고 책임자를 남만참변의 주범인 고이허를 세웠기 때문일 것이다. 다른 이유로는 만주의 광범위한 지역에서 활동하는

---

73 천세봉, 앞의 책, 370~404면. 이러한 연극 공연은 이후 문맹률이 높은 민중들의 계몽을 위한 수단으로 많이 이용되었다.

74 〈송도국의 룡상〉은 〈3인 1당〉으로 제목이 바뀌어 북한에서 공연되었으며, 이 혁명연극 〈3인 1당〉은 후에 각색되어 김상복이 편집하에 1989년 금성청년출판사에서 발행된다.

75 중국조선민족역사족적 편찬위원회 편, 『불씨』(중국조선민족발자취총서 2), 연변 : 민족출판사, 1995, 355면.

76 위의 책, 353~354면.

인물들의 활약상이 북한 정권의 확립을 설명하는 데 불필요하다고 여겼기 때문일 것이다. 그렇기 때문에 작품의 초점이 김일성과 새세대 청년 공산주의자들에게 맞추어져 있다.

『혁명의 려명』에서 긍정적 주요 인물로 다루고 있는 민족주의자 백락진의 모델인 오동진[77]이 정의부의 주요 인물이었으며 김일성의 아버지인 김형직과 친분이 두터웠다는 점 역시 삼부의 권력투쟁을 깊이 다루지 못한 요인이다. 3부 통합 결렬의 가장 큰 문제를 정의부에서 제공하고 있었기 때문이다.

그러나 천세봉이 작품에서 지적한 것처럼 국민부 내의 화요파나 엠엘파의 헤게모니 싸움으로 정치 형세의 변화에 따라 내부의 계급적인 양극화가 생길 불씨를 안고 있었다는 것 역시 부정할 수 없는 사실이다.

그런 이유로 천세봉은 작품 속에서 3부의 분열을 3부 모두의 책임으로 돌리고 새로운 영도세력의 필요성의 제기와 함께 그 세력의 중심에 김일성이 설 수밖에 없음을 그의 비범성을 통해 증명해 나간다. 천세봉은 김일성의 비범성을 증명하기 위해 당대의 논객들과 사상투쟁을 벌이는 장면을 묘사하고 있다.

작품 속에서 김일성은 사회변혁 운동계의 한계를 모조리 꿰뚫어 보고 있을 뿐만 아니라 안묵(안창호), 최곤(김찬),[78] 상월 등과의 논쟁을 통해 그들의 주장의 문제점들을 지적해 내고, 대안으로 민중들을 기반으로 한

---

77 1973년판에서는 백락진으로 1987년판에서는 오동진으로 등장한다.

78 김찬(1894~?) 함북 명천 출신으로, 함북경성소학교, 성진중학, 명천 진성중학에서 수학했다. 1912년 경성의학전문학교에 입학했다가 중퇴한 후 일본 도쿄 메이지대학 전문부 법과에 입학했다. 1년 뒤 중퇴한 후 북간도 옮겨간 후에도 입학과 중퇴를 반복한 후 다시 일본으로 건너가 1919년 메이지대에서 중앙대학 법과로 전학하여 2년간 수학한 뒤 중퇴했다. 그는 이때 사회주의자들과 교유를 하였으며 1921년 흑도회 결성에 참여하였으며, 화요회 상무집행위원 등을 역임했다. 1925년 조선공산당 중앙위원이 되었으며, 12월 1차 검거 때 상해로 망명하였고 1926년 6·10운동을 계획 지도하였다. 1927년에는 북만으로 활동 근거지를 옮겨 조선공산당 만주총국(화요파)의 재건을 주도했다. 1928년 9월에는 정의부에 참가하여 중앙집행위원이 되었으며 1929년 1월 남만청총 동맹결성에 참였으며 12월에 조선공산당만주총국 위원에서 해임되었다. 1931년 5월 국내에 잠입하였다가 서울에서 검거되었다. 강만길·성대경, 『한국사회주의 운동 인명사전』, 창작과비평사, 1996, 127면.

무장투쟁 제기 등으로 시대적 한계를 뛰어 넘고 있는 것으로 묘사된다.[79] 이것은 수령형상에서 수령의 인간적 풍모는 위대하며, 심오한 철학이 있어야 하고, 정치적 영도자로 그려야 한다는 원칙 때문이다. 그의 위대성을 부각하기 위해서는 이것이 진실이든 아니든 민족주의 진영의 거물들과의 사상투쟁의 삽입은 빼놓을 수 없는 중요 구성 요소이다. 그러나 몇 가지의 질문과 밀도가 떨어지는 논쟁은 오히려 그의 비범성을 훼손하고 있다.

한편 조선 이민들의 좌경화는 국민부의 분화를 가속화시켜 우익인 국민부 옹호파와 국민부 반대파로 나뉘어 좌우익이 공개적으로 치열하게 헤게모니 투쟁에 들어간다. 이 와중에 벌어진 사건이 남만참변이다.

삼부의 통합 이후 군중지반을 상실한 국민부 우익들은 중국의 국민당의 군경과 결탁한다. 그리고 공산당 토벌이라는 명목 아래 1929년 10월 국민부의 중앙집행위원장인 현익철[80]은 고이허(高而虛)[81] 등을 사주하여 국민부 산하 남한청총에 속한 청년 단체 일부가 재중청맹(ML파)에 가맹하려 하자 청년 활동가들을 체포하여 최봉(崔鳳)[82] 등 6인[83]을 왕청문의 괴모

---

79 김일성은 안창호·안광천·육문중학의 역사 선생인 상월과 논쟁을 했다고 회고하고 있다. 김일성, 『세기와 더불어』 1, 평양 : 조선로동당출판사, 1992, 294~225·328~329면.

80 『은하수』에서는 1982년판에는 현종관 1987년판에는 현묵관으로 등장한다. 중국 자료의 국민부 조직표에서는 현묵관이 현종철로 표시되어 있으며, 『세기와 더불어』 1에서는 현묵관(현익철)으로 표시되어 있어 현익철이라는 이름은 아마도 가명인 것 같다. 류병호, 「남만지구반일통일단체-국민부창립」, 『불씨』(중국조선민족역사족적 편찬위원회 편), 연변 : 민족출판사, 1995, 357면.

81 『은하수』에는 고인환, 고인호로 등장한다. 고이허는 당시 국민부의 교육위원장이었다. 류병호, 위의 책, 357면.

82 최봉은 『혁명의 려명』 1973년판에는 장덕순으로, 1987년판에는 실명인 최봉으로 등장한다. 『은하수』 역시 1982년판에는 장덕순, 1987년판에서는 최봉으로 등장한다. 강창수 역시 1987년판에서는 실명인 차광수로 등장한다.

83 이때 최봉과 함께 살해된 인물들은 지운산, 윤평, 리태희, 이몽렬, 고아선, 조희연 등이다. 조선로동당 중앙위원회 당력사연구소 편, 『김일성 저작집』 45, 평양 : 조선로동당출판사, 1996, 342면; 김일성, 『세기와 더불어』 1, 평양 : 조선로동당출판사, 1992, 342면. 조희연은 연변자료 『불씨』에는 조희선으로 기록되어 있다. 이외에도 이들은 1930년 3월에는 엠엘파 남만 도 위원이며 유하현 동명학교 책임자를 살해하고, 6월에는 '한인청년 동맹'을 습격하였으며, 10월에는 중국 군경을 동원하여 조선혁명군 사령관 리진탁을 살해하는 등 대립파에 대한 제거에 들어간다. 이로 인해 중국공산당 만주 성위에서조차 국민부를 우파로 보고 그들을 타도하자는 공개적 구호를 제기한다. 중국조선민족역사족적 편찬위원회 편, 『불씨』, 연변 : 민족출판사, 1995, 361면.

산 골짜기에서 총살하는 남만참변을 일으킨다. 남만참변은 1929년 여름 왕청문에서 열린 남만청총 대회의 준비위원으로 선출된 김일성과 최봉이 대회를 준비하던 중에 일어난 사건이다. 김일성은 강홍락의 집으로 피신하지만 최봉 등 몇 명의 대회 준비위원은 체포되어 총살당한다.

『은하수』에서는 작품 초반에서 장덕순(최봉)의 죽음과 남만참변에 대해 다루고 있다. 작품에서 김일성이 강홍락의 집으로 피신하는 것이 아니라 참변이 난 현장으로 달려가는 것으로 묘사되어 있다. 그리고 차광수가 김일성에게 참변의 소식을 알리러 온 것으로 묘사되고 있지만 『세기와 더불어』 1에 의하면 그에게 소식을 전한 것은 오신애[84]이며 차광수는 소식을 듣고 뒤늦게 왔다고 기록하고[85] 있다.

정치적 테러는 정치폭력의 형태 중 하나로 정치집단에 의해 수행되는 정치적 전술의 일부이다. 정치적 테러는 정치적 정당성이 약화되거나 붕괴될 때, 주요한 정치적 문제를 놓고 정치적으로 양극화 될 때 나타나며 그 과정들은 대개 심각한 정치적 분열과 일치한다. 공유되어 온 국민부의 가치체계가 과거와는 달리 호소력을 가질 수 없게 되면서 그 가치 체계가 새로운 세력에 의해 도전을 받게 되자 위기를 느낀 집행부에서 상황변수[86]에 의해 상황에 대한 반응으로 테러를 감행한 것이다.

그러나 천세봉은 이 장면에 대해 사건 발생 배경을 세력 이동에 대한 정적 제거가 아닌 독립군들의 청년 공산주의자들에 대한 보복 차원에서 해석하고 있으며, 국민부 전체의 결정이 아닌 단순한 한 개인에 의한 감정적 테러 행위로 보고 있다. 그리고 객관적인 당시 중국 내 공산주의자들의 이동의 흐름을 보여주기보다는 그들의 죽음에 대한 남은 자들의 슬

---

84 오신애는 강홍락의 아내이다. 오신애 역시 총살당한 6명의 가족들과 함께 김일성에게 참변을 알렸다는 이유로 고이허에게 살해되었다고 김일성은 회상하고 있다. 김일성, 『세기와 더불어』 1, 평양: 조선로동당출판사, 1992, 342면; 조선로동당 중앙위원회 당력사연구소 편, 『김일성 저작집』 45, 평양: 조선로동당출판사, 1996, 342면.

85 위의 책, 335~342면.

86 정치적 테러 행위는 집단 변수와 상황 변수에 의해 달리 분석된다. Gross Feliks, 신석호 역, 『당 조직론』, 녹두, 1984, 211면.

폼에 대한 감성적인 묘사로 일관하고 있다. 이와 같은 묘사를 통해 천세봉은 당시 김일성의 어버이 같은 품성을 부각하려고 하고 있지만 이 장면을 통해 당시 김일성 세력의 중국 내에서 힘이 매우 미약했음을 알 수 있게 한다. 김일성과 새세대 청년 공산주의자들은 이 사건을 계기로 비로소 여론을 조성함은 물론 민족주의자들의 규합에 들어 갈 수 있었다. 이 점에서 천세봉은 이 사건에 의미를 부여하여 새로운 조직의 요구가 필연적인 것임을 보여주고 있다.

1930년 5·30봉기에 대해 북한 측은 조선 공산주의자들이 자파 세력 확장에 몰두하여 혁명역량을 분산시킴으로써 목적달성을 위해 일으킨 모험주의와 맹동주의적인 극좌적 폭동으로 보고 있다.[87]

이러한 북한의 평가가 틀린 것만은 아니다. 당시 폭동에 참여했던 조선공산주의자들 역시 실패한 투쟁으로 규정하고 있기 때문이다. 당시 코민테른은 이 폭동에 대해 이립삼(李立三)의 모험주의와 맹동주의를 강력한 어조로 비판했다.[88]

이 봉기는 일제 군경과 군중 간의 유혈투쟁으로 번졌으며 이로 인해 수많은 청년학생들의 검거, 투옥, 학살로 대부분의 조직이 파괴되었다. 이를 빌미로 일제는 조·중 간의 민중들이 서로를 일본의 앞잡이라고 믿

---

87 김일성, 「좌경적 모험주의노선을 배격하고 혁명적 조직노선을 관철하자」, 『김일성 선집』 1(조선노동당 중앙위원회 편), 대동, 1988, 21~31면.

88 Scalapino Robert A. · 이정식, 한홍구 역, 『한국 공산주의 운동사』 1, 돌베개, 1986, 218~211면 참조. 5·30폭동을 지시한 것은 중국공산당 만주성위원회으로 거사일인 5월 30일은 이립삼을 영웅으로 만든 5·30운동 5주년 기념일이었다. 훈춘 지역에서 약간의 활동을 벌였던 중국 공산당들은 1930년 동북지역에서 폭동을 일으킬 계획을 세웠지만 당 간부들이 검거되어 실행에 옮길 수 없었다. 당시 중국공산당은 얼마 안 되는 지식인과 몇몇 도시 지역에 산재한 극소수에 불과했다. 따라서 이 임무가 조선공선주의자들에게 주어진 것이다 조선공산주의자들은 수는 적었지만 당시 만주 공산주의운동에서 유일하게 조직된 집단이었다. 폭동의 목적은 일본제국주의와 반동적 군민당 군벌집단을 축출하고 소비에트정권을 수립하는데 있었다. 이 노선을 따른 조선공산주의자들은 이립삼 노선들 따르는 자들이었다. 따라서 김일성의 '타도제국주의동맹'을 항일무장투쟁의 기원으로 보고 있는 북한에서 중국의 이립삼 노선을 따랐던 조선 공산주의자들을 종파주의자로 보고, 5·30봉기를 폭동으로 보는 견해는 당연하다. 반면 연변에서 기술된 사서에서는 5·30폭동을 조선인들의 투쟁으로 기술하고 있다. 당시 5·30폭동을 지휘한 인물은 김철이다. 김철은 이후 왕청 유격대에서 그 모습을 보이고 있다.

게 함으로써 이들의 관계를 악화시켰다. 그리고 일본공민 보호라는 명목 아래 중국 본토 내 '일본군대의 만주출병운동'을 전개하기 시작했다.

그러나 천세봉은 『은하수』에서 이 사건에 대해 조·중 간의 민중들의 관계 악화[89]보다는 이 폭동이 종파주의자들의 헤게모니 싸움으로 일제에게 탄압의 구실을 준 것에 초점을 맞추고 있다. 『은하수』에는 5·30봉기의 계기가 되었던 이립삼 노선의 본질적인 문제를 전혀 다루지 않고 있다. 5·30봉기를 화요파나 엠엘파가 주도한 종파의 헤게모니 투쟁으로 단순화시킴으로써 사건에 대한 이해를 돕고 있지 못하다. 등장인물들을 통해 5·30봉기의 헤게모니 싸움의 폐해만이 언급될 뿐이다. 이 사건이 옳지 못한 영도에 의해 벌어진 사건이고, 이로 인해 조선의 혁명을 이끌어 갈 수 있는 노선의 필요성을 절감했다는 북한의 관점에서 볼 때 김일성의 영도문제와 연결하여 카륜 회의의 의의를 높일 수 있었던 사건이었다. 그럼에도 불구하고 『은하수』에서 이 사건을 배경화하고 있는 것은 아마도 이 투쟁이 김일성에 의해 조직된 투쟁이 아니며, 국제적으로 강한 비판을 받았기 때문일 것이다.

1930년 6월 30일~7월 2일까지 진행된 카륜 회의가 『은하수』에서 소재로 선택된 이유는 카륜 회의에서 김일성이 했다는 연설 '조선 혁명의 진로'[90] 때문이다. '조선 혁명의 진로'에서 김일성은 현 투쟁을 반제반봉건민주혁명으로 규정하고 그를 수행하기 위한 기본 방도로 무장투쟁 노선과 당 창건을 제시한다. '조선 혁명의 진로'는 오늘날 북한에서 조선혁명의 주체적 노선을 제시한 역사적 노작으로 평가되고 있으며, 주체사상 형성사에서 그 원형을 제시[91]한 작업으로 규정되고 있다. 당시 새세대 공

---

89 조선인을 일제의 만주침략의 선두로 간주하였던 중국 군벌은 정치적으로 박해를 가하였으며, 일제는 조선인을 보호한다는 구실로 중국인들을 압박하는 등 만주지역의 조선인들의 지위는 매우 불안정 하였다. 따라서 지주 대 소작인의 대립, 조·중 민족 간의 정치적 대립 관계는 더욱 첨예화 되었다. 이러한 일제의 민족 모순의 이용은 조·중 민족의 대결 분위기를 더욱 고조시켰다.

90 이 연설은 새세대청년공산주의자들이 발행한 잡지 『볼셰비크』에 전문 게재되었다가 1979년에 발간된 『김일성 저작집』 1에 처음으로 텍스트를 복원하여 수록하였다. 전문은 조선로동당 중앙위원회 당력사연구소 편, 『김일성 저작집』 1, 평양: 조선로동당출판사, 1979, 1~11면 참조.

산주의자들의 입장은 기본적으로 1국 1당의 원칙에 따라 중국 공산당에 입당은 하되 자주적인 당 창건 준비 사업을 여기에 결합시킨다는 것이었다. 그러나 『은하수』에는 이러한 입장들은 배제된 채 무장투쟁과 투쟁 과제만이 강조되어 있다. 이는 국내가 아닌 중국에서의 당 창건이라는 지역적 요소가 크게 작용한 것으로 보인다.

무장노선이 제기된 근본적인 이유는 첫째, 조선의 독립은 조선민중이 자주적으로 완수하여야 한다. 둘째, 일제의 약탈과 폭력 속에서 더 이상 평화적 방법으로 일제를 타도하고 조선의 독립을 달성할 수 없다는 판단에서였다. 당 창건과 관련하여 당시 조선은 식민지 반봉건 사회였던 만큼 일제의 예속에서 벗어나기 위한 반제적 과제와 봉건적 착취와 억압을 청산하기 위한 반봉건적 과제가 동시에 해결되어야 했다. 카륜 회의에서 제시된 당 창건 준비 방침에 기초하여 1930년 7월 3일 김일성·김혁·차광수·계영춘[92] 등을 중심으로 첫 당 조직이 결성된다. 이 당 조직은 이후 조직된 당 조직의 원형이 되었다. 이런 측면에서 볼 때 이름만 거명되는 수준으로 계영춘을 묘사하는 『은하수』의 1982년판보다 1987년판이 혁명적 교양서의 역할을 더욱 충실히 하고 있다.

이러한 역사적 사실을 본다면 천세봉의 작품들은 역사적 사료에 비교적 충실해서 창작되었음을 알 수 있다. 천세봉은 역사를 선택할 때 김일성이 주도적으로 참여한 전투나 회의 그리고 승리한 투쟁 위주로 역사적 사실을 채택하고 있다.

장구한 기간 매우 어려운 환경에서 일제를 반대하여 싸워 이긴 항일 빨찌산들의 투쟁과 생활은 우리의 전체 근로자들을 무한히 감동시키며 그들을 영웅적투쟁으로 고무하는 산 모범으로 됩니다. 특히 그것은 혁명의 견고성을 체험하지 못한 젊은 후대들

91　김한길, 앞의 책, 42면.

92　이 세 사람은 국민부계의 남만한인총동맹에 소속된 인물들이었다. 이재화, 『한국근현대 민족해방운동사』(항일무장투쟁사 편), 백산서당, 1988, 41면.

을 공산주의 혁명 정신으로 교양하는 가장 훌륭한 교과서로 됩니다.[93] (강조-인용자)

위의 서술처럼 북한의 '항일혁명소설'이나 【불멸의 력사】 시리즈 창작
은 과거의 역사를 현재의 상징으로 취급하여 항일투쟁 시기를 모르는
세대들에게 현재를 위한 교훈을 주고자 함에 있다. 후대에게 공산주의
혁명정신을 교양 계승하기 위해서는 실패한 투쟁보다는 전과가 혁혁한
승리한 투쟁을 선택함으로써 전망을 제시하기 위함이었을 것이다.
이 작품이 수령 중심의 역사관을 보이고 있음에도 불구하고 종자를 잘
못 잡았다는 김정일의 비판이 나온 것은 【불멸의 력사】 시리즈 중 다른
작품과 비교해 볼 때 천세봉이 주인공을 김일성 한 사람이 아닌 '주체
형 공산주의자' 전체로 보고 있다는 데서 비롯된 것으로 보인다. 천세
봉의 작품 특징상 다수의 인물들이 등장하고, 작품의 주요 인물인 '주
체형 공산주의자'들의 갈등과 활동을 그리다 보니 김일성의 정신적 고
뇌와 활동에 대한 부분이 총서의 다른 작품들에 비해 상대적으로 미약
하다. 또한 '주체형 공산주의자'의 핵심으로 김일성의 측근이었던 차광
수나 김혁에 대한 묘사 또한 다른 인물들에 비해 인상이 약하다. 반면
『은하수』 초반부에 체포되어 거의 등장하지 않는 채경의 존재감은 『혁
명의 려명』에서의 인상 탓인지 상대적으로 매우 강렬하다.
　김정일과 윤기덕은 이것을 "종자를 바로 잡지 못한 약점"[94] 또는 "결정
적 위치"[95]를 잘못 선정하고 있는 것으로 보는 것 같다. 4·15문학창작단
의 역할과 임무를 보았을 때 김정일의 불만은 당연한 것이다. 이러한 비

93　김일성, 「당 중앙위원회 사업 총화 보고-제4차 대회(1961.9)」, 『북한 '조선로동당'대회 주요 문헌
　　　집』, 돌베개, 1988, 234~253면.
94　윤기덕, 『수령형상 문학』, 평양: 문예출판사, 1991, 155면.
95　"결정적 위치"란 절정을 가리키는 말이다. "절정이 구성에서 결정적 위치를 차지하게 되는 것은 그
　　　것을 잘 설정하고 깊이 있게 그리는가 못그리는가에 따라 종자와 주제사상을 밝히는가 못밝히는
　　　가, 구성요소의 초점이 명백한가 어떤가가 좌우되며 인물선, 감정선, 사건선, 갈등선을 어떻게 최
　　　고점으로 끌어올리는가 하는 문제가 규정"되기 때문이다. 김홍섭, 『소설창작과 기교』(주체적문예
　　　리론연구 13), 평양: 문예출판사, 1991, 157~158면.

판은 항일혁명투쟁을 김일성 개인의 투쟁으로 보려는 김정일과 김일성의 영도성을 부정하지는 않지만 '주체형 공산주의자'들과 민중의 투쟁으로 보고 있는 천세봉과의 시각차에서 나타난 것으로 보인다.

북한의 특성상 수령형상과 관련해 부분적인 미화는 불가피하다. 그럼에도 불구하고 남한에는 잘 알려지지 않은 당대의 중국 내 조선인들의 항일투쟁을 역사적 사실에 바탕을 두어 재구성하여, 그들의 생활양식과 투쟁의 모습을 보여주고 있다는 점에서 관심을 기울일 가치가 있는 소설이다.

4) 북한 중심의 역사적 형상화─『유격구의 기수』와『사령부로 가는 길』

중국 관내에서는 1930년 12월부터 1934년 10월까지 다섯 차례에 걸쳐 중앙군과 지방군 수백만 명을 동원한 토벌이 전개된다. 모조리 불태우고, 모조리 빼앗고, 모조리 죽이는 '3광(三光) 정책'에 의한 토벌과 이민들의 참혹한 생활은 『유격구의 기수』(『충성의 한길에서』 1부)에 잘 묘사되어 있다. 이 작품은 1932년 초봄에서부터 1933년 가을까지의 일제로 토벌로 희생되는 김정숙의 가족과 마을 사람들의 비참한 삶과 근거지에서의 생활을 다루고 있다. 『유격구의 기수』는 토벌광경과 그 후의 마을풍경을 다음과 같이 묘사하고 있다.

가둑나무숲으로도 연기가 자꾸 날아왔다. 한참 뛰어내려오다가 보시니 누구네 소인지 비탈에 소 한 마리 서서 울고 있다. 고삐가 타고 털이 그슬렸다. 방금 외양간에서 고삐를 끊어가지고 뛰어나온 것 같다. 소는 너부죽한 주둥이를 쳐들고 하늘을 향해 "음머, 음머" 하고 울었다. 새끼를 불속에 내버리고 온 것 같다. 김정숙 동지께서 마을뒤에 오시니 파파 늙은 할머니와 어린 손자 두 식구가 살고 있던 두 간짜리 초가가 온통 불에 달리었다. 어데서인가 사람 살리라는 비명이 들려왔다. (…중략…) 연기속으로 사람들이 밀려나왔다. 우는 아낙네들, 뭐라고 부르짖는 노인들……. 장정 한사람이 정신을 잃고 축 늘어진 성재어머니를 업고 뛰어온다. 최정수의 아버지도 아낙네들한테 부축되어 걸어오는데 노인은 독립군 때 힘이 용을 쓰기라도 하는 듯 발을 벋디디며 왜놈들에게 고래고래 저주를 퍼붓는다. 사람들은 곡식밭으로 밀려들어갔다. 사처에서 엎디어 기라는 소리가 일어나고 빨리 기어나가 산으로 붙으라는 웨침도 일어났다. (…중략…) 온 동네가 참혹하게 되었다. 놈들이 이 부암에선 만만치 않은 저항에 부딪쳐 다른 동네처럼 해댈수는 없었으나 그래도 늙은이, 젊은이 할 것 없이 숱한 사람을 죽이고 집을 불살라버렸다. 어린애들까지 수없이 찔러죽이고 불태워죽이고 짓밟아 죽였다. 청년들 십여명은 묶어가지고 끌고 가다가 동구밖 언덕우에 렬을 지어 세워놓고 소아 죽였다. 하촌의 이상준이도 그 언덕우에서 마지막 피를 쏟으며 숨을 거두었다. 갈골, 금페, 하촌 같은 동네에서 피난을 온 사람들도 죽은 사람이 많다. 어떤 주검은 불 속에 들어 숯등걸같이 타서 어느 동네 누군지조차도 알아볼 수 없게 되었다. 집도 죄다 불탔다. 산 밑에 외따로 떨어져있는 집 몇 채와 행길에서 비켜 앉아 있는 집 두어 채를 내놓고는 몽땅 잿더미로 되었다.[96]

　대중학살은 흔히 계급·인종·민족으로 정의되는 무고한 민간인을 집단적으로 제거하려는 의도에서 사용되는 정치적 전술이다. 이 전술은 공포심을 조작함으로써 한 마을이나 시·도 나아가서는 한 사회를 마비시키고, 저항의지를 파괴하는 데 그 목적이 있다. 따라서 공포와 충격을 동시에 줄 수 있는 폭력과 살인을 동반한다. 당시 일제의 '3광 정책' 속의 민간인 학살 범위는 7세 이상의 남아까지 포함되어 있었다. 그리고 9·18사변 이후 1932년 봄까지 북만지대에서 소개되어 동만과 남만으로 온 조선인 피난민들이 3만여 호가 넘었다[97]는 기록을 볼 때 일제의 토벌이 얼마나 무자비했는지를 알 수 있다.

96　천세봉, 『유격구의 기수』(『충성의 한길에서』 1부), 평양 : 문예출판사, 1984, 180~181·189면. 이 1차 대토벌(1932년 11월~1933년 봄) 당시 동만 반일 유격대와 토벌대의 전투만 150차례가 치러진다. 연변해외문제 연구서 편, 『연변조선족력사화책』, 연변 : 연변인민출판사, 1997, 74면.

97　중국조선민족역사족적 편찬위원회 편, 『봉화』, 연변 : 민족출판사, 1989, 5면.

천세봉은 김정숙 일가를 통해 이러한 일제 토벌의 폭력성을 한층 극대화시키고 있다. 일제의 토벌을 통한 마을 소개와 대량학살의 목적은 공포심을 조장해 조선 민중의 저항의 예기를 꺾으려는 데 있었다. 그러나 일제의 의도와는 달리 당시 민중들은 토벌에 쫓겨 근거지로 들어가 좌익화됨으로써 저항의지를 더욱 불태우게 된다. 천세봉은 이와 같은 상황을 통해 민중들이 근지로 들어가 좌익화되어 투쟁할 수밖에 없었던 실정을 자세하게 묘사하고 있다.

『유격구의 기수』가 일제의 토벌과 이민들이 근거지로 들어갈 수밖에 없었던 상황을 묘사하고 있다면『사령부로 가는 길』에는 중국공산당이 벌인 민생단 투쟁과 종파투쟁이 그 중심에 있다.

민생단은 친일반공단체로 1932년 7월에 결성 춘황투쟁과 반민생단 투쟁, 자체 내 내분으로 7월에 해산되었다. 초기의 반민생단 투쟁은 친일주구와 단체에 대한 반대 투쟁이었으나 '박두남 사건[98]'을 계기로 중국공산당 내부로 그 투쟁의 중심이 옮겨지면서 왜곡 전개되었다. 이로 인해 반제반봉건운동의 일환이었던 반민생단 투쟁은 중국 공산당 내부에서 민족 간의 대립 양상으로 발전하면서 조선인 당원을 배척하는 경향[99]으로

---

[98] 반민생단사건을 북한 자료는 민족개량주의자들의 조직한 사건으로, 남한의 이재화는 '박두남 사건'으로 연변에서 출간된『봉화』에는 '송령감사건'으로 기록되어 있다. 이 세 자료 중 이 사건에 대해 상세하게 설명하고 있는 자료는 연변자료이다. 이 자료는 1932년 중국 연길현 로두구 구위 비서로 있던 송영감이란 별명을 가진 자가 일제에 체포 뒤 투항하여 나와 벌인 사건으로 기록하고 있다. 일제에 쫓기는 척을 하며 다시 조직으로 돌아온 송영감은 조직에 의해 체포되었고 그가 체포되었을 당시 일제의 통역관으로 있던 자가 그의 임무가 민생단을 조직하는 것이라는 이야기에 송영감은 자신이 아는 공산주의자 20명을 민생단이라고 거짓 진술을 하였다. 이것이 발단이 되어 반민생단 투쟁이 번지기 시작했고, 이때 박두남은 동만특위의 용감하고 유능한 지휘원이었으나 무고하게 민생단으로 의심받게 되자 반경우를 죽이고 도망다니다 이후에 변절한 후 훈춘현 '정의단' 부단장이 되었다고 기록하고 있다. 이 시기(1932.11~1936.2) 내부에서 민생단 혐의로 체포된 사람은 561명 그 가운데 조선인 431명이 총살되는 대대적인 숙청이 감행되었다. 리창역·백성정, 「'민생단사건」,『봉화』(중국조선민족역사족적 편찬위원회 편), 연변 : 민족출판사, 1989, 167~176면. 이 사건이 조·중 민족 간의 대결을 조장하였다는 데는 남·북·중 모두가 견해를 같이 하고 있다.

[99] 반민생단 투쟁의 민족배타주의적인 경향은 왕명의 좌경모험주의적인 방침과 그에 따른 당 분위기의 산물이었다. 반민생단 투쟁은 노동계급주의 원칙의 구체적인 표현인 1국 1당 원칙에 입각하여 중국혁명을 완수한 후 조선혁명을 이루겠다는 조선인들로 하여금 박탈감을 느끼게 하였으며 하층 당원과 중국인 간부 간의 대립, 조선인 당원의 중국공산당에 대한 반발, 조선인 대중의 무장투쟁

변질된다.

　반민생단 투쟁은 천세봉의 『사령부로 가는 길』(『충성의 한길에서』 2부) 1장에서부터 다루어지고 있다. 그러나 『사령부로 가는 길』에서는 중국인 좌파의 분열책동은 그리지 않고 있다. 천세봉은 이 민생단 사건을 조·중 간의 문제가 아니라 엠엘파 계열의 조선인 종파분자들에 책동으로 묘사하고 있다. 작품 속에는 종파주의자인 김기도 일파가 정적 제거에 민생단 투쟁을 이용하는 모습과 이를 통해 무고한 민중들이 민생단으로 몰려 희생되는 모습만이 그려져 있다. 그가 이처럼 사건의 성격을 축소[100]하고 있는 것에서 『조선전사』의 역사관을 그대로 수용하고 있음을 알 수 있다.

　북한이 중국공산당들의 오류를 적확하게 지적해 내지 못하고 있는 것은 1세계와 2세계의 냉전체제 속에서 항일무장투쟁을 함께 치러 온 형제의 나라 중국과의 관계 때문일 것이다. 물론 당시 조선인 공산주의자들 속에는 김기도와 같은 사대주의적 종파주의자들도 많았을 것이다. 그러나 당의 헤게모니를 놓고 타국에 의해 자행된 범죄를 사대주의적 종파주의자들이 자행한 사건으로 은폐·축소하는 모습은 사대주의적 종파주의자를 통해 또 하나의 사대주의적 시각을 보여주는 부분이다.

　1935년 코민테른 제7차 대회[101] 이후, 반일 민족통일전선의 강화를 위해 항일통일전선정부와 함께 동북항일연군의 건설이 추진되었다. 『사령부로 가는 길』이 시작되는 시점이 바로 이 지점이다. 『사령부로 가는

　　세력에 의한 반발을 조장시켜 당과 유격대의 기반을 흔드는 원인을 제공하였다. 이재화, 앞의 책, 224~238면.

100　반면 『혈로』(『불멸의 력사』 시리즈, 1988)에서는 주보중, 위증민과의 두터운 친분관계와 우정관계를 비롯해서 반민생단 투쟁에 관한 구체적인 내용과 처리 과정이 담겨져 있다. 이 작품은 『충성의 한길에서』에서 반민생단 투쟁을 조선종파분자들의 책동을 축소하고 있는 것에 반해 이 작품에서는 중국공산당과 조선공산당과의 관계가 선명하게 드러나고 있으며, 민생단 투쟁을 이용하려는 밀정들의 관계가 잘 표현되어 있다. 이재화도 중국자료를 인용하여 "위증민과 김일성의 전투적 우의가 사람들의 십분 감동시킬만 하다" 쓰고 있다. 위의 책, 232면.

101　7차 대회를 전후한 때서부터 소수민족 정책도 전환되기 시작한다. 1935년 2월 만주성위는 반만항일을 위해 소수민족들과 공동작전을 전개하며 일제를 몰아낸 후 민족 자치권을 인정한다고 확정한다. 뿐만 아니라 정식으로 조선인이 만주에서 조국광복회를 조직할 것을 결정하였으며 이것은 1936년 5월 5일 동강회의에서 가시화되었다.

길』은 1935년 봄부터 시작된다. 『사령부로 가는 길』에서는 요영구회의 이후의 상황이 소설 전반을 지배한다.

요영구회의는 1935년 6월에 진행된 왕청현 요영구에서 진행되었으며 조·중 양국 민중의 국제적 반일민족통일전선을 공고히 하는 데 중요한 의미를 지닌 회의이다.[102] 요영구회의에서 김일성은 종파 사대주의자와 민족분파주의자들의 비마르크스적인 본질을 폭로 비판하면서 반민생단 투쟁의 종식을 지속적으로 제기한다.[103] 이 회의에서도 종파 사대주의자들의 반대로 종국적 결론은 내지 못했으나 혁명진영 내에서 민생단 숙청은 사실상 일단락된 셈이었다.

그러나 『사령부로 가는 길』의 근거지 구정부에서는 요영구회의에 대한 내용이 전달되었음에도 불구하고 반민생단 투쟁이 지속적으로 벌어진다. 이에 김정숙이 사람을 김일성에게 보내 민생단으로 몰린 사람들을 구제해 줄 것을 요청한다. 김일성은 능지영에서 공작원 강호를 보내 종파주의들을 색출해 내고 요영구회의 결과를 근거지 사람들에 알린다.

반'민생단' 투쟁의 좌경적 오유가 혁명에 얼마나 심각한 피해를 입혔는가 하는 것을 또 한참 이야기했다. 그는 이 심각한 피해를 씻기 위해서 금년 봄 북만에서 왕청으로 돌아오신 장군님께서 이어 그 난국을 타개하는 투쟁의 진두에 나서시었다고 했다. 틀이 큰 그는 한마디 한마디를 심장에서 퍼올리는 것 같이 이야기했다. "바로 이것을 바로잡으시기 위해서 위대한 김일성장군님께서는 금년 이른 봄 두 차례의 회의를 어시었습니다. 다홍왜에서 십여 일산 회의를 하시고는 다시

---

102 이재화, 앞의 책, 238면.
103 북한 측의 자료에 의하면 이때 대황위(다홍왜)회의에서 김일성이 반민생단 투쟁을 중단할 것을 호소했으나 무시되었다고 한다. 이후 요영구회의에서 다시 제기된 문제에 대해 위증민이 김의 생각에 동의했다고 기록하고 있다. 그러나 중국 측 기록은 이와는 상이하다. 중국 측 자료는 대황위회의에서 반민생단 투쟁의 좌익적 오류를 시정하는데 위증민의 역할을 부각시키고 있다. 그러나 조선공산당에 대한 민생단이라는 모함이 중국공산당 내에서 조선인 공산당을 제거하기 위한 틀 속에서 진행되었다는 점과 요영구회의에서 이 문제가 다시 강력하게 제기된 것을 보면 중국 측의 자료보다는 북한 측의 자료에 신빙성이 더 있다. 그리고 대황위회의에서 위증민의 역할은 청산이 아닌 개선에 그치고 있음을 알 수 있다. 위의 책, 234면 재인용.

요영구에서 회의를 여시였습니다. 그 결과이 반혁명집단의 우두머리들은 곧 처단되였습니다. 그러나 잔당들이 여기저기 널려있기 때문에 그것을 뿌리뽑기 위한 단호한 조치와 방침을 세우시고 각지로 공작원들을 파견하시였습니다. 우리가 능지영으로 온것도 바로 장군님의 명령에 의해서 그 반혁명집단의 여독을 깨끗이 가셔내기 위해서였습니다. 참으로 장군님의 현명하신 령도가 없었다면 우리 혁명이 어찌될번 했습니까? 우리는 능지영에 와서 몸서리치는 일을 알게 됐습니다. 능지영에서는 일제의 주구 김기도와 과거에 엠엘파족속이였던 종파사대주의자 오상묵이 한패거리가 되여 사람잡이를 했습니다."[104]

위의 인용에서 볼 수 있듯 공작원 강호는 반민생단 투쟁의 원인을 중국의 조선인 공산주의자들의 견제 아닌 단순한 엠엘파인 종파사대주의자들이 헤게모니를 쥐기 위한 망동으로 협소화시키고 있다. 그리고 반민생단 투쟁의 종식을 김일성의 공과 은덕으로 돌리고 있다. 반민생단 투쟁의 오류를 시정하기 위해 앞장 선 사람이 김일성이었다는 것은 자료를 통해 확인되고 있는데[105] 이것이 이 작품에서 반민생단 투쟁이 지속적으로 언급되고 중요하게 다뤄지는 이유이다.[106]

소설 초반에 김일성이 직접 근거지로 현지 지도를 나와 김정숙에게는 요영구회의 결과를 알리고 아동단 설립의 임무를 주며, 요영구회의[107]에서 채택된 근거지 해산방침에 대해 설명을 하는 것이 묘사되어 있다. 이때 김일성이 김정숙에게 알려준 회의 결과의 내용은 1935년 6월에 진행된 왕청현 요영구에서 중국공산당의 지도 아래 진행된 회의가 아니라 그보다 3개월 앞서 열린 조선인민혁명군 군정간부 회의의 결과이다.

---

104 천세봉, 『사령부로 가는 길』(『충성의 한길에서』 2부), 평양: 문예출판사, 1984, 232~233면.
105 임춘추는 1935년 반민생단 투쟁 과정에서 '편협한 민족주의자들'을 '명철하게 비판'한 이후 김일성이 급성장했다고 기술하고 있다. Scalapino Robert A. · 이정식, 한홍구 역, 『한국 공산주의 운동사』 1, 돌베개, 1986, 283면.
106 김일성이 반민생단 투쟁 종식에 앞장은 섰으나 반민생단 투쟁은 1936년까지 지속되었고, 1936년 2월 모스크바의 코민테른 주재 중국공산당 대표자들의 지시에 의해 비로소 정지되었다.
107 이 요영구회의는 1935년 3월 27일 요영구에서 열린 조선인민혁명군 군정간부 회의를 의미한다.

이 회의에서 김일성은 「유격구를 해산하고 광활한 지대로 진출하는데 대하여」라는 연설[108]을 한다. 연설의 주 내용은 "반'민생당'투쟁에서 나타난 좌경적 오류를 극복할데 대하여"와 "유격구를 해산하고 광활한 지대에로 진출할데 대하여"이다. 『사령부로 가는 길』의 다음 인용에는 조선인민혁명군 군정간부회의에서 김일성이 연설한 「유격구를 해산하고 광활한 지대로 진출하는데 대하여」의 내용이 잘 요약되어 있다.

승승장구 발전해온 우리 혁명이 오늘에 와서는 고정된 근거지를 지키고만 앉아 있을 수 없게 되였다, 전략적인 방어로부터 전략적인 공격에로 넘어가야 한다, 우리의 모든 혁명력량이 광활한 무대로 달려나가 종횡무진 일제를 타격해야 한다, 그래서 남북만주는 물론 조국강토도 들썩들썩하게 만들어놓아야 한다, 이렇게 우리의 항일무장투쟁을 강화하고 그 영향하에 자라나는 전인민적항쟁을 우리의 투쟁에 배합시켜야 한다. (…중략…) 장군님께서는 우선우선하신 안색으로 말씀을 계속하시였다. 이 일은 우리 혁명에서 아주 중요한 일이다, 말하자면 우리가 목마르게 바라고있는 조국광복의 서광을 하루빨리 앞당겨오는 길이다, 그러기 때문에 우리는 먼저 이 근거지에서 여러해동안 활동한 당 및 공청 일군들, 인민혁명정부 일군들 그리고 반군사조직과 혁명조직들에서 우수한 청년들을 뽑아서 혁명군에 입대시켜야 한다, 그리고 일부 사람들은 재봉대, 병기창에도 받아들여 일을 하게 해야 한다, 그다음 근거지 군중은 적구로 내려가거나 친척을 찾아가게도 하고, 국내로 들어가게도 해야 한다, 그래서 적구로 들어가는 혁명군중은 적구에서 과감하게 활동을 벌리면서 적구에 지하조직도 내오고 적구 전체 군중을 혁명화시켜 반일투쟁에로 불러일으켜야 한다, 이게 바로 전인민적항쟁을 조직하는 길이다. 장군님께서는 누구나 다 알아듣게 말씀하시였다.[109]

---

108 김일성, 「유격구를 해산하고 광활한 지대로 진출하는데 대하여」, 조선로동당 중앙위원회 당력사연구소 편, 『김일성 저작집』 1, 평양: 조선로동당출판사, 1979, 107~110면 참조. 북한사에서 중요하게 다루는 회의는 6월에 열린 조·중 공산당들의 요영구회의가 아니라 조선인민혁명군 군정간부회의인 바로 이 회의이다.

109 천세봉, 『사령부로 가는 길』(『충성의 한길에서』 2부), 평양: 문예출판사, 1984, 95~96면.

근거지를 해산하고 유격구로 전환한다는 것은 전인민적 병참을 조직하는 일이다. 유격대가 국가적 후방도 외부의 원조도 받을 수 없는 조건에서 무장투쟁을 진행하기 위해서는 무장투쟁의 역량과 토대의 구축 즉 자체의 공고한 군사적 근거지, 후방 근거지의 마련이 절실히 필요했다. 유격구는 해방지구의 형태를 취해야 했으며 해방지구를 창설하자면 다음 세 가지 조건이 기본적으로 구비되어야 했다. ① 일정한 경제적 토대와 혁명적 대중의 지지를 받을 수 있는 대중적 기초가 있어야 하며, ② 지리적으로 적은 무장력을 가지고도 근거지를 보위하기 유리하고 적들이 현대적 무장을 가지고도 유격대를 공격하기 어려운 지대여야 하며, ③ 최소한의 방위능력을 가진 무장력을 보유해야 한다.[110]

유격전은 본질상 민중들의 적극적인 참가를 전제로 하는 민중전쟁이다. 민중의 적극적 참가와 성원은 유격대의 끊임없는 확대 강화와 유격전의 승리를 보장하는 기본 조건이다. 『사령부로 가는 길』은 근거지에서 유격구로의 전환 속에서 위의 세 가지 조건을 획득해 가는 과정과 유격활동을 단순한 군사주의 활동으로만 인정하려는 경향을 배척해 가는 과정을 부녀회 회원과 민족주의자 정대환의 관계를 통해 세밀하게 다루고 있다.

1937년 6월 동북항일연군 제1로군 제6사는 백두산지구 유격구를 건설하고, 재만조국광복회의 국내 조직을 넓히기 위해 압록강을 건너 일련의 작전을 수행한다. 이때부터 조선인 무장 대오는 조국 독립의 의지를 내외적으로 천명하게 되었다. 이 백두산 유격구 개척을 위해 2군 정치위원 위증민과 3사 등은 1936년 5월 5일 동강 회의[111]에서 조국광복회 결성을 결의하고 "전 민족의 계급·성별·직위·당파·연령·종교 등의 차별을 불문하고, 백의동포는 반드시 일치단결 궐기하여 구적(仇敵) 왜놈들과 싸워 조국을 광복시킬 것"을 선언한 '10대강령'[112] 아래 반일 민중을 결집

110　남현우, 『항일무장투쟁사』, 대동, 1988, 135면.

111　『사령부로 가는 길』(『충성의 한길에서』 2부)에서 조선인민혁명군에 입대한 정숙이 김일성을 보위하여 동강회의에 참가하였다가 오빠가 죽었다는 비보를 듣는다.

112　전문은 조선로동당 중앙위원회 당력사연구소 편, 『김일성 저작집』 1, 평양: 조선로동당출판사,

시키고자 하였다. 이 회의는『사령부로 가는 길』에서 중요한 전환점으로 작용한다. 그 이유는 이 회의에서 '조국광복회 10대강령'이 발표되기 때문이다.『안개 흐르는 새 언덕』에서 "장군님께서 남호두 회의를 끝내고 무송현 동강에 나오시는 길로 15일간이나 또 회의를 진행하셨다. 이 회의에서는 조국 광복회를 창립하고 력사적인 조국 광복회 10대강령을 발표하셨다"[113]라고 짧게 묘사되어 있는 반면『사령부로 가는 길』에서는 다음과 같이 자세하게 묘사하고 있다.

> 벌써 첫날의 장군님의 감격적인 보고가 끝났다. 그리고 새로운 반일민족통일전선체 조국광복회창건에 대한 위대한 구상과 조선혁명의 주체적인 임무와 과업을 규정한 조국광복회10대강령이 발표되었다. 김정숙동지께서는 내내 가슴이 두근두근 뛰시였다. 처음 이렇게 장군님을 모시고 하는 큰 회의에 참가하는 감격도 크셨고 장군님께서 하시는 보고, 그 문제의 크기를 받아 안기에 벅차기도 하시였다. 또 그 위대한 사상의 진수를 자신의 수준으로써는 다 리해해낼수 없을것 같은 생각도 드시였다. 너무도 감동이 크고 손이 휘전거리여 노트에 잘 적지도 못 하시였다. 국제국내정세에 대한 심오한 분석, 조국광복회를 창건해야 할 내외정세의 성숙, 그 의의, 필요성 그리고 10대강령의 그 조목조목 진리를 담은 투쟁과업, 무슨 말로 자신께서 받은 감동을 다 표현했으면 좋을지 알 수 없으시였다. 그저 자신께서는 이런 혁명의 대방침이 결정되는 회의에 혁명의 지휘성원들과 함께 앉아있기에는 아직 준비가 어린것 같은 생각만 드시였다.[114]

이 작품에는 동강회의에서 조국광복회 10대강령이 발표되었다고 직접 언급하고 있으며, 강령 7조[115]의 차별받는 여성에 대한 김정숙의 구체

1979, 127~128면 참조.

113 천세봉,『안개 흐르는 새 언덕』하, 살림터, 1996, 287면.

114 천세봉,『사령부로 가는 길』(『충성의 한길에서』2부), 평양 : 문예출판사, 1984, 447~448면.

115 조국광복회 10대강령 7조는 "양반 상민 기타의 불평등을 배제하고 남녀, 민족, 종교 등 차별 없는 인류적 평등과 부녀의 사회상의 대우를 제의하며 여자의 인격을 존중할 것"이라는 내용을 담고 있

적인 생각이 그려져 있다. 동강 회의가 작품 속에서 중요하게 다루어지는 이유는 '조국광복회 10대강령'이 1948년 9월 8일 채택된 북한 헌법으로 이어지고 있기 때문이다. 헌법의 「초안 보고」는 "그 혁명적 근원을 1930년대 항일유격 근거지에 창설된 인민혁명정부의 정강 및 실천적 경험과 그것을 집대성한 조국광복회 강령에 두고 있다"[116]고 명시하고 있다.

이 작품은 1936년 8월 17일[117]에 개시된 동에서 소리 내고 서쪽에서 치는 성동격서(聲東擊西) 전술로 유명한 무송현성[118]전투로 끝을 장식하고 있다. 무송현성 전투는 백두산 근거지를 창설하기 위한 투쟁으로 조선인민혁명군은 이 때 최초의 성시(城市)공격을 감행한다. 새벽에 시작된 이 전투는 날이 밝자 시가전 양상으로 변화[119]한다. 작품에서는 적을 성 밖으로 유인해 내기 위해 성 밖으로 철수하여 일본군을 기다리지만 적군이 우회하여 아군이 포위되자 김정숙이 김일성을 구하기 위해 여대원들을 매복시켜 적을 섬멸하는 것으로 묘사되고 있다.[120] 이 전투가 이 작품에

다. 전문은 조선로동당 중앙위원회 당력사연구소 편,『김일성 저작집』1, 평양: 조선로동당출판사, 1979, 127~128면 참조할 것. 이 내용은 오늘날 통용되는 것으로『사상휘보』제14호에는 이와는 조금 다른 내용이 기록되어 있다. 거기에 기록된 7조는 "왜놈의 식민지 노예교육에 반대하여 면비교육을 실행하고 민족문화 고양을 위해 특별평민학교를 설치한다"는 내용이 기록되어 있을 볼 때 천세봉이 참고한 기록은 동만성주비회가 만든 강령 초안이 아닌 최종 정리되어 북조선인민위원회의 20개조 정강을 참고한 것으로 보인다. 이 정강은 1946년 3월 3일에 공표되었으며 북한 헌법으로 이어진다.

116 이재화,『한국근현대 민족해방운동사』(항일무장투쟁사 편), 백산서당, 1988, 278면 재인용.

117 무송현 전투의 개시 날짜는 역사서마다 차이를 보인다. 남현우는 1936년 8월 3일 새벽 2시라고 기술하고 있으나 이재화나 북한의 역사서는 8월 17일로 기술하고 있어 여기서 북한 측의 사서를 따른다.

118 무송현성은 7천여 호 2만 8천 명이 거주하고 있었으며, 관동군 1대대, 만주군 1개 연대 등 장백산 일대 토벌군사력의 중심지였다. 남현우, 앞의 책, 237면. 무송현성과 같은 성시는 100만 이하의 주민이, 도시는 100만 이상이 거주하는 큰 성시를 지칭하는 용어이다.

119 『조선일보』, 1936년 8월 11일자에는 이때의 전과와 함께 일본군 3백여 명이 전사하였다고 전하고 있으며,『동아일보』, 1936년 8월 21일자에서는 무송현전투를 다음과 같이 전하고 있다. "공산군 천명이 나타나서 무송현을 포위공격한다 함은 기보한바어니와 (…중략…) 신경으로부터 ○○기가 날아와서 폭격중이나 퇴각치안고 공산군은 응전중이다. 장백산으로부터 경찰대와 치안대 백명이 현장으로 급행하엿는데 현장은 매우 비참한 상태를 연출하고 있다."『사령부로 가는 길』이 무송현성 전투의 성 밖 전투상황을 묘사하고 있다면,『피바다』는 성시 안에 거주하는 조선민중들이 조선인민혁명군에게 성문을 열어 주기 위해 투쟁하는 어머니의 모습이 담겨져 있다. 이 두 작품은 무송현성 전투의 승리를 마지막으로 장식하고 있다.

120 『세기와 더불어』8권에서 김일성은 이 전투에서 김정숙이 자신을 살려준 것에 대해 다음과 같이 기

서 해결점으로 등장하는 것은 적의 토벌작전을 무력화시키고 백두산 일대에 유격근거지를 창설하는 데 주요한 의의를 지니는 전투로 평가[121]받고 있기 때문이다.

천세봉이 '항일혁명문학'에서 그리고 있는 항일무장투쟁의 의미는 임정 산하의 독립군들의 투쟁과는 차이가 있다. 이것은 민족해방 운동의 동력, 즉 주체 역량의 구성과 질의 차이다. 임정 산하의 독립군들은 그 성원이 탈주한 학도병과 원류 독립군으로 구성되어 있었던 반면, 1930년대 항일무장투쟁의 주력군은 일제와 봉건 지주에 의해 가장 가혹하게 착취받고 있던 농민계급이었다. 물론 노동자 계급이 영도계급이었던 것은 사실이나 양적으로는 무장투쟁 대오의 다수를 농민의 자녀들이 차지하고 있다는 점은 농민들을 혁명의 주력군으로 보고 있는 천세봉의 역사관과도 일치한다.

이상으로 작품에서 제시되는 역사적 사건들을 통해 역사적 실재성과 그 사건들이 지니고 있는 의미에 대해 살펴보았다. 총서와 다부작 소설의 경우 김일성의 소년시절과 20대를 다루고 있기 때문에 그의 비범성이 드러나는 사건과 그가 역사 속에서 두각을 나타내었던 사건들이 중심으로 선택되어 묘사되고 있음을 알 수 있다. 이것은 두 가지 모두 김일성의 영도성 문제와 관련이 깊은 사건들이다.

술하고 있다. "김정숙이 우리한테 온후 무송현성전투가 있었는데 거기서 그가 녀투사로서의 담력과 지략을 남김없이 보여주었습니다. 내가 무송현성전투에서 살아난 것도 김정숙의 덕이라고 말할수 있습니다. 그 전투가 아주 심각한 전투였습니다. 김정숙은 전투장에서 좀 떨어져있는 잘루목에서 7~8명의 녀대원들을 데리고 아침식사준비를 하고 있었습니다. 그 잘루목에 밥을 지을만한 집이 한채 있었는데 연기가 나도 다른데서 보이지 않았습니다. 그런데 적들이 갑자기 녀대원들만 있는 잘루목에 달려들었습니다. 이 잘루목을 빼앗기게 되면 우리 부대가 앞뒤에서 얻어맞을수 있었습니다. 정황이 몹시 위급하다는 것을 간파한 김정숙은 싸창을 뽑아들고 전우들과 함께 맹렬한 총격전을 벌렸습니다. 녀대원들의 드센 반격에 부딪친 적군은 숱한 주검을 남기고 퇴각하였습니다. 이 싸움이 있은 후부터 그는 더욱더 전우들의 총애를 받는 인물로 되였습니다." 김일성, 『세기와 더불어』 8, 평양: 조선로동당출판사, 1998, 160면. 위의 김일성의 기술 내용은 『사령부로 가는 길』에서 천세봉이 묘사한 내용과 일치한다. 그리고 남현우 역시 김일성 부대가 일본군에게 포위되어 위험에 처하자 김정숙과 여대원이 나타나 적을 모조리 소탕하였다고 기술하고 있다. 남현우, 앞의 책, 238면.

121 이재화, 앞의 책, 294면.

코민테른 7차 대회의 결정이 토론되어 북한사나 중국공산당사에서 중요한 회의 중의 하나로 조명을 받고 있는 남호두 회의와 같은 의의가 큰 회의가 배제되어 있는 것은 간부 연석회의에 소집자나 결정서를 전달한 사람이 김일성이 아닌 중국공산당인 위증민[122]이었기 때문으로 보인다. 요영구회의 경우도 중국공산당이 진행했던 회의가 아닌 조선인민혁명군들과 했던 회의를 중심으로 묘사한 것을 볼 때 천세봉의 경우 역사적 사실을 선택할 때 중국공산당이 배제된 조선공산당 중심의 사건들만을 채택하고 있음을 알 수 있다. 그의 북한 중심의 역사관은 『안개 흐르는 새 언덕』에서부터 보이는 것이다.

여기서 아쉬운 점이 있다면 동북항일연군을 다루다 보니 남만과 북만 항일연군의 활약상이 배제되어 있으며, 동북에서 벌어진 투쟁 역시 김일성이 지휘하거나 참여한 투쟁으로 국한되어 있는 것이다. 또한 조선인 위주의 항일무장투쟁이 중심이 되고 있기 때문에 조·중 공산당의 관계가 작품 속에서는 명확하게 드러나지 않고 있다.

『안개 흐르는 새 언덕』이나 총서 【불멸의 력사】, 다부작 소설 『충성의 한길에서』1·2부에서 나타나는 중국인들의 모습은 중국공산당의 모습보다 국민당의 반동군벌들의 모습들이다. 그들은 매우 의지박약한 인물들로 묘사되어 있으며, 일본군과의 관계도 명확하게 묘사되어 있지 않음으로 해서 그들의 지위 체계와 관계를 소설 속에서 파악하기 어렵다. 그리고 당시 조직상황에 있어서도 조선공산당과 중국공산당의 인과관계가 전혀 묘사되지 않고 있다. 그러므로 조선 공산당이 중국 공산당의 영도를 받는다기보다는 자체의 독립적인 당을 이루어 항일혁명투쟁을 했던 것처럼 묘사되어 있다. 그것은 작가의 조·중의 관계에 대한 역사적 인식에 대한 문제보다는 불가피하게 중국 공산당에 가입해서 활동을 했지만 중국 해방과 조선 해방을 이루기 위해 연계했을 뿐이라는 즉, 독자

---

122 위의 책, 266면.

성을 주장하는 북한의 시각[123]과 직접적인 연관이 있다. 뿐만 아니라 영토에 대한 인식과 연관이 깊은 듯하다. 고구려를 계승하고 있고 있다는 인식을 공유하고 있는 중국에 거주하는 조선족이나 북한의 만주에 대한 비지적(飛地的) 사고가 이와 같은 중국공산당과의 관계를 수평구조로 인식하도록 작용하는 것 같다.

천세봉 작품에 드러나는 역사인식은 민족해방운동전선의 역량을 높이기 위한 협동관계와 통일관계의 모습으로 보는 것이 아니라 좌우익전선의 대립과 분쟁관계로 보고 있다는 것을 알 수 있다. 통일관계의 모습 역시 주도적인 측면보다 제3자의 입장에서 조롱하는 연극공연을 통해 김일성의 비범성을 드러나게 하는 요인으로 활용하고 있다. 이것은 천세봉의 개인적 시각일 수도 있지만 북한의 역사인식이 절대적으로 작용하고 있음을 감지할 수 있다.

북한의 이와 같은 역사 인식은 남한과 마찬가지로 분당적인 선입견 아래 역사적 사실을 단순화시킴으로써 북한이 객관성 낮은 역사인식에 빠져있음을 보여주는 예이다.

물론 중국이나 연변에서 발행된 사료에서 중시하지 않는 사건들을 중요하게 다루고 있다는 점, 중국 공산당의 지령에 의해 수행된 중요 투쟁들에 대한 배제는 의도적이라 할 수 있다.

2. 작품개작에 미친 영향

개작은 본인의 의사에 따라 진행되기도 하지만 천세봉의 경우 당의 문

---

[123] 북한 역사학에서는 동북인민혁명군과 동북항일연군 활동을 조선인민혁명군의 역사로 다루고 있다. 사회과학원 력사연구소 편, 『조선전사』 21, 평양 : 과학 · 백과사전출판사, 1981, 6~198면.

예정책에 더 많은 영향을 받았다. 특히 주체사상의 대두 이후 함께 진행된 '항일혁명문학' 범주 내의 '수령형상 문학'의 경우 작가의 자의적인 개작보다는 김정일이나 4·15문학창작단 내 윤독집단에 의해 요구되는 타의적인 개작이 많다는 사실이다.

'수령형상 문학'은 현재까지 발전되어 오면서 여러 가지 창조규정이 생겨났다. '수령형상 문학'에 대한 창작기준과, 원칙을 집대성하여 다루고 있는 이론서가 『주체문학론』이다. 『주체문학론』은 '주체 사실주의'를 표방하며 총서의 대두 배경과 정의, 형식, 창작기준, 창작원칙 등을 밝히고 있다.

이와 같은 기준이나 원칙의 필요성은 4·15문학창작단 내에서 집필되는 【불멸의 력사】 시리즈나 【불멸의 향도】 시리즈가 신화성을 띠고 있기 때문이다. 【불멸의 력사】 시리즈는 이제까지 북한에서 비공식적으로 진행되어 오던 신화 작업이 공식화된 첫 번째 사례이다. 여기서 흥미로운 사실은 총서 제목에서부터 이 시리즈가 하나의 신화임을 공공연하게 밝히고 있다는 것이다. 먼저 '불멸(不滅)' 즉 사라지지 않는다는 '영원성'을 지닌 이 단어에서부터 신화성이 감지된다. 뒤랑은 역사적 이야기 속에는 신화적 침전물[124]이 있다고 지적하고 있다. 신화적 침전물이 들어 있는 역사에 '불멸'이라는 단어를 더함으로 해서 【불멸의 력사】 시리즈가 하나의 신화임을 명시하고 있다.

신화는 공간의 고유성을 유지하기를 원할 때 출현한다. 이들은 신화를 통한 과거로의 소급을 시도함으로써 시·공간을 압축하며, 시간 속에서 민족성을 도출해 내고 강조한다. 이를 통해 북한은 신화를 역사로 환원하는 것이다. 따라서 【불멸의 력사】 시리즈는 신화인 동시에 역사로 북한 공민에게 각인된다.

신화의 본격적인 등장은 정치이데올로기와 현재적 의미를 지니는 국가재건 사업과정 속에서 타 종파를 제압하고 안정기에 들어서면서부터

124　Durand Gilbert, 유평근 역, 『신화비평과 신화분석』, 살림터, 54면.

이다. 안정을 구축하기 위해서는 신화라는 과거의 뼈아픈 투쟁 이야기를 통해 인민들을 교양하여 대립 속에서 야기되는 환란을 피해야할 필요가 있었다.

북한에서는 [불멸의 력사] 시리즈의 의의에 대하여 총서 [불멸의 력사]의 창작은 위대한 수령 김일성동지의 형상 창조문제가 우리 문학에서 가장 높은 사상예술적 경지에서 해결되고 노동계급의 수령 형상창조 문제에서 참다운 본보기가 마련되었다는 것을 알리는 일대 사변이며 소설문학에서 새로운 총서형식을 개척한 문예사적 업적이라고 말하고 있다.[125]

이들의 평가처럼 총서 [불멸의 력사]는 김일성을 신으로 현실세계에 귀환시키고 있다. 따라서 신의 영접을 준비하는 전초로 본보기가 되는 신화작업을 위해서는 여러 가지 규정과 형식이 필요했다. 물론 [불멸의 력사] 시리즈 해방 전 편이 출간되던 당시는 규정과 형식이 확립되지 않은 상태였다. 그러나 『안개 흐르는 새 언덕』에 대한 김일성의 지적이나 천세봉이 창작한 [불멸의 력사] 시리즈의 개작에는 김정일이 『주체문학론』에서 밝히고 있는 총서의 정의·형식·기준·원칙의 구도가 이미 드러나고 있다.

사상의 변화에 따른 문예정책은 '주체 사실주의' 문학 이전에 사회주의적 사실주의 원칙하에 창작된 '혁명적 대작' 형식의 작품에 대한 개작 요구로 이어진다. 그 한 예가 『석개울의 새봄』에 대한 개작 요구이다. 지금까지 천세봉의 작품에서 개작이 확인된 것은 『석개울의 새봄』 1부와 『혁명의 려명』, 『은하수』이다.

북한에서는 작품의 초고가 탈고되면 편집위원과 편집집단[126]의 윤독과 합평회를 통해 수정안을 제시 받는다. 합평회는 독자 합평회, 조합·

---

125 『문학예술사전』, 평양: 과학·백과사전출판사, 1993, 107면.
126 천세봉의 경우는 '혁명적 대작'류를 창작할 때는 최학수가 '수령형상 문학'을 창작할 때는 김영근이 그의 편집위원이었다.

공장 단위의 합평회,[127] 작가 합평회 등을 거치는 것으로 알려져 있다. 4·15문학창작단의 경우는 초고가 나오면 김정일과 창작집단, 편집집단에 전달된다. 이들의 윤독을 거쳐 수정 방향이 제시되며, 원고가 수정된다. 그리고 심의본이 다시 이들의 윤독을 통해 수정되며, 완성본을 찍을 때까지 위와 같은 과정을 되풀이 한다. 천세봉의 다음의 고백은 김정일이 작품의 개작의 관여 정도와 북한에서 '수령형상 문학'이 출간되는 과정을 잘 보여준다.

> 친애하는 지도자 동지께 작품의 줄거리에 대한 제의서가 올라가고 서정시, 서사시들의 원고가 올라가고 3천매, 4천매씩 되는 장편소설들의 원고가 올라갔다. (…중략…) 내가 조잡하게 쓴 3천여 매의 초고를 밤을 지새우시며 읽으시고는 나의 눈을 틔워주시는 수정방향을 말씀해주셨고 심의본으로 출판되어 나왔을 때에도 한번 읽으시고 고귀한 의견을 주시었다. 그러시고도 마음이 놓이시지 않아 완성본으로 찍을 때 또다시 교정지에 붉은 줄을 그어 가시며 읽어 주시였다.[128]

위의 천세봉의 기술처럼 초고·심의본·완성본에 거쳐 수정 방향이 제시된 후에야 책이 출판된다. 그러나 김정일이나 창작집단, 편집집단에서 제기된 수정 방향이 모두 수용되는 것은 아니다. 그것은 『유격구의 기수』에 대한 수정안을 보면 알 수 있다. 『유격구의 기수』는 탈고 후, 창작집단과 편집집단의 윤독 끝에 종합된 의견을 모아 한 달 동안의 수정 끝에 탄생한 작품이다. 윤독에서 종합된 의견은 김정숙의 동생의 죽음을 좀 더 비장하게 묘사했으면 좋겠다는 것과 김일성의 영도선을 보강하라는 요구였다.[129] 그러나 이러한 요구에도 불구하고 김일성의 영도선은 『유격구의 기수』에서는 거의 드러나 있지 않다.

---

127 최창학, 앞의 글, 2면.
128 천세봉, 『향도의 태양』, 평양 : 평양출판사, 1994, 25~27면.
129 김영근, 「20세기 추억－생활의 바다속에서」, 앞의 책, 53면.

천세봉이 삽입한 영도선과 관련해 찾을 수 있는 묘사는 작품 결말에 나타나는 다음 구절이 전부이다.

인젠 모든 것이 슬퍼만 보이지 않고 진정 장엄한 혁명전의 대렬속에 깊이 발을 들여놓는 것 같은 엄숙한 느낌을 금할 수 없으시였다. 문득 장군님께서 지금의 자기도 멀리에서 보시고계시리라는 생각이 가슴에 뭉클 안겨드시였다. "아, 장군님! 그리운 장군님!" 김정숙동지께서는 왕청쪽이라고 생각되는 흰구름 여러 송이 피여있는 하늘을 향해 나직이 부르짖으시였다. "장군님! 전 정말 이제야 혁명의 큰 뜻을 안 것 같아요. 어마어마한 피의 시련속에서 고쳐 태여나 철석같은 마음을 다지고 또 다졌어요. 전 이 심정을 장군님께 멀리서 보고드려요!" 그이께서는 크나큰 슬픔에 울고 고이고 고인 눈물에 씻기운 순결한 마음의 금선을 울리며 한없는 흠모의 정에 넘쳐 조용한 음성으로 부르짖으시였다.[130]

위의 내용은 김일성의 영도선의 보강이라기보다는 김정숙의 자각과 충성심을 강조한 것에 지나지 않는다. 그러나 '수령형상 문학'의 경우 김정일의 검열을 받은 후 출간된 작품이라 할지라도 김정일이 이후 다시 문제를 제기하면 그 부분이 수정되어 출판된다. 작품 개작은 작가 본인이 직접 하는 것으로 알려져 있다. 『석개울의 새봄』의 개작이 결정되었을 때 김일성의 교시를 김정일에게 받은 천세봉은 "장편소설 『석개울의 새봄』수정에 달라 붙었다"[131]고 한다.

이 장에서는 천세봉의 작품이 개작된 주요 원인 중의 하나인 역사적 실재성과 관련하여 문제가 되었던 사건들이 어떠한 방식으로 개작되는지와 개작에 미학 논쟁이 끼친 검토할 것이다. 또한 개작의 방향을 통해 『주체문학론』과 『수령형상 문학론』에서 제기된 '수령형상 문학'의 형식

---

130 천세봉, 『유격구의 기수』, 평양 : 문예출판사, 1984, 592면.
131 「장편소설 『석개울의 새봄』(제1부)이 다시 나오기까지」, 『조선문학』 루계 639호, 평양 : 조선작가 동맹출판사, 2005.7, 36면.

과 창작기준, 창작원칙의 윤곽이 어떻게 드러나고 있으며 어떠한 측면에서 수용되고 있는지를 살펴보겠다. 그리고 개작 문제를 통해 북한이 문학에 요구하는 역사가 무엇인지를 밝혀 보고자 한다.

1) 역사적 실재성 문제에 따른 개작

천세봉의 작품 수정은 초고를 쓰는 과정에서부터 나타난다. 천세봉은 창작 초기부터 초고를 쓰면 어머니나 농민들에게 읽어 주는 습관이 있었다. 그는 자신의 초고를 읽어 주고 농민들의 생각을 수렴했으며, 농민들 역시 일을 마치고 돌아가는 중에 그에게 들려 자신의 의견을 내놓았다고 한다. 그는 『석개울의 새봄』에서 서순구가 죽는 장면이 농민들의 의견을 통해 어떻게 변화되었는지를 다음 글을 통해 밝히고 있다.

> 어느 날 나는 서기표네 집에 숨어 있는 간첩 강덕기가 서기표의 부친 서순구를 살해하는 장면을 써 가지고 농민들 앞에서 읽었다. 강덕기는 앓는 서순구를 단도로 살해했다. 내가 초고를 읽고 나자 농민들을 고개를 가로저었다. 단도로 죽인다는 것이 끔찍스럽고 자연스럽지 못하다는 것이었다. 말을 듣고 보니 그 말이 옳았다. (…중략…) 나는 한 농민이 생각해낸 이야기를 듣고 무릎팍을 쳤다. 그는 앓는 서 순구를 약을 지어 다려 먹이되 약물에 아편을 풀어서 먹이도록 하자는 것이었다. 나는 당장 초고를 그런 방향으로 고쳐지었다. 고쳐서 읽어보니 그게 바로 자연스럽고 진실했다. 농민들은 작품을 쓴다는 것이 별게 아니라고들 하면서 웃었다.[132]

1961년 당대회를 앞두고 「석개울의 새봄」 3부의 초고를 5개월 만에 완

---

132 천세봉, 「나의 현실 체험」, 『문학신문』, 1962.11.9, 2면.

성한 천세봉은 얼마 후 이른 새벽에 마을주민 조응도의 방문을 받는다. 조응도는 방문하기 전날 밤 조합에서 「석개울의 새봄」 3부 초고에 대한 합평회의 결과를 천세봉에게 전달한다. 인물의 개변에 개연성이 부족하다는 지적에 천세봉은 그 의견을 받아들여 그 부분을 수정했다고 회상하고 있다.[133] 천세봉은 『석개울의 새봄』은 초고가 나올 때마다 농민회에서 합평회를 한 것으로 전해진다.

그러나 『석개울의 새봄』 1부는 발표된 이후 '제2차 작가대회를 통해' '도식주의와 기록주의' 논쟁에 휘말린다. 『문학신문』 12월 27일자에서 조중곤은 「빛나는 창조적 로력 속에서」라는 글을 통해 '도식주의와 기록주의'에 대해 비판을 하면서 그 단적 실례를 『석개울의 새봄』 1부에서 찾을 수 있다고 다음과 같이 지적한다.

적지 않은 작가들이 도식주의를 범할가 두려워하는 나머지 긍정적 주인공보다 부정적 주인공을 취급하는 경향이 나타나고 있다. (…중략…) 긍정적인 주인공을 창조하는데 도식주의를 범할 수 있는 요소가 있는 것이 아니라 작가의 사색의 빈곤과 형상력의 미약은 부정적 주인공을 취급하여도 기필코 도식주의에 빠지고 말 것이다. 도식주의란 현실을 현실 그대로 보지 않으며 현실을 미화 도색하거나 작가의 머리 속에서 이미 계획된 사실만을 추려내는 데서 나온다. 그러면 기록주의란 어떻게 발생하는가. 그것은 현실을 관조적으로 보기 때문에 현실에 있는 그대로를 반영할 뿐 현실의 알맹이를 찾아내지 못하는 데서 온다. 그러므로 기록주의는 도식주의와는 정 반대되는 것 같은데 실상은 그와는 형제간인 변종에 불과한 것이다. 기록주의는 우선 작품 구상의 취약성을 초래하며 작가의 사상을 옳게 반영할 수 없다. 사건과 사건은 유기적이며 혈연적인 관련을 갖지 못하고 독립적인 형태에서 개별적으로 남아 있으며 이 사건들의 축적이 목적 지향성 있게 작가가 이야기하려는 주제에 복종하지 못한다. 그렇기 때문에 매개 사건이 한 개 에

---

133 최창학, 앞의 글, 2면. 이 초고 합평회 이후 천세봉은 1962년 3월부터 『조선문학』에 「석개울의 새봄 3부」를 연재하기 시작한다.

피소드는 재미있을지 모르나 전편을 통해서 볼 때에는 한낱 지나가는 이야기에 불과하며 그렇기 때문에 슈제트의 전개도 주인공의 성격발전도 심히 애매 몽롱해진다. 우리는 그 단적인 실례를 천세봉의 『석개울의 새봄』에서 본다. 우리는 『석개울의 새봄』에서 어떤 인물의 전형성을 일반화해야 하며 어떤 사건이 주인공 성격 발전을 위하여 준비되었는가를 명확히 알 길이 없다.[134]

도식주의란 반사실주의를 말하는 것으로 이 논쟁의 대부분은 자연주의와 결부되어 있다. 한효와 엄호석은 사실주의의 적을 자연주의로 규정하고, 자연주의를 반사실주의적이며, 무사상성의 정신을 잠입시키는 타협할 수 없는 투쟁의 대상으로 보았다. 반면 안함광은 자연주의를 다음과 같이 보았다.

무릇 자연주의는 생활을 있는 그대로만 그릴뿐으로, 있어야할 생활을 그리지 못하며 생활의 합법칙성을 발견하지 못한다. 따라서 현실적 사물을 본질적으로 구체적 내용면에서 이해할 대신에 비과학적 개념으로 받아들이며, 또 생활을 전체적으로가 아니라 제각기 분리해서 그리는 것을 특징으로 한다.[135]

이와 같은 경우는 자연주의가 세밀하고 정확한 관찰이라는 사실주의의 어느 한 부분만을 구체적으로 부각시킨 것으로 볼 수 있다. 또한 안함광이 설명하는 자연주의는 즉 기록주의와 상통한다. 그가 작가회의에서 비판 받았음을 알게 하는 또 다른 글은 1956년 『조선문학』 12월호에 실린 천세봉의 글에서 찾을 수 있다.

나는 금년 장편 『석개울의 새봄』 제 三회분 (창작계획서에는 제 三부라고 발표

---

134 조중곤, 「'지난 1년간', 빛나는 창조적 로력 속에서」, 『문학신문』, 1956.12.27, 2면.
135 안함광, 「1951년도 문학창조의 성과 전망」, 『인민』, 1952.1; 장사선, 「남북한 자연주의 문학론 비교 연구」, 『국어국문학』 130, 국어국문학회, 353면 재인용.

되었다)과 단편 수편을 창작하기로 계획하고 그것을 독자들에게 약속한 바 있었다. 물론 이 계획은 완수되었다. 『석개울의 새봄』 제 三회분은 이미 탈고되었고 단편 「어머니」를 비롯한 몇 편의 작품도 지상에 발표하였다. 그런데 나는 이처럼 나의 창작 실행 정형을 말하면서 느끼는 것은 떳떳치 못하고 흡족하지 못한 감정이다. 그것은 작품은 수량을 말하기보다 질에 대하여 말해야 하겠기 때문이다. 단 한편이라도 오래오래 기억하고 사랑할 그런 작품을 써야 할 것이 아닌가! 나는 그런 작품을 쓰지 못했다. 그러기 때문에 독자들 앞에 이 글을 쓰기 심히 부끄러운 바이다.[136]

천세봉은 지면에서 다음해의 계획과 포부를 밝히는 다른 작가들과는 달리 한 해 동안의 자신의 성과물을 발표하고 공식적으로 자신의 과오에 대해 자아비판을 하고 있다. 이후 그는 『석개울의 새봄』 1부를 수정하여 1958년 단행본으로 출판한다. 도식주의에 휘말려 1부를 개작함으로써 그가 원래 구상했던 2부의 틀이 깨져 버렸음을 다음 진술에서 확인할 수 있다.

내가 새해에 창작하려 하는 것은 장편 『석개울의 새봄』 2부이다. 하기는 이 작품은 벌써 새해 계획에서 크게 이야기하지 않을 정도로 진척되었어야할 것인데 이것을 새삼스럽게 이야기하지 않을 수 없게 되었다. 왜냐 하면 그동안 2부를 쓰다가 제 1부를 개작하게 됨으로써 쓰던 것을 중단하고 말았다. 제 1부의 적지 않은 부분에 손을 대고 보니 이때까지 쓰던 제 2부의 내용도 그대로 둘 수 없는 사정에 놓이게 되었다. 부득이 이때까지 쓴 제 2부 초고는 휴지통에 밀어 넣었다. 이제 작품은 전혀 새 주추'돌을 놓고 새 기둥을 세워야 할 것이다.[137]

이러한 진통 끝에 출간된 것이 『석개울의 새봄』 2부이다. 다른 한편으

---

136 천세봉 외, 「독자편집부――九五六년도 작가들의 창작 계획 실행 정형」, 『조선문학』, 평양 : 조선작가동맹출판사, 1956. 12, 195면.
137 천세봉, 「신년 결의－벅찬 현실을 안고」, 『조선문학』, 평양 : 조선작가동맹출판사, 1959. 1, 142면.

로 천세봉은 『석개울의 새봄』 1부를 연재하면서 독자들로부터 작품의 질에 대한 지적을 받아온 것 같다. 그는 1959년[138] 『조선문학』 1월호에 실린 신년 결의 「벅찬 현실을 안고」에서도 이 같은 고민에 대한 고백을 하고 있다. 그의 질에 대한 고민은 새로운 인간형에 대한 고민으로 이어지지만 『석개울의 새봄』에서는 더 이상의 진전을 보이지 못하고 있다.

천세봉이 받은 비판 중 가장 문제가 된 것은 기록주의적 습성이었다. 이에 대해 그는 『석개울의 새봄』 1·2부가 실패한 이유에 대해 자신을 찾아간 기자에게 다음과 같이 진술하고 있다.

> 그는 회상에 잠겨 말하였다. "모든 것이 다 풍요해 보였습니다. 그래 있는 것을 다 썼지요. 장편의 구성도 없이 흥분해 썼는데 서둘다 보니 기록주의에 빠져 있다는 말을 들었습니다."[139]

작품 1·2부에 낙인처럼 따라다니는 '기록주의'적이라는 비판은 예술의 형상과 생활 자체를 혼동하면서 현실의 본질적인 것과 우연적인 것을 구분하지 못하"[140]는 것이 기록주의라는 한설야의 주장이나 현실에 있는 그대로를 반영할 뿐 현실의 알맹이를 찾아내지 못한 것에서 온다는 조중곤의 글을 볼 때 천세봉이 사회문제를 혁명적 낙관주의에 입각에 묘사한 것이 아니라 농업협동화 과정에서 노출된 문제를 여과 없이 작품 속에서 묘사함으로써 리얼리티를 추구한 것에 따른 것이다. 즉 아무리 역사적 사실이라 하더라도 승리하지 못한 투쟁, 패배주의적 관점은 보여서는 안된다는 것이 이들이 말하는 기록주의의 다른 일면인 것이다. 이 작품은 표면적으로는 도식주의 논쟁과 관련이 있다. 그 내부를 들여다보면 역사적 실재성 문제가 이 작품이 받은 비판과 더 밀접함을 알 수 있다.

---

138 그는 1959~1960년 조선작가 동맹 소설분과장을 역임했다.

139 김수경, 「창작기지-고향의 번영과 함께-작가 천세봉을 찾아서」, 『문학신문』, 1961.8.25.

140 한설야, 앞의 책, 44면.

　물론 조중곤의 지적처럼 북한 작가들의 '기록주의'적 습성이 자연주의적 사실 묘사에 그쳐 사회주의적 사실주의를 퇴보시키는 경향이 있다. 그러나 '기록주의' 비판이 천세봉의 경우 소외나 사회 현상 등에 대한 비판적 시각에 대한 봉합용으로 사용되고 있다는 사실을 염두에 둘 때『석개울의 새봄』에서 '기록주의'적이라는 비판은 오히려 그의 날카로운 사회인식에 대한 찬사로 보는 것이 옳을 것이다.

　총서【불멸의 력사】는 김일성과 항일 빨치산들의 혁명투쟁 과정을 그린 작품이다. 북한 소설 40년사에서 최고의 작품이라고 일컬어지는【불멸의 력사】는 1972년부터 간행되기 시작했다.[141] 이것은 단지 김일성의 투쟁 위업만을 그린 것이 아니고 그의 아버지 김형직, 어머니 강반석 그리고 거슬러 올라가서 할아버지 김보현, 할머니 리보익까지 그리고 있으며, 실존 인물인 차광수, 김혁, 권영벽, 박두학 등 산화해 간 항일 빨치산들의 영웅적인 투쟁과 고뇌를 그림으로써 '혁명적 전통'을 부각시키고 있다.[142] 항일무장투쟁을 형상화하는 작업은 1980년대 이후에는 김정일의 형상화로 이어지게 된다.

　총서와 같은 방대한 소설 창작은 개인의 힘으로는 불가능하다. 김정일은 이에 대해서 집체창작단을 구성하여 사업을 진행할 것을 지시한다. 그것에 근거하여 만들어진 것이 4 · 15문학창작단과 같은 집체창작단이다.[143] 집체창작이란 여러 사람들의 창조적 지혜와 힘에 의거한 창작으로

141　이【불멸의 력사】는 2012년까지 해방 전 17편, 해방 후 18편이 출간되었으며, 김정일의 업적을 다룬【불멸의 향도】도 지속적으로 출간되고 있다.

142　【불멸의 력사】시리즈는『닻은 올랐다』의 박두학;『혁명의 려명』의 차광수, 계영춘, 오순희, 김혁;『은하수』의 김혁, 최봉, 최창걸;『1932년』의 한흥수, 박훙덕;『봄우뢰』의 차광수;『압록강』의 권영벽, 리제순, 김주현;『잊지못할 겨울』의 마동희, 박철산『고난의 행군』·『두만강지구』·『준엄한 전구』의 김정숙 등 항일 빨치산들을 주인공으로 하여 그들의 영웅적인 투쟁을 그리고 있다.

143　방연승,「친애하는 지도자 김정일동지께서 '주체문학론'에서 독창적으로 밝히신 주체의 문예관에 대하여」,『조선문학』, 평양 : 조선작가동맹출판사, 1993.2, 27면. 김일성에 관련된 작품을 집체적으로 창작하기 위한 단체 4 · 15문학창작단, 백두산창작단, 만수대창작단 등의 전문 창작단을 구성하고 있다. 4 · 15문학창작단은 주로 시와 소설 등 문학작품을, 조선예술영화촬영소 산하 조직인 백두산창작단은 영화 시나리오 집필 및 제작을, 그리고 만수대창작사는 미술 작품을 각각 맡고 있다.

사회주의권에서 일반화되어 있는 창작 형태이다. 집체창작에서 중요한 것은 창작가들의 개성적 특성을 충분히 발양시키면서 여러 사람들의 지혜와 재능을 최대한으로 발휘시키고 조화롭게 통일시키는 데 있다. 북한에서는 집체창작의 전통을 항일혁명투쟁 시기로 소급하고 있다.

> 우리가 항일무장투쟁을 할 때에는 작가도 없었고 작곡가도 없었지만 연극도 하고 노래도 짓고 잡지나 소책자도 만들어냈습니다. 우리는 모여앉아 서로 의논해가지고 각본도 만들고 노래도 지었습니다. 그래도 우리의 연극을 보고 군중은 좋다고 하였으며 거기에서 감동된 많은 청년들이 유격대에 막 들어왔습니다.[144]

위의 내용을 볼 때 북한은 집체창작이 작품창작에 여러 사람들의 창조적 지혜와 재능을 동원함으로써 창작속도와 작품의 사상 예술적 질을 높일 수 있다고 판단하고 있다. 【불멸의 력사】 시리즈는 시기 구분에 기초한 연대기적 작품이 아니라 한편이 완결된 작품으로서 중요 사건을 중심으로 집필, 편찬된 것으로 이것 역시 다음의 교시에서 비롯된 형식이다.

> 친애하는 지도자동지께서는 위대한 수령님의 혁명적 력사를 형상한 장편소설들을 기계적으로 시기구분하여 쓰지 말고 독자성과 특색을 가진 하나의 완결된 작품으로 되게 할데 대하여 가르쳐주시었다.[145]

4·15문학창작단의 작가들은 시기를 분공 받아 개별적으로 창작을 하거나 공동창작을 하기도 한다. 그러나 처음부터 【불멸의 력사】가 총서의 형식을 택한 것은 아니다. 창작단 내 작가들은 총서 창작에서 전기형식

---

144 김일성, 「우리의 인민군대는 로동계급의 군대, 혁명군대이다 계급적 정치교양사업을 계속 강화하여야 한다―인민군부대 정치부련대장 이하 간부들 및 현지 당 정권기관 일군들 앞에서 한 연설 (1963.2.8)」, 조선로동당 중앙위원회 당력사연구소 편, 『김일성 저작집』 17, 평양: 조선로동당출판사, 1982, 109면.
145 『문학예술사전』, 평양: 과학·백과사전출판사, 1993, 107면.

과 일반소설이라는 두 형식을 놓고 이견을 좁히지 못하고 있었다. 그래서 작가가 쓰고 싶은 형식으로 처음 4편의 작품을 창작했다고 한다. 『태양이 솟는다』도 그중 한 작품이다. 그러나 1971년 이 작품을 읽은 김일성은 너무 많은 인물들이 등장하고 있으며, 너무 전기적이라는 평을 내렸고, 수정작업을 통해 이 작품에서 전기성을 없애려고 천세봉은 노력했다고 한다.[146] 그리고 제목 역시 『혁명의 려명』으로 수정한다. 그리고 1972년 『혁명의 려명』의 초판을 찍어 김정일에게 보였으며, 총서형식으로의 재수정을 통해 4월 김정일에게 보인 후 1973년 5월 『혁명의 려명』이 탄생한다. 이 작품은 【불멸의 력사】 중 가장 먼저 창작된 작품임에도 불구하고 『조선중앙년감』에서 1971년 발표된 『태양이 솟는다』를 인정하지 않음으로써 이 작품은 『1932년』에 이어 【불멸의 력사】 두 번째 작품으로 공식 발표되었다.

위의 진술을 볼 때 천세봉은 『태양이 솟는다』를 전기형식으로 썼다가 김일성의 지적에 의해 제목을 『혁명의 려명』으로 바꾸면서 형식도 소설형식으로 바꾼 것임을 알 수 있다. 그가 이 작품을 최초에 전기형식으로 썼던 것은 『안개 흐르는 새 언덕』을 소설형식으로 창작하였다가 비판 받은 것에 대한 영향으로 보인다.

이를 볼 때 1970년대는 전기가 아닌 소설형식을 강하게 주장한 김일성의 의견을 천세봉이 수렴하였지만, 김정일이 천세봉과의 담화에 밝혔듯이 전기식으로 총서 형태가 지향된 것으로 볼 수 있다. 그 일환으로 1987년판의 개작이 진행된 것으로 보인다.

---

146 「작품의 대를 바로 세워주시여」, 『조선문학』, 평양 : 조선작가동맹출판사, 1992.4, 14~15면.

1972년	1987년	비고	1972년	1987년	비고
금성	김성주	김일성	장춘택	등장 안함	배조타수, 부두노동자
리갑무	리갑무	정의부 거두	최기준	최기준	철도노동자
심학	심룡준	참의부 거두	리성남	등장 안함	탄부소년
정민수	고원암	정의부 간부	조학봉	조학봉	ㅌ.ㄷ 맹원
리필수	리웅	정의부 간부	차득보	차득보	단야공
서근하	장철하	정의부 간부	권심	권심	막시스트
백락진	오동진	독립운동가	안묵	안창호	도산
백순기	오학천	백락진의 아들	김강	김강	육문중 영어교원
유상조	유상조	독립운동가, 밀정	빙허	빙허	육문중 역사교원
백순희	오순희	백락진의 딸	왕희동	왕희동	육문중 체육교원, 밀정
오보배의 큰아버지	강보배의 큰아버지	독립운동가	조창진	조창진	김찬의 영양하에 있는 학생
봉숙	봉숙	리봉진의 딸	**최곤**	김찬	—
신동호	신동호	봉숙의 삼촌,시인	월파	월파	민족허무주의자, 화요계
박광식	박두학	맹원	구니히꼬	구니하라	길림 치안권자
강창수	차광수	맹원	리선엽	리선엽	목사
경주	경주	채경의 여동생	최활	등장 안함	최린
최진국	권태일	독학자, 맹원	봉숙어미	봉숙어미	리봉진의 아내
채경	채경	경주의 오빠	**오보배**	강보배	박광식의 연인
최성국	권성국	최진국의 아버지	박승훈	박승훈	영숙의 아버지, 병원원장
장덕순	최봉	육문중 친우, 맹원	박영숙	박영숙	경주의 친구, 맹원
등장안함	최창걸	ㅌ.ㄷ 맹원	**등장 안함**	현욱	맹원, 시인
등장안함	계영춘	ㅌ.ㄷ 맹원	**리병모**	리효	ㅌ.ㄷ 맹원
황학	황학(병선)	ㅌ.ㄷ 맹원	유대용	유대용	ㅌ.ㄷ 맹원
김형직	김형직	—	리봉진	—	봉숙아버지
라마르떼느	—	프랑스 시인	송춘복	송춘복	학우회원
까베냐크	—	—	조병준	—	독립운동가
리칠복	등장안함	독립군	김복남	—	ㅌ.ㄷ 맹원
을지문덕	을지문덕	—	**리광진**	김좌진	신민부 거두
강감찬	강감찬	—	아끼다	아끼다	조선총독부 밀정 (일본 좌익출신)
리완용,	등장 안함,	—	장작상	장작상	독군

송병준	등장 안함	—	장작림	장작림	—
홍범도	등장 안함	독립운동가	윌슨	—	미국대통령
류린석	등장 안함	독립운동가	에젠 뽀지에	에젠 뽀지에	빠리 꼬뮨 혁명시인
장태호	장태호	학우회부회장	카이제르	카이제르	—
조숙회	—	독서조	정금석	—	—
한은연	—	독서조	신석근	—	봉숙어머니의 아버지
리정애	—	독서조	박양숙	—	—
레닌	레닌	—	철주	—	김일성의 동생
사이꼬 다까모리	—	사이코 다카모리	영주	—	김일성의 동생
김복남	김복남	반제청년동맹원	리병모	등장 안함	ㅌ.ㄷ 맹원
차득만	차득만	차득보 사촌동생	정금석	정금석	신안툰 조직원
한경식	한경식	농촌 청년	박태순	박태순	초학훈장
최익현	최익현	위정척사파	리치근	리치근	농민
오손이	오손이	홍가의 아들	홍가	홍가	지주
선동, 인동	등장 안함	쌍둥이 봉숙이 조카	장윤삼	장윤삼	—
—	조청산	민족주의자	최민학	최민학	서울 갑부
심창도	심창도	민족주의자 여관경영	장인욱	장인욱	연정회 간부 민족주의자 거두 오동진의 중학은사
한창복	한창복	백순기의 동료	한윤	한윤	한창복의 아버지
정상묵	정상묵	노총 지도부	양시환	양시환	새날소년 동맹회원
김형권	김형권	김일성의 삼촌	리경복	리경복	새날소년 동맹회원
박순무	박순무	무산동의 좌장노인	**정봉수**	강명수	반제청년동맹교하지부 책임자
리봉국	리봉국	청년회	조상배	조상배	훈육주임
현태봉	현태봉	부두노조원	최성근	등장안함	부두노동자
김익철	등장안함	무기상점 점원	다나카 기이치	다나까 기이치	외상
사이고 다나까모리	사아코 다나카모리	—	이도오 히로부미	—	—
사이도 미노루	사이도 미노루	—	—	—	—

표 2. 『혁명의 려명』의 원전 비교

장	1973년	장	1987년
1장 별	장엄한 서사시를 읊는 듯한 구성. 화전의 화성의숙에서 길림성 육문중학으로 옮겨와 봉숙이네 집에 하숙.	–	누락
2장 씨앗을 뿌리시며	역사 시간에 빙허 선생의 오류를 발견 지적. 권심의 강연회에서 그의 오류 발견 지적. 김형직의 죽음 이후 타도제국주의동맹 결성과정 회상 삽입.	**1장** 별	타도제국주의동맹에 대한 당위성의 구체적 설명과 려길학우회와의 대립부분 삽입. 김정일의 지적에 따라 인력거군과 부자의 이야기가 반페이지에서 3페이지 분량으로 늘어나 실림.
3장 강남공원의 눈보라	안묵(안창호)의 강연회에서 그의 오류 발견 질문지를 보냄. 그후 강남공원에서 연설.	**2장** 강남공원의 눈보라	안창호의 연설 삭제. 김형직의 죽음 이후 타도제국주의동맹 결성과정 회상 장면, 원고지 94.4장(원고지 17,137자)에 달하는 분량 포함 총 100.5장(18,329자) 삭제.
4장 물결이 일어난다 1	금성 안묵의 체포에 그의 석방운동을 하기 위한 투쟁방법 모의. 간도로 떠나려는 채경을 교양 새날 소년회 창단 채경. 경주 소년회 역원이 됨.	**3장** 물결이 일어난다 1	신민회 등 역사적 사건 가미. 독립운동가들의 회합이나 강연 누락. 탄부 소년 리성남 에피소드 모두 삭제.
5장 물결이 일어난다 2	방황하는 신동호 교양. 조공의 우두머리 월파와 논쟁. 안묵 석방 운동을 벌임. 소년회의 조직확대. 6·1학우회 결성.	**4장** 물결이 일어난다 2	–
6장 해발이 퍼진다	강창수(차광수)를 광복동 교원으로 배치. 김혁 등장하지 않음.	**5장** 해발이 퍼진다	김혁에 대한 내용 첨가.
7장 선창가에서	길림으로 돌아오는 길 송화강 선창가에서 춘택의 고단함을 살펴봄. 최성근 대신 밤새 부두 일을 한 후 의사 박승훈을 만나 그의 명백하지 않은 생활태도를 질책. 그의 설복에 최성근의 다리를 고쳐 줌.	**6장** 선창가에서	–
8장 행복	순기(학천)의 동생. 순희 마르크스 책을 읽도록 권함으로써 그를 교양. 강반석 어머니로부터 부녀회를 꾸릴 방안에 대한 편지를 받음.	**7장** 행복	–
9장 인터나쇼날의 노래	권심이 글을 써 찾아옴. 그의 논문의 오류 지적. 공산청년회의 강령과 규약 만듦. 장두촌의 실정파악 야학설립.	**8장** 인터나쇼날의 노래	–
10장 가을	어머니가 보내준 돈으로 아이들의 신과 장두촌 여인의 신발을 삼.	**9장** 가을	리병모 등장 안 함. 장두촌 여인의 신발 사는 장면 삭제.
11장 송도국의 룡상	국제당의 승인을 받으러 다니던 고려공청 장윤삼과 조선만주총국 월파 소작료 철폐 문제로 논쟁. 이들 이론의 허점과 야욕을 논쟁을 통해 밝혀냄. 조창진 월파와 금성의 이론 논쟁을 보며 그의 면모를 파악 그의 영도하에 들어감. 사양화되어가	**10장** 송도국의 룡상	조창진이 김일성의 영도하에 들어가 활약하는 모습 삭제. 이 장 이후 등장 안함.

	는 민족주의자들을 연극 〈송도국의 룡상〉을 직접 창작 공연하게끔 지도. 그들의 작태를 비판함.		
12장 엄혹한 시절	연극의 파문으로 3부 통합회의 연기됨. 독립자금을 구하러가던 백락진 음모에 빠져 자살.	**11장** 엄혹한 시절	백락진(오동진) 자살이 아니라 체포 후 투옥으로 개작.
13장 사람들이여, 희망을 가지라!	무송부녀회를 지도하는 강반석의 모습과 그곳을 찾은 금성어머니에게 투쟁의 방도 지도	**12장** 사람들이여, 희망을 가지라!	―
14장 학원의 비바람	1928년 여름 육문중의 공청원들 반동군벌. 반동교원들반대투쟁 벌임.	**13장** 학원의 비바람	―
15장 광장으로	동맹휴학으로 왕희동 등 반동교원들 파면. 신동호 아버지의 죽음과 금성의 교양에 의해 철도노동자가 되기로 결심. 노동자들 철도부설반대투쟁. 학생들 일본상품 배척투쟁을 벌임.	**14장** 광장으로	―
16장 불타는 청춘	조직원이 된 백순기의 서울행. 리갑무는 자신이 본 역사를 수기로 기록.	**15장** 불타는 청춘	현욱(김혁)에 대한 부분 삽입.
17장 송가	경무청순경들에 의해 조창진 죽음. 경주 금성을 보위하려다 부상. 부상당한 와중에도 병원에서 뛰쳐나와 학생들의 투쟁을 독려. 금성의 영도하에 군중들 새로운 투쟁에 나섬.	**16장** 송가	조창진이 아닌 박광식(박두학)이 죽는 것으로 설정이 바뀜. 〈조선의 별〉 가사와 이 노래를 듣는 현욱의 감정 묘사 삽입. 군중이 〈적기가〉 부르는 장면 삽입.

　『혁명의 려명』은 1987년 재출판 되면서 등장인물의 이름이 김일성은 '금성'에서 '김성주'로, '강창수'는 '차광수'[147]라는 실명으로 바뀐다. 〈표 1〉에서 굵은 글씨가 1987년도판에서 실명화된 인물들이다.

　작중인물 명이 실명으로 바뀐 이유는 작가가 허구적으로 설정한 인물의 경우에는 일률적으로 통일시킬 필요가 없지만 역사적으로 알려진 인물은 원형을 살리는 원칙에서 성격적 특징과 투쟁 사실을 실지 그대로 옮겨야 한다[148]는 『주체문학론』에서 제시한 창작원칙과 "계별, 업적별로

147　차광수는 남만 청년동맹 상무위원으로 평북 농천의 빈농 출신이다. 그는 10대 나이로 도일하여 고학하던 중 사회주의 사상을 수용했으며, 서울을 거쳐 길림성 유하현으로 와 1929년 정의부 산하 남만 청년동맹 상무위원이 된다. 1930년 9월에는 국민부 내 사회주의 청년들과 함께 길림성 카륜, 고유수에서 독자적으로 조선혁명군 길강성 지휘부를 설립했다. 1931년 '제3세력'을 지향한 세화군에 참여하여 김일성 등과 위원에 선출되며 1932년 7월 돈화현전투에서 전사했다. 강만길·성대경, 『한국사회주의 운동 인명사전』, 창작과비평사, 1996, 460면.

구획을 잘 짓고, 독자적이면서 역사적, 형상적 논리가 연결되도록 총서 형식을 구성하기 위해서는 높은 기교가 요구된다. 그를 위해서 총서작품들의 중요인물들의 이름조차도 제 나름대로 짓지 않아야 하며, 역사적 사실대로 여러 장편소설에서 계속 쓰일 수 있고 개성적 특성과 뒤 생활까지도 통일시키고 역사적 내용의 전후 관계를 철저히 사실에 기초하여 작품마다 연결시켜야 한다"[149]는 글에서 그 답을 얻을 수 있다. 이것은 총서가 지닌 독자성과 관계가 되는 부분이다. 수정된 『혁명의 려명』은 〈표 1〉와 같이 내용과 인물의 변화를 가져왔다.

가필 수정된 부분을 검토해 보면, ① 장의 구성이 달라져 있다. 〈표 2〉에서 볼 수 있듯이 1973년판이 17장으로 구성되어 있는 반면 1987년판은 1973년판의 1장이 누락되어 16장으로 구성되어 있다. ② 1987년판에는 '타도제국주의동맹'에 대한 당위성의 구체적 설명과 '려길학우회'와의 대립 부분 삽입되어 있으며, '타도제국주의동맹'의 결성과정이 삭제되어 있다. 1973년판에서 김형직의 죽음 이후 '타도제국주의동맹' 결성 과정의 회상이 누락이 된 것은 『혁명의 려명』의 바로 앞 시기를 다루고 있는 총서 『닻은 올랐다』에서 '타도제국주의동맹'의 결성과정이 다루어질 것이었기 때문에 내용의 중복을 피하기 위한 의도였던 것 같다. 이를 통해 1980년대에 들어와서 총서에서 다루는 시기가 좀 더 구체화되고 세분화되고 있음을 알 수 있다. ③ 1987년도판에 계급성을 강화하기 위한 조치로 김정일의 지적에 따라 인력거군의 품삯을 떼어 먹으려는 부자의 이야기와 그를 훈계하는 소년 김일성의 이야기가 반 페이지에서 3페이지 분량으로 늘어나 실린다. ④ 1973년도판이 강창수(차광수)에 대한 묘사가 많지 않은 반면 1987년도판에서는 비중 있게 다루고 있으며, 1973년판에는 등장하지 않았던 현욱(김혁)[150]이 등장하고 있다. 김혁의 등장은 당시 그

---

148 김정일, 『주체문학론』, 평양 : 조선로동당출판사, 1992, 188면.

149 김홍섭, 『소설창작과 기교』(주체적문예리론연구 13), 평양 : 문예출판사, 1991, 183~184면.

150 김혁(1907.10.11~1930.8.25). 조선혁명군 지휘관, 혁명시인, 평안북도의 농민 가정에서 출생하였다. 동경유학 시절 친구인 차광수를 찾아 길림으로 왔다가 1927년 8월 28일 조선공산주의청년동맹

가 주요 맹원이었고, 조선공산주의청년동맹 맹원들의 주요 활동이 연애선전대를 중심으로 이루어졌으며, 그가 당시 최초의 '수령형상 문학'의 창조자였다는 점에서 가능했던 것 같다. 다른 한 가지는 주요 인물들의 업적별 구획, 형상적 논리의 연결을 이루어야 한다는 총서의 형식 문제 때문이다. ⑤『은하수』의 다음 권인 석윤기가 책임 집필한『봄우뢰』에서 김혁의 사랑과 그의 죽음을 다루어지고 있다.[151] 출판년도는『봄우뢰』가 1985년으로『은하수』보다 3년 늦게 출간되었다.『은하수』는 금성 동무로 호명되던 김일성[152]만 김성주인 실명으로 바뀌었을 뿐 1973년판『혁명의 려명』에서 등장하는 인물들의 이름이 쓰이고 있다. 그러나 1987년도 시리즈 판에는 주요 인물들의 이름이 실명으로 수정되어 있다. 주요 인물들의 이름이 실명으로 통일된 것은 1982년 이후로 보인다. 81년에 출간된 석윤기의『대지는 푸르다』도 실존 인물들의 이름이 가명으로 처리되고 있으며, 이는『은하수』까지 이어진다. ⑥『혁명의 려명』의 1973년판에서는 고인호의 계략에 속아 군자금을 구하러 가던 백락진(오동진)이 일본군경에게 포위되자 자살을 하는 것으로 그려진다. 반면, 1987년판에서는 체포되어 투옥되는 것으로 처리된다. 중국 측 자료에 의하면 1927년 12월 26일 매복해 있던 밀정과 일제의 군경에게 체포된 오동진은 1929년 신의주 지방법원에서 무기징역을 선고 받았으며, 1944년 옥사[153]

결성 회의에 참가하고 그 동맹에 가입하였다. 그는 1927~1928년에는 주로 연예선전대 일을 맡아 하였으며 1928년 10월에는 혁명송가 〈조선의 별〉을 창작하였다. 1930년 7월 3일 상춘현 카륜에서 있은 첫 당 조직 결성 모임에서 그 성원으로 되었으며 7월 6일 이통현 고유수에서 조서혁명군이 결성될 때 그에 입대하였다. 그 후 카륜, 고유수 일대에서 신문『볼쉐위크』의 주필로 활동하였다. 1930년 여름에 하얼빈에서 일본군경과 격투를 벌이다 3층에서 투신한다. 김혁은 이때의 부상으로 1930년 8월 25일에 사망하였다. 이것은『하얼빈 도리사건』이다. 박종원·류만,『조선문학 개관』Ⅱ, 평양: 사회과학출판사, 1986, 25면; 윤종성 외, 앞의 책, 183면. 작품 속에서 김혁은 동경 유학생 출신으로 바이올린과 기타를 잘 다루는 인물로 묘사되고 있다.

151 김혁의 검거과정과 죽음은『대지는 푸르다』·『봄우뢰』(「불멸의 력사」 시리즈)에 잘 묘사되어 있다.

152 김일성의 본명은 김성주이다. 그는 작품에 따라 '금성', '김성주', '장군님', '김일성' 등으로 호명된다. 본고에서는 이름을 통한 혼란을 없애기 위해 소설 본문 인용을 제외하고 김일성으로 명기하도록 하겠다.

153 유병호, 「반일 명장 오동진」,『불씨』(중국조선민족역사족적 편찬위원회 편), 연변: 민족출판사,

한 것으로 기록되어 있다. 이처럼 오동진의 자살이 투옥으로 개작된 것은 "역사적 사실에 기초하여 그려야한다는 총서의 창작의 기준 때문인 것으로 보인다. ⑦ 1973년판에서 백락천의 자살이 방황하던 아들 백순기(오학천)[154]가 투쟁의 대열에 합류하는 계기로 작용하는 반면, 1987년판에서는 그의 투옥이 김일성에게 감화받은 오학천과 오순희가 투쟁에 더욱 매진하게 되는 계기로 작용하며, 그의 체포를 조작한 우익화된 국민부의 본질을 드러내는 역할을 한다. 그런 면에서 1987년판 비해 1973년판이 극성이 더 강하게 작용하고 있다.

이러한 총서에 대한 수정작업은 역사교양서의 역할을 높일 수는 있지만 신화작업으로써의 혐의를 더욱 짙게 만들고 있다.[155] 또한 1987년판은 1973년판에 비해 인물 묘사가 구체적으로 되어 있으나 필요 이상의 주관적 설명이 많이 삽입되어 있으며, 인물 성향에 대한 작가 개입이 심하게 드러난다.

『은하수』 역시 1987년판은 가필 수정이 가해졌다. 『은하수』는 『혁명의 려명』과 같이 많은 부분의 삭제와 첨가가 이루어진 것이 아니라 등장인물 중 이름만 등장하던 인물들에 성격과 행동이 부여되어 있다. ① 1982년판의 강창수는 1987년판에서는 실재 인물인 차광수로 바뀌어 있다. 그리고 1982년판에서 유부남으로 묘사되었던 것과는 달리 미혼으로 등장한다. ② 1982년판의 통신문 속의 강창수의 아내로 등장하는 인물은

1995, 404면.

[154] 오동진의 아들로 등장하는 오학천의 본명은 오경천으로 작품 속에서는 서울로 유학 가 길림 내 김일성 조직에 서울의 사정을 전하고 서울에서 공산청년들을 조직하는 것으로 그려지고 있으나 『세기와 더불어』 1에 의하면 실제 오경천은 오동진의 체포 후 얼마 지나지 않아 영화를 보러 갔다가 화재 사고로 죽었다. 당시 김일성이 죽은 오경천을 화재 현장에서 업고 나왔다고 회상하고 있다. 작품 속에서의 오학천의 활동 모습은 모두 상상적 허구이다. 김일성, 『세기와 더불어』 1, 평양: 조선로동당출판사, 1992, 309면; 『참된 봄을 부르며』 1, 오름, 1993, 249면. 『참된 봄을 부르며』는 『세기와 더불어』를 남한에서 제목만 바꿔 출판한 것이다. 『참된 봄을 부르며』는 3권까지 출판되었다.

[155] 천세봉 사후 출판된 총서(1987년판)의 수정에 천세봉이 직접 수정에 참여했었는지의 여부는 확인할 길이 없다. 하지만 총서 전권을 개작본과 비교해 본 결과 사망한 작가의 작품의 경우, 맞춤법과 실명만 고쳤을 뿐 문장이나 내용에는 수정이나 삭제가 없었던 것으로 볼 때 다른 사람이 대신 개작했을 가능성은 없어 보인다.

조직원인 최창걸의 누이 정임으로 바뀌어 있다. 이러한 내용의 변화는 엘리트 집단인 '주체형 공산주의자'들에게 좌파적 과오는 용납해도, 도덕적 결함은 용납할 수 없다는 의지 표명으로 보인다. 특히 차광수는 이후에 혁명영웅 칭호를 받은 인물이기에 그러한 점에 신경을 쓴 것처럼 보인다. ③ 1982년판에 현욱으로 등장하는 김혁 역시 1987년판에서는 본명으로 등장한다. ④ 1972년판에서 장덕순(최봉)과 한윤, 국민부내의 고인호·현묵관과의 대립이 그려져 있다. 반면, 1987년판에서는 한윤과 '주체형 공산주의자'들과의 대립부분이 상당부분 삭제되어 있다. 그리고 한윤의 이력이나 정치적 성격, 장덕순의 죽음 이후 운동 노선에서 소외된 그의 방황에 대한 묘사 역시 삭제되어 있다. 장덕순은 1987년판에서는 등장 분량이 늘어 있다.

개작 후의 작품은 극성이 더 강하게 작용하는 개작 전의 작품에 비해 소설적 성격보다 역사서나 전기의 성격이 매우 강하게 나타나고 있다. 이와 같은 점은 역사를 바로 알게 하는 데 도움을 주지만, 인물이나 사건에 대한 정확한 묘사는 독자들의 상상력이나 기대감을 붕괴시킴으로써 역사 지식이 있는 독자들로 하여금 작품에 대한 흥미를 잃게 한다. 그리고 필요 이상의 작가 개입은 작품의 질을 떨어뜨리는 결과를 야기하였다.

천세봉의 경우 북한 문단에서 개작서가 작품 평가의 텍스트로 사용되고 있지 않다. 개작된 『석개울의 새봄』 1부와 1987년 개작된 『혁명의 려명』에 대한 평이 아직까지는 북한의 문학서에서 발견되지 않고 있다.[156] 문학서나 사전류는 『석개울의 새봄』 1부에 대해 기술할 때 1979년판이 아닌 1958년판을 텍스트로 하여 그 내용을 기술하고 있으며, 평가 역시 그러하다.[157] 그것은 2·3부가 개작되지 못해 마영감의 인물형상이 완성되지 못한 관계로 1부와 2·3부 사이의 내용 연결의 문제에서 비롯된 것

---

156 김홍섭의 『소설창작과 기교』에서 그가 거명하고 있는 『혁명의 려명』에 등장인물을 볼 때 텍스트로 1973년판을 사용하고 있음을 알 수 있다. 김홍섭, 앞의 책, 182면. 반면 『조선문학사』 15에서는 총서를 소개할 때 아예 『혁명의 려명』은 아예 작품 소개조차 하고 있지 않다.
157 일례로 1994년에 출판된 『문예상식』을 들 수 있다.

으로 보인다. 이를 볼 때 북한 내에서도 작품 평가를 개작 후보다 개작 전에 작품에 두고 있는 듯하다.

또한 '혁명적 대작'에서는 역사적 실재성보다 '혁명적 낭만성'의 구현이 더 중시되고 있음을 알 수 있다. 이러한 점을 볼 때 역사적 실재성이 '혁명적 대작' 소설과 '항일혁명문학' 중 '수령형상 문학'에서 다르게 적용되고 있으며, 역사적 실재성은 시기에 따라, 사건에 따라 그 기준을 달리하고 있다.

2) 종자문제에 따른 개작

1967년 2월 10일 작가들과 한 김정일의 담화는 『석개울의 새봄』 어떤 방향으로 개작되어 1979년 다시 재출간되는지를 잘 보여준다.

김정일은 장편소설 『석개울의 새봄』과 그것을 각색한 연극 『석개울의 새봄』을 다음과 같이 비판한다. ① 마영감은 일제통치시기에 땅이 없어 가난 속에서 고생스럽게 살다가 해방 후 땅을 분여 받은 만큼 당의 농업협동화정책을 적극 지지하는 것으로 그려야 하는데 그렇지 못했다는 것이다. ② 마영감을 농업협동조합을 반대하는 사람으로 그린 것은 빈농의 본질적인 특징을 왜곡한 것이며 ③ 각이한 계층의 농민들을 협동경리에 받아들이는 데서 빈농에 튼튼히 의거할 데 대한 당의 계급정책에 어긋나는 것이며 ④ 농업협동조합을 조직할 때 혹시 마영감과 같은 사람이 있었을 수 있지만 그것은 어디까지나 개별적인 현상이지 전형은 아니라는 것이다. 지난날 빈농으로 고생하다가 땅을 분여 받은 농민들은 당의 농업협동화정책을 적극 지지하였으며 농업협동조합을 조직하는데 앞장섰다는 것이 김정일의 주장이다.[158]

---

158 김정일, 「인간 성격과 생활에 대한 사실주의적전형화를 깊이있게 실현할데 대하여―작가들과 한 담화(1967.2.10)」, 『김정일 선집』 1, 평양: 조선로동당출판사, 1992, 189~195면 참조. 이 담화에서

이 비판에서 김정일이 문제 삼고 있는 것은 계급성이다. 김정일의 주장처럼 땅이나 농사를 지을 축력과 농기구가 없어 개인경리가 불가능한 상태였던 빈농들은 정부가 농업협동화정책을 추진하지 않아도 스스로 영농을 협동화해 갈 수밖에 없는 처지였지만 개인경리가 가능했던 중농들은 농업협동화 과정에서 개인농으로 남고자 했다.[159] 따라서 마영감이 빈농이었다면 김정일의 비판은 타당성이 있다. 그러나 작품 속에서 마영감은 개인경리가 가능했던 중농의 모습으로 그려지고 있으며 북한에서도 마영감을 중농으로 분류[160]하고 있다. 그럼에도 김정일은 마영감을 빈농으로 분류하여 계급이 왜곡되어 있다고 비판함으로써 저항하던 중농들이 조합에 흡수되어 가는 과정을 삭제하려 하고 있다. 이와 같은 그의 비판은 당시대 사람들의 계급성을 부인하는 것이며, 인물의 다양성을 훼손하여 인물 유형을 도식화할 우려가 있다.

김정일의 주장처럼 마영감의 계급이 잘못 그려진 것이 아니며, 천세봉은 농민계급의 분류를 통해 당시 농민들이 농업협동화에 대해 가지고 있던 감정과 그로 인해 파생된 문제점들을 지적하고 있었다. 북한의 평론가들도 그가 농민의 부농·중농·빈고농의 다양한 반응을 그리고 있는 것에 대해 높이 평가하고 있다. 당시 평가에서 마영감이 문제가 되었던 이유는 김정일의 지적처럼 계급의 왜곡이 아닌 조합과 조합운영에 대한 비판적 태도 때문이었다.

김정일의 비판 역시 당 정책의 비판적 태도에 대한 것이었다는 점에서 '기록주의' 비판과 맥을 같이 하고 있다. 김정일은 계급성 문제를 제기함으로서 역사적 실재성 문제를 종자의 문제로 초점을 바꾸고 있다. 초점

김정일은 『석개울의 새봄』과 『안개 흐르는 새 언덕』을 문제 삼고 있다. 『안개 흐르는 새 언덕』에 대한 비판은 김일성의 담화와 다르지 않다.

159 김성보, 「북한의 토지개혁과 농업협동화」, 연세대 박사논문, 1996, 204~206면.

160 천세봉은 이 작품에서 농민들의 하위분류를 부농 리인수, 권치도와 중농 마인렬, 조형모, 탁수일 등으로 명확히 하고 있으며, 『문예상식』에서도 마영감을 중농으로 분류하고 있다. 윤기덕, 『수령 형상 문학』, 평양: 문예출판사, 1991, 250면.

의 변화는 1967년 주체사상의 대두와도 관련이 있다. 정권을 공고히 하기 위해 신화전략을 세우던 북한에게 농업협동화 정책을 가장 성실한 농민이었던 마영감이 거부한 사실이 드러나 있는 작품이 우수 작품으로 꼽히는 것은 당 정책이나 김일성의 영도력에 손상이 가는 일이었기 때문일 것이다.

김정일의 이와 같은 시각은 김일성의 교시라는 이름 아래 다시 제기되며, 비판의 수준에서 머문 것이 아니라 개작 결정이 나게 된다. 『석개울의 새봄』은 1971년 2월 주체적 문예사상 연구모임에서 한 김정일의 연설에 의해 개작이 결정된다.

> 위대한 수령님께서는 장편소설 『석개울의 새봄』을 비롯하여 고쳐 볼수 있는 소설들은 고쳐서 출판하라고 교시하였습니다.[161]

1971년 위와 같은 김정일에 의해 김일성의 교시가 전달된 후 천세봉은 결함으로 지적된 마영감의 형상[162]을 수정하여 『석개울의 새봄』 1부만 20년 후인 1979년 재출판된다.

개작된 1부에서의 마영감은 농업협동화 방침에 반대하는 것이 아니라 조합원들의 농사를 자기 집처럼 주인답게 하겠는가 하는 의구심을 품었다가 조합에 가입하면서 주인답게 일하는 사람으로, 조합 일에 성실하지 않은 사람들을 깨우쳐주는 인물로 재형상되었다.[163]

---

161 「장편소설 『석개울의 새봄』(제1부)이 다시 나오기까지」, 『조선문학』 루계 639호, 평양 : 조선작가동맹출판사, 2005.7, 36면. 위의 인용을 볼 때 『석개울의 새봄』뿐만 아니라 김정일에 의해 비판을 받거나 논란이 심했던 작품들이 이 당시 가필수정을 요구받은 것 같다. 이 작품들을 찾아 개작본과 비교해 보는 작업은 북한문학에 북한 당 정책이 미친 영향을 살펴보는데 주요한 작업이 될 것이다.
162 『조선문학』 2005년 7월호에 실린 「장편소설 『석개울의 새봄』(제1부)이 다시 나오기까지」에서 지적한 마영감에 대한 결함은 김정일이 「인간 성격과 생활에 대한 사실주의적전형화를 깊이있게 실현할데 대하여」에서 한 지적과 같다.
163 「장편소설 『석개울의 새봄』(제1부)이 다시 나오기까지」, 『조선문학』 루계 639호, 평양 : 조선작가동맹출판사, 2005.7, 36면. 『석개울의 새봄』 1부의 1979년판을 입수하지 못한 관계로 구체적인 개작 내용은 더 이상 확인할 수 없다.

『조선문학』 2005년 7월호에 실린 「장편소설 『석개울의 새봄』(제1부)이 다시 나오기까지」는 이 개작 작업을 통해 빛을 볼 수 없었던 『석개울의 새봄』 1부가 김정일의 지도와 손길 아래 다시 빛을 보게 되었다[164]고 기술하고 있다.

김정일은 『혁명의 려명』이 출간된 후 작품을 읽고 김일성이 대중적이지 않은 혁명운동과 공산주의 파벌에 충격을 받고 인민에 의거 자주적 투쟁을 결심하는 주체사상의 출발점이 되어야 함에도 작품이 "종자를 바로 잡지 못한 약점"이 있다고 비판한다. 이것은 그가 4·15문학창작단 건설과 운영에 주도적인 역할을 하고 있음에도 불구하고 대표적 작가 반열에 오르지 못한 이유로 작용한다.

천세봉은 종자에 대한 문제를 제기 받고 영도선을 보강하기 위해 시위대에서 현욱(김혁)[165]의 역할을 강화하고 있다. 1973년도판 「17장 송가」는 강남공원에서 연설을 하려는 김일성을 향해 리갑무 노인의 "더 높이 올라서게! 삼천리가 다 보게! 2천만 겨레가 다 보게!"[166]라는 외침으로 마무리되어 있다. 반면 1987년판에는 1973년도판에 등장하지 않았던 김혁이 "조선의 밤하늘에 새별이 솟아 삼천리 강산에 밝게도 비치네 짓밟힌 조선에 동은 트리라 이천만 우리 동포 새별을 보네"[167]라고 시위대가 김혁의 지휘에 의해 〈조선의 별〉을 노래 부르는 장면이 묘사되어 있다. 뿐만 아니라 천세봉은 작품 속에서 이 노래가 김혁이 "북받쳐 오르는 시상을 가지고 김성주동지를 조선의 서광으로, 조국해방의 구성으로 상징하여 창작한 노래였다"[168]라고 밝힘으로써 김일성이 시대의 별인 동시에 영도자임을 강조하고 있다. 김혁이 창작한 혁명송가 〈조선의 별〉은 북한문학

---

164 위의 책, 36면. 그리고 최근에 텔레비전 소설로 각색된 『석개울의 새봄』은 김정일에게 높은 평가를 받았으며, 사람들에게 사랑받는 작품이 되었다고 전하고 있다.
165 1982년판 『은하수』에서 김혁은 현욱으로 등장한다.
166 천세봉, 『혁명의 려명』(총서 【불멸의 력사】 2), 평양: 문예출판사, 1973, 629면.
167 위의 책, 632면.
168 위의 책, 632면.

에서 수령형상이 최초로 보이는 작품이다. 이 부분이 개작 삽입된 것은 "작품의 주제는 수령의 풍모와 혁명활동, 업적과 관련되는 문제여야 하며 사상은 수령의 위대성을 높이 칭송하려는 작가의 사상미학적 주장으로 나타나야 한다"[169]는 수령형상 원칙 때문이다.

1973년판에서는 조선공산당 만주총국 월파 조청단(안광천으로 추측됨)과 김찬의 영향하에 있는 학생 조창진의 정신세계와 그가 종파주의자들의 본질을 깨닫고 공산청년회에 가입하여 싸우다 쓰러져 가는 모습이 비중 있게 다루어지고 있는 반면, 1987년판에서는 조창진의 변화하는 모습이 그려지지 않은 채 소설 중간에서 사라지고 만다. 그리고 경무청 순경들에게 살해되는 인물도 조창진에서 '타도제국주의동맹' 맹원인 박광식(박두학)으로 바뀌어져 있다.

이러한 역할의 이동은 항일무장투쟁의 주요성원을 '주체형 공산주의자'로 축소하려는 의도로 읽혀진다. 또한 역할의 이동은 사상투쟁을 통한 다른 종파의 수용보다는 대립의 각을 세우게 함으로써 김일성의 교시에서 나타나는 민족주의자나 타 종파의 인물들에 대한 선별적 수용의 여지마저 남겨 두지 않는 경직성을 보이고 있다. 조창진과 같은 다른 종파의 성원을 '타도제국주의동맹' 맹원으로 변화시킨 것은 민족해방운동을 '타도제국주의동맹' 맹원들의 투쟁으로 축소함으로써 항일 빨치산과 공산주의 운동에 대한 정당성을 얻으려는 의도로 보인다. 1987년판에서 조창진의 탈락은 '주체형 공산주의자'에 초점을 맞추고 있는 천세봉과 창작단 사이의 시선의 차이일 수도 있으며, 김정일의 시각일 수도 있다. 1973년판에서 보이는 조창진은 천세봉이 편파성에서 어느 정도 벗어나 객관성을 나름대로 유지하려는 노력을 보여 주던 인물이었기 때문에 그의 탈락은 항일운동의 구성원을 축소·왜곡하는 결과를 낳았다.

개작은 본인의 의사에 따라 진행되기도 하지만 당의 문예정책에 더 많

---

169 김정일, 『김정일 선집』 1, 평양 : 조선로동당출판사, 1992, 146면.

은 영향을 받는다. 천세봉의 작품 중 『석개울의 새봄』은 '도식주의' 논쟁 속에서 '기록주의'적이라는 이유로 창작과정에서 작품이 수정되며, 1979년에는 종자의 문제에 의해 수정되고 있다. 『혁명의 려명』과 『은하수』도 역사적 실재성과 종자의 문제로 개작이 된다.

천세봉의 경우에 비추어 볼 때 북한에서 개작은 두 가지 이유에서 진행된다는 것을 알 수 있다. 첫째, 역사적 실재성 문제이다. '혁명적 대작'이 사실적 묘사가 개작의 원인이 되었던 반면 '항일혁명문학'은 반대로 역사를 진실되게 그리지 못했다는 이유로 개작이 되어야 했다. 수령형상 문학의 경우 이 문제는 매우 중요한 요건으로 실존 인물의 행적과 사건에 대한 왜곡을 용납하지 않는다. 역사적 실재성의 문제는 극단적인 경우 작품을 판금으로 몰고 가는 사태까지 빚게 할 만큼 '항일혁명문학'에서는 중요한 문제이다. 그것은 '항일혁명문학'이 후대에게 혁명 교양서로서의 가능을 하기 때문이다. 따라서 북한문학이 '혁명적 대작'에서 '항일혁명문학'으로 진행되면서 역사적 사실의 묘사의 경우 상상적 허구의 개입보다 사건의 사실적 기록에 더 충실할 것을 요구하고 있음을 알 수 있다. 이와 같은 요구는 북한의 문학이 사회주의적 사실주의에서 주체 사실주의로 변화하였으며 이를 지향하고 있음을 알게 한다.

둘째, '종자'의 문제이다. 종자란 작품의 핵으로 작가가 말하려는 기본 문제와 형상의 요소들이 뿌리내릴 바탕이 있는 생활의 사상적 알맹이이다.[170] 먼저 종자는 소재와 주제,[171] 사상을 유기적인 연관 속에서 하나로 통일시키는 작품의 기초인 동시에 핵이며,[172] 형상[173]의 원형이라고 말할

---

170 김정웅, 『문학예술작품 창작』(주체적 문예리론의 기본 2), 평양 : 평양문예출판사, 1992, 12면.

171 문학예술분야에서 주제라는 개념은 두 가지 의미를 가지고 쓰인다. 그 하나는 작품이 취급하고 있는 생활영역을 표현하는 경우이고(혁명전통주제, 계급교양주제, 사회주의건설주제 등) 다른 하나는 작품에서 작가가 내세운 사회적 문제, 인간문제를 표현하는 경우이다(당사업에서 군중노선을 철저히 구현할데 대한 문제, 사회주의건설에서 일꾼들의 선봉적 역할을 높일데 대한 문제, 청춘남녀들의 참된 사랑에 대한 문제, 사람들을 종교적 환상과 인습으로부터 해방할 데 대한 문제 등). 그런데 여기서 우리가 종자와의 관계에서 고찰하는 주제는 작품이 취급하고 있는 생활범위나 생활영역, 생활분야를 표현하는 주제가 아니라 구체적인 작품의 구성성분으로의 주제, 작가가 말하려고 하는 기본문제의 주제이다. 위의 책, 34면.

수 있는 뚜렷한 예술적 표상을 주는 것을 종자[174]로 보고 있다. 따라서 종자는 무엇보다도 당 정책의 요구에 맞게 잡아야[175] 한다. 위의 세 가지 요건에 부합되지 않을 때 북한에서는 작가가 종자를 잘못 잡은 것으로 보고 있다. 북한문학에서 종자를 잘못 잡은 작품은 좋은 작품이 될 수 없다. 예를 들어 총서에서 김일성의 영도선이 드러나지 않는 것은 종자를 잘못 잡은 것으로 해석된다.

그러나 앞에서도 지적했듯이 천세봉은 개작 요구를 모두 수용한 것은 아니다. 그가 개작 요구에 대해 적극적으로 수용한 부분은 앞에서도 알 수 있듯이 1970년대 초반까지는 북한이 인정한 역사적 실재성에 국한 되어 있다. 『혁명의 려명』과 『은하수』에서는 인물들의 이름을 실명으로 고쳤으며, 실재 인물에 대한 상상적 허구가 가미된 부분과 역사적 사실과 다른 부분은 모두 개작하였다. 1970년대 초반까지 비수용적인 태도를 보이던 종자의 문제도 주체사상이 대두되면서 1970년대 중반부터는 김일성의 교시하에 김정일의 요구대로 수정되었다. 그러나 그는 종자의 문제로 야기된 『석개울의 새봄』의 경우 중농인 마영감을 조합에 적극 협조하는 인물로 개작하여 당의 요구에 협조는 하였지만 이것은 결국 역사를 왜곡하는 결과를 낳게 하였다.

그렇다고 해서 그가 종자문제의 수정에 적극적이었던 것으로는 보이지 않는다. 북한에서 출판된 이론서나 사전류들을 보면 종자의 문제로 제기되었던 『석개울의 새봄』의 마영감의 계급에 대해 천세봉은 중농에서 빈농으로 수정하고 있는 것 같지는 않다. 『혁명의 려명』의 경우 종자의 문제가

---

172 위의 책, 13면.
173 흔히 문학예술부문에서 형상이란 개념은 크게 두 가지 의미로 쓰인다. 그 하나는 넓은 의미에서 문학예술이 생활을 반영하는 예술적 형식 자체를 가리키는 것이고(형상적 형식을 염두에 둔다) 다른 하나는 작품을 이루고 있는 요소들을 가리키는 것이다(성격형상, 생활형상, 세부형상 등을 염두에 둔다). 위의 책, 21면.
174 위의 책, 20면.
175 당 정책의 요구에 맞게 종자를 잡는 것은 작가, 예술인들이 종자를 탐구하는데서 확고하게 견지하여야 할 근본원칙이다. 위의 책, 81면.

거론되기는 하지만 이것은 〈조선의 별〉을 합창하는 부분을 삽입하여 영도 선을 강화하는 선에서 마무리 된다. 출간 전에 수정을 거친 『유격구의 기 수』의 마지막 장면에서 정숙이 읊조리는 "장군님"이라는 대사는 영도선의 강화라기보다는 정숙의 충성심에 강화로 읽혀지기 때문이다.

김정일이 불쾌감을 표시했음에도 불구하고 종자 부분에 대한 보강에 비적극적이었던 이유는 두 가지에서 찾을 수 있다. 첫째, 작품의 완성도 때문이다. 역사적 실재성 문제는 개작을 하더라도 인명(人名) 때문에 독 자들에게 약간의 혼란을 줄 수는 있다. 하지만 작품이 항일무장투쟁사를 그리고 있기 때문에 사실을 바로 잡는 행위로 작품의 흐름에 크게 영향 을 미치지 않는다. 그러나 영도선의 보강문제는 작품의 완성도에 영향을 미칠 수 있다. 오히려 지나친 비범성과 영도력은 김일성을 희화시킬 수 도 있으며, 이것을 실재가 아닌 가공된 사실로 독자들에게 다가갈 수 있 기 때문이다.

한 가지 예로 영도선이 문제가 된 '길회선철도부설 반대 및 일본상품 배척투쟁'이라는 한 사건을 놓고 볼 때 16세의 소년이었던 김일성이 이 사 건을 통해 투쟁의 구심점으로 설 수는 있다. 그러나 김정일의 요구처럼 영도자가 되기에는 매우 미약한 존재였다. 김일성의 존재가 조선민중들 이나 일본군들에게 인식된 것은 보천보 전투에 이르러서였기 때문이다.

천세봉은 『혁명의 려명』에 이어 『은하수』에서도 지속적으로 영도자 문제의 제기와 김일성의 비범성을 부각하여 영도자라는 인식을 각인시 키는 방식을 택한다. 상식을 벗어나지 않은 묘사방식에서 그들이 주장하 는 역사적 진실성에 가깝게 다가가려 하고 있음을 알 수 있다.

이것은 한편으로는 천세봉이 이 두 작품을 총서 전체 구성 속에서 인 물의 변화를 계산해내고 있었음을 보여주는 예이기도 하다. 개작되지 않 은 작품이지만 『대하는 흐른다』에서도 천세봉은 명희의 출신성분을 프 롤레타리아로 바꾸라는 인민들의 요구와 극단의 요구를 이미 무시한 바 있다. 이와 같은 그의 태도를 볼 때 그는 창작의 자유가 허용되는 범위 내에서 실제로 있었던 일을 기술하는 실화문학이 아닌 개인적 예술성의 발휘에 중점을 두고 작품을 창작하였음을 알 수 있다. 이와 같은 창작태도는 천세봉이 '수령형상 문학'을 창작할 때 소설과 전기의 차이를 명확히하고 있었음을 알게 한다. 이것은 천세봉의 총서에 대한 입장이 김일성과 같은 소설의 형식이지 김정일의 전기형식이 아니었음을 보여준다. 또한 다양한 인물 유형을 통해 자신의 작품을 도식화로부터 구출하려는 노력과 타인의 요구에 의해 훼손하지 않으려는 데서 '천세봉 다움'이 보인다. 김일성은 천세봉에게 등장인물의 수가 많다고 지적[176]을 하였지만 그의 작품에 등장하는 인물의 수를 볼 때 김일성의 이 의견을 수렴하지는 않은 것으로 보인다. 이 요구를 수렴하지 않은 것은 『고난의 력사』에서 현대진 일가를 다루며 밝힌 한 인물 통해서 당시의 민중의 삶 전체를 보여줄 수 없었다는 입장을 천세봉이 고수하고 있었기 때문이다.

둘째, '위대한'과 '친애하는'의 차이에서 찾을 수 있다. 위대한 수령의 교시에 의해 판금된 『안개 흐르는 새 언덕』 이후 천세봉의 작품에는 담화에서 지적된 부분의 변화가 보인다. 개작된 『석개울의 새봄』의 마영감에 대한 부분이 친애하는 지도자 김정일에 의해서 처음 지적된 것은 1967년 2월 10일 「인간 성격과 생활에 대한 사실주의적전형화를 깊이있게 실현할데 대하여」라는 작가들과 한 담화에서였다. 그러나 천세봉이 개작에 들어간 것은 1971년 2월 김정일이 주체적 문예사상 연구모임을 지도하면서 김일성의 교시를 전달한 이후였다. 이를 통해 알 수 있는 사실은 천세봉에게 김일성의 말은 절대적이었지만 능력이나 업적이 위대함의 경지에 이르지 못한 김정일은 글자 그대로 친밀하게 사랑하는 정도의 인물로 보인다. 한편으로 천세봉이 김정일의 지도를 즉각 수용하지 않고 김일성의 교시가 나왔을 때야 수용한 것은 김정일이 1970년대에는 문단을 완전하게 장악하지 못했다는 추측도 가능하게 한다.

---

176 천세봉, 「작품의 대를 바로세워주시여」, 『조선문학』, 평양 : 조선작가동맹출판사, 1992.4, 14면.

지도자인 김정일의 지도를 거스르고도 천세봉이 숙청되지 않고 살아남을 수 있었던 이유는 세 가지로 생각해볼 수 있다. 첫째, 그의 작품에서 북한의 통치예술이 보인다는 점이다. 천세봉의 작품이 기본적으로 신화성을 띠는 이유도 이 때문이다. 그가 생산해 낸 인물들은 사업화 속에서 전형화되었으며, 인물들의 행동방식은 이후 구호화되고 정치 사업화될 만큼 위력적인 인간형들이었다. 신화생산을 국가 작동의 주요한 전략으로 사용하고 있는 북한에서 천세봉의 작품이 내포하고 있는 신화성은 의도했던 의도하지 않았던 간에 북한의 노동력을 움직이는 전술이 되었다. 그런 만큼 그는 문단 내에서 북한 사회를 작동하게 하는 전술을 창출해내는 두뇌라고 할 수 있다.

둘째, 문단에서의 그의 위치이다. 천세봉은 작가동맹 위원장이며, 4·15문학창작단 단장을 겸임하고 있었다. 이 직위는 김일성에 의해 임명된 것이 아니라 문예총과 작가동맹의 임원들에 의해 선출된 것이다. 정치·사상적 큰 과실이 없는 상태에서 종자문제로 개작요구를 받아들이지 않았다고 해서 작가를 숙청한다거나 불이익을 준다는 것은 상식적으로 무리한 일이었을 것이다. 따라서 창작단이나 김정일에 의해 개작이 요구되어도 개작 여부의 결정은 작가의 자율성에 맡긴 것으로 보인다. 그리고 천세봉의 개작에 임하는 태도 등을 통해 북한 문단 내에서도 일정정도의 개인의 자율성이 보장되고 있다는 사실을 확인할 수 있었다. 종자에 문제가 있는 작품은 우수작품에서 제외하거나 「석개울의 새봄 3부」처럼 단행본출판이나 평가를 일체 하지 않으면 그만이기 때문이다.

북한의 종파투쟁의 역사 속에서 김남천·이태준·한설야 등이 숙청된 것은 정치노선에 대한 이해가 서로 상이했기 때문이다. 그들의 작품이 뒤늦게 문제가 된 것은 종파주의자의 혐의를 씌우기 위한 수단에 불과했다.

천세봉은 매우 겸손하고 소박한 사람으로 알려져 있다. 그는 권력의 중심에 있었음에도 불구하고 문단 이외의 정치적인 활동은 드물게 보이며, 무소불위의 권력을 자랑했던 한설야와는 달리 정치권력을 이용한 부정이나 부패가 그에게서 보이지 않는다. 그는 종자에 대한 문제도 완전하게 수용을 거부하는 것이 아니라 때에 따라 작품을 손상하지 않는 범위에서 한 두 단어나, 한 두 줄을 첨가하는 방식으로 수용하는 모습을 보여줌으로써 마찰을 피하고 있다. 이외에도 그가 그러한 태도를 취할 수 있었던 것은 북한 문단에서의 작가동맹 위원장과 4·15문학창작단 단장의 위치와도 연관이 있다고 생각된다.

셋째, 김일성과의 관계를 생각해볼 수 있다. 김일성은 이기영과 한설야 등과 같은 문학인들과 상당히 친밀한 관계를 유지해 왔으며 그들을 대우했다. 한설야는 김일성의 비호 아래 특히 숙청되기 전까지 그와의 친분 속에서 무소불위의 권력을 자랑했고, 이기영이 며느리 성혜림과 김정일의 불미스러운 사건 이후 절필을 선언했을 때도 몇 번이나 그를 직접 만나 집필활동을 계속할 것을 권유했을 만큼, 원로문인들에 대한 김일성의 태도가 간곡하였다. 그의 이와 같은 간곡한 태도는 물론 개인적 친분도 크게 작용을 했겠지만, 문학·예술을 인민교양의 무기로 인식하는 북한에서 김일성은 문단과의 긴밀한 관계의 유지가 필요했기 때문일 것이다. 한설야의 숙청과 이기영의 절필 후 그 관계가 천세봉으로 이어졌을 가능성이 크다.

이상으로 미학 논쟁과 역사적 실재성 그리고 개작 문제를 통해 작품 속에 묘사되는 역사적 사건의 채택 방식과 실재성의 문제 그리고 개작의 원인, 미학 논쟁과 역사적 실재성 문제가 끼친 영향을 검토해 보았다.

여기서 눈에 띄는 사실은 먼저 1990년대 출간된 『주체문학론』이나 『수령형상 문학론』에서 제시된 총서의 창작원칙과 기준이 천세봉의 작품 개작에서 이미 부분적으로 드러나고 있다는 사실이다. 이를 볼 때 '수령형상 문학'의 원칙과 기준이 구체적으로 논의되어 수용되기 시작한 것은 1980년대부터라는 것을 알 수 있다.

또한 '혁명적 대작'과 '항일혁명문학'이 역사적 실재성 문제와 종자의 문제 때문에 개작이 요구되었지만 종자문제에 대해서는 천세봉이 소극적인 태도를 보이고 있는 것을 알 수 있다. 반면 역사적 실재성 문제에 대해서는 종자 문제보다 수용적인 태도를 보인다. 이와 같은 상반된 태도를 보일 수 있는 것은 북한 문단 내에서 허용하는 작가의 자율성 때문으로 보인다.

그리고 역사적 실재성 그리고 미학 논쟁과 관련된 천세봉 문학의 비판은 교육적 기능을 중시하는 북한 당국과 문학의 비판적 기능과 사실에 기반을 두지만 예술적 측면을 강조하는 작가 사이의 시각 차이에서 비롯되었다고 볼 수 있다.

그러나 '혁명적 대작'이나 '항일혁명문학'의 형식의 기능 중 지나간 시기에 대한 교육적 측면의 지나친 강조는 작가들로 하여금 운신의 폭을 좁게 만들고 있다. 뿐만 아니라 수령의 교시나 김정일의 문예정책에 대한 지나친 간섭 역시 작가들의 자유로운 창작은 물론 문예형식이나 내용에 대한 논쟁마저 방해하고 있다. 『문학신문』이 1960년대 중반부터 1980년대까지 국내에 들어와 있지 않은 관계로 확인할 길은 없지만 『조선문학』에 개제된 글들을 볼 때 유일사상체계의 등장 이후 김정일의 교시로 일관되게 문예정책이 진행되어 1950~1960년대 치열하게 벌어졌던 논쟁을 더 이상 볼 수 없기 때문이다.

이처럼 '수령형상 문학'의 대두는 강점기 일제를 상대로 한 알려지지 않은 승리한 투쟁에 대한 지식을 주는데 기여하고 있지만 창작기준과 원칙이 도입되면서 미학적으로 사회주의적 리얼리즘의 발전과 북한 문예의 발전을 정지시킨 장애요인이 되고 말았다.

3. 작품 형식에 따른 문제의식의 변화

천세봉 작품에는 계급과 민족의 투쟁역사가 드러나고 있다. '혁명적 대작'에는 종파라는 내부의 적과 계급과 민족문제로 대립하며, '항일혁명문학'에서는 내·외부의 적과 계급과 민족문제로 인물들이 대립을 한다. 이 대립을 통해 천세봉이 천착했던 것은 양심이다. 그는 인간행동의 변화기제이며, 북한 사회 작동기제인 양심을 통해 그 속에서 파생되는 소외 문제를 북한 사회가 지닌 문제라고 보았다. 이 양심의 문제는 '혁명적 대작'에서 '수령형상 문학'으로 이동하면서 점차 변화를 보이고 있다.

양심은 사물의 가치를 변별하고 자기의 행위에 대하여 옳고 그름과 선과 악의 판단을 내리는 도덕적 의식을 가리킨다. 이때 행위자는 자신의 행위가 그릇되다고 의식될 때 따르는 반응으로 양심의 가책이라는 감정이 야기된다. 천세봉은 양심에 의해 야기되는 죄책감, 또는 죄의식을 인물들의 변화와 개조의 기제로 사용한다. 그리고 지극히 개인적이고 사적인 양심을 공적인 양심으로 변화시키고 있다. 또한 양심에서 야기되는 문제를 개인적 죄책감에 국한시키지 않고 사회문제인 소외문제로 발전시키고 있다. 이 문제의식은 개작과정 속에서도 변화하지 않는 부분이다.

이 장에서는 양심의 양상과 양심에 의해 발생하는 소외에 대해 살펴볼 것이다. 이를 위해 양심을 개인적 양심과 사회적 양심으로 구분할 것이며, 소외의 양상도 집단의 소외와 민중의 소외로 구분하며 형식에 따른 작품의 변화양상을 살펴 볼 것이다.

『석개울의 새봄』의 텍스트는 작품 중 1·2부는 조선문학예술총동맹출판사에서 1958년과 1963년에 발행된 단행본을 텍스트로 하였으며, 3부는 단행본이 발행되지 않은 관계로 『조선문학』 연재본을 텍스트로 삼았다.[177]

---

177 3부만이 단행본화 되지 못한 것은 3부의 내용이 1·2부와는 달리 낙관적인 전망을 상실하고 있기 때문인 것으로 보인다.

그리고 『혁명의 려명』과 『은하수』는 개작전의 작품을 텍스트로 삼았다.

1) 집단의 소외와 민중의 소외

천세봉의 작품에서 소외가 나타나는 작품은 '혁명적 대작'에 속하는 작품들이다. '혁명적 대작'에서 그의 문제의식이 보다 강하게 드러나는 것은 다른 형식에 비해 창작형식이 자유로웠기 때문일 것이다. 따라서 '사회주의 개조'[178]와 '농업협동화'를 다룬 『석개울의 새봄』과 『축원』에서 그의 문제의식이 강하게 나타난다. 사회주의 개조는 개조에 걸림돌이 되는 것을 무조건 낡은 사상으로 치부함으로써 문제를 배태하기 시작한다. 천세봉은 사회주의 개조화 과정 속에서 파생된 문제를 인간의 소외로 지목하여 작품에 반영하고 있다. 그는 사회주의 개조과정에서 나타난 개인의 문제와 집단의 문제를 소외를 통해 민중들의 갈등을 다양하게 묘사해 내고 있다.

소외(alienation)란 사회과학에서 자신의 주변, 노동 및 노동의 산물, 자아로부터 멀어지거나 분리된 것 같은 감정 상태를 가리키는 말이다. 현재 소외는 무력감·무의미성·무규범성·문화적 소외·사회적 고립·자기소외 등의 현대적인 개념으로 규정되고 있다. 여기서는 사회적 관계에 의해 나타는 심리적 측면의 소외를 중점으로 살펴보도록 하겠다. 심리적

---

178 '사회주의적 개조'는 사상은 물론 사회의 전반 구조에 대한 개조를 말한다. 농업협동화는 농촌에서 낡은 생산관계의 청산과 새로운 사회주의적 생산관계의 수립을 의미한다. 따라서 농업협동화 운동에서 내세운 주요 슬로건은 '농촌의 사회주의적 개조'이다. 농촌의 사회주의적 개조란 경리 형태의 개조일 뿐만 아니라 농업생산의 기술적 개조를 의미하는 것이며, 농민들의 낡은 사상의식 개조를 의미한다. 조선로동당 중앙위원회 당력사연구소 편, 『조선로동당략사』 2(1979년판), 돌베개, 1989, 35면. 이처럼 전후의 절박한 필요성에 의해 시작된 농업협동화는 사회주의 개조로 발전하게 되는데 이는 사회경제적 측면에서 볼 때 소유관계의 전체적인 변화 속에서 자연스럽게 진행되는 것이었으며, 내부적으로 분단이 급속하게 고착화되는 속에서 당분간 조속한 통일을 기대하기 어렵다는 점과 통일을 위해서는 급속한 전후복구와 경제발전이 필요하다는 북한 지도부의 판단이 작용한 것으로 보인다. 정대화, 「전후 복구건설과 사회주의제도의 확립」, 강만길 외편, 『북한의 정치와 사회』 1(한국사 21), 한길사, 1994, 197면.

측면에서의 소외는 두 종류로 나타난다. 첫째는 개인적 정체성의 상실 또는 인간성의 근본적 전환이고, 둘째는 사회와 타인으로부터의 고립 자기 격리, 접촉, 상실, 무감각, 기계적 태도에 의한 정서적 반응과 정서관계의 교체 등이다.[179]

『석개울의 새봄』이 창작될 당시 북한은 마르크스-레닌주의에 입각하여 개인주의를 자본주의의 산물인 인간의 소외를 일으키는 근본 요인으로 인식했다. 마르크스는 계급사회에서는 계급적 인간이 그의 본질적 측면을 규정하며, 여기서 노동은 더 이상 창조적이지 않고 소외된 형태로 드러난다고 보았다. 즉 노동이 그 본래의 의미를 상실하고, 노동의 대상화가 대상의 상실과 대상의 노예화로 나타난다는 것이다.[180] 따라서 마르크스는 「경제학 철학 수고」에서 국민 경제학적 상황의 조건을 분석하면서 인간의 소외를 노동의 소외로 환원한다. 이 작품에서 문제가 되는 것은 노동시장 속에서 노동자 자신이 상품화가 되면서 느꼈던 소외를 타파하기 위한 개조과정이 또 다른 소외감을 불러일으키고 있다는 점이다.

사회주의 개조 시대에 개인은 이름도 개성도 상실한 채 조합에 흡수되어야 했으며, 아직 새로운 질서에 대한 믿음도 얻지 못한 채 옛 가치들은 뿌리 뽑히게 되었다. 봉건제적 기존 질서가 파괴되면서 사람들은 개인보다 집단을 강조하는 사회 속에서 소외감을 느끼게 된다.

천세봉의 작품에서 소외는 크게 집단의 소외와 민중의 소외로 구분된다. 집단의 소외는 북한의 중공업 우선주의에서 파생된 농촌의 소외이다. 민중의 소외는 『석개울의 새봄』에서는 동요계층의 소외와 기성세대의 소외로, 『축원』에서는 사회적 양심 속에서 표출되는 소외로 구분되어 나타난다.

---

179 Rotenstreich. N., 정승현 역, 『청년 맑스의 철학』, 한울, 1983, 145면.
180 생산이 노동을 사물의 영역으로 이전 시키고, 노동자의 실재를 부정한다는 것이다. Karl Marx, "Ökonomische-Philosphische Manuscripte, 1884", *MEGAI* 3, p.83; Marx, trans. T. B. Bottomore, "Economic and Philosodhical Manuscripts", in Erich Fromm, *Marx's Concept df Man*, New York : frederick Ungar, 1951, p.95; Rotenstreich N., 앞의 책, 145면 재인용.

(1) 집단의 소외

『석개울의 새봄』3부를 지배하는 것은 중공업 우선주의에서 파생된 갈등 즉 농업 소외 정책에서 파생되는 문제이다. 천세봉은 먼저 윤병국의 관료주의적 모습과 집단 이기주의를 통해 나타나는 집단 소외를 그린다.

천세봉은 윤병국을 통해 개인적 사업 작풍이 한 집단을 소외시키는 양상과 영향에 대해 다음과 같이 지적하고 있다.

군 농업 임경소 지배인 윤병국은 관료주의적 인물이다. 그는 석개울의 농업 경영을 사사건건 문제 삼아 지원을 회피함으로써 창혁의 사업을 방해한다. 그가 석개울 농업 경영에 지원 회피하는 것은 조맹원이 날조하여 퍼트린 창혁의 이야기를 양태섭에게 듣고 나서부터이다. 윤병국은 날조된 이야기를 듣고 룡이를 동정하게 되고 창혁의 사업을 방해한다.

그는 농업 기계화를 지원하러 나온 농업 임경소의 트랙터 운전수들을 사주하여 밭을 대충 갈아 버리게 만든다. 그리고 국가의 소중한 재산인 트랙터가 고장이 났음에도 사고 경위를 조사하지 않는 임경소 지배인 윤병국의 관료적인 사업 작풍은 집단 이기주의를 통해 타 집단을 소외시키는 형태로 나타난다.

천세봉은 윤병국의 관료주의적인 모습을 통해 "중앙이 도를 도와주고 도가 군을 도와주고 군이 리를 도와주는 사업체계를 똑똑히 세워 당면한 애로를 뚫고 나가야할 것입니다"[181]라는 김일성의 교시와는 달리 공과 사를 구분하지 못하고 직권을 이용해 한 단위 조합의 지원을 미루는 모습 속에서 탁상행정의 관료주의적 모습을 고발한다. 당시 '지배인 유일관리제'는 관리·운영의 모든 문제를 지배인이 결정·처리하고 책임지게 되어 있었다. 따라서 개인의 독단에 따른 폐해가 따랐다. 관료주의적인 윤병국에 대한 묘사는 개인의 독단에 따른 폐해가 지적된 공업관리체계에

---

181 김일성, 「강서군당사업지도에서 얻은 교훈에 대하여」,『김일성 저작집』2, 평양 : 조선로동당출판사, 1960, 515면.

대한 비판이다. 그리고 더 나아가 집필 당시 들불처럼 번진 새로운 공업 관리 형태인 '대안 사업체계'에 대한 당위성의 설파로 보인다.

표피적으로는 천세봉이 이 문제를 관료주의적인 윤병국 개인의 문제로 축소시키고 있는 것처럼 보이지만 그를 통해 비판하고 있는 것은 당의 중공업화 정책으로 인한 농업정책의 소외이다.

당시 공업 우선주의 노선을 걷던 북한의 농업현장에 대한 지원은 매우 미약했다. 농촌에 대한 미약한 지원은 결국 농촌 내의 집단 이기주의를 불러 오게 하였다. 집단 이기주의는 맥여울 조합이 조합 통합 과정에서 사료축적물 등을 공동 관리하지 않고 조합원들끼리 분배해버리는 것과 인재를 도시로 빼앗기지 않으려는 모습에서 드러난다.

특히 3부에서는 협동화 과정 속에서 경직성이 심화되어 조합의 결정에 조금의 이견만 보여도 동요세력, 조합파괴 분자로 몰리게 되는 상황까지 연출되며 조합이 험악해져 간다. 그들의 경직성은 집단주의로 발전하여 리봉근이 손재주가 좋은 아들을 평양의 대학에 보내려 한 사건에서 극대화된다.

당에서 농촌의 과학화와 기계화를 요구하는 때에 창혁은 과학적 지식을 가진 기술자가 필요함에도 불구하고 리영호를 대학에 보내지 못하게 한다. 당시 진학의 문제는 리영호뿐만 아니라 당시 진학기의 청년들이 지니고 있던 고민이었다.[182] 최학수의 『평양시간』에서도 진학의 문제를 놓고 갈등하는 인물이 나온다. 그러나 이 작품의 인물은 작업장 속에서 노동의 경험과 수령의 원대한 뜻 속에서 자신의 대학 진학에 대한 희망이 자유주의적 발상이었음을 깨닫고 대학진학을 포기한다. 그러나 천세봉은 이 문제를 국가의 절박한 상황을 외면한 채 자신의 욕망만 채우려는 개인의 자유주의적인 발상에서 머물지 않고 농·공 간의 문제로 확대시킨다.

---

182 『평양시간』에서 진학을 고민하는 상철은 대학진학의 욕망을 죄의식화 한다. 그리고 수령의 은덕에 감복하여 현장에 남는 것으로 처리된다.

그것은 창혁이 농촌의 기계화를 위해 교육의 필요성을 절실하게 느끼고 있는 것에서 드러난다. 그러나 지금은 때가 아니라는 식이다. 이러한 논리의 모순은 당시 사회에서 농촌에 젊은 일손의 부족현상과도 맞물린다. 인력부족을 극복할 수 있는 방법은 농촌의 기계화이다. 기계화를 이루기 위해서는 고급인력이 필요하다. 그럼에도 자식을 대학에 보내고자 하는 리봉근의 소망을 창혁을 낡은 사상에서 비롯된 사상성의 문제로 파악하고 치부해 버리는 것은 인력이 부족한 이때 한 사람도 도시로 빼앗길 수 없다는 집단 이기주의에서 나온 것이다.

이것은 농촌 지원이 거의 되지 않는 상황 속에서 모든 자원과 인력이 도시로 집중되는 것에 대한 반발의 한 표현이다. 그리고 농민들의 노동이 도시인들을 먹여 살리기 위한 행위 이상의 의미를 지니지 못하게 되었다는 점도 농·공 간의 갈등을 증폭시키고 있다. 이것은 농·공 간의 갈등을 통해 강력하게 농촌의 기계화에 대한 피력을 한 것으로 볼 수 있다.

결국 북한의 중공업우선주의 정책은 농촌에 대한 외면을 야기했으며 자력갱생을 원칙으로 하는 북한에서 이기주의를 초래하게 되었다. 이기주의는 거시적 안목을 흐리게 함으로써, 주먹구구식 조합운영으로 결국 조합 경영의 실패를 가져온다.

창혁의 조합 경영의 실패의 표피적인 원인은 1960년 2월 8일 김일성이 청산리 방법을 제시하기 위해 한 연설 「사회주의적 농촌경리의 정확한 운영을 위하여」에서 찾을 수 있다. 김일성은 이 연설에서 농업협동조합의 주된 사업이 농사짓는 일이라고 밝히고 있다. 그럼에도 농사보다도 다른 사업에 힘을 분산시킨데 사업의 결함이 있다는 지적이다.

그런데 지난해에 이 조합에서 로력을 배치한 것을 보면 제일 중요한 농산작업반에는 전체 로력의 약 50%가 돌려졌을 뿐이고 나머지 로력은 다 다른 사업에 동원하였습니다. 기계화작업반이라든가 건설작업반을 아주 없애버리라는 것은 아닙니다. 농기계들을 수리하는 것도 농사하기전이나 또는 농사를 다 해놓은 뒤에

하는 것이 좋고 건설작업반에서도 농사철에는 집을 짓는 것보다도 우선 생산적
건설을 많이 해야 합니다.[183]

그러나 이러한 문제가 발생한 것은 창혁과 같은 인물들이 위의 김일성
의 교시처럼 농사에만 전력할 수 있는 환경적·물질적 토대가 정책적으
로 지원되지 않았다는 데 더 큰 원인이 있다.

일례로 모내기할 시기에 모가 모자라 급히 다른 조합에서 모를 빌려
와야 하는 상황이 발생하는가 하면, 거름용 니탄을 산같이 채취하고도
운송을 못해 거름을 대지 못하는 사태가 벌어진다. 이것은 당시 농촌이
인력의 수가 부족하고 기계화가 되어 있지 못한데서 온 경영적 실패로
바꿔 말하면 중공업 우선주의의 당 정책에 대한 비판으로도 비춰질 수
있다. 결국 조합 경영은 실패하고 창혁은 군당위원장 강영환에게 소환돼
실패에 대한 질책을 받는 것으로 3부는 마무리된다.

천세봉이 그린 창혁의 조합 경영의 실패는 1958년 당시 전 지역의 농
업협동화 성공하였다고 발표한 북한의 입장에서 볼 때 상당히 당황스러
운 부분이라 할 수 있다. 속도전에 의한 시일 단축과 생산력 증대로 승리
하는 모습만을 보여주던 천리마 시대에 나왔다는 점에서 의미심장하다.
이것은 천세봉이 정책을 입안하는 전문가들보다도 농촌의 실정을 정확
하게 꿰뚫고 있었음을 보여준다. 그리고 리영호의 진학 포기 역시 개인
의 고민보다는 주변에 의해 처리·결정되고 있다는 것에서 이 작품이
'천리마 시대'에 나온 작품과 다른 점을 보여준다.

천세봉이 3부에서 제기한 문제는 점차 누적되어 1980년대에 이르러
도시와 농촌의 격차는 물론 계급의 문제까지 파생되는 결과를 가져왔다.
따라서 당은 이전 정책의 오류를 인정하고 정책을 수정할 수밖에 없었기
때문이다. 혁명적 낭만성과 승리만을 지향하던 북한문학에서 조합 경영

---

183 김일성, 「사회주의적 농촌경리의 정확한 운영을 위하여」, 『김일성 저작집』 14, 조선로동당출판사,
  1981, 58면; 백두연구소 편, 『북한의 혁명적 군중노선』, 백두, 1989, 83면.

의 실패를 보여주는 작품이 나왔다는 것은 실로 파격적이라 할 수 있다. 국가재건 이데올로기가 강하게 작용하고 있던 천리마 시대에 이와 같은 당원의 오류와 집단 이기주의를 통한 집단윤리의 오류 그리고 그로 인한 실패는 당 정책에 대한 전면적인 비판 행위이며, 천리마의 시대에 반하는 내용이다. 3부가 단행본화 되지 못한 까닭은 작품이 당원의 오류와 사업을 실패를 극복하는 모습에서 마무리된 것이 아니라 실패하는 모습에서 끝났기 때문으로 보인다.

이처럼 천세봉은 당시의 사회 분위기와 당 정책을 설파하면서도 농촌의 소외를 통해 북한 내에 내재되어 있던 갈등을 보여줌으로써 농촌 이기주의화 되어 갈 수밖에 없는 실정과 농민들의 불만을 묘사하고 있다.

(2) 민중의 소외

① 동요 계층의 소외

작품 속 인물들의 소외는 집단화를 추구하는 북한의 사회 분위기 속에서 개인 경리에 집착하는 인물들에 의해 나타난다. 개인경리에 대한 집착 때문에 협동조합과 갈등하는 대표적 인물은 1부에서는 탁수일·조형모·마영감 등 중농들이며, 2부에서는 박 씨 문중의 중종 토지를 관리하는 박중근 같은 부농이다. 이들에게 나타나는 소외는 사회와 타인으로부터의 고립, 자기 격리와 기계적 태도에 의한 정서관계의 교체 그리고 정체성 상실에서 비롯된다. 이 인물들은 북한사회주의 체제에 적응하지 못한 인물들이다.

이들은 북한에서 말하는 기본군중[184]이다. 기본군중은 당이 의거하고 있는 계급적 지지 기반[185]이다. 기본군중에는 동요계층이 포함되어 있다.

---

[184] 기본군중이란 용어는 『김일성 저작선』에서 발견된다. 근로인민대중의 자주성을 실현하는 투쟁에 절실한 이해관계를 가지고 혁명의 주력을 담당하게 되는 기본역량으로 노동자, 농민이며 사회주의 사회에서는 근로인텔리도 기본군중에 속한다. 조선로동당 중앙위원회 당력사연구소 편, 『김일성 저작집』 9, 평양 : 조선로동당출판사, 1980, 488~489면.

동요계층은 위기상황에서 믿을 수 없는 부류들로 분류된 북한 체제의 중간계층이며, 일반노동자·기술자·농민·사무원 및 그 가족들로 구성되어 있다. 이들은 당 정책에 동화되지 못하고 자신의 이익에 따라 움직이는 세력들이다.[186] 그러므로 이들은 작품 속에서도 소소유자적 근성이나 문벌주의 또는 공동 관리의 허점 속에서 갈등하고 고민한다.

마영감[187]은 쉰다섯으로 정직하고 양심이 곧은 성실한 중농이다. 그는 평생을 성실하게 땅과 씨름해 왔으며 매듭진 큰손이나 굵은 뼈마디도 흙 때문에 자라고 흙 때문에 세졌다. 투전을 해보거나 술을 먹은 적도 없다. 그러나 사리에 밝고 성실한 그도 소소유자적 근성 때문에 조합과 대립한다. 이 근성은 땅에 대한 마영감의 애착에서 비롯된다. 그의 애착은 마지막까지 조합가입을 거부하게 만든다.

여기서 해마다 수확이 나는 것은 보통논의 갑절이다. 참으로 이런 토지는 마인렬에게 있어서 땅이라기보다 찍으면 피방울이 나올 육체의 한부분이라고도 말할 수 있을 것이다. 논을 가는 호리나 쇠스랑, 호미 같은 것도 자기 손때가 먹은 것이면 그걸 연장으로 알지 않고 그 이상의 소중한 것으로 아는 마령감이다. 그의 말에 의하면 쟁기도 손에 정을 붙여야 쓸 맛이 좋고, 토지에도 농민들이 정을 붙이지 않고는 제 소출을 못 낸다고 하였다. 마령감의 모든 것은 마령감의 정과 굳게 맺어져 있다. 지금 동네 간부들이나 자기 딸들의 권고조로 조그만치 눈뜨려고 하는 협동 조합에 대한 새 생각 따위는 이와 같이 오랜 세월을 두고 뿌리 박힌 낡은 생각을 도저히 이길 수가 없었다.[188]

185　조선로동당 중앙위원회 당력사연구소 편, 『김일성 저작집』 25, 평양: 조선로동당출판사, 1983, 344면.
186　『조선말 대사전』 1, 평양: 사회과학출판사, 1992, 815면 참조.
187　천세봉은 1966년 5월 20일자 『문학신문』의 「독자 작가 평론가」에서 자신의 경험에 의하면 작품 인물 거의가 원형에 기초해 있다고 밝히고 있다. 마영감은 작가의 큰아버지가 원형이 되고 있다. 마영감의 사상과 신념의 핵과 성격적 핵을 큰아버지에게서 발견했다는 것이다.
188　천세봉, 『조선문학』, 평양: 조선작가동맹출판사, 1992.4, 76면.

위의 인용문에서 볼 수 있듯 마영감에게 땅은 자신의 육신과 같다. 마영감의 심리 상태는 당시의 토지개혁을 통해서야 땅을 가질 수 있었던 농민들이 가졌을 법한 심리이다. 이러한 마영감이 사적소유를 포기하고 조합에 드는 것은 쉬운 일이 아니었을 것이다. 땅을 신체의 일부처럼 생각하는 사람들에게 사적 소유와 개인 경영을 포기하게 하기 위해서는 그에 상응할 만한 보상과 조합관리 형태에 대한 긍정적인 측면의 폭 넓은 이해가 필요하다. 그러나 작품 속에서는 조합을 효율적으로 운영하기 위한 창조적 방법의 구현에 대한 강조는 드러나지만 사상을 기본으로 틀어쥐어야 한다는 기본적 지도적 원칙은 드러나 있지 않다. 조합 경영이 개인 경영보다 왜 더 효율적이고 좋은지에 대한 설명도 생략되어 있다. 이것은 마영감의 말 속에서도 잘 드러난다.

> 글세 난 내가 잘 한대서가 하는 소리가 아니라 덮어놓구 조합이니까 잘 되구 개인이니까 못 된다는 그런 수작들은 듣기가 싫여서 하는 말일세.[189]

당원 어느 누구도 조합 경영의 효율성이나 필요성에 대해 마영감에게 이야기해주는 사람이 아무도 없었던 것이다. 따라서 개인 경리에 상응하는 보상이 돌아간다고 하더라도 그 필요성을 깊게 인식하지 못하는 마영감과 같은 사람들은 조합에 드는 것이 꺼려지는 것이 당연하다.

천세봉은 이러한 문제를 해결하기 위해 생산 양식의 차이를 수확량을 통해 보여준다. 마영감의 땅에 대한 고민이 깊어질수록, 마영감과 조합의 대립이 깊어질수록 공동생산의 우위성은 더욱 극대화된다. 생산수단의 소유 형태에 따라 생산 양식을 결정한다는 마르크스주의 경제 이론에 비추어 볼 때 농기구나 밭을 조합에서 공동으로 소유하고 있던 때는 개인의 사적소유에 대한 자본주의적 탐욕으로 인해 독점하던 때와는 다른

---

189 위의 책, 121면.

생산양식의 차이를 보여주고 있다. 조합은 죽은 노동과 산 노동에서 우위를 점해 풍작을 거둔다. 그리고 결국 마영감은 풍작을 거둔 조합을 보면서 조합에 가입하게 되는 것이다.

천세봉은 좌파의 생산력주의의 힘을 마영감을 통해 체험하게 하여 사적소유에 의한 생산수단의 독점이 공동생산에 뒤질 수밖에 없다는 기본적인 사례를 제시한다. 이로써 마을에 가장 근면하고 성실한 인물을 조합에 흡수하는 데 일단 성공한다.

그러나 농업협동화는 테일러주의적 모델로 노동의 표준화와 노동의 일괄적 생산과정을 통해 생산력주의의 극대화를 보여주는 가장 자본주의적 모델이다. 자본주의를 거부하는 이들이 자본주의의 극단적인 모델을 통해 생산력 증대를 지향했다는 점에서 모순이 나타난다. 모순은 협동농장을 통한 단일화·획일화로 이기주의를 배척하고, 생산력 증대에 효과를 가져왔으나 또 하나의 소외와 작업장의 민주주의를 외면하는 현상을 낳았다.

이러한 모순을 천세봉은 작품 속에서 지성·상상력·창의력 등의 요구를 통해 생산적 활동이 기계적이고, 신체적인 측면으로 환원되는 것을 막고자 하지만 낡은 것으로 분류되는 기성세대들에 대한 관료 중심의 작업장 통제는 농민들을 주체로 설 수 없게 한다. 이것은 삶의 질보다 삶의 만족도의 문제와 깊이 관련을 맺는다. 협동화로 인해 삶의 질은 높아졌지만 북한이 택한 극단적인 모델로 인한 표준화는 사람들로 하여금 삶의 만족도에 불만을 갖게 한다. 삶의 만족도에 대한 불만은 조합 가입 후에도 갈등하는 마영감의 모습에서 잘 드러난다. 다음의 인용에서 마영감이 느끼는 무력감과 무의미성이 잘 드러난다.

사실 그는 조합에 가입은 했으나 이 겨울 동안 조합에 대한 불만이 은근히 자라올랐다. 마령감으로선 그럴 만 한 리유가 있다. 그는 조합 생활을 하게 되면서 늘 무엇인가 잃어버린 것 같이 마음이 허전해지기 시작했다. 날이 갈수록 점점 더

했다. 일 년 동안이나 고집을 부리다가 조합에 들 때는 집안 식구들도 모두 기뻐했고 또 실상 자기의 마음도 무거운 짐을 벗어 던진 듯 거뜬했다. 그런데 조합에 들어서 석 달 가까운 동안 일을 했는데 도무지 일에 재미라곤 붙일 수가 없었다. 새끼를 꼬고 가마니를 꾸미고 잠구를 만들고 소 바를 드리고……. 일은 허다히 했는데 하나도 자기 필요와 자기 계획에 의해서 한 게 아니고 작업반장이나 분조장이 시켜서 했을 뿐이다. 생각해 보면 자기대로 한 일이란 하나도 없고 그저 시키는 대로 하면 그만이였다. 래일 할일을 오늘 알 수가 없고 어떤 땐 서투른 작업반장이 작업 배치를 잘못해 놓았다간 금시 새끼를 꼬는데 와서 다른 작업에 가라고 소리를 지르기도 했다. 좋게 생각하면 기계고 나쁘게 생각하면 흉물이 된 셈이였다. 모두 조합이 좋다고들 하는데 마 령감은 조합 사업이 내일처럼 안겨 오질 않았다. 자기의 토지, 축들이 조합의 어느 구석에 들어가 있고 농사 준비가 어떻게 되어 가는지 셈판을 알 수가 없었다. 관리 위원회에선 밤낮 수판을 튀기며 계획이야, 중간 총화야 하고 떠드는데 마 령감의 귀에는 그저 웅성웅성하는 소음으로만 들리였다.[190]
(강조-인용자)

자기 계획에 의해 농사를 지어 오던 마영감이 분업화가 되어 버린 조합 일에 재미를 붙일 수 없는 것은 당연한 일이다. 더구나 조합을 건설할 수밖에 없었던 상황이나 전후 복구에 있어 조합건설로 인한 식량 증대가 국가적으로 얼마만큼이나 심각하고 사활이 걸린 문제인지에 대한 마영감이 납득할 만한 설명에 대해서는 모두가 외면하고 있다. 농사에서 얻는 성취감이 박탈된 상황에서 그의 불만이 증폭되는 것이다. 그리고 이전 농법은 물론 그들이 땅에 가진 애착마저 낡은 것으로 치부하는 조합에서 노인층에서 느끼는 것은 "좋게 생각하면 기계고 나쁘게 생각하면 흉물이 된 셈"이라는 정체성 상실이다.

따라서 마영감 노동과정 내 기계와 기계적 노동의 밀접한 연관체제를

---

190 천세봉, 『석개울의 새봄』 2부, 평양 : 조선문학예술총동맹출판사, 1963, 18~19면.

만들어 내는 협동조합이라는 체제 내에서 기계화되어 간다는 느낌을 받는다. 이와 같은 현실은 그들의 행위를 프락시스(praxis)[191]가 아닌 포이에시스(poiesis)[192]로 전락시키고 만다. 즉 이들은 농사가 정치적인 사유에서 다른 노동과 동일한 차원으로 간주되면서 신과 교섭하던 종교적 특성[193]을 박탈당하고 제작자로서 장인이 되어 버린 것이다. 그들은 신화를 지향하면서도 노동에서는 신화성을 제거하고 자본주의 최악의 모델을 흡수함으로써 생산자가 사용자에게 의존하고 봉사하게 만들고 있다.

자본주의가 지니고 있는 노동의 소외에서 인간을 해방시키고자 한 당국의 노력이 아이러니하게도 자본의 극단적 고안물을 통해 생산력을 극대화시키고자 하는 방향으로 진행되었다는 점에서 일치와 괴리가 오는 것이다. 마영감은 자신의 운명을 자기 스스로의 통제에 따르지 않고 외적인 힘이나 숙명, 또는 운이나 제도의 작용에 의해 결정되는 느낌, 행위자가 아닌 제작자로 전락한 삶에 대한 전반적인 목적 상실감 등에서 소외감을 갖게 된다.

이러한 소외는 북한이 테일러주의라는 모델을 택할 때부터 배태된 것이었다. 마영감의 이러한 인식은 당시 농업협동화 진행과정 속에서 많은 농민들을 지배하던 큰 문제점이었던 것 같다. 그러나 사회 복구와 건설을 위한 중공업 우선주의로 선회한 당은 초기에는 이러한 이들의 감정을 감싸 안을 여력이 없었던 것으로 보인다. "농사 준비가 어떻게 되어 가는

---

191 Vernant Jean pierre, 박희영 역, 『그리스인들의 신화와 사유』, 아카넷, 2005, 348면. 베르낭은 프락시스는 합리적이고 정치적 존재인 인간의 본성에 부합하는 자유로운 활동을 의미하며, 이 고유한 의미의 행위가 성립하려면 사실 활동은 그 자신 안에서 자신만의 고유한 목적을 지니고 있어야 하고, 그리하여 행위자는 자신의 행동을 실행할 때 한 일로부터 직접적인 이득을 얻는 것이라고 말한다.

192 포이에시스는 프락시스의 대립 개념으로 자유롭지 못하고 종속되며, 생산자가 사용자에게 의존하고 봉사하도록 만들어 주는 제작 작용을 뜻한다. 포이에시스를 진정한 활동이 프락시스와 구분하기 위해 아리스토텔레스는 그것을 단순한 운동(kinesis)이라고 불렀다. 위의 책, 349~350면. 이 말은 생산 또는 창조를 뜻하는 그리스어이다. 시학(poetic)에서 이 말에서 나왔다.

193 농업 종교적 표상이 남아 있다고 베르낭은 지적한다. 그것은 인간이 신들의 동의를 얻지 않고는 농사일을 수행할 수 없었기 때문으로 분별이 있는 사람들은 곡식과 열매를 잘 보살펴 달라고 신들에게 제사를 올렸다는 것이다. 위의 책, 329면. 남한 농촌에도 아직까지 이와 같은 제의식이 남아 있다.

지 셈판을 알 수가 없었다. 관리 위원회에선 밤낮 수판을 튀기며 계획이
야, 중간 총화야 하고 떠드는데 마령감의 귀에는 그저 웅성웅성하는 소
음으로만 들리였다"는 마영감의 생각처럼 1960년 청산리 방법이 나오기
전까지 관료주의적 행태인 아랫사람의 형편을 고려하지 않는 '내려먹이
는 식'[194]의 사업방법이 일반화되어 있었다는 것을 추측할 수 있다.

　작품 속에서 가장 흡입력을 발휘하는 마영감의 이러한 비판적 태도 때
문인지, 『석개울의 새봄』 2부는 조합 내의 민중들의 다양한 고민과 갈등
을 보여주고 있음에도 불구하고 평가가 좋지 않다. 평가를 의식함인지는
몰라도 3부에서의 당 정책의 비판자로서의 마영감의 역할은 매우 축소
되어 버린다. 그렇다고 해서 당 정책에 대한 문제제기를 포기한 것이 아
니다. 3부에서는 여러 인물들을 통해 다양한 방법으로 조합 경영이 실패
할 수밖에 없는 원인을 중공업 우선주의의 당 정책으로 돌리고 있기 때
문이다.

　『석개울의 새봄』 1·2부의 탁수일과 조형모는 동요계층을 대표하는
인물들이다. 그들은 제국주의나 자본주의를 타파하기를 바라는 혁명적
농민이라기보다 제국주의든 자본주의든 그 테두리 안에서 자신의 상태
를 개선하고자 하는 후진적인 농민이다. 따라서 이들은 부르주아들의 대
리인으로 작용할 가능성이 큰 인물들이다. 이러한 면모는 그들의 의식의
흐름과 행동에서 나타난다.

　중농이며 상업과 밀접하게 관련을 맺고 있던 탁수일은 보통학교를 나
온 인물이다. 그는 해방 전부터 소유했던 약간의 재산에 해방 후 토지 개
혁에서 더 분배받은 토지와 정미소 주권까지 소유하고 있어 비교적 경제
적 여유가 있다. 탁수일은 병천의 꼬임에 정미소를 팔려다 실패하자 조
합에 들어가지만 개인주의적 근성을 쉽게 버리지 못하고 조합을 빠져나
오는 문제까지 고민한다. 그가 조합에 가입한 것은 박중근처럼 개인농

194　이 용어는 「사회주의적 농촌경리의 정확한 운영을 위하여」(1960.2.8)에서 처음 사용되고 있다. 백
　　　두연구소 편, 『북한의 혁명적 군중노선』, 백두, 1989, 95면.

고립화 정책 때문이었다. 즉 국가에 순응할 때 자신을 유지시킬 수 있다는 인식이 강하게 작용하고 있었다. 그는 "공화국이 사회주의로 나가는 건 틀림없기 때문에 하루라도 먼저 조합원이 되는 것이 유리하다"[195]는 생각을 가지고 조합조직에 적극적으로 참여하려고 했다. 앞으로 "국가에서는 개인경리보다 협동경리를 우선적으로 생각"[196]할 것이기 때문이다. 그러나 조합 조직의 과정에서 토지를 어떻게 공동 운영할 것인가, 소의 축력을 사람의 노력과 어떻게 비교해 계산할 것인가, 그리고 농기계를 무상으로 조합에서 회수하느냐 하는 문제가 계속 제기됨에 따라 갈등하게 된다. 왜냐하면 "이 무서운 소용돌이 속에서 자기의 불어 가기 시작하는 재산이 조합에 빨려 들어가고 말 것 같았기 때문"[197]이다.

이와 같은 생각은 그에게 조합이 농기구를 모으는 사업을 벌일 때 낡은 것을 내놓게 하고, 미국의 간첩인 강덕기와 서기표로부터 이용당하고 있는 박병천으로부터 아비산을 가축들의 축사에 뿌리라는 유혹을 받게 하는 계기가 된다. 그러나 그런 탁수일을 열성적인 조합원으로 변화시키는 것은 당 정책이나 사상적인 교양이 아닌 양심에 대한 호소와 설득이다. 탁수일은 조희모로부터 한평생을 바르게 살아온 아버지 탁준서의 일화를 듣게 됨으로써 물욕에 어두웠던 자신을 뉘우친다.

그리고 그는 그 이후 관수기를 제작에 나서고, 병천이의 일을 폭로함으로써 조합 경영의 핵심적 인물로 변하게 된다. 그러나 이때부터 탁수일은 또 다른 소외를 느끼게 된다.

여기서 탁수일이 느끼는 소외는 계급적 소외이다. 북한 당국이 '원쑤'가 아닌 이상 모든 동요세력에 대해 포용하는 듯 보인다. 그러나 이들의 출신성분에 대한 차별이 곳곳에서 감지된다. 그 차별을 받는 그 대표적인 인물이 탁수일과 금란이다.

---

195 천세봉, 『석개울의 새봄』 1부, 평양 : 조선문학예술총동맹출판사, 1958, 26면.
196 위의 책, 26면.
197 위의 책, 170면.

이들은 사상적으로 변화되어 조합 일에 열성을 다하지만 그들은 동요 세력의 굴레에서 벗어나지는 못한다. 「석개울의 새봄 3부」에서 조합원들이 은연중에 그들을 관리의 대상으로 분류하고, 감시의 대상이며, 그릇된 판단으로 조합에 해를 언제든지 미칠 수 있는 인물들로 치부해 버리는 것이 그것이다. 그리하여 조합원들이 그들의 의견을 무시하고 조롱하는 사태까지 빚어진다. 이것은 당시의 사회 분위기를 반영한 것으로 이러한 소외와 갈등은 사회주의 개조 진행과정에서 확립되기 시작한 새 질서와 '8월 종파사건'[198] 이후 경직된 사회 분위기 속에서 파생된 것으로 보인다.

중농인 조형모는 소의 공동관리 문제로 협동조합과 충돌한 후 조합을 탈퇴하고 비방하는 인물로 나온다. 그는 아내마저 조합원이여서 개인경리가 불가능한 상태였다. 그러므로 조형모는 조합에 대한 불만이 많았다. 그러나 "개인농이라는 것들은 왜 이렇게 모두 천치 같은 것들인가!"[199]라는 그의 불평처럼 조합에서 탈퇴를 하고 보니 마영감, 탁수일, 박병서 등 자기보다 나은 사람들은 모두 조합원이다. 조합에 들지 않는 건 "권치도와 같은 자기같이 부족한 인간들이 생각이 모자라서 들지 않는 게 아닌가"[200]하는 생각마저 들지만, 조맹원의 꼬임과 조합에 대한 오해로 조합을 탈퇴한 뒤 아내까지 버린다. 그리고 조형모는 조합에 내놓았던 소를 다시 끌어와 팔아 버리기까지 한다. 이 일로 인해 형 조희모와 의까지

---

198 8월종파사건이란 1956년 8월전원회의에서 윤공흠이 개인숭배와 중공업 우선주의를 비판하면서 불거졌다. 윤공흠이 입장은 당 노선에 반대되었으며 김일성과 당에 대한 비판적인 성격을 띤다. 이는 공개적으로 당 규율을 파괴한 것이나 마찬가지였다. 이 사건은 애초 성격과는 무관하게 권력투쟁의 양상으로 번지자 소련과 중국이 사건 해결을 위해 개입하였다. 양국의 압력으로 북한은 반대파(최창익, 윤공흠, 박창옥)에 제거에 대한 조치를 철회했지만 중앙과 지방에서는 대대적인 반종파 투쟁이 전개되어 이들은 완전히 제거되었다. 「당중앙위원회 1956년 8월전원회의와 최창익도당의 폭로분쇄. 조선로동당 대표자회. 반혁명에 대한 공세 강화」에서 "전원회의는 최창익도당의 발악적인 도전에 대하여 즉석에서 섬멸적인 타격을 가하는 단호한 조취를 취하였다"고 적고 있다. 조선로동당 중앙위원회 당력사연구소 편, 「당중앙위원회 1956년 8월전원회의와최창익도당의 폭로분쇄. 조선로동당 대표자회. 반혁명에 대한 공세 강화」, 『조선로동당략사』(1979년판), 돌베개, 1989, 66면 참조.
199 천세봉, 『석개울의 새봄』 2부, 평양 : 조선문학예술총동맹출판사, 1963, 245면.
200 위의 책, 245면.

상한 후 석개울 내에서 소외 받게 되자 다른 정착지를 찾아 이 마을 저 마을을 떠돌아다니게 된다.

그러나 북한 전역은 이미 협동조합이 진행 중에 있었다. 따라서 석개울을 떠난 조형모가 다른 마을에서 느낀 것은 자신만이 사회의 기존 가치들로부터 멀어져 있는 것과 같은 문화적 소외와 조합원과 비조합원들 즉 집단 구성원들 사이에서 나타나는 고립감이었다. 이러한 소외감은 그를 외롭게 만들었으며 사회에 흡수되지 않고는 살아갈 수 없다는 것을 인식하게 한다.[201]

이 두 사람은 당 정책에 동화되지 못하고 자신의 이익에 따라 움직이며, 부정 인물들에게 이용당하는 인물들로 동요계층의 심리변화 및 움직임을 잘 보여준다. 이들이 당 정책에 수용되는 것은 조합의 우월성보다는 소외감 때문이다. 당에 흡수되었을 때 삶의 안전을 보장 받을 수 있다는 인식은 믿으면 사후가 보장되고 그렇지 않으면 벌을 받는다는 종교적 인식이 치환된 것이다. 전통적인 설화에서 이와 같은 부류는 대부분 벌을 받는 것으로 마무리가 되는데 비해 여기서는 뉘우치고 다시 공동체에 복귀한다는 점이 사회주의적인 특징을 보여주기도 한다.

다시 복귀한 두 사람은 열성적으로 조합 일에 참여하게 된다. 당에서는 마영감이나 탁수일, 조형모 성격 발전을 통해 낡은 근성에 젖은 농민들을 계급적으로 각성시키고 사회주의 건설자로 한 인간을 변모시켜 나가는 조합의 우월성을 강조하고 싶었겠지만 천세봉이 택한 방식은 양심에 대한 호소였다.

이것은 당시 북한의 농촌 사회가 당 정책보다는 인간에 대한 정과 도덕적 양심이 우선했음을 보여준다. 이 지점에서 천세봉과 문예정책의 차이가 보인다. 사상과 형상을 중시하는 엄호석 계열의 평론가들로부터 비판을 면치 못한 것이 바로 이와 같은 천세봉의 견해 때문이다.

---

201 강명수도 1부에서 조합과의 갈등으로 인해 잠시 조합을 떠나지만 그 역시 다른 마을에서 느낀 것은 조형모와 같은 소외였다.

여타 종교에서 개체들에 분명히 존재하는 악마적 요소를 인정하고 교화를 통해 점차 극복해 나가는 것처럼 천세봉은 기독교의 '거듭남'이라는 기제를 통해 비약적인 단계를 인정하고 있는 듯하다. 바로 이점은 북한의 정책과 차이를 지닌다. 북한이 처벌보다 교화를 우선하기는 하지만 당시 북한의 사상체계에서 이와 같은 비약적인 단계를 인정하기가 쉽지 않았을 것이다. 이는 사상체계의 근본 형식에 해당하는 변증법과 양립하는 것이기 때문이다. 왜냐하면 사상으로 무장되지 않은 탁수일과 금란은 교화되어야할 상황에 언제든지 다시 빠질 수 있는 동요세력이기 때문이다. 그러나 천세봉은 탁수일과 금란을 재교화 대상으로 설정하지 않는다. 반면 '거듭남'에도 불구하고 출신성분 때문에 차별받고, 의심받는 모습을 묘사하여 사회의 경직성에 직격탄을 날리고 있다. 이와 같은 당시 상황에 대한 핍진한 묘사는 엄호석 계열의 평론가들에게 인간의 다양성의 묘사가 아닌 '기록주의'로 비쳤을 것이다.

이 작품에서 흥미로운 인물은 박병천이다. 그는 마을에서 신임을 받지 못하는 협잡꾼이다. 그는 본시 성격이 교활한데다가 젊었을 때부터 장사판에 묻혀 다니면서 협잡으로 남의 재산을 가로채는데 능수하여 새삼이[202]라는 별명까지 얻는다. 그는 해방 후에도 투기와 협잡으로 생활을 꾸려왔다. 그는 처세술에 능한 자로 전쟁 때는 치안대에 가담을 했고, 종전 후에는 남조선으로 도망칠 생각을 하나 여의치 않자 자수를 하고 살아가지만 그는 언제든지 북반부를 미군이 밀어 낼 수 있다고 믿는다. 그렇기 때문에 그는 조합이나 사회주의 개조에 매진하고 있는 이 사회에 미련이 없다. 또한 그는 노력보다는 사기를 쳐서 한밑천 잡으려는 인물로 그의 사기는 조합뿐만 아니라 미국의 간첩인 강덕기에게까지 미친다.

그러나 이러한 박병천에게도 갈등은 있다. 그것은 말 한마디에 반동으로 몰렸던 당시 경직되어 있던 사회적 분위기와 연관이 된다. 박병천은

---

202 구렁이의 일종이다.

칠성이가 간첩인 줄 모르고 도와준 후 그가 죽자 그에게서 얻은 권총 한 자루 때문에 고민에 빠진다. 그는 자수를 하고 떳떳하게 살아볼까 생각도 해보지만, 자신의 지난날의 전력과 당시가 아닌 시간이 지난 후의 자수라는 것이 의심과 처벌을 받게 될 것이라는 두려움에 빠지게 되는 것이다.

이 두려움은 자신의 전력으로 인해 북한 사회에 편입될 수는 있지만 공민으로서의 자신의 위치가 언제든지 위태로워질 수 있다는 불안과 자본주의적 질서에 길들여져 있는 그가 새로운 질서에 느끼는 소외감 때문이다. 따라서 그는 그 불안에서 탈출하기 위해 완전히 편입될 수 없는 북반부가 아닌 남반부를 지향하게 되는 것이며, 자신이 좀 더 편하게 살 수 있는 사회를 꿈꾸게 된 것이다. 그리하여 그는 그 꿈을 이루기 위해 간첩들과 야합해 조합을 파괴하는데 앞장서게 된다.

물론 천성적으로 사기꾼 기질이 있는 병천은 품성에 문제가 있는 인물임에는 틀림없다. 그러나 그가 살해당하기까지 아무도 그를 신뢰하지 않았으며, 그의 그릇된 점에 대해 따뜻하게 비판해 주거나 훈계로 그를 교화하려는 사람도 없다. 창혁과 룡이는 그를 끊임없이 의심했으며, 신뢰하지 않았다. 병천 역시 자신을 신뢰하지 않는 그들에게 소외를 느꼈으며 불만을 품었다. 그리고 그의 태도는 개선을 보이지 않은 채 이전 삶의 행태를 지속했던 것이다.

② 기성세대의 소외

천세봉은 진보와 보수의 투쟁에서는 그 투쟁의 한 가운데 기성세대들을 배치해놓고 있다. 여기서 노인들 즉 기성세대는 낡은 것으로 치부된다. 이것으로 인해 번민하는 사람은 마영감과 조희모, 탁준보와 같은 노인들이다.

마영감과 탁준보는 중농으로 농업협동화에 비협조적인 사람이었지만 조희모는 그들과는 다르게 토지개혁의 수혜를 준 당을 어머니처럼 여기며, 당의 교시를 따라야 한다고 생각하는 사람으로 조합에 누구보다도 열성적이다. 그러한 그에게도 고민이 찾아온다. 그의 고민은 조합의 조직 체계라는 관계 속에서 시작된다.

조희모는 자신보다 지위가 높은 딸의 명령을 받아야 하는 것에 대해 탁준보가 빈정대자 관리위원회의 배치에 불만이 생긴다. 조희모가 괴리감을 느끼게 하는 원인은 '지위반란(Status Revolt)'에 있다. 송복(宋復)은 안정된 사회에서는 '지위반란'이 일어나지 않는다고 말한다.[203] 당시 북한은 사회주의 개조를 통해 국가의 안정을 꾀하려고 하던 때였다. 그러므로 낡은 것을 새것으로 개조하기 위한 과정에서 '지위반란'의 수반은 필요불가결의 요소였다. 그러나 당시까지 가부장적 서열체계가 확고했던 북한에서 반봉건 청산 속에 진행된 지위반란을 통한 서열 파괴는 기성세대들에게 불안감을 안겨 주었던 것 같다. 여기에서 당시 급격한 변동 속에서 불안한 위치에 처해 있던 북한 기성세대들의 감정을 읽을 수 있다.

지위반란의 문제는 검증되지 않은 '젊은 세대'들 즉 사회적 '반란' 분위기를 타고 고위직에 오른 사람들이 경험이 부족해 현장과 현실을 모르는 '이념형' 지도자가 되어 버리는 데 있다. 사회에 꼭 필요한 인간형은 '신선한 사람(Fresh Man)'인데, 경험이나 능력도 없는 사상성만 투철한 '새 사람(New Man)'을 '신선한 사람'으로 착각[204]하는데서 문제가 발생한다. 지위 반란의 문제는 창혁과 룡이에 의해서 노출된다.

조희모는 거름을 만든다는 이유로 창혁의 지시 아래 민청년단원들이 우사와 돈사에 흙과 낙엽을 쌓음으로써, 탁준보와 더불어 가축축사를 청결히 유지해온 노력을 수포로 만드는 것을 보면서 언짢아진다. 아무런 의논도 없는 상태에서 창혁의 머릿속에 그려진 계획대로 움직여야하는 노인들은 답답해질 수밖에 없다. 그렇기 때문에 그들은 창발적인 방법이라고 내놓는 창혁이의 계획을 보면서 그가 실성한 것 같다고 생각한다. 뿐만 아니라 노인들의 의견들은 당의 계획 앞에서 번번이 묵살되기 일쑤

---

203 「요즘 사회는 지위반란 상태」, 『조선일보』, 2003. 9. 18.
204 위의 글.

이다. 조합은 그들의 풍부한 경험이나 지식을 인정하지 않고, 그들의 의견을 낡은 생각으로 몰아붙이면서 비판부터 가한다. 창혁의 이러한 태도는 조합 일에 열성적이었던 기성세대들에게 반발을 가중시켰다.

천세봉은 지위 반란에 대한 불만을 제거하고 당위성을 확보하기 위해 룡이를 농사의 여신으로 만들고 있다. 룡이는 전업 농사꾼이 아닌 처녀임에도 수십 년 동안 농사를 지어 온 농민들도 입이 떡 벌어질 만큼의 해박한 지식을 자랑한다. 그러나 룡이의 농사 경험이라고는 아버지의 일을 중간 중간 도왔던 것과 중학교에서 배운 지식, 경작에 관한 책 한·두 권을 읽은 것이 전부이다. 그럼에도 그녀는 농민들을 모아 놓고 호박을 잘 자라게 하는 법 등을 지도를 하고, 또 그해 호박 농사가 풍작이 드는 기적까지 행한다.

천세봉은 룡이를 통해 과학의 중요성과 지식의 중요성을 역설하려 했지만 그러기에는 룡이가 행하는 일들이 개연성이 너무 떨어진다. 농사가 요구하는 지식은 각자의 경험과 관찰을 통해 얻어지는 것이지 경작책 한·두 권으로 얻어질 수 있는 것이 아니기 때문이다. 룡이는 새것에 민감한 청년세대이다. 그러나 농사에 전문성이 떨어진다는 점에서 전문 농업인들에게 신뢰를 얻기 힘들다. 그럼에도 수십 년의 경험을 통해 얻은 지식을 완전히 무시하고, 공식이나 방법을 토대로 사업을 진행해 나가는 독단적인 행태에 대해 기성세대는 불만을 가질 수밖에 없다. 이에 마영감은 창혁을 향해 다음과 같이 독설을 퍼붓는다.

"이 놈 네가 다 잘 하는구나! 그래 다른 사람은 농사두 모르구 조합두 모르지. 허니까 시비할 것도 없다. 어서 네 혼자 다 하구 이런 늙은 퇴물들은 모두 관에 넣어서 산에 갖다 묻어라!" (…중략…) 창혁이가 찾아와 구박을 하는 일이 몹시 슬프기도 했다. 그래도 자기가 이때까지는 농사에서 모범 농민이란 말도 들었고 사실 농사 일엔 자기 자신이 막힐 게 없다고 자부심도 가지고 살았다. 그런데 아무리 급변하는 세상이기로 이렇게 사람을 깊은 골짜구니에 떨어진 락엽처럼 만드는 법이 어데 있는가! 내가 농사를 잃어 버렸으니까 저놈들이 나를 사람으로 쳐 주지 않을 밖에 더 있는가![205] (강조-인용자)

기성세대들을 모두 산에 갖다 묻으라는 극단적인 마영감의 말에서 당시 북한 사회의 개조에 주체로 나설 수 없었던 기성세대들의 무력감과 소외감을 느낄 수 있다. 마영감이 이렇게 분통을 터트리는 것은 비단 창혁을 향한 것만이 아닌 기계적으로 당 정책을 입안하고 수행하는 당원들에게 던지는 말이다.[206]

탁수일이나 조형모, 마영감이 사회 개조화 속에서 느꼈던 것은 소외였다. 이 소외는 인물들을 조합으로 흡수하게 하는 계기를 만들지만 한편으로는 조합원들로 하여금 당의 정책에 불만을 품게 하는 계기로도 작용을 한다.

천세봉은 인물들의 심리를 통해 북한정권이 보수로 지목한 동요세력이나 기성세대가 지닌 장점마저 무조건 낡은 사상으로 치부해 버리는 것에서 생기는 갈등과 모순을 다양한 각도에서 보여주고 있다.

그가 보여주는 갈등은 당시 북한 사회의 분위기를 엿볼 수 있게 한다. 당시 북한 사회가 사회주의 개조화를 시도하면서도 이러한 갈등이 노출된다는 것은 소위 인민을 공고하게 당두리에 묶어세우지 못했다는 증거이다.

갈등의 원인은 1부에서는 당원에 대한 교양은 물론 기본 군중들에 대한 교양이 배제된 명령 하달식의 사업체계를 보여줌으로써 당 조직체계역시 아직 자리를 잡고 있지 못한 느낌을 받게 한다. 1부에서의 이러한 문제점은 2부에서 조경수의 비판에 의해 시정되는 것처럼 보인다. 그러나 3부는 조합원들에 대한 꾸준한 교양으로 대중의 창발성을 끌어올리는 효과적인 사업이나, 조합 내 핵심들을 포착하고 체계적으로 육성하는 모습, 계급적 교양 사업 등은 거의 등한시되고 있다. 이 계급적 교양의 등

---

205 천세봉, 『석개울의 새봄』 2부, 평양: 조선문학예술총동맹출판사, 1963, 60면.
206 조합에 현지지도를 나오는 당 간부 김형태나 강영환 역시 농사와는 거리가 먼 노동자 출신이다.

한시나 조합 내에서 사업 총화가 아닌 사업계획에 대한 토론의 부재는 자유로운 논쟁 속에서 어느 누군가에게 종속되어 있지 않은 평등한 자, 동등한 자[207]로서의 위치를 느낄 수 있는 기회를 박탈하여 소외감을 가중시킨다.

인민대중들의 자각을 높이려는 노력 없이 단지 일방적인 당 정책의 수용과 주장만으로는 광범한 대중의 창조적 열의를 모아 내기는 어렵다. 가장 중요한 정치 사업인 사상개조에 등한함으로 인해 야기된 사상의 불일치가 결국 갈등을 불러오는 것이다.

정치사업의 등한시는 주체사상이 본격적으로 대두되기 전이라는 당시의 사회 분위기와도 연관이 있다. 북한에서 사상개조의 선행과 정치사업의 선행이 강조된 것은 유일체계사상의 대두 이후이다. 사상의 강조가 주체사상의 지도적 원칙 속에서 비로소 진행되었다는 사실을 볼 때 이 작품에서 우선시 되어야 하는 사상관철 과정이 보이지 않은 것은 당연한 일이다. 그러나 그의 작품을 당시 노선과 직결해야할 필요가 까닭은 천세봉 자체가 사상에 의한 인간변화에 회의적이라는 점 때문이다. 이것은 주체사상 대두 이후에도 그가 사상에 의한 인물들의 변화를 보여주지 않고 있다는 데서 알 수 있다.

이 작품에서 천세봉은 소외를 통해 민중의 갈등을 포착해냄으로써 생산량 증대라는 긍정적인 면과 농업협동화라는 표준화 과정 속에서 배태된 인간 소외라는 부정적인 면을 동시에 부각 시키고 있다. 부정적인 면의 부각은 승리를 목표로 하는 북한 정권의 지향과는 다른 방향이다. 이것은 충분히 현실을 작가가 주관적으로 요해했다는 비판을 받을 수 있는 부분이다. 이러한 부정적인 측면은 천세봉으로 하여금 기록주의, 도식주의 비판에서 자유롭지 못하게 하고 있다.

그러나 중농·부농 그리고 동요계층들이 생동하게 살아 움직이는 모

---

[207] Vernant Jean pierre, 앞의 책, 245면.

습은 이 작품의 사실성과 예술성을 한층 끌어올리고 있다. 하지만 작품 중 중간 중간 드러나는 인물들에 대한 주관적 개입은 작품의 질을 떨어뜨리는 결과를 초래하였다. 특히 부정적인 인물이나 행동 대한 묘사에는 작가의 주관이 강요된 인상을 주기도 한다. 또한 도식주의 논쟁과정에서 받은 '디테일들이 유기적으로 집중되어 있지 못하기 때문에 지루하고 산만하여 주제의 명확성을 떨어뜨리고 있다'는 유항림의 지적처럼 1~3부가 비슷한 에피소드의 나열로 작품이 지루해진 것은 사실이다. 그러나 1부가 농민들의 소외를 다루고 있다면, 2부는 가문주의와 협동농장에 편입된 사람들의 소외 그리고 농민과 조합의 갈등을 3부는 중공업정책에 의해 파생된 집단 이기주의를 통한 소외를 다루고 있다는 점에서 그의 지적처럼 소외라는 주제의 명확성이 떨어지지는 않는다.

그리고 그는 농업협동화가 끝난 후 그 성과를 작품화한 것이 아니라 농업협동화의 진행과정 속에서 파생될 문제를 염두에 두고 작품을 창작했다[208]는 천세봉의 말처럼 이 작품에서 다루고 있는 문제들이 이후 북한 농촌의 문제로 대두되는 만큼 그의 혜안이 돋보이는 작품이다. 또한 그의 핍진한 묘사는 당시 북한의 상황은 물론 협동화과정에서 파생된 당과 공민들 사이의 갈등 북한 공민들이 지녔던 다양한 고뇌를 엿볼 수 있게 한다.

③ 사회적 양심 속에서 표출되는 소외

---

208 1960년에 레닌상을 받은 숄로호프(M. Sholohov)의 『개간된 처녀지(*Virgin Soil*)』는 콜호즈운동이 본격적으로 벌어졌던 소련의 1930년대 초의 현실을 반영하면서 돈까자크 농민들의 생활에서 일어난 혁명적 변혁을 묘사한 작품이다. 그러나 이 작품은 1932년 1부, 2부는 1960년 콜호즈운동이 끝난 다음 발표되었다. Edward J. Brown, *Russian Literature Since the Revolution*, Massachusetts · London, England : Harvard Universty press, 1982, p.148. 이 작품은 다비도브, 라즈묘뜨노브, 나굴리노브 등 당원들의 지도 밑에 평범한 까자크 마을에서 벌어지는 새 생활 창조를 위한 투쟁에 대한 묘사를 통하여 사회주의의 승리의 역사적 필연성과 합법칙적 과정, 농촌의 사회주의적 개조에서의 당의 영도적 역할을 예술적으로 확증하였다는 평가를 받고 있다. 윤종성 외, 앞의 책, 438면; 최일룡, 「천리마 시대와 외국문학작가」, 『문학신문』, 1961.4.7. 그러나 천세봉은 농업협동화 과정이 끝난 후 그 성과를 소설화한 소비에트 작가들과는 달리 진행과정 속에서 작품을 창작함으로써 농업협동화 과정 속에서 야기될 수 있는 문제점들을 예상해 지적해내고 있다는 점에 『석개울의 새봄』 1부는 의미가 있다.

『축원』은 북한 사회가 강조하는 양심의 문제가 소외를 불러일으키고 있음을 잘 보여주는 작품이다. 정학의 연인 연순은 그가 부상당한 눈을 완치하지 못한 채 고향으로 돌아오자 정신적으로 동요한다. 정학을 사랑하지만 그의 처지를 쉽게 받아들일 수 없었던 연순은 급기야는 마을 떠나 친구 혜숙의 집으로 도망친다. 연순의 고민은 다음 인용문에서 잘 드러난다.

이 괄량이도 멋쟁이 청년이 왔다간 일을 말끝마다 비양했다. 너의 삼촌이나 어머니가 하라는 대로 그 청년을 따라가면 도회지로도 가겠다, 집안이 직위도 높겠다, 영화도 실컷 보겠다. 나 같으면 열두 번도 더 따라 갔겠다 하고 놀려주었다. 그러다가 어느 날 밤엔 한자리에 누워 손을 잡으며 인제라도 정학이의 길잡이가 되라고 진정스민 충고를 해주었다. 그러나 연순이는 어느 말이고 다 억울했다. 멋쟁일 따라가라는 말도 정학이의 영원한 길잡이가 되라는 말도……. 글쎄 내가 그 멋쟁이를 오라고 해서 왔기에 나를 그렇게도 비꼴가. 그리고 내가 한생을 어떻게 정학 동무의 길잡이로만 산단말인가! 내 일생이 제 일생이 아니니 혜숙이야 그런 부추김을 백번인들 못할가, 내가 저되고 제가 나된 경우에 내가 저더러 맘을 돌려보고 권고를 하면 제가 그 말을 받아들일가.[209] (강조 — 인용자)

"그 사람을 잊을 순 없다고 하면서도 그 집 문턱을 어떻게 넘어서겠느냐고 해, 도의상 갈라질 순 없다고 하면서 한평생 앞못보는 사람의 손목이야 어떻게 끌고다니겠냐고 해, 그럼 넌 글쎄 어떻게 하겠다는 거냐?" (…중략…) "나두 그러곤 싶어 그렇지만 그렇게 안 되는게 나야, 난 정말 나를 꼬집고 채찍질하면서도 그렇겐 하지 못하겠구나. 내가 그려보던 생활이 너무도 허무하게 무너졌기 때문에 겁이 나서 그러는지는 몰라도 네가 말하는 대로 그렇게 의젓하게 성큼 발을 내디딜 수가 없구나 정말 난 어떻게 하면 좋니?" 연순이는 울며 부르짖었다.[210] (강조 — 인용자)

---

209 천세봉, 『축원』, 평양: 문예출판사, 1980, 285면.
210 위의 책, 287면.

연순의 이와 같은 복잡한 심정은 보통의 일반적인 처녀가 겪을 수 있는 감정이다. 첫 번째 인용문 강조에서 보여지 듯 "한생을 어떻게 길잡이"로 살아가겠냐는 연순의 생각은 표면적인 이유이다. 그녀의 근본적인 정신적 동요는 정학이 불구라는 이유에서 비롯된 두려움보다 두 번째 인용문의 "내가 그려보던 생활이 너무도 허무하게 무너졌기 때문"이라는 말 속에서 알 수 있듯 신분 상승이나 신분 유지의 좌절에서 시작된다. 이 때문에 정학이 불구가 되었다는 사실이 두려움으로 다가오는 것이다. 그녀가 지닌 신분 상승이나 유지의 욕망은 도당국장이 주선한 선 자리와 같은 자본주의적인 천박한 욕망은 아니다. 정학과의 결합이 자랑스러운 전사의 아내가 아닌 불구자의 아내라는 인식이 더 강했기 때문에 마을사람들의 안쓰러워하는 시선에 신경이 쓰인 것이고, 신분 유지에 좌절을 느끼게 된 것이다. 천세봉은 그녀가 욕망이 신분 상승으로 경도되는 것을 막기 위해 그 가운데 사랑을 배치해 놓는다. 따라서 그녀는 사랑과 신분 유지라는 욕망 속에서 갈등하게 된다.

연순을 마을로부터 도망치게 하는 것은 마을 분위기이다. 의리와 옛정에 연연하지 말고 행복을 찾으라고 위로하는 조봉애와 한증녀, 상이군인과 결혼했지만 명랑하고 밝게 살아가는 한신길의 처 복희의 모습은 그녀의 양심을 자극하였으며, 친동기간처럼 지내던 사양공 처녀 읍별의 노골적 외면과 아버지의 태도에 연순은 마을에서 도망칠 수밖에 없었다.

그러나 연순이 정학을 받아들이기로 결심하고 마을로 돌아온 것은 자각 때문이 아니다. 그녀가 혜숙의 집에 머물며 불구인 정학을 선택하기로 마음먹은 이유는 더 큰 추락에 대한 두려움 때문이었다. 그녀에게 더 큰 추락이란 마을 사람들로부터의 소외이다. 마을 사람들이 연순에게 정학을 선택할 것을 강요하지는 않았지만 그녀의 태도를 못마땅하게 생각한다.

따라서 마을로 돌아온 연순이 달라진 태도를 보였을 때도 갈등하는 그녀의 모습을 보아 온 한증녀나 읍별, 정학, 한신길 등은 그녀를 외면한다. 한증녀가 연순에게 느낀 감정이 서운함이라면, 정학은 자신의 처지에 대한 개인적 양심과 연순에 대한 배신감 때문에, 읍별은 실망 때문에 그녀를 외면한다. 사회적 공감대 속에서 소외된 연순은 조봉애의 위로 속에서 다시 축산반에 편입되기 위해 예전보다 두 배 이상의 노력을 보여야 했으며, 사람들의 외면 속에 외롭게 혼자 일을 해야 했다.

그러나 천세봉은 이와 같은 소외를 세련된 방식으로 연순의 자각의 저층에 감추고 있다. 축산문제를 놓고 당당하게 자기주장을 하는 정학의 모습, 그리고 그의 모습을 자연스럽게 받아들이는 마을 사람들을 보면서 연순은 자신이 선택해야 할 길을 결정하게 된다. 특히 장애의 고통을 떨쳐 버리고 당당하게 일어 선 정학의 모습과 그런 그를 환영하는 마을 사람들의 모습에 연순은 자신이 상황을 너무 얕게, 너무도 천박하게, 너무도 속되게 이해하고 있었다고 자각하게 되는 것이다.

> 육체의 불구를 놓고 사람을 흥정하는 인간이 과연 무슨 인간인가 더구나 우리 모두를 위해서 하늘을 지켜 싸우다가 부상당한 사람의 불구를 놓고 흥정하는 천박한 사람이 있다면 그 영예로운 부상이 무슨 값있는 것으로 되겠는가. 몹시도 유감이라는 표정으로 말하던 강선호의 말이 지금에 와서야 폐부를 찌른다. 정학이에게서 새로 발견한 그 당당한 모습, 부르짖는 그 목소리, 온몸에서 뿜어내는 그 열정, 도도한 기상, 이게 그래 인간의 진정한 아름다움이 아니란 말인가. 무서웠다. 아득히 떨어져 내려갔던 자기가 무서웠다. 어떻게 되여 그의 더듬거리며 내짚는 지팡이만 보았단 말인가.[211] (강조—인용자)

위의 인용은 연순은 개인적 자아가 사회적 자아로 변화되는 장면이다. "아득히 떨어져 내려갔던 자기가 무서웠다"는 연순의 생각은 사회적 양심을 저버리고 자신의 숨겨진 욕망 때문에 갈등했던 자신에 대한 자책이다.

천세봉은 인간의 진정한 아름다움은 육체적 고난이나 장애가 아니라

211　천세봉, 『축원』, 평양 : 문예출판사, 1980, 322면.

자신감 있는 당당한 삶에서 찾을 수 있다는 점을 강조함으로써 연순의 정학에 대한 수용이 소외에 대한 두려움 때문이 아닌 "아득히 떨어져 내려갔던 자기가 무서웠다"는 그녀의 생각처럼 일시적인 천박한 욕망으로 귀결시키고 있다. 이것은 "육체의 불구를 놓고 사람을 흥정하는 인간이 과연 무슨 인간인가 더구나 우리 모두를 위해서 하늘을 지켜 싸우다가 부상당한 사람의 불구를 놓고 흥정하는 천박한 사람이 있다면 그 영예로운 부상이 무슨 값있는 것으로 되겠는가"라는 강선호의 말 속에서도 드러난다.

천세봉이 연순을 통해 보여주는 사회적 양심을 배반할 때 수반되는 소외의 문제는 『석개울의 새봄』에서처럼 비판의 차원까지는 이르지 못하고 있다. 북한 공민이 지녀야하는 계급적 성격의 한 표현인 도덕성은 그들의 윤리의 근간이며, 계급 전체를 위한 규율이다. 그러나 이 도덕성의 강조가 개인적 감정의 자유마저도 양심이라는 잣대로 규제함으로써 개인을 소외시킬 수 있다는 사실을 연순을 통해 보여주고 있다.

2) 개인적 양심에서 사회적 양심으로 변화

천세봉 작품에서 양심의 문제는 초기작품에서 앞의 소외문제에서 살펴보았듯이 개인적 욕망과 관계를 맺는다. 특히 '혁명적 대작'에 나타난 인물들 대부분이 개인적 양심 속에서 갈등하는 인물들이다.

『석개울의 새봄』의 탁수일은 개인적인 영리에 대한 욕망 때문에 조합과 갈등한다. 그는 청렴결백하게 살아온 조부의 이야기를 조희모에 듣고 이기적이었던 자신을 반성하고 조합에 충실하게 된다. 그를 조합에 편입시키는 기제는 도덕률에 의한 개인적 양심이다.

『대하는 흐른다』의 장인표가 갈등하는 것도 양심 때문이다. 그는 해방 후 공산주의자가 헤게모니를 잡는 것을 지지한다. 그러나 그것은 일제강점하에서 민중을 억압하던 친일파와 기회주의자가 싫어서이지, 계급적 관점 때문은 아니다. 그런 그가 공산주의를 택하고 노동계급 속에 들어가려하는 것은 그의 도덕성을 강하게 지배하는 개인적 양심이다.

　　장인표는 담배를 피웠다. 그는 무엇인가 자꾸 가슴이 뭉클뭉클해 왔다. 더구나 명준의 앓는 꼴을 보니 더 량심이 저리고 괴로왔다. 자기는 명준이보다 얼마나 건강한 몸인가? 그런데 지금 자기의 힘과 정열이란 무엇에 소용되고 있는가? 내가 언제나 이렇게 썩은 뜨물과 같이 살아야 하는가? 몸이 불타서 사라지는 한이 있더라도 왜 저렇게 명준이처럼 뜨겁게 살지 못하는가? 명준이의 걷는 길로 내가 못 걸을 까닭이 있는가? 그게 바로 참된 길이게 명준이는 저렇게 열렬히 걸어가고 있지 않는가?[212]

그가 양심이 저리고 괴로운 것은 썩은 뜨물과 같은 친일파와 기회주의들과는 다르다고 생각하면서 자신 역시 기회주의적인 머뭇거림으로 인해 그들처럼 혁명에 길에 들어서지 못하고 있다는 양심의 가책 때문이다. 이와 같은 양심의 가책은 강치덕과 친일파들의 부도덕성을 환기 시키며 그를 공산주의로 이끄는 것이다. 이것은 계급적인 각성이라기보다 썩은 뜨물과는 섞이기 싫다는 개인적 욕망 때문이다. 그 때문인지 천세봉은 그를 완전한 계급적 각성에 이르기 전에 죽음을 맞게 한다.

『고난의 력사』의 재후 역시 장인표와 같은 사상적 각성보다는 개인적 양심에 의해 사고의 변화를 일으키는 인물이다. 지주의 온갖 횡포에도 양심을 외면한 채 생존자로 머물던 재후는 이순이의 사건을 계기로 지주 집의 문을 부수는 행위를 통해 양심을 회복한다. 그러나 천세봉은 2부를 염두에 두었던 탓인지 계모임 수준의 농조에 가입하는 소극적 인식의 변화차원에서 작품을 끝내고 있어 그의 적극적인 변화의 모습은 볼 수 없다.

'항일혁명문학'인 『안개 흐르는 새 언덕』에서 순영이 운동 노선에서

212　천세봉,『대하는 흐른다』, 평양 : 조선문학예술총동맹출판사, 1964, 489면.

이탈한 것은 자신을 개인적 양심을 지키지 못했기 때문이다. 그녀는 한 달수에게 속은 걸 알면서도 개인적 욕망 때문에 그를 이용한다. 그리고 사회적 양심에 의해 교사 생활을 하면서 민중들을 돌보려하지만 그녀의 사회적 양심은 시아버지의 권력 앞에서 무너진다. 그리고 그녀가 사회적 양심을 회복했을 때 순영은 욕망 때문에 "한 발자국 잘못 디딘 죄로 인간을 이렇게 살았어요"[213]라고 양심을 지키지 못한 자신을 질책하며 강민호 앞에서 자살할 수밖에 없었던 것이다.

'수령형상 문학'인 『은하수』에서 한윤은 강창수(차광수)와는 서울 배재고보 동창으로 '남만청총' 책임자이다. 중도적 태도로 인해 그는 국민부 내에서 고인호와 대립하며, '주체형 공산주의자'인 장덕순과 대립한다. 동지인 장덕순이 참살 당하는 것을 묵인했던 한윤이 강창수를 찾아간 것은 조국을 잃은 지식인으로서의 사회적 양심을 지키기 위해서였다. 이것은 강창수에게 외면당한 후 요정에서 술을 마시며 "야, 넌 인제 어떻게 할 작정이냐? (…중략…) 너는 어디로 가고 나는 어디로 가느냐? 우리가 찾는 광복투쟁은 어디에 있느냐, 가슴이 터져 살겠느냐? 독립운동도 조국 광복도 죄다 범이 물어갔다. 가슴이 터져 어떻게 살란 말이냐"[214]라고 울분을 토하는 한윤의 말속에서도 드러난다. 그의 사회적 양심은 그로 하여금 광명을 던져줄 구원자를 찾게 한다. 그리고 그는 감옥에서 김일성을 만나 "아닙니다. 육신이 괴롭진 않습니다. 난 성주동무 앞에서 지은 죄가 너무도 막심해서"[215]라고 말하며 남만청총의 학살의 책임을 인정함으로써 개인적 양심을 회복한다. 그가 개인적 양심을 회복하는 것은 운동 노선에서의 탈락의 두려움 즉 소외 때문이다. 그는 남만청총 테러사건으로 강창수로부터 외면당하고, 감옥에서는 김일성을 만나기 전까지 동지들로부터 소외당한다. 그들의 소외는 그로 하여금 김일성 앞에서

---

213 천세봉, 『안개 흐르는 새 언덕』 하, 살림터, 1996, 650면.
214 천세봉, 『은하수』, 평양 : 문예출판사, 1982, 174면.
215 위의 책, 224면.

"지은 죄가 너무도 막심해서"라는 토로를 하게 만드는 것이다.

'다부작 소설'『유격구의 기수』, 『사령부를 찾아서』에서도 정숙을 통해 사회적 양심인 도덕적 의무를 강조한다. 그것은 민중을 지지 기반으로 활동해야 했던 항일유격대의 도덕성 문제가 그들의 존립과 직결되었기 때문이다. 천세봉은『혁명의 려명』, 『은하수』, 『유격구의 기수』, 『사령부를 찾아서』를 통해 항일무장투쟁의 필요성과 민중들과 유격대의 고단한 삶을 통해 진정 그들이 쟁취하고 청산해야 할 것이 무엇인지를 보여주고 있다.

『축원』에서 양심의 문제는 가정의 혁명화와 깊은 관련을 맺는다. 이 작품이 창작될 당시 북한은 낮은 단계의 공산주의 사회가 완료되었다고 판단하여 높은 단계로의 이행을 준비한다. 이때 필요불가결의 요소가 가장 낮은 단위인 가정의 혁명화였다. 다른 이유로는 북한은 공식적으로 자인하지는 않았지만 붕괴의 조짐을 보이는 경제를 살리기 위해서는 사회 복구와 건설 때와 마찬가지로 공민들의 적극적 협조가 필요했다. 사회 복구기 때는 전쟁피해에 대한 복구라는 전 인민적 공동 과제가 있었고 모범적인 영웅상의 제시를 통해 공민들의 애국심을 충분히 자극할 수 있었다. 그러나 전쟁으로부터 멀어진 시기에 낙후된 농촌을 성장 발전시키기 위해서는 대중적인 영웅의 모방과 '따라하기'라는 개별적인 모델보다는 집단적인 모델이 필요했다. 이를 위한 가장 손쉬운 선택은 사회의 가장 낮은 단위인 혁명화된 가정을 보여주는 것이었다. 혁명화된 가정은 당과 국가를 위해 투신할 즉 당과 수령에 대한 충성심과 나라에 대한 애국심으로 무장한 사람들을 재생산하기에 적당한 공간이었다.

전쟁 유가족은 그 누구보다도 국가와 긴밀한 유대감을 형성한다는 점에서 혁명화되기 쉬운 단위이다. 물론 모든 유가족들이 그러한 것은 아니다. 이를 위해서는 한국전쟁에 대한 북한공민들의 인식을 살펴볼 필요가 있다. 침략전쟁의 경우 이크라전의 예에서도 볼 수 있듯 유가족들은 정부의 정책에 거부감을 보이며 전쟁 종식을 위해 싸우기도 한다.[216] 그러나 당시 북한 인민의 입장은 현재 미국의 유가족들이 느끼는 입장과는 다르다. 북한은 한국전쟁을 미군의 침략전쟁으로 규정하고 있으며 침략한 미군에 의해 지배받고 있는 남한의 해방전쟁으로 규정[217]하고 있다. 그리고 종전직후 미군의 무차별 폭격으로 인해 무수한 피해를 통해 국가의 존망에 위협을 느꼈던 그들에게 국가를 지키기 위한 전쟁 참여는 명예로운 일이었으며, 전사는 영웅적 행위였다. 한국전쟁을 동란이 아닌 제국주의의 침입에 맞서 승리한 투쟁으로 인식하고 있는 그들에게 유가족은 국가와 긴밀한 연대감을 형성한다.

특히 유교적 가부장제가 변형되어 존재하고 있는 북한에서 집안의 가장이 국가와 수령에게 자신의 몫까지 충성을 해 달라는 유언을 남겼을 때 그리고 이를 바탕으로 유가족들이 그 유업을 받아들일 자세가 되어 있으며, 여기에 국가에 대한 신뢰가 더해졌을 때 더욱 가정의 혁명화는 쉬워진다. 이런 측면에서 가정의 불행을 극복한 한증녀 가족의 모습은 따라 배우기의 좋은 모델이 될 수 있었다.

한증녀의 국가에 대한 신뢰는 전방에서 싸우다 전사한 아들의 유언에서 비롯된 것만은 아니다. 토지개혁 당시 직접 하방하여 자신의 거친 손을 가슴 아파하던 김일성에 대한 고마움과 분배받은 땅을 통해 맛본 행복의 기억도 그녀를 국가에 충성하게 하는 기제가 된다. 그리고 이것은 곧 사회적 양심으로 전환된다.

한증녀는 도농산국장이 마을에 내려와 벌방에서는 축산을 하기 곤란하다고 냉상모마저 그만두라고 했을 때도, 관리위원회 부위원장 표중희가 도농산국장의 지시를 추종하고, 일부 농장원들 속에서도 동요가 일어났을 때도 당 정책 관철을 고무한다. 그녀의 이러한 행위는 자신에게 삶

---

216 이라크전으로 아들을 잃은 어머니 신디시 앤은 부시 대통령의 휴가지인 텍사스에서 1인 시위를 벌여 세계의 이목을 집중시켰다. 신디시 앤의 이러한 투쟁은 현재 미국에서 반전 여론을 확산시키고 있다. MBC 일요스페셜, 〈미국과 나〉, 2005.9.11 참조.

217 한국전쟁에 관한 이들의 입장과 발발 배경은 Cumings Bruce · Holliday John, 차성수 · 양주동 역, 『한국전쟁의 전개과정』, 태암, 1989 참조.

의 기반을 마련해 준 당이 내린 과업을 어떠한 역경 속에서도 관철해 내는 것만이 당에 대한 보답이며 사회적 양심을 지키는 것이라는 생각 때문이다. 이와 같은 생각은 인민을 위한 당이 그릇된 정책을 벌일 이유가 없다는 확고한 믿음에서 비롯된 것이다. 당의 오류는 나아가 수령의 오류가 된다. 무오류성을 지닌 수령이 정책의 오류를 범할 리 없다는 견고한 믿음은 당의 결정이 인민의 행복이며, 그것을 집행하는 것이 곧 양심을 지키는 길이라는 인식으로 직결된다. 따라서 양심을 지키기 위해 도농산국장의 지시에 맞서는 한증녀의 행동은 종교적 계율을 지키려는 모습과 흡사하다. 그녀에 의해 수령은 양심의 보편적인 속성에 따라 이념 그 자체가 되어 버린다. 따라서 그녀의 사회적 양심에서 비롯된 충성심은 전 가족에게 이식되고 가정의 혁명화를 이루게 된다.

또한 충성심에 대해 당은 보상으로 그들을 더욱더 고무한다. 종파분자들의 책동을 물리친 다음 선거의 날 한증녀를 만난 김일성은 그녀의 가정사를 듣고 아주 훌륭한 아들들을 두었다고 치하하며 자신이 받은 꽃다발을 그녀에게 안겨 준다. 그리고 평양으로 돌아간 뒤에는 정학의 주치의를 소환하여 치료방도를 모색할 뿐만 아니라 한증녀의 손자인 일남이를 만경대 학원에 보내게 하고 정학을 다시금 치료받게 하여 시력을 되찾게 해준다.

이처럼 국가를 위해 희생한 가정을 당이 책임을 지는 모습은 민중들을 결속시키며 국가에 대한 신뢰와 충성심을 갖게 한다. 그런데 문제는 이러한 과정이 국가 관리 체계라는 시스템 속에서 이루어진 것이 아니라 수령과 인민의 개별 접촉을 통해 이루어졌다는 사실이다. 따라서 국가에 대한 애국심보다 당과 수령에 대한 충성심이 우선하는 이분화 현상이 나타난다. 이는 소설의 마지막 시력을 되찾은 정학이 공군기를 조종하면서 수령에 대한 충성심을 되새기는 장면과 아들이 조종하는 공군기를 바라보며 이 모든 행복과 영광을 수령에게 돌리는 한증녀의 모습에서 알 수 있다.

그리고 한증녀의 손자가 보내진 만경대 학원은 혁명 유자녀들을 육성하는 교육기관으로 일남이가 그곳에서 교육을 받는 것은 당연한 일이다. 정학의 시력을 되찾게 하고 원대복귀 시키는 것 역시 국가가 마땅히 해야 할 일이며, 제도적 장치가 마련되어 있음에도 이 작품에서는 유가족으로서의 권리나 국가보다 수령의 자애만을 강조하고 있다. 비록 이 작품이 '수령형상 문학'은 아니지만, '수령형상 문학'이 모범문학으로 정점의 자리에 올라 있던 시점에서 모범 사례를 발굴해 소설화하였다는 점에서 이와 같은 해결방식은 당연한 것인지도 모른다.

천세봉은『축원』에서 한증녀 일가의 생활을 통해 수령에게 충성할 때 수령의 안녕이 이루어 질 수 있음을 보여준다. 그들에게 충성의 길은 당정책을 잘 수행해 내는 것 즉 사회적 양심을 지키는 것이다. 이를 위해 어버이에 대한 효성심이 충만한 자들은 복을 받는다는 고전적인 교훈을 인민과 수령과의 관계로 치환하고 있다.

『조선의 봄』에서 해방 후 민주당의 조만식이 서도빈농협의회를 창립했다는 소식에 조순근은 지주에게 머슴과 몸종으로 빼앗긴 아들 대복과 친구의 딸 서분을 찾기 위해 지주 서만호와 친분이 있는 조만식을 찾아 평양성으로 간다. 조만식을 만난 조순근은 그의 검소함에 탄복하여 서도 농민회의 세칙에 도장을 찍고 약탕관까지 받아 들고 돌아오며, 자신의 아들과 서분이 풀려날 수 있다는 기쁨에 들뜬다.

조순근의 태도를 보면 그는 자신이 주체가 되어 토지개혁에 앞장섬으로써 자신의 처지를 개선하려는 것이 아니라 다른 권력의 힘과 인맥을 이용하여 자신의 문제를 풀려고 한다. 마을에서 3·7제투쟁이 성공적으로 이루어지자 농조와 자위대의 도움을 받아 대복이와 서분을 빼낼 생각도 하지만 지주와 맞서지 말라는 조만식의 뜻을 거역하는 행동이라 생각하여 포기한다. 이는 아직 봉건제에서 해방되지 못한 순박한 농민들의 낮은 준비 정도를 가늠케 하는 대목이다. 그는 자신이 가져온 소작세칙 때문에 3·7제투쟁의 진행에 애로가 있다는 사실을 알게 되지만 조만식에 대한 믿음을 거두지 않는다. 그리고 서만호가 세칙을 악용하여 소작료를 다시 거둬들일 때도 조순근은 아들 대복이 다칠까봐 서만호의 달구지군들에게 빼앗은 총을 돌려준다. 조순근이 조만식의 이중성을 자각한 것은 자신이 서도빈농협의회의 세칙에 의해 직접적인 피해를 입으면서부터이다. 서만호가 대복을 풀어 주는 대신 소작하는 땅을 떼어버리자 항의를 하러 갔다가 조만식의 이중성을 알게 된다. 정확히 말하자면 그가 조만식의 세칙의 문제성을 인지하는 것은 3·7제투쟁의 진행에 문제가 생겼을 때부터였다. 그러나 그는 자식을 빼내올 욕심에 많은 농가가 피해를 입음에도 외면을 한다. 그리고 자신이 목적했던 바를 이루지 못하고 도리어 땅까지 떼이자 이웃 주민들에게 피해를 주면서도 외면하려 했던 행동이 그제야 절망과 수치심으로 다가온 것이다.

이러한 결과는 개인적인 이기와 주체성의 미약에서 비롯된 것이다. 작품 초·중반부의 조순근은 농민인 자신이 땅의 주인이라는 명확한 자각이 없는 인물로 토지개혁을 다룬 이전의 북한 소설에서 나타났던 인물들과 비슷하다. 그는 토지개혁이 농민들이 주체가 되어 이루어야 할 사안으로 보기보다는 지도자를 잘 만나 얻는 천지개벽, 환천희지와 같은 사건으로 인식한다. 이와 같은 인식이 그를 청탁으로 이끄는 것이다.

그는 자신이 속았다는 사실을 알고 나서야 양심의 가책을 느낀다. 이때 그가 느끼는 양심의 가책은 개인적 양심이다. 그래서 마을 주민을 볼 낯이 없어져 이삿짐을 싸게 된 조순근은 마을 주민들의 권유에 따라 자신의 지난날의 과오를 뉘우치는 혈서를 쓴다. 그리고 조순근은 혈서를 품고 김일성을 찾아간다. 여기서 천세봉은 조순근에게 민족주의의와 공산주의자의 수뇌를 차례로 만나게 함으로써 진정한 지도자가 누구이며 양심을 지키며 살 수 있게 하는 사람이 누구인지를 보여준다.

김일성을 만나고 온 조순근은 김일성의 품성과 임시정부에 대한 것을 알리는 전파자가 되어 주변 인물들을 규합하는 데 큰 역할을 한다. 이때부터 생존자로서 살아가던 조순근은 동조자가 되는 것이다. 그러나 그를 사회적 양심을 지닌 인물로 변화시키는 직접적인 계기는 흥묵의 죽음이다. 서강의 하수인들에게 홍묵이 죽음을 당한 후 그는 계급성을 자각하게 된다. 토지개혁에 주체로 서는 길이 바로 '원쑤'를 갚는 길이며, 민중이 편히 살 수 있는 길임을 자각하게 되고, 개인적 양심 속에서 토지개혁에 뛰어들었던 조순근의 계급적 각성을 통해 사회적 양심을 획득하게 된다.

홍묵의 사위이자 군당 조직부장인 김창규는 머슴출신으로 홍묵의 딸과 야반도주를 하였다가 해방과 함께 돌아온 인물로 원한과 공산주의자의 양심 사이에서 갈등한다. 김창규는 친구의 아버지이자 상전이었던 박병칠이 서만호로부터 땅을 사들였다는 소문을 듣고 그를 설득하러 간다. 하지만 토지개혁을 앞두고 정신없이 땅을 사들이는 노인의 욕심과 지주근성을 보면서 청산을 당하든 말든 포기하고 싶은 마음이 앞선다. 때문에 박병칠이 다섯 정보 이상의 땅을 가진 지주이다라고 말 할 수 있는 근거를 가지고 어린시절 자신이 당했던 설움을 보복하고 싶은 마음이 싹트는 것이다. 그러나 다른 한편으로는 가슴에 맺힌 원한 때문에 공산당원으로서의 양심을 저버릴 수 없다는 생각에 괴로워한다. 이성과 감정의 충돌 속에서 이성적으로는 스스로 청산 대열에 들어서려는 박병칠을 안전하게 이끌어줘야 한다고 생각한다. 그러나 의원인 박병칠이 청산 대상인 서만호나 송상환 같은 지주와는 계급이 다름에도 어릴 시절의 아픔이 투사되면서 감정이 앞서게 되는 것이다. 그는 공산주의자로서 개인의 감정을 초월하는 도량과 깨끗한 양심을 지닌다는 것이 얼마나 힘든 일인지를 박병칠과 같은 사람을 대할 때마다 뼈저리게 깨달으며 자신을 채찍질한다. 이때의 양심은 당원이 지녀야할 계급적 양심이다.

그가 양심 때문에 갈등하는 것은 양심을 저버리는 행위가 곧 당의 오류가 되기 때문이다. 그의 고민처럼 박병칠과 같은 민중들은 자신의 욕망 때문에 오류를 범할 수 있다. 그러나 당원의 오류는 당의 오류가 되며 나아가서 수령의 오류로도 받아들여질 수 있기 때문에 당원의 오류는 수령의 무오류성과 양립할 수 없는 중대한 문제이다. 그렇기 때문에 그는 당과 수령의 무오류성을 해치지 않기 위해, 진정한 공산주의자가 되기 위해 자신의 양심과 싸움을 하는 것이다.

초기 '혁명적 대작'에서 강조해 오던 개인적 양심 문제는 '항일혁명문학'에서는 사회적 양심으로 변화를 보이고 있으며, 대작 소설인 『축원』에 와서는 사회적 양심의 문제로, 『조선의 봄』에서는 당원의 계급적 양심의 문제로 확대되어 사랑으로 귀결되고 있다. 그는 인민대중들에게는 도덕의 근간이 되는 양심을, 당원들에게는 인간에 대한 사랑을 요구한다.

천세봉이 인민 대중들의 문제를 불문법적인 관습을 통해 풀어 나가는 것은 윤리의 근간이 되는 양심이 올바른 사회를 만들 수 있다는 믿음과 이것을 있어야 될 현실로 보고 있기 때문일 것이다. 그러나 천세봉이 천착하고 있는 양심의 문제가 사회적 양심으로 변화된 이후부터는 그것이 개인의 소망이라기보다는 북한 사회가 추구하는 소망으로 보는 것이 좋을 것 같다. 북한을 작동하고, 근간을 유지시켜 주는 기제가 사상보다도 양심이 더 우선한다고 생각해도 좋을 만큼 천세봉은 물론 다른 작가들의 문학에서도 강하게 드러나고 있기 때문이다. 그러나 양심의 문제에서 파생되는 소외의 문제는 사건을 해결을 유도하는 기제이기도 하지만 동시에 개인적 자유를 억압함으로써 사회에 편입시키는 기제로 북한사회가 지닌 문제점으로 보인다. 그리고 천세봉은 소외의 문제성을 충분히 인식하고 있는 것 같다.

천세봉이 천착하던 양심의 문제는 사회적 양심의 문제에 와서야 그는 북한의 대표작가인 석윤기와 권정웅과 접점을 보이고 있다. 석윤기와 권정웅과 같은 작가들이 천리마시기에 사회적 양심을 다루고 있을 때도 천세봉은 국가 이데올로기에 반하는 개인적 양심의 문제를 다루고 있었기 때문에 그들과 문학적 차이를 보인다. 천세봉이 양심을 사상의 우위에 두면서 사회를 작동하는 기제를 보았다면, 석윤기는 사상이 양심을 압도하고 있다. 또한 석윤기는 사회의 작동기제를 사상으로 보는 반면, 권정웅의 작품에서는 사상과 사회적 양심의 문제가 적절하게 조화되어 나타난다는 것이다. 이것은 우리가 천세봉에게 주목해야할 점이다.

이데올로기가 강하게 작용하는 북한에서 개인적 양심의 문제에 관심을 가졌고, 양심을 통해 사회가 지니고 있는 모순을 간파하였으며 그것을 문학을 통해 형상화했다는 점은 그가 농민소설가와 가계형상 작가로서의 대표성 이외에 또 다른 대표성을 지닐 수 있게 하며, 사회인으로서의 인간문제를 깊이 천착한 작가로 자리매김할 수 있게 한다.

제3장
천세봉 장편소설의 인물 유형의 변화 과정

천세봉 작품의 특징은 다양한 인물군상들이 등장한다는 데 있다. 작품에서 인물은 모범자인 영웅과 영웅과 함께 저항하는 저항자, 영웅에 의해 동질화되어 동조자가 되는 인물 그리고 대립적 인물인 반영웅들로 구성되어 있다.

그가 그리고 있는 인물들을 크게 나누면 영웅군, 공산주의적 인물군, 민족주의자 독립투사군을 포괄하는 혁명가군, 민중군 등 긍정적인 인물군과 종파주의자, 지주, 종교인과 같은 부정적인 인물군으로 나눌 수 있다. 이 인물군들은 작품 형식에 따라 시기에 따라 인물의 성격이 변화하고 있으며, 인물 유형도 세분화 되고 있다.

북한에서는 '원쑤'로 지칭되는 계급을 제외한 각 계층이 인민으로 통칭된다. 그러나 인민의 개념은 통치계급까지도 포괄하고 있어 공산주의적 인물군과 민중의 구분을 명료하게 할 수 없다. 기본군중인 인민대중 역시 북한에서 사회운동의 주체임이 틀림없다. 그러나 북한 사회를 운영하는 핵심 세력과 북한을 작동하는 동력인 군중은 계층별 차이를 지닌다. 따라서 이들을 세분화하여 구분하기 위해 피지배 계층이거나 당원이라 도 조합 단위 이상의 직책을 맡지 않은 당원은 인민으로 보았다.

천세봉의 작품에 등장하는 인물군 중 영웅군은 그의 작품이 지니는 신 화성을 잘 보여준다. 이 장에서는 '혁명적 대작'에서 '항일혁명문학'으로 넘어가면서 영웅의 변모 과정과 그 속에서 나타나는 서열화를 통해 '혁명 영웅'과 '대중적 영웅'의 차이와 층위를 살펴보고, 공산주의적 인간형과 반영웅인 종파주의자·지식인·종교인·지주 그리고 민중에 대해 살펴 보고자 한다.

그리고 그로스의 식민지 치하에 나타나는 인물 유형 분류에 도움을 받 아 천세봉 작품 중 일제강점기를 다룬 작품에서 나타나는 인물 유형의 양상과 그의 전 작품에서 나타나는 새로운 인물 유형을 분석해 보고자 한다. 앞에서 밝혔듯이 그로스의 인물 유형의 대입은 일제강점기를 배경 으로 다룬 소설로 한정할 것이다.

인물 유형의 변화에 주목하는 것은 인물 유형이 세분화와 변화를 통해 소설형식의 특징과 천세봉의 지향을 도출해내기 위함이다. 또한 남한에 서 익숙하지 않은 북한의 인물 유형을 남과 북이 수용할 수 있는 인물형 으로 유형화하기 위함이다.

1. '대중적 영웅'과 민중―'혁명적 대작'

'대중적 영웅'이 영웅성을 지니는 것은 그들의 행위가 영웅으로 규정할 수 있는 업적으로 직결되기 때문이다. 영웅적 업적은 인간적 행위의 모 든 덕목과 위험들을 응축한 것[1]으로 일종의 모범적 상태의 행위 곧 창조하고 처음으로 시작하며, 입문시키는 행위(문화를 전파시키고, 그 무엇을 처음으로 만들어내는 영웅, 입문시켜주는 자로서의 영웅)와 위태로운 상황에서 결정적인 순간에 전투의 승리를 보장해주고, 위협받는 질서를 재건하는 행위[2] 등을 들 수 있다. 혁명적 대작에서 '대중적 영웅'에게 속하는 업적은 전자이다.

'대중적 영웅'은 노력형 인간으로 지칭될 수 있다. 노력형 인간은 북한을 비롯한 사회주의권뿐만 아니라 어떤 사회에서건 모범으로 꼽힐 만한 인물형이다. 그러나 이 연구에서는 '대중적 영웅'의 범위를 확대하려고 한다. 천세봉 소설에서 개인의 명예나 이익보다 당·수령·조국과 인민을 위해 묵묵히 모든 것을 바치는 '대중적 영웅'들이 목적의식적 인간형, 행동적 인간형, 헌신적인 조직원으로 산화해 가는 숨어 있는 영웅적 인간형 등 여러 유형으로 나타나고 있기 때문이다.

'대중적 영웅'은 이름 그대로 평범한 민중 속에서 탄생한다. 1950년대 초반까지 북한소설에 등장하는 인물들이 영웅성을 띤 인물들이라면 대중적 영웅은 자신이 의도하지 않은 상태에서 영웅화 과정을 거치는 인물이다. 천세봉의 작품에서 '대중적 영웅'이 최초로 보이는 작품은 『석개울의 새봄』 1부이다.

천세봉이 대중적 영웅을 창조하게 된 이유는 도식주의에서 벗어나기 위한 일환에서 비롯되었다. 천세봉은 1956년 제2차 조선작가대회에서 자신을 비롯하여 작가들이 작품 속에 '당 인간'을 등장시키지 않으면 안심하지 못한다고 고백하면서 그 결과 도식주의에 빠질 수밖에 없었다고 지적한다. 그리고 일부 평론가들이 현실투쟁을 당원들이 해야 당의 역할이 되는 것으로 과민하게 신경 쓰고 있다고 비판하면서 '당 인간'의 묘사를 연설이나 하고 격려나 하는 인간형이 아닌 '당 인간'이 개별적으로 지닌 특성, 그의 생활 자체의 논리성, 밑에서 행동하는 당 인간을 그려야 한

---

1   Vernant Jean pierre, 박희영 역, 『그리스인들의 신화와 사유』, 아카넷, 2005, 422면.

2   위의 책, 422면.

다[3]고 주장한 바 있다.

천세봉의 지적은 작가들이 당원과 당적 인간의 개념을 동일시하고 있는 것에 대한 비판이다. 당시 당원을 당적 인간으로 그리는 것은 가장 바람직한 형태의 인간형을 제시하는 것이었다. 그러나 천세봉은 꼭 당원이 당적 인간 되어야할 필요가 없다는 입장이다. 천세봉은 당적 인간이란 당원과 비당원을 떠나서 누가 더 완전하고 철저하게 당의 사상과 의지를 체현하는가에 의존한다고 생각했다. 따라서 당적 인간의 개념을 확장하였으며 자신의 작품 속에서 이를 실현한다.

창혁과 같은 노력형 인간은 이미 소련의 사회주의 건설과정에서 나타난 콜호즈 소설[4]과 트랙터 소설[5] 속에 등장하고 있기 때문에[6] 북한에서는 새로울 수 있으나 사회주의 국가에선 새로울 것이 없는 인물형이다.[7] 그러나 콜호즈 소설이 영웅의 완성을 보여준다면, 천세봉의 소설은 영웅화 과정을 보여주기는 하지만 영웅으로 완성되는 모습을 보여주지 않는다는 점에서 콜호즈 소설보다 발전해 있다고 할 수 있다. 이것은 '혁명적 대

---

3 천세봉, 「현실 연구 및 도식주의 문제」, 『제2차 조선작가대회 문헌집』, 평양 : 조선작가동맹출판사, 1956, 144면.

4 콜호즈 소설은 소련에서 1930년대 집중적으로 창작되었다. 평범한 주인공이 노력 영웅으로 거듭나는 모습과 인물 좋고 교양있는 여성과의 연애담과 이 여성이 주인공을 적극적으로 돕는 것이 콜호즈 소설의 기본적인 내용이다. 이런 점에서『석개울의 새봄』1부는 콜호즈 소설의 전형을 보는 것 같다. 창혁과 룡이와의 연애담과 당과 인민을 위해 복무함으로서 영웅이 되는 창혁의 모습을 그리고 있는 점이 콜호즈 소설과 다르지 않다.

5 트랙터 소설이란 1930~1940년대 소련에서 집중적으로 창작되었다. 사회주의 건설기 건설을 소재로 한 소설로 통칭된다. 콜호즈 소설과 다른 점이 있다면 콜호즈 소설은 노력 영웅으로 발전해 가는 인물을 그리고 있으며, 트랙터 소설들은 시일단축과 싸우는 노력영웅의 투쟁을 그리고 있다는 점에서 북한의 천리마의 기수의 형상과 비슷하다.

6 창혁과 같은 사회주의 인간의 형상을 묘사한 작품으로는 니콜라이 오스뜨롭스키의 『강철은 어떻게 단련되었는가?』(1932~1934)의 주인공 파벨 코르차긴의 모습과 니베딘스키의 『영웅의 탄생』에서 이미 나타나고 있다.

7 소비에트의 도덕관으로서의 인간미는 자기 생활과 행위를 국민과 조국과 모든 근로 인류의 행복을 위한 사업과 결부시켜 이에 종속되고 있는 인간 속에서만 발견할 수 있다. 소련의 사회주의 건설기 사회주의 건설을 위한 노동과 일반적인 사회주의 생산관계는 노동에 대한 인간의 태도에 큰 변화를 가져왔다. 노동은 고통이 아니라 명예로운 것이며, 소비에트인은 각자 그날의 노동을 사회와 국민, 국가에 대한 책임감을 갖도록 하였다. 여기서 노동의 히로이즘이라는 생각이 나타난다. 마로스 슬로먼, 박성규 역, 『러시아문학과 사상』, 대명사, 1983, 198~199면.

작'논쟁의 성과로 볼 수 있는 부분이다.

천세봉은 '혁명적 대작' 소설에서 대중적 영웅을 통해 민중의 모습을 보여주고 있지만 평범한 민중도 그리고 있다. 평범한 민중의 모습은 다양한 측면으로 나타나는데 천세봉 소설에서 민중의 다수를 차지하는 계급은 농민이나 머슴이다. 민중도 진보적 인물에서부터 성격이 변화하는 인물, 고정형 인물들까지 다양한 모습을 보여준다.

따라서 이 장에서는 '대중적 영웅'과 '민중' 그리고 '공산주의적 인간'형의 차이와 종교인, 지식인, 지주의 모습을 통해 북한에서 인식하는 부정적인 인물에 대해 검토해 볼 것이다. 그리고 이 인물변화에 대해 탐구해 보고자 한다.

1) 사회주의적 개조를 위한 역량의 실제적 동원의 대안-『석개울의 새봄』1~3부

레비-스트로스는 정치적 이데올로기만큼 신화적 사고와 닮은 것이 없으며, 신화가 사회구조 또는 사회적 관계를 반영[8]한다고 간주했다. 토테미즘은 인류사에서 최초로 드러나는 종교의 형식이라 할 수 있다. 프로이트는 토템의 발전과정을 다음과 같이 설명하고 있다. 처음에는 모성신이 등장하고, 대규모의 사회변혁 속에서 남성신과 병존한다. 그리고 모권제는 가부장제 질서에 자리를 넘겨준다[9]는 것이다. 이 과정은 북한문학의 상징조작으로서 신화과정과 유사하다.

북한은 1960년 초반까지 어머니로 대변되는 당을 숭배하며 거룩하고 신성한 것으로 여긴다. 그러나 1960년대 중반 주체사상화 작업이 시작되면서 어머니 당은 어버이 수령과 병존을 하며, 1970년대 들어서는 신의 풍모

8　Levi-Strauss Claude, 김진욱 역, 『구조인류학』, 종로서적, 1983, 197~199면. 신화적 사고의 한 예가 토테미즘과 예술이라고 지적하고 있다.

9　Freud Sigmund, 이윤기 역, 「인간 모세와 유일신교」, 『종교의 기원』, 열린책들, 1997, 117면.

를 획득한 무제한적 권능을 지닌 수령에게 복종하고 충성하게 되는 것이다. 이 과정에 이르기까지 북한 내부에서는 치열한 종파투쟁과 사회적 변화가 일어났으며, 이 투쟁 속에서 김일성은 반영웅으로 상징되는 다른 남성신들을 제거한 후 수령이라는 최고 높은 신의 자리에 앉게 된 것이다.

이 작품의 연재 당시 치열한 종파투쟁의 과정이 있었지만 정치적 악의 상징인 반영웅적 인물들은 정적이 아닌 외부의 적인 간첩들이다. 이들은 매 부마다 등장을 하지만 이들의 활동은 국가권력을 위협할 만한 활동이 아닐 뿐더러, 단순히 한 마을의 조합 파괴에 국한되어 있다. 배경이 전쟁 직후로 반미·반한 감정이 고조되어 있는 때 간첩들이 악마화되어 나타나는 것은 당연한 일이다.

그러나 경각심도 중요한 문제지만 북한에게 더욱 중요했던 것은 내실의 안정이었던 것 같다. 간첩들이 등장하지만 이들이 벌이는 사건은 그리 의미 있어 보이지는 않는다. 이와 같이 별 의미성을 지니지 못하는 간첩을 배치한 것은 작품의 연재 당시 북한이 양식적·철학적·합리적 공고화가 이루어지던 시기였기 때문이다. 당시 가장 심각한 문제는 간첩보다 제어해야할 비주류였다는 점에서 정치적 상황을 잘 반영하고 있다고 볼 수 없다.

그리고 실제로 협동조합 건설과정에서 발생한 문제들은 미제국주의 간첩들의 책동에 의해 발생했다기보다는 농민들의 당 정책에 대한 도전과 조합원들 간의 반목과 불신에서 비롯된 것이었다. 이들은 작품 속에서 조합을 일시적으로 좌절에 빠지게 하나 결국 그것을 계기로 더욱 공고화되고 단합하게 하는 기능만을 하고 있으므로 정적의 악마화에 대한 반영웅에 대한 분석은 다음 작품으로 넘길 것이다.

조합 (…중략…) 이것은 마치 우리의 생활에서 새로운 태아다. 태아는 지금 온갖 늙고 뿌리가 쩌든 장애의 헌누더기들을 찢으며 새 젖줄을 물고 줄기차게 자라나고 있다. 당은 이 새로운 것을 자기의 온갖 지혜와 로력을 다해서 북돋아 길러야한다. 당은 모든 새로운 것의 위대한 어머니다 그렇다 귀중한 새것을 낳는 어머니요, 귀중한 새것을 길러내는 어머니이다.[10]

위의 인용문에서 알 수 있듯 『석개울의 새봄』 1부가 창작된 1950년대에는 당이 하나의 살아 있는 종교이며 영웅을 길러내는 모체였다. 당은 어머니로 상징화 되며, 인민을 기르는 거룩한 것이며, 새로운 것을 창출해 내는 기관으로 인식된다. 따라서 그 자식인 인민들은 어머니 당을 숭배하며, 당 아래서 하나가 되었다. 이러한 점은 작품 속에서 그대로 반영되어 나타난다. 유일사상체계가 등장하기 전인 당시는 수령의 교시보다도 당의 결정이 더 큰 우위를 차지하며, 수령의 존재감도 약하게 나타난다. 이 시기 당은 존엄성과 결속력을 높이기 위해서 사람들이 참여하고, 행동할 수 있는 신화를 필요로 했다.

신화의 반복강박은 사람들에게 신화적인 사건에 참여하고자 하는 행동을 촉구한다. 그리고 같은 제의를 행하고, 같은 규범을 따를 때 그것들을 같이 수행하는 사람들은 서로 동일시[11]할 수 있게 되어서 사회결속이 유지될 수 있게 한다.

식량난을 해소하기 위한 방책으로 농업협동화로 생산력 증대에 박차를 가하던 시기였던 당시는 역량을 동원을 하기 위한 대안이 필요한 때였다. 천세봉은 그 대안을 '대중적 영웅'에서 찾고 있다.[12] 농업협동화에 광범위한 대중적 참여를 이끌어 내기 위해서는 그 행동을 모방하려는 인간의 욕구를 활용할 수 있는 평범한 인민 대중의 신화가 필요했기 때문

---

10 천세봉, 『석개울의 새봄』 1부, 평양 : 조선문학예술총동맹출판사, 1958, 420면.

11 Levi-Strauss Claude, 『구조인류학』(종로서적, 1983)과 『야생적 사고』(한길사, 1999)의 신화의 예들을 참조.

12 이런 '대중적 영웅'의 모습 역시 이미 소련의 콜호즈 소설에서 'heroes of labor' 즉 노력영웅의 모습으로 그 전형이 드러나고 있다. 노력 영웅의 모습을 볼 수 있는 유리 니베딘스키(Yury Libedinsky)는 『영웅의 탄생(*The Birth of a Hero*)』(1930)이라는 작품은 러시아의 프롤레타리아 문학의 중요한 자리를 차지한다. Edward J. Brown, *Russian Literature Since the Revolution*, Massachusetts · London, England : Harvard Universty press, 1982, pp. 113~114.

이다. 사회를 변화시키는 데 있어 개인의 자발성은 매우 중요하다. 이때 신화를 통해 창조된 '대중적 영웅 따라하기'의 욕구는 대중을 동원하기 좋은 비책이었다.

천세봉은 전후 모든 부문에서 핵심적으로 일할 인물들로 제대군인을 지목하고 있다. 제대군인은 조직 체험이 있는 인물들로 조직을 구성하고, 농촌에서 일을 체계적으로 진행할 수 있는 인물들이다. 또한 그들의 전투 경험이 역경에 처했을 때 돌파할 수 있는 추진력이라고 천세봉은 생각하고 있었다.[13] 농업협동화의 주동인 창혁을 제대군인으로 설정함으로써 전쟁에서 격전의 경험이 있는 제대군인이야말로 고난과 시련을 헤치고 나갈 원동력 있는 주 세력으로 본 것이다. 그리하여 그는 고향인 금수리 양수장 마을의 박노인의 아들이 제대해 돌아온다면 훌륭한 관리위원장 감이라고 생각하면서 그를 원형[14]으로 하여 김창혁을 창조해서 글을 쓰기 시작한다.

북한 평론가들은 천세봉이 『석개울의 새봄』의 주인공인 창혁을 통해 당적 인간형의 전형을 완성해냈다고 평하고 있다. 김명수는 당적 인간을 집단적 노동 속에 직접 참가하며, 노동을 통해 당의 사상과 의지를 구현하는 인간, 날카로운 계급투쟁의 최선두에 서 있는 조직적 투사로, 혁명적 성격과 낭만적 인간[15]으로 정의하고 있다. 이를 놓고 볼 때 창혁이 북한 평론가들의 평가처럼 새로운 당적 인간형의 전형에 가까운 인물임을 알 수 있다. 연설과 격려에 그치는 당적 인간이 아닌 행동력과 인민애, 헌

---

13 제대군인이 전후 복구사업의 핵심으로 등장하는 작품들은 많다. 제대군인을 전후 복구사업의 핵심으로 생각하고 주인공으로 삼은 것이 천세봉이 처음이었다면 이것 또한 그가 북한 작가들에게 영향을 미친 것으로 볼 수 있다. 천리마 시기 소설의 주인공들의 신분이 대부분 제대군인이기 때문이다.

14 원형이란 전형창조에서 작가, 예술인들이 의거하는 실제적인 인물로 시대적 본질과 일정한 계급이나 계층의 특징을 집중적으로 체현한다. 그런 의미에서 원형이란 전형창조에 의거하게 되는 사회적 전형이다. 원형에 기초하여 전형을 창조한다는 것은 주인공의 성격을 철저히 원형에 준해서 형상해야 한다는 의미로 원형을 그대로 옮겨 놓는 것이 아니라 예술적 전형으로 재창조해야 한다. 윤종성 외, 앞의 책, 712면.

15 김명수, 「사회주의적 애국주의와 당적 인간, 긍정적 빠포스」, 『문학신문』, 1958.4.3, 2면.

신성, 당에 대한 신뢰 등을 고려해 볼 때 당적 인간형의 틀이 창혁을 통해 만들어졌다고는 할 수 있다.

작품 속에서 창혁은 자기에게 할당된 임무 외에도 전체를 위해 헌신적으로 일하는 적극적인 오토바이형 인물[16]이다. 삼봉산 채석 작업과 저수지 공사, 제반 영농과정의 난관 속에서 이들의 모습은 헌신적인 모습으로 다가온다. 창혁은 북한을 비롯한 사회주의권뿐만 아니라 어떤 사회에서건 모범으로 꼽힐 만한 인물형이다. 하지만 공산주의자로서는 단련되지 못한 모습을 보인다. 그가 누구보다도 당의 의지를 체현하기 위해 노력하지만 당의 사상을 제대로 체현하지 못하기 때문이다. 천세봉은 작품 속에서 창혁을 흔히 만날 수 있는 평범한 인간으로 그려내고 있다. 조합의 관리 운영 사업의 경험이 적은 탓에 판단력도 정확하지 않다. 따라서 그는 당적 인간으로 가기 위한 과정을 보여주는 인물이지 당적 인간은 아니다.

그는 당의 사상과 의지를 체현하는 당적 인간 즉 '공산주의 인간형'과 사상적 측면과 심리적 거리에서 차이를 지니고 있기 때문에 본고에서는 창혁을 당적 인간이 아닌 '대중적 영웅'으로 분류하려 한다. 왜냐하면 작품 속에 이미 조경수, 강영환과 같은 당적 인간형이 등장하고 있기 때문이다.

(1) 조력자로서의 공산주의적 인간형

김형태와 강영환이 기존의 작가들이 그려내던 당적 인간형에 가깝다면 조경수는 당적 인물로 완성도가 높은 인물형이다. 이들은 창혁보다

---

16 오토바이형 인물이란 당시 협동조합 관리위원장을 칭하는 호칭이었다. 밥 먹을 시간도, 잠잘 시간도 없이 일을 해결하기 위해 분주하게 움직인다는 뜻에서 붙여진 별명이기도 하지만 이것은 반대로 일을 피해 여기저기로 도망 다닌다는 뜻도 함께 내포하고 있다. 창혁은 전자에 속하는 인물이다. 김일성은 오토바이형 인물을 예로 들며 관리 위원장은 오토바이형 인간형이, 조합의 살림을 책임지는 통계원은 자전거 인간형이 되어야 한다고 지적하고 있다. 김일성, 「사회주의적 농촌경리의 정확한 운영을 위하여」, 백두연구소 편, 『북한의 혁명적 군중노선』, 백두, 1989, 92면.

당적 인간형에 더 가깝다. 이 연구에서는 당적 인간형을 '공산주의 인간형'으로 통칭하여 하위분류를 할 것이다.

천세봉의 작품 속에서 그려지는 공산주의적 인물군은 엘리트 집단[17]이다. 전위적 엘리트로 조직된 공산주의적 인물군은 프롤레타리아 계급의 의식을 계도하고 이를 대변하는 주체이다. 그들은 대중들에게 쉽게 접근하며, 그러한 접근을 통하여 자신의 권위와 지위를 보강하고 유지한다.

천세봉 작품에서 묘사되는 '공산주의 인간형'은 상위 엘리트인 '주체형 공산주의자'들과 하위 엘리트인 '공산주의적 인간형'으로 구분 할 수 있다. 『석개울의 새봄』에 등장하는 인물들은 모두 하위 엘리트 계층이다. 천세봉은 이 작품에서 상층 엘리트 집단보다 대중 활동을 직접 지도하는 하위 엘리트 계층의 형상에 그 역량을 집중하고 있다. 그 이유는 정치 조직의 안정이 하위 엘리트층이 획득한 도덕성·지성 및 활동 역량에 달려 있기 때문이다. 따라서 하위 엘리트층의 지적·도덕적 결함은 조직 전체에 큰 위험을 미친다. 이들의 결함이 한 체제나 국가 기구의 기능을 통솔하는 핵심적 간부들의 유사결함보다도 바로 잡기 어렵다. 그것은 이들이 대중과 직접적인 접촉을 하고 있으며, 실제로 조직을 운영하는 사람들이기 때문이다. 그런 까닭에 천세봉은 공산주의적 인물군의 도덕성·지성 및 활동 역량에 강조점을 두고 그들을 형상화 해내고 있는 것이다.

'공산주의적 인간형'들은 정신적·사회적 차원에서 타도대상을 선별하고 민족주의적 특성을 고려해 인민에 맞는 정책과 투쟁을 생산해 낸다는 점에서 권위를 가지고 있다. 그리고 다른 인물형에 비해 윤리적이며 온건하다. 이들이 갖는 온건성은 김일성에게서 보이는 특성 중의 하나이

17 　조직을 관리하기 위한 일종의 관리계층(공산주의적 인물군)의 등장은 필연적이지만, 지배계급적 이데올로기 아래의 통치 엘리트와는 달리 경제적으로 생산수단을 장악한다거나 특권의 세습적 점유 같은 현상은 보여주지 않기 때문에 여기서는 엘리트라 명명한다. 고전적 엘리트 이론가인 모스카(mosca)의 서술적 개념에 있어서 엘리트란 그들이 살고 있는 사회 내에서 높은 존경과 매우 영향력 있는 실질적이며, 뚜렷한 특징을 지니고 있는 존재들을 의미한다. 양재인, 『한국정치엘리트론』, 대왕사, 1990 참조.

다. 천세봉의 작품에서 '공산주의적 인간형'들은 당의 입장을 대변하며, 그 일부는 '운반주인공'[18]의 기능을 함께 수행하고 있다.

작가의 창작 의도와 작품에 따라 다를 수 있지만 천세봉의 작품에는 '공산주의적 인간형'에서 '운반주인공'의 역할이 많이 보인다. 그것은 작가가 '운반주인공'에게 혁명적 영웅의 역할을 일임하고 있기 때문이다. '공산주의적 인간형' 중 당의 입장을 대변하며, '운반주인공'의 역할을 담당하는 대표적 인물은 『석개울의 새봄』 2부에 등장하는 조경수이다.

소박하고 털털한 성격의 조경수는 조합원들과 괴리된 모습을 보였던 김형태와는 달리 석개울 조합원들과 함께 하며, 그 속에서 대중들의 신뢰를 획득해나가는 인물이다. 김형태의 지도방식이 당 지침을 전달하는 방식이었다면, 그의 사업 방법은 실질적이고 구체적이며 관여하는 사업도 다양하다. 그는 김형태처럼 상담이나 하고 당원에 대한 비판을 통해 오류를 교정하는 방관자적 입장이 아니라 기본 사건의 직접적 관여자이다. 사업 작풍 역시 원론적인 김형태와는 대조적인 모습을 보인다. 조경수는 1부에서 당원들에게 나타난 소심성을 극복하게 하는 인물인 동시에 당 정책을 효과적으로 독자들에게 이해시키는 역할을 하고 있다. 그는 창혁의 전우이며, 조맹원과는 숙질간으로 긍정·부정적 인물 모두와 관계를 맺는다.

그가 농업생산력에 크게 향상을 가져온 냉상모법을 석개울뿐 아니라 통합된 맥여울과 장산동에게 전파하기 위해 노인들을 모아 놓고 냉상모의 좋은 점을 설명하는 일은 창혁이나 곽봉기가 조합 내에서 하지 못했던 일들이다. 그는 냉상모 판에 사고가 생기자 조합원들에게 간벌의 홍수 이야기나 능금나무와 황금나무 이야기를 들려주어 그들의 불안을 잠재운다. 배타적인 이데올로기가 아닌 동서고금을 막론하고 통용될 만한

---

18 '운반주인공'은 작품의 중심 주인공의 가장 적극적인 방조자 주인공들에게 인물들을 소개하거나, 인간관계를 심화 시키며, 작품의 문제성을 촉발시키는 개성적인 인물이다. 김홍섭, 『소설창작과 기교』(주체적문예리론연구 13), 평양: 문예출판사, 1991, 299면.

고전적 설화를 통해 애국주의와 협동심에 대해 교양하고 있는 것이다. 설화를 통한 교양은 항일무장투쟁 시기 김일성이 써온 방법으로 매우 호소력이 강하다. 호소력이 강하다는 것은 그만큼 대중에게 감동을 전달하는데 위력적이라는 뜻도 된다. 조경수는 감동적인 이야기에 그치지 않고 그 교훈을 통해 대중교양으로까지 나간다. 동요세력으로 창혁을 애먹이며 일을 나가지 않던 부농 리인수마저 감동하여 일을 나가게 하는 모습은 그가 조합원 속에서 갖는 흡인력과 위치를 알게 해준다.

그는 작품 속의 모든 인물과 관계를 맺으며, 집단의 인간관계를 심화시키는 '운반주인공'의 역할을 해내고 있다. 군중 속에서 함께 호흡하며 직접적인 교양을 하는 조경수의 형상은 당시로서는 당 일군 형상화에 대한 새로운 시도가 아닐 수 없다. 조경수의 이러한 모습은 이후 1959년 12월 노동당 전원회의에서 지시된 '청산리 방법'의 내용에서 요구하는 인간형의 모델이 되고 있다.

『석개울의 봄』 3부에 등장하는 강영환은 당적 인간형의 완성판으로 공산주의적 인간형이다. 그는 김형태와 조경수를 반반씩 섞어 놓은 모습으로 등장한다. 그는 냉철하면서도 따뜻한 마음을 가진 대중들을 아낄 줄 아는 지도자이다.

"지금 형편에선 그렇게 밖에 할 수 없는 노릇이긴 하지만 그거 좀 쉽게 해낼 수 없을가……. 너무 땀을 흘려, 조합원들이 자기 사업에 대해 열성을 가지구 땀을 흘린다는 섯은 불본 좋은 일이구 훌륭한 일이지. 그렇지만 간부들은 땀에 대해서 가슴 아프게 생각할 줄도 알아야해. 생각해보우. 저 쌀이 반 말 무게나 되는 쇠메를 하루종일 들었다 놓았다 하니, 그것도 거저 들었다 놓았다 하는 게 아니구 혼신의 힘을 다 써서 메대리군 하는 일인데 아무리 젊은 사람들이니 견디어내겠소? 저 장수 같은 것들이 밤엔 노그러져 신음 소리를 할테니 거 얼마나 가슴 아픈 일이요? 그리구 그 늙은 령감님은 일이 얼마나 고돼? 좀 생각들 해보라구. 쉬운 방법을 찾아내야겠어." 창혁이와 곽 봉기는 강 영환의 말에 가슴이 뜨거워지는 것을 느끼었다. 기계화를 위한 투쟁이란 바로 저렇게 인간을 사랑하는 뜨거운 심장에부터 출발을 해야 되는 것이란 생각이 둘의 가슴을 강하게 때렸다.[19]

위의 인용에서 알 수 있듯 그의 지도는 아주 세심한 부분에서까지 체현되고 있다. 인간사랑은 공산주의자가 갖추어야할 기본 덕목이다. 그러나 강영환은 김형태와 마찬가지로 상담자의 역할에서 머무르고 있다. 조경수가 하급당원으로 농민들과 긴밀한 연대감을 맺고 있다면 강영환은 중간 단위간부를 교양하는 인물로 설정되어 있다. 작품 속에서 그의 비중이 크지 않음에도 공산주의적 인간형을 등장시키는 것은 고급당원의 도덕성과 인간미를 보여 줄 수 있기 때문이다. 이처럼 천세봉은 '공산주의적 인간형'의 개성을 각 부마다 달리 표현하고 있다. '공산주의적 인간형'의 모습을 가장 잘 체현해 내고 있는 인물은 조경수이다. 이들을 볼 때 상급 간부일수록 사상적 측면에서 당적 인간형으로의 완성된 모습이지만 완성형에 가까운 인간형은 대중들과의 사이에 심리적 거리가 있다. 특히 사상수준이 낮은 농민들에게 공산주의적 인간형의 모습은 거리의 편차를 더욱 크게 한다. 그 편차를 좁히기 위한 방도가 바로 '대중적 영웅'의 필요성이다. '대중적 영웅'의 모습은 북한에서 일컫는 '노력영웅'[20]의 모습이다. 이 연구에서는 '노력영웅'의 면모를 보이는 인물들을 '대중적 영웅'이라는 용어로 표현할 것이다.

(2) 대중적 영웅의 출현

'대중적 영웅'은 신탁이나 예언을 통해 나타나는 것이 아니며 출신 역시 고귀하지 않다. 영웅성은 비범성보다는 자기희생과 노력을 통해 드러

---

19 천세봉, 「석개울의 새봄 3부(5회)」, 『조선문학』, 1962.7, 64면.
20 '노력영웅'이라는 표현은 1951년 노력영웅 칭호와 함께 표창 제도가 전쟁 중에 제정되면서부터 사용되기 시작했다.

난다. 그렇기 때문에 헌신적이며 노력형 인물들 중 자기분야에서 성과를 보이는 사람들은 누구든지 '대중적 영웅'이 될 수 있다.

어디서나 흔히 만날 수 있는 평범한 인물이 보여주는 생활 속에서의 영웅성은 사람들로 하여금 '나도 그처럼 할 수 있다'라는 희망과 함께 경쟁 심리를 부추겨 동일화 욕구를 불러일으키게 한다. 이러한 심리는 구성원들의 상호 유사성과 근접성[21]에서 비롯된다. 엘리트형 공산주의자가 아닌 평범한 대중들도 주도적으로 국가사업의 주인공으로 나설 수 있다는 기대는 곧 노동역량의 집중이 필요한 시기 역량을 동원할 수 있는 동력으로 이어진다. 그리고 생산능력 증대를 위한 창조적 방법을 개발하고 시도하게 함으로써 기술향상 효과도 동시에 얻을 수 있다.

이것은 작품 2부의 냉상모 도입 사건에서 잘 드러난다. 농업 생산력의 비약적 발전을 추구하는 조합에서는 냉상모를 도입하지만 농민들은 냉상모 경영에 위험 부담이 많다는 이유로 반대하고 나선다. 곡물 생산량이 1955년까지도 전쟁 이전의 수준을 회복하지 못한 상태[22]였던 당시 관리위원회의 이러한 결정은 생산 증대를 위한 돌파구였다. 하지만 장기간 농사를 지어 온 농민들에게는 위험 부담이 큰 도박과도 같은 사업이었다. 이에 대해 농사에 밝고 농민들의 암묵적인 지지를 받는 마영감마저 "좋구 나쁠게 없어. 나두 랭상모를 해 봤지만 잘못 잡도릴 했다간 농사를 망치는 판이야"[23]라고 경고를 한다.

이 문제를 해결하기 위해 창혁은 평안북도 운전벌 대성 농업협동조합 관리위원장 횡도일을 찾아가 얻어온 두 묶음의 벼이삭으로 농민들을 설득하는데[24] 냉상모법은 평안북도의 김로국이라는 농민이 개발한 농법이

---

21 유사성은 사회적 관계에서 상호 이해를 촉진하며 설득력을 강화할 수 있으며, 근접성은 멀리 있는 존재보다 가까이 있는 존재가 구체적으로 이지되며 설득력을 지닌다. 조종혁, 『커뮤니케이션과 상징조작 현대사회의 신화』, 성균관대 출판부, 1994, 60·63면.

22 김성보, 「북한의 토지개혁과 농업협동화」, 연세대 박사논문, 1996, 200면.

23 천세봉, 『석개울의 새봄』 2부, 평양 : 조선문학예술총동맹출판사, 1963, 55면.

24 1957년 북한 농촌은 냉상모법에 대해서는 기술 강습과 전습회가 조직하고 대대적으로 받아들여 냉상모가 평안남도에서 22%, 전국 총논 면적 10.7%를 차지했으며 작물의 풍작을 이루었다고 주장하

다. 북한을 기아에서 해방시킬 획기적인 농법과 그 성공 사례의 소개는 대중들을 결속시키는 역할을 한다. 또한 대성 농업협동조합의 냉상모의 성공을 보면서 창발성을 키워야 한다고 서로를 고무하는 모습은 그대로 독자들에게 투사되는 것이다.

창혁을 통해 작품에서 제시된 사업 방식은 이후 1962년 "각급 당 단체들은 대중 속에서 창조되는 긍정적 모범을 제때에 찾아내고 그것을 적극적으로 지지하며 모범을 전국적으로 일반화하는 사업을 힘있게 벌여야 하겠습니다"[25]라는 김일성의 교시에 의해 모범을 따라 배우는 방식으로 널리 이용된다.

영웅 발굴 사업에 총력을 기울이는 북한 입장에서 도덕적이며, 희생능력이 뛰어나고, 의연함까지 겸비한 영웅적 행동으로 민중에게 감동을 주는 '대중적 영웅'의 출현은 북한의 경제적 발전과 정치적인 입지를 공고히 한다는 점에서 환영할 만한 일이다.

'대중적 영웅'은 '주체형 공산주의자'처럼 당·수령·인민에 대한 끝없는 충실성을 지닌 인물이라는 점에서 동일하다. 그들은 신념화·양심화·도덕화·생활화된 충실성을 지니고 있다.[26] '대중적 영웅'은 기층 민중들에게서 발견되는 반면 '주체형 공산주의자'들은 인텔리 계층에 집중되어 있다. 또한 천세봉의 작품에서 '대중적 영웅'은 집단주의적 생명관을 드러내고 있다는 점에서 '주체형 공산주의자'들과 구별된다.[27]

고 있다. 그리고 "평안남도 강남구 두암농업협동조합에서는 냉상모를 낸 50정보의 논에서 정당 평균 7톤 200키로그람을 거두었으며 황해남도 배천 구암농업협동조합에서는 전체 논면적의 60%에 해당하는 52정보의 논에 냉상모를 냄으로써 정당평균 2톤 700키로그람밖에 내지 못하던 논에서 평균 6톤을 거두었다." 사회과학원 력사연구소 편, 『조선전사』 29, 평양 : 과학·백과사전출판사, 1981, 31~32면에서 성과를 보고하고 있는 것을 보면 당시 북한에서는 생산력 증대 차원에서 냉상모법을 정착시키기 위해 노력을 했던 것 같다.

25 김일성, 「조선로동당 제4차 대회에서 한 중앙위원회사업총화보고(1961.9.11)」, 조선로동당 중앙위원회 당력사연구소 편, 『김일성 저작집』 15, 평양 : 조선로동당출판사, 1981, 292면.

26 신념없이 양심과 도덕을 지킬 수 없고, 양심과 도덕을 떠나 신념을 고수할 수 없다. 신념, 양심, 도덕을 저버리고는 공산주의자의 참다운 생활이 보장되지 않는다고 『주체문학론』에서 강조하고 있다.

27 '주체형 공산주의자'들 역시 【불멸의 력사】 시리즈에서 집단주의적 생명관을 드러내고 있지만 천세봉의 작품 속에서는 나타나지 않는다.

창혁은 목적의식적 인간형으로 모험주의자이며 노력형 인간이다. 그의 관심은 오직 자신이 추구하는 목적에만 있다. 목적 달성을 통한 성공과 승리를 지향하기 때문에 그의 행동은 진지할 수밖에 없다. 그가 그런 생활 방식을 보여주는 이유는 규범처럼 믿어온 수령의 교시를 받들고, 행동할 때 그 교시에 대해 전혀 의심을 하지 않기 때문이다. 천세봉은 창혁을 흔히 만날 수 있는 결점이 많은 평범한 인간으로 그려내고 있다. 다음 박병서의 말은 공산주의자로서 정제되지 않은 창혁의 저돌적인 사업 방식을 보여준다.

후방사업이란 그렇게 군대식으로 명령만 내리면 척척 되는게 아닌데 아무 일이구 그렇게 급하게 하다간 실패하기 마련이오. 우리 사업에선 짐작이 많구 천천히 걸어가는 게 이기우다.[28]

박병서의 지적처럼 창혁은 군인 출신으로 명령 하달 체계에 익숙한 인물이다. 그는 조합 운영의 경험이 없어 판단력도 정확치 않다.

탁아소의 보모들은 전부 늙은이들이 뽑혔는데 키가 큰 탁수일이 모친 김 성녀는 아이는 안 보고 자꾸 두부 망질하는 데만 내려와서 참견을 들었다. "어이구 아주머닌 아이 보는게 책임이래두 그래요." "글쎄요 난 책임을 잘못 맡았네. 내가 음식간으로 들어가야 하는 걸 그랬어⋯⋯." (⋯중략⋯) "어이구 이 노릇두 해 먹니! 서른 살에 단산을 한 것이 늙마에 와서 조합 바람에 큰 고생을 하는 가부다. 세상에 제애도 보기 힘드다는데 온 남의 애야 어떻게 보는구?"[29]

위의 인용문처럼 김성녀는 애를 좋아하지 않는 여인이다. 그녀는 다른 곳으로 배치되기 바라지만 그 요구는 묵살된다. 위임분공을 할 때 조합

---

28   천세봉, 『석개울의 새봄』 1부, 평양 : 조선문학예술총동맹출판사, 1958, 174면.
29   위의 책, 268~269면.

원의 준비 정도와 개성에 맞게 해야 함에도 불구하고 사람의 적성을 고려하지 않고 일의 중요도에 따라 사람을 배치함으로써 일을 그르치고 있음을 천세봉은 김성녀의 에피소드를 통해 보여준다.

창혁은 원칙론자이다. 그러나 인민에 대한 믿음은 없고 원칙만 있다. 사람들에 대한 교양은 대상의 특성과 준비 정도 그리고 구체적인 환경과 설정에 맞게 다양하게 해야 한다[30]는 원칙에 대해 고민하는 모습도 보이지 않는다. 자신을 잘 따르지 않는 사람들에 대해서는 동요 세력이라는 의심과 비판이 먼저 앞선다. 그리고 한때나마 의욕이 앞서 개인 경영의 정미소를 경영해보려는 영리적인 기분에 들뜨기도 하지만 그것이 도정료를 노리는 착취이며 탈선행위라는 김형태의 지적에 뉘우치기도 하는 인물이다. 또한 사업방법이 세련되지 못해 조합원들을 아량으로 포섭하지 못하고, 조합 내 규율과 질서를 확립하는데 원칙을 바로 세우지 못해 세포위원장 곽봉기로부터 비판을 받는다. 그리고 자신을 비판한다는 이유로 조맹원이나 조경수까지 의심하는 감정적인 그의 모습은 현실적이기까지 하다. 그러나 창혁이 지닌 이러한 결함은 사람들로 하여금 친밀감을 느끼게 하며, 자신과 동일시하는 것을 더욱 용이하게 한다. 천세봉은 창혁의 보편적인 성격적 특성의 강조를 통해 소비에트의 노력영웅들처럼 그를 결코 영웅화시키거나 이상화시키지 않는다.

창혁은 조합의 재산을 횡령했다는 무고에 시달리며, 병천의 처 금란과의 관계를 의심받기도 한다. 이 문제로 2부에서는 조맹원에 의해 도덕적 손상을 입게 된다. 정치적 생명에 입은 치명상은 3부에까지 계속 이어져 창혁을 괴롭히고, 룡이와의 사랑을 방해받는다. 그럼에도 불구하고 창혁이 조합을 이끌어 갈 수 있도록 지탱해주는 힘은 당에 대한 신뢰와 혁명적 낭만성에서 비롯된다. 협동조합은 우리 생활에 큰 전변을 가져다줄 새로운 사업이라는 굳은 확신과 이 길이야말로 생활이 날이 갈수록 행복

30　한 편집부, 『주체의 혁명적 조직관』, 한, 1989, 107면.

해지고, 자라나는 후대가 더욱 아름다운 사회주의 세상, 공산주의 세상에서 살게 할 수 있다는 낭만적인 신념 때문이다.

그러나 창혁의 지나친 열정과 행동은 조합원들을 소외시키며, 혼자 고민하고, 명령만 하달하는 관료주의적인 모습으로 나타난다. 창혁이 군인 출신이라는 점이 고난과 시련을 헤치고 나갈 원동력이 되기도 하지만 명령과 복종에 익숙하다는 점은 장애로 작용한다. 창혁의 창조적 행동은 사람들에게 모험주의로 보여 무리하게 냉상모법을 실행하려던 그는 조합원들의 반발과 원성을 사게 되는 것이다.

창혁의 모험주의적 계획과 행동은 실패로부터 출발한다. 그럼에도 그는 끊임없이 도전하고 성공 신화를 창조한다. 열정과 희생정신은 당에 대한 충실성 때문이다. 그의 삶과 행동은 변화와 창조를 요구하는 당과 긴밀하게 연결되어 있기 때문에 그의 존재는 행동이 멈추는 순간 모든 의미를 잃게 된다. 그 순간이 '헌신적 조직원'의 경우에는 죽음이며, 혁명적 지도자나 모험적 인간형들에게는 자신 속한 당의 승리이다. 이와 같이 당의 승리를 위해 노력하는 창혁의 모습은 그가 지닌 결함에도 불구하고 그의 열정, 희생정신, 당에 대한 충실성을 바탕으로 성공 신화를 창조하는 이후 북한 현대 소설의 '대중적 영웅형'의 전형이 되고 있다.

'대중적 영웅'의 출현은 일손이 부족한 농촌에서의 역량동원의 대안이 되었다는 점에서도 의미가 있는 일이며, 무엇보다 시급했던 생산력 향상을 위해 애쓰는 모델이 필요했던 북한에서 환영할 만한 인물형이었다.

이 작품은 '혁명적 대작' 창작 논쟁에서 문제가 되었던 '영웅성을 부각시키기 위해서는 직업적 혁명가를 그려야 하며, 완결된 인물이 아닌 완결을 지향하는 인물형이어야 한다'는 '전형화 원칙'이 이미 『석개울의 새봄』 1부에서부터 나타나고 있다는 점에서 주목할 만하다.

천리마운동의 영향으로 완결된 인간형이 지배하던 북한문학에서 창혁과 같은 '대중적 영웅'의 등장은 북한 평론가들이 호평했듯이 이제까지 볼 수 없었던 신선한 인물형으로 북한의 다른 작품에서 등장하는 인물들과 구별된다. 그러나 인민대중을 혁명적으로 각성시키며 그들을 혁명가로 키우는 데 이바지하는 작품으로서 혁명투쟁 과정과 투사의 성격이 묘사되어야 한다는 '혁명적 대작'의 내용에서는 절반의 성공만을 이룬 셈이다.

분명 창혁을 통해 혁명투쟁 과정과 투사의 성격이 드러나고 있다. 그러나 다주인공이 등장하는 '혁명적 대작'에서 창혁 이외에 인물들을 혁명가로 키우는 데 이바지하고 있는가 하는 점은 매우 의심스럽다. 「석개울의 봄」 3부에 나타나는 조합에 가입한 인물들 중 탁수일·마영감·금란과 같은 인물들은 충분히 투사적 성격으로 변화시킬 수 있는 인물들이다. 이들을 투사적 성격으로의 변화를 보여주었다면 아마도 「석개울의 새봄」 3부에 대한 평론가들의 태도가 그처럼 냉담하지는 않았을 것이다. 그러나 천세봉은 이들을 출신성분 때문에 의심을 받고, 조합의 눈치를 보는 인물로, 1·2부를 지배했던 마영감 역시 주도적으로 조합에 참여하지 못하는 인물로 그리고 있다. 이것은 천세봉의 동요 계급에 대한 불신에서 비롯된 것이기 보다는 당시의 경직된 북한 사회를 사실적으로 반영하려는 그의 의도로 보인다. 이 점에서 혁명적 낭만성을 추구하는 '혁명적 대작'의 성격과는 멀어져 있지만 천세봉의 동요 계급을 바라보는 당시 시선에 대한 사실적인 묘사는 그의 날카로운 시각을 보여준다. 이것은 북한 당국이 결코 인정하고 싶지 않은 사실이었을 것이다. '기록주의'라는 비판도 바로 이러한 점 때문이다.

하지만 이 작품이 '혁명적 대작' 논쟁이 벌어지기 이전에 창작되었다는 점을 볼 때 일정정도 '혁명적 대작'의 형식과 내용 확립에 이바지한 것으로 보인다. ① 비록 절반의 성공이지만 창혁을 통해 혁명투쟁 과정과 투사의 성격이 묘사되어 있으며, ② 형식에서 대형식, 내용은 광활한 서사시적 화폭을 담되 시대의 본질, 시대의 특성, 시대의 주류를 보여주고 있다. 여기서 대형식은 '혁명적 대작' 논쟁이 이루어지기 전에 이미 북한 문단 내에서 다부작의 형태로 실현되고 있었다는 점을 볼 때 여기에 천세봉이 미친 영향은 그리 크지 않은 것으로 보인다. 그러나 대형식을 통해 시대의 본질, 시대의 특성, 시대의 주류를 이 작품에서 보여주고 있다는 점과 내용과 형식면에서 대작의 면모를 다른 작품보다 먼저 드러냄으로써 대작의 정착에 기여했다는 점은 의의라 할 수 있다. ③ 혁명의 시대를 폭넓게 묘사하되 서사시적으로 반영하여야 한다는 점에서도 크게 어긋나지 않는다. ④ 혁명가의 형상을 기본 주인공으로 창조하되 그의 운명을 예술적으로 일반화해야 한다. ⑤ 혁명사상을 표현하되 그것이 작품에 일관되고 충만되어야 하며, 동시에 사상성과 예술성의 통일이 이루어져야 한다는 점에서도 크게 벗어나지 않고 있다.

그리고 앞에서 지적했듯이 '혁명적 대작' 창작 논쟁이 진행되기 전까지 완결된 영웅상을 지향해오던 당시 북한 문단에서는 창혁의 우유부단한 모습이나 중요한 국가사업인 조합 경영을 실패하는 등의 완결되지 못한 모습 역시 당시 북한 문단에서 수용되기 어려웠던 것 같다. 그래서인지 1·2부와는 달리 3부에 대한 비평이 일절 보이지 않는다. 3부의 끝을 보면 내용 전개상 조합 경영의 실패를 딛고 일어서는 내용이 필요하다. 그의 처음 구상대로라면 이후에 4부가 있어야 한다. 그럼에도 불구하고 3부로 마무리된 것은 도시와 농촌의 문화생활 조건상의 차이를 없애 노동계급과 농민의 문화수준 차이를 없앤다는 당 정책에 반하는 내용들이 담겨져 있고, 1·2부와는 달리 낙관적 전망을 제시하지 못했기 때문이라는 추측이 가능하다.

3부가 갖는 의미는 당 정책이 지니고 있던 결함과 흡수되었지만 동요 세력으로 지목된 인물들과 인민들 간의 불화를 그대로 노출·비판하고 있다는 데 있다. 앞에서 지적했듯이 3부에서 그가 지적한 문제를 북한정권이 해결하지 못함으로 인해 노동계급과 농민의 문화수준의 차이는 더욱 벌어졌으며, 조합 경영이 실패하였듯, 이후 농업정책은 실패한 정책이 되고 만다. 여기에서 천세봉의 날카로운 현실인식과 혜안이 드러난다.

비판에도 불구하고 당시 이 작품이 호평을 받았던 이유는 영도계급인 노동자들에 비해 사상의식 수준이 전반적으로 낮으며, 혁명성과 조직성이 미약한 농민들을 대상으로 국가의 근간이 되는 양곡생산이 절실하던 시기 농업협동화라는 당의 노선과 정책을 민감하게 반영하고 있기 때문이다. 그리고 창혁을 통해 전후 복구에 동력을 동원할 수 있는 대안으로 '대중적 영웅'을 창조해냈다는 데서 그 이유를 찾을 수 있다. 이런 점들을 볼 때 창혁이라는 인물의 창조는 '혁명적 대작'의 성과라 할 수 있다.

평론가들로부터 도식주의적이라는 비판과 찬사를 동시에 받았던 이 작품은 다양한 인물들을 통해 사회주의 개조 과정에서 파생되는 문제와 당 정책을 비판하고 있다는 점에서 문제작이라 할 수 있다.

2) 토지개혁 과정에 나타난 반영웅과 민중―『대하는 흐른다』 1부

『대하는 흐른다』 1부는 함경남도 이원 부근 비룡강 기슭을 배경으로 해방 후 7개월 남짓한 짧은 시간 속에서 벌어진 인민정권 수립문제와 3·7제 실시, 토지개혁을 둘러싼 커다란 사회적 문제 등이 개별 민중에게 미치는 영향을 모두 아우르고 있다.

이 작품에는 해방 후 사회정치적 사변들을 자신의 처지와 계급, 이해관계에 따라 80여 명의 인물들로 구성된 상반된 두 집단이 등장한다. 긍정적 인물로는 주인공 마영기를 비롯하여 군당비서 강형진, 농민에서 보안서장이 된 한덕삼, 민족주의자로 군인민위원장이 된 배덕현, 농민 마봉서, 배덕걸, 노동자 장길봉, 리득범, 선진지식인 배명준 등이 있으며, 부정적 인물로는 지주 배덕수, 배덕수의 아들이며 미국의 주구인 배명달, 서상국, 종교인 김장로를 비롯한 장로교도들과 좌경주의자 최일벽 등이 그들이다.

천세봉은 이 두 인물 집단 사이의 적대적 대립에 기초하여 마영기와 배덕수, 배덕현과 김장로, 강형진과 최일벽, 등의 주요 인물들 사이의 부차적 갈등을 다양하게 설정해 성격적 충돌을 보여주고 있다. 주요 인물

들 사이의 부차적 갈등은 천세봉이 이 작품에서 지목하고 있는 민주개혁을 위해 선행되어야 할 토지개혁, 지주청산, 종교청산, 종파분자의 청산과 밀접하게 연결되어 있다.

『석개울의 새봄』이 대중을 영웅화시킴으로서 신화적 양상이 강하게 나타났다면 이 작품에서는 반신화가 강하게 나타나고 있다.

(1) 종교·종파주의자의 반영웅화

신화를 완성하기 위해서는 영웅만으로는 불가능하다. 정치적 신격화와 신화의 반대 과정인 반신화(anti-myth)를 통한 정적의 악마화가 필요하다. 정적이 악할수록 대립하는 영웅에 대한 요청이 더욱 절실해지기 때문이다. 따라서 신화의 내부에는 영웅과 대립적 관계에 있는 반영웅이 존재한다. 그로스는 반신화에 대하여 다음과 같이 정의하고 있다.

> 소위 악마화(demonization)와 반신화(anti-myth)라는 것은 신화를 조작하는 정치적 신격화와 개인숭배의 반대 과정이다. 일단 권력을 장악하여 전체주의적 지배가 확립되면, 선택된 정적은 새로운 지배집단에 의해 악과 국가적, 사회적 위험으로 상징 제시된다. 점차로 지도적인 정적은 정치적 적그리스도(anti-christ)와 동일시된다. 그는 선택된 국가, 선택된 계급과 당 그리고 무엇보다도 '인간적이고 선한 최고의 지도자'를 위협하는 사탄으로 매도된다. 이러한 이미지는 부정적 희화(戲畵)와 단어들에 의해 부각되어 마침내 반영웅(anti-hero)의 얼굴이 정치적 악의 상징이 되어감에 따라 그의 이름도 그렇게 된다.[31]

위의 인용에서 알 수 있듯 반신화의 강화는 지배이데올로기의 사상의

---

31 Gross Feliks, 신석호 역, 『당 조직론』, 녹두, 1984, 246면.

식을 강조하기 위해서이다. 반신화 과정은 먼저 최고 지도자의 권력을 강화시킨다. 그리고 반대세력을 분쇄시키는 효과와 더불어 내적 긴장을 외부로 표출함으로써 민중들에 대한 사회적으로 통제를 강화할 수 있는 기능을 지닌다.

이러한 대항 상징의 지속적 요구는 내부에 긴장이 증가하고 있다는 신호이기도 하다. 천세봉의 작품에서 반신화적 의미로 종파주의와 관료주의가 지속적으로 제기되고 있는 것은 내부 긴장 및 세계에서 북한이 지니는 정치적 입지와 연관이 있다.

국가 간이나 국제정치에서 한 국가나 파벌을 악마화하는 것은 수 없이 행해져 온 일이며 현재에도 진행되고 있다.[32] 그들은 국가·당·계급 그리고 주인공을 위협하는 악으로 그려진다. 북한의 종파투쟁을 통한 정적 숙청 역시 이러한 악마화 과정의 일부였다.[33] 악마화 과정은 부정적 상징을 조작하여 적개심을 표출시키기 위한 명확한 목표물을 구축한다. 그리고 이 과정은 최고 지도자의 권력을 공고히 하는데 정당성을 부여한다는 데서 정치적 유용성을 지닌다. 북한문학이 당 정책과도 깊이 결부되어 있다는 사실에 비춰 볼 때 천세봉도 여기서 자유로울 수는 없다.

이 작품이 『석개울의 새봄』과 다른 측면은 악의 상징이 외부의 적에서 내부의 적으로 바뀌어 있다는 점이다. 이것은 소설의 배경이 되는 시기가 해방 이후의 혼란기로 내부 갈등이 심화되었던 때였기 때문이다. 그리고 이 작품이 창작될 당시 안으로는 종파문제를 해결하지 못한 상태였고, 국제적으로는 수정주의가 대두[34]되고 있었다.

---

32 냉전시기 공산권 국가들은 미국을 제국주의와 착취의 상징으로 환원시켰으며 미국의 악마화를 촉진시켰다. 현재의 북한 역시 마찬가지다. 뿐만 아니라 미국 역시 선악을 조장함으로써 인권을 말살하고 세계를 위협하는 사악한 불량국가들과의 전쟁을 악마에 대한 보이지 않는 싸움으로 미화하고 있으며, 남한 또한 독재정권 시절 북한을 악마화하고 있었다.

33 악마화 과정 뒤에는 대량 숙청이 뒤따랐다. 카프계열의 작가들의 숙청과정에서 임화는 미국의 스파이라는 죄목으로 기소되었다.

34 국제적 수정주의에 대한 언급이 가장 먼저 확인 되는 것은 1957년 11월 22일 발표된 「모스크바 선언」이다. 이 선언에서 공산당은 현대의 제조건하에는 수정주의를 주된 위험으로 인정하고 있다.

　　당시 북한은 종파투쟁을 거쳐, 1958년 생산관계에서 사회주의적 개조를 완성한 다음, 천리마운동 속에서 경제 5개년 계획을 2년 반 만에 완수한다. 그리고 이 5개년 계획의 성공은 1961년부터 시작된 사회주의 건설단계로 넘어가는 토대가 된다. 겉으로 보기에는 이러한 정치·경제적 성과는 북한이 안정기에 들어가고 있는 듯 보이지만 작품 속에서 적의의 지표인 대항상징(anti-symbol)이 강화되고 있음을 볼 때 내부 긴장이 여전히 존재하고 있었음을 알 수 있다. 그것은 천세봉의 작품 속에서 끊임없이 악마화되어 나타나는 종파주의자들의 모습에서도 포착할 수 있으며, 1961년 9월의 제4차 노동당대회에서 모든 종파가 척결되었다는 선언이 있기 전까지 각 내각의 임원 교체가 잦았던 점에서도 확인할 수 있다.[35] 당 내부는 종파투쟁으로 승기를 잡기는 했지만 또다시 준동할 수 있는 그들의 예기를 완전히 꺾기 위해서는 사회적으로 그들을 악마화하여 정치적 목표물로 만들 필요가 있었다. 종파주의자들을 정치적으로 악마화하여 적의를 의식화하고, 종파주의자들의 말로를 보여줌으로써 민중들을 사회적으로 통제하며 복종으로 유도할 수 있기 때문이다.

　　천세봉 작품에서 등장하는 반영웅은 정치적 악의 상징이다. 그는 신화의 견고성을 유지하기 위하여 반영웅을 중심으로 반신화를 창조하는 데 작품에서 반영웅은 사회적·국가적 위험 상징인 종파주의자, 종교인, 간첩, 관료주의자들이다. 이 중에서 종파주의자는 부도덕한 민족주의자, 개량주의자, 지식인들로 모습을 바꾸어 나타나기도 한다.

　　북한은 악을 구분할 때 교양이 가능한 악과 타도의 대상인 '원쑤'로 구분

여기서 말하는 현대수정주의란 "맑스-레닌주의의 위대한 교의의 트집을 잡으며 '그 교의가 낡은 것'이고 오늘에는 사회발전을 위한 의의를 잃고 말았다라고 트집 잡는 일"이라고 밝히고 있다(「모스크바 선언—사회주의제국 공산당 및 노동자당 대표자회의 선언(1957.11.22)」). 나라사랑 편집부, 『중소대립과 북한』, 나라사랑, 1988, 27면.

35　1956년 8월 종파투쟁 이후 1960년까지 당 중심에서는 대대적인 교체작업이 벌어진다. 1957년에는 국가계획위원장이 해임되었으며, 1958년 4월에는 재정상과 체신상이, 9월에는 한설야가 교육상에서 해임된다. 1959년에는 외무상과 보건상이 해임교체 되고, 김일이 부수상에 임명되는 등 내각교체 작업이 진행되었다.

하고 있다. 교양이 가능한 악은 지식인 계층이나 종교인·개량주의자들이나 종파주의자들이며, 타도의 대상인 '원쑤'는 지주·자본가·종교인·친일파·친미파들이다. 그러나 천세봉은 이 시기 작품 속에서 지식인, 종교인, 개량주의자, 종파주의자들까지 타도 대상인 '원쑤'로 구분하고 있다.

이 작품에서 천세봉은 청산의 대상으로 지주, 종교, 종파주의자들을 꼽고 있다. 지주 배덕수는 비윤리적인 인물이다. 그는 작첩하여 명희를 낳고, 명희 엄마를 종처럼 부리다가 병이 들자 돈이 아까워 내쫓다. 명희 엄마가 죽은 후에는 서울 기생을 작첩하고 여전히 부를 쫓으며 산다. 그는 토지개혁이 실시되고 있음에도 일본인 기무라의 집에 찾아가 토지 문서를 흥정하여 빼앗고, 3·7제투쟁이 벌어지고 있음에도 강탈한 기무라 땅의 소작료까지 받아 내려고 한다.[36] 이런 사기 협잡과 탐욕에 딸 명희마저 혐오감을 느낄 정도이다. 그는 토지개혁이 완수되자 월남해버린다. 그의 이러한 모습은 정치적·도덕적·인간적 측면에서 다른 작품에 등장하는 지주들과 크게 다를 바가 없다. 그러므로 이 장에서는 종교인과 종파주의자를 중심으로 다루려고 한다. 지주의 문제는『고난의 력사』에서 자세히 다루겠다.

① 반신화와 종교의 반영웅화

먼저 종교청산 문제와 관련하여 북한의 종교에 대한 인식과 태도를 천세봉이 어떻게 반영하고 있는지를 종교의 악마화 과정을 통해 살펴보기로 하자.

1948년 7월 9일 김일성은「조선민주주의인민공화국 헌법 실시에 관하여」라는 '북한인민회의 제5차 회의에서 한 보고'에서 "헌법은 공민에게

---

36 그는 강형진의 지도 아래 농조의 활동으로 3·7제투쟁이 성공하고, 일본인 지주의 토지 문서도 소용없어지자, 마영기를 사위로 삼아 자신을 보호 하려 든다. 그러나 결국 모든 계획이 수포로 돌아가고 농민들에게 토지 문서를 빼앗기자 그는 월남을 한다.

신앙의 자유와 언론, 출판, 집회, 결사의 자유를 보장하고 있다"[37]고 밝히고 있다.

그러나 헌법에 명시된 것과 달리 종교는 반동적이며 비과학적인 세계관이라는 김일성의 발언에서 알 수 있듯이 종교는 일종의 미신으로, 예수를 믿든, 불교를 믿든 그것은 본질상 다 미신이라고 보는 것이 북한의 종교관이다.[38] 이것은 기독교를 "피착취 근로대중의 해방투쟁을 말살하고 착취제도를 영구화하기 위한 착취계급의 정신적 무기"[39]라고 규정하고 있는 것과 1972년 12월 27일 최고인민회의 제5차 회의에서 개정된 헌법 4장 제54조에서 "민은 신앙의 자유와 **반종교선전**의 자유를 가진다"(강조−인용자)고 명시하고 있는 데서도 알 수 있다.[40]

이 작품에는 북한의 이러한 반종교 정책이 직접적으로 드러나고 있다. 1946년 3월 5일자 「북한 토지개혁에 대한 법령」 3조 ㄹ항을 보면 5정보 이상을 가지고 있는 성당·승원 기타 종교단체의 소유지를 몰수 대상으로 명기하고 있다.[41] 이 대목은 헌금과 시주를 통해 많은 토지와 부를 축적해 온 종교단체의 반발을 예상하게 한다.

무엇보다도 큰 문제는 종교단체가 가지고 있는 종교적 신앙이었다. 천세봉은 종교청산의 당위성을 확보하기 위해 종교집단의 수뇌인 김장로의 도덕적인 측면부터 손상시키고 있다.

---

37 김일성, 「조선민주주의인민공화국 헌법 실시에 관하여」, 조선로동당 중앙위원회 당력사연구소 편, 『김일성 저작집』 4, 평양: 조선로동당출판사, 1979, 385면.

38 북한에서 종교는 공식적으로 인정되고 있다. 그러나 1955년경에는 북한에서 모든 종교단체와 종교의식이 사라졌거나 지하화 되었으며 1960년대에 이르러 종교 자체가 모습을 감추게 되었다.

39 『정치용어 사전』, 평양: 사회과학출판사, 1973, 121면.

40 1992년 4월 9일 최고인민회의 제9기 3차 회의에서 수정된 헌법에서는 68조 "공민은 신앙의 자유를 가진다. 이 권리는 종교건물을 짓거나 종교의식 같은 것을 허용하는 것으로 보장된다. 누구든지 종교를 외세를 끌어들이거나 국가사회질서를 해치는데 리용할 수 없다"로 완화되고 구체화되었음을 알 수 있다. 김일성, 「조선민주주의인민공화국 사회주의헌법」, 조선로동당 중앙위원회 당력사연구소 편, 『김일성 저작집』 43, 평양: 조선로동당출판사. 1996, 323면.

41 김일성, 「북한토지개혁에 대한 법령」, 조선로동당 중앙위원회 당력사연구소 편, 『김일성 저작집』 2, 평양: 조선로동당출판사, 1979, 102면.

사실 배덕현은 본시 김장로라는 인간은 인간으로 여기지 부터 않았다. 3·1운동 때 함께 만세도 불렀지만 이어 경찰에 자수하고 숱한 사람을 불어 넣었다. 그럴 뿐만 아니라 인간이 인간으로선 도저히 상상할 수도 없는 짓을 한다. 그는 예수를 믿고 장로까지 한다는 놈이 자기의 양녀를 겁탈하려다가 뜻을 이루지 못하고 세상을 웃긴 일도 있다. 그러는가 하면 남의 재물을 훔쳐 먹고 수염을 내리 쓰는 덴 이골이 났다. 세상 사람들이 김장로에겐 돈을 주면 그뿐이라고들 말했다. 대체 이런 비인간적인 일들을 상습으로 하는 놈이 사람이 아니라는 건 말할 것도 없고 이 인면수심(人面獸心)의 비인간이 교도를 한답시고 하는데 그 교도를 받는 장로교 신자들이란 놈들은 또 인간 같은 놈들인가![42]

위의 인용처럼 종교집단을 대표하는 김장로는 비도덕적·비양심적인 인물로 음흉하고, 탐욕스러운 인간이다. 김장로의 부패는 마을주민들에게 존경받는 민족주의자이자 청렴한 인물인 배덕현의 서늘한 시선을 통해 드러난다. 양심적인 민족주의자의 기독교도들의 부정적인 면모에게 대한 규정은 다른 인물들보다도 그들의 비도덕성을 더욱 부각시키며, 그들의 존립을 위협하는데 큰 영향력 행사한다.

천세봉은 기독교도의 악마화에 그치지 않고 반당적인 집단이 세력화되어 무력을 손에 쥐었을 때, 그들이 일제와 다르지 않다는 것을 김장로가 경찰서 접수 후 정적을 제거하는 방식을 통해 보여준다. 김장로는 무력을 장악하자마자 눈엣 가시처럼 여겼던 신망 높고, 청렴결백한 배덕현을 제일 먼저 유치장에 가둬 버린다. 그것은 배덕현이 마을에서 보이지 않는 큰 영향력을 행사하는 인물로 자신들을 부정적인 시선으로 보는 가장 위협적인 존재였기 때문에 견제할 필요가 있었다. 그리고 그들은 유지들이 중심이 되어 만든 자치회와의 결탁을 시도한다. 이러한 방식은 일제의 무단통치 방식과 유사하다. 천세봉은 종교집단의 행동방식을 일

---

[42]   천세봉, 『대하는 흐른다』 1부, 평양: 조선문학예술총동맹출판사, 1964, 12~13면.

제와 유사하게 설정함으로써 이들이 제국주의자들의 주구임을 내포하고 있다.

뿐만 아니라 천세봉은 종교단체의 반항을 치안의 공백 속에서의 권력탈취와 연결 지음으로써 그들을 순수한 종교단체라기보다 권력의 공백기에 주도권을 쟁취하려는 정치세력으로 묘사하고 있다. 장로교도인 김장로는 해방 후 혼란을 틈타 경찰서와 무기고를 접수함으로써 군 행정을 한손에 쥐려 한다.

> 토지개혁을 성과적으로 담보하기 위하여서는 국가적인 권력기관과 함께 민간 무장력을 튼튼히 꾸리는 것이 필요하다. 심각한 계급투쟁을 동반하는 토지개혁은 국가적인 권력조직만으로는 수행할 수 없다. 광범한 인민 민중을 무장 조직에 망라시킴으로써만 반혁명세력의 반항을 제때에 격파할 수 있으며 토지개혁을 성과적으로 수행할 수 있다.[43]

위의 서술처럼 당시 무장의 확보는 토지개혁을 진행하는 데 전제조건이었다. 어떤 계급을 막론하고 권력기관이 없이는 사회에 대한 계급적 지배를 실현할 수 없다. 특히 무력은 계급적 대립이 존재하는 조건에서 한 계급이 다른 계급을 지배하기 위한 필수적인 수단이 된다. 무기 확보의 중요성은 마영기가 탈주 당시 소지하고 있던 무기로 기차 안에서 만난 일본인 순사를 제압하고, 고향으로 돌아와 경찰서의 일본 순사 잔당들을 항복시키는 데 결정적인 역할을 하는 것에서도 드러난다.

따라서 천세봉이 중요한 무장력을 김장로 일파에게 탈취당한 것으로 그리고 있는 점은 눈여겨볼 필요가 있다. 김장로 일파는 계급지배를 위한 가장 중요한 무력기관을 탈취한 후 민족주의자인 배덕현과 대립하면서 주민통제에 들어간다. 이 모습을 통해 천세봉은 종교단체를 '당'처럼

---

43   사회과학출판사 편, 『반제반봉건민주주의 혁명과 사회주의혁명이론』(주체사상총서 4), 평양: 평양사회과학출판사, 1985, 208면.

'신'이라는 단일한 주체 아래 민중을 동원하여 정치 세력화할 수 있는 가능성을 지닌 위험세력으로 규정하고 있다. 또한 그는 이것을 권력투쟁의 양상으로까지 확대시킴으로써 두 개의 신이 양립할 수 없는 북한에서 종교인들을 정적화하고 있으며, 악마화를 통해 종교청산 투쟁의 필요성을 강조한다.

세력화되었을 때 국가 전복을 노리는 위험세력. 이것이 바로 작가의 종교에 대한 인식이다. 이 인식은 기독교를 배부른 놈들의 식후 소일거리 정도의 타락한 종교이며, 제국주의의 한 전술로 인식한 이기영보다 구체적이며, 발전되어 있다.[44]

기독교도에 대한 부정적인 이미지는 이기영이 『두만강』에서 표출했듯이 신미양요라는 역사적 측면까지 거슬러 올라가지만 북한의 종교정책과 집필 당시의 국제 정세의 직·간접적 영향에서 비롯된다.

1961년은 미국이 베트남 전쟁에 깊이 빠져든 해이며 저강도 전쟁이 본격적으로 시작된 시기이다. 저강도 전쟁은 경제 사회, 심리, 외교, 군사, 전쟁 기술, 이성과 마음, 경제생활 민중의 정치 운명을 조종하도록 계획된 포괄적 전략[45]이다. 제3세계의 경우 선교사로 위장한 CIA요원들이 선 투입되어 정보 수집은 물론 반란군을 지원하였다는 것은 이미 알려진 사실이다.

천세봉은 종교와 연결된 첩보전을 기독교도들이 미국의 스파이 서상국과 손을 잡고 농민회를 전복시킬 음모를 꾸미는 것으로 그린다. 그는 이를 통해 종교단체를 외세와 결탁하여 국가 전복의 기회를 엿보는 위험세력으로 보고 있는 것이다. 그리고 이 때문에 종교단체가 청산되어야

---

44 이기영의 종교에 대한 인식은 『두만강』의 덕성이와 그의 아버지 김관일, 춘실의 대화 속에서 잘 드러나고 있다. 기독교의 침습에 대해 춘실은 교회를 남녀의 불륜의 장소로, 김관일은 역사적인 측면에서 비판하고 있다. 김관일은 교회에 다니는 아들에게 신미양요의 예를 들며 그들이 총으로 안 되니 성경 속에 칼을 숨겨 조선을 침노하려 한다고 아들을 호통치고 있다. 이기영, 『두만강』 3, 풀빛, 1989, 190~191면. 당시 신미양요와 1868년 독일인에 의해 대원군의 아비가 묘가 도굴 미수 사건을 겪는 등 통상을 빙자한 해적 행위는 쇄국이양 정책을 강화시켰으며, 구미열강의 침략정책을 타파는 광범위하게 민중들의 공감을 얻었다. 이기영은 이러한 측면에서 종교를 구미 열강의 제국주의 한 전술로 파악하고 있다. 이러한 인식은 북한의 종교인식과 궤를 같이한다.

45 전원하 편, 『저강도 전쟁의 이론과 실재—미국의 반혁명 수출과 제3세계전략』, 친구, 1990, 133면.

할 집단임을 명확히 하고 있다.

여기서 한 가지 흥미로운 것은 천세봉이 강형진과 김장로 일파의 대립 구조를 소·미의 대결구조로 확장함으로써 정치적 대결 구도로 확장시키고 있는 것이다. 강형진이 자신을 소련 공산당으로 속여 장로교도들을 위협함으로써 배덕현을 구출하는 것이나, 무장해제를 당한 후 옥살이를 하고 나온 김장로 일파가 미국의 스파이인 서상국과 손을 잡고 농민회에 대항을 모색하다 비참한 최후를 맞는 것이 그렇다.

천세봉은 이 두 개의 에피소드를 통해 대결 구도를 소·미의 대결 구도로 확장시킴으로써 정치 세력화할 수 있는 반당적인 종교집단의 해체의 당위성과 해방 이후 투쟁해야 할 외세가 미국임을 분명하게 밝히고 있다. 이기영의 소설에서 불명확하게 인지되었던 주적으로서의 미국의 존재가 명확하게 규정된 것은 작품의 배경이 소·미의 대결 구도가 명확해지던 시점이었으며, 이후 냉전 체제 속에서 자본주의의 대표로 인식되는 미국이 그들의 사회주의 노선을 위협하는 존재로 부상했기 때문이다.

장로교도들의 경찰서 점령사건이 일어날 수 있었던 것은 해방 직후의 치안공백 때문이었다. 서울에서 각 당이 난립하며 권력분배에 골몰했던 것처럼, 지방에서도 인민위원회나 자치회가 조직되고, 대표성을 띠지 못하는 인물들이 각 기관에 배치되는 나눠 먹기식 권력분배가 일어나고 있었다. 천세봉은 그러한 사정을 민족주의자인 배덕현의 시선을 통해 묘사하고 있다.

> 자치회라는 것은 엉성하고 혼란했다. 리득범이 부회장이고 그 밑에 부서 책임자들만을 농민들과 철도종업원들 속에서 뽑아 세웠고 그 밖에 사무원들은 일제 때 사무원을 그대로 두었다. 그리고 읍 지주들인 박일수, 오익근이, 강치덕이 이런 사람들로 우편국, 금융조합 같은 데 배치를 하고 군 자치회가 통제하도록 했다. 사람이 부족하고 경험이 없는 판국이니 이렇게 어중이떠중이로 묶을 수밖에 없는 일이었다. 그러니 지금 믿을만한 부서 책임자들은 다 면에 내려갔으니 누구

와 의논할 사람이 있는가![46]

위의 서술을 보면 읍의 유지인 박일수, 정미업자 강치덕, 잡화상 오익근 등이 혼란스러운 해방 정국 속에서 기관장 자리에 올라 있다. 이들은 김장로파를 사악한 무리라고 욕은 하고 있지만 권세와 영달을 탐내는 것은 김장로와 다를 바가 없는 인물들이다. 무식한 노동자나 농민들이 무슨 일을 할 수 있겠느냐는 생각이 이들의 입장이다.

이들 역시 장로교도들처럼 청산되거나 개조되어야 할 혁명대상이다. 그리고 이들을 청산하고 주체에 서야 할 세력이 바로 이들의 압박 속에 살아온 농민들이다. 그러나 천세봉이 묘사하는 당시의 분위기는 농민들에게 이들을 청산할 만한 힘도, 그들의 역량을 규합할 세력도 미비했음을 알 수 있게 한다.

당시 북한은 1945년 10월 10일 조선공산당 서북 5도 책임자 및 열성자대회[47] 이후 북한 분국이 발족하였음에도 불구하고 종파의 갈등에서 야기된 당론의 불일치로 인해 갑산파 공산주의자들이 영향력을 행사하지 못하였다. 봉건잔재 속에서 헤어나지 못하고 있던 농민들은 그들의 권력투쟁을 제삼자 입장에서 바라볼 수밖에 없었던 상황이었음을 작품은 보여주고 있다.

그러나 종교집단에 비해 집단성이 떨어지는 유지들의 자치회의 문제는 강형진이 군당 위원장을 맡으면서, 농조와 민족주의자들과 합세해 무력을 쟁취함으로써 쉽게 해결된다. 여기서도 이들을 제압하는데 가장 큰 기여를 한 것이 바로 무력이다. 천세봉의 노골적인 무력의 강조에는 중·소 분쟁 속에서 소련과의 관계 냉각과 쿠바사태를 처리하는 소련의 태도 이후 인민군 장비의 현대화를 목표로 자주방위의 군사 강경노선을 채택한 북한의 정책이 수용되어 있다.[48]

---

46 천세봉, 『대하는 흐른다』 1부, 평양 : 조선문학예술총동맹출판사, 1964, 113면.
47 북한은 이날을 조선노동당 창당일로 삼고 있다.

천세봉은 작품에서 청산해야할 과제를 통해 일제를 청산하고 새 조국을 건설할 수 있는 주체 세력이 누구인가를 간접적으로 묻고 있는 것이다.

② 반신화와 종파주의자의 반영웅화

이 작품에서 지주, 종교, 종파라는 세 개의 흐름 중 가장 중요한 부분을 차지하는 것이 바로 종파의 문제이다. 최일벽은 김일성이 지적한 종파분자의 면모를 그대로 체현하는 인물이다.[49]

최일벽은 해방이 되자 군당비서로 임명되어 내려온다. 그리고 군의 인민위원회나 보안서는 그의 지시에 의해 움직이게 된다. 그로 인해 당은 인민들의 의사를 대변하기보다는 인민 위에 군림하는 존재가 되어 버린다. 최일벽은 원래 음악 전공자이며 장인표와 친구이자 종파주의자이다. 6·10만세운동 이후 운동에 뛰어든 그가 엠엘파에서 종파투쟁으로 훈련받은 것이나, 이어 투쟁을 포기하고 독일로 음악 공부를 하러 가겠다고 방향을 전환 한 것, 이후에는 이도 저도 안 돼 주색에 파묻혀 살다 노동판이나 금광을 따라 다니던 그의 이력은 장안파의 주도 세력이었던 인물들의 이력과 크게 다르지 않다.[50]

---

48 토지개혁을 본격적으로 다루고 있는『조선의 봄』에서는 이러한 정치적인 측면들이 약화되어 있으며, 급격한 정세 속에서 농민들의 갈등에 초점이 맞춰져 있음을 볼 때『대하는 흐른다』는 정치적 의도성이 농후하다 할 수 있다.

49 김일성,「종파주의를 청산하고 혁명대오의 통일단결을 강화하자」, 조선로동당 중앙위원회 당력사연구소 편,『김일성 저작집』1, 평양: 조선로동당출판사, 1979, 86~95면 참조.

50 함남 북청 출신의 이영은 20년도 서울계의 주요 인물로 오랫동안 일선에서 물러나 고향인 북청에서 유휴하던 자이다. 경기 부천 출신 이승엽(화요회파)은 1937년부터 2년간 복역, 1941~1945년 6월까지 인천서 식량 배급조합이사로 있었다. ML파의 최익한은 강원도 출신으로 와세다대를 졸업하고 ML당 중앙위원을 역임했으나 운동선상에 떨어져 나가 서울 동대문 밖에서 주점을 하던 인물들로 주로 운동선상에서 이미 탈락된 부류들이었다. 이들은 해방이 되자 공주산주의 세력 중 서울계의 이영, 정백 등과 경성대학 그룹의 최용달 등을 주축으로 화요회계의 이승엽, 조동우, 조두원, 그리고 1919년 이동휘가 중심이 되어 만든 고려 공산당, 세칭 상해파 서중석 등은 8·15해방의 그날 밤 서울 종로 장안 빌딩에 모여 16일 이른 아침 조선공산당 결성을 마쳤다. 이 당을 세칭 장안파 공산당 또는 15일 당이라고 한다. 이들은 공산주의 운동에서 이탈해 있었다, 자신들의 약점 때문에 해방 직전까지 계속 활동을 해온 경성 콤·그룹의 움직임에 몹시 신경을 썼던 것 같다. 장안파 당원들은 가운데는 이영, 최익한처럼 자기파가 공산주의 운동의 주류임을 자부하고 끝까지 공산주의 운동을 리드해 보겠다는 사람이 있는가 하면, 한편으로는 만약 당의 주도권이 박헌영 계열에 탈취

그는 지위를 악용해 마영기와 같은 청년들의 혁명적 역량의 장성을 꺾고 농민들의 계급적 각성을 방해한다. 그가 끼친 유해성은 친분과 자신의 이익을 위해 장인표나 마을 유지인 강치덕과 같은 자를 입당시키는 것이나 공청원을 심사하는 모습에서 잘 드러난다. 그는 청년들을 한 명씩 불러다가 외가·처가·사돈집은 물론, 친우·부모의 친우·소작료·납부정형 등 안 묻는 것이 없이 조사를 했고, 그 기준에서 한 가지라도 미달되면 공청원에서 제명을 시킨다. 그래서 70여 명이나 되던 신안동 공청회원은 아홉 명으로 줄었으며, 여맹과 농조도 이런 식으로 정리되어 간다. 주체가 되어야 할 농민들을 농조에서 배척한 셈이 되어 버린 것이다.

천세봉은 강형진의 입을 통해 이러한 사업 방식을 좌파들의 무책임한 언동이 빚어낸 좌파적 사업방식이라고 비판한다. 그는 최일벽의 사업집행을 통해 당 정책이 좌경적으로 흐를 때 민중들이 일제의 폭력과 억압보다 더 큰 고통을 당할 수 있음을 다음의 묘사를 통해 보여준다.

일본 놈들이 꺼꾸러졌으니 인젠 큰 고통이 없이 농사나 지으며 고작 속박을 받는 대야 있는 사람들 속박이나 받으며 살려니 했는데 이건 꿈에도 생각지 않은 재난을 겪고 있다. 도대체 보안서란 것은 무엇 때문에 생겼고 청년을 어째서 저렇게 구박하는가? 평생 성을 낼 줄 모르는 마 봉서도 울분이 치솟아 견딜 수가 없었다.[51]

"평생 성을 낼 줄 모르는 마봉서도 울분이 치솟아 견딜 수가 없었다"는 대목을 통해 당 정책에 대한 그릇된 해석이 낳은 오류가 오히려 민중들에게 피해를 주고 있음을 보여준다. 또한 공청해체 사건과 마영기 체포 작전 등을 통해 좌경적 종파주의가 올바른 정책입안을 위해서도 꼭 청산

되는 한이 있더라도 간부직만 얻으면 만족하겠다는 층이 대부분이었다. 각 파간의 의견 충돌 때문도 있었겠지만 이들은 당을 조직하면서도 강령과 규약은 물론 활동 목표도 제시하지 못했을 뿐 아니라 일정 수의 당원과 하부 조직도 없는 상태에서 중앙당만 먼저 조직하는 출세주의자들이었다. 김남식, 『남로당 연구』Ⅰ, 돌베개, 1984, 16~18면.

51 천세봉, 『대하는 흐른다』 1부, 평양: 조선문학예술총동맹출판사, 1964, 281면.

되어야 할 사항임을 보여준다.

이외에도 천세봉은 종파주의자들이 마르크스-레닌주의를 반대파를 총격하는 파벌주의의 도구로 이용하고, 모독하는 것을 통해 혁명적 본질을 계급적·정치적 입장에서 파악하지는 못했음을 최일벽을 통해 지적하고 있다.

일제강점기 운동선상에서 이미 탈락한 장안파의 이미지를 최일벽에게 덧씌운 것은 첫째는 종파주의자에 대한 부도덕성을 강조하기 위해서이고, 둘째는 1950년대 중반 이후 거칠게 진행되었던 종파투쟁을 역사의 결과물로 정당화하는 효과를 얻기 위해서이다.

장인표는 국제적으로 대두되었던 수정주의에 대한 경계를 보여주기 위해 천세봉이 의도적으로 만들어 낸 인물이다. 이 작품에서 천세봉은 자칫 빠지기 쉬운 개량주의 문제를 장인표를 통해 구체화하여 묘사함으로써 개량주의 대한 경계를 하고 있다. 특히 장인표는 천세봉이 상당한 애정을 가지고 있는 인물이었다는 점에서 그를 비참한 최후로 인도하는 것은 혁명대상과는 '타협 없음'이라는 작가의 인식을 보여주는 단적인 예로 볼 수 있다.

장인표는 동아일보 지국장으로 마르크스주의자와 엠엘파를 따라다니긴 했지만 마르크스주의자는 아니다. 그가 시국을 알아보기 위해 서울로 가는 것은 김병설의 꼬임도 있었지만 대세를 보고 자신의 갈 길을 정하겠다는 기회주의적 측면도 강하게 작용하고 있었다.

천세봉은 장인표의 눈을 통해 해방공간의 서울의 모습을 비중 있게 묘사하고 있다. 장인표의 눈에 비친 서울의 모습은 아주 혼란스러운 모습이다. 서울에는 장인표나 김병설뿐만 아니라 장인표처럼 갈팡질팡 현실을 안개 속 헤매듯 하며 서울로 올라온 영남 지방 신문지국장[52]과 같은 사람들로 붐비고 있었다.

52　위의 책, 245면.

돈암동, 혜화동 일대의 려관이란 려관은 모두 만원이였다. 종로에 들어서서도 여러 집 만에 려관을 정했는데 그저 방마다 손님이 법석 끓는다. 객방 앞으로 삥 돌아 간 마루우에 사람들이 웅성웅성 모여 앉아서 당 조직을 이야기하고 정치로 선을 이야기하였다. 건국준비위원회가 어떻게 되고 미군정의 앞잡이 당이 어떻다는 이야기들도 떠들고 있었다. 그중에서도 당 이야기가 제일 많다. 무슨 당인지 오늘 두 개의 당이 또 간판을 내 걸었다고들 이야기했다. 장인표는 점점 더 얼떨떨해졌다. 이건 혼잡도 무서운 혼잡이다.[53]

장인표가 느끼는 혼란은 "또 문화인들의 대부분이 아직 지방으로부터 모히기도 전에 무슨 이권이나처럼 재빨리 간판부터 내걸고 서두르는 것들이 도시 불순하고 경망해 보혓던"[54] 「해방전후」의 현의 느낌과 다르지 않다. 천세봉은 개량주의자인 장인표를 통해 서울의 혼란 요인을 종파투쟁으로 지목하고 있다.

해방 직후 사상단체들의 춘추전국적 난립을 해소하고 통일한 것은 박헌영 중심의 조선공산당 재건 준비위원회였다. 이들은 9월 11일 열성자 대회를 통해 나머지 공산주의자 세력을 흡수하여 공산당을 재건한다. 그러나 장인표의 친구 박일은 "박헌영이 '인민공화국'을 세우고 이승만을 주석으로 세운 것"[55]을 비판한다. 박일의 이 말에는 1960년대의 북한의 정치적 입장이 반영되어 있다. 해방정국 당시 북한의 조선공산당 분국은 박헌영파를 중상 모략하는 장안파를 해당분자(害黨分子)로 규정짓고 있었다. 뿐만 아니라 이 당시 김일성은 남한은 물론 북한에서도 잘 알려지지 않은 인물이었다.[56] 북조선분국은 박헌영의 지도력 하에 있을 시기이며, 장안

---

53   위의 책, 220~221면.

54   이태준, 「해방전후」, 『文學』, 1946.7, 22면.

55   시기상으로 보아 장인표가 서울로 상경한 것은 10월 19일 이후라는 것을 알 수 있다. 이승만은 19일 허헌과의 대담 후 10월 21일 공산당에 대한 호의적인 입장을 밝히는 동시에 단합을 촉구한다. 그러나 이승만은 11월 7일 방송을 통해 인공 주석 취임을 공식적으로 거부한다.

56   김일성이 공식적으로 평양에 등장한 것은 10월 14일 경이다. Scalapino Robert A. ·이정식, 한홍구 역, 『한국 공산주의 운동사』 1, 돌베개, 1986, 332면.

파를 제외하고는 아무도 그의 지도력에 의심을 가지고 있지 않았다. 당시 박헌영은 소련과 김일성의 인정을 한 몸에 받고 있었기 때문이다.

박일의 이러한 견해는 박헌영이 숙청된 뒤에야 나올 수 있는 이야기들이다. 당시 남한 내 공산주의 운동을 박헌영식 우경투항주의와 엠엘파 분자들의 좌경기회주의적 견해가 민중을 혼란하게 하고 있다는 박일의 비판은 이 작품의 집필 당시의 숙청된 박헌영에 대한 북한의 입장을 보여주는 것이다. 천세봉은 박일의 비판을 통해 공산주의 운동의 정통성을 김일성 쪽으로 자연스럽게 이동시키고 있다. 뿐만 아니라 평양이 아닌 미군정 하의 서울의 혼란을 부각시킴으로써 인민 정권의 수립에 정당성을 부여한다.

장인표는 서울에서 벌어지고 있는 이전투구식 파벌싸움과 친일파들의 득세, 민중들의 궐기로 토지개혁이 진행되는 것을 보며 민족문제를 계급문제로 해결할 수 없다는 생각에서 벗어나게 된다. 하지만 그는 당원이 되기엔 너무 나약한 소시민적 지식인에 불과했다. 그의 소시민적인 측면은 배명준과의 대화에서 드러난다.

> 그런 충고는 나에게 적당치 않으이······. 너는 아직 당 대렬에 들어서기는 까마득하니까 밑바닥에 내려 가 초년병의 생활로부터 졸업해서 올라오라구? 난 당원이 못 되면 못됐지 그런 교훈엔 동의 할 수가 없네.[57]

위 인용문은 배명준이 입당이 보류된 장인표에게 노동계급 속으로 들어가 함께 일하며 그들의 사상을 배우라고 충고하자 분격해 하는 말이다. 이러한 그의 모습은 노동자 계급 속으로 들어가기 위해 월북을 포기한 친구 박일과는 대조적인 모습이다. 그는 심정적으로는 강치덕과 같은 기회주의자들나 친일파들이 보기 싫어서라도 공산주의가 되어야 한다

고 생각하지만 실천문제에서 인텔리적 근성이 그를 머뭇거리게 한다. 그
는 입당이 보류된 것이나 명준의 노동계급 속으로 들어가라는 충고를 자
신을 냉대하고 무시하는 것으로 받아들인다. 거기엔 도덕적 문제가 있는
사람들과 자신이 같은 부류로 취급됨으로써 혐오적 조건을 형성하는 데
대한 불만도 있다.

　도덕성을 중시하는 그는 자본가나 지주들과도 타협할 수 없는 인물이
다. 여기서 장인표는 친일파이고 지주의 아들이며, 미국의 스파이인 배
명달에게 느끼는 부패의 강도를 더욱 강하게 전달하는 역할을 한다. 장
인표는 그의 악질적 친일행각 때문에 해방과 동시에 벌써 처단되었으리
라 생각한다. 그랬기에 배명달을 만난 장인표는 "그거 참 이상한데. 좌익
세력이 거리에 저렇게 범람하구 있는데 이게 아직 살아 있다니?"라며 그
와 같은 친일파가 살아있다는 사실에 의아해 한다.[58] 줏대 없는 기회주의
자마저 도덕성을 문제 삼고 죽어 마땅하다고 생각하는 인물이 바로 배명
달[59]인 것이다.

　그는 배명준의 말에 서운함을 느끼지만, 노동계급 속으로 들어가겠다
고 결심한다. 그러나 천세봉은 장인표에게 끝없이 연민을 보냈음에도 불
구하고 그를 희생시키는데 머뭇거리지 않는다. 친미파와의 단 한 번의
접촉, 그리고 기회주의적 일면이 그를 죽음으로 몰아넣는 것이다. 작가
의 장인표에 대한 연민은 그의 죽음을 더욱 안타깝게 한다. 그러나 그의
죽음은 기회주의적 측면이 진실한 가치를 위한 투쟁에는 유해하다는 사
실을 냉혹하게 보여주는 것이다. 작품 속에서 장인표가 보여주는 동요
성, 소심성, 보신주의는 지식인인 그의 계급적 한계를 보여줌과 동시에

58　위의 책, 239면.

59　배덕수의 아들 배명달은 일제강점기 경기도 경찰부 특별 감찰과라는 고문기관에서 살인마로 이름
　　을 날리던 자이다. 천세봉은 배명달의 해방정국에서의 삶을 아주 퇴폐적으로 묘사하고 있다. 배명
　　달을 따라 그의 집을 방문한 장인표 눈에 비친 그의 삶은 일본인이 버리고 간 2층 양옥과 거실에는
　　세잔느의 '목욕하는 여인들'을 걸어 놓고, '영어 레텔이 붙은 통조림과 과자, 양주'를 손님들에게 접
　　대하는 고급 창부로 보이는 애첩 리애란과 살아가는 일제 때와 마찬가지로 도덕적으로 타락하고
　　부정한 삶이다. 위의 책, 239~241면 참조.

지식인의 이중성에 대한 비판과 경계가 담겨 있다.

최일벽과 장인표와 같은 개량주의자들에 대한 배치는 1960년대 초를 국제적으로 수정주의가 대두되던 시기로 규정하고 있던 북한의 입장에서 볼 때 이에 대한 교양의 강화 차원과 내부에서 준동할지도 모를 종파에 대한 경계의 의미가 동시에 담겨 있다.

또한 시간적 배경이 되는 시기가 여러 물줄기들이 결합하여 조직된 당파와 사조들이 다른 방향성을 가지고 서로 대립하는 '분수기'[60]로 당시의 그릇된 상황을 하나로 모을 수 있는 큰 흐름의 당위성을 확보하기 위해서는 대립하는 정적을 악마화시킬 필요가 있었던 것이다. 그 때문에 이 작품에서는 반신화로서의 반영웅화가 강화되어 나타나고 있는 것이다.

그러나 여기서 한 가지 아쉬운 점은 부정적인 인물들에 대한 묘사이다. 국가적·사회적 위험의 상징을 부정적 희화로 부각시켜 정치적 악으로 상징화하는 것은 상징조작에서 기본적인 일이지만 천세봉의 부정적 인물의 희화는 너무도 상투적이다. 특히 김장로나 서상국을 본성이 잔인하고 머리는 나쁜 인물로 묘사함으로써 그들과의 대결 구도에서 극적 긴장감을 이끌어 내지 못할 뿐만 아니라 리얼리티를 격감시키고 있다.

(2) 방황하는 민중과 공산주의적 인간형

천세봉은 이 작품에서 민주개혁을 위해 청산되어야 할 과제 외에도 토지개혁을 수행하면서 드러난 문제에 중점을 두고 있다. 토지개혁은 3주[61]라는 단기일에 완수되었다. 그러나 토지개혁을 다룬 천세봉의 작품을 볼

60　뒤랑은 지나간 광범위한 분위기·시대를 '의미의 물기'라는 개념을 사용하여 스며나옴-분수기-합류기-강의이름-연안구획-델타로 남기 등으로 단계를 구분하였다. 분수기(partage des eaux)는 물줄기들이 결합하여 당파, 학파 사조를 이루고 다른 방향성을 가진 흐름들과 서로 맞서는 현상을 빚는다. 이 단계가 상상계의 체제들이 싸움을 벌이고 대립하는 단계이다. Durand Gilbert, 유평근 역, 『신화비평과 신화분석』, 살림터, 117~123면.
61　강정구, 「인민정권 수립과 '민주개혁'」, 강만길 외편, 『북한의 정치와 사회』 1, 한길사, 1994, 111면.

때 북한의 토지개혁이 역사적 평가처럼 계획적이고 일사천리로 진행된 것은 아니었다.

해방직후 정치의 공백 상태는 혼란을 가중시켰으며, 민중들은 봉건잔 재에서 벗어나지 못한 채 새로운 변화에 적응하지 못했다. 익숙하지 않은 당의 지침과 잘못된 정책 입안에 민중들은 혼란과 갈등을 겪을 수밖에 없었다. 여기서 민중과 군당과의 거리가 생기기 시작한다.

천세봉은 이러한 거리를 마봉서·황서방·배명희 등을 통해 토지개혁과 당 정책에 대한 기층 민중의 시각을 보여준다. 이 인물들은 그로스의 구분에 따르면 생존자(the survivor)들이다. 생존자들은 정복자나 권력을 잡고 지배를 강요하는 자들을 좋아하지 않는다. 그리고 그 정책에 대해 도덕적 혐오를 가지고 있지만 저항이 소용없다고 절망하는 사람들이다. 이들은 위험과 문제에서 벗어남으로써 생존하려 한다. 원칙적으로 이들은 살아서 박해를 피하는 동시에 정직하게 살아남기 위해서 최선을 다하는 사람들이다.[62]

마봉서는 평범한 농민이다. 그는 사위가 군당위원장임에도 불구하고 소작료를 내놓는 데 앞장선다. 그의 행동은 3·7제투쟁이 실패할지도 모른다는 불안감에서 온 것이다. 이와 같은 사태는 당시 기층 민중들이 토지개혁의 필요성에 대한 교양부족과 새로운 국가에 대한 믿음과 인식의 부족, 지도력의 부재에서 비롯된 것이다. 그렇기 때문에 마봉서는 사위에게 각별한 주의를 받은 후에야 마음이 개운해지고 옹색하던 눈앞이 훨씬 넓어진 것 같아지는 기분이 드는 것이다. 그들의 지도력의 부재는 배덕수의 권솔들의 모습에서 두드러지게 나타난다.

배덕수의 머슴 황서방은 성격이 고정되어 있는 사람 중 하나이다. 그는 도리를 중시하는 사람으로 농민들의 철천지원수인 배덕수를 세상에서 유일하게 자신을 돌봐 준 어른으로 생각하고, 자신은 그를 위해서 태

어난 것으로 생각하며 살아간다. 그는 토지개혁 후 농촌 위원회에서 이름을 지어 주고 토지를 주었을 때도 "글세 소용 없소이다. 당칠 않소이다"[63]라고 말하지만 한편으로는 그는 분여 받은 땅을 생각하며 구안동 바닥에서 이대로 살고 싶은 동요를 느끼기도 한다. 그러나 "기둥그루가 무너져 떠나가는 배덕수를 배반"하는 것은 "사람의 도리가 아니고 하늘이 무서운 일"[64]이라는 생각한다. 그는 월남 도중 같이 돌아가 농사나 지으며 살자는 명희의 말에도 아랑곳하지 않고, 아버지와 헤어져 돌아가겠다는 명희를 보며 기가 막히다고 통탄을 한다. 작가는 황서방의 이러한 모습을 성격 탓으로 돌리고 있지만 농조나 군당의 태도를 보면 몇 번의 권유 외에 그를 변화시키기 위한 노력이 보이지 않는다.

토지개혁이 끝난 후 토지를 분여 받고도 정 때문에 명희를 따라 월남하려 하는 몸종 꽂니와 식모 역시 당시 다수를 차지했던 북한의 기층 민중의 심리를 대변하고 있는 인물이다. 명희를 따라 월남하려던 그들을 마을에 남게 하는 것은 농조의 설득이 아니라 명희의 말 한마디였다. 이 사실에서 당시 북한의 권력기관이 농민들을 사상적으로나 조직적으로 통제하고 있지 못하고 있음이 드러난다.

천세봉은 이들의 모습을 통해 모든 농민이나 사람들이 토지개혁을 '천지개벽', '환천희지(歡天喜地)'로 받아들인 것이 아니라는 것을 보여준다. 그는 특정한 사건이나 사상이 사람을 변화시키기도 하지만, 인간을 변화시키며 영향을 미칠 수 있는 가장 중요한 요소로 도덕과 품성 그리고 인간관계로 보고 있다. 그는 사상보다도 인간관계 속에서 생성되는 의리, 정과 같은 감정이 사상보다 우월함을 각 계급의 인물들의 다양한 감정을 통해 드러내고 있는 것이다.

마봉서와 황서방이 기층 민중을 대변한다면 서울에서 고녀를 다니다 해방을 맞아 고향으로 돌아온 배덕수의 서녀 명희는 그의 아비와 더불어

---

63   천세봉, 『대하는 흐른다』 1부, 평양: 조선문학예술총동맹출판사, 1964, 545면.
64   위의 책, 573면.

지주계층을 대변한다. 그녀는 서녀라는 출신 때문에 본부인과 첩의 시중을 들며 식모와 몸종 꽃니와 다름없는 생활을 한다. 마영기와는 애정관계에 있으며, 그로 인해 혁명을 동경한다. 그러나 마영기의 도움으로 시작한 야학을 최일벽에 의해 금지당하고, 자신의 출신성분으로 인해 좌절하면서 심각한 갈등을 겪는다.

명희의 내적 갈등은 그녀의 주위에서 벌어지고 있는 사회적 갈등의 심리적 반응에서 비롯된다. 지주의 딸이라는 계급적 입장이 마영기에게 도움을 주지 못한다는 생각과 혐오스러운 아버지임에도 불구하고 육친의 정을 끊어 내지 못하는 갈등 속에서 그녀는 반혁명의 길로 가고 있는 듯 보인다.

그러나 천세봉은 가난한 농민의 딸을 어머니로 둔 명희의 태생을 통해 그녀가 가야 할 길을 정해 놓고 있다. 이것은 "우리는 너를 네 어머니의 딸로 만들고 싶지 배덕수의 딸로 만들고 싶지 않다. 너는 네 아버지 계급과 싸워야 할 사람이라고 봐!"[65]라는 명준의 말 속에서도 확인된다. 명준의 설득에도 불구하고 월남의 길에서 섰던 명희는 애정 문제나 능력부족 등의 개인의 감정을 아버지의 모습을 보며 극복한다. 아버지에게 결별을 선언 한 후 매를 맞고 돌아서면서도 "자기 자신으로도 놀라울만한 그 어떤 거창한 일을 해결해 낸 듯 가슴이 후련해"[66]오는 것은 이미 그녀가 심정적으로 혁명의 길에 들어섰기 때문이다.

그러나 북한에서는 명희의 계급을 문제시하고 있다. 농민계급인 마영기와 지주의 딸인 명희의 연애담이 계급성을 모호하게 한다는 이유[67] 때문이다. 이것은 북한 공민들이 지주계급에게 지녔던 저항감과 사상의 경직성을 단적으로 보여준다.

천세봉은 명희의 계급에 대한 수정의 압력에도 불구하고 그 요구에 불

---

65   위의 책, 501면.

66   위의 책, 579면.

67   이 작품은 연극으로도 공연되었지만 3회밖에 공연되지 못했다. 여주인공을 지주의 딸이 아닌 프롤레타리아로 바꾸라는 요구를 천세봉이 거절했기 때문이었다. 이러한 요구는 독자들에 의해서도 계속되었다.

응함으로써 당시로서는 예외적으로 청산대상인 지주계급의 변화 과정을 보여준다. 즉 천세봉은 지주계급도 나쁜 지주계급과 좋은 지주계급으로 분리함으로써 수용의 폭을 넓게 보여주고 있다. 이것은 지주를 무조건적으로 타도의 대상으로 규정하는 북한 공민의 인식과 배치되는 것이다.

이러한 점에서 천세봉의 다양한 계층에 대한 관심과 그들을 갈래별로 세분화하여 다루는 작가의 의식을 확인할 수 있으며, 명희는 그런 점에서 의미 있는 인물이다.

주인공 마영기는 동조자(the sympathizer)에서 저항자(the resister)로 변모하는 인물이다. 동조자는 단체나 지하운동에 참여하지는 않으나, 필요가 생기면 정신적으로나 물질적으로도 운동을 지원한다.[68] 관동군 출신인 그는 일본군 오장을 처치하고 군대를 탈주하던 도중 해방을 맞는다. 그를 눈여겨보던 한덕삼과 매부 강형진은 그를 농조에 가입시키려 하지만 그는 이를 거부한 채 도박을 일삼으며 급박하게 돌아가는 시국과는 달리 평범한 삶을 즐긴다.

> 그런데 세상은 왜 이렇게 들끓는가? 마영기로선 이 들끓는 세상이 리해가 안 되었다. 농조는 무엇 때문에 조직하고 녀성동맹, 공청은 무엇 때문에 조직하는지 알 수가 없었다. 계급투쟁이란 무엇인가? 계급투쟁이란 것이 바로 지주나 자본가와의 싸움이라면 우리 고을에서야 싸움의 대상이 배덕수 하나밖에 더 있는가? 배덕수 하나와 싸우기 위해서 이렇게 거창하게 들끓어야 한단 말인가?[69]

위의 인용을 보면 마영기는 개혁 세력들을 불만 섞인 시선으로 바라보고 있음을 알 수 있다. 천세봉은 마영기의 불만을 통해 이제까지의 행동이 충동적인 것이며, 의리와 정의감에서 우러나온 것이지 계급적 자각을 이룬 상태에서 한 행동이 아님을 보여 준다.

---

68 Gross Feliks, 앞의 책, 175면.
69 천세봉, 『대하는 흐른다』 1부, 평양 : 조선문학예술총동맹출판사, 1964, 194면.

마영기의 이러한 불만은 당연한 것이었다. 그들은 조직을 세우기에만 급급했지, 가족인 누나조차도 계급투쟁이나, 토지개혁의 당위성을 명확하게 설명해 주지 않기 때문이다. 그의 불만을 더욱 부추기는 것은 출신성분을 따지는 '좌경관문주의'[70]이다. 그의 불만은 군당 비서가 매부 강형진에서 최일벽으로 교체되면서 공청 가입에 자격론이 일자, 이에 대적해 청년들을 선동하여 신안동 청년 모두를 공청에 가입시키는 사건으로 표출된다. 그렇지만 그가 공청을 조직하는 과정이나 지주의 딸인 배명희를 야학 교사로 추천한 점을 강형진이나 최일벽은 자유주의적 발상으로 보고 있다. 그것은 이 사건에 대한 강형진의 비판에서 알 수 있다.

> "그리구 또 지주의 딸을 공청야학에 끌어 내왔다는 건 아주 큰 실수야 (…중략…) 글쎄 지주의 딸과 가까이 할 필요가 있는가? 지주란 우리 혁명의 적이야. 자넨 배 덕수의 땅을 부치며 어떻게 살았다는 걸 모르나?" (…중략…) "그럼 그런 인간은 어데로 가야 합니까?" 얼마 후 마 영기는 한마디 볼부은 소리를 했다. (…중략…) 강 형진은 한참 마 영기를 쏘아 보았다. 마 영기는 더 무슨 말을 못하고 어깨가 낮아졌다. "계급투쟁이란 준엄한 투쟁이야. 놀음이 아니야. 인정으로 하는 것두 아닐세. 엄격하고 철저해야 해."[71]

강형진의 말 속에는 원칙 외에도 이미 운동에 참여하고 있다고 믿어 버리거나 과오가 있었던 자들을 무조건 배척하는 '좌경적 착오'[72]가 보인다. 이러한 좌경적 착오는 많은 민중을 배척하는 결과를 야기하게 되며, 민중들과의 거리를 만들게 된다.

특히 강형진이 하녀와 다름없는 생활을 하는 명희를 지주의 딸로 규정하고 있는 것이 그러하다. 군당은 동조세력인 명희를 적극적으로 교양하

---

70 김일성, 「공청사업을 개선 강화하기 위한 몇 가지 과업에 대해」, 『김일성 선집』 1, 대동, 1988, 67면.
71 천세봉, 『대하는 흐른다』 1부, 평양 : 조선문학예술총동맹출판사, 1964, 331~332면.
72 김일성, 「종파주의를 청산하고 혁명대오의 통일단결을 강화하자」, 『김일성 선집』 1, 86면.

여 수용하는 것이 아니라 그녀 스스로의 자각과 변화를 요구한다. 명희
는 심성이 착해 불우한 사람들을 동정하고 도움을 주고 싶어 하지만 사상
적으로 각성이 되지 않은 상태이다. 비록 아버지의 탐욕에 혐오감을 느끼
는 명희지만 자각하지 못한 상태에서 스스로 인륜의 정을 끊는다는 것은
거의 불가능한 일이다. 그럼에도 무조건적 대항을 요구하는 것이다.

이러한 오류는 당시 충분히 벌어졌음직한 일이다. 천세봉은 '좌경적
착오'가 가져온 민중과 군당과의 거리를 좁히기 위해 '좌경적 착오'에 대
한 경계를 그 방안으로 선택하고 있다. 그는 평양을 다녀온 이후 강형진
으로 하여금 배명희나 장인표 같은 계급의 인물들을 수용할 여지를 남겨
둔다. 배명준으로 하여금 배명희와 장인표를 접촉하게 함으로써 그들이
인민의 편으로 올 수 있는 요건을 만들고자 하고 있다. 이것은 과오에 대
한 경계를 통해 공산주의자들이 범했던 지난 과오를 인정함과 동시에 극
복하려는 것이 아니라 김일성의 영도를 찬양하기 위한 장치이다. 계급에
대해 최인렬과 다름없는 생각을 가지고 있던 강형진이 평양을 다녀 온
후 '좌경적 착오'를 시정하려는 노력을 보이고 있기 때문이다. 천세봉은
이 작품에서 김일성을 등장시키지 않지만 간접적으로 그의 영도성을 보
여주고 있다. 김일성의 비범성과 사랑에 대한 찬양을 직접적으로 하고
있지 않으면서도 그의 영도성을 보여주고 있다는 점에서 이 작품은 다른
작품에 비해 세련된 작품으로 볼 수 있다.

강형진은 혈기만 앞선 마영기를 당에서 요구하는 당적 인간형으로 만
들기 위해 강습소에 보낸다. 그러나 정치 강습소의 수업내용을 수강생들
은 이해하지 못한다. 강습에서 그가 배운 것은 사회발전사·국제국내정
세·자본론·유물사관 해설·레닌주의 입문 등이다. 선생조차도 알고
나 가르치는지 모르겠다는 마영기의 지적처럼 당시 북한은 농민들을 개
조시킬 수 있는 인력이 절대적으로 부족했다.

농민을 당적 인간으로 양성하는 일은 토지개혁의 성공 여부와 직결된
다. 토지개혁에서 마영기와 같은 농민들이 주인의식을 가지고 책임과 역

할을 얼마나 잘 수행할 것인가 하는 문제는 그들의 사상의식 수준에 달려 있기 때문이다. 따라서 마영기와 같은 인물의 교양 작업은 북한에서는 중요한 사업이었다.

그러나 마영기가 자신의 계급을 자각하고 토지개혁에 앞장서는 계기가 되는 것은 강습소에서의 학습에 의한 것이 아니라 장길봉의 죽음과 배명희와의 혼담 사건을 통해서이다. 여기서 천세봉은 마영기의 명희에 대한 인간적인 동정과 계급의 문제를 명확하게 분리하고 있다.

자신의 기반을 유지하기 위해 딸마저 이용하는 배덕수의 모습과 3·7제 실현 투쟁을 하는 농민들에게 총을 난사하는 지주의 하수인들을 보면서 그는 계급의 문제를 해결하지 못할 때 지금의 불행이 반복될 수밖에 없다는 것을 깨닫게 된다. 그리고 아버지에 대한 동정을 구하는 명희와도 결별하게 되는 것이다. 이 두 사건을 통해 비로소 마영기는 계급에 대한 자각을 하게 되고 생존자에서 당이 원하는 공산주의자로 변모한다. 마영기의 자각에는 학습내용이 영향을 미치고 있다. 이것은 『석개울의 새봄』에서처럼 무조건적으로 당을 추종하는 인물들이나 교양 없이 변화를 강요했던 묘사에서 발전되어 있어 마영기의 변화가 설득력 있게 다가온다.

그리고 이러한 전개는 심각한 갈등이 주인공의 운명선을 관통해야만 '혁명적 대작'으로 볼 수 있다는 김영석의 주장과 "혁명대작은 역사적 전변을 줄거리로 하며 조선혁명의 발전과 함께 투쟁 속에 자라나는 주인공 ―혁명투사의 전형적인 모습을 그려야"[73]한다는 요구에 천세봉이 충실하고 있음을 알 수 있다.

위의 인물들의 변화 과정을 볼 때 천세봉이 인물들의 변화의 계기를 계급에 따라 다르게 부여하고 있음을 알 수 있다. 지식인이나 노동자를 각성시키는 데는 사상적인 측면이 강하게 작용하고 있지만, 민심을 움직이는 데는 사상보다 인정과 도덕성, 인간관계가 더 크게 작용한다. 농민

73　『문학예술사전』, 평양 : 사회과학출판사, 1972, 955면.

중 사상학습에 의해 변화하는 인물은 젊은 계층에 국한된다.

이것은 천세봉의 날카로운 현실 인식에서 비롯된 것이다. 농민들은 타 계급에 비해 의식과 준비에서 현저한 차이를 보였으며, 이로 인해 방황했다. 당시 북한은 봉건적 유대 관계로 끈끈하게 맺어져 있는 농민들을 사상적으로 지배하는 것은 불가능했을 것이다. 당시 모든 농민들이 사상에 의해 개조된 것이 아니었기 때문이다. 이에 천세봉은 당시 북한의 정책에 매력을 느끼는 인물 중 도덕성이 뛰어난 인물들을 통해 변화의 단초를 제공하고 있는 것이다.

이것은 당시 북한이 민중들의 혼란과 갈등을 통해 토지개혁에 대한 인식과 민중의 각성을 조직적인 교양차원에서 이끌어 내는 것이 아니라 개개인의 선택에 맡김으로써 민중들을 총괄적으로 통제하지 못했던 현실의 반영이다. 천세봉은 이처럼 계급의 사상 차이와 역량 차이에 따른 변화의 계기를 마련함으로써 기계적인 사상의 대입을 피하고 있으며, 도식성을 어느 정도 극복하고 있다. 이것은 '혁명적 대작' 형태의 소설이 보여주는 긍정적인 요소라 할 수 있다.

이 작품의 창작시기는 '천리마의 기수 형상론'이 지배하던 때이다. 그럼에도 사회적 윤리보다 개인적 윤리를 강조하고 있지만 계층에 따른 변화의 층위 때문인지 좋은 평가를 얻고 있다. 이것은 최명익의 「임오년의 서울」(1961)이 국가재건시기 개인윤리를 다룸으로써 평단의 외면을 받고 있었던 것과는 대조적이다.[74] 그 이유는 천세봉이 강형진과 마영기를 통해 수령의 영도성을 보여주고 있으며, 당대의 청산과제를 제시함으로써 투쟁해야할 적의 모습을 명확하게 규정하고 있기 때문이다. 이러한 점에서 이 작품은 그의 다른 작품들에 비해 정치성이 매우 강한 작품이라 할 수 있다.

천세봉이 마영기를 통해 당대에 공산주의자로 변모해 나가는 젊은 농

---

74 1961년에 창작된 작품으로 『조선중앙년감』 1962에서 권정웅의 「백일홍」, 김북향의 「당원」, 리윤영, 「진심」 등이 최고 작품으로 꼽히고 있다. 『조선중앙년감』, 평양: 조선중앙 통신사, 1962, 274면. 이 작품들과 「임오년의 서울」을 비교해 볼 때 앞의 세 작품에는 전체 윤리를 중시하는 인물들이 등장한다는 공통점이 있었다.

민을 그려냈다면 장길봉을 통해 영도계급인 노동계급을 묘사하고 있다. 그는 장길봉을 통해 노·농 통일전선에 대해 이야기하고 싶었던 것 같다. 이 작품에 노동계급의 등장은 1950년대 말부터 강조되어 온 사상혁명[75]의 영향 때문이다. 그는 "농민들은 노동계급의 영도와 그 적극적인 지원 밑에서만 지주의 땅을 빼앗을 수 있으며 토지개혁의 역사적 과업을 수행할 수 있다"[76]는 김일성의 교시처럼 고아이며 기관차 화부(火夫)인 장길봉을 마영기의 의식에 영향을 미치는 인물로 등장시킨다.

그런데 여기서 노동계급으로서의 장길봉의 역할이 명확하지 않다. 그는 계급성을 나타내기도 전에 3·7제투쟁을 돕기 위한 선전투쟁에 참가하였다가 소작료를 실어 나르던 달구지꾼들과의 충돌에서 어이없는 죽음을 당한다. 그의 죽음이 마영기를 변화시키기 위한 장치라고 하더라도 너무 작위적이다. 천세봉은 장길봉의 운명을 죽음으로 쉽게 다뤄 버림으로써 영도계급의 형상화에 실패하고 있다.

또한 작품 초두에 김일성과는 아무런 연계가 없는 마영기가 한덕삼 일행과 경찰서를 접수한 후 장길봉과 "조선독립을 위해서 싸운 김일성장군 만세!"[77]를 선창하는 대목 역시 계보적으로 김일성의 영도만을 따를 수밖에 없었던 강형진과는 달리 좀처럼 납득하기 힘들고 어색한 부분이다. 마영기가 경찰서 접수에 가담한 때가 김일성이 아직 국내에 들어오지 않은 때[78]였으며, 국내에는 잘 알려지지 않은 시기였다. 1964년 북한 문단

---

75 이 시기 북한 사상혁명의 일환으로 계급 교양, 당 정책 교양, 혁명 전통 교양을 강화시켰다. 북한에서 가장 강조하는 사상혁명은 "'권력을 장악한 로동자 계급이 경제와 문화, 사상과 도덕의 모든 부야에 걸쳐 사회를 자신의 모습 그대로 개조해가는 과정으로'으로서 '온 사회를 혁명화 로동계급화' 해야'한다는 것이다. 김광동, 「1960년대의 사회주의 건설과정」, 강만길 외편, 『북한의 정치와 사회』 1, 한길사, 1994, 222면.

76 사회과학출판사 편, 『반제반봉건민주주의 혁명과 사회주의혁명이론』(주체사상총서 4), 평양 : 평양사회과학출판사, 1985, 209면.

77 천세봉, 『대하는 흐른다』 1부, 평양 : 조선문학예술총동맹출판사, 1964, 68면. 북한자료센터 소장본은 이 부분이 남한 당국의 검열에 의해 원고지 7.2장 분량의 49줄, 1,224자가 지워져 있다. 면수로는 68~69면에 해당된다.

78 김일성이 입북하는 것은 1945년 9월 19일이다.

에서는『문화전선』창간호에서부터 김일성 알리기가 시작되지만[79] 작품
에서 '김일성장군'이라는 이름이 직접적으로 거명되고 노골적인 찬양이
등장하는 것은 시저주의가 일기 시작한 1955년 이후부터였다. 따라서 마
영기의 이러한 태도는 작가의 의도가 개입된 부분이라 볼 수 있다.

천세봉은 이 작품에서 민중들의 갈등과 혼란을 종식시키는 인물로 강
형진을 택하고 있다. 강형진은 당 정책을 충실히 수행하는 자이며, 당의
대변적 역할을 하는 인물로 저항자이다. 저항자는 지배정권이나 주적에
대한 저항에 적극적이다.

천세봉은 강형진을 토착 공산주의자인 동시에 김일성의 동북항일 연
군의 일부 세력인 갑산파의 계보를 잇고 있는 것으로 설정[80]하고 있다.
이 정치적 계보는 이 작품의 배경 상 김일성의 존재가 북한 내에서도 인
식되지 않았고, 정치적인 입지 또한 명확하지 않았음에도 불구하고 강형
진이 그의 영도를 따르는 것에 대해 납득할 수 있게 한다. 천세봉은 이러
한 계보적 특성을 이용해 강형진의 입을 빌어 당 노선과 정책에 대해 직
접적으로 설파하고 있다.

"내가 생각하는 건 앞으로 우리 혁명의 승리는 누가 군중을 더 많이 쟁취하는가
거기에 달려 있다구 보우. 그렇기 때문에 로조도 농조도 자기의 대렬에 광범한 력
량을 묶는 게 제일 중요하다구 보우. 공청두 그렇다구 보우. 공청두 공산주의를

---

79 『문화전선』창간호(1946)의 본문 첫 장부터 이찬의 「김일성 장군의 노래」, 「김일성 장군의 10개조
정강」이 실려 있으며 이기영, 한설야가 쓴 김일성의 인상이나 행적 등이 실려 있다. 이러한 경향은
김일성 신화 만들기의 한 양상으로 볼 수 있다.

80 "강형진은 박 달 동지의 지도 밑에서 열심히 싸웠다. (…중략…) 박 달 동지, 박 금철 동지 그 밖의
수 많은 동지들이 일본 경찰에 체포 되었다." 천세봉, 『대하는 흐른다』 1부, 평양 : 조선문학예술총
동맹출판사, 1964, 78면. (강조—인용자)
박달과 박금철은 실존 인물로 박달은 조국광복회 국내간부로 중국공산당에 입당했으며 보천보 전
투와 갑산군에서 항일회를 주도했으며, 1960년 4월 1일 사망하였다. 박금철은 조국광복회 국내공
작위원으로 중국공산당에 입당하였으며 동북항일연군 제1로군 출신이다. 강만길·성대경, 『한국
사회주의 운동 인명사전』, 창작과비평사, 1996, 181·185면. 이를 볼 때 강형진은 조국광복회 회원
이었던 것 같다.

신봉하는 청년을 핵심으로 세우구 그 대렬 내에 범한 청년을 묶어야 하지요. 만약 이렇게 하지 않는다면 어떻게 될 것인가를 상상해 보시오. 청년 운동이 협애하게 되구 많은 청년이 우리 주위에서 떠나 갈 것이 아니요? 그리구 배덕현의 세력을 전면에 내세워 춤을 취우고 있다는데 배덕현이도 애국지사요. 공산주의자들의 지도 밑에서 새 국을 위해서 일하기를 요구하구 또 실제 그렇게 하구 있는 사람이요. 그렇다면 이런 사람을 우리가 따버릴 필요가 어디 있소? 더 받들어 주어서 성수가 나서 일을 하도록 해야 할 것이지……." 강형진이도 흥분해서 후들후들하며 이렇게 말했다.[81] (강조-인용자)

위의 인용문은 강형진이 최일벽과 논쟁을 하는 대목이다. 강조 부분을 보면 아래의 김일성의 연설과 강형진의 군중노선에 대한 입장이 같음을 알 수 있다.

당과 혁명의 편에 민중을 많이 묶어 세우는가 못 세우는가 하는 것은 당의 운명과 칙명의 승패를 좌우하는 관건적 문제로 됩니다.[82]

최일벽과의 논쟁 후 형진은 그에 대한 여러 가지 의문점을 가지고 평양으로 올라간다. 천세봉은 그 시점을 북한 공산당 조직위원회가 열렸던 직후로 잡고 있다. 즉 작품 속에서 강형진이 평양으로 올라간 시기는 당 창건을 위한 예비 회의가 열린 직후 즉, 1945년 10월 5일이다.[83] 그는 10월 13일부터 시작된 북한 5도 당원 및 열성자 연합대회를 보고 다시 비룡면으로 돌아온다.

---

81 천세봉, 『대하는 흐른다』 1부, 평양: 조선문학예술총동맹출판사, 1964, 201면.
82 김일성, 「해방된 조국에서의 당, 국가 및 무력 건설에 대하여(1945.8.20)」, 조선로동당 중앙위원회 당력사연구소 편, 『김일성 저작집』 1, 평양: 조선로동당출판사, 1979, 256면.
83 이후 1945.10.10~13 평양에서는 당 창립대회가 열린다. 북한은 해방 후 건당(建黨), 건국(建國), 건군(建軍)을 당면한 주요 과제로 설정한다. 그중 가장 먼저 착수한 것이 당 건설이었다. 당을 먼저 건설해야만 군중을 중심으로 혁명역량을 조직화하고, 혁명과업에 동원시킬 수 있기 때문이다.

작품 속에서 강형진의 이후의 활동은 이 때 채택된 결의문과 보고에 모든 기반을 두고 있는 것으로 설정되어 있다. 그가 당비서직을 되찾는 과정 역시 당시의 결정문[84]에 의거하고 있다. "조선 혁명을 곧바로 사회주의 혁명이라고 부르짖던 정렬이는 곤죽이 되게 집중 공격을 받았단 말이다. 그런 해독적 리론과 로선은 전멸되었다 말이다"[85]라는 강형진의 말처럼 이 열성자 대회에서 장안파였던 이영(李英) 일파는 맹렬한 비판이 대상이 된다.

그들의 강령은 강형진의 말처럼 현 단계를 사회주의 혁명 단계로 보아, 해방에 대한 연합국의 공헌을 인정하지 않고, 광범한 대중을 인공으로 동원하는데 실패한 극좌주의의 한 형태로 트로츠키주의라고 비난을 받았다. 최일벽은 강형진으로부터 열성자 대회에서 장안파가 공격을 받았다는 소리에 꼼짝도 못하고 군당비서직을 내주고 마는 것이다.

강형진의 행동은 여기에서 그치지 않고 '운반주인공'으로서의 역할로 확대된다. 그는 탈영 후 빈둥거리며 노름을 일삼는 처남 마영기를 강습소에 보내고, 배 씨 일가이지만 민족주의자인 배덕현에게 도움을 청하는가 하면, 지식인인 배명준이나 한덕삼을 교양하여 일꾼으로 활용하며, 배명준을 통해 지주의 딸인 배명희를 포용하려는 계획을 세운다. 또한 그는 여러 인물들 사이를 오가며 민족주의자와 농민, 동요인물들의 관계를 심화시키고, 문제를 제기함으로써 당이 요구하는 인간관계를 조직하고, 당 정책을 수행해 당의 대변자로서, '운반주인공'의 역할을 충실히 하고 있다.

이 점을 볼 때 강형진은 '혁명적 대작'에서 요구하는 직업적 혁명가이다. 그러나 작가는 강형진을 결코 영웅화시키지 않는다.[86] 그는 강형진으로 하여금 10월 혁명 기념식에 농조원을 동원하는데 실패하게 함으로써

---

84 이 결정문의 전문은 『戰線』, 1945년 10월 13일자와 『解放新聞』, 1945년 10월 16일자에서 볼 수 있다.

85 천세봉, 『대하는 흐른다』 1부, 평양: 조선문학예술총동맹출판사, 1964, 311면.

86 이에 비해 토지개혁과 그 후 기쁨을 다루고 있는 이기영의 『땅』의 곽바위와 강균은 영웅적 면모가 강한 인물들이다.

선전사업에 더욱 박차를 가하게 하고 지난 사업을 되돌아보게 한다. 실패를 통해 그동안 도외시해 왔던 교양사업의 중요성이 부각되는 것이다.

천세봉은 이 시기 『석개울의 새봄』의 김창혁의 예에서도 볼 수 있듯 당 사업의 성공보다 실패하는 인물들을 주요 인물로 배치하고 있다. '천리마 기수 형상론'에 의해 성공신화 창조로 들떠 있던 북한에서 천세봉은 논리적 판단과 질서 잡기에 실패한 인물을 통해 당시 북한 사회가 주력하고 있던 당 사업의 문제점을 되돌아보게 하려는 의도가 엿보인다.

이 작품에서 주인공이 영웅의 자질을 보이지만 신화적 영웅성이 두드러지게 나타나지 않는 것은 '혁명적 대작'에서 제시한 인물의 전형을 따르고 있다기보다는 2부를 염두에 두고 있었기 때문인 것 같다. 그리고 이 작품은 광활한 서사시적 화폭을 담되 시대의 본질, 시대의 특성, 시대의 주류를 보여주어야 한다는 내용적인 측면이나 형식적인 측면에서 그의 작품 중 '혁명적 대작'의 모델에 가장 근접해 있는 작품이다.

그는 이 작품에서 토지개혁의 의미와 기쁨에만 머무른 여타의 작품들과는 달리 토지개혁과 함께 수반되어야 하는 청산 문제와 그 과정에서 파생된 문제들에 관심을 기울임으로써 민주개혁이 지니는 의의와 앞으로의 전망을 제시하고 있다.

또한 행성과 위성 구조[87]를 통해 다양한 갈래의 인물들을 묘사함으로써 농민들의 총체적인 삶을 보여주고 있다. 지주 문제 역시 악덕 지주 한 사람의 문제만으로 국한시키고 않고 권솔 전체로 확대하고 있는 점, 그리고 이 장에서는 다루지 않았지만 정세에 맞춰 재빨리 자기 변신을 하는 동네 유지들의 묘사 역시 토지개혁이 주는 변화에만 몰두해 현실을 냉정하게 관찰하지 못한 다른 작가들과 구별되는 점이다.

이러한 냉정한 관찰력과 인물에 대한 전형화의 성공은 이미 단편소설

87　천세봉은 민주개혁이라는 행성 주변에 마 씨 일가, 배덕수 일가, 김장로 일파, 최일벽 일파, 유지세력, 강형진 세력이라는 위성을 배치해 놓고 있다. 위성들은 행성의 영향하에서 흡수되기도 하고 제거되기도 한다.

을 통해 토지개혁 이후 땅을 가진 농민들의 기쁨을 담아낸 경험에서 비롯된다고 할 수 있다.[88] 그리고 이 작품의 집필 시기는 이기영이 『개벽』(1946)이나 『땅』(1948)을 집필할 때 느꼈던 토지개혁의 흥분에서 조금은 멀어진 시기로 천세봉은 좀 더 차분하고 냉정한 입장에서 토지개혁을 되돌아 볼 수 있었을 것이다. 비록 이 작품이 언어적 고상미는 이기영보다 떨어지지만 인물을 형상화하는 기술이나 현실에 대한 냉엄한 관찰력은 그를 능가하고 있다.

3) 생존자와 반영웅―『고난의 력사』 1부

천세봉의 장편 『고난의 력사』 1부(1964)는 세 번째 대작 소설로 월하리[89]에 일가를 이루고 살고 있는 대장장이자 머슴인 현대진 일가의 이야기다. 문체는 회화적 묘사체라기보다는 서술적 묘사체이며, 총 26장으로 구성되어 있다.

이 작품은 북한 작가들에게서는 잘 드러나지 않는 천세봉의 어린 시절의 편린과 가족사를 엿볼 수 있다는 점과, 그가 창작한 농민소설 중 가장 많은 비판을 받았다는 점에서 매우 흥미로운 작품이다.

천세봉은 이 작품에 현대진의 다섯 아들, 즉 자신의 아버지와 네 명의 삼촌을 등장시킨 것에 대해 "현대진의 다섯 아들을 다 등장시킨 것도 의도가 있었다. 한두 아들만 등장시켜 가지고는 당시의 농민들의 생활을

88　그는 「소낙비」(『문학예술』, 1948), 「밤나무 있는 집」(『농민신문』, 1948), 「신혼 부처」(『새조선』, 1948), 「땅의 서곡」(1948), 「호랑령감」(『문학예술』, 1949), 「5월」(1949) 등의 단편을 발표하였는데 이 소설의 주제는 거의 다 토지개혁과 관련되어 있다.

89　『고난의 력사』 1부의 배경이 되는 월하리는 송하면에서 15리가량 떨어진 마을이다. 송하면은 황해남도 북서부에 위치하며 현재는 군으로, 북쪽은 은률군, 서쪽은 과일군, 남쪽은 장연군, 동쪽은 삼천군과 접해 있다 1952년 12월의 행정구역 개편 때, 송화면, 률리면 등 13개 면의 전부 또는 일부를 합쳐 송화군이 만들어졌다. 그 후 1967년 10월 서부지역이 과일군으로 분리될 때 은률군에서 원당리를 넘겨받아 오늘에 이르렀는데 옛 송화군이 중앙부에 위치하며 면적은 약 1/5로 줄어들었다.

최하층에 내려 가 샅샅이 보여줄 수가 없다고 생각하였다. 아들 5형제를 다 등장시켜 중심 주인공 외에 그를 둘러 싼 각이한 개성을 지닌 인간들이 어떻게 살아 왔으며 어떻게 자기 생활의 논리를 밟아 점차 눈을 뜨고 농민 운동에 참가하게 되는가를 보여주고 싶었다"[90] 라고 고백하고 있다. 그런데 『문예 상식』이나 『문학신문』 등에서도 그가 소농의 가정에서 태어났으며, 할아버지는 물론 아버지와 다섯 삼촌은 물론 천세봉 자신까지도 머슴이었다는 기록을 볼 때 이 작품에서 자신의 가족을 원형으로 삼고 있음과 그의 가족사가 투영되어 있음을 알 수 있다. 이 작품은 작가가 소년시절 체험한 농촌 생활이 전면적으로 반영되어 있어 1920년대 조선 농촌의 모습에 좀 더 가까이 다가갈 수 있다.

천세봉은 월하리라는 공간을 통해 온갖 사회계층을 총망라해놓고 있다. 크게 기본 계층인 피지배집단과 지배집단인 두 개의 집단을 각각 다시 소집단으로 나누고 있다.

피지배집단은 먼저 선각자적 소집단으로 최선도 · 서경수 · 채정훈과 그들을 돕는 재현 · 창국 등을 들 수 있다. 재근 · 재후 · 전치옥 같은 성실한 농민으로서 점차 각성의 길을 걷는 집단, 덕보 · 장서방 · 돌쇠 · 오월 · 이순과 같은 사회의 밑바닥에서 착취당하며 갖은 고초를 겪는 집단, 최선도 · 채정훈 등의 선각자들이 가르친 자기 생활을 통해 깨닫고 민족 해방의 이상을 실현할 혁명의 대를 이을 무림과 착취 받고 억압받는 사람들의 자제들이 또 하나의 소집단을 이룬다.

지배집단으로는 제국주의자 집단인 군 내무주임 기무라 · 경찰서장 사까이 · 면 행정주임 오까다 등의 일본인들 그리고, 일제 권력에 붙어서 농민들의 고혈을 짜내는 서상학 · 박진우 등의 봉건 지주 · 자산계급 집단, 이들 지주와 일제 권력에 붙어서 직 · 간접적으로 농민들을 파탄으로 몰아넣는 김달기 · 고창배 · 박상룡 · 박정술 등의 중간착취자들이 소집

단을 이룬다. 이외에도 동요계층인 김대하·오홍도 등의 인텔리 집단들이 이 작품의 구성원으로 주인공에게 직·간접적 영향을 행사하고 있다.

천세봉은 무림을 작품 속에서 모든 사건의 목격자로, 참가자로서 무고한 사람들의 고통과 불행을 직·간접적으로 체험하는 인물로 그리고 있다. 그렇기 때문에 무림은 계급의식에 눈을 뜨기까지 냉정한 시선으로 사회와 사회주의 운동을 바라본다. 천세봉은 이 깊은 머뭇거림을 통해 북한의 농민소설에서는 보기 드물게 당대의 사상적 조류와 무림의 의식 변화 과정을 깊이 천착하고 있다.[91]

이 작품에는 크게 '보이지 않는 힘'과 '보이는 힘', 이 두 개의 힘이 인물들 중심에서 작용하면서 그들에게 영향을 미치고 있다. 여기서 '보이는 힘'이란 인물들을 인위적으로 억압하고, 조종하는 힘을, '보이지 않는 힘'이란 억압 속에서 자연적으로 파생될 의식 즉 앞으로 인물들에게 영향을 미칠 사회주의 사상을 의미한다. 그리고 이 작품은 이기영의『두만강』과 비슷한 구조를 가지고 있으며, 여러 개의 에피소드가 일치한다는 점에 천세봉이 이 작품의 영향을 받았음을 알 수 있다. 따라서『고난의 력사』 1부의 분석에『두만강』을 적극 활용할 것이다.

(1) 생존자들의 양상

무림은 이 작품에서 '보이지 않는 힘'과 '보이는 힘' 이 둘 사이에서 고뇌하는 인물로 생존자이다. 그에게 먼저 손을 내민 것은 '보이지 않는 힘'이다. 무림의 자연발생적 계급의식은 소학교를 퇴학당하면서 시작된다. 그는 퇴학 이후 문학 작품들과 마르크시즘의 영향을 받은 최선도, 현재현 등과 '높은 인격'으로 우러르는 김대하의 영향 하에서 정신적 모색을

---

91 이전 남한의 소설에서 볼 수 없는 당시 사상의 조류에 대해『대하는 흐른다』 1부와『안개 흐르는 새 언덕』에서 자세히 서술하고 있다. 그러나『대하는 흐른다』 1부에서 인물들의 의식 변화 과정은『고난의 력사』 1부에서와는 달리 작위적이라는 인상을 지울 수 없다. 그것은 인물들의 신앙심과도 같은 맹목적인 믿음 때문이다.

거치며 마침내 사회주의 의식에 공감하는 데까지 이른다.

무림의 자연발생적 저항의식은 일가의 비극과 자신이 무식하다고 무시했던 삼돌의 깨우침 그리고 현대진의 옥사 후 민족적 개량주의자의 행태를 보면서 목적의식적 투쟁으로 전환된다. 하지만 냉소적인 무림이 사회주의 의식에 공감하기까지 이렇다 할 역사적 사건이나 지도자가 없었기에 그의 정신적 고난의 역사는 고단한 생활의 반영이라는 명제와 거리를 두고 있다. 그의 의식이 피어날 무렵 최선도의 죽음 그리고 조합과 야학을 포기하고 마을 떠나야 했던 재현과 창국을 보면서 무림은 "피투성이가 되어 무너져 내리는 맑스주의의 길로는 나아가지 않겠다"[92]고 결심을 한다. "그 길엔 오직 피와 패배만 있다"[93]는 생각 때문이다. 그렇기 때문에 해체되어가는 고향[94]을 보면서도, 땅을 억울하게 빼앗기고 자신이 머슴으로 끌려갈 상황[95]에 놓여서도, 할아버지의 죽음 앞에서도 무림의 마르크스주의에 대한 거부는 계속된다.

작품 속에서 지식인의 꾸밈새로 대표되는 '주의자 머리'가 월하리 같은 촌까지 유행했던 것처럼 많은 1920년대 유학생과 지식인들은 유행에 휩쓸리듯 민족주의 운동으로부터 공산주의 운동으로 이동을 한다. 그리고 이러한 행세식 마르크스주의자들은 종파를 이루고 파벌 싸움을 벌였다. 이들은 1928년 해체하기까지 이합집산을 계속하며 대중들과는 혈연적 연계를 갖지 못했으며, 그중 다수가 개량주의자로 전락하였다. 대다수의 마르크스주의자들이 대중과 유리되어 있었던 '보이지 않는 힘'이었다는 점을 염두에 둘 때 매개자의 공백 속에서 기댈 사상이 없었던 무림이 방황하고 고뇌하는 모습은 당연한 것이다.

92　천세봉, 『고난의 력사』 1부, 평양 : 조선문학예술총동맹출판사, 1964, 465면.

93　위의 책, 465면.

94　무림은 짝사랑했던 영란이 아버지 채정훈을 따라 마을 떠나는 것을 배웅하러 나간 대합실에서 마을을 떠나는 월하리 사람들을 보면서 마을을 떠난 덕보네를 떠올리며 '모든 조선 사람들이 하나 하나 다 그 어데 멀리 떠나 가는 것 같은 생각'을 한다. 위의 책, 535면.

95　『고난의 력사』 1부에서 서상학은 재현의 폭행 사건을 빌미로 땅을 빼앗는 동시에 무림 아버지와 무림마저 머슴으로 5년이나 부리려 한 이 사건은 천세봉이 머슴이 된 과정을 그대로 보는 듯하다.

이런 무림의 정신적 여백을 파고드는 인물들이 바로 김대하와 동아일보 기자인 오홍도이다. 책 읽기와 공상하기를 좋아하는 무림은 김대하라는 개량주의자를 통해 톨스토이의 박애사상을 세례를 받으며 그것이 자신이 잡아야 할 손이라고 생각한다. 무림은 김대하와의 접촉을 통해 자신이 변모해가고 있다고 느끼며, 박애주의가 마르크시즘보다 우위에 있다고 생각하게 된다. 인간 사랑과 용서라는 명제를 던져준 김대하를 통해 무림은 자신을 지긋지긋한 생활에서 해방시켜줄 손을 잡았다고 믿게 된 것이다.

> 무림이는 온 세상에 불이 붙는 것 같은 생각이 들었다. 불길은 산과 들을 덮었다. 그 불길 속에서 자기 아버지, 어머니 그리고 삼촌들 모든 현가네 사람들이 갈팡질팡 뛰고 있다. 어데로 가면 그 불'길이 없을가 해서 이리 뛰고 저리 뛴다. 더러는 그 불'길 속에 타 죽는다. 비명이 들려온다. 아버지의 비명이다, 아니 어머니의 비명……. 삼촌들의 비명이다. 무림이는 그 무서운 환상에 놀라며 두 주먹을 꽉 쥐고 허'간 밖을 내다보았다. 복숭아 나뭇가지 너머로 시퍼런 하늘이 내다보이고 복숭아 나뭇가지엔 참새들이 앉아 재재거린다. (아! 세상! 세상은 이렇게 눈물과 비명을 안고 씨름을 하는가.)[96]

위의 인용처럼 서상학의 머슴으로 들어가게 된 무림은 자기 집안의 불행이 조선이라는 굶주린 나라의 백성으로 태어났기 때문이라고 절규하면서도 그는 마르크스주의를 거부한다. 그러한 그가 '보이는 힘'의 손을 놓게 된 계기는 바로 희망의 손인 줄 알고 잡았던 지식인들에 대한 배신감 때문이다. 무림은 다른 인물들과는 다르게 엄혹한 현실 속에서 사회주의 싹을 키우는 것이 아니라 지식인에 대한 배신감과 분노로부터 '보이지 않는 힘'을 느끼게 된 것이다. 그를 사회주의로 이끄는 것은 퇴학 전에

---

96 천세봉, 『고난의 력사』 1부, 평양 : 조선문학예술총동맹출판사, 1964, 451면.

하던 공상도, 퇴학 후의 서적과 명상으로 이룬 높은 정신세계도 아닌 엄혹한 현실의 제공자를 발견하면서부터이다. 김대하와 같은 가진 자들의 허위와 위선을 발견 했을 때 '보이는 힘'들의 연계가 억압구조를 파생해 내고, 그것이 민중들을 마취시키고 있다는 사실을 깨닫게 된다. 그때서야 무림은 자신과 가족을 참혹한 삶으로 내몰고 있는 자들이 일제와 다를 바 없다는 것을 인식하게 되는 것이다.

> 무서운 독초들이다. 그들이 풍기는 독분, 독취 그것이 이 사회에 아니 조선 사람들의 정신세계에 얼마나 피해를 줄 것이냐 말이다. 잘못이었다. 나는 너무도 몰랐다. 나의 길은 내 앞에 벌어진 구체적인 현실에 있다. 내 아버지 큰 아버지 삼촌들이 피투성이의 몸부림을 하는 이 현실 속에 있다, 눈앞에 있는 문제는 작은 문제요. 큰 문제는 인류의 높은 리상이라고 생각했던 것은 얼마나 잘못된 생각이었던가! 나는 우선 현실 속에서 나를 위한 투쟁, 아니 아버지와 삼촌들을 위란 투쟁부터 시작해야한다. 그리고는 온 조선 사람들을 위한 투쟁, 아니 전 인류를 위란 투쟁……. 이게 바로 인류의 실현하는 길이 아니겠는가! 문제는 작은 데서부터 시작해야한다. 내 삶의 권위를 위한 투쟁부터 (…중략…) 그렇다 그게 바로 내가 나아가야 할 길이었다.[97]

위의 인용은 현 씨 일가의 남자들과 함께 투옥되었던 무림이 현대진의 옥사 후 김대하의 도움으로 석방이 되자 그를 찾아갔다가 그 속에 감추어져 있던 추악한 본질을 발견한 후 자각하는 장면이다.

무림은 그의 본질을 파악한 후에야 투쟁의 길과 도덕적 자아완성으로 전 인류에 대한 박애사상 사이의 정신적 갈림길에서 자연스럽게 생활이 이끄는 즉 '보이지 않는 힘'을 잡기 위해 나아가게 된다. 혁명투쟁만이 억압과 착취로부터 해방으로 나아가는 유일한 길임을 자각하게 되는 것이

---

97 위의 책, 679면.

다. 즉 자신에게 필요한 것은 모든 불행의 근본 원인인 일제와 그 핵심 고리인 지주를 쓸어버림으로써 불평등 관계를 끊어버리기 위한 노력과 나아가서는 모든 낡은 형태와 양식의 토지제도를 파괴하고자 하는 노력이며, 그것이 바로 역사적 조치의 핵심임을 느끼게 되는 것이다.

이 사건을 통해 천세봉은 일제강점하라는 역사적 상황 속에서 새로운 흐름 즉 억압받는 기층 민중을 이끄는 강력하고도 새로운 힘이 스며 나오고 있음을 보여준다. "의식화는 프롤레타리아트 자신 속에서 오직 완만하게 험난하고 오랜 위기들을 거친 연후에야 완수 될 수 있다"[98]는 루카치의 말처럼 무림의 자각은 곧 혁명과정 자체이다.

스스로 의식의 혁명과정을 거친 무림은 사상적 길을 이끌어 줄 교량적 위치의 지도자의 필요성을 절실하게 느끼게 된다. 사상적 길을 함께 가자고 다그치던 재현과 최선도가 있었으면 좋겠다는 무림의 독백 속에서 『고난의 력사』 1부에서 전개될 내용과 다음에 등장할 무림이 믿고 따를 지도자가 누구일지를 쉽게 짐작하게 한다. 1920년대 후반이 최선도와 같은 선각자 계열의 시대라면, 1930년대는 『두만강』의 '김동지'와 같은 동북항일연군을 이끄는 김일성이 부각되는 시기인 것이다. 이 점은 『고난의 력사』를 1920년대부터 해방 전까지를 그리려 했다는 천세봉의 기획 의도에서도 확인할 수 있다.

무림의 정신적 성장 과정을 통해 로자 룩셈부르크(Rosa Luxemburg)가 간과했던 개량주의적 지도자가 민중들을 어떻게 망설이게 하고 오도하는가를 깊이 있게 그려내고 있음에도 불구하고 사회주의로 가기까지의 머뭇거림[99]으로 인해 무림은 북한 내에서 가장 비판 받는 인물형이 된다.

어린 14세의 소년을 주인공으로 내세움으로써 '혁명적 대작' 형상에 실패했다는 것이 북한 문단의 입장이다. 사회주의로 가기까지의 무림의 머

---

98 Lukacs Gyorgy, 박정호·조만영 역, 『역사와 계급의식』, 거름, 1986, 403면.

99 『두만강』의 씨동이 생활 속에서 아무런 의심 없이 아버지 곰손과 이외의 매개자들에 의해 아무런 의심과 저항 없이 사상을 받아들이고, 투쟁하는 반면, 무림은 끊임없이 의심하고, 주저한다. 그의 망설임을 통해 천세봉은 개량주의의 유해성을 깊이 있게 묘사하고 있다.

뭇거림은 "주인공의 성격은 혁명가로서의 성격이어야 하며, 혁명가의 성격은 본질 상 비반복적인 비범한 성격이어야 한다"[100]는 '혁명적 대작'의 주인공 형상에는 부합되지 않는 것이다. 그리고 최선도의 죽음으로 농민이나 주인공 무림을 개조하고나 각성시켜야 할 매개적 인물이 사라져 버림으로써 혁명 투쟁의 영향과 선진 투사들의 지도적 역할에 의하여 적극적인 투사로 성장하는 모습을 옳게 그려야 한다[101]는 형식에서도 멀어져 있다. 이로 인해 작품에 나타나게 된 영웅 부재 현상은 '혁명적 대작'에 주인공의 성격은 혁명가로서의 성격이어야 한다는 명제에 반하게 되어 버렸다. 특히 영웅의 부재는 혁명적 낙관주의, 고도의 자각성과 영웅적 희생정신으로 특징지어지는 혁명적 낭만성의 구현을 가로막는 요인이 되었다. 이러한 결과로 인해 이 작품은 혁명대작 논쟁에서 비판의 도마 위에 오르게 된다.

특히 엄호석처럼 계급투쟁을 묘사하는 모든 작품 특히 혁명적 대작에서는 계급투쟁을 지도해 나가는 완성된 혁명투사만이 반드시 중심 주인공이 되어야 한다[102]는 강경한 주장을 하는 평론가들에 있어 무림의 모습은 결코 '혁명적 대작'에 어울리는 주인공의 모습이 아니다. 그리고 안함광의 주장처럼 각 부마다 상대적 독자성을 가지고 투쟁의 완결을 보여야 한다는 명제, 혁명투쟁의 영향과 선진투사들의 지도적 역할에 의하여 적극적인 투사로 성장하는 모습을 그려야 한다[103]는 것에서도 멀어져 있다.

---

100 「혁명적 작품의 주제와 성격 창조—혁명적 작품 창작을 위한 연구 토론회 계속」, 『문학신문』, 1964.11.27, 2면.

101 엄호석, 「혁명적 대작 창작에서 더 큰 성과를 이룩하자」, 『문학신문』, 1965.11.5.

102 엄호석, 「혁명적 대작과 구성의 기교 2」, 『조선문학』, 평양: 조선작가동맹출판사, 1965.11·12(합본호), 11면. 이러한 맥락의 지적은 최일룡의 글에서도 발견된다.

103 안함광, 「혁명적 대작에서의 서사시적 화폭」, 앞의 책, 3~12면 참조. '혁명적 대작'에 부합하는 작품으로 남한에서도 출판된 이기영의 『두만강』을 들 수 있다. 북한에서는 주인공이 곰손에서 씨동으로 옮겨간다는 점에서 이 작품을 다부작 소설로 꼽고 있지만 이 작품의 1·2부의 주인공 곰손은 다음 세대인 씨동의 형상과 연결되며 그들의 투쟁이 종국적으로 승리를 위한 투쟁으로 발전하는 모습을 합법적으로 보여주고 있으며, 또한 주제적 측면뿐 아니라 형식적 측면에서도 각 부가 완결성을 가지고 있음으로 해서 '혁명적 대작'의 틀을 잘 보여주고 있다.

이와 같은 주인공에 대한 비판은 전망의 부재로까지 이어진다. 그러나 이것은 어떠한 문제를 해결하는 데는 시간이 필요하다는 것을 간과한 결과이다. 『고난의 력사』 1부가 끝날 때까지 계속되는 무림의 머뭇거림은 주인공에게 문제가 있으면 즉시 교정시켜 당과 인민에게 복무하게 하여 문제를 해결하거나, 해답을 줄 수 있는 작가들을 찬양하던 북한 평자들의 눈에는 주인공을 그려 나가는 작가의 태도가 역사성을 거스르고 있는 것처럼 보일 수도 있으며, 전망을 제시하지 못한 것처럼 보일 수도 있다. 그러나 의식 변화에 필요한 시간 확보의 필요성을 무시한 채 문제적 인물은 즉각 변화되고 교정되어야 한다는 시각은 문학에서의 교조적 종파주의와 다를 바가 없다.

천세봉의 의도는 이 소설에서 암담한 시기의 사회 계급적 모순을 통해 혁명운동의 흐름과 그 속에서 성장하는 미래의 혁명투사를 그리는 것에 있었다. 그는 무림이 성장해 나가는 과정을 어떤 사건의 와중에 직접 뛰어들어 거기에서 단련되고, 각성하는 과정으로 보지 않았다. 이를 위해 천세봉은 현 씨 일가를 설정하고 14세의 소년 무림을 중심 주인공으로 설정하였던 것이다. 그럼에도 무림이 선진 투사들의 지도적 역할에 의하여 적극적인 투사로 성장하지 않고 고난의 역사, 삶의 역사 속에서 스스로 자각한다는 이유만으로 자신들이 비판했던 타도식 비판을 하는 것은 성급한 판단이라 여겨진다. 이 작품에는 교조주의적 편향에서 벗어나 주인공의 성격 창조 문제에 대한 의식의 진전을 보이고 있기 때문이다. 『고난의 력사』 1부라는 제목에서 알 수 있듯 천세봉이 2부를 염두에 두고 있음을 생각할 때 더욱 그러하다. 그들이 지적한 내용들은 작가가 2부에서 다룰 내용이었을지도 모르기 때문이다.

'혁명적 대작'이 북한문학의 형식과 인물의 다양화라는 긍정적인 변화는 가져왔다. 그러나 엄호석과 같이 계급투쟁을 지도해 나가는 완성된 혁명투사만이 반드시 중심 주인공이 되어야 한다는 과격한 논리는 주인공의 성격을 도식화하는 또 다른 기제가 되고 있으며, 천세봉에게 『안개 흐르는 새 언덕』의 강민호와 같은 독단적이고 과격한 인물을 가공하게 하였다.

그리고 북한 문단의 요구처럼 최선도와 같은 완결된 인간의 지도 아래 투쟁 일변도의 내용이 전개되었다면 그만큼 소설의 재미는 반감되었을 것이다. 완결되지 못한 인간 그중에서도 육체적, 정신적으로 미성숙한 소년의 성장과정을 지켜보면서 작품 속에 숨겨진 매력을 찾을 수 있다는 것이 이 작품의 장점이다.

이 작품에는 그의 작품을 포함한 여타에 작품에서 지겹도록 봐 왔던 사회주의 사상에 대한 맹목적이고, 감동적인 믿음도 없다. 다만 북한문학에서는 흔히 볼 수 없는 복잡 미묘한 인간의 심리 상태를 통해 논리적으로 사회주의 사상의 우월성을 느림의 미학을 통해 논리적으로 설명해 내고 있을 뿐이다.

이 점은 천세봉의 다른 작품들과 상대적으로 구별되며, 긍정적인 성과에 속한다. 이 작품이 '혁명적 대작' 형식에 비교적 충실한『대하는 흐른다』1부보다 늦게 쓰였다는 점에 비춰볼 때 무림이라는 인물이 창조가 의도적이었다는 것을 알 수 있다. 그리고 이를 통해 '혁명적 대작'의 주인공에 대한 그의 인식을 읽을 수 있게 한다. 천세봉이 그리는 주인공들을 볼 때 '혁명적 대작'에서 주인공은 완성된 영웅이 아니라 영웅을 지향해야 한다는 황건의 주장이 이 작품에서 먼저 실현되고 있기 때문이다. 완결된 영웅들이 창조되고 있던 당시 완결되지 못한 무림은 천세봉이 예술성에 근접해 가고 있음을 보여주는 인물이 되었다. 무림의 긴 머뭇거림이 오히려 작품에 현실성과 예술성을 부여하고 있기 때문이다.

『석개울의 새봄』에서『고난의 력사』에 이르기까지 주인공의 영웅화 과정은 점점 미약해지고 느려지고 있다. 그리고 그 정점에 무림이 서 있다. 무림의 창조는 '혁명적 대작' 소설이 낳은 최고의 성과이며 천세봉이 그려낸 최고의 인물이라 할 수 있다.

이외에도『고난의 력사』1부에서 현 씨 일가의 성격에 나타난 개성들은 아주 인상적이다. 아버지 현대진을 비롯하여 재후 · 재근 · 재환 · 재두·재현 등은 기본 군중으로 그들이 겪는 생활 체험과 운명도 다양하다. 그들은 한결같이 땅 없는 농민으로서 일제와 지주라는 '보이는 힘'에 의해 압박을 받는 전형적인 빈농(貧農) 일가이다.

아버지 현대진은 근면한 빈농의 한 전형이며, 맏아들 재후는 표면적으로는 우악스럽고, 억세고 우락부락하며 좀처럼 분을 못 삭이는 인간형처럼 보이나 내면적으로 누구보다도 정세에 대해 민감하며 신중한 편이다. 현대진은 독립군을 물질적으로 돕고 있다는 점에서, 현재후는 실증주의자적 요소를 가지고 있지만 정신적으로 운동을 지원한다는 점에서 동조자이다.

그런가 하면 무림의 아버지 재근과 재환 그리고 재두는 머슴을 살면서 기를 펴지 못하고 사는 인물로 이중 감정의 소유자(the ambivalent)이다. 이들은 자신의 권리나 이익을 주장할 의식이 없이 지주들에게 얽매여 사는 사람들로 그것에 순응하여 살아남기를 원한다. 특히 이들은 복종하는 데 지나치게 열심이다.[104] 특히, 넷째 재두는 아내가 지주의 아들에게 수모를 당했음에도 그 원망을 아내 이순에게 돌리는 인물이며, 동네 사람들에게 욕을 먹고 나서야 이순을 찾을 생각을 하는 주체적이지 못한 인물이다. 셋째 재환이는 지주에 대한 앙심은 품고 있으나 어떻게든지 주어진 자기들의 생활환경을 그대로 유지해 나가려고 노력하는 인물이다.

반면 막내 재현은 생활에서 새것과 시대의 추세에 예민하며 영민함도 갖춘 진보적인 인물이다. 그러나 그가 가진 호전적 태도[105]와 조급성으로 인해 언제나 사건을 일으킨다. 그는 매우 감정적이어서 일부터 벌이는 성격이다.

천세봉의 작품에서 진보적 인물들은 혁명 엘리트 계층인 '공산주의적

---

104 Gross Feliks, 앞의 책, 177면. 이중적 감정의 소유자에는 상황에 따라 정권에 붙었다 조직에 붙었다 하며 상황에 따라 자신의 태도를 바꾸는 인물들도 있지만 이 작품에서는 그러한 인물들은 보이지 않는다.

105 재현과 같이 이런 호전적 태도를 가진 인물이 북한문학에서 요구하는 "공산주의 인간형"에 근접해 있다는 것이다. 재현과 비슷한 성격의 소유자로 『석개울의 새봄』의 창혁과, 『대하는 흐른다』 1부의 마영기, 한덕삼을 들 수 있다. 때문에 평단 일각에서는 주인공을 무림이 아닌 재현으로 세웠어야 했다고 목소리를 높이고 있다.

인간형'과 '항일투사형들'의 적극적인 조력자이며, 야학이나 농민회를 조직해 민중들을 일깨우는 역할을 하기도 한다. 이들은 자신의 일에 자신감에 차 있고 열성적이다. 그러나 이들 대부분은 열정에 사로잡혀 좌경적 편향에 치우쳐 있거나 감정적이고 즉흥적으로 행동하여 조직에 누를 끼치는 인물들이다. 재현에게는 앞날을 내다 볼 수 있는 혜안이 없다. 이런 면에서 재현은 맏형 재후와 대비되며 치밀하지 못하다는 점에서『두만강』의 안무와도 구별[106]된다. 더불어 재현에게 나타나는 거짓협조자(the wallenrod)[107]의 모습은 무림과 더불어 비판의 대상이다. 도덕성을 우선하는 북한에서는 아무리 투쟁이라고는 하지만 적을 쳐부수기 위해 적의 내부에 침투해 협조하는 모습은 비겁한 짓이라는 것이 그들의 입장이다. 야학 건설을 목적으로 서상학의 눈을 속이기 위해 머슴으로 들어가 거짓협조를 하는 재현의 모습은 가장 투쟁적으로 싸우는 투사의 모습을 훼손시켰다는 비판과 동시에 '혁명적 대작'의 틀에서 벗어나 있다는 비판을 받는다.[108]

같은 핏줄인 그들의 성격 차이는 동일 문제를 가지고 그들이 보는 견해와 그들이 취하는 태도의 대조 속에서 더욱 부조되고 있다. 개간지 문제를 둘러싸고 지주 서상학과 현 씨 일가 간에 벌어지는 소동에서 재현이 서진하를 때려눕히고 소 채찍으로 서상학을 폭행할 때, 재두는 오히려 서진하를 눕힌 채 폭행하고 있는 재현의 뒤통수를 내리쳐 폭행을 제지하는가 하면, 나중에는 지주의 땅을 갈아주기까지 한다. 그런가 하면 재환은 땅 문제에 대한 지주의 선처를 바라며 지주집 마당 앞 낟가리 밑에 앉아서 아버지가 나올 때를 기다리는 비굴한 인물이다. 이순의 폭행

---

106 연합 체육대회 후 안무의 연설로 인해 군중들이 일본 영사관을 둘러싸고 일본 군경과 대치 상황이 벌어지고 군중이 일본 영사관을 점령하자 안무는 일본 응원군이 올 것을 고려해 지체 없이 군중의 혼잡을 제시하고 해산시킨다. "앞을 생각하지 않고 쓸데없이 덤비는 만용을 삼가자는 것이다. 그것은 장래의 사업을 망치는 것 밖에 안 된다"는 것이 그의 생각이다. 이기영, 앞의 책, 264면.
107 Gross Feliks, 앞의 책, 175면.
108 이러한 거짓협조자의 모습은 이후『안개 흐르는 새 언덕』의 강민호이 모습에서도 보이는 데, 이때는 김일성의 교시에 의해 비판을 이후로 이 유형은 천세봉의 작품 속에서 사라진다.

미수 사건에 있어서도 재후가 분노를 참지 못해 도끼로 서상학네 문을 부수는 반면, 정작 재두는 정숙한 아내인 이순만 탓하며 술로써 분을 달랜다. 재두는 이후 아내를 찾기 위한 몸짓을 보이나 패배주의자적 모습을 그대로 지닌다. 이들은 스스로를 돕고자하는 시도조차 하지 않으며 자신들이 무감각하게 받아들이고 있는 비참함으로부터 벗어나려는 농민들의 시도에도 동조하지 않는다.

재후 역시 이순이 사건 이전까지만 하더라도 현실과 타협하며 살아왔다. 과묵함과 세상을 관망하는 자세는 스스로를 결단성 없는 인물로, 패배주의자로 전락시키고 만다.

> 다른 한편 그의 마음을 절통하게 하는 것은 재현이들의 일이 그르쳐지고 말았다는 생각이었다. 그는 재현이들이 하는 일이 무슨 큰 세상을 고쳐 만드는 그런 일로 될 수 없으리라고는 생각했으나 그래도 그 싸움은 어떻게 하든 일본 놈과 돈 있는 사람을 이겨 내는 싸움으로 되길 바랐다. 허나 이젠 그 싸움도 최선도의 싸움이나 다름이 없이 실패를 당하고 결국은 제 집안에 불행을 가져오고 말았다. 그러니 지금 온 조선 강토에서 벌어진 싸움이라는 것이 십상은 모두 다 이렇게 될 터이니 그저 일본 놈은 일본 놈대로 그냥 있고 돈 있는 놈은 돈 있는 놈대로 그냥 있을 게 아니냐. 재후는 그 생각을 하면 눈앞이 아득해지고 땅을 치고 울고 싶었다.[109]

위의 인용문은 소작인 대회를 보며 그가 느끼는 감정으로 패배주의적 관점이 아주 잘 드러나는 대목이다. 그러나 비록 패배주의적이긴 하지만 그의 의식의 흐름은 자신들에게 불행을 가져온 자들이 일제이며, 봉건 지주계급의 주요한 지지자[110]라는 데까지 도달해 있다. 이것은 재후가 재현에게 핀잔을 주는 장면에서 잘 드러난다.

---

109 천세봉, 『고난의 력사』 1부, 평양 : 조선문학예술총동맹출판사, 1964, 426면.

110 이러한 사실은 『두만강』에서도 한길주와 김진해를 통해 확인할 수 있다. 뿐만 아니라 씨동과 조명호의 대화를 통해 일제와 봉건 지주와의 유착을 직접적으로 그리고 있다. 이기영, 『두만강』 3부 하, 풀빛, 1989, 307면 참조.

서 상학이 뒤에 무엇이 틀고 앉아 있니? 지금 이 세상이 누구의 손에 잡혀 있니. 서상학이 그 놈이라면 내 오늘 밤에라도 도끼를 메고 들어 가 그 놈을 쳐눕히겠다. 우리 소작인이 속에 피가 차도 그러지 못 하는 것은 서 상학의 뒤에 있는 일본 놈 총칼 때문이야, 그걸 맨주먹으로 이기겠다고 뭐 소작인 대회를 열어? 그게 장난이냐 놀음이냐?[111]

위의 인용문은 일제의 본질과 봉건적 친일 지주 그리고 매판자본가의 공생적 관계와 권력의 계단이 어떻게 형성되고 있는 지를 보여주고 있는 것이다. 이처럼 권력 계단의 시원(始原)이 되는 제국주의의 통치를 전복하지 못한다면 봉건 지주 계급의 통치를 소멸시킬 수 없다는 것을 재후는 학습을 통해서가 아니라 경험을 통해 민감하게 포착하고 있다. 뿐만 아니라 재후가 속으로는 동생을 지지하는 모습은 이후 그도 '보이지 않는 힘'의 영향 하에서 재현과 같은 길을 걷게 되리라는 것을 암시한다.

일제를 대상으로 한 투쟁은 제국주의를 뒤엎는 민족혁명이며, 안으로는 봉건 지주의 압박을 뒤엎는 민주혁명이다. 그러나 패배 의식은 그를 눈앞이 아득해지고 땅을 치고 울고 싶어지게 만든다. 이러한 재후에게 방법론을 제시한 사람은 다름 아닌 재현의 친구인 창국이다. "문제는 단결"이라는 말로 창국은 재후의 의식의 변화에 불씨를 당긴다.

"옳은 말이다. 그 말이 옳은 말이다. 내 혼자 힘으로 서 상학 일 쳐 죽인들 어떻게 된단 말인가. 그 놈 죽이고 나 징역 가고 그랬을 뿐이지 이 놈의 세상이 어떻게 된단 말인가, 일본 놈이 그대로 있고 돈 있는 놈이 그냥 있을 텐데 어떻게 된단 말인가, 옳다, 내 미련한 생각이었다. 한 동네면 한 동네, 한 군이면 한군, 한 나라면 한 나라가 다 들떠 일어나 단결을 하고 그게 큰 불덩어리가 되여 이글거린다면 그 불'덩어리로 태워 죽이지 못할 물건이 어데 있을 텐가. 과연 단결이란 말이 옳

<hr>

[111] 천세봉,『고난의 력사』1부, 평양 : 조선문학예술총동맹출판사, 1964, 164면.

다. 내가 둔했구나." 재후는 이렇게 중얼거리며 은근히 주먹에 힘을 주었다.[112]

창국에 의해 의식의 변화를 가져온 재후는 창국·춘호 등이 허철과 연계하여 조직한 군 농조에 가입한다. 그는 농민조합에 가입함으로써 전에는 느낄 수 없었던 어떤 큰 힘을 느낀다. 그가 느끼는 큰 힘이란 조직의 힘이며, 앞으로 그에게 다가올 아직까지는 그 실체를 드러내고 있지 않는 '보이지 않는 힘', 즉 사회주의 사상의 힘이다.

재현은 최선도의 죽음 이후 야학을 설립하며 활동을 하지만 서상학 폭행 사건으로 인해 월하리를 포기하고 광산촌으로 도주한다. 그곳에서 노동자로 단련된 재현이 광산에서 폭동을 일으킨 후 잠적하는 일련의 사건도 그의 운동의 발전을 보여준다. 그러나 그가 마을에 조직을 세우지 못하고 단순한 사건으로 월하리를 빠져나가야 했던 재현의 행보와 구체적인 농민들의 운동 과정이 보이지 않는다는 점은 북한의 비평가들로 하여금 '혁명적 대작'으로서의 자질마저 의심하게 하고 있다.

그렇다고 해서 천세봉이 현 씨 일가에 닥친 불행과 그들의 성격 차이 그리고 정신적 본질 속에서 고정적인 인물들의 질적 발전을 통해 1920년대 지주의 압박에 시달리는 농민들의 다양한 양상과 지향을 드러내지 못하고 있는 것은 아니다. 특히 비굴하리만치 순응적이던 재두의 저항이나 머뭇거림이 길었던 재후의 자각은 잠재되어 있던 반제반봉건투쟁의 불씨가 살아 오르고 있음을 암시하고 있으며, 긴 세월의 방황 속에서 응집된 폭발력이 어떠할 것인지를 예상할 수 있게 하기 때문이다.

이 작품의 특징은 한 일가를 통해 당대 사람들의 의식이나 모습을 폭넓고 예리하게 묘사한 점이다. 그럼에도 적극적인 투쟁을 형상화하지 못했다는 문학적 조급성에 비롯된 '혁명적 대작'이라는 잣대는 작품이 지닌 장점을 가려버리는 역할을 담당하고 만 것이다. 결국 『고난의 력사』 1부

---

112 위의 책, 642면.

가 성취한 예술성은 '혁명적 대작'의 범주에 들게 했지만 무림이나 재후의 머뭇거림이나 재현의 조급성, 재두의 고정성 등은 북한 문단에서 요구하는 '혁명적 대작'의 수준에는 미치지 못했음을 알 수 있다. 현 씨 일가의 이러한 모습은 '혁명적 대작'의 형식이나 내용적 측면에 도달하지는 못했을지 모르지만 이들의 모습은 앞의 작품의 인물들보다 현실적이며 설득력이 있다.

(2) 개량주의적 지식인과 지주의 반영웅화

자전적 소설 『고난의 력사』 1부에서는 천세봉의 어린 시절의 외상 두 가지를 포착할 수 있다. 어린 나이에 머슴으로 살아야 했던 치욕과 자신이 믿고 의지했던 지식인으로부터 당한 배신에 대한 상처이다. 외상은 그의 작품 속에서 지속적으로 나타나고 있으며, 특히 지식인에 대한 불신은 고착되어 나타난다. 천세봉의 작품에서 지식인 계층 모두가 부정적인 것으로 그려지는 것은 아니지만 작품 1기에 그려지는 지식인의 모습은 대부분이 부정적이다. 천세봉은 어린 시절 교육의 기회에서 소외된 채 고용주를 위해 일하는 것 이외에 다른 선택의 여지가 없는 운명 속에서 고통 받아 온 인물이다. 자전적 소설인 『고난의 력사』 1부에서 볼 수 있듯 무림은 믿고 의지했던 지식인 계급에 대한 환상이 깨지자 그들을 투쟁의 대상으로 보고 있다. 지식인에 대한 불신은 그가 어린 시절 체험한 지식인들의 기회주의적인 면모에서 시작됐다고 볼 수 있다. 지식인에 대한 불신은 『석개울의 새봄』의 마영감의 말에서도 잘 드러난다.

> 헌데 인제 리봉근이 말 좀 하자구, 이게 학문을 익힌 리봉환이 해 먹은 짓이야, 남을 속여 먹는 게 응 그런데 임자가 자식을 공부시키겠다고 하는 것이 꼭 학문을 익혀가지고 리봉환이처럼 만들겠다구 하는 수작 같단 말야, 뭐 뭐 땜장이, 야장쟁이? 땜장이 야장쟁이라두 량심만 곧으면 학문 익혀 가지구 남 속여 먹는 놈 보다 나아.[113]

지식인들이 어리숭한 민중들을 상대로 그들을 속여 재산 증식에 힘써 왔다는 마영감의 말에서 알 수 있듯이 학문을 할 여건이 주어졌던 부유 층의 지식인들이 지주 계층과 결탁하여 그들의 재산 축척에 관여한 데 대한 불신이 계급으로까지 확대된 것이다.

그런 이유에서인지 그의 작품에서는 긍정적인 인물보다는 부정적인 인 물로의 기능을 지식인들이 수행하고 있다. 그의 작품에서 그려지는 지식 인의 유형은 재화의 획득 수준에 따라 세 가지 유형으로 구분할 수 있다.

첫째, 긍정적 인물로 등장하는 인물군으로 조선이나 일본에서 중학을 다니거나, 중학이나 대학을 중퇴를 한 인물들이다. 이 인물들은 공부를 하 기 위해 막노동은 물론이고, 신문배달, 공장에서의 노동을 병행하면서 고 학하는 극빈층이거나, 하층민이지만 어머니나 여동생의 희생으로 어렵게 공부를 하는 인물들로 이들은 2기 작품인 총서문학에 집중되어 있다.

둘째, 교양이 가능한 악으로 일본이나 조선에서 중학을 다니거나 대학 중퇴한 인물들 중 부정적 인물에서 긍정적인 인물로 변모하는 중류층에 속하는 인물들이다. 이들 역시 2기 작품에 집중되어 있다.

셋째, 천세봉 소설의 주류를 이루는 지식인들이다. 대학을 마친 인물 이나 재학 중인 인물들로 이들은 대체적으로 학력이 높은 부유층의 자제 나 지주계급의 자제들이다. 간첩이나 종파주의자, 반민족주의자 등의 부 정적인 인물로 그려지며 1~3기 작품 모두에 포진해 있다.[114] 이들은 교 양이나 타협의 대상에서 제외되는 인물들이다.

이 작품에 등장하는 김대하는 세 번째 유형에 속하는 지식인이다. 작 품 속에서 개량주의자로 분류되는 김대하는 기회주의자[115]로 무림에게

---

113 천세봉, 「석개울의 새봄 3부」, 『조선문학』, 평양: 조선작가동맹출판사, 1962.6, 81면.

114 『석개울의 새봄』의 정관일·양태섭 등은 의사, 회계원과 같은 인텔리이자 간첩으로, 『대하는 흐른 다』 1부의 최일벽은 대학을 중퇴했으나 독일 유학파로, 『고난의 역사』의 김대하, 『안개 흐르는 새 언덕』의 송미라·정인배·최인렬, 『혁명의 려명』의 조청산, 『조선의 봄』의 서강·오기섭·유사 천 등은 종파주의자들이다.

115 그로스는 기회주의자를 기회주의자와 하층 룸펜 기회주의자로 구분하고 있다. Gross Feliks, 앞의 책, 176면.

높은 인격과 명성을 지닌 우상으로 등장한다. 그러나 그는 무림의 기대처럼 현 시기와 세계에 대한 비판적인 지식을 창출함으로써 봉건제와 일제강점하에서 고통 받는 민중들의 삶이나 의식 수준을 높이는데 기여하지 못한다. 김대하는 고향에서는 주의자 행세를 하나 이미 화요파에서 탈퇴한 상태이며, 소작인 대회 이후부터는 일본 경찰과 야합하여 친일파로 전락한 상태였기 때문이다.[116]

그가 지닌 '명성'이라는 후광(halo)효과는 어린 무림의 눈을 가림으로써 그의 정신적 방황을 부추긴다. 그의 수정주의적인 면모는 무림에게 톨스토이의 책을 권하며 강조하는 전 인류를 위한 박애정신에서도 드러난다. 김대하와 같은 개량주의자에게 혁명적 활동은 부수적인 것이지만 개량은 중요한 것이다. 부르주아지의 지배 하에서 김대하와 같은 개량주의자들의 개량은 필연적으로 부르주아지 지배를 강화시키고 혁명을 붕괴시키는 도구로 바뀌어 버린다. 그것은 무림과 같은 순박한 민중들로 하여금 판단의 눈을 가림으로써 부르주아지들을 위해 복무하게끔 하는 것이다. 민중들은 진정한 혁명 세력을 자각하지 못한 채 기존의 부르주아지들의 종속 밑에 기거함으로서 혁명을 꿈꾸지 못하게 된다.

김대하가 무림의 정신세계를 지배함으로써 드러나지 않았던, 전 인류를 위한 박애정신 아래 숨어 있던 추악한 본질은 사회적 갈등이 첨예화되었을 때야만 그 진정한 모습을 드러내며, 비로소 올바른 인식이 가능해진다.

> 김 대하의 자아완성 박애주의 한 희균의 『과학적 평화주의』, 나 자신의 장미'빛 문학 세계 ……. 거기 무엇이 있단 말인가! (…중략…) 김대하의 박애주의 사상 ……. 그래 사람은 모든 사람을 다 사랑해야한다고? 아니 원쑤도 사랑해야 한다고? 내 할아버지와 큰아버지, 아버지, 삼촌들이 매를 맞고, 물을 먹고 죽고 …….

---

[116] 한편으로 개량주의자들의 대부분이 강제적으로 또는 자발적으로 친일파로 전락되어 갔다는 사실에 비춰볼 때 개량주의와 투쟁은 민족해방투쟁과 연결이 된다.

이러는데도 그 원쑤를 사랑하라고? 반항하지 말라고 굴복하라고 그래 사람더러 지렁이만도 못한 바보가 되란 말인가! 이것은 지렁이의 반항이다. 그 어떤 미생물도 자기를 해치려고 할 때엔 반항해 온다. 이것이 바로 생물의 본능이 아니겠는가? 만약 반항하지 않는다고 하면 그것은 벌써 생명체가 아니고 주검일 것이다.[117]

무림의 절규에서 볼 수 있듯 김대하가 주장하는 톨스토이의 박애사상[118]은 '악에 대한 무저항'을 의미한다. 그런 의미에서 톨스토이의 박애사상은 당시 일제에 강점당한 조선을 구원하기 위한 새로운 묘책으로서는 불합리한 것이다. '악에 대한 톨스토이적 무저항'은 이미 러시아의 최초 혁명이 패배하게 된 매우 중요한 원인이었다는 점에서 천세봉이 톨스토이의 박애주의를 소설에 배치한 것은 매우 의미심장하다.

레닌은 이미 톨스토이적인 정치로부터의 초연함, 정치에 대한 체념, 정치에 대한 관심과 이해의 부족으로 소수만이 계급의식적인 혁명적 프롤레타리아트의 지도를 따랐을 뿐 다수는 까제트(cadets) 즉 부르주아 지식인들의 먹이가 되는 결과를 낳았다[119]고 비판한 바 있다.

이처럼 천세봉은 공상적이고도 추상적인 '기독교적 무정부주의', '톨스토이의 박애사상'을 통해 개량주의자인 김대하의 오류[120]와 민족 개량주의가 내포하고 있는 해악을 보여줌으로써 진정 무림이 자신을 위한, 가족을 위한, 나아가서는 민족을 위한 투쟁이 무엇인가에 접근할 수 있도록 한다. 사회 지도층으로서의 김대하가 끼친 가장 심각한 해악은, 레닌이 지적하듯이 톨스토이주의를 이상화하려는 '무저항', '정신에 대한 호소', '도덕적 자기완성을 위한 훈계', '양심'과 '보편적 사랑'이라는 톨스토

---

117 천세봉, 『고난의 력사』 1부, 평양 : 조선문학예술총동맹출판사, 1964, 677~678면.
118 톨스토이는 "악에 대한 무저항"이라는 교의로 나아가 1905~1907년 대중의 혁명 투쟁에 대한 완전한 초연함으로 귀착되었다. Lenin V. I., 이길주 역, 『레닌의 문학예술론』, 논장, 1988, 88면.
119 위의 책, 61면.
120 박애 사상이 다른 세대에서는 가능할지 모르고 설령 그것을 실천하는 계층이 있을지도 모르겠지만 무림이 겪어야 했던 당대의 현실에서는 부적합하다.

이적 교의[121]와 이를 통해 변절을 정당화하거나 완화하려는 시도들이다.

천세봉이 제국주의라는 공동의 적에 우선하여 내부의 적을 적대 세력으로 규정한 것은 이들의 본질을 폭로하고 민중과의 연결고리를 분쇄해내지 못했을 때 혁명이 붕괴될 수 있음을 보여주기 위함이다. 내부의 적은 혼란을 통하여 공동의 적에게 대항할 수 있는 세력을 약화시킨다는 점에서 더 위협적이기 때문이다.

김대하와 동아일보 기자인 오홍도·한희균과 같은 인물들은 당시 문화운동과 자치운동[122] 속에서 독립이라는 목표를 상실하면서 자본주의화와 근대화의 논리를 통해 친일화되어간 인물들이다. 이들의 논리 속에는 1920년대 민족우파들의 논리가 스며있다. 천세봉은 당시 민족우파의 주장을 대변하고 운동을 주도했던 동아일보 기자의 배치를 통해 당시 우익전선의 구성을 대표적으로 보여주고 있으며, 이들을 통해 1920년대 민족우파 지식인들을 전형을 그려내고 있다.

이 작품에서 일제와 농민들을 잇는 연결고리 역할을 하는 면장 서상학과 그의 아들 동하·필하, 지주 박진우, 김달기는 자본주의의 타락상을 체현하는 인물들이다. 그들은 농민들 위에 군림하면서 악랄하게 착취한다.

서상학과 그의 아들 동하·필하, 지주 박진우는 충실한 추종자(true believer)로 정복자의 이데올로기에 공감하며 그 이데올로기와 이해관계를 충심으로 지지하는 자들이다.[123]

친일 지주 서상학과 완고한 봉건 지주 박진우의 성격 차이 역시 그들이 소작인과 채무자를 다루는 기술에서 두드러지게 나타난다. 지주 박진우가 돈 앞에서 도리와 이해관계 모두를 무시하는 극악하면서도 인색한

121　Lenin V. I., 앞의 책, 101면.

122　민족우파인 『동아일보』 계열과 천도교 신파, 수양동우회 등은 선 실력양성, 후 독립이라는 문제가 많은 논리를 가지고 문화운동과 자치운동을 벌였으나 결국 27년 사이토 총독의 부임과 함께 총독부와 일부 기독교 세력과의 야합 속에서 친일화를 걷게 된다. 강만길, 『한국사』 15, 앞의 책, 130~157면 참조.

123　Gross Feliks, 앞의 책, 176면.

자라면 면장 서상학은 이해관계만을 중시하는 인물이다. 다음 대목은 그의 간교함이 잘 드러나는 예이다.

> 장리쌀은 한 말이면 한 되는 실히 축나게 받고 도조는 한 말이면 한 되는 더 붙는다. 그런데 사실은 서상학이넨 말질에만 롱간이 있는 게 아니라 그 말[圓形斗] 자체에도 조화가 있었다. 서상학이네 집에 말 둘이 있는데 하나는 남한테 곡식을 줄 때 쓰는 말이고 하나는 남한테서 곡식을 받을 때 쓰는 말이다. 이게 다 같은 원형두이긴 하지만 곡식을 줄 때 쓰는 말은 바닥에 널판을 붙여서 작게 했고 곡식을 받을 때 쓰는 말은 말 바닥을 깍아 내서 크게 했다. 몇 해 전 서상학이는 검인이 찍힌 원형두 둘을 사다가 근 10일 동안이나 사랑 방문을 닫아걸고 앉아서 이렇게 만들었다.[124]

서상학이 이처럼 변조된 말[圓形斗]로 소작인들을 착취하는 모습은 『두만강』의 김진해[125]가 소작료를 받을 때 납봉을 박은 위조 저울로 근량까지 속여먹은 것[126]과 흡사하다. 그는 소작료를 싣고 온 작인들을 그저 보내지 않고 점심을 해 먹여 다른 지주들보다 인심이 좋다는 치하를 듣지만 결국 엄이도령(掩耳盜鈴)과 다를 바 없다. 그는 장리나 도조를 주고받는 되를 조작하여 소작료를 다른 지주보다 더 많이 착취하기 때문이다. 뿐만 아니라 일제가 벌이는 수리 사업을 통해 보세와 보조금을 타냄으로써 이중으로 돈 벌 생각으로 소작인들을 괴롭힌다. 또한 재환의 하루갈이 밭에 눈독을 들여 김서기와 짜고 하루갈이 밭을 뽕밭으로 변경하라고 협박하여 밭을 포기하게 만든다. 그의 악행은 거기서 그치지 않는다. 무림이네 조농사가 풍년이 들자 서진하의 간교에 야합하여 논을 빼앗고,

---

124 천세봉, 『고난의 력사』 1부, 평양: 조선문학예술총동맹출판사, 1964, 131면.
125 일진회의 일원인 김진해는 전라도 봉세관(捧稅官)을 지내던 자로 대동미 세납을 빼돌리다 봉고파직을 당하고 일 년간 옥살이를 한 자이다. 그는 그 돈으로 땅을 사 한 밑천을 톡톡히 잡으며 서상학과 마찬가지로 일본의 뒷배로 부를 축적한다.
126 이기영, 앞의 책, 18면.

그 일로 재현으로부터 구타를 당하자 무림의 아버지와 무림이까지 머슴으로 쓰려 하는 적반하장의 궁극을 보여주는 인물이다.

박진우의 인색한 모습은 『두만강』의 한길주와 닮아 있다. 박진우의 인색함은 사기꾼 김달기까지도 치를 떨 정도이다. 서상학은 대아를 위해 김달기가 수수료 외에도 돈을 떼어먹는 것을 눈감아주는 반면, 박진우는 그런 것이 통하지 않는 인물이다. 이런 이유로 박진우는 김달기에게 사기를 당하기도 하고, 무시를 당하기도 한다. 그의 물욕은 채정훈의 양조장을 헐값으로 빼앗고, 최선도네 빚을 받기 위해 그가 갇혀 있는 사이 그의 집을 차압하는 것은 물론, 그가 나오면 못 받을까 아예 차압한 사랑채를 헐어 재목과 기와는 물론이요, 구들돌과 주춧돌까지 자기 집 마당으로 운반해 놓는 데서도 잘 드러난다. 이 물욕과 봉건 지주적 근성은 일본 관리들에게마저 이용의 가치를 상실케 한다. 그리고 결국 박진우는 자신이 생매장하려 한 장서방의 잔꾀에 속아 잔칫날 톡톡히 망신을 당하게 됨으로써, 물욕으로 인한 정신적 피폐함이 인간을 얼마나 아둔함에 빠지게 하는지를 보여준다.

이외에도 천세봉은 박진우, 서상학과 그 아들들을 통해 일제와 결탁해 산업, 상업에까지 손을 뻗쳐 농민들을 착취해 나가는 과정을 세세하게 그리고 있다. 북한문학계에서는 이를 두고 지주의 새로운 전형을 창출로 보고 있으나, 이미 이러한 지주의 전형은 한길주와 김진해를 통해 이기영의 『두만강』에 나타나고 있기 때문에 새롭지 못하다.

위의 '납봉을 박은 위조 저울'과 '말[圓形斗]변조'처럼 그것 외에도 『고난의 력사』 1부에는 『두만강』과 비슷한 에피소드가 많이 등장한다. 김진해의 위조 저울 사건이 연전 신문 3면에 기사로 실려 만천하에 알려지는 것, 역시 서상학이 무림이네 밭을 빼앗는 과정에서 폭행을 당한 후 밭을 빼앗고 무림이까지 머슴으로 부리려던 일이 동아일보 기자인 오홍도에 의해 신문에 실리는 것 또한 비슷하며, 무림이 박진우의 잔칫날 잔치집에 돌 세례를 던지는 것 또한 『두만강』의 씨동이 지주들의 물놀이에 돌팔매

질하는 모습을 떠올리게 한다.

중간 착취자 계층인 야합형 인물로 범죄자에 가까운 룸펜 기회주의자로는 김달기, 고창배, 구장 박정술, 서상학의 서기 서진하 등을 들 수 있으나 그중 김달기는 권력 앞에서 비굴하고, 약자 앞에서 악랄함이 지주 계급 못지않다. 서동하·서상학과 야합하여 인신매매를 담당하는 김달기는 사법 시험에 붙지 못한 채 법전에 대해 안다는 이유로 사기를 치는 악질적인 인물이다.

> 사실 김달기에겐 이 사회란 하나의 흙탕물이었다. 사람들은 이 흙탕물 속에서 약육강식을 한다 어떤 놈은 지렁이 같이 굼뜨고 어떤 놈은 송사리 같이 작고, 또 어떤 놈은 지느러미가 길고 민첩하다. 이런 각양각색의 인간이 물고 뜯고 하다가 약한 놈은 먹히우고 강한 놈은 먹고 한다. 허나 김달기에겐 어느 놈이고 무섭질 않았다. 그는 이 흙탕물 속에서 뒹굴고헤는 놈이면 어느 놈이고 등치고 간 빼 먹을 자신이 있었다.[127]

그는 조선 사회를 흙탕물로 보고 있다. 이러한 인식이 그를 사기로 이끌고 있다. 그의 사기의 대상은 지주에서부터 최하층 계급까지 매우 광범위하다. 그는 몇 푼 안 되는 푼돈을 위해 서슴없이 처녀들을 요릿집으로 팔아넘긴다. 한편 채정훈이 갇혀 있는 사이 그의 부인을 속여 전 재산을 가로채기도 한다. 그의 악질적인 모습은 무림의 넷째 삼촌의 아내인 이순이 서필하에게 농락당할 번한 후 치욕과 굴욕감에 빠져 있을 때 그녀를 속여 매월관에 팔아넘기는 모습에서도 잘 드러난다.

이들의 모습은 개인이 사회보다 자신을 더 중요하게 여길 때 나타나는 인간의 모습이다. 그들은 탐욕스럽고, 무자비하며 오로지 관심은 자신의 욕구충족에 집중되어 있다. 동정심이나 연민, 사랑의 감정 또한 이들의

---

127 천세봉, 『고난의 력사』 1부, 평양: 조선문학예술총동맹출판사, 1964, 184면.

관심 영역이 아니다. 그들의 의식에는 다른 사람을 위한 공간은 존재하지 않는다. 모든 것이 오로지 자신들의 자아로 집중되어 있기 때문이다. 이들은 그런 측면에서 절대적 이기주의자들이다.

이들의 이기주의적인 측면은 현실적 합리주의가 그 바탕을 이루고 있다. 그들의 합리성은 철두철미하게 현실적 이해타산의 형태를 띠고 나타난다. 이들은 이 합리성 아래 자신이 추구하는 목적의 최상수단을 계산해 내는 데만 몰두한다. 그들에게 목적이나 수단의 도덕적 가치는 고려사항이 아니다. 따라서 얻을 수 있는 범위 내에서 보다 많은 돈을 원하는 것은 그들에게 지극히 당연한 일이다.

이들의 공통점은 두 가지로 설명할 수 있다. 첫째로 자신들의 재산을 지키기 위해 일본 제국주의나 미 제국주의의 지속을 원하며, 공산주의가 멸망하기를 원한다. 둘째로 사람을 포함하여 모든 것을 재물로 바꾸기를 원한다는 점에서 그들은 자본가에 접근하고 있다. 또한 그들의 사회적 관심은 자신의 부와 권력의 축적에 집중되어 있다.

그런 면에서 그들은 공허한 인간이다. 그들의 삶은 권력과 재화에 대한 맹목적인 추구 외에는 아무 것도 없기 때문이다. 천세봉은 이들의 모습을 통해 암담한 착취의 질곡이 어떻게 자유와 행복에 대한 지향을 꺾고 민중들을 고통 속에 빠뜨리는가를 보여주며, 불합리한 사회를 개조하기 위해서는 계급투쟁이 불가결하다는 것을 확인시키고 있다.

천세봉이 『고난의 력사』 1부에서 개인의 고통을 통해 보여주려고 했던 것은 일제강점하에 살아가는 전조선 민중의 고난의 역사이다. 이 작품에는 북한에 대해 호감을 갖고 있든, 혐오감을 갖든 간에 당시 조선민중이 겪어 온 공감할 수 있는 삶이 펼쳐져 있다.

그는 무림의 깊은 방황을 통해 개량주의의 해악성을, 현 씨 일가와 일본인과 지주들의 관계를 통해 반제반봉건투쟁의 필요성을 논리적으로 그리고 있다. 그가 '혁명적 대작'을 염두에 두고 이 작품을 창작했는지는 알 수 없다. 그러나 작품은 '혁명적 대작' 논쟁이 한창 불붙은 시기인 1964

년 6월에 출간되었고, 내용적·형식적 측면에서 비판을 면치 못했다. 그럼에도 불구하고 이 작품이 '혁명적 대작'으로 분류되는 것은 생활을 항상 계급투쟁과 사상투쟁으로 파악하고 묘사해야 한다는 혁명 대작의 제1주제에 그 내용이 부합하기 때문이었다. 따라서 『고난의 력사』 1부가 놓인 위치는 '혁명적 대작'의 이론적 완성기로 가는 도정에 놓여 있는 농민소설이라 할 수 있다.

그리고 비록 상당 부분의 에피소드가 이기영의 『두만강』에서 차용되긴 했지만 다양한 인간들의 군상을 전형화했다는 것과 사실주의 묘사를 통해 당시 상황을 형상화해냈다는 것, 당시 북한 소설에서는 드물게 역사적 인간이 아닌 심리적 인간이 등장한다는 점, 그리고 자전적 소설이라는 점에서 그의 창작에서 독자적 자리를 차지한다. 또한 일반적으로는 북한의 장편소설 창작의 발전과 특수하게는 '혁명적 대작' 창작에 일정한 의의를 지닌다.

특히 이 작품은 주인공 무림을 통해 억압의 굴레를 박차고 나가기 위한 선택도 모범자의 지도나 커다란 사건을 통하지 않고 생활 속에서 스스로 자각하게 함으로써 도식성에서 벗어나 있다. 이러한 점에서 이 작품은 농촌 대작 3부작 중 가장 예술적 완성도가 뛰어난 작품이라 할 수 있다.

그럼에도 불구하고 이 작품이 제대로 된 평가를 받지 못하는 것은 무림이 투사적 인물이 아니라는 것과 무림이 김대하의 본질을 깨닫는데서 작품이 마무리 된 것에서 찾을 수 있다. 기존의 북한 소설들은 반영웅들이 타도되는 것을 보여줌으로서 절정과 정화를 보여준다. 그러나 이 작품에서는 절정에서 작품을 맺고 있기 때문에 절정을 해소해 줄 수 있는 기제가 미약하다. 이것은 이 작품이 갖는 매력이기도 하다. 하지만 정적의 제거를 통한 카타르시스를 통해 투쟁심을 고취시키려는 북한문학에서 정적 제거의 삭제는 패배주의로 다가갈 수 있기 때문에 평단에서 좋은 평가를 이끌어 낼 수 없었다.

문학을 이런 시선으로 바라보는 북한문학이 지니는 경직성은 작품을 한 극단으로 몰아 버릴 위험이 있다. 남한이 반공주의에서 벗어날 때 작품을 제대로 평가할 수 있을 것과 마찬가지로 북한 역시 '혁명적 대작' 창작론에 스스로 얽매여 버림으로써 작품이 사회주의적 사실주의 소설로서 지닌 장점을 올바로 보지 못하는 오류를 범하고 있다. 분명 이 작품 속에는 무림이 씨동이처럼 항일무장투쟁의 길로 들어 설 것이라는 전망을 내포하고 있기 때문이다.

2. 영웅과 공산주의적 인간형의 다양화 –'항일혁명문학'

1) 대중적 영웅의 분화 –『안개 흐르는 새 언덕』

이 작품은 천세봉이 김일성의 청탁에 의해 창작한 소설이다. 그런 면에서 이 작품은 정치적으로 '수령형상 문학'을 준비하기 위한 시험적인 성격이 두드러진다. 이 성격은 이 작품에 대한 교시와 판금과정을 통해 드러난다. 전설적 일화를 등에 업은 신화 혹은 역사를 보여주기 위해서는 지류를 하나의 큰 흐름으로 모으게 할 권위나 영향력이 있는 인물의 인정과 뒷받침이 필요하다. 이 작품이 나온 시기가 바로 '합류기'[128]인 그런 시기였다. '수령형상 문학'인 【불멸의 력사】 시리즈가 나오기 전의 전초로서 수령에 대한 영도성을 인정하는 권위나 영향력이 있는 인물의 개인 전기가 필요했다. 그에 걸맞은 인물이 전쟁영웅이며 공화국 영웅인 강건이었다.

그러나 천세봉은 김일성의 의도와는 달리, 강건을 품성 면에서 결함이 있는 '대중적 영웅'으로 그리고 만다. 품성적으로 결함을 지닌 영웅이 '강의

---

128 합류기(confluences)는 지류들이 합쳐져서 하나의 강이 이루어지듯, 큰 흐름을 형성할 권위나 영향력이 있는 인물의 인정과 뒷받침이 필요한 시기이다. Durand Gilbert, 앞의 책, 123면.

이름'[129]으로 등장할 김일성에게 오히려 장애로 작용할 가능성이 있었다.

『석개울의 새봄』에 창혁과 같은 목적의식적이며, 노력형 인간형인 '대중적 영웅'이 등장한다면 이 작품에서는 행동적 인간형과 헌신적인 조직원이며, '숨은 영웅'으로 통칭할 수 있는 대중적 인간형이 발견된다. 행동적인 인간형은 억압에 대한 저항 행위로 자신을 대변한다. 행동적인 인간형은 이성적 상황판단보다 진보적 인물들처럼 감정에 충실하다. '대중적 영웅' 중 행동적 인간형의 면모를 주인공 강민호를 통해 엿볼 수 있다.

강민호는 혁명적 지도자이며, 행동적 인간이다. 그에게 행동이란 억압에 대한 저항투쟁으로만 존재하는 것으로, 경찰 서장에 재를 뒤집어씌우고, 앞잡이를 살해하고, 부두 파업을 벌이고, 만주에서 항일무장투쟁에 참여하는 것으로 드러난다.

그는 어떤 희생을 치르는 한이 있더라도 일제와 그 주구인 친일파·간첩·지주 그리고 혁명을 좀 먹는 종파주의자들과의 타협 없는 투쟁을 벌여야 한다고 생각하는 인물이다. 그의 이러한 생각은 감정적이고, 독단적인 행동으로 나타난다. 조직의 노출과 실패의 가능성이 큰 작전을 독단으로 결정하고 실행하여 조직을 위험과 걱정에 빠뜨린다. 한 예로 소대를 이끌고 무단이탈하여 참패를 당한 장경도의 총살을 회의도 거치지 않은 채 독단적으로 결정하여 집행하려고 하는가 하면, 히시가루를 납치해 쌀과 바꾸겠다는 생각으로 조직과 논의도 없이 독단적으로 열차를 습격하기도 한다. 이 작품에서 강민호의 행동성을 극단적으로 보여주는 것은 열차 습격 사건이다.

그러나 실재 사건과는 달리 주인공의 독단에 의해 이 작전은 실패한다. 천세봉은 이를 통해 군 수뇌부가 이성적 판단을 잃을 때 조직에 미치는 영향을 보여주고 있다. 박진은 그의 독단적인 행동이 미칠 영향에 대

---

129 강의 이름(Au nom du fleuve)은 전설적인 일화 등에 힘입은 하나의 신화 혹은 하나의 이야기(역사)가, 그 의미의 물줄기를 전형적으로 보여주거나, 하나의 명칭으로 대신해 보여줄 수 있는 실제 혹은 가공의 인물을 만들어 내는 시기이다. 위의 책, 123면.

해 다음과 같이 비판을 한다.

그게 무슨 짓이요? (…중략…) 물론 이런 모험적인 행동을 막아내지 못한 나도 책임이 크지만 동무에게는 무서운 독단이 있소. 그 독단은 고치지 않다간 전 중대에 어떤 피해를 줄는지 알 수가 없소. (…중략…) 글쎄 히시가루를 붙잡아도 놓고 쌀과 바꾼다는 것은 무슨 황당한 소리요? 오늘 동무가 살아났으니 말이지 만약 잘못 되었다고 하면 그게 혁명에 얼마나 손해를 줄텐가? 물론 오늘 중요한 자료는 얻었소. 그러나 우리가 매사 그런 독단과 모험으로 하다간 실패를 면치 못한다는 걸 잘 알아야 하오. 그런 방법은 앞으로 꼭 삼가시오. 나두 중대사업을 잘 하고자 하는 사람인데 무슨 일이든 내 동의도 얻고 해야 할 것 아니오? 난 이 3중대에 와 있는 허수아비가 아니요.[130]

강림은 박진의 비판을 접수는 하지만 자신의 독단적인 행동이 조직에 미칠 파급효과나 손실보다는 작전 실패를 더 안타까워하고 분해한다. 장경도의 총살 결정 후 김호나 심경일에게 독단적인 행동을 삼가라는 비판을 받고 반론하는 모습에서도 그의 성격을 읽을 수 있다.

무엇이 독단인가요? 련대장에게 그런 일을 처리할 수 있는 권한도 주지 않는다면 그게 무슨 련대장이란 말이오? 지금 'ㅂ' 시에서 적들이 우리를 포위해올 판인데 우리가 언제 회의를 여는가? 사령부가 명령한 작전에 지장을 주고 자유행동을 해서 소대 하나를 다 녹인 그런 놈을 회의를 한들 살려둔단 말인가?[131]

이처럼 다른 사람의 행동을 용납하지 못하며, 자신의 행동에 대해서도 반성하지 못하는 인물이 강민호이다. 자신이 벌인 사건 때문에 사전 준비도 없이 중대가 동원되어 엄호를 해야 하는 상황이 벌여져도 자신이

---

130 천세봉, 『안개 흐르는 새 언덕』 하, 살림터, 1996, 134면.
131 위의 책, 458면.

한 행동은 투쟁이요. 다른 사람이 똑같은 행위를 하면 그것은 자유행동이라는 것이 그의 사고이다.

이와 같은 타협 없는 편협한 사고와 그의 과격하고도 독단적인 행동은 평범한 민중이나, 우여곡절 끝에 혁명가로 변신해야 하는 자산 계급, 동요 계급을 두렵게 만들 뿐만 아니라 나아가 조직을 위험에 빠뜨릴 수 있다. 이와 같은 그의 행동은 '혁명영웅'의 행동은 아니다. 강림과 같은 인물은 김일성과 같은 방향키가 없을 때 파시스트가 될 위험이 있다. 그런 이유로 천세봉은 이를 조절하는 힘으로 김일성을 등장시킨다. 김일성은 박대범 부대를 방문하여 공산주의자들의 덕목을 강조한다. "공산주의자들은 인간을 소중히 알아야하오. 인간을 소중히 여기지 않는 사람들은 공산주의자가 아니"[132]라는 김일성의 말을 전해들은 강민호는 자신을 다시 한 번 돌아보게 되는 것이다.

그의 행동은 전투에서 뿐만이 아니라 투병 과정 중에도 나타난다. 전세가 불리해짐에 따라 보급로가 차단되고 보급책마저 산중에서 사살 당해 환자 병동 즉 동굴 안에서 죽음만을 기다리고 있는 환자들의 패배주의적인 모습을 보고 강민호는 그것을 극복하기 위해 자신의 썩은 팔을 스스로 도려낸다. 그의 행위에 죽음을 기다리던 환자들은 용기를 얻어 자신들의 몸을 스스로 치료해 나간다. 죽음에 맞서 싸운 강민호의 행동은 자신 스스로와 동굴 속의 환자들의 목숨을 모두 구함으로써 영웅적인 것으로 형상화되었다.

강민호가 영웅적 모습을 보이고 있지만 '혁명영웅'과 구별되는 것은 도덕성이나, 품성에서 결함이 나타나기 때문이다. 특히 강민호의 모든 열정은 오로지 정적 내지는 적을 총격하는 데만 투여된다. 그로 인해 미칠 파장이나 민중들의 고단한 삶의 모습에는 관심이 없다. 그리고 자신과 이해관계가 어긋나면 동지라도 의심하고 적으로 규정하는 모습은 『석개

---

[132] 위의 책, 206면.

울의 새봄』의 창혁과 닮아 있다. 그렇기 때문에 그의 행동은 개인적인 복수처럼 비춰진다.

그가 작품 후반부에 가면 사단을 거느린 사령관, 장군의 지위까지 올라가지만 북한에서 그에게 부여한 '혁명영웅'의 칭호를 그에게 그대로 부여할 수 없는 이유가 중용을 지키지 못하는 극단성에 있다. 이 작품은 '항일혁명문학'이다. 그러나 천세봉이 '혁명적 대작'의 연장선상에서 이 작품을 썼다는 것이 강민호를 통해 드러난다. 이 당시 천세봉은 '항일혁명문학'에 개념이 정립되지 않았던 것으로 보인다.

이 작품에서 '대중적 영웅'의 모습은 헌신적인 조직원이며, '숨은 영웅'[133]의 모습으로도 나타난다. 병동 보급책인 박포리·문경희·허인숙 그리고 조국광복회 조직원들이 그들이다. 헌신적인 조직원들의 특징은 그들은 어떤 유보 조건도 없이 민중들과 긴밀히 연결되어 있으며 그들의 전 생애는 당과 수령에 바쳐진다. 그리고 그들의 행동은 고문과 죽음으로 끝맺는다. 그들이 부딪치고 투쟁하는 일상의 현실은 오직 조국의 해방 그리고 혁명의 승리와 진척을 위한 것이며, 그것은 노동자 계급의 최후의 승리와 연결되어 있다. 그렇기 때문에 그들은 자신들의 근거지와 조직, 동지를 지키기 위해 감옥에서, 사형대에서, 깊은 산중에서 산화해 갈 수 있었다. 그리고 그들의 투쟁과 죽음은 현재를 관통하는 당면성으로 충만되어 있으며, 죽음이라는 한계 속에서 구조화된다.

이들을 지배하고 있는 것은 혁명적 조직관이다. 그들은 무엇보다도 조직을 소중히 여기며 조직과 조직 보위를 위해서라면 자기의 생명도 서슴없이 바치는 인물들이다.

먼저 경희는 가족보다 조직을 먼저 생각하는 여인이다. 그러나 경희에게서 보이는 충실성은 애국심으로 들끓는 여성 혁명가들에게 나타나는

---

[133] '숨은 영웅' 60년대 다른 작가의 작품에서도 이미 보이고 있다. 그 대표적인 작품이 1961년 작인 권정웅의 「백일홍」이다. 본고에서 '숨은 영웅'은 희생정신은 뛰어난지만 '대중적 영웅'처럼 창의력을 발휘하지 못하는 인물과 투쟁 속에서 죽음을 맞이하는 인물로 국한하려 한다.

맹목성으로 드러나고 있다. 이 맹목성은 이후 ‘수령형상 문학’에서는 ‘주체형 공산주의자’인 경주에게 이어지며, ‘항일혁명문학’에서는 ‘항일혁명투사’인 정숙의 모습으로 발전되어 나타난다. 그러나 이 작품에서 경희의 맹목성은 다른 여성형 투사들과는 달리 그녀를 인정 없는 여자로 비치게 한다. 경희의 ‘인정 없음’은 폭격으로 남편을 잃은 한 여인이 통곡을 하자 그 여인을 향해 쏘아붙이는 경희의 말 속에서도 잘 드러난다.

> 울지 말아요. 우리가 아무려른 쉽게 혁명을 할 줄 알았어요? 혁명을 하자면 이런 비극을 각오해야 돼요. 울지 말고 이를 악뭅시다.[134]

경희의 이 말 속에서 그녀의 목적이 혁명에 집중되어 있음을 알 수 있다. 그러나 이 말은 주객이 전도된 말이다. 혁명의 과정이 가족의 상실이라는 비극을 각오해야 하는 것은 사실이다. 그러나 기층 민중들이 혁명의 대오로 나선 것은 가족의 불행, 나아가서는 민족의 비극을 제 손으로 끊어 내기 위해서이다. 즉 이와 같은 비극을 없애기 위해서 민중들이 희생을 각오하고 혁명의 대열에 동참하는 것이지, 혁명이라는 목적을 위해 비극을 각오하지는 않는다는 사실을 경희는 간과하고 있는 것이다.

물론 천세봉의 의도는 강민호의 아내로서 혁명성이 투철한 투사의 모습을 경희로부터 보여주고 싶었을 것이다. 천세봉의 그와 같은 의도는 경희에 대한 묘사에서도 잘 나타나고 있다 천세봉은 오묵한 눈이라는 이미지로 문경희를 형상화하며 영리하고 싹싹한 여자로 묘사하고 있다. 그러나 문경희의 모습에서 느껴지는 것은 영리함보다는 약삭빠름, 따뜻함보다는 차가움 그리고 이기적이고 의심 많은 모습으로 다가옴으로써 이후 경희의 전형에서 파생된 경주나, 정숙에 비해 완성되지 못한 형태를 띠고 있다.

---

134 천세봉, 『안개 흐르는 새 언덕』 하, 살림터, 1996, 16면.

경희의 자기중심적인 사고는 바로 다음 줄에서 드러난다. 여인에게 울지 말라고 다그치던 경희는 시신 수습 과정에서 자신과 함께 생활했던 은순의 시신을 발견하고, 시신을 부둥켜안은 채 그녀의 이름을 부르며 운다. 경희의 이와 같은 모습은 모든 사건을 자기중심적으로 해석하고 사고하는 남편인 강민호의 성격과도 많이 닮아 있다.

그러나 사람들에게는 매몰차고 냉정하지만 혁명 과업 앞에서는 누구보다 충실성을 보이는 것이 경희이다. 보급 투쟁에서 얻은 식량을 빼앗기지 않기 위해 총상에도 불구하고 쌀가마를 껴안고 죽어 가는 그녀의 모습은 헌신적인 조직원 곧 '숨은 영웅'의 모습이다.

박포리는 보급이 끊긴 환자 병동 사람들을 위해 조직이 만류하는 것도 뿌리치고 식량을 보급하려 산중에서 산화해 가고, 동만에서 김일성의 비서로 있던 허인숙은 중국 감옥에서 탈옥을 주도하다가 탈옥 과정에서 산화해 간다. 또한 유격대원이었던 영칠과 옥단은 1936년 동강회의 때 창립된 조국 광복회의 조직망을 확대하기 위한 대중정치 활동을 위해 결혼하여 신경으로 내려온다. 그들은 왕야즈 정부회장이었던 양기팔이 근거지 해산 후 쌀집을 하며 조직해 놓은 조국 광복회를 유격대원인 정대산과 함께 돕는다. 그러나 혜산사건이 터지자 도망갈 기회가 있었음에도 문건을 일본군에게 빼앗기지 않기 위해 사투를 벌여 피 묻은 통신문을 조직에 전하는 모습과 감옥에서의 모진 고문에도 굴하지 않고 조직을 보위하는 모습을 통해 항일투쟁의 엄혹함을 그려내고 있다. 이것은 항일무장투쟁을 수행했던 주요 인물들을 중심으로 하는 【불멸의 력사】 시리즈에서는 볼 수 없는 부분이다. 인물들을 통해 보여주는 혁명적 조직관은 당시의 독자 즉 혁명을 겪지 못한 2세대들에게는 당에 대한 충실성으로 전위된다.

헌신적인 조직원 즉 '숨은 영웅'은 평범한 민중에서 '주체형 공산주의자'들과 '공산주의적 인간형'까지 포괄하고 있다. 천세봉은 이 작품에서 '대중적 영웅'은 행동주의적 인간, 헌신적인 조직원 즉 '숨은 영웅'을 다양하게 분화함으로서 이후 등장하게 될 '주체형 공산주의자'의 출현에 가교 역할을 담당하게 하고 있다.

　그러나 이 작품이 실패로 끝난 것은 주인공 강민호를 '혁명영웅'이 아닌 '대중적 영웅'으로 그렸기 때문이다. 여기에서 천세봉과 '수령형상 문학'을 염두에 두고 있던 김일성과의 견해 차이가 보인다. 이를 볼 때 천세봉은 이 시기까지 '항일혁명문학'과 '혁명적 대작'의 구분을 명확하지 못하고 있었음을 알 수 있다. 그리고 그는 '혁명적 대작' 형상론 속에서 '항일혁명문학'을 충분히 수용할 수 있다고 믿었던 것 같다.

　이와 같은 그의 생각은 작품의 형식에서 드러난다. 이 작품이 '혁명적 대작'의 형식을 취하고는 있지만 구성에서 일정 정도 '수령형상 문학'의 형식적 틀을 갖추고 있다. 그것은 이후 4·15문학창작단에서 창작될 【불멸의 력사】 시리즈의 주요 사건과 투쟁들이 이미 이 작품에서 다루어지고 있는 점[135]과 과도기적 인물들이 나타난다는 점에서도 드러난다.

　따라서 이 작품은 '혁명적 대작'에서 '수령형상 문학'으로 넘어가는 과도기적 과정에 위치한 작품으로 볼 수 있다. 또한 '혁명적 대작'과 '수령형상 문학' 사이의 공백을 메우는 역할을 함으로써 북한문예의 변화 과정을 볼 수 있다는 점에서 눈여겨 볼만하다. 그리고 작가의 주관적인 역사의 판단을 허용하지 않는다는 점에서 '수령형상 문학기'로 들어서려 하고 있던 북한 문단의 입장 보여주는 한 예이다. 이 작품은 북한의 의도는 빗나간 작품이지만 작가의 창조성이 발휘되었다는 점에서 의미를 갖는다.[136]

135　천세봉이 이 작품에서 다루고 있는 사건을 【불멸의 력사】 시리즈와 비교 검토해 보는 것도 매우 흥미 있는 일이라 여겨진다.

136　이후에도 천세봉은 【불멸의 력사】 시리즈에서 자신의 역사관을 보이지만 이 시리즈 역시 1987년 시리즈물로 재간행되면서 가필이 가해짐으로써 북한 문단에서 항일무장투쟁사에 한하여 실재성 논란의 여지는 없어져 버리고 만다.

2) '혁명영웅'과 '주체형 공산주의자' ―『혁명의 려명』과 『은하수』

(1) 아버지 되기의 출발점 '혁명영웅'

2기 문학의 두드러지는 특징은 '수령형상 문학'인 총서를 통해 그의 작품 속에서 김일성이 작품 전면에 등장하고 있다는 것이다. 이 작품들에서 김일성은 '혁명영웅'[137]으로 등장한다.

이 시기는 주체사상이 확립된 시기로 뒤랑이 말한 '강의 이름'에 해당하는, 신화 혹은 역사가 의미의 물줄기를 전형적으로 보여주거나 실제 혹은 가공인물을 만들어 내는 시기이다. 따라서 【불멸의 력사】 시리즈를 통해 김일성과 항일 빨치산의 신화가 창조된다. 따라서 김일성은 혁명영웅의 면모를 띠고 등장한다.

'혁명영웅'은 신탁과 예언이 없었지만 스스로 나타났으며, 소멸되는 존재가 아니라는 점에서 '대중적 영웅'과 다를 바 없다. 그러나 '대중적 영웅'이 자기희생과 노력을 통해 영웅의 자리에 오르는 반면 '혁명영웅'은 비범성을 지니고 있으며, 현실의 부조리와 싸워 이긴 자로 그의 인격과 그가 신봉하는 이념 이 두 가지 방법으로 추종자들에게 영향을 끼치는 존재이며, 주변 사람들에 의해 영웅으로 추대된다는 점, 전적으로 "전쟁과 전투에 전념하는 군사적 활동의 영역 안에 자리잡고"[138] 있다는 점에서 '대중적 영웅'과는 구별된다. 바로 이 지점에서 영웅의 서열화가 시작되는데 '혁명영웅'이 사람들에 의해 추대되는 반면 '대중적 영웅'은 '혁명영웅'인 영도자에 의해 지명됨으로써 그 서열이 확연하게 구분된다. 그리고 사회의 혼란과 타락을 정지시키고 전투를 수행하는 방식으로 지배계급과 강점치하에서 벗어나려고 했다는 점에서 '혁명영웅'은 영웅의 모습

---

[137] '혁명영웅'은 다른 작가의 작품에서는 수령 외의 다른 인물들로 대체될 수 있다. 본고에서는 다루는 천세봉의 작품에서는 '수상' 즉 '수령'의 자리에 오르기 전의 김일성을 그리고 있음으로 '혁명영웅'으로 분류했다.

[138] Vernant Jean pierre, 앞의 책, 104면.

과 궤를 같이 하고 있다.

'혁명영웅'으로서의 김일성은 지적인 이론가, 고매한 인품의 소유자, 전쟁영웅의 면모로 소설에서 형상화된다. 김일성이 직접 등장하는 작품 으로는 『혁명의 려명』, 『은하수』, 『유격구의 기수』, 『사령부로 가는 길』, 『축원』, 『조선의 봄』 등이 있다.

『혁명의 려명』에서는 민족주의자들과 종파분자들과의 이론 논쟁을 보이는 지적인 이론가의 모습으로, 『은하수』, 『유격구의 기수』, 『사령부 로 가는 길』, 『축원』, 『조선의 봄』에서는 동지와 민중의 아픔을 돌보는 고매한 인품의 소유자로, 『유격구의 기수』, 『사령부로 가는 길』에서는 전쟁영웅 또는 혁명전사 모습으로 등장한다.

먼저 그가 이론가라는 점은 작품 속에서 그의 탁월한 선동 기술을 뒷 받침해 준다. 『혁명의 려명』의 강남공원에서의 그의 연설은 선동가의 면 모를 잘 보여주고 있다. 선동가는 대중의 주의를 끌어 특정한 행동을 유 발시킨다. 그는 선동을 통해 집단 내의 연대감, 인간적인 신뢰감을 구축 하고, 이로 인한 자아 감정의 배양 등을 통해 군중의 집단에 대한 충성심 을 발동시킨다. 이러한 충성심의 발전은 목적에 대한 확신, 목표 달성 가 능성에 대한 희망, 운동에 대한 신성한 사명감을 고양하기 위한 신화 창 조 등을 통해 불안정성을 극복하고 운동에 일관성과 지속성을 줌으로써 사기를 고무시킨다. 또한 그의 이론가적인 면모는 운동에 대한 명확한 방향을 제시하고 정당화하며, 압제로부터의 탈출이라는 희망을 줌으로 써 운동의 지속과 대중의 동조를 획득하는 효과를 얻고 있다.

둘째, 어버이[139]와 같은 고매한 인품의 소유자로서의 행동은 그에 대한 충성심과 신뢰를 이끌어내는 기능을 한다. 김일성은 『은하수』에서 감옥 에 투옥되었을 때 간수의 결정적인 고민을 해결해줌으로써 그를 암묵적

---

[139] 프로이트는 사람들이 위대한 인간들에게 부여하는 모든 특성은 결국 아버지의 특성이며, 위대한 인간의 본질도 아버지의 본질과 일치한다고 보았다. 단호한 사고력, 강한 의지력, 활기찬 행동력이 야말로 아버지의 상(像)의 중요한 일부를 이룬다는 것이다. Freud Sigmund, 이윤기 역, 「인간 모세 와 유일신교」, 『종교의 기원』, 열린책들, 1997, 150면.

인 조직원으로 끌어들이며, 어머니가 자신의 학비를 마련하기 위해 얼마나 많은 고생을 하였는가 하는 사실에 잠시 흔들리기도 하지만 어머니에 대한 미안함을 가슴에 품은 채 맨발로 다니는 아이와 장두촌 연인의 신을 사며, 자신을 보위하지 못한 것에 대한 자책감을 안고 살 리상준에게 편지를 보내 그를 위로하고, 시위 때 당한 부상으로 병에 시달리는 경주를 자신의 고향집으로 내려 보내 치료하게 함으로써 민중을 포용하는 모습을 보인다. 여기에서 그의 '아버지 되기'가 시작되고 있다. 인간적이고도 도덕적인 풍모는 전 인민의 아버지가 될 김일성이 혁명영웅으로서 갖춰야 할 기본 요건이다. 그의 아버지와 같은 모습에 그의 자녀들을 혁명에 투신하게 된다.

셋째, 김일성은 『유격구의 기수』, 『사령부로 가는 길』에서는 빗발치는 적탄 속에서도 전투를 지휘하는 전쟁영웅으로 등장한다. 그는 곧 지적인 이론가, 자애로운 아버지, 혁명투사의 형상이 조합된 혁명영웅의 모습이다.

'혁명영웅'으로 김일성을 설정함으로써 그의 영웅성을 극대화시킬 수 있는 반영웅이 드러난다. 천세봉은 영웅과 반영웅의 가치 차이를 올바름과 그릇됨이라는 비교급을 통해 표현하고 있다. 『석개울의 새봄』이나 『대하는 흐른다』, 『안개 흐르는 새 언덕』에서 올바른 혁명가나 공산주의자가 올바르지 못한 종파주의자와 대립한다면, '혁명영웅'인 김일성은 반영웅인 종파주의자, 민족주의자들과 맞선다. 이 대립과정을 통해 반영웅은 '거짓 영웅'임이 증명되는 것이다.

천세봉은 '혁명영웅'을 역사 발전의 총괄로, 최고도의 표현 형태로 완성함으로써 위대한 인물로 그리고 있다. 작품 속에서 그가 위대한 것은 이러한 총괄적인 힘을 소유했기 때문이며 그가 민중생활의 심부를 움직이는 제반 문제들에 대하여 해결책을 제시하고 있기 때문이다.

따라서 '혁명영웅'은 온화한 인간성과 강건하고도 섬세한 성격을 가진 복합적 인간상으로, 사람들로부터 경외감을 불러일으키는 인물형으로 그 추종자들에게 많은 영향력을 행사한다. 그의 영웅적 면모는 민중들 속에서 신비화되고, 찬미된다. 루카치에 의하면 완결된 인물이란 성격의 발전과정을 거치지 않는 인물이다. 그는 처음부터 의식화된 공산주의자로 등장하여 공산주의자로서 행동하고 자기 행동을 스스로 조종[140]한다. 이 인물형은 이미 완성되어 등장한다는 점에서 시행착오를 거쳐 당에 필요한 인간형으로 변화하는 즉 완결을 지향하는 '대중적 영웅'이나 '주체형 공산주의자'들과 구별된다. 북한에서 완결성을 소유한 자는 김일성밖에 없기 때문이다. 따라서 천세봉은 김일성에게 위의 세 가지의 모습을 부여함으로서 그가 영도자로 적합한 사람이었음을 알리는 것이다.

영도(領導)란 앞장서서 이끌고 지도하는 것을 말한다. 영도자란 의미에는 지배하는 지도자라는 의미보다 안내자로서 길을 찾거나 보여준다는 뜻이 더 강하게 내포되어 있다. 북한이 수령에게 지배하는 지도자의 의미보다 영도자의 의미를 부여하는 것은, 민중을 지배하는 군주가 아닌 동등한 입장에서 민중들을 혼란에서 탈출할 수 있도록 안내하는 사람으로서의 의미를 부여하기 위해서이다. 봉건적 지배와 일제강점이라는 역사적 상황 속에서 지배성이 약화된 영도자라는 이름으로 김일성이 나타난 것은 지긋지긋한 지배체제 속에서 고통 받던 민중들에게 그가 이전의 군주와는 다르다는 점과 추대가 민주적으로 이루어졌음을 보여주기 위한 것이다. 그리고 이것은 이후 군주로 입성하기 위한 전초 작업인 것이다.

(2) 긍정적 지식인으로서의 '주체형 공산주의자'

2기 문학에서의 나타나는 또 하나의 현상은 언제나 부정적 인물로 묘사되던 지식인 계층이 긍정적인 인물이나 부정적 인물에서 긍정적 인물로 변화하는 모습을 보이고 있는 것이다. 천세봉 작품에서 지식인의 유

---

[140] Lukacs Gyorgy, 조정환 역, 『변혁기 러시아의 리얼리즘 문학』, 동녘, 1986, 304~305면.

형이 재화의 획득 수준에 따라 세 가지 유형[141]으로 구분된다고 이미 지적한 바 있다. 1기에서 부르주아지이거나 스스로 반혁명을 조직해 가는 부르주아지의 포로가 되어버렸던 지식인들은 2기에 와서는 주체형 공산주의자와 지식인의 두 번째 유형인 교양 가능한 지식인으로 묘사되고 있다. 여기에는 노동을 병행하면서 고학하는 극빈층이거나, 하층민이나 어머니나 여동생의 희생으로 어렵게 공부를 하는 『혁명의 려명』, 『은하수』의 채경·경주·영숙·최진국·강창수(차광수) 등과 교양이 가능한 지식인으로 방황 끝에 긍정적 인물로 변모하는 『혁명의 려명』, 『은하수』의 조창진·신동호·백순기·한윤 등이 해당된다.

천세봉의 작품 속에서 그려지는 공산주의적 인물군은 앞에서 서술했듯이 엘리트 집단이다. 그중 '주체형 공산주의자'들은 전위적 엘리트로 프롤레타리아 계급의 의식을 계도하는 주체이며 의식적인 지식인으로 구성된 활동가의 핵심인자들이다. 그러나 천세봉 소설 속에서 그려지는 이들은 스스로가 활동의 방향성과 행동 노선, 수단과 목적의 연결 등에 대한 결정에 적극적으로 참여하지 않으며, 김일성의 지도 밑에서 수동적으로 움직인다는 점에서 루카치나 그람시가 말하는 주도적 인자들과는 차이가 있다.

'주체형 공산주의자'들은 김일성을 민족의 향도성으로 우러르며 충성을 다하는 청년 공산주의자들의 형상으로 상위 엘리트들이다. 신학에서 천사나 신의 대변자가 계시를 사람들에게 전하는 것처럼, 혁명의 계시 또한 위로부터 내려오고, 그 대변자인 '주체형 공산주의자'들은 사람들 사이에 혁명의 씨를 퍼뜨리는 방식을 취한다. 이러한 행위는 이들이 기층 민중 속으로 들어가 야학과 공청을 조직하고 파업과 동맹휴학을 조직하는 과정을 통해 드러난다. 그들은 계시로써 민중들을 의식화·조직화시켜 민중들의 힘을 끌어낸다.

---

141 지식인의 유형 분류는 『고난의 력사』의 인물 유형 분석을 참조.

그들은 치밀한 계획과 선동을 통해 친일 매파인 교원들을 파면시키기도 하고, 일본 상품 배척 투쟁·철도 부설 반대 투쟁 등의 시위를 조직하여 민중들에게 반일 감정을 고취시키게 하는 인물들이며, 일제 및 종파주의와 타협 없는 투쟁을 벌이는 인물들이다.

이들은 김일성의 직접적인 영도 하에 진정한 공산주의자로 변모한다. 아래 인용문은 강창수가 감옥에서 김일성이 보내온 장문의 통신문을 받고 자신의 과오를 뉘우치는 부분이다.

> 김성주동무의 인간에 대한 무한한 사랑, 그 사랑을 원동력으로 하고 펼쳐진 혁명의 광활한 세계가 새로 펼쳐진 푸른 하늘처럼 높이높이 올려다 보인다. 정말 자기의 머리 우엔 후더운 하늘이 끝간데 모르게 펼쳐져 있는 것만 같다. 그 하늘 밑에서 자기는 이때까지 땅바닥만 들여다보고 옴지락거리며 기여다닌 것 같다. "내가 이게 무슨 몰골인가. 진정한 혁명운동을 찾아 온 한윤이도 나가라고 소리를 지르고 수천 리 밖에서 찾아 온 제 안해도 정거장 찬바람 속에서 도끼눈으로 흘겨보면서 쫓아버린 이 무뢰한, 이런 놈이 무슨 혁명을 한다고 이 아지트를 지키고 앉아 있단 말인가. 그래도 김성주동무를 대신해서 감옥 밖의 모든 투쟁을 밀고 나간다는 자부심으로 두 어깨를 높이기도 했었지. 이 저주로운 놈, 저주로운 놈."[142]

강창수뿐만 아니라 '주체형 공산주의자'들은 김일성으로부터 냉철함보다도 위와 같이 동지애와 도덕성, 가족과 인민에 대한 사랑, 지적 능력을 끊임없이 요구 받는다. 그리고 그것을 요구하는 김일성의 온화한 품성과 세심한 배려, 조국을 향한 열정에 반해 그들의 전 생애는 '대중적 영웅'들과 마찬가지로 그에게 바쳐진다. 그리고 그들 중 일부는 고문으로

---

[142] 천세봉, 『은하수』(총서 [불멸의 력사] 3), 평양: 문예출판사, 1982, 319면. 1987년판에는 강창수는 실재 인물인 차광수로 바뀌어 있으며, 미혼으로 등장한다. 그리고 통신문 속의 강창수의 아내로 등장하는 인물은 조직원인 최창걸의 누이로 바뀌어 있다. 이러한 내용의 변화는 엘리트 집단인 주체형 공산주의자들에게 좌파적 과오는 용납해도, 도덕적 결함은 용납할 수 없다는 의지 표명으로 보인다. 특히 차광수는 이후에 혁명영웅 칭호를 받은 인물이기에 그러한 점에 신경을 쓴 것처럼 보인다.

생을 마감함으로써 '혁명영웅' 대열에 들어서기도 한다.[143]

　여기서 특징적인 인물은 『혁명의 려명』([불멸의 력사] 2)의 경주이다. 경주는 『안개 흐르는 새 언덕』의 경희의 형상이 발전된 모습으로 나타난다. 그녀는 이 작품에서 '주체형 공산주의자'의 요소와 '혁명투사의 요소'를 동시에 지니고 있는 인물이다. 경주는 '주체형 공산주의자'들의 성격과 그리 다르지 않다. 다른 점이 있다면 그녀가 김일성 보위 강박에 사로잡혀 있다는 점이다.

　이 작품에서는 김일성 생전에 북한 사회를 지배했던 '전인민이 효자·효녀가 되자'라는 구호가 그녀를 통해 처음으로 이미지화 되어 드러난다. 경주는 자신의 생명보다 김일성 안전에 더 무게를 두며, 그를 신변의 위험으로부터 보호하는 것이 곧 조선 혁명의 길이며, 조선 민중들이 새 삶을 찾을 수 있는 길이라고 믿는 인물이다. 이들의 이러한 신념화된 믿음은 김일성의 따뜻한 인정과 보살핌 속에서 형성된 것이다. 따라서 그녀에게 이념이나 혁명보다 그의 신변 안전이 우선한다. 그녀에게 김일성의 보위가 공산주의 이념의 실현 조선혁명의 성공을 뜻하기 때문이다.

　연명하다시피 생계를 이어가던 경주에게 인력거군의 요금을 떼어 먹으려는 부자와 당당히 맞서 싸워 요금을 받게 해주는 소년 김일성의 모습은 큰 감동이며, 충격이었다. 독립군들과 공산주의자의 파벌 싸움에 환멸을 느낀 오빠 채경이 일본행을 결심하자, 의지하던 오빠와 헤어져 천애 고아로 살아가야 한다는 사실에 부담을 느끼던 경주는 채경 찾아온 김일성을 보며 용기 있는 소년의 기억을 떠올린다. 경주의 김일성에 대한 신뢰는 부엌을 고쳐주는 일에서 배가 되어 그의 식견에 대한 존경으로 발전한다. 이는 유학을 재고할 것을 권유하는 김일성과 격론을 벌이는 오빠를 바라보는 경주의 생각에서도 알 수 있다.

143　차광수와 김혁은 [불멸의 력사] 시리즈 중 『봄우뢰』와 『1932년』에서 사망함으로써 '혁명영웅' 대열에 들어서지만 본고에서 다루는 작품에서는 초기 공산주의 혁명가의 면모를 보임으로 '주체형 공산주의자'로 분류하였다.

"오빠, 왜 손잡고 혁명을 하시자는데 말씀이 없으세요? 네가 그이의 지도 밑에
서 혁명을 하게 된다면 우리의 앞날도 눈부실 것 같애요. 눈부실 것 같애요!" 경주
는 격정에 목이 메어 마음속으로 부르짖었다.[144]

위의 인용을 통해 경주에게 김일성이 오빠보다도 더 강력한 존재로 자
신들을 이끌어 줄 아버지와 같은 존재가 되고 있음을 알 수 있다. 그녀의
'효녀 되기'는 이 지점에서부터 시작된다. 경주의 이와 같은 신뢰는 이후
방황하는 백순기와 신동호를 교양하는 모습, 연극 공연, 『은하수』에서
자신의 병 치료를 부탁하려다 체포되는 김일성의 모습, 병 치료를 위해
일가친척 없는 경주를 부모님 댁으로 보내 등과 같은 사건을 통해 증폭
되어 그녀의 가슴 속에서 김일성의 존재는 민족의 별로 형상화된다.

그녀는 김일성을 조선에서 없어서는 안 될, 민족의 운명을 책임질 인
물로 받아들이기 때문에 그의 보위에 민족의 사활이 걸려 있다고 인식한
다. 따라서 그녀는 리비도를 김일성 보위에 집중시킴으로서 그것을 자신
의 임무 내지는 의무화하고 있다. 그녀의 김일성 보위에 대한 강박은 집
착에 가깝다. 이성적인 그녀도 김일성 보위 문제와 마주치게 되면 판단
능력을 상실한 사람처럼 행동한다. 길회선 철도 부설 반대 및 일본 상품
배척 투쟁이나 이후 선상으로 아지트를 옮긴 후에도 부상으로 몸조차 가
누지 못하는 와중에도 자리에서 일어나 그를 보위하기 위해 선상으로 나
간다.

김일성을 보위하기 위해 필사적으로 매달리는 그녀는 거의 최면에 가
까운 상태를 보여준다. 그렇기 때문에 그녀의 인상은 다른 '주체형 공산
주의자'들보다 강렬하다.

북한에서 당 사업의 기본 원칙은 사람 사업이다. 따라서 사람 사업의
기본 요구는 "간부들과 당원들, 근로자들을 당과 수령의 두리에 튼튼히

---

144 천세봉, 『혁명의 려명』(총서 【불멸의 력사】 2), 평양 : 문예출판사, 1973, 147면.

묶어 세우는 것"[145]에 있다. 이들을 당과 수령의 두리에 튼튼히 묶어세울 수 있는 기제가 당과 수령에 대한 충실성이다. 천세봉은 '주체형 공산주의자'인 경주의 충실성을 통해 당의 사업의 기본을 보여주고 있다. 그러나 지나치게 맹목적 충실성이 강조된 아비에게 효성스런 그녀의 모습을 공감하기는 어렵다. 작품 속에서의 당의 역할과 수령의 역할의 강조, 이것이 바로 '수령형상 문학'이 지닐 수밖에 없는 맹점이며 한계이다. 하지만 그녀를 통해 수령의 자녀로서 효자 · 효녀의 모습이 천세봉 작품에서 처음으로 드러나고 있다는 점에서 관심을 끈다.

『은하수』에서는 『혁명의 려명』에서 방황하던 인물들이 주체적 공산주의자 대열에 합류하여 투쟁하는 모습을 보여준다. 그중 대표적인 인물이 한윤[146]이다.

『은하수』의 한윤은 일본 유학시절 강창수의 친구로 조선으로 돌아와 남만의 학생 조직을 이끄는 인물이다. 그러나 그는 종파주의자들이 테러를 통해 장덕순(최봉)을 살해한 것을 묵인한 사건으로 강창수와 소원한 사이가 된다. 이후 자신의 잘못을 깨닫고 강창수를 찾지만 외면당하고 방황한다. 조직에서 내몰린 그를 포용한 것은 바로 김일성이다.

손자는 '군사 보기를 어린아이 같이 하면 깊은 골짜기도 갈 수 있고, 군사 보기를 사랑하는 자식과 같이 하면 함께 죽을 수 있다'[147]고 했다. 이것은 장수된 자가 부하를 자기 자식처럼 보살피고 사랑하면 나중에 어떤 위험 속에서도 생사를 같이하게 된다는 말이다. 손자의 말처럼 한윤은 일본 경찰에게 검거되어 감옥 안에서 김일성을 만나 그의 따뜻한 사랑과 믿음 속에서 조직원이 되어 활동한다. 부정적인 인물에서 긍정적인 인물

---

145 사회과학출판사 편, 『영도체계』(주체사상총서 9), 백산서당, 1989, 130면.
146 남만청총을 이끌던 인물로 등장하는 한윤은 차광수, 김혁, 계영춘과 같이 국민계의 남만한인청년총동맹 출신 현균(玄均)을 모델로 한 것으로 보인다. 이재화는 자신의 책에서 "현균은 아마도 ML파 쪽으로 경사되어 간 것으로 보인다"고 적고 있다. 이재화, 『한국근현대 민족해방운동사』(항일무장투쟁사 편), 백산서당, 1988, 41면.
147 "視卒如嬰兒 故可與之赴深溪 視卒如愛子 故可與之俱死." 노태준 역, 『손자병법』, 홍신, 1983, 237면.

로 변화한 그는 어느 누구보다도 조직을 위해 자신을 희생하고 열정적으로 임무를 수행한다. 그는 일제의 앞잡이 된 고인호를 본 후 기차에서 뛰어내리다 다리가 부러진다. 그가 김일성과 대표들을 보위해야 한다는 일념으로 기어서 카륜으로 가는 모습에서 읽을 수 있는 것은 조직을 필요로 하는 자신을 거두어 사랑으로 돌보아 준 김일성에 대한 은혜 갚음이다.

그가 강창수를 찾아간 것은 조국을 잃은 지식인으로서의 사회적 양심 때문이었다. 지난날의 과오 때문에 강창수에게 거절을 당한 채 갈 길을 잃어버린 한윤에게 감옥에서 김일성이 내민 손은 구원자의 손이었다. 구원자에 대한 은혜 갚음은 조국의 운명과 조직관으로 확대되면서 조직과 자신의 영수(領首)를 지키기 위해서 자신이 희생되어도 좋다는 신념화된 충실성으로 그 모습을 드러낸다.

신념화된 충실성은 혁명위업의 승리를 굳게 믿고 수령의 사상과 영도를 가장 정당한 것으로 받아들이며, 그 실현을 위하여 모든 것을 다 바쳐 투쟁하려는 공산주의적 품성이다.[148] 한윤에게 이와 같은 공산주의적 품성을 갖게 한 것은 김일성의 어버이와 같은 사랑과 관대함이다. 그는 사랑과 관대함을 통해 교양이 필요한 부정적인 인물에서 혁명에 필요한 핵심인자 즉 '주체형 공산주의자'로 변모한다. 이런 면에서 한윤의 변모와 그가 보여주는 충실성은 경주에 비해 설득력 있게 다가온다.

『혁명의 려명』과 『은하수』의 신동호, 백순기는 한윤처럼 파벌싸움으로 방황했던 인물들은 아니다. 그들은 소시민으로, 종파주의자로 정신적 방황을 겪는다. 그러나 그들 역시 김일성과 가족들의 끊임없는 노력과 사랑으로 시행착오 속에서 '주체형 공산주의자'로 거듭난다. 천세봉은 위의 인물들처럼 교양이 가능한 인물들을 배척하지 않고 포용하여 묶어 세웠을 때 조직적으로 결과적으로 얼마나 큰 힘이 되는지를 이들을 통해 보여주고 있다.

---

148 김정일, 『주체문학론』, 평양 : 조선로동당출판사, 1992, 161∼169면.

한윤과 신동호, 백순기와 같은 지식인의 긍정적인 인물로의 변화는 지식인을 부정적인 인물로 그렸고, 작품 속에서 변화의 가능성을 보였던 지식인마저도 죽음으로 몰아넣었던 1기의 소설에서는 볼 수 없었던 부분이다.

뿐만 아니라 이 두 작품은 부정적 인물로 묘사되던 독립군, 민족주의자들이 긍정적 인물로 변화하기 시작하는 교두보적 역할을 한다. 그러나 긍정적 인물로 묘사되어 있다고 하더라도 리갑무[149]와 백락진(오동진)같이 우유부단한 인물들[150]로 묘사되고 있으며 이들에게 큰 비중을 두고 있지 않다.

부정적 인물로 묘사되던 지식인·독립군·민족주의자들이 긍정적 인물로 등장한 것은 천세봉의 이들에 대한 인식 변화라기보다는 정책의 문제로 보인다. 지식인의 경우 당시 '주체형 공산주의자'들의 핵심이 모두 학생이거나, 비록 중퇴자이지만 유학생 출신이었다. 그리고 비록 지식인이기는 했지만 그들의 삶이 최하 빈곤층의 삶과 다르지 않았기 때문이다. '주체형 공산주의자'들 이외의 지식인들은 이후에도 그의 작품에서 여전히 부정적인 인물로 등장하고 있다.

부정적 인물에서 긍정적 인물로 변화하는 지식인들의 등장은 다음에서 찾을 수 있다. "과거에 파벌싸움에 직접 참가했던 사람이라 하더라도 자신의 죄과를 진실로 뉘우치고 혁명을 위해 끝까지 헌신분투하려는 사람들에 대해서는 포섭하고 교양해야한다"[151]는 김일성의 교시는 1930년대부터 강조되어 온 것이다. 그럼에도 작품 속에서 위와 같은 인물형들을 그려내지 않던 천세봉이 이러한 교시에 의거한 것은 『안개 흐르는 새 언덕』 판금사건 이후부터이다. 『안개 흐르는 새 언덕』에서 지식인과 민족주의자 그리고 공산주의자들을 부정적으로만 매도함으로써 다양성을

---

149 김홍섭은 자신의 책에서 리갑무 역시 실존 인물이라고 밝히고 있으나 그의 존재를 확인할 수 있는 자료를 찾지 못했다.

150 1987년판에서는 이 두 인물의 성격이 참여적이며 긍정적인 인물로 변화한다.

151 김일성, 「종파주의를 청산하고 혁명대오의 통일단결을 강화하자(1933.5.10)」, 조선로동당 중앙위원회 당력사연구소 편, 『김일성 저작집』 1, 평양: 조선로동당출판사, 1979, 98면.

상실했다는 비판을 수용한 것으로 보인다.

　한윤과 같은 인물형의 창조는 『안개 흐르는 새 언덕』의 판금사건과 김일성의 공개 비판이 가져다준 영향이 일정정도 작용하고 있음을 알게 한다.

　'주체형 공산주의자'에 대한 형상이 천세봉에 의해 시도되어 전형화 된 것인지 아니면 창작단 내에서 논의 속에서 나온 것인지를 확인할 길이 없다. 그러나 천세봉이 【불멸의 력사】 시리즈를 처음으로 집필했으며, 이전에도 여러 전형을 창조해냈던 만큼 '주체형 공산주의자'에 대한 전형 역시 그가 확립했을 가능성이 매우 크다.

3) 어머니로서의 당과 인물의 동일시―『유격구의 기수』와『사령부로 가는 길』

　한설야가 '수령형상 문학' 형성에 기여를 했다면, 이기영은 가계형상 문학 형성에 크게 기여를 한 사람이다. 북한의 가계형상 문학은 정권의 정통성을 김일성 중심의 항일무장투쟁사로부터 이끌어 내기 위해 1953년부터 시작된 혁명전적지 답사[152]와, 항일무장투쟁 참가들의 회상기를 통해 김일성 일가에 대한 재평가 작업이 벌어지면서 시작됐다. 1961년 이후 수령문학이 출현하면서, 일가들의 일대기를 문학작품으로 형상화 한 가계형상 문학이 창작되기 시작한다. 소설 쪽에서 가계형상 문학을 최초로 창작한 인물은 이기영이다. 그는 김일성의 아버지 김형직의 혁명 활동을 작품화 한「력사의 새벽길 1～3부」(1972)[153]를 4・15문학창작단을 통해 내놓았다.

---

[152] 송영은 1950년에 출간된『백두산은 어데서나 보인다』에서 한국전쟁 직후인 1953년 9～12월까지 100여 일간 혁명전적지 조사에 참여하고 있음을 밝히고 있다. 이 때 조사단은 국립중앙해방투쟁박물관원, 과학원 역사연구소원, 작가, 영화 촬영반, 사진사, 화가 등으로 구성되었다. 송영, 『백두산은 어데서나 보인다』, 평양: 민주청년사, 1956, 1～2면.

[153] 「력사의 새벽길 1～3부」는 1972년『력사의 새벽길』상권이, 1995년『력사의 새벽길』하권이 문예출판사에서 출간되었다. 1995년에 출간된 하권은 이기영 작이 아닌 것으로 추측된다.

　　그러나 가계형상 문학에서 김일성 가계와 김정숙 가계를 전면적으로 다룬 것은 천세봉이 처음이다. 그는 『혁명의 려명』과 『은하수』에서 김일성을 비롯한 김일성의 어머니 강반석과 둘째 삼촌 김형권 · 만경대 할머니 리보익 · 동생 김철주의 모습을, 『조선의 봄』에서는 김일성의 할아버지 김보현 · 삼촌 김형록의 모습을, 『유격구의 기수』(『충성의 한길에서』 1부)에서는 정숙의 어머니 · 올케 · 오빠 김기준 · 동생 김기송의 모습을 형상화 해냄으로서 김일성과 김정숙의 가계 전반을 형상화해내고 있다.

　　이후 총서 『1932년』에서 강반석 · 김철주, 『닻은 올랐다』의 김보현, 『대지는 푸르다』의 김형권 등의 모습이 보이지만 이것은 이미 천세봉이 형상화한 원형을 토대로 인물의 성격을 잡은 것이다.

　　『충성의 한길에서』는 1975년부터 1992년까지 총 6편이 연작되었으며, 2007~2008년 2권이 책이 더 발간되었다. 이 소설은 김정일의 생모이자 김일성의 충직한 혁명전사이며 반려자였던 김정숙의 혁명활동과 업적을 집단 장착을 통해 작품화시킨 것이다. 『충성의 한길에서』는 1부 『유격구의 기수』, 2부 『사령부로 가는 길』, 3부 『광복의 해발』(1982),[154] 4부 『그리운 조국산천』(박유학, 1985),[155] 5부 『진달래』(리종렬, 1985),[156] 6부 『설령의 붉은 기』(최창학, 1992),[157] 7부 『별들은 빛난다』(리동구, 2007), 8부 『녀성의 노래』(김영희, 2008) 등이 이어서 창작함으로서 '강의 이름'의 시기를 이어가고 있다. 『유격구의 기수』(『충성의 한길에서』 1부)는 1975년 4 · 15문학창작단의 단장인 천세봉에 의해 책임 집필되어 문예출판사에서 출판된 작품이다.[158]

154　『조선중앙년감』, 평양 : 조선중앙통신사, 1983, 339면. 3부의 작가는 『조선중앙년감』에 이름이 나타나 있지 않다. 그리고 출간된 책 역시 저자 이름이 4 · 15문학창작단이라고 표기되어 있다. 그러나 이 작품을 책임 집필한 사람은 박유학이다.

155　『조선중앙년감』, 평양 : 조선중앙통신사, 1986, 229면.

156　위의 책, 230면.

157　위의 책, 309면.

158　천세봉은 이 작품을 쓰기 위해 자료작업, 지도작업, 인물연구와 구성작업 등을 수개월간 심화시킨 것을 기초하여 초고를 쓰기 시작했다고 작품 창작 당시 편집위원이었던 김영근이 회상하고 있다. 김영

그가『충성의 한길에서』1·2부에 구축해놓은 김정숙의 성격과 품성과 이미지는 다른 작가들이 그녀를 형상화할 때 지침이 되었다.[159] 이러한 점을 볼 때 천세봉은 김일성의 형상과 김정숙의 형상은 물론, 김일성 일가의 기본 형상의 틀을 세운 인물로 볼 수 있다.

이 작품에서의 주된 위험은 일본 토벌대와 당시에 존재하던 종파문제다.『유격구의 기수』는 일본의 토벌대를 주적으로『사령부로 가는 길』은 일본 토벌대를 배경으로 하고 있는 반면, 종파주의자들과 일제의 앞잡이를 주적으로 삼고 있다. 종파주의자들에 대해서는 앞에서 다루었음으로 여기서는 혁명가군의 양상을 통해 천세봉의 인물형상의 변모와 그 원인을 살펴보려 한다.

혁명가군은 '항일혁명 투사형'과 '독립군', '민족주의자' 등을 포괄한다. 이 작품에서 혁명가군은 독립군과 '항일혁명 투사형' 두 유형으로 나타난다. 이전의 작품에서 독립군이나 민족주의자들은 파벌주의자나 봉건 유습에 물든 인물, 우유부단한 인물들로 묘사되어 왔다. 그러나 이 작품에서는 좀 더 긍정적이고 적극적인 인물로 그려지고 있다.

'독립군'과 '민족주의자'들은 사회의 지도층이라는 권위를 이용해 민중들을 현혹시키고 혼란에 빠뜨리는 죽음과 재생 두 길의 기로에 서 있는 인물들이다. 죽음의 길에 서 있는 인물들은 종파주의자로 헤게모니 싸움에 혈안이 되어 있는 인물들이고, 재생의 길에 서 있는 인물들은 파벌싸움에 염증을 느껴 신선한 사상과 지도자에 목말라하며 은둔하거나 새 인물을 찾아 나서는 사람들이다.

이들은 기층 민중들에게 존경받는 인물들이며 지지 기반을 가지고 있어 김일성과 공산주의자들의 입지와 당위성을 확고하게 해주는 조력자들이라는 점에서『수령형상 문학』이나『주체문학론』에서는 이들을 중

근, 「20세기 추억 — 생활의 바다속에서」, 『조선문학』, 평양 : 조선작가동맹출판사, 2002.11, 52면.

159 김영근은『유격구의 기수』(『충성의 한길에서』1부)를 천세봉이 쓰고 나자 다른 작가들이 방향을 잡고 연속 편을 쓸 수 있었으며, "제일 처음에 김정숙 동지 형상 장편소설을 맡아가지고 성사시키지 못했던 작가도 이 다부작 중 한 책을 창작할 수 있었"다고 기술하고 있다. 위의 글, 53면.

요하게 다룰 것을 요구하고 있다. 하지만 천세봉은 이들을 재생의 길보다는 죽음의 길에 더 많이 배치해 두고 있다. 그것은 천세봉이 이들을 바라보는 인식 때문인 것으로 파악된다. 따라서 그의 작품 속의 독립군이나 민족주의자들 대부분이 구태에 젖은 고지식한 인물들이나 파렴치한들로 묘사되고 있다. 긍정적 인물들은 김일성을 알기 전부터 조국 해방에 투신하던 인물들로 파벌 싸움에 염증을 느끼는 인물들이거나 이들은 한결같이 김일성의 온화한 인품과 영도력에 나라를 구원할 한줌의 기대를 건다는 점에서 비슷하다.

독립군의 모습은 『사령부를 찾아서』의 정대환의 모습에서 볼 수 있다. 전형적인 선비를 연상케 하는 정대환은 마을로 찾아든 유격대를 보살펴는 주지만 탐탁지 않게 생각한다. 그러나 그들의 예절바른 모습과 품성에 감복하고, 그들과 함께 마을 토벌을 위해 몰려 온 일본군을 격멸하면서 유격대원들에 대한 인식이 변모하여 문벌과 뿌리를 중시 여기는 그가 외아들과 며느리까지 유격대에 입대시킨다. 정대환이 결정적으로 인식이 변모하게 된 계기는 정숙에 의해서이다. 정숙의 따뜻하고 인정 많은 모습은 정대환과 같은 봉건사상에 물들어 있는 완고한 노인을 변화시킨다.

이 작품에서 김정숙을 통해 강조하고 있는 것은 높은 도덕성과 충실성이다. 첫째, 유격대원들의 높은 도덕성과 인간미는 북한에서 강조하던 품성이다. 높은 도덕성과 인간미는 사람들에게 호감을 갖게 하며 친밀도를 높일 수 있으며, 설복과 교양을 보다 쉽게 할 수 있다. 그 때문인지 천세봉은 이전의 작품에서부터 설복과 교양보다 당원이나, 유격대원들의 인민적 사업 작풍에 중점을 맞추고 있는 듯하다.

도덕적 의무는 사회주의 사회에서 근로자들과 사회, 집단과의 관계에서 제기되는 요구·의무는 강력한 도덕적 성격을 띠게 된다. 공산주의를 위하여 투쟁하는 노동계급을 비롯한 민중이 높은 책임성, 도덕적 의리감을 가지고 정치적 열성과 창발성을 발휘할 때 자기에게 맡겨진 임무를 실행해 나갈 수 있기 때문이다. 정숙에게 보이는 도덕적 의무는 개인적인 양심과 품성이라는 기제에서 출발하고 있지만 천세봉은 인간관계와 조직 속에서 개인적인 기제를 사회적 기제로 변화시켜, 정숙의 헌신적이고 도덕적인 모습을 공산당원들이 학습하여 지녀야할 품성의 모범으로 제시하고 있다.

근거지를 갖지 못한 유격대에게 민중들의 신뢰 확보는 보급투쟁 문제나 유격대원의 재생산에 있어서도 사활이 걸린 문제였기 때문에 도덕적 의무가 강조된다. 민중들의 신뢰가 도덕성에 의해 확보될 수 있었기 때문이다. 김일성의 교시가 성경이라면 그녀가 보여주는 도덕성은 굴종과 억압에 시달리던 민중들로 하여금 좌익화의 길로 들어서게 하는 전도사와 같은 역할을 한다. 그녀가 보여준 도덕적 행동은 민중들을 좌익화시켜 유격대로 인도하는 데 크게 이바지하고 있다. 또한 도덕성의 강조는 당의 순결성을 보여주기 위한 장치이기도 하다.

둘째, 충실성이 강조되는 것은 수령에 대한 충실성이 공산주의적 혁명가들의 사상적 정신 풍모의 핵을 이루기 때문이다. 정숙을 통해 구현되는 충실성은 혁명에 참가하는 사람들에게 수령과 당에 대한 충실성이 혁명과 건설 등 모든 문제해결의 열쇠라는 믿음을 준다. '항일혁명 투사형'은 김일성을 향도성으로 우러르며 그를 보위하는 것이 조선혁명의 길이라는 신념을 가지고 투쟁하는 투사 집단이다.

신념화된 충실성은 정숙의 오빠 김기준이나, 상촌 근거지 회장 차응도, 근거지구정부 식량부장 한기천 등을 통해서도 나타나지만 김정숙을 통해 묘사되는 충실성은 이들과는 다르다. 이들의 충실성이 당에 대한 충실성이라면 정숙은 김일성에 대한 충실성이다.

이 작품에서 드러나는 김정숙의 김일성에 대한 신념화된 충실성은『혁명의 려명』과『은하수』의 경주와 크게 다르지 않다. 김정숙이 경주와 다른 점이 있다면 경주는 부여받은 임무만을 수행하고, 김일성 보위에 대한 지나친 강박이 오히려 그를 위험에 빠뜨리게 하는 반면 김정숙은 스스로 일을 찾고, 이론이 아니라 행동 속에서 김일성의 영도가 그릇된 것이 아님을 증명해 가는 타입이다. 그녀는 잘못된 행정 처리에 반발하며 당원들과의 대립도 불사하며 당의 올바른 영도를 전달하기 위해 애쓴다.

이러한 갈등은 반민생단 투쟁을 통해 잘 그려지고 있다. 정숙은 김기도 일파에 의해 민생단으로 몰려 광에 갇힌 채 굶어 죽어 가는 사람들에게 목숨을 걸고 조직 몰래 주먹밥을 만들어 나르는가 하면, 민생단 사건과 관련해 갇힌 사람들을 옹호하고 이 일로 당원들과 대립하다 모함을 받기도 한다. 정숙의 이러한 모습은 이제까지 천세봉이 그리던 나약한 여성의 모습과는 분명 다른 것이다.

그녀의 행동 기준은 김일성이 좋아할 일과 그렇지 않은 일로 구분하는 데서 시작된다. 김일성이 좋아하는 일을 하는 것이 민중을 사랑하고 당의 영도를 올바로 집행하는 일이기 때문이다. 김정숙의 행동양상은 김일성에 대한 신뢰에서 비롯된 것이다. 그에 대한 신뢰는 오빠 김기준의 영향보다도 일제의 검거와 토벌로 가족과 집을 잃고 죽음에까지 직면한 그녀에게 근거지를 마련하여 토벌로 소개된 사람들을 구제하는 김일성의 행위에서 시작한다.

러시아 혁명이 모두에게 토지를 주었기 때문에 강력할 수 있었던 것처럼 김일성이 창건한 유격대는 소개된 민중들에게 토지는 물론이고, 삶을 주었기에 근거지 사람들은 물론 그녀에게도 김일성이라는 존재는 강력하게 다가온다. 뿐만 아니라 그녀가 종파주의자의 계략에 빠져 위험에 처해 있을 때마다 구원의 손길을 보내는 것이 바로 김일성이다. 페르세우스가 안드로메다를 위험에서 구출하여 결혼한 것처럼 정숙이 겪는 시련과 구출담은 영웅의 배우자로의 성격을 더욱 분명하게 해주고 있다. 그리고 김정숙은 김일성의 가족이 자신처럼 일제에 의해 희생되었다는 데서도 동질감을 느끼고 있다.

"순옥아, 저 거리가 어떤 거린지 아니?" 느닷없는 김정숙 동지의 물음이시였다. 순옥이는 잠시 의아쩍게 그이를 쳐다보다가 대답하였다. "무슨 거리는?" "저 거리는……." 김정숙 동지께서는 그 어떤 북받치는 격정을 새기시는 듯 잠시 입을 다무시더니 이윽고 계속하시였다. "10년 전 장군님께서 부모님이랑, 동생들과 삼촌, 일가식솔이 함께 사시던 옛집이 있는 거리란다." "예?!" 순옥이는 눈이 둥그래졌다. 김정숙 동지께서는 긴 숨을 내쉬고 나서 계속하시였다. "그러나 지금은 아무도 안 계신단다. 저 성밖에는 아부님의 묘가 있고……. 어머님도 동생도 그리고 삼촌들도 모두 지금은…… 계시지 않는단다." "그게 정말이예요, 언니?" 김정숙 동지께서는 고개만 끄덕이시였다. "그렇댔군요." 순옥이의 큰 눈에는 금시 이슬이 글썽해졌다. 순옥이는 지금 정숙언니가 캄캄한 무송거리와 장군님께서 서 계실 동산 쪽을 바라보시며 무엇을 생각하고 있었다는 것을 비로소 깨닫고 더욱 가슴이 뜨거워졌다.[160]

위의 인용은 조선 진공을 위한 무송현 전투의 한 장면이다. 김정숙은 가족을 잃고도 조국 해방에 투신하는 김일성의 슬픔과 괴로움을 헤아리며 자신의 처지를 그에게 투사하고 있다. 그렇기에 언제나 김일성을 생각하며 동생을 잃었을 때도, 오빠의 죽음을 알았을 때도 울지 않고 총을 잡는다.

김정숙에게 김일성은 혁명의 교과서와 같은 존재로 그의 보위의 실패는 혁명의 망실을 뜻하는 것이다. 때문에 그녀는 전투 중에도 대오에 앞장서서 싸우는 김일성을 내내 걱정하고, 작식(作食, 식사를 만드는 일) 도중에도 위험 빠진 김일성을 구해내기 위해 적들을 유인하는 등 몸을 아끼지 않는다. 이러한 열정은 이후 그녀를 김일성의 경위대원의 길로 이끈다.

그런데 여기서 흥미로운 점은 그녀의 인민적 사업 작풍이 더 나아가 따뜻하게 인민을 품는 어머니 당의 모습으로 드러난다는 점이다. 그녀는 근거지의 아동단을 지극 정성으로 돌보아 '근거지의 누나'로 불리기도 하며 종래는 '근거지의 어머니'[161]로 칭송된다. 민생단 혐의를 받고 갇힌 민

---

160 천세봉, 『사령부로 가는 길』(『충성의 한길에서』 2부), 평양: 문예출판사, 1984, 524~525면.
161 연변이나 북한에서 출간된 회상기에는 '근거지의 어머니'로 지칭되는 인물이 등장하는데 김정숙과는 다른 인물인 경우가 많다. 이를 볼 때 '근거지의 어머니'라는 별칭을 지닌 여성이 각 유격구마다 있었던 것으로 보인다.

중들에게 죽음을 각오하고 주먹밥을 나르는가 하면 전투 중에도 유격대원의 한 끼를 걱정해 펄펄 끓는 죽가마를 들고 사선에서 빠져나오기도 한다. 민생단 혐의를 쓰고 살해당한 음전이, 남편이 살해당했다는 소식을 듣고 근거지를 빠져 나간 금실이 때문에 비판을 받지만 정치적 생명마저도 위태로운 상황에서도 그들을 포기하지 않고 끝없는 사랑으로 그들의 상처를 어루만지고, 교양하여 유격대원으로 나서게 한다. 근거지의 식량난 속에서 사령부에서 보낸 온 씨앗 문제로 인한 한기천과의 대립하지만 헌신적인 그녀의 모습에 부녀회 사업을 방해하던 한기천마저도 감복하고 마는 것이다. 또한 전투 중에 작식대원이 엄동설한에 찬물을 내오자 정숙은 마을의 어른을 제대로 대접하지 못했다는 생각을 한다. 이에 총을 던지고 마을로 내려가 양은통에 펄펄 끓는 물을 담아 그것이 뜨거운 줄도 모른 채 이고 산을 오른다. 그녀의 이러한 행동은 전투 중 찬물을 마시고 급체로 인해 몸에 마비를 일으킨 정대환이 정숙이 가져온 따뜻한 물에 몸을 회복해 가는 과정을 통해 당의 모습과 동일시된다. 민중이 무엇을 필요로 하는가를 고민하고 찾아내려 애쓰는 정숙의 모습은 어머니 당의 모습과 같다.

정숙이 당과 동일한 모습을 보이는 것은 그녀가 다른 인물들과는 달리 당원의 과오에 대해서는 엄중해도 민중들의 과오를 질책하지 않는 것에서도 드러난다. 이것 역시 인민의 과오를 품는 당의 모습과 흡사하다. 그녀는 묵묵히 민중의 옆에서 그들을 돌보며 그들 스스로 자책하게 하며, 주변 사람들에 의해 질타를 받게 한다. 정숙이 민중을 위해 복무함으로서 반대자까지 흡수하여 그들이 수령의 영도 아래서 민중들을 통일적으로 지도할 수 있게끔 활동하는 과정 역시 당의 성격과 흡사하다. 그녀는 수령과 인민을 연결해 주는 신경조직 즉 당과 같은 역할을 이 작품에서 하고 있는 것이다. 정숙이 이 작품에서 이와 같은 모습으로 나타나는 것은 김일성의 배우자인 그녀가 누구보다도 수령의 영도를 올바로 입안하고, 충성하는 인물임을 보여주기 위해서이다.

이외에도 『충성의 한길에서』는 부녀회를 중심으로 여성들의 고뇌와 활동이 두드러지게 나타나고 있다. 박대동의 아들에게 시집 가 폭행과 학대에 못 이겨 자살을 하려던 분임은 구출되어 근거지로 들어온다. 하지만 그녀는 정숙의 설득에도 불구하고 선뜻 근거지의 일을 돕지도, 억압받는 여성으로서 자각도 하지 못한 채 연애 감정에 빠져 버린다. 그녀를 근거지에 머물게 하는 것도 연애 감정이다. 그 와중에 아사 직전의 음전이를 데려와 치료를 해주고, 금실이가 근거지를 이탈하는 사건 속에서 정숙이 곤경에 처하지만 분임은 변화의 기색을 보이지 않는다. 그러한 분임을 호되게 꾸짖어 변화시키는 인물들은 부녀회원들이다. 야학교사 희섭의 아내 금실이 근거지로 들어온 것도 혁명 사상에 의해서가 아니라 남편과 떨어지기 싫어서이다. 사상성이 미약한 그녀는 남편이 죽은 줄 알고 조직을 이탈해버린다. 그러나 체포되어 고문으로 몸져누워 있는 자신을 목숨을 걸고 데리러 온 정숙에게 감복해 자신의 언니와 함께 유격대에 입대를 한다.

그녀들은 성격적 변화를 통해 초반부의 영금이나 국금이 아버지의 원수를 갚기 위해 남는 총을 잡는 것과는 달리 유격대라는 지휘계통 속에서 정대원으로 무장함으로서 강한 여성으로서 면모를 발휘하게 된다. 작식과 재봉, 조직의 업무만을 담당하며 후방에만 머물던 여성들이 비로소 남성들과 똑같이 전사의 역할까지 수행하게 된 것이다. 이처럼 여성들의 업무의 변화는 전투를 수행할 동력의 부족에서 기인된 것이기는 하지만 유격대로의 전환은 봉건 질서 내에서 최하층으로 자리하던 그들의 지위를 격상시키는 데 기여하고 있다.[162]

조직을 배신하거나 동요 계급에 대해 결벽증을 보이던 1기 때의 천세봉이라면 금실이나 분임이 같은 인물들을 가차 없이 죽음으로 몰아넣었

---

[162] 그렇다고 해서 여성들이 작식과 재봉의 업무에서 벗어난 것은 아니다. 대부분의 여성들은 군수처의 작식대와 재봉대, 군외처의 병원 등에 배치되어 있었으며, 전투 시 전사로 투입되었다. 남현우, 『항일무장투쟁사』, 대동, 1988, 174면 표 참조.

을 것이다. 따라서 1기 때의 천세봉 작품 속의 인물들은 소설 초반부터 운명의 가늠할 수 있었다. 그러나 2기에 들어오면서 이들에게 성격적 변화를 줌으로써 인물의 다양성을 보여준다. 이것은 유일사상체제에 들어서면서 교양의 기능이 강화되면서 미약하게나마 교양을 통해 변화되는 인물들을 보여줄 필요와 다부작 소설의 특성상 동일 인물들이 지속적으로 등장함으로 인해 인물들의 성격 변화가 필요했기 때문일 것이다. 이것은 『안개 흐르는 새 언덕』에서 받은 비판이 긍정적인 영향을 미친 예이다.

2기의 가장 큰 특징은 앞에서 살펴 본 바 첫째, 1기에서의 당에 대한 충실성의 강조가 2기에 와서는 김일성의 영도성 문제를 주로 다루어서인지 김일성에게 매혹된 인물들이 그에 대해 충성심을 보이기 시작한다는 것이다. 따라서 당이 우선이었던 1기와는 달리 2기에 와서는 수령에 대한 존재감이 커지고 있으며, 김일성의 비범성과 민중들의 그에 대한 신뢰가 작품 전반을 지배하고 있다. 둘째, 인물 유형이 세분화되고 있으며, 일제강점시기 무장투쟁을 준비하기 위한 노정이라는 특수한 상황 아래 창출된 '주체형 공산주의자'라는 새로운 공산주의적 인간형이 등장하고 있다. 셋째, 부정적인 인물들 중 지식인과 독립군, 민족주의자들이 긍정적인 인물로 변화하여 나타나거나 긍정적인 면모를 보이 시작하고 있다.

이 작품들이 김일성전, 김정숙전으로 불려도 무방할 만큼 전기적 성격이 강하고, 가계 신화적 성격이 짙은 것이 사실이지만 작품 속에 나타나는 시저주의를 괄호 속에 묶어 두고, 이올로기적 관점에서 벗어나 거리를 두고 본다면 남한에서 소거되어 있는 만주 이민들과 항일투사들의 항일투쟁의 역사, 일제에 대한 승리의 역사를 엿볼 수 있다는 점에서 흥미로운 작품들이다.

3. 1980년대 소설의 공산주의적 인간형에 대한 요구

이 시기 천세봉은 여전히 '수령형상 문학'에 매진하지만 그 속에서도 농민 문제를 작품에 담고 있다. 이 당시의 북한은 유일사상체계가 정착된 때로 정치적으로는 안정기에 들어서지만 경제적으로는 사회주의 경제의 문제점이 서서히 가시화되기 시작하던 때이다. 이 시기 천세봉이 농업협동화와 토지개혁을 중심으로 한 작품을 창작한 것은 당시 정치·경제적 상황과 무관하지 않다.

그의 삶 속에서 살펴보았듯이 이 작품이 나올 당시 북한은 주체 노선을 표방한 제2차 7개년 계획을 진행 중이었으며, 불균형적으로 발전한 경제를 극복하기 위한 노력을 보이고 있었다.

경제 복구를 위해 매진해 오던 북한이 인민들의 풍요로운 생활에 눈을 돌리기 시작한 때가 바로 이 시기인 것이다. 그러나 자본과 기술이 수반되지 않은 천리마 운동에 기초한 그들의 사업 방식은 외형적 발전은 가져왔지만 질적 발전에는 많은 한계를 지니고 있었다.

1차 3개년 계획(1954~1956)과 2차 5개년 계획(1956~1960)에서 목표량 이상의 성과를 거둔[163] 북한은 1960년대 제1차 7개년 계획(1961~1967)에 돌입한다. 그러나 3년을 더 연장하여 목표량을 달성하려 하였지만 그 계획에 실패[164]하게 된다. 그리고 4차 계획인 6개년 계획(1971~1976)을 1년 반 앞당겨 이루어 냄으로써 경제 신장률을 높이기 위해 2차 7개년 계획(1978~1984)에 돌입을 하게 된다.[165] 2차 7개년 계획은 가시화되려고 하는 식량 문제로 인해 북한에게 사활이 걸린 사업이었다.

---

163 정대화, 「전후 복구건설과 사회주의제도의 확립」, 강만길 외편, 『북한의 정치와 사회』 1(한국사 21), 한길사, 1994, 176~197면 참조.
164 북한은 1966년 10월 로동당 대표자회의에서 북한은 7개년 계획을 3년 연장할 것을 결정하고, 경제 건설과 국방 건설을 병진할 것을 천명한다. 『로동신문』, 1962.12.16; 김광동, 앞의 책, 244면 재인용.
165 최성, 「1970년대의 북한의 사회주의 건설」, 강만길 외편, 앞의 책, 270~283면.

당시 북한이 지니고 있었던 문제는 세 가지로 요약될 수 있다. 첫째, 1950~1970년대 중공업 우선주의에 밀려 현대화·과학화가 되지 못한 농촌은 그 성과가 저조했다. 이것은 북한 경제의 질적 성장에 부담을 초래하였으며, 노동자와 농민 사이의 계급적 차이를 더욱 벌어지게 하였다.[166] 그들이 채택한 테일러주의라는 모델의 문제와 간만, 고양·퇴조에 의존하지 못한 변화하지 않는 전략과 전술은 이와 같은 고양을 지속시키기에는 문제가 있었다. 당시는 농촌의 생산량 저하가 식량의 문제로 가시화되려 할 때였다. 때문에 북한이 공민들에게 혁명성에 의존하여 높은 생산성을 호소하던 때가 이 시기이다.

둘째, 자립적 민족 노선을 채택한 북한의 경제는 경제적 내적 요인에 과도한 군비 지출이라는 외적 요인으로 인하여 지체 현상이 두드러지게 나타나게 된다.[167] 따라서 무리한 군비 지출의 정당성 또한 확보할 필요가 있었다. 셋째, 농민과 노동자 간의 계급적 차이를 해결[168]해야 했다.

> 사회주의사회에서도 농촌경리는 공업에 비하여 물질기술적토대가 약하며 농촌주민들의 문화수준은 도시주민들의 문화수준보다 낮으며 농민들은 로동자들보다 사상의식에서 뒤떨어져있다. 또한 도시에 비한 농촌의 이러한 락후성으로 하여 전인민적소유가 지배하고 있는 공업과는 달리 농촌경리에서는 협동적소유가 지배적인 형태로 남아있게 되며 따라서 로동계급과 농민의 계급적 차이도 남아 있게 되는 것이다.[169]

특히 계급적 차이는 북한 사회 내에서 큰 문제로 대두되었다. 위의 인용에서 알 수 있듯 계급적 차이의 문제는 이전부터 제시되어 왔다. 김일성은 계급적 차이를 없애기 위해 「우리나라 사회주의농촌문제에 관한

---

166 이종석, 「1980년대의 북한」, 위의 책, 316~322면.
167 위의 책, 317~320면.
168 위의 책, 323면.
169 조선로동당 중앙위원회 당력사연구소 편, 『김일성 저작집』 4, 평양: 조선로동당출판사, 1979, 241면.

테제」에 따라 농촌에서 기술혁명·문화혁명·사상혁명을 추진하지만 그 차이는 쉽게 줄어들지도 없어지지도 않았다. 북한이 1980년대에 해결해야할 과제로 노동계급과 농민 계급의 계급적 차이의 타파를 제시한 것을 보면 알 수 있다. 이것은 농촌문제를 해결하기 위한 대안이었다. 계급 차이를 타파할 수 있는 방도는 농촌 가정을 혁명화시키고, 협동적 소유 관계를 전인민적 소유 관계에 근접시킴으로써 농민을 노동계급과 같이 만들어 무계급 사회를 만드는 것이다.

따라서 30년 전에 벌였던 농업협동화 완수 신화의 감격과 제대군인들의 위치를 인민들에게 다시금 되새기고자 하는 것이 바로『축원』이 등장한 이유다. 이런 점에서『축원』은 천세봉의 대작 소설 중 가장 강한 정치성을 띤다.

그리고 제2차 7개년 계획이 절반의 성공으로 끝나는[170] 것을 지켜보던 노령의 천세봉이 죽음의 문턱에서 창작한 것이 토지개혁을 다룬【불멸의 력사】시리즈 해방 후 편『조선의 봄』이다. 그가 이 작품을 창작한 것은【불멸의 력사】시리즈 해방 후 편으로 그의 장기인 농민 소설을 분공받은 점도 있지만 협동적 소유 관계에 기초하는 농민 계급의 폐절 문제와도 깊은 연관이 있는 것 같다.

1) 대중적 영웅의 주체에 대한 요구─『축원』

『축원』은『석개울의 새봄』에서 공백으로 남겨 두었던 1957년 봄부터 1958년 봄까지를 그리고 있다. 『축원』은 등장인물만 다를 뿐 축산 정책을 실현해 내는 과정이『석개울의 새봄』2부와 비슷한 사건들로 전개된다. 다른 점은『석개울의 새봄』에서는 찾아 볼 수 없었던 전쟁담과 상이

---

170 이종석, 앞의 글, 311~316면.

군인과 농촌 처녀의 사랑이 비해 비중 있게 다루어지고 있다는 점이다.

　이 작품에서 비중 있게 다루어지는 것은 가정의 혁명화와 더불어 사회주의 개조의 주체인 제대군인들의 모습이다. 애국심이 강조되는 북한 소설에서 애국심을 응축해서 보여줄 수 있는 집단이 군인 집단이다. 군인들은 함께 국란을 극복했다는 것에서 국가에 강한 유대감을 느낀다. 또한 자신들이 국가의 생존을 보존했다는 자부심은 애국심으로 표출된다. 이 애국심은 제대 후에는 자신들이 목숨을 걸고 지켜낸 국가 재건으로 전이되어 전후 복구의 원동력이 되는 것이다. 그들은 국가수호와 재건을 동일시함으로써 애국심을 통해 표출되는 모든 역량을 전후 복구사업에 투입하게 되는 것이다. "자 동무들 빨리, 1211고지를 사수하던 그 정신으로! 암 여부가 있소. 미국놈을 족치던 그 기백으로!"[171]라는 대화에서도 알 수 있듯이 이들에게 국가적 복구 사업은 전투 수행과 다름없다. 당시 북한은 제대군인들을 제대 후 각 소조와 단위에 편입시켜 전후 복구 사업에 투입함으로써 이들이 상실감을 가지거나 정신적 방황을 할 기회를 주지 않았다. 특히 최고 지도자인 수령은 이들이 배치된 곳에 대한 하방 사업으로 적극적으로 다가섰으며, 그들의 불만을 직접 들었고, 불만이 시정됨으로써 그들의 관계는 더욱 밀접해지고 수령과 당, 나아가서는 국가를 신뢰하게 되는 것이다. 아래의 인용은 현지지도를 나온 김일성과 용해공 채동식의 대화 장면이다.

　"원 점심을 했겠소. 내가 자동차에 풋고추를 싣고 왔으니까 함께 점심을 먹자구. 난 이 제강소로 오자면 늘 풋고추를 좋아하던 동무의 아버지가 생각이 나오. 그래서 오늘아침 동무의 아버지대신 동무를 생각하면서 떠나올 때 우리 집 온실에서 풋고추를 따가지고 왔소." "수령님!" "동무의 아버지가 살아있으면 얼마나 좋겠소." (…중략…) "이 제강소에서 지금 명년도계획을 강재 8만 톤까지는 예견

하고 있는데 나라에서는 8만 톤에다 만 톤을 더해서 9만 톤이 있어야 하겠단 말이요. 그래 9만 톤을 해낼 수 있을 것 같소?" "수령님 해낼 수 있습니다."[172]

최고 지도자의 제대군인에 대한 배려는 그들의 애국심을 기반으로 한 충성심을 자극한다.

천세봉의 작품뿐만 아니라 북한문학 작품 속에서의 제대군인이나 상이군인들의 모습은 상당히 건강하다. 이 건강성은 제대군인들의 사회주의 개조의 주체라는 자각과 주변 인물들의 예우와 상이군인에 대한 도의적 책임을 모두가 공감하고 있는 데서 비롯된다.[173] 이것은 마을 주민들이 지닌 사회적 양심이다.

민가에 피해 막기 위해 비행기를 돌려 외각 지역에 추락하고 시력을 잃은 정학을 3년간 그를 돌봐 온 간호사 채금과 주치의는 그를 완치시키지 못했다는 책임감을 가지고 있다. 연순의 부모는 정학의 불행에 절망하지만 딸의 결혼 문제를 두고 남의 귀한 집 자식이 나라를 위해 싸우다 시력을 잃었는데 딸을 시집보내지 못한다는 소리는 그 사람보고 죽으라고 하는 것과 같다는 입장이다. 연순 부모의 그러한 입장은 정학의 짐을 조봉애가 이고 오는 것을 보고 딸을 책망하는 연순모의 생각에서도 드러난다.

이때까지 그렇지 않을 계집애라고 생각해왔는데 왜 그처럼 독하고 바람개비같았을가. 소경이되었든 어쨌든 그리고 앞일이야 어떻게 되었건 기왕 나간 걸음인데 어째서 군대의 짐을 받아 이고 들어오지 못하고 관리위원장더러 이고 들어오

---

172 위의 책, 377면.
173 제대군인으로서의 긍지와 이들에 대한 예우는 최학수의 『평양시간』에서도 잘 드러나 있다. 제대군인으로 타의 모범이 되지 못할 때 그들에게 여지없이 "제대군인으로서 동문 뭐요?", "제대군인 답지 못한 녀석 (…중략…) 정찰병이었던 동무의 자존심이 그렇게 서푼짜리밖에 안 되는 게였소?"라는 식의 말이 돌아온다. 그리고 제대군인인 상철은 사람들의 친절과 편의를 통해 조국을 위한 복무를 성스럽고 자랑스럽게 여긴다. 이를 볼 때 북한은 제대군인들에게 예우를 통해 그들을 만족 시키고, 희생정신과 충성심을 사회개조의 동력으로 전환하게끔 하였음을 알 수 있다. 최학수, 『평양시간』, 평양: 문예출판사, 1976, 32 · 55 · 130면 참조.

게 했을가. 그 임을 여다준다면 누구나 다 칭찬을 하면 했지 모자라는 처녀라고 흉볼 사람이 있을가.[174]

물론 부모로서 딸의 불행한 처지에 대한 걱정이 없는 것은 아니다. 그러나 딸의 외적인 처지보다도 딸이 여전히 정학을 사랑한다면 그 뜻을 따라야 한다는 생각이 그들을 강하게 지배하고 있다. 그것은 사상보다도 국란을 겪으며 형성된 공감대와 도덕률 때문이다. 정학의 친구인 한신길 역시 전쟁에서 팔을 잃었지만 고향으로 돌아와 약혼녀와 결혼을 했으며, 조합에서 부기원으로 일하며 영예군인이라는 자부심을 가지고 살고 있다.

이 자부심은 군인 출신이 사회주의 개조의 주체라는 긍지에서 비롯된 것이다. 사회주의 개조의 주체로서의 자부심은 그들이 지닌 사상성과도 연결된다. 그리고 사회 역시 최전방에서 적을 맞아 목숨을 걸고 싸웠던 일원으로서 그들이 자부심을 가지고 살아가길 요구한다. 그것은 리당위원장 강선호의 말 속에서도 잘 드러난다.

> "눈이 그렇게 된 문제에 대해선 조금도 실망하지 마오. 지금 우리 시대는 전쟁을 이겨낸 불사조 같은 청년들이 또 한바탕 어깨를 들이밀고 사회주의를 건설해야하는 시대요. 지금은 모든 개념이 달라진 시대요. 영예군인의 영예가 무엇이라는 것 알아야 하오." (…중략…) "불구라는 것이 무엇이 불구인가? 정신적 불구, 사상적인 불구 그게 진짜 불구이지 육체에 그런 상처를 받아 안은 건 불구가 아니라 영예요 그래서 세상에서 영예군인이라고 부르기도 하는 거요. 잘 싸우고 돌아왔다는 긍지를 가지고 기쁨 속에서 살아야하오."[175]

위의 인용에서 알 수 있듯이 여기서 천세봉이 문제 삼는 것은 신체장애가 아니라 정상인의 사고의 장애이며, 신체적 장애로 인한 정신적 장

---

174 천세봉, 『축원』, 평양 : 문예출판사, 1980, 181면.
175 위의 책, 199~200면.

애이다. 신체적 조건에 굴복하는 것은 상처를 안긴 적들에게 굴복하는 패배주의라는 것이 그의 생각이다. 강선호의 생각은 마을 내에서 공감대를 형성하고 있으며, 장애자에 대한 집단 이기주의와 차별은 보이지 않는다. 마을사람들은 실의에 빠져 있는 정학을 위로하고 용기를 북돋으며, 그가 자신의 일을 찾을 수 있도록 독려하며 도움을 아끼지 않는다. 그리고 상이군인에게 기대감을 끝없이 보여줌으로써 정학으로 하여금 자신도 이 사회에 필요한 사람이라는 자각을 하게 하는 것이다. 이것이 북한 사회가 보여주는 상이군인에 대한 입장과 사회개조의 주체로서 그들이 갖는 지위를 보여주는 하나의 실례이다.

비록 방황을 하더라도 1차적인 자신과의 문제 때문이지 사회관계 속에서 차별에 의한 2차적 문제에 따른 방황은 없다. 그래서인지 그 방황은 그리 길지도 깊지도 않다. 정학은 시력을 잃고 사랑하는 연인까지 포기해야 하는 상황 속에서 자신의 눈을 저주하며 울고, 방황을 한다. 그의 방황의 1차적인 원인은 개인적 양심과 사랑이 충돌하면서 발생한다.

정학은 개인적 양심 때문에 연순을 보내주어야 한다고 생각하지만 연순의 혼담 사건이 일어나고, 그녀가 마을에서 도망쳐 버리자 일종의 배신감을 느낀다. 그 배신감은 자신의 신체 불구에 대한 비관으로 나타난다. 그는 형수에게 짜증을 부리다가 어머니에게 뺨을 맞기도 하고, 전우였던 채동식으로부터 비판을 듣기도 한다. 그를 누구보다도 호되게 비판을 하는 사람은 바로 어머니 한 씨이다.

"네가 어째서 여기와 앉아 있니? 어제밤엔 속 큰 소리도 하던 게 진짜 태를 먹고 여기 와 앉아서 울고 있니? 이러고도 하늘을 날아돌아가던 비행사냐?" (…중략…) "네가 너를 앉혀 놓고 네 형의 마지막 편지도 읽어주었지. 그리고 인젠 어떻게 살아야한다는 말도 해주었지. 하늘에서 땅으로 내려왔으면 땅을 하늘처럼 생각하고 살아야한다는 말도 해주었지! 땅에서도 원쑤를 갚을 수 있다구!"[176]

한증녀는 아들을 볼 때마다 큰 슬픔을 느끼면서도 아들을 위해 모진 소리도 마다하지 않으며 영예군인으로서의 자긍심을 자극한다. 그리고 아들을 위해 밤새 짠 무명을 내다 팔아 라디오를 구입해주며 당 정책이라도 들으며 공부를 하라고 격려 또한 아끼지 않는다.

정학의 자각은 한증녀의 격려와 꾸짖음, 그를 찾아와 용기를 주는 리 당위원장 강선호와 한신길, 채동식 등을 통해서 이루어지지만 이것은 부차적인 것이다. 그가 잘못된 생각을 반성하게 되는 것은 개인적 양심과 사랑의 투쟁 속에서 개인적 양심이 승리를 하면서이다. 그리고 개인적 양심은 사회적 양심으로 전환된다. 그는 욕망을 억압하고 연순을 포기할 수 있게 된다. 그리고 사회적 양심을 획득하면서 자신이 걸어야할 길을 찾게 된다. 그리고 정학은 주변 사람들의 기대를 저버리지 않기 위해 라디오로 당 정책을 듣고 분석하여 조합원들에게 알리고 토론을 이끌어 내는 일을 한다.

이것은 북한식 애국주의의 정수를 보여주는 부분이다. 이 땅, 이 민족이라면 모두 조국을 위해 떨쳐나서야 한다. 특히 신분이 제대군인일 때는 한낮 신체장애가 그것을 막아서도 막을 수도 없다는 논리야 말로 북한이 주장하는 애국주의의 최고 수준의 표현이다.

북한 사회는 상이군인이라도 전직 군인으로서의 긍지를 가지고 사회 개조의 주체로 참여하기를 요구하고 있다. 이것이 북한 사회가 제대군인들에게 요구하는 임무이다. 전장에서 영웅적인 면모를 보여준 군인들은 사회에 나와서도 죽음과 역경을 이겨낸 경험을 되살려 공민들의 모범으로 서야 하는 것이 그들의 역할인 것이다. 이와 같은 군인 역할의 강조는 당시 북한이 준비 중이었던 서해갑문 공사에 동원된 동력의 1차 집단인 군인과 제대군인들이라는 점에서도 잘 알 수 있다.[177]

그렇다고 상이군인에 대해 모두가 수용적인 것은 아니다. 그러나 그것

---

176 위의 책, 269면.
177 1981~1986년 진행된 서해갑문 공사에서 사망한 군인들은 상당수였다.

은 신체적 불편함이 주는 사회활동의 제약에 대한 걱정과 안타까움 때문이지, 차별적 시선은 아니다.

이 작품은 그의 다른 작품에 비해 영웅화 과정이 미약하다. 물론 한증녀의 아들 무학이나 정학의 모습은 영웅적이다. 하지만 이들의 영웅적인 모습은 배경 밖의 이야기로 작품 속에서 희석되어 있다. 물론 도당에서 폐기하라는 축산 사업을 지켜내려는 한증녀와 조봉애의 모습은 '대중적 영웅' 중 '숨은 영웅'에 가깝다. 그리고 『석개울의 새봄』에서 보이듯 주인공을 통한 지도력이나 새로운 사업을 창조하고자 하는 모습들은 이 작품에서는 보이지 않으며, 영웅성 또한 지극히 개인적이다.

작품 속에서 드러나는 대립도 이전의 집단과 집단, 개인과 집단 사이의 대립에서 개인과 개인의 대립으로 축소되어 있다. 부정적 인물인 표중희가 조봉애를 모함하는 것은 국가나 당 정책에 대한 불만 때문이 아니다. 자신이 능력 면에서 살림 경험 밖에 없는 여자인 조봉애보다도 관리위원장을 더욱 잘 수행할 수 있다는 믿음이 그의 감정의 골을 깊게 만드는 것이다.

관리위원장 자리를 차지하지 못한 것에 대한 불만은 조합 일에 비협조적인 행동으로 표출되며, 관리위원장인 조봉애의 업무 수행능력이 떨어진다고 여겨질 때마다 자신이 관리위원장이 되어야 하며, 또 될 수 있다는 욕망이 그를 강하게 지배하는 것이다.

표중희의 이러한 심리를 부추기는 인물이 도농국장과 부국장이다. 도농국장 허승제와 부위원장 박진은 비주류(연안파, 국내파 계열)의 논리를 계승하는 인물들로 등장하여 조합을 장악하는데 표중희를 이용한다. 사회주의 개조를 진행하기 시작할 당시 북한의 비주류는 사회주의 이론의 인식의 견해차로 인해 주류(갑산파 계열)와 대립[178]한다. 그러나 비주류의 논

---

178 비주류는 남북통일 문제가 해결되지 않은 한 반제국주의 반제건 단계에 머물 수밖에 없으며, 북한만 사회주의 개조를 실행할 수 없다는 입장에서 농업협동화를 반대하였다. 또 다른 이유로는 낙후된 농촌의 현실과 기계화의 필요성을 제기하였다.

리는 배제되고 당 주류의 논리가 공식 정책으로 수립됨으로써 사회주의 개조가 진행된다.

비주류의 논리에 대해 각종 담화나 사설을 통해 국가기술위원회의 일부 지도활동가가 수많은 근로자의 창의고안을 지지하고 생산에 도입하는 대신에 억압하고 있으며 묵과할 수 없는 비원칙적인 방법으로 그것에 대처[179]하고 있다고 지적한다. 그리고 이는 엄격하게 비판·시정되어야 한다고 강하게 주장하며 '기술 신비화', '기술 지상주의'를 비판하고 있다. 또 조선노동당 4차 대회 「당 중앙위원회 사업총화 보고」에서 사회주의적 공업화를 실현하지 않고는 생산 관계의 개조가 불가능하다느니, 현대적 농기계가 없이는 농업을 협동화할 수 없다느니 또는 사회개조의 속도가 너무 빠르다느니 하면서 우리 당의 사회주의 개조 정책에 의심을 품었으며 동요하였다[180]고 공식적으로 비판하고 있다.

다른 견해를 가진 도농국장과 부국장은 보수적 소극성을 띤 교조주의자로 그려지면서 그들의 형상에는 부패의 옷이 입혀진다. 위에 인용한 『로동신문』 사설에서 볼 수 있듯 이들을 타도의 대상으로 규정하기보다는 비판·시정의 대상으로 본다는 점에서 수위를 낮추고 있는 것을 알 수 있다. 그렇다고 해도 이들은 1960년대까지 진행된 교체 작업 속에서 탈락한다. 이것이 『석개울의 새봄』에서 등장하지 않는 종파주의자가 『축원』에 등장하는 이유이다. 천세봉은 견해 차이를 가진 이들에 대해 교조주의자는 부패한 인물이라는 공식을 대입함으로써 이들의 탈락을 자연스럽게 유도한다. 이것은 당시 정치적 상황에 대한 묘사이기도 하지만 그 내면에는 노동계급과 농민의 격차에 불만을 갖고 동요하는 사람들에 대한 경각심을 일깨우기 위한 장치이기도 하다.

이 작품에서 영웅이 드러나지 않는 것과 악의 상징이 약화되어 나타나는 것은 적대 세력으로 지목되었던 종파 문제가 이미 해결되었다는 데

---

179 「재차 보수주의와 소극성에 반대하여」, 『로동신문』, 1958.9.16.
180 돌베개 편집부 편, 『북한 조선로동당 대회 주요문헌집』, 돌베개, 1988, 176면.

있다. 그리고 편향된 당 정책으로 야기된 도시와 농촌의 격차와 농민의 계급 문제 해결이라는 국가적인 문제에 수령이 아닌 다른 영웅이 필요하지 않기 때문이다. 그래서인지 천세봉이 종파주의자로 그리고 있는 인물들은 교조주의적 면모가 더욱 강하고, 부패한 관료주의자들의 모습으로, 영웅은 양심적으로 살아가는 민중의 모습으로 다가온다.

2) 동조자와 저항자에 대한 요구―『조선의 봄』

(1) 공산주의 이데올로기에 대한 동조

『조선의 봄』 총 15장으로 구성되어 있는 작품이다. 이 작품은 1945년 가을부터 그 이듬해 봄까지의 토지개혁 과정을 배경으로 하고 있으며, 공간적 배경은 황해도 재령벌의 신당리, 동흥리와 평양이 중심이 되고 있다.

이 작품은 3·7제투쟁, 토지를 요구하는 대중적인 청원운동, 토지개혁 법령 발포와 그 법령을 수행하기 위한 투쟁과 매 단계 토지개혁의 진행 과정을 농민, 서도빈농협의회, 그리고 지주들의 움직임 속에서 북한임시 정부위원회가 토지개혁을 성공시키는 과정을 예리한 극적 갈등 속에서 치밀하고 핍진성 있게 묘사하고 있다는 점에서 토지개혁을 그린 작품 중 최고라 할 수 있다. 또한 각계각층을 통해 '있는' 현실뿐 아니라 '있어야' 할 현실을 체험과 시대적 현실을 결합하여 창조해 내고 있다.

이 작품은 남과 북의 통일정부가 서기 전에는 토지개혁을 할 수 없다는 민족주의 계열의 '시기상조론'과 사회주의로의 이행을 위한 토지개혁을 시행하려 하는 북한임시정부위원회 그리고 토지의 국유화를 주장하는 사회주의 진영 간의 노선의 문제와 그 속에서 혼란을 겪는 농민들의 문제를 중심 내용으로 다루고 있다. 그리고 월남하지 않은 지주, 지주 편에 붙으려는 부농, 동요하는 중농 그리고 토지개혁에 절대적인 이해관계를 가지고 발 벗고 나서는 빈고농 등 각기 다른 계급과 계층의 복잡한 관계가 펼쳐진다. 이 작품은 당시 북한 전체의 상황을 반영하고 있다는 점에서 군 단위에서의 벌어진 사건으로 내용을 협소화하고 있는 『대하는 흐른다』 1부와 구별된다.

시간적 배경이 되는 해방 직후 북한의 토지 소유 관계를 보면 총 농가호수의 4% 밖에 안 되는 지주가 총 경지면적의 58.2%를 차지하고 있었으며 농가호수의 56.7%에 달하는 빈농은 불과 5.4%만 가지고 있었다.[181] 북한의 경우 남한에 비해 농경지가 적고 논보다 밭이 차지하는 비율이 높다. 남한보다 자작농의 비율이 높은 점을 감안해도 봉건적 착취가 농촌 사회를 전면적으로 지배하고 있었다는 것을 알 수 있다. 따라서 당시 북한은 토지 문제를 해결하지 않고 사회의 민주주의적 발전을 보장할 수 없다고 생각했다. 북한의 이러한 생각은 다음의 글에서 잘 드러난다.

> 토지개혁을 실시하여 농민들을 땅의 주인으로 만드는 것은 농민들의 지위와 역할을 높임으로써 혁명역량을 튼튼히 꾸리며 새 사회 건설을 힘있게 밀고나가 기 위한 필수적 요구이기도 하다.[182]

그러나 해방 후 토지개혁을 직접 담당해야 할 농민들의 정치적 준비 정도는 그리 높지 못했으며, 여러 노선 속에서 혼란을 겪고 있었다. 북한은 이러한 문제를 해결하기 위해 농민조합을 결성하고, 그 조직을 통해 농민들을 3·7제투쟁으로 이끌며, 전체 농민을 혁명 대열에 적극 참여하도록 유도하였다. 그러나 주체성의 미약과 연관된 농민들의 문제는 쉽게 해결되지 않았다.

따라서 천세봉은 주체에 대한 문제제기를 생존자적 인물인 조순근을

---

181 림기범, 『우리식농촌문제해결의 빛나는 경험』, 평양 : 농업출판사, 1992, 4~5면.
182 사회과학출판사 편, 『반제반봉건민주주의 혁명과 사회주의혁명이론』(주체사상총서 4), 평양 : 평양사회과학출판사, 1985, 200면.

통해 하고 있다. 그는 조순근을 통해 농민의 미약한 준비 정도와 주체성의 결여를 보여주는 데서부터 시작한다. 작품 속에 그려진 당시 상황을 볼 때 봉건적 착취 관계 속에서 지주들에게 두려움을 느끼던 농민들은 스스로가 주체가 되어 토지개혁을 완수하는 것에 확신을 갖지 못하였다. 그 결과 농민들은 자신들의 힘에 대한 불확실성으로 인해 농민으로서의 지위와 역할보다는 오로지 토지 소유 여부에만 관심을 집중시켰다. 따라서 계급적 자각이 없었던 조순근의 태도는 당연한 것이다.

뿐만 아니라 당시 토지개혁을 바라보는 입장은 당론과 계급에 따라 달라서 혼란이 야기되었다. 먼저 '북한임시정부위원회'는 토지개혁의 주체와 그 내용을 사회개조·인간개조로 보았다. 반면 민주당은 토지개혁을 통한 농민 세력의 규합을 헤게모니 장악 수단으로 보았다. 그리고 농민들은 누가 하든 토지개혁만 된다면 좋다는 입장이었다.

천세봉은 조만식이 내건 세칙과 임시정부에서 내건 토지개혁 세칙을 조순근이 동일한 것으로 인식하게 한다. 그리고 이것을 지주와 종교인을 옹호하는 조만식의 이중성에 농락당한 것으로 묘사한다. 그러나 북조선 임시정부도 토지에 대한 농민들의 본능적인 욕망을 프롤레타리아 혁명에 동원하려 하고 있었고, 토지개혁을 통해 농민들을 규합함으로써 헤게모니를 선취하려 했다는 데서 민주당과 동일한 목적을 지니고 있다.

루카치가 인용한 룩셈부르크 말에서도 알 수 있듯 토지개혁을 통한 농민의 직접적인 토지 장악은 사회주의적 경제와는 아무런 공통점도 갖고 있지 않다.[183] 본래 레닌이나 볼셰비키의 농업 정책이 토지 국유화 및 집단화였다는 것은 잘 알려진 사실이다. 특히 레닌은 토지 분배를 강력히 반대한 사람이었다. 그러나 레닌은 1917년 혁명 직전부터 농민들의 자발적인 힘에 의해 지주의 토지가 몰수되는 것을 보게 된다. 이를 통해 토지 문제로 인해 농민의 적대 상대가 되었을 때 혁명을 성취할 수 없다는 판

---

183 Lukacs Gyorgy, 박정호·조만영 역, 『역사와 계급의식』, 거름, 1986, 427면.

단을 하게 되고, 토지 분배를 어쩔 수 없이 용인하였다. 북한임시정부는 러시아의 사례를 이미 알고 있었을 것이다. 그러므로 토지개혁을 헤게모니 장악을 위한 전술로 사용할 수 있었다.

그러나 임시정부가 러시아와 다른 점이 있다면 처음부터 사회주의적 경제를 표방한 것이 아니라 농민의 토지 장악을 허용하여 사회주의적 경제에 접근하려 했다는 점이다. 이와 같은 사실은 "세월이 흘러 만약 저 농민들에게 집단농장이 사활적인 요구로 제기된다면 그이께서는 또 집단농장을 만드실 것이다"[184]라는 문맥 속에서도 이들의 방침이 발견된다. 천세봉은 이와 같은 사회주의화 과정의 전략을 농민의 요구의 수용으로 해석하고 있다.

따라서 천세봉은 마르크스적 관점 하에서 서도빈농회와 같은 반포형태의 법령개정이 아니라 농민을 주체로 세워 법령반포는 물론 사회개조까지 동시에 진행하려는 북조선임시정부의 모습을 보여준다. 북한에게 토지개혁을 통한 사회주의 개조에서 가장 절실했던 것은 당시 다수를 차지했던 농민들의 의식이었다. 농민들의 의식이 개조되지 않은 한 그들은 토지개혁의 주체가 될 수 없으며, 농민들이 주체로 서지 못할 때 서도농민회의 예기를 꺾고 임시정부가 헤게모니를 장악할 수 없었기 때문이다.

헤게모니 장악을 위해 임시정부가 농조라는 조직을 이용해 벌이는 정책이 포용이다.[185] 물론 포용 정책이라는 것이 무조건적 포용을 의미하는 것은 아니다. 이들의 적대세력에 대한 규정은 명확하다.

이 작품에서의 주적은 민족주의계열인 서도농민회의 의장인 조만식과 사회주의 진영 내에서 토지 국유화를 주장하는 좌경분자, 소위 종파주의자로 일컬어지는 오기섭[186]일파, 지주와 미국의 간첩 등이다. 이들에

184　천세봉, 『조선의 봄』, 평양: 문예출판사, 1991, 383면.
185　이것은 정치학습으로 농민의 의식화를 보여주던 『대하는 흐른다』에서는 보이지 않던 부분이다.
186　오기섭(吳淇燮, 1903~?). 이명은 오일(吳逸)·이용준(李龍俊)이다. 1903년 함경남도 함흥에서 태어났다. 1920년 함흥의 영생고등보통학교 재학 중 동맹휴학에 참가하여 퇴학당하였다. 1925년 2월 화요회가 전조선운동의 조직적 통일과 근본 방침을 토의하기 위하여 주도한 전조선민중운동자대회

대한 처리 문제는 교육상인 송신일과 김일성의 의견차에서 두드러지게 나타난다. 송신일은 종교계이건, 지주 계급이건 적대세력은 있지만 그렇지 않은 사람들은 포용해야 한다는 입장이다. 반면 김일성은 일제의 보호 하에서 그 존재가 가능했던 지주 계급이나 제국주의적 성격이 강한 종교가 일제가 패망과 함께 몰락하지 않으면 남한의 제국주의자들과 결탁하여 정당이나 단체로 전환하여 위협세력이 될 수 있다는 입장이다.

여기서 교육상인 목사 송신일은 주목할 만한 인물이다. 천세봉의 작품에서 종교인으로서는 최초로 긍정적인 인물로 등장하기 때문이다. 이전의 작품에서와는 달리 이 작품에서는 민족주의자나 종교인을 무조건적으로 배척하지 않는다. 이것은 작품 속의 김일성의 말 속에서도 잘 드러난다.

> "언제인가 송신일 선생도 우리에게 이렇게 물었지요. '목사인 제가 정말 장군님 곁에서 꽤 혁명을 해낼 수 있겠습니까?'하구 ……. 그래서 저는 '할수 있습니다. 왜냐하면 송선생 한테는 조국에 대한 사랑이 있기 때문입니다. 인간을 사랑하고 선을 사랑하는 것, 이것이 우리의 사상륜리의 기초가 아닙니까' 하고 대답했습니다." (…중략…) "우리는 열 번 스무 번 속을 썩이며 참으면서도 아직 조만식을 버리지 않았습니다."[187]

에 참석하였다. 적기시위사건으로 체포되었다. 같은 해 7월 고려공산 청년회에 가입하였고, 10월에는 홍원청년연맹 집행위원에 선임되었다. 1926년 3월 조선공산당에 입당하였으며, 1926년 4월 화요회·북풍회·조선노동당·무산자동맹 등의 통합단체인 정우회에서 활동하였으나 8월에 제2차 조선공산당 검거 때 체포되어 징역 1년을 선고받고 서대문형무소에 수감되었다. 출감 후 1929년에 발생한 원산총파업 후원회 위원장으로 활동하다가 일본경찰의 검거를 피해 모스크바로 망명하여 동방노력자공산대학에 입학하였다. 1932년 3월에 귀국하여 9월에 부산을 중심으로 고려공산 청년회 재건활동을 하다가 검거되어 징역 6년을 선고받았다. 1945년 9월 조선공산당 함경북도 창설위원장이 되었으며, 1946년 2월 북한임시인민위원회 선전부장에 선임되었으며, 그해 『토지개혁 법령의 정당성』을 발간하였다. 1947년 2월 북한인민위원회 노동국장으로 선임되었다. 1948년 3월 북한노동당 중앙위원에 선임되었으며, 8월 최고인민회의 대의원에 선출되었다. 1956년 5월 수매량정상(收買量政相)에 임명되었으나 1957년 8월 해임되었고, 같은 해 9월 종파(宗派)·반당(反黨) 분자로 낙인찍혀 숙청되었다. 강만길·성대경, 『한국사회주의 운동 인명사전』, 창작과비평사, 1996, 282면.

187 천세봉, 『조선의 봄』, 평양: 문예출판사, 1991, 232~233면.

위의 인용처럼 당시 임시정부는 송신일과 같은 양심적인 종교인이나 조선공산당의 뿌리를 두고 있는 광정단의 일원인 강진건과 같은 독립군, 민족주의자들을 선별적으로 포용하여 임시정부의 주요자리에 배치함으로써 세력화를 모색하고 있다. 이들의 포용에는 당장은 아니지만 낡은 사상과 종교를 버림으로써 사회주의화 될 가능성이 포용의 조건 속에 전제되어 있다. 즉 김일성의 수용의 범위는 공산주의 이데올로기에 대한 동조자에 한정된 것이다.

그것은 김일성이 송신일의 집에 걸려 있는 안창호의 족자를 보면서 그의 딸 숙영에게 하는 말 속에서도 드러난다. 악마저도 사랑하자는 글귀가 적힌 족자를 걸어 두는 것에 대해 숙영이 비난을 하자 김일성은 송신일이 안창호의 설교와 같은 방식으로는 해방을 할 수 없다는 것을 이미 알고 있지만 독립운동가였던 그에 대한 그리움 때문이라며 마음을 떠본다. 그리고 송신일이 자신들과 같은 공산주의자들과 함께 일할 수 있는 이유를 다음과 같이 말하고 있다.

> 아버지도 일본침략자를 사랑하지 않았다. 아까도 말했지만 아버지는 한평생을 조선의 하늘을 믿었고 조선과 이 민족을 위해 기도드렸다 우리 공산주의자들이 이런 아버지와 왜 혁명을 함께할 수 없겠느냐.[188]

악마저도 사랑하자고 했던 안창호와는 달리 송신일은 침략자나 원수까지는 사랑하지 않았다는 것, 바로 적대세력을 규정하고 살아왔다는 것이 그를 포용하는 이유이다. 사랑을 기본으로 하는 종교인이지만 적아를 명확하게 구분할 줄 아는 것은 이후 그가 테러로 딸을 잃고 어떻게 변모할지를 짐작하게 하는 대목이다.

종교인과 독립군이 긍정적 인물로 변화하는 것은 천세봉 개인의 인식

---

188 위의 책, 40면.

변화라기보다는 시대상의 반영과 그들이 지닌 권위와 민중의 흡입력에서 비롯된 것으로 세력이 미약했던 북한의 임시정부가 그들마저 적대세력으로 규정할 수 없었던 당시 상황 묘사에 의한 것이다.

이를 통해 농민계급에 대한 그들의 포용정책의 폭은 좀 더 넓어지고 있음을 알 수 있다. 천세봉은 공산주의자의 도덕적 의무를 내세워 동요하는 중농과 자각하지 못한 빈농들을 포용함으로써 그들을 흡수해 가는 과정을 김창규와 유사천의 대비를 통해 보여준다.

김창규는 원한과 공산주의자의 양심 사이에서 갈등하지만 그 갈등을 당원이라는 자신의 지위와 그로부터 부여된 계급적 양심을 통해 갈등을 극복해낸다. 그리고 박병칠이 공민으로 살아갈 수 있도록 도와준다.

반면 군당비서 유사천은 박병칠을 자살기도로까지 몰아가는 인물이다. 그는 좌경관문주의적 사업 작풍으로 박종관을 서무과에 내쫓고 박병칠이 김창규를 머슴으로 부렸던 일과 서만호와 매매계약을 한 사실을 들어 그를 청산대상에 넣는다. 땅의 국유화를 주장하는 유사천에게 땅을 빼앗기자 청산대상으로 분류된 박병칠은 자살을 기도한다. 자살을 기도한 박병칠을 구해낸 것은 바로 김창규이다. 김창규는 국유화를 주장하며 땅을 몰수한 유사천과 대립하면서 박병칠의 땅 문서를 찾아 준다. 이들의 다름은 포용력에서 비롯된다.

포용은 당의 사상과 노선을 관철할 수 있게 하는 전술로 조순근과 박병칠과 같은 인물들을 토지개혁의 주체로 서게 하는 기제가 된다. 임시정부를 유일 정부로 전환하기 위해서는 당시 민중의 대부분의 차지하는 농민의 지지가 필요했으며, 지지를 얻기 위해서는 농민에 대한 포용과 자각을 통해 주체로 세우는 것이 가장 효과적인 방법이었다.

따라서 임시정부의 포용을 통한 신뢰의 확보는 농민들로 하여금 지주에 대한 두려움을 반감시켰으며, 민족주의자 세력으로 대표되는 민주당의 준동을 좌초시켰다. 그리고 농민들이 주체로 설 수 있는 조건을 성숙시킬 수 있었다. 이러한 조건은 농민들의 행위를 통해 구체화된다. 작품 속에서도 나타나듯 1946년 2월 말 북한의 각 지방에서 300여 명의 농민 대표들이 토지를 요구하는 농민들의 의사를 전달하기 위하여 북조선임 시위원회로 찾아왔으며, 3·1운동 기념일에는 200여 만의 농민들이 토지개혁을 요구[189]하는 시위를 통하여 토지개혁에 대한 주체적 조건을 성숙시킨 것이다. 이것은 김일성을 방문한 후 믿고 의지해야할 지도자를 결정한 조순근이 기념일에 마을 대표로 연설하는 것에서도 잘 드러난다.

(2) 당원으로서의 품성 요구

천세봉은 토지개혁을 사회개조뿐만이 아닌 인간개조의 과정으로 보고 있다. 그리고 사회개조와 인간개조의 주동력을 사랑에서 찾고 있다.

> 우리는 무엇보다도 당사업을 사람과의 사업으로 철저히 전환시키기 위하여 투쟁하였으며 모든 당 조직들에 사람과의 사업을 기본으로 하는 사업체계를 세워 놓았읍니다.[190]

위의 인용문에서 알 수 있듯이 당사업의 기본은 사람사업에 있다. 민중의 지지를 확보하거나 정적을 견제하고자 할 때 지도자는 최대의 지지도를 확보하고, 저항을 최소화 시킬 수 있는 가장 합리적인 노선을 택해야 하는 것이 정치의 기본 요소이다. 인간사랑은 사람사업과 직결되며 저항을 최소화 시킬 수 있는 방법 중의 하나이다. 혁명에서 가장 소중한 자산과 힘은 사람이다. 민중은 당이 의거해야할 대중적 지반이며 당의 노선과 정책을 현실에 구현하는 집행자이기 때문이다. 따라서 사람사업은 토지개혁의 향방을 좌우하는 변수로 작용할 만큼 임시정부의 중요한

---

189 림기범, 『우리식농촌문제해결의 빛나는 경험』, 평양: 농업출판사, 1992, 6면.
190 김일성, 「조선로동당 제5차대회에서 한 중앙위원회사업총화보고」, 『김일성 저작집』 25, 평양: 조선로동당출판사, 1983, 332면.

사업이었다. 그리고 일제의 패망으로 공동의 적이 없어진 환경 속에서 공산주의자들에게 사랑을 통해 민중들로부터 신뢰를 확보하는 것은 어느 때보다도 중차대한 문제였다. 특히 정적과의 공존 할 수 있는 공간 창출이 목표가 아니었던 북한에게 민중의 신뢰 확보는 적대세력 견제와 함께 임시정부를 유일 정부로 승인 받을 수 있는 길이었다.

천세봉은 이 문제를 해결하기 위해 당원의 품성 문제를 항일 빨치산 출신이 아닌 독립군 출신의 인물을 통해 제기한다. 당시 각지에서 국내로 결집한 사회주의자들과 민족주의자들은 사상의 폭이 달랐다. 항일 빨치산을 '주체형 공산주의자'로 본다면 천세봉이나 북한의 입장에서 독립군이나 민족주의자들은 완성되지 못한 공산주의자들이었다. 그는 사랑의 문제를 통해 항일 빨치산들과는 달리 그들에게 결여되어 있는 문제를 지적하고 있다. 항일 빨치산인 '주체형 공산주의자'와 독립군의 품성적 차이는 강진건[191]과 김책[192]의 대비를 통해 묘사되고 있다.

---

[191] 강진건(1885~1962). 함북 농민운동지도자 노동당 중앙위원, 함남 출신으로 1910년 3월 만주로 망명 민족교육운동과 토지개척사업에 종사했다. 3·1운동에 참가했다가 체포되어 5년간 복역했다. 20년대에는 독립단 중 광정단의 군사부장으로 활동하였으며 1925년 함북 청진 일대에서 농민운동에 종사하면서 공산주의 지하운동에 참여하다 체포되어 15년간 옥고를 치룬 후 1940년 출소하여 청진농민조합장, 함북농민조합장이 되었다. 1946년 2월에는 북한 임시인민위원회 상임위원, 3월에는 북한 농민동맹위원장이 되었다. 1956년 4월에는 조선노동당 중앙위원이 되었으며 1958년에는 조선 친선협회 중앙위원을 역임한 인물이다. 강만길·성대경, 『한국사회주의 운동 인명사전』, 창작과비평사, 1996, 17~18면.

[192] 김책(1903~1951). 본명은 김홍열이다. 그의 본명에 대해서는 사서마다 다르게 기록되고 있다. 그는 함북 성진(지금의 김책시)의 빈농 출신으로 김홍선의 동생이다. 어려서 북간도로 이주하여 용정동흥중학에 입학했다. 1927년 조선공산당 만주총국에 입당하였다. 10월 1차 간도 공산당사건으로 체포되어 1929년 서대문 형무소에서 출옥했다. 1930년 10월 영안현에 건립된 지방 쏘비에트 임시정부 주석에 선출되었으며 1931년 중국관헌에게 체포되어 심양감옥에 투옥되었으나 구출되어 중국공산당 빈현 특별지구 서기가 되었다. 1932년에는 주하 중심현위원회의 군사위원 1935년에는 동북인민혁명군 제3군 제1독립사 제1단 정치부 주임, 1939년 4월에는 중국공산당 북만임시성위원회 서기가 되었다. 1943년 10월에는 동북항일 연군 부대로서는 맨 마지막으로 만주에서 철수하여 소련으로 이동하였다. 1945년에는 조선공작단 위원회에서 간부로 활동했으며, 1945년 9월 김일성과 함께 원산을 거쳐 평양으로 돌아와 1946년 2월 군간부양성소 평양학원 원장이 되었다. 1948년 2월에는 북한인민위원회 초대 민족보위국장이 되었으며, 9월에는 내각 부수상 겸 산업상으로 활동했으며 한국전쟁이 일어나자 군사위원 전선사령관되었다 그는 1951년 1월 31일 심장마비로 사망했다. 강만길·성대경, 앞의 책, 131면. 그러나 이재화는 그의 본명을 김재민(金在民)이라고 기록하고 있으며 그가 1903년 8월 14일 함북 학성군에서 출생했다고 밝히고 있다.

강진건은 천세봉 작품에서 독립군 출신으로는 몇 안 되는 긍정적인 인물이다. 그는 작품 속에서 독립군 시절부터 조국해방 투쟁을 벌여온 노독립군으로 일정정도의 카리스마와 무게감을 지니고 나타난다. 강진건은 고지식한 독립군의 인물 유형에서 탈피되어 있는 인물이지만 규율이나 군율을 중시 여기는 권위주의적인 인물이다.

강진건은 광정단(匡正團)[193] 군사부장 출신으로 1923년 체포되어 20년간 옥고를 치르다 석방된 인물로 작품에서는 임시정부 농민부장으로 등장한다. 그가 다섯 개의 단체를 통합하여 광정단을 만든 것을 작품 속에서 김일성의 아버지 김일성에게 감화받아 행한 일로 묘사되어 있다. 그의 의식은 매우 애국적이며 혁명적이다. 그러나 일을 집행하는 데 있어서는 관료주의적인 모습에서 벗어나지 못하고 있다. 사람사업을 제대로하기 위해서는 세심하고도 지속적인 노력과 인민대중들의 요구와 지향 그리고 그들이 안고 있는 문제에 대한 파악이 필요하다. 그럴 때만이 사람사업에 만전을 기할 수 있다. 그러나 그는 무지한 농민인 조순근과 정기찬 등을 의식화시킬 생각에 골치부터 아파온다. 그는 3·7제를 해놓고도 지주가 무서워 쌀가마니를 실어다 바치는 농민들을 의식화한다는 것에 대해 회의적이다. 그들을 훈련하고 단련하기 위한 방도나 그와 관련된 문제들에 대한 세심한 파악과 배려가 그에게는 없다. 그에게 농민들이란 단지 무지한 사람들로 인식된다. 그의 이러한 인식은 독립군 출신이라는 지난날의 행적과도 무관하지 않다. 그의 관성적인 모습은 독립군 시절과 마찬가지로 군율을 세워 작인들을 농조에서 내쫓는 것을 묵인하는 모습에서 극대화 된다. 그런 면에서 강진건은 카도르니즘(Cadornism)[194]

---

193 광정단은 1922년 4월 창바이현에서 활동하던 대한독립군비단(大韓獨立軍備團)·태극단(太極團)·광복단(光復團)·흥업단(興業團)의 4단체를 흡수하여 만주에서 조직된 독립운동단체이다. 광정단이 통합한 독립군단 중 가장 주류를 이룬 군단은 대한국민단이다. 이후 이 단체는 조선의용군에 흡수된다. 중국조선민족발자취총서 편집위원회, 『불씨』, 연변 : 민족출판사, 1995, 200~201면; 양소현, 『중국에 있어서의 한국독립운동사』, 한국정신문화원, 1996, 245면.

194 그람시는 이탈리아 총사령관이었던 카도르나를 자신이 지도하는 자들의 '동의'를 얻기 위한 노력을 조금도 하지 않는 권위주의자의 상징으로 여겼다. Gramsci Antonio, 이상훈 역, 『옥중수고』 1, 거

적 인물이다. 이와 같은 성향으로 인해 그는 김책과 김일성으로부터 비판을 받는다. 김일성의 비판 속에서 강조되는 것이 바로 사랑이다.

> "김책 동무, 그렇지요? 우리는 부모혈육과 자기 민족 자기 인민을 사랑하는 데로부터 혁명을 시작하지 않았습니까. 사랑은 혁명의 대명사와도 같은 것입니다." (…중략…) "한번 잘못을 저질렀다고 순박하고 량순한 농민들을 농조에서 내쫓아버린다면 '붉은 마귀'란 말을 들어도 할 말이 없을 것입니다. 그런 공산당을 누가 따르겠습니다. (…중략…) 하나는 영향력이 있는 큰 인물이래서 신중히 다루고 하나는 비천한 농민이래서 장기쪽처럼 다루는가요? 인간을 그렇게 차별한다면 그건 벌써 혁명이 아닙니다. 봄, 여름내 피땀을 흘리며 씨 뿌리고 낟알을 가꿔서 수백만의 사람들을 먹여 살리는 것이 농군들인데 강진건 선생까지 그 고맙고 불쌍한 농민들을 경시하십니까?" (…중략…) "선생님 제 말이 노엽습니까?" (…중략…) "그 옛날 선생님은 팔도구에 오셔서 한생을 두고 바라는 두 가지 큰 소원 중에 하나가 이 나라 농민들을 개명시키고 잘 살게 하는 것이라고 하셨지요. 우리 더 뜨겁게 농민들을 사랑합시다, 그러면 선생님의 소원이 성취될 것입니다."[195]

위의 인용문에서처럼 김일성은 '혁명은 사랑'이라고 강조한다. 이것은 민중에 대한 책임의 또 다른 표현이다. 어떤 이유에서건 민중에 대한 책임을 회피하거나 포기하는 것은 자신의 사회정치적 생명을 포기하는 것과 같다. 그리고 자신이 지도하는 자들의 동의를 얻기 위한 노력을 보이지 않을 때 카도르나의 예처럼 스스로 자리에서 물러날 수밖에 없다. 경쟁세력을 견제하기 위해서는 지도력과 민중들의 적극적인 동의와 조화가 필요하다. 따라서 농민들을 사랑할 때 소원성취를 할 수 있다는 말은 바꿔 말하면 당의 사상과 노선을 올바로 이행할 때만이 혁명을 이룰 수 있다는 말이 된다.

름, 1986, 159면.
195 천세봉, 『조선의 봄』, 평양: 문예출판사, 1991, 233~234면.

이와 같은 조화와 균형을 위해 안내자로서의 영도자가 김일성 한명으로 충분했던 항일혁명시기와는 달리 건국을 위해서는 핵심인자 한 사람 한사람이 수동성에서 벗어나 적극적인 활동가로서 민중들에게 다가가 안내자의 역할을 해야 할 필요가 있다. 그리고 이들을 행위를 통해 지배하는 정권이 아닌 민중을 위해 복무하는 정권의 이미지와 도덕적 이미지를 심어 줄 필요성이 있었다.

이것이 바로 당의 역할이다. 천세봉이 사랑을 통해 당의 역할을 강조하는 것은 당을 구성하는 핵심들의 올바른 역할 수행이 곧 수령에 대한 충실성이라는 것을 보여주기 위해서이다. 이러한 표현방식에서 김일성을 호명하는 것으로 그리움이나 충실성을 처리하고 있는 그의 다른 작품들과는 달리 묘사방식이 세련되어 있음을 보여준다.

이 작품에서 천세봉이 독립군을 묘사하는데 한 가지 색다른 점이 있다면 처음에는 주저하지만 혁명대열에 들어선 대부분의 인물들이 새 삶을 찾은 양 혁명에 대해 자신감에 차 있는 것과는 달리 강진건은 사업을 진행하면서 자신감을 잃어 가며 능력의 한계로 고민하고 절망한다는 것이다. 그의 이러한 모습은 관성을 극복하고 오류를 통해 자신의 문제점을 고쳐 나가며 공산주의적 인간형에 접근해 나간다는 점에서 매우 흥미롭다. 그는 농민문제에 대해 김일성과 함께 고민하고, 그 방법을 찾을 수 없을 때는 단도직입적으로 그 방법을 겸허하게 김일성에게 묻는다. 또 그러한 행동을 통해 그는 김일성식의 사업 방식을 배워 간다. 그리고 그는 김일성이 교시를 할 때까지 기다리지 않는다. 이와 같은 강진건의 모습은 김일성의 온화한 품성과 지도력에 반해 그를 존경하며 그의 교시만이 모든 문제의 근원을 해결할 수 있다고 믿는 인물들과는 다른 주체적인 모습이다.

반면 천세봉은 항일 빨치산 출신의 김책을 완성된 공산주의적 인간형으로 등장시키고 있다. 김책은 귀국하기 전에는 김일성보다 더 거물이었던 인물이다. 그는 작품 속에서 큰 비중을 차지하고 있지는 않지만 그가

지니는 무게감이 갖는 지배력은 상당히 크게 나타난다. 김책은 거의 김
일성과 동등한 인물로 묘사되고 있다. 그는 작품 속에서 유일하게 김일
성이 믿고 의지하고, 고뇌를 털어 놓을 수 있는 인물이며, 김일성을 위로
할 수 있는 인물이다. 그 때문에 김일성은 강진건을 교양할 때나 어떠한
행동에 앞서 김책에게 자신의 말과 행동에 대한 동의를 구한다. 그는 업
무처리 능력 또한 빈틈없는 인물로 묘사되고 있으며 김일성의 비서역할
을 충실하게 수행함으로써 상위 엘리트의 정점에 서 있는 인물이다. 그
는 민중들의 고통을 지도자에게 지도자의 고뇌를 당원들에게 전달하는
역할을 하며, 이들의 관계를 조율하는 역할을 한다.

그러나 그 역시 인민을 사랑하는 김일성에 마음에 매 순간마다 감동하
는 모습은 다른 인물군들과 다르지 않다. 그리고 그는 공산주의적 인물
이긴 하지만 비서라는 직책상 운신의 폭이 넓지 못한 관계로 다른 작품
의 공산주의적 인간형과는 달리 운반주인공의 역할은 수행하지 못하지
만 당의 강화 발전에 기여하는 핵심 공산주의자라 할 수 있다.

작품 속에서 인간 사랑에 대한 문제는 토지개혁 실행 방도와 맞물려
더욱 심화된다. 이전의 사랑이라는 문제가 신뢰 구축을 통한 헤게모니
장악과 공산주의자의 사회정치적 생명과 직결이 되었다면, 이 문제는 임
시정부 내 좌우경의 문제 속에서 또다시 부각된다.

> 우리 당은 밭갈이하는 농민들을 땅의 참된 주인으로 만들기 위하여 무상몰수,
> 무상분배의 원칙에서 토지개혁을 하며 몰수한 땅을 국가소유로 하지 않고 농민
> 들의 개인소유로 할데 대한 방침을 내놓았습니다.[196]

---

196 김일성, 「우리나라에서의 농촌문제해결의 몇 가지 경험에 대하여(1978.1~1978.12)」, 조선로동당
중앙위원회 당력사연구소 편, 『김일성 저작집』 33, 평양: 조선로동당출판사, 1987, 340면. 이 방침
은 1945년 10월 16일 조선공산당 중앙위원회의 제1차 확대집행위원회 「공산당의 토지문제에 대한
결정」에서 발표된 내용이다. 김일성, 조선로동당 중앙위원회 당력사연구소 편, 『김일성 저작집』 1,
평양: 조선로동당출판사, 1979, 354~356면 참조.

위의 인용문에서 알 수 있듯이 북한의 토지개혁의 방침은 무상몰수, 무상분배의 원칙에 있었다. 유상몰수, 유상분배 시 거래되는 땅값을 통해 지주들은 부농이나 자본가로 계급의 전환은 물론 토지개혁을 통해 봉건적 착취 관계를 자본주의적 착취 관계로 바꾸어 놓는 결과가 초래되는 것을 미연에 방지하기 위해서였다. 따라서 북한은 토지개혁을 실행하기 위하여 고농과 빈농에 의거하여 중농과 동맹하여 부농을 고립시키는 계급정책을 실시하였다. 그리하여 토지 몰수의 대상은 다음과 같이 규정하고 있다.

> 우리는 우리나라 농촌의 토지소유관계와 계급관계를 구체적으로 료해분석한 데 기초하여 일제놈들과 그 앞잡이인 친일파, 민족반역자들의 토지와 5정보이상을 가지고 있는 지주의 토지 그리고 자기가 경작하지 않고 남에게 소작주는 모든 토지를 몰수대상으로 규정하였습니다.[197]

해방이 되자 친일파, 민족반역자들은 이미 남한으로 도망을 갔거나 주민들에 의해 숙청된 상태였으므로 청산해야할 기본 대상은 지주였다. 그를 위해 북한은 부농을 적대 세력으로 규정하지 않고, 부치던 땅을 그대로 소유하게 함으로써 토지개혁을 정면으로 반대하지 못하게 하였다. 중농은 자신들의 이익에 침해를 당하지 않기 때문에 토지개혁에 반대하지 않았으며, 빈고농은 이 문제에서 가장 절실한 이해관계를 가지고 있었기에 적극적으로 지지했다. 그리고 북한의 농민은 토지개혁의 출발부터 개혁에 이르기까지 개혁의 주체자로 농지위원회[198]에 참여했다.

---

197 김일성, 「우리나라 민주주의혁명과 사회주의혁명의 몇 가지 경험에 대하여—당 및 국가기관 간부들앞에서한 강의(1969.10.11)」, 조선로동당 중앙위원회 당력사연구소 편, 『김일성 저작집』 24, 평양 : 조선로동당출판사, 1983, 178면.

198 농지위원회의 주된 구성원이자 핵심적 집행자인 머슴, 순 소작인, 반소작인 등은 개혁의 주체자로서 국가 관료 기구가 수행해야할 업무를 대신하여 주체적으로 수행하는데 공헌을 했다. 즉 토지개혁은 국가에서 베풀어 주는 시혜가 아니라 토지의 주인인 농민들 스스로의 사업으로 주체적으로 쟁취해야한다는 점을 이들은 인식하고 있었다는 점에서 농지위원회의 소작인 구성이 2분의 1 정도

1946년 3월 4일 조선공산당 북한분국은 제5차 확대 위원회에서 북한 임시인민위원회의 주관 아래 해방된 지 약 6개월 만인 3월 5일부터 토지 개혁에 착수하여 약 20일 남짓한 기간[199]에 토지개혁을 완수한다. 따라서 지주계급이 토지개혁을 피하기 위해 농지의 강매나 은폐를 할 수 있는 시간적 여유가 없었다. 토지개혁은 비록 3주라는 짧은 기간에 완수[200]되 었지만 그 철저함과 혁명성·신속성·농민의 주체성 등에서 세계적으 로 유례를 찾아볼 수 없을 정도로 앞선 것이었다.[201] 그러나 토지개혁을 이루기까지 임시정부는 밖으로는 서도빈농협의회와 안으로는 토지국유 화를 주장하는 오기섭 등과 노선 상의 갈등을 겪는다.

아이러니한 것은 일제강점기 때 사회주의자의 독립투쟁에 있어 "우리 당에는 두 가지 경향이 있는데 하나는 우경이요, 또 하나는 좌경이다. 이 좌우경과 투쟁하지 않고 우리 운동을 볼셰비키화 할 수는 없다"[202]며 좌 경적 경향과 우경적 경향을 경계하는 글을 썼던 오기섭이 좌경분자로 등 장하고 있다는 사실이다.

오기섭 이력에서도 알 수 있듯이 토지개혁을 진행하려던 당시 그는 1946년 2월 북한임시인민위원회 선전부장에 선임되었으며, 그해『토지개 혁 법령의 정당성』을 발간하는 등 토지개혁에 깊게 관여한 인물이었다.

그런 그가『조선의 봄』에서 부정적인 인물로 그려지는 것은 박헌영과 결탁한 북한의 강자[203]였으며, 박헌영의 숙청 이후 권력투쟁에서 비주류

<hr>

였으며 기능도 자문역할에 그쳤던 한국과 구별된다. 강정구, 「인민정권 수립과 '민주개혁'」, 강만길 외편, 『북한의 정치와 사회』 1(한국사 21), 한길사, 1994, 113~114면.

199 김한길, 『현대조선력사』(사회과학원 력사연구소 편), 평양: 과학·백과사전출판사, 1983, 189면.

200 토지개혁의 결과 100만 325정보의 토지가 몰수되어 72만 4,522호의 농민들에게 98만 1,390정보의 토지가 무상으로 분여되었다. 그리하여 토지개혁 전의는 자작농 20%, 자작 겸 소작농이 30%, 순소 작농이 50%이던 것이 토지개혁 후에는 농민 100%가 자작농이 되었다. 위의 책, 190면.

201 강정구, 「인민정권 수립과 '민주개혁'」, 강만길 외편, 『북한의 정치와 사회』 1(한국사 21), 한길사, 1994, 111~113면.

202 '오○○ 동무'가 한 보고의 원제목은 「정치적 현세와 당의 임무」(『옳은 노선을 위하여』)이다. Scalapino Robert A.·이정식, 한홍구 역, 『한국 공산주의 운동사』 1, 돌베개, 1986, 330면 재인용.

203 『해방후10년일지』, 평양: 조선중앙통신사, 1956, 44~45면.

가 패배하기 이전까지 남로당을 포괄한 비주류에게 가장 큰 영향을 미치던 인물이었기 때문이다.[204] 김일성을 옹립하려던 갑산파에게 강자로 존재하던 오기섭은 달가운 존재가 아니었다.

『조선의 봄』에서 오기섭이 부정적인 인물로 등장하여 대립하는 것은 단순한 종파주의자들의 폐해나 당시 토지개혁을 반대했던 세력에 대한 비판보다도 김일성으로 대표되는 갑산파와 오기섭으로 대표되는 비주류의 권력투쟁 과정을 그리고 있는 것이라 할 수 있다. 천세봉은 이를 통해 현 정권의 영도가 옳은 길이었음을 보여준다. 작품 속에서 오기섭은 다음과 같은 이유로 토지의 국유화를 주장한다.

> 농촌의 국유화가 우리 농촌의 현실에서 당장 실현될 수 없다는데 있습니다. 농촌의 기본 계급들이 준비되어 있지 못할 뿐아니라 남조선에 적대계급이 지배세력을 이루고 있는 조건에서 북한에서 단독 토지개혁을 하면 남북의 혁명발전의 공동 보조를 어렵게 하고 반동계급들의 결탁을 쉽게 하여 그 반항을 크게 만들 위험이 있습니다. 이것은 에, 우리 조선공산주의자들이 그 탄생을 그토록 갈망하여온 우리 공산당, 청소한 조선프롤레타리아트의 전위대를 전체적으로 위태롭게 한다.[205]

위의 인용문을 볼 때 오기섭 계열이 주장하는 것은 농업협동화 당시 비주류였던 연안파와 국내파 계열의 주장과 일치한다. 위의 주장을 볼 때 비주류는 시급한 현실 문제를 먼저 해결함으로써 민족문제를 봉합하려 했던 주류와는 달리 좀 더 거시적인 안목에서 사회주의의 실현을 바라보고 있었다. 그들의 주장은 북한만의 단독 정부에 대한 만족과 사회주의의 기초를 마련이 우선이고, 통일 문제는 차선이라는 주류의 논리와 첨예하게 대립했다. 북한은 당시 천세봉의 소설 속에서도 드러나듯 인민

204　그런 이유로 오기섭은 『조선의 봄』 이외에도 【불멸의 력사】 시리즈에서 지속적으로 김일성과 대결을 보이는 부정적인 인물로 등장한다. 석윤기의 『봄우뢰』, 최학수의 『개선』, 권정웅의 『빛나는 아침』, 정기종의 『조선의 힘』 참조.
205　천세봉, 『조선의 봄』, 평양 : 문예출판사, 1991, 167면.

정부를 건설하는 데 있어서 난관에 부딪혀 있던 무렵으로, 비주류의 주장을 좌경적 경향으로 받아들이고 있다. 이것은 김일성과 강진건의 대화에서도 나타난다.

> "유사천 동무는 해방 전 무슨 사상운동을 좀 한일이 있고 감옥생활도 해본 동무라고 합니다. 그런데 그 동무가 군당에 당치도 않은 '토지개혁실시위원회'를 내온다는 보고도 있습니다. 그래서 아주 좌경적으로 집행한 것 같습니다. 장군님, 제기 이번에 토지개혁을 하면서 알게 된 것은 좌경과 우경은 사실상 한 뿌리에서 자라는 독초라는 것입니다." (…중략…) 20여 년 동안 혁명을 하시면서 속을 태운 것은 대외의 원쑤들보다도 혁명대오안의 좌우경분자들 때문이였다.[206]

천세봉은 비주류인 이들에게 독초라는 주저를 퍼부으면서 당시 노선의 대립이 인민을 사랑하지 못하는 즉 공산주의자로서의 자질을 확보하지 못한 인물들에 의해 일어난 것으로 폄하하고 있다.

또한 천세봉은 작품 속에서 새로운 인민정부의 위상을 민중에 의한 민중을 위한 정치에서 찾고 있다. 토지개혁을 어떻게 할 것인가 하는 물음에 대해 김일성은 이렇게 답하고 있다.

> 그건 농민들에게 물어보라. 그저 농민들의 요구대로 소원 대로 하면 된다.[207]

김책 역시 오기섭과의 논쟁 속에서 김일성이 자신의 주장에 동의를 구하자 다음과 같이 대답한다.

> 옳습니다. 레닌도 토지문제해결에서 이미 직접적 리해관계를 가지고 있는 농민들의 의사를 존중해야 하며 로동계급의 당은 여기서 농민들의 요구를 무시하

206　위의 책, 518면.
207　위의 책, 383면.

여 뛰어넘어도 안 되며 경우에 따라서는 동의할 수 없는 것이라 할지라도 그들의 제의를 무시할 수 없다고까지 하였습니다.[208]

이러한 논리의 기저에는 인간 사랑이 내포되어 있다. 뿐만 아니라 이 논리 속에는 인민이 원한다면 집단농장도 할 수 있다는 의미가 포함되어 있다. 천세봉은 이러한 논리를 "세월이 흘러 만약 저 농민들에게 집단농장이 사활적인 요구로 제기된다면 그이께서는 또 집단농장을 만드실 것이다. 인민들의 요구와 염원을 원동력으로 해서 역사의 수레바퀴를 굴려야 한다는 것은 일찍이 그이께서 새롭게 찾으신 혁명의 진리였다"[209]라고 확장하면서 이후에 벌어질 농업협동화가 인민대중들의 요구와 염원 속에서 이루어질 것이라고 암시를 한다.

『석개울의 새봄』이나 『축원』에서와는 달리 농업협동화가 당시의 식량문제를 해소하기 위한 방책이 아닌 인민들의 요구에 의해 진행된 정책으로 전환시킴으로써 당 정책이 인민의 요구에 의해 생산되고 있음을 설파하고 있다. 이와 같은 작가 개입에 의한 설정은 이 작품의 창작 당시와 연관 지어 볼 때 더 이상 발전을 보이지 못하는 농업협동화를 통한 식량 생산량 저하의 책임을 회피하려는 의도처럼 느껴진다.

그리고 김일성의 갈등 대상으로서 오기섭의 배치는 김일성의 사상과 위대성을 부각시켜야 하는 '수령형상 문학'의 특성상 정적 제거의 당위성을 확보하려는 의도에서 비롯되었다. 오기섭이 종파주의자로 숙청된 것이 10년 후인 57년 9월이었음을 볼 때 당시 그는 천세봉의 묘사처럼 종파주의자라기 보다는 함께 건국을 준비하던 사회주의세력의 일원이었다.

【불멸의 력사】는 북한의 역사를 사실적으로 재현하고 있지만 경쟁관계나 적대세력에 대한 묘사에서는 승리자들의 역사 기술 방식을 채택하고 있어 역사적 인물들이 정권의 이익에 따라 폄하·훼손하고 있다. 따

---

208 위의 책, 169면.
209 위의 책, 383면.

라서 【불멸의 력사】 시리즈를 대할 때에는 북한 역사에 대한 밀도 있는 지식이 겸비하여야 【불멸의 력사】 시리즈의 각권이 창작된 원인과 목적을 명확하게 파악할 수 있다.

이 작품은 다른 【불멸의 력사】 시리즈처럼 김일성의 은혜와 사랑이 노골적으로 강조되고 있지는 않다. 그렇기 때문에 다른 작품들에 비해 정치성이 약해 보일 수 있다. 그러나 천세봉이 이 작품에서 인민대중들에게는 도덕을, 당원들에게는 인간에 대한 사랑을 요구하는 것은 즉, 공산주의자의 역할을 강조하는 것이다. 공산주의자들이 역할을 제대로 수행할 때 당은 강성할 수 있으며, 당의 강성은 곧 수령에 대한 충실성과 직결되기 때문이다. 그러므로 이 작품은 직접적 찬양이 드러나지 않을 뿐이지 정치성이 약한 작품은 아니다.

제4장

인물선과 인물유형

1. '인물선'과 인물 유형

앞의 인물 유형에서 보았듯이 천세봉 작품에는 다양한 계층의 인물들이 각기 다른 개성을 지니고 등장한다. 이러한 폭넓고 다양한 인물의 설정은 해방 전의 조선 민중의 생활이나 당시 북한 민중의 생활을 심도 있게 반영하는데 주요한 역할을 한다.

북한에서 인물의 유형화는 『주체문학론』이나 『수령형상 문학』에서 보인다. 이 이론서에서는 첫째, 조선 혁명 여명기 청년공산주의자의 전형으로 차광수와 김혁을 꼽고 있으며, 둘째, 항일혁명투사의 전형으로 『준엄한 전구』의 인물들과 고난의 행군을 수행한 오중흡, 셋째, 선진적인 독립군 우국지사의 전형으로 『혁명의 려명』의 오동진, 『닻은 올랐다』의 림소영, 『대지는 푸르다』의 변태익, 넷째, 수령의 육친적 사랑과 보살핌 속에서 성장하고 발전하는 인민의 전형, 다섯째, 소박하고 굳센 조선 인민의 전형 등 인물 유형을 5가지 정도로 인물을 유형화하고 있다.[1] 그러나 이 유형화는 수령형상과 관계된 총서 창작에 국한되어 있기 때문에 천세봉 작품에 등장하는 인물들을 이 유형으로 포괄하기는 힘들다.

인물 유형화의 필요성은 첫째, 천세봉이 다양한 계층은 물론 같은 계층이라 할지라도 그 층위를 세분화하여 보여주는 작가이기 때문이다. 천세봉의 각 작품 당 등장인물은 평균 200명에 달한다. 그리고 그의 작품에 기본적으로 등장하는 인물 유형이 20여 개에 달하기 때문에 그들의 인물 유형을 명확하게 구분할 수 있는 기준이 필요하다. 천세봉이 인물을 통해 추구하는 다양성은 북한 소설에 등장하는 인물들이 남한에서 생각하듯이 도식성에 갇혀있지 않음을 보여줄 것이다.

둘째, 남한에서 북한 소설의 인물 유형을 분류할 때 북한의 기준을 따르고 있지만 유형을 세분화하여 명확한 호칭을 부여하지 못하고 있기 때문이다. 북한은 영웅도 '혁명영웅'·'전쟁영웅'·'대중적 영웅'·'노력영웅'·'숨은 영웅' 등으로 세분화하여 구분하고 있다. 그리고 그들이 이상적 인간형으로 예를 들고 있는 당적 인간형 역시 혁명가·민족주의자·진보적 인간·공산주의자까지를 모두 포괄하는 용어이기 때문에 인물들의 개성을 좀 더 면밀하고 선명하게 검토하기 위해서는 하위분류가 필요하다. 그러나 현재 남한에서는 이와 같은 명확한 구분 없이 포괄적으로 공산주의 인간형으로 규정되거나 영웅이나 당적인간형이라는 용어가 혼재되어 사용되는 경우가 많다.

따라서 이 인물 유형을 구분할 수 있는 기준이 필요하다. 작중인물을 세분화하기 좋은 것이 바로 '인물선'이다. 인물선은 인물의 성격은 물론 행동을 규정하며, 감정선과 긴밀한 관계를 맺기 때문에 인물 유형을 세분화하기에 매우 좋은 도구이다. 물론 북한에서는 '인물선'에 따라 인물

---

1   윤기덕, 『수령형상 문학』, 평양: 문예출판사, 1991, 326면.

유형을 분류하고 있지는 않다. 그러나 이 글에서는 편의를 위해 천세봉 작품에 기본적으로 등장하는 인물 유형에 번호를 부여한 '인물선'을 배치하는 방법을 택했다. 그리고 '인물선'의 번호에 인물 유형을 배치함으로써 인물들의 유형을 보기 쉽게 하였다. 인물들의 '인물선'은 그들이 지니는 계급과 성격, 행동에 따라 세분화하였다. 그리고 이 세분화를 토대로 북한의 윤리관에 입각하여 크게 긍정적 인물군과 부정적 인물군으로 대분류하였다. 이 분류를 통해 인물들의 성격은 물론 행동 방식을 보다 선명하게 파악할 수 있을 것이다. 또한 〈표 3〉의 '인물선'은 〈표 4〉에서 인물 유형을 파악하여 인물 간의 갈래 구분하는 데 사용될 것이다.

표 3. 천세봉 소설에 나타난 '인물선'과 유형

인물선	펠릭스 그로스의 인물 유형	인물 유형	작품 속 인물
인물선 1		혁명영웅	김일성
인물선 2		대중적 영웅	『석개울의 새봄』 김창혁;『충성의 한길에서』 김정숙;『안개 흐르는 새 언덕』 강민호(강림), 문경태, 박포리;『축원』 한증녀, 정학
인물선 3		주체형 공산주의자	『혁명의 려명』·『은하수』 강창수(차광수), 김혁, 최창걸, 계영춘, 백순희, 박영숙, 채경, 장덕순;『충성의 한길에서』 김기준, 장희섭, 김봉식;『안개 흐르는 새 언덕』 김호, 박진
인물선 4	저항자 (the Resister)	공산주의적 인간형	『대하는 흐른다』 강형진;『석개울의 새봄』 강영환, 조경수, 김형태, 곽봉기;『안개 흐르는 새 언덕』 허인숙;『조선의 봄』 김창규, 김책, 차광수;『축원』 강선호
인물선 5		항일혁명투사형	『은하수』 리상준, 경주 등;『충성의 한길에서』 김정숙
인물선 6		진보적 인물형	『고난의 력사』 재현;『대하는 흐른다』 배명준, 한덕삼, 장길봉;『충성의 한길에서』 금실, 국금, 리상녀 『조선의 봄』 차득보, 최기준;『석개울의 새봄』 룡이 억삼, 엄대근, 김정근 등;『안개 흐르는 새 언덕』 문경희, 정대산, 한덕운, 박대범, 정한일, 양기팔;『축원』 한신길, 채동식, 조봉애
인물선 7	동조자 (the Sympathizer)	민중에서 혁명투사로 변모하는 인물형	『은하수』 수연;『조선의 봄』 조순근, 홍묵, 정기수, 서달호;『석개울의 새봄』 조희모;『고난의 력사』 무림, 재현;『대하는 흐른다』 마영기, 배명희;『안개 흐르는 새 언덕』 장경도, 읍별, 옥단, 어머니 권 씨;『사령부를 찾아서』 금옥, 분임, 음전 등;『축원』 연순
인물선 8	생존자 (the Survivor)	민중적 인물형	『석개울의 새봄』 마영감;『고난의 력사』 현대진과 그 아들들, 무림;『대하는 흐른다』 마봉서, 황영감, 꽃니, 식모;『안개 흐르는 새 언덕』 마동식;『충성의 한길에서』 길녀;『혁명의 려명』·『은

			하수』 차득만, 한경식 『조선의 봄』 서분, 대복, 영길;『축원』 옥별, 표완근, 채금
인물선 9		좌익 민족주의 운동을 대표하는 인물형	『혁명의 려명』·『은하수』 오동진, 리갑무;『충성의 한길에서』 정대환;『고난의 력사』 최선도;『대하는 흐른다』 배덕현;『안개 흐르는 새 언덕』 김창환, 김춘복;『조선의 봄』 강진건
인물선 10	동조자 (the Sympathizer)	동조자로 변모하는 자산계급(중간계층)	『석개울의 새봄』 탁수일;『조선의 봄』 송신일, 박종칠;『안개 흐 르는 새 언덕』 순영
인물선 11		김일성이나 김정숙 등의 교양 설복 속에 혁명가로 각성하는 인물형	『안개 흐르는 새 언덕』 문창일;『혁명의 려명』 권심 『은하수』 장윤삼, 한윤;『충성의 한길에서』 한기천
인물선 12	실증주의자 (the Positivist) & 기회주의자 (the Opportunist)	우익 민족주의 운동의 상층부를 대표하는 인물형	『혁명의 려명』·『은하수』 현묵관, 고인호;『조선의 봄』 조만식
인물선 13		종파사대분자형	『혁명의 려명』·『은하수』 조청산;『대하는 흐른다』 최일벽;『고 난의 력사』 김대하, 오홍도;『안개 흐르는 새 언덕』 최인렬, 송미 라, 정인배;『사령부를 찾아서』 김기도, 리억겸;『조선의 봄』 오 기섭, 유사천;『축원』 허승재, 박진
인물선 14	충실한 추종자 (the Believer)	지주	『고난의 력사』 서상학, 박진우;『대하는 흐른다』 배명달;『충성 의 한길에서』 민태설, 박대동;『조선의 봄』 송상환, 서만호;『석 개울의 새봄』 박중근
인물선 15		종교인	『혁명의 려명』·『은하수』 목사 리선엽;『조선의 봄』 목사 송신 일;『대하는 흐른다』 김장로;『안개 흐르는 새 언덕』 한성운
인물선 16	이중감정 소유자 (the Ambivalent)	이중감정을 가진 인물형	『대하는 흐른다』 장인표;『석개울의 새봄』 조형모, 강명수;『조 선의 봄』 정기찬, 박종칠;『축원』 표중희
인물선 17	충실한 추종자 (the Believer)	밀정·간첩 및 미제국주의자	『석개울의 새봄』 조맹원, 강덕기, 정관일, 양태섭, 김산해;『조선 의 봄』 서강, 고택, 한상배;『대하는 흐른다』 서상국;『안개 흐르 는 새 언덕』 조희교, 한달수, 양치근;『혁명의 려명』·『은하수』 왕희동, 유상조
인물선 18	—	일본인들의 형상	『안개 흐르는 새 언덕』 고이시 히시가루;『고난의 력사』 시마다
인물선 19	충실한 추종자 (the Believer)	민중들을 착취하는 중간계급	『고난의 력사』 김달기, 고창배, 박정술, 서진하;『대하는 흐른다』 강치덕, 오익근;『충성의 한길에서』 홍달수

그러나 〈표 3〉에서 구분한 19가지의 '인물선'이 아주 뚜렷한 선으로 구
분될 수 있다고 생각해서는 안 된다. 인간이란 복잡한 실체이기 때문에
같은 유형이라도 서로 다른 양상이 겹쳐져 나타나거나 아예 다른 성격을
지닐 수도 있기 때문이다. 이와 같은 분류가 북한문학 속에 나타나는 인
물 유형을 도식 속에 가두는 일이 될지도 모른다. 그럼에도 불구하고 '인
물선'을 유형화하여 구분하는 것은 천세봉이 지향하는 인물 유형과 북한

소설에 등장하는 인물 유형에 명확한 개념을 부여하기 위해서이다. 그리고 이것이 천세봉 소설뿐 아니라 차후 북한문학의 인물 유형의 분석도구가 될 수 있기 때문이다.

〈표 3〉에서 유형화했듯이 천세봉의 작품에서 긍정적인 인물에 속하는 인물군은 1~11까지의 '인물선'들이다. 이 '인물선'들은 그로스의 분류에 의하면 저항자·동조자·생존자 그룹에서 속하며 다시 영웅군·공산주의적 인물군·혁명가군·진보적 인물군·인민대중적 인물군으로 재분류할 수 있다.

첫째, 영웅군은 다시 '혁명영웅'과 '대중적 영웅'으로 나뉜다.

① '혁명영웅'은 '금성', '김성주', '그이',[2] '장군님'으로 호칭되는 김일성이 '인물선' 1에 속한다. '혁명영웅'은 완성된 영웅형으로 온화한 인간성과 강건하고도 섬세한 성격을 가진 복합적 인간상으로 사람들로부터 경외감을 불러일으키는 인물형이다. 그는 무오류적 지도를 펼칠 줄 아는 인물로 이 무오류성은 '혁명영웅' 김일성이 다른 인물들과 구분되는 점이다.

② '인물선' 2에 속하는 '대중적 영웅'은 천세봉의 작품에서 주로 하층에서 많이 발견된다. '대중적 영웅'은 다시 목적의식적 인간형과 행동적 인간형, 숨은 영웅에 해당되는 헌신적 인간으로 분류할 수 있다. '대중적 영웅'에는 『석개울의 새봄』의 김창혁, 『안개 흐르는 새 언덕』의 박포리·강민호·허인숙·문경태, 『축원』의 한증녀 등이 있다. 이들을 둘러싸고 있는 인물들로는 '주체형 공산주의자'들과 '공산주의적 인간'이 있다.

둘째, 엘리트 집단인 공산주의적 인물군은 '인물선' 3의 '주체형 공산주의자'와 '인물선' 4의 '공산주의적 인간형'으로 나뉜다.

① '주체형 공산주의자'들은 김일성을 민족의 향도성으로 우러르며 충성을 다한 청년 공산주의자들의 형상으로 『혁명의 려명』, 『은하수』의 강

---

2   북한소설을 검토해 본 결과 북한소설에서 '그'라는 인칭대명사는 【불멸의 향도】가 나오기 이전까지 김일성에게만 쓰였다. 김일성은 '그이', '그분'으로 지칭되는데 이 용어는 김일성과 김정일 이외의 인물에게는 사용되지 않는다.

창수(차광수)·김혁·최창걸·오순희·박영숙·채경·장덕순(최봉),
『충성의 한길에서』김기준·장희섭·김봉식 등이 이들이다.

②'공산주의적 인간형'들은 정신적, 사회적 차원에서 타도 대상을 선별하고 민족주의적 특성을 고려해 인민에 맞는 정책과 투쟁을 생산해낸다는 점에서 권위를 가지고 있으며, 다른 인물형들보다 윤리적이며 온건하다. 이들이 갖는 온건성은 김일성에게서 보이는 특성 중의 하나다. '공산주의적 인간형'들은 당의 입장을 대변하며, 그 일부는 '운반주인공'의 기능을 함께 수행하고 있다. '운반주인공'들이 다른 작가들에 비해 '공산주의적 인간형'에서 많이 발견되는 것은 '운반주인공'에게 작가가 혁명적 영웅의 역할을 일임하고 있기 때문이다. 그러므로 이들은 당원의 오류를 교정하는 인물들로 등장한다.

'공산주의적 인간형' 중 당의 입장을 대변하며, '운반주인공'의 역할을 담당하는 대표적 인물은『석개울의 새봄』의 조경수와『대하는 흐른다』1부의 강형진이다. 공산주의적 인물이긴 하나 운반주인공의 역할을 하지 못하는 인물로『조선의 봄』의 김책을 들 수 있다.

셋째, 혁명가군은 '항일혁명 투사형', '독립군', '민족주의자' 등에게서 보인다.

①'인물선' 5의 '항일혁명 투사형'은 김일성을 향도성으로 우러르며 그를 보위하는 것이 조선혁명의 길이라는 신념을 가지고 투쟁하는 투사 집단이다. 이들의 모습은 '주체형 공산주의자'들과 그리 다르지 않다. 다른 점이 있다면, '주체형 공산주의자'들보다 더 김일성의 신변에 관심이 집중되어 있다는 것이다. 이들은 자신의 생명보다 김일성 안전에 더 무게를 두며, 그들 신변의 위험으로부터 보호하는 것이 곧 조선 혁명의 길이며, 조선 민중들이 새 삶을 찾을 수 있는 길이라고 믿는 인물들이다. 여기에 대표적인 인물로는『혁명의 려명』(불멸의 력사 2)의 경주와『사령부를 찾아서』(『충성의 한길에서』1부)의 김정숙을 들 수 있다.

②'인물선' 9의 '독립군'과 '민족주의자'들은 사회의 지도층이라는 권

위를 이용해 민중들을 현혹시키고 혼란에 빠뜨리는 죽음과 재생 두 길의 기로에 서 있는 인물들이다. 죽음의 길에 서 있는 인물들은 종파주의자로 헤게모니 싸움에 혈안이 되어 있는 인물들이고, 재생의 길에 서 있는 인물들은 파벌싸움에 염증을 느껴 신선한 사상과 지도자에 목말라하며 은둔하거나 새 인물을 찾아 나서는 사람들이다.

천세봉은 작품 속에서 이들을 재생의 길보다는 죽음의 길에 더 많이 배치해 두고 있으며 이들을 구태에 젖은 고지식한 인물들이나 파렴치한 들로 묘사하고 있다. 긍정적 인물로 묘사되어 있다고 하더라도『혁명의 려명』의 리갑무와 백락진(오동진)과 같이 우유부단한 인물들로 묘사하고 있다. 긍정적 인물들은 김일성을 알기 전부터 조국 해방에 투신하던 인물들로 파벌 싸움에 염증을 느끼는 인물들이거나 이들은 한결같이 김일성의 온화한 인품과 영도력에 나라를 구원할 한줌의 기대를 건다는 점에서 비슷하다.

독립군 출신 중 특징적인 인물은『조선의 봄』의 강진건이다. 민족주의자 중 예외적인 인물은『대하는 흐른다』1부의 배덕현과『고난의 력사』1부의 최선도,『사령부를 찾아서』의 정대환을 들 수 있다. 이들은 김일성과 공산주의자들의 입지와 당위성을 확고하게 해주는 조력자의 역할을 충실하게 수행하는 인물들이다.

넷째, '인물선' 6의 진보적 인물군은 중산층의 자제에서부터 노동자·농민까지 다른 인물군에 비해 계층의 폭이 넓다. 그들은 작품에서 마르크스주의를 이미 세례 받은 인물이거나 조직에 몸을 담고 있거나 위의 두 사항에 해당되지 않지만 건국이나 조합 건설, 조직 건설에 열성적으로 조력하는 사람들이다. 그들이 어떻게 의식화되었는지에 대해서는 대부분 생략되어 있다. 설명이 되어 있다 하더라도 세습무들처럼 가족 중 어느 누가 조직원이면 그 가족들도 조직원인 식이거나 야학이나 노조 참여로 마르크스주의를 접한 것으로 설정되어 있는 것이 전부다.

진보적 인물들은 혁명 엘리트 계층인 '공산주의적 인간형'과 '항일투사형'들의 적극적인 조력자이며, 야학이나 농민회를 조직해 민중들을 일깨우는 역할을 하기도 한다. 이들은 자신의 일에 자신감에 차 있고 열성적이다. 그러나 이들 대부분은 열정에 사로잡혀 좌경적 편향에 치우쳐 있거나 감정적이고 즉흥적으로 행동하여 조직에 누를 끼치는 인물이다.

『석개울의 새봄』의 작업반장인 억삼이는 자신에게 맡겨진 임무에 헌신성을 보이는 전형적인 일꾼의 모습으로 표현되고 있다. 그러나 그는 쉽게 흥분하고 자신을 억제하지 못하는 심각한 성격적 약점이 있다. 그의 불과 같은 성격에서 기인된 앞뒤를 재단하지 않고 행사하는 주먹다짐과 폭언 등으로 여러 번 창혁과 조합을 곤경에 빠뜨린다. 뿐만 아니라 그는 관료주의적 사업작풍이 농후한 인물이다.

『대하는 흐른다』 1부의 경찰서 보위부장을 맡은 한덕삼은 최일벽의 지시대로 배덕현과 명준을 유치장에 가둘 뿐더러 신안동에 나가서 농조에 적극적이지 않은 방호범을 권총으로 위협한 뒤 결박해 놓고 농조회의를 진행하기도 한다. 이들은 이러한 사건을 통해 비판을 받지만 동일한 실수를 반복하여 범한다. 억삼과 한덕삼 같은 경우는 비판을 받고 자기의 불같은 성미와 행동에 대해서 무척 자중하며 조심하는 성격적 변화를 보이고 있지만 기본적인 성격의 변화는 아니다.

『고난의 력사』 1부의 재현 역시 최선도에게 마르크시즘을 세례 받은 후 마을에 지주와 일경의 눈을 피해 야학을 세우지만 작인 조합을 결성을 추동하던 중 자신의 분을 참지 못하고 서상학을 폭행하고 도주함으로서 조합은 물론 야학까지도 파괴되고 만다. 이런 진보적 인물들의 다수가 성미가 급하고 폭력적인 인물로 묘사되고 있다. 이 인물들은 사건 속에서 시행착오를 겪으며 엘리트형 인물들에 의해 조율되는 것이 또 하나의 특징이다.

이들은 엘리트형 인물들의 비판과 교양에 의해 오류는 교정하지만 '공산주의적 인간형'으로 변화 가능성을 열어둘 뿐 변모하지는 못한다. 진보적 인물군에서 눈길을 끄는 인물은 『축원』의 연순이다. 엘리트형 인물들에 의해 변모하는 다른 인물들과는 달리 연순은 자신과의 싸움을 통해 스스로 변모해 간다.

다섯째, '인물선' 8의 인민대중적 인물군은 천세봉의 작품에서 주인공들이 가장 많이 포진되어 있는 인물군이다. 인민대중적 인물군들은 각성하여 '진보적 인물군'이나 '공산주의적 인간'의 반열까지 오르기도 하고, 각성되지 못한 채 평범하고 소박한 민중으로 남기도 한다.

인민 대중적 인물군 중 평범한 인민대중이 각성하여 '진보적 인물군'이나 '공산주의적 인간' 형으로 자라나는 과정을 보여주는 인물형들이 바로 『석개울의 새봄』의 마영감, 『고난의 력사』 1부의 무림, 『대하는 흐른다』 1부의 마영기·배명희 『조선의 봄』의 조순근, 『안개 흐르는 새 언덕』의 장경도 등으로 이들은 생존자에서 동조자로 변화하는 인물군들이다.

이 인물형에는 긍정적인 편에 설 것인가, 현 상태를 유지할 것인가에 대한 판단을 쉽게 내리지 못한 채 고민하는 번뇌형 인간형들이 많다. 판단은 운동 행위의 선택을 결정 하는 지적인 행위이다.[3] 판단이 서야 사고로 인한 지연 상태를 끝내고 사고에서 행동의 길을 열게 되는 데 그들은 결정을 미룬 채 머뭇거림으로서 행동에 소극적이 된다.

이 인물군은 대부분 혁명적 대작 논쟁이 심화되던 시기에 나온 인물들이다. 계급투쟁을 묘사하는 모든 작품 특히 혁명적 대작에서는 계급투쟁을 지도해 나가는 완성된 혁명 투사만이 반드시 중심 주인공이 되어[4]야 하며, 각 부당 상대적 독자성을 가지고 투쟁의 완결을 보여야 한다는 명제, 혁명 투쟁의 영향과 선진 투사들의 지도적 역할에 의하여 적극적인 투사로 성장하는 모습을 그려야 한다는 것에서는 멀어져 있기 때문에 주인공임에도 불구하고 많은 비판을 받는 인물들이기도 하다. 이 인물들은 주로 북한의 당 정책이나 공산주의자들의 활동을 비판하는 역할을 담당한다.

3　Freud Sigmund, 윤희기·박찬부 역, 『정신분석학의 근본 개념』, 열린책들, 1997, 449면.

4　엄호석, 「혁명적 대작과 구성의 기교 2」, 『조선문학』, 평양: 조선작가동맹출판사, 1965.11·12(합본호), 11면. 이러한 맥락의 지적은 최일룡의 「혁명적 대작과 구성」, 『조선문학』, 1965.6에서도 발견된다.

충실한 추종자·실증주의자·기회주의자·이중감정의 소유자 등의 부정적인 인물군은 크게 지식인 계층과 반민족적 인물군으로 분류할 수 있다. 지식인 계층은 주로 기회주의자나 이중 감정의 소유자로 묘사되고 있으며, 지주·밀정·간첩 등은 충실한 추종자로, 민족주의자나 독립군 등은 대개 실증주의자로 묘사되고 있다.

지식인은 그의 작품에서 긍정적인 인물보다는 부정적인 인물로의 기능을 지식인들이 수행하고 있다. 그의 작품에서 그려지는 지식인의 유형은 재화의 획득 수준에 따라 세 가지 유형으로 구분된다.

첫째, 지식인 계급 중 긍정적 인물로 등장하는 '인물선' 3에 해당하는 인물군은 조선이나 일본에서 중학을 다니거나, 중학이나 대학을 중퇴를 한 인물들이다. 이 인물들은 공부를 하기 위해 막노동은 물론이고, 신문 배달, 공장에서의 노동을 병행하면서 고학하는 극빈층이거나, 하층민이나 어머니나 여동생의 희생으로 어렵게 공부를 하는 『혁명의 려명』, 『은하수』의 채경·경주·영숙·최진국·강창수·김혁, 『안개 흐르는 새 언덕』의 강민호 등이 여기에 속한다. 그러나 이들은 모두 그의 후기 작품인 총서문학에 집중되어 있다.

둘째, 교양이 가능한 악으로 일본이나 조선에서 중학을 다니거나 대학 중퇴한 인물들 중 부정적 인물에서 긍정적인 인물로 변모하는 인물들은 『대하는 흐른다』 1부 장인표, 『혁명의 려명』·『은하수』의 조창진·신 동호·백순기·한윤 등 대부분 중·하류층들로 '인물선' 11에 속하는 인 물들이다. 이들은 위의 긍정적으로 그려지는 중퇴자들보다 학력이 더 높은 것이 특징이다.

셋째, '인물선' 13과 16에 속하는 이 인물들은 천세봉 소설의 주류를 이루는 지식인들이다. 이들은 대학을 마친 인물이나 재학 중인 인물들은 부유층의 자제나 지주계급의 자제로 간첩이나 종파주의자, 반 민족주의자 등 모두 부정적인 인물로 그려진다. 『석개울의 새봄』의 정관일, 양태섭 등은 의사·회계원과 같은 인텔리이자 간첩으로 『대하는 흐른다』 1

부의 최일벽은 대학을 중퇴했으나 독일 유학파로,『고난의 력사』1부의 김대하,『안개 흐르는 새 언덕』의 송미라·정인배·최인렬,『혁명의 려명』의 조청산,『조선의 봄』의 서강·오기섭·유사천 등은 종파주의자들이다. 여기서 이들은 교양이나 타협의 대상에서 제외되는 인물들이다.

천세봉은 1기 작품에서는 지식인을 교양이 가능한 악보다는 타도, 청산의 대상인 부정적인 인물로 그리고 있으며, 인물 활용 면에 있어서도 긍정적 인물보다는 부정적인 인물로 활용하는 빈도가 높다. 그리고 그들을 통해 투쟁의 당위성을 부여하고 있다. 2기에서의 지식의 모습은 종파주의자·동요분자, 부정적인 인물에서 긍정적인 인물로 변모하는 지식인, 긍정적인 지식인 등 세 가지 모습으로 나타난다. 긍정적 지식인의 등장은 천세봉의 지식인들에 대한 관점의 변화라기보다는 총서 문학의 특성상 혁명에 일익을 담당했던 '주체형 공산주의자'들의 다수가 학생 신분이거나 지식인이었기 때문이다. 그런 측면에서 지식인들에 대한 작가의 부정적인 인상은 유효하다.

반민족적 인물군으로 천세봉의 작품에서 등장하는 부정적인 인물들은 먼저 타도의 대상인 '원쑤'들이다. 부정적인 인물은 크게 간첩·종파주의자·기독교인·지주·자본가·일본인 등으로 나눌 수 있다.

첫째, '인물선' 17에 속하는 간첩은 한국전쟁 후 전후복구와 사회주의적 과제를 동시에 수행해야 하는 상황에서 사회주의와 대립되는 자본주의의 상징인 미국은 타도해야 할 적대적 모순의 대상이다. 이들의 목적은 조합을 파괴함으로써 해방 후 국가 건설이나, 전후 복구에 지장을 초래하는 것이다. 간첩 중에서도 핵심적인 인물은『석개울의 새봄』의 강덕기로 그는 서기표와 박병천, 조맹원과 김산해·양태섭·정관일 등을 포섭하여 조합의 파괴를 조직하고 지시한다. 이들의 공작은 주로 조합의 공동재산인 가축 제거와 냉상모 훼손 행위로 나타난다. 여기서 문제적 인물로 개성이 가장 살아 있는 인물은 박병천과 조맹원이다. 천세봉이 형상화한 간첩 중 가장 인간적이고, 인간의 고뇌가 돋보이는 인물이 바로 조맹원으로 그는 북파된 간첩으로 남쪽에 가족들을 두고 있는 인물이다. 그러나 그런 그도 조합 생활을 하면서 일순간 그곳에 머물고 싶다는 생각을 한다. 하지만 조맹원의 발목을 붙잡는 것은 강덕기의 협박과 남쪽에 두고 온 가족이다. 천세봉은 조맹원을 그저 악랄하기 그지없는 반동이 아니라 양심과 가족애 인간적인 면모를 지닌 인물로 묘사하고 있다.

둘째, 부정적 인물로 '인물선' 14 · 15 · 19에 속하는 이들은 자본주의를 체현하는 지주 · 자본가 · 종교인들이다. 『대하는 흐른다』 1부에 등장하는 김장로 · 배덕수 『고난의 력사』 1부의 서상학 · 박진우 『석개울의 새봄』의 박중근, 『충성의 한길에서』의 민태설 · 박대동, 『조선의 봄』의 송상환 · 서만호 등은 반봉건주의와 자본주의를 상징하는 인물들이다. 그들은 자본주의의 모든 부정적인 면을 구현하고 있다.

위의 인물 유형을 볼 때 천세봉이 그려내고 있는 '인물선' 중 3 · 5 · 7 · 8은 『수령형상 문학』에서 제시하고 있는 "조선 혁명 여명기의 청년공산주의자의 전형, 항일혁명투사의 전형, 선진적인 독립군, 우국지사의 전형, 수령의 육친적 사랑과 보살핌 속에서 성장하고 발전하는 인민의 전형, 소박한 인민의 전형"[5]이어야 한다는 '수령형상 문학'의 인물 유형과도 맞물린다. 그러나 이러한 인물 유형의 등장은 위의 〈표 3〉에서도 볼 수 있듯이 천세봉의 초기 소설과 총서 『혁명의 려명』과 『은하수』에서 이미 유형화되어 나타나고 있어 『수령형상 문학』(1991), 『주체문학론』(1992)에서 제시하기 전부터 이미 천세봉에 의해 유형화되어 왔다고 볼 수 있다. 단 독립군이나 우국지사의 전형을 묘사할 때 천세봉이 다른 작가들보다 그들에게 호의적이지 않으며, 신뢰감을 보이지 않는 것은 천세봉의 개인적인 시각이 반영되어 있다고 볼 수 있다.

그리고 『주체문학론』과 『수령형상 문학』에서는 '대중적 영웅'과 '주체형 공산주의자'를 비슷한 개념이나 동일한 개념으로 쓰고 있지만 여기에

5　윤기덕, 앞의 책, 323~326면.

서는 '인물선' 2·3으로 구분하였다. 천세봉의 문학에서 '주체형 공산주의자'는 【불멸의 력사】 시리즈 2~5권과 다부작 소설 『충성의 한길에서』 1·2부에만 등장하기 때문이다. '주체형 공산주의자'의 모습은 그의 다른 소설에서는 '공산주의적 인간형'의 모습으로 대체되어 나타난다.

수령의 육친적 사랑과 보살핌 속에서 성장하고 발전하는 인민의 전형에서도 천세봉은 하나의 인물을 유형화한 것이 아니라 '인물선' 2·3의 『혁명의 려명』·『은하수』의 강창수(차광수), 김혁, 최창걸, 계영춘, 채경, 백순희(오순희), 박영숙; 『충성의 한길에서』의 김정숙, 김기준, 장희섭, 김봉식; 『안개 흐르는 새 언덕』의 강민호(강림), 김호; 『축원』의 박정학; '인물선' 5의 『은하수』의 리상준, 경주; '인물선' 6의 『혁명의 려명』·『은하수』의 조창진, 백순기(오학천), 신동호; '인물선' 7의 『축원』의 한증녀와 그의 아들 박정학; 『조선의 봄』의 서달호; '인물선' 11의 『조선의 봄』의 강진건; '인물선' 15의 『조선의 봄』의 목사 송신일처럼 각계각층, 여러 인물유형에 분포해놓음으로써 인물들을 개성화시키고 있다.

'인물선' 1에 나타나는 김일성은 그가 '인물선' 13·17·18을 제외하고 모든 '인물선'과 관계를 맺는다는 점에서 김정일이 『주체문학론』에서 요구하고 있는 "문학작품에서 수령의 형상은 일정한 사회 정치적 계층의 지향과 요구를 대변하는 전형적 인물과 관계를 맺을 때에만 사회적 집단을 통솔하고 인도해나가는 최고의 뇌수로서의 수령의 지위와 역할을 원만히 보여줄 수 있다"[6]는 총서의 특징이 투영되어 있다.

천세봉은 이처럼 다양한 인물들을 통해 북한의 체제를 구성할 때 필요한 인물들과 북한 사회를 구성하고 있는 인물들을 보여주고 있다. 인물을 형상화할 때 인물군에 대한 인식이 조금씩 변모하고는 있으나 그것은 천세봉 자신의 인식 변화라기보다 문예 정책에 따른 변화로 보는 것이 좋다. 그러한 점은 그가 민족주의자·독립군·지식인들을 그리는 데서

---

6   김정일, 『주체문학론』, 평양: 조선로동당출판사, 1992, 145면.

엿볼 수 있다. 그는 주체 사실주의 대두 이후에도 민족주의자나 독립군들을 형상화 할 때 그들이 체험한 오랜 역사와 생활의 경력자들로 일반화하는 것도 생색내기에 그칠 뿐 인물들의 성격을 통해 김일성의 위대성을 부조하고 있지 못함으로 인해 북한 문단 내에서도 비평 자체를 외면받거나 비판의 대상이 되는 것이다.

그러나 그가 북한의 다른 작가들과는 달리 다양한 계층의 인물들을 다양한 갈래에서 자유롭게 묘사하고 있는 점은 그의 장점이라 할 수 있다.[7] 특히 그의 작품에는 총서 문학 중 해방 전 편을 제외한 나머지 작품의 주인공들 대부분이 '인물선' 7·8에 분포되어 있음을 볼 때 그가 북한에서 요구하는 영웅군보다는 평범한 인민대중을 주인공으로 선택함으로써 북한의 사상과 체제에 동화되기 위해 고뇌하는 각양각색의 인물들을 보여주고 있으며, 이 인물들을 통해 북한을 작동하는 원동력이 바로 인민대중 그중에서도 농민이 체제 유지의 기반이며, 주력군이라는 것을 전 작품을 통해 명확히 하고 있다.

그렇다면 '인물선'에 근거하여 작중 인물들을 세밀하게 분류해 보도록 하자. 우선 〈표 4〉를 검토하기 전에 이 표의 바탕이 된 『주체문학론』에서 요구하는 북한 소설의 구성 체재를 기억할 필요가 있다.

북한 소설 뿐 아니라 천세봉의 작품 속에 등장하는 인물들은 자주성·창조성·당성·노동계급성·인민성·사상성·예술성에 따라 인물의 성격이 규정되며 같은 '인물선' 간에도 갈래가 생긴다. 〈표 4〉는 〈그림 1〉의 규정과 〈표 3〉의 '인물선'에 의거하여 도표화한 것이다.

〈표 4〉에 분석 대상은 천세봉 장편소설에 등장하는 주요 인물들이다.

7　북한 소설에 대한 필자의 독서가 총서와 역사소설, 단편소설 등에 국한되어 지식이 매우 협소한 관계로 명쾌하게 결론을 내릴 수는 없지만 동시대 작가이며, 4·15문학창작단 2대 단장으로 북한에서는 비교적 큰 작가인 석윤기의 총서를 제외한 대작 작품(『무성하는 해바라기들』, 『시대의 탄생』, 『전사들』 등)들과 비교했을 때 천세봉의 작품 속에 등장하는 인물들은 경직되어 있지 않으며 관념적인 인물들로 묘사되지는 않는다. 석윤기의 작품 속에 등장하는 당원들이나 긍정적인 인물들의 모습은 천리마형상의 대표적인 사례를 보여주는 인물들로 모든 대화가 정치연설로 시작하고 끝나는 정치원의 모습이 강하다.

분석 대상을 '수령형상 문학' 외의 작품까지 확대한 것은 인물들의 의식 변화와 수령형상 이전 작품과 이후 작품의 성격창조, 인물 유형의 변화 과정을 추적해보기 위해서이다. 이 표를 통해 도출해 내고자 하는 것은 천세봉이 형상화하고 있는 인물의 특징이다. 또한 이 표를 통해 천세봉의 각 작품에 등장하는 주인공이 북한에서 요구하는 인물인지, 아니면 천세봉이 선호하는 인물형인지에 대한 파악이 가능할 것이다.

표의 성격창조의 일반화 과정에서 인물의 자주성은 인간이 동물과 다름을 구별하는 근본 속성이다. 자주성에는 사회개조, 인간개조, 자연개조 수반된다. 여기서는 자기 운명을 자주적으로 개척하거나, 사회개조, 인간개조, 자연개조 중 한 가지라도 포함되는 인물을 ○, 동요하는 인물 △, 순리에 순응하거나 사회개조, 인간개조에 반하는 인물을 ✕로 이후에 변화한 인물은 △ → ○로 표시했다.

창조성은, 창조의 활동 대상은 자연과 사회이다. 창조적 활동을 하거나 입장을 고수하는 인물, 낡은 것을 없애고, 새로운 것을 창조하여 사회를 개조하려는 인물은 ○, 창조적 입장을 가지고 있으나 지배계급에 의해 창조적 활동을 억제 당한 인물이나 개인적인 이유로 창조적 활동을 하지 않는 인물들 △, 지배계급에 의해 창조적 활동을 억제 당한 인물이나 위의 내용에 반하는 인물 ✕로 이후에 변화한 인물은 △→○로 표시했다.

의식성은 사람의 모든 행동을 규제하고 조절할 뿐만 아니라 행동의 계급적 성격을 규정한다. 혁명이나 사업에서 발휘하는 의지와 투쟁력이 강한 인물은 ○, 동요하거나 중간자적 입장인 인물은 △, 변혁과 개조에 반하는 인물은 ✕로 이후에 변화한 인물은 △→○로 표시했다.

성격창조의 일반화 과정에서 주체성에 포함되는 당성은 당에 대한 충실성 즉 당 노선과 정책을 관철하기 위해 투쟁하는 인물을 ○, 노선과 정책 관철 과정에서 오류를 범하는 인물이나 그 과정에 참여하지 못하는 인물들은 △, 반대하는 인물은 ✕로 표시했다. 노동계급성은 (노동)계급의 이익을 철저히 옹호하고 그 요구를 관철하는 인물 ○, 계급의 이익 옹호에 동조하는 인물 △, 이를 오독하여 해독을 끼치는 인물들과 이에 반하는 인물들은 ×로 이후에 변화한 인물은 △→○로 표시했다. 인민성은 인민에 대한 헌신적 복무의 정신 또는 품성을 가진 인물 ○, 이에 반하는 인물 ×로 표시했다. 중간적 입장을 취하는 인물을 △로 '인물선'을 표시함으로써 인물 간의 갈래의 구별을 쉽게 하였다.

내용과 형식 중 이성적 사색은 사상성과 이성적 사고방식에 따라 분류하였다. 사상성이 높더라도 이성적 사고를 하지 못하는 인물은 △나 ×로 사상성이 없는 인물이라도 사고방식이 이성적인 인물은 ○나 △로 표시하였으며, 감성적 사색은 인물의 인간미와 정서에 기준을 맞춰 분류하였다. 그리고 주인공은 이름 옆에 *, 당원은 **로 표시하였다.

〈표 4〉를 보면 긍정적인 인물들과 부정적 인물이 확연하게 구분 지어져 인물형이 단순화된 인상을 준다. 그러나 청산의 대상인 지주나 자본가, 친일파, 간첩 등에게 북한에서 요구하는 자주성, 창조성, 의식성, 주체성을 기대하기는 어렵다는 점을 감안할 때 이러한 결과는 당연한 것이다. 그러나 같은 인물선이라도 주체성, 사상성, 예술성에 따라 그 갈래가 달라지고 있음을 통해 인물마다 성향과 개성이 다르게 나타나고 있음을 알 수 있다.

긍정적 인물은 인물과 주체성에 의해서도 차이가 나타나긴 하지만 가장 크게 작용하는 부분이 바로 사상성과 예술성이다. 그런 점에서 사상성과 예술성은 긍정적인 인물들의 다양성을 관장하고 있다고 볼 수 있다.

〈표 4〉를 통해 도출해 낼 수 있는 점은 첫째, 주인공이 그의 주변을 둘러싼 공산주의자 인물군들에 비해 자주성, 창조성, 의식성, 당성, 노동계급성 등에 결함이 있는 인물들로 구성되어 있다는 것이다. 이러한 인물들 대부분이 천세봉이 애착을 가지고 그린 인물들이라는 점이다. 그중 천세봉 작품 중 가장 많은 비판을 받은 인물인 『고난의 력사』 1부의 무림은 자주성과 감성적 느낌을 제외하고 모든 부분에서 결함을 보이고 있다. 마영감 역시 변화를 보이기는 하지만 현재 북한에서 모범적인 인물로 규정하

작품명	인물명	성격창조에서 일반화						내용과 형식		인물선
		인물			주체성			사상성과 예술성		
		자주성	창조성	의식성	당성	노동계급성	인민성	이성적 사색	감성적 느낌	
`석개울의 새봄』	김창혁*	○	○	○	○	○	△	△	○	인물선 2
	강영환**	○	○	○	○	○	○	○	○	인물선 4
	조경수**	○	○	○	○	○	○	○	○	인물선 4
	김형태**	○	○	○	○	○	○	○	△	인물선 4
	억삼**	○	×	○	△	○	△	×	×	인물선 6
	곽봉기**	○	○	○	○	○	○	○	○	인물선 4
	룡이**	○	○	○	○	○	○	△	×	인물선 3
	마영감*	△→○	△	△→○	×	△	○	△	○	인물선 8
	강명수	×	○	△	×	×	○	△	△	인물선 16
	탁수일	×→○	○	△→○	△	×	△	△	△	인물선 10
	조형모	×→○	×	×→○	×→△	×→○	×→○	×	△	인물선 16
	조희모	○	△	△	○	△	○	△	○	인물선 7
	탁준보	×	△	×	×	×	△	×	△	인물선 8
	김정근**	○	○	○	△	○	○	△	○	인물선 6
	리인수	×	×	×	×	×	×→△	×	×	인물선 19
	서순구	×	×	×	×	×	×	×	×	인물선 19
	권치도	×	×	×	×	×	×	×	×	인물선 19
	윤병국	○	×	○	△	△	△	△	×	인물선 13
	서기표	×	×	×	×	×	×	×	×	인물선 17
	조맹원	×	○	×	×	×	△	○	○	인물선 17
`대하는 흐른다』	마봉서	×	△	×	△	△	○	△	○	인물선 8
	마영기*	○	○	○	×→○	△	○→△	○	○	인물선 7
	강형진**	○	○	○	○	○	○	○	○	인물선 4
	배명희*	△→○	△	×→○	×	×	○	△	○	인물선 7
	배덕현	○	○	○	○	○	○	○	△	인물선 7
	배명준	○	○	○	○	○	△	△	△	인물선 6
	황서방	×	×	×	×	×	○	×	○	인물선 8
	최일벽**	○	×	△	×	×	×	△	×	인물선 13
	장인표	○	×	△	×	△	×	△	△	인물선 16

| 작품 | | 성격창조에서 일반화 | | | | | | 내용과 형식 | | 인물선 |
| | | 인물 | | | 주체성 | | | 사상성과 예술성 | | |
작품명	인물명	자주성	창조성	의식성	당성	노동 계급성	인민성	이성적 사색	감성적 느낌	
	한덕삼	○	△	△	△	○	○	×	△	인물선 6
	장길봉	○	△	○	○	○	○	△	○	인물선 6
	배덕수	×	×	×	×	×	×	×	×	인물선 14
	김병설	×	×	×	×	×	×	×	×	인물선 16
	김장로	×	△	×	×	×	×	×	×	인물선 15
	강치덕	×	×	×	×	×	×	×	×	인물선 19
	배명달	×	△	×	×	×	×	×	×	인물선 14
『고난의 력사』	현대진	○	△	△	×	△	△	○	○	인물선 8
	현재후	△	△	×	×	△	△	○	△	인물선 8
	현재근	×	×	×	×	△	×	×	△	인물선 8
	현재환	×	△	×	×	△	×	△	△	인물선 8
	현재두	×	×	×	×	△	×	×	×	인물선 8
	현재현	○	○	○	○	○	○	×	○	인물선 6
	현무림*	○	△	×→△	×	△	×	△	○	인물선 7
	이순	×	×	×	×	△	×	△	○	인물선 8
	오월	○	○	×	×	△	×	○	○	인물선 7
	최선도	○	○	○	○	○	○	○	○	인물선 9
	오홍도	△	×	×	×	×	△	△	△	인물선 13
	김대하	×	×	×	×	×	×	△	×	인물선 13
	서상학	×	△	×	×	×	×	×	×	인물선 14
	서동하	×	×	×	×	×	×	×	×	인물선 14
	박진우	×	×	×	×	×	×	×	×	인물선 14
	김달기	×	×	×	×	×	×	×	×	인물선 19
『안개 흐르는 새 언덕』	머슴	△	△	△	×	△	×	△	○	인물선 8
	강민호*	○	○	○	○	○	△	△	×	인물선 2
	문경태	○	○	○	○	○	○	○	△	인물선 2
	문경희	△	○	○	○	△	×	△	×	인물선 6
	허인숙**	○	○	○	○	○	○	○	○	인물선 4
	김호**	○	○	○	○	○	○	○	○	인물선 4
	박진**	○	○	○	○	○	○	○	○	인물선 4

| 작품 | | 성격창조에서 일반화 | | | | | | 내용과 형식 | | 인물선 |
| | | 인물 | | | 주체성 | | | 사상성과 예술성 | | |
작품명	인물명	자주성	창조성	의식성	당성	노동 계급성	인민성	이성적 사색	감성적 느낌	
	박대범**	○	○	○	○	○	△	△	○	인물선 6
	정대산**	○	×	○	○	○	○	△	○	인물선 6
	김춘복	○	○	○	×	×	△	○	○	인물선 9
	순영*	○	×	△	×	×	○	×	○	인물선 10
	왕간수**	○	○	○	○	○	○	○	○	인물선 4
	권 씨	△	△	△	△	△	△	△	△	인물선 7
	문창일**	○	×	○	×	×	×	△	△	인물선 11
	김일성**	○	○	○	○	○	○	○	○	인물선 1
	장경도**	○	×	○	○	○	○	×	×	인물선 7
	마동식	○	×	○	○	×	×	×	×	인물선 8
	김창환	○	×	○	×	×	○	○	○	인물선 9
	조희교	×	×	×	×	×	×	×	×	인물선 19
	양치근	×	×	×	×	×	×	×	×	인물선 17
	한성운	×	×	×	×	×	×	×	×	인물선 14
	한달수	×	△	×	×	×	×	×	×	인물선 17
	오달파	×	△	×	×	×	×	△	△	인물선 13
	최인렬	×	×	×	×	×	×	×	×	인물선 13
	정인배	×	×	×	×	×	×	×	×	인물선 13
	송미라	×	×	△	×	×	×	×	△	인물선 13
	최홍달	×	×	×	×	×	×	×	×	인물선 13
	고이시	×	○	×	×	×	×	○	○	인물선 18
	히시가루	×	×	×	×	×	×	×	×	인물선 18
	이와노브	×	×	×	×	×	×	△	×	인물선 19
	김정숙*	○	○	○	○	○	○	○	○	인물선 2
	김기준**	○	○	○	○	○	○	○	○	인물선 3
	김기송	○	○	○	○	△	○	△	○	인물선 8
『충성의 한길에 서』1·2	길녀	○	○	○	△	△	○	○	○	인물선 8
	장희섭**	○	○	○	○	○	○	○	△	인물선 3
	금실	△→○	△→○	△→○	△→○	△	○	○	○	인물선 6
	복녀	○	○	○	○	○	○	△	△	인물선 7

| 작품 | | 성격창조에서 일반화 | | | | | | 내용과 형식 | | 인물선 |
| 작품명 | 인물명 | 인물 | | | 주체성 | | | 사상성과 예술성 | | |
		자주성	창조성	의식성	당성	노동계급성	인민성	이성적 사색	감성적 느낌	
	대걸	○	○	○	○	○	○	△	△	인물선 7
	김경식**	○	○	○	○	○	○	○	○	인물선 3
	김정수	○	○	○	○	○	○	△	○	인물선 6
	차응도**	○	○	○	○	○	○	○	○	인물선 4
	차국금	○	○	○	○	○	○	△	○	인물선 6
	김봉식**	○	○	○	○	○	○	○	○	인물선 4
	리상녀	○	○	○	○	○	○	○	○	인물선 6
	최진	○	○	○	○	○	○	○	○	인물선 4
	음전	○	○	○	○	○	○	△	○	인물선 7
	양기훈	○	○	○	○	○	○	△	△	인물선 6
	한기천	○	○	○	○	○	○	△	△	인물선 6
	정대환	○	△→○	○	△	△	○	△	△	인물선 9
	분임	×→○	×→○	×→○	×→○	×	△	×	△	인물선 7
『혁명의 려명』	리억겸	×	×	×	×	×	×	×	×	인물선 13
	영란	○	○	○	△	○	○	△	○	인물선 7
	금성*	○	○	○	○	○	○	○	○	인물선 1
	신동호	△	△	×	×	×	×	△	○	인물선 16
	백순희	○	○	○	○	○	○	○	○	인물선 3
	박광식	○	○	○	○	○	△	△	△	인물선 6
	강창수	○	○	○	○	○	△	○	△	인물선 3
	채경*	○	○	○	○	○	○	○	○	인물선 3
	경주	○	○	○	○	○	○	○	○	인물선 5
	최진국	○	○	○	○	○	○	○	○	인물선 3
	장덕순	○	○	○	○	○	○	○	○	인물선 3
	최기준	○	○	○	○	○	○	○	○	인물선 6
	차득보	○	○	○	○	○	○	○	○	인물선 7
	백락진	△	○	○	×	○	○	○	○	인물선 9
	백순기	△	△	×	○	×	×	○	○	인물선 16
	최성국	△	△	○	○	○	○	○	○	인물선 7
	박승훈	△	△	×	×	△	○	○	○	인물선 7

<table>
<tr><th rowspan="3" colspan="1">작품
작품명</th><th rowspan="3">인물명</th><th colspan="6">성격창조에서 일반화</th><th colspan="2">내용과 형식</th><th rowspan="3">인물선</th></tr>
<tr><th colspan="3">인물</th><th colspan="3">주체성</th><th colspan="2">사상성과 예술성</th></tr>
<tr><th>자주성</th><th>창조성</th><th>의식성</th><th>당성</th><th>노동
계급성</th><th>인민성</th><th>이성적
사색</th><th>감성적
느낌</th></tr>
<tr><td></td><td>박영숙</td><td>○</td><td>○</td><td>○</td><td>○</td><td>○</td><td>○</td><td>○</td><td>○</td><td>인물선 6</td></tr>
<tr><td></td><td>강반석</td><td>○</td><td>○</td><td>○</td><td>○</td><td>○</td><td>○</td><td>○</td><td>○</td><td>인물선 4</td></tr>
<tr><td></td><td>권심</td><td>○</td><td>△</td><td>△</td><td>×</td><td>△</td><td>○</td><td>○</td><td>○</td><td>인물선 11</td></tr>
<tr><td></td><td>빙허</td><td>○</td><td>△</td><td>△</td><td>×</td><td>○</td><td>○</td><td>○</td><td>○</td><td>인물선 11</td></tr>
<tr><td></td><td>조창진</td><td>△</td><td>△</td><td>○</td><td>○</td><td>○</td><td>○</td><td>○</td><td>○</td><td>인물선 11</td></tr>
<tr><td></td><td>한윤</td><td>△</td><td>×</td><td>×</td><td>×</td><td>×</td><td>△</td><td>×</td><td>○</td><td>인물선 13</td></tr>
<tr><td rowspan="21">『은하수』</td><td>서근하</td><td>×</td><td>×</td><td>×</td><td>×</td><td>×</td><td>×</td><td>×</td><td>○</td><td>인물선 13</td></tr>
<tr><td>왕희동</td><td>×</td><td>×</td><td>×</td><td>×</td><td>×</td><td>×</td><td>×</td><td>×</td><td>인물선 17</td></tr>
<tr><td>서근하</td><td>△</td><td>△</td><td>×</td><td>×</td><td>×</td><td>△</td><td>×</td><td>△</td><td>인물선 10</td></tr>
<tr><td>월파</td><td>×</td><td>×</td><td>×</td><td>×</td><td>×</td><td>×</td><td>×</td><td>×</td><td>인물선 10</td></tr>
<tr><td>현묵관</td><td>×</td><td>×</td><td>×</td><td>×</td><td>×</td><td>×</td><td>×</td><td>×</td><td>인물선 12</td></tr>
<tr><td>고인호</td><td>×</td><td>×</td><td>×</td><td>×</td><td>×</td><td>×</td><td>×</td><td>×</td><td>인물선 12</td></tr>
<tr><td>리갑무</td><td>○</td><td>○</td><td>○</td><td>△</td><td>○</td><td>○</td><td>○</td><td>○</td><td>인물선 10</td></tr>
<tr><td>리선엽</td><td>△</td><td>△</td><td>×</td><td>×</td><td>×</td><td>○</td><td>△</td><td>○</td><td>인물선 15</td></tr>
<tr><td>신동호</td><td>○</td><td>○</td><td>○</td><td>○</td><td>○</td><td>△</td><td>△</td><td>△</td><td>인물선 6</td></tr>
<tr><td>김혁</td><td>○</td><td>△→○</td><td>○</td><td>○</td><td>○</td><td>△</td><td>△</td><td>△</td><td>인물선 3</td></tr>
<tr><td>한윤</td><td>○</td><td>○</td><td>○</td><td>○</td><td>○</td><td>○</td><td>○</td><td>○</td><td>인물선 11</td></tr>
<tr><td>오학천</td><td>○</td><td>○</td><td>○</td><td>△</td><td>○</td><td>○</td><td>○</td><td>○</td><td>인물선 11</td></tr>
<tr><td>박승훈</td><td>○</td><td>○</td><td>○</td><td>△</td><td>○</td><td>○</td><td>○</td><td>○</td><td>인물선 6</td></tr>
<tr><td>차광수</td><td>○</td><td>△→○</td><td>○</td><td>○</td><td>○</td><td>○</td><td>○</td><td>○</td><td>인물선 3</td></tr>
<tr><td>채경</td><td>○</td><td>○</td><td>○</td><td>○</td><td>○</td><td>○</td><td>○</td><td>○</td><td>인물선 3</td></tr>
<tr><td>오순희</td><td>○</td><td>○</td><td>○</td><td>○</td><td>○</td><td>○</td><td>○</td><td>○</td><td>인물선 3</td></tr>
<tr><td>오순기</td><td>○</td><td>○</td><td>○</td><td>○</td><td>○</td><td>○</td><td>○</td><td>○</td><td>인물선 6</td></tr>
<tr><td>수연</td><td>○</td><td>○</td><td>○</td><td>△</td><td>○</td><td>○</td><td>○</td><td>○</td><td>인물선 7</td></tr>
<tr><td>장윤삼</td><td>△</td><td>×</td><td>×</td><td>×</td><td>×</td><td>×</td><td>×</td><td>○</td><td>인물선 11</td></tr>
<tr><td>리덕환</td><td>○</td><td>○</td><td>△</td><td>△</td><td>○</td><td>○</td><td>○</td><td>○</td><td>인물선 7</td></tr>
<tr><td rowspan="4">『축원』</td><td>리상준</td><td>○</td><td>△→○</td><td>○</td><td>○</td><td>○</td><td>○</td><td>○</td><td>○</td><td>인물선 5</td></tr>
<tr><td>한증녀</td><td>○</td><td>○</td><td>○</td><td>○</td><td>○</td><td>○</td><td>○</td><td>○</td><td>인물선 2</td></tr>
<tr><td>정학</td><td>△→○</td><td>△</td><td>△</td><td>○</td><td>○</td><td>○</td><td>△</td><td>○</td><td>인물선 2</td></tr>
<tr><td>연순</td><td>△→○</td><td>×</td><td>△</td><td>△</td><td>△</td><td>△</td><td>○</td><td>○</td><td>인물선 7</td></tr>
</table>

작품		성격창조에서 일반화						내용과 형식		인물선
작품명	인물명	인물			주체성			사상성과 예술성		
		자주성	창조성	의식성	당성	노동 계급성	인민성	이성적 사색	감성적 느낌	
	조봉애	△	△	○	○	○	○	○	○	인물선 6
	한신길	○	△	○	○	○	○	○	△	인물선 6
	채동식	○	○	○	○	○	○	○	○	인문선 6
	강선호	○	○	○	○	○	○	○	○	인물선 4
	표중회	△→○	×	△→○	△→○	△→○	○	△	○	인물선 16
	박진	×	×	×	×	×	×	△	×	인물선 13
	허승재	×	×	×	×	×	△	△	△	인물선 13
『조선의 봄』	김일성**	○	○	○	○	○	○	○	○	인물선 1
	김보현	○	○	○	○	○	○	○	○	인물선 4
	강진건**	○	△→○	○	○	○	○	○	○	인물선 9
	송신일	○	△→○	△	○	○	○	○	○	인물선 15
	조순근*	△	△→○	△	×	△	○	△	○	인물선 7
	김창규**	○	○	○	○	○	○	○	○	인물선 4
	홍묵	○	○	○	△	○	○	○	○	인물선 7
	김책**	○	○	○	○	○	○	○	○	인물선 3
	정기수	○	○	○	○	○	○	○	○	인물선 7
	유사천**	○	○	△	×	×	×	×	×	인물선 13
	오기섭**	○	○	△	×	×	×	×	×	인물선 13
	박종관	○	△→○	△	○	○	○	○	○	인물선 10
	박종칠	△	△	△	×	△	○	△	○	인물선 10
	김재경	○	○	○	○	○	○	○		인물선 10
	서달호	△	△→○	△	○	○	○	○	○	인물선 7
	대복	△	△	△	×	○	○	△	△	인물선 8
	서분	△	△	△	×	○	○	△	△	인물선 8
	홍영길	△	△	○	○	○	○	○	○	인물선 8
	서만호	×	×	×	×	×	×	×	×	인물선 14
	서강	×	×	×	×	×	×	×	×	인물선 17
	고택	×	×	×	×	×	×	×	×	인물선 17
	조만식	×	×	×	×	×	△	×	×	인물선 12

고 있는『주체문학론』의 인물 창조 규정에는 부합하지 않는 인물이다.

또한 천세봉은『안개 흐르는 새 언덕』의 항일무장투쟁의 영웅 강림(강민호)을 인민성과 이성적 사고, 정서면에서 문제가 있는 인물로 그림으로써 그의 개성을 강조하고 있지만 김일성에 의한 비판으로 작품이 사장되어 버리고 마는 비극을 맞는다.

둘째, 공산주의자 인물군들은 주로 창조성, 인민성, 이성적 사색이 감성적 느낌에 문제가 있는 것으로 나타나고 있다. 그리고 공산주의 인물군의 성격창조에서 특이한 점은 주체형 공산주의자들 중 차광수나 김혁과 같은 당시 조직의 핵심 인물보다도 그 주변 인물로 등장하는 새세대 청년공산주의자들이 인물성, 주체성, 사상성, 감성적 측면 등에 있어 더 뛰어난 것으로 묘사되고 있다. 주체문학에 부합하는 완벽한 인물로 등장하는 '주체형 공산주의자'들 중 일부는 투옥되거나, 옥사하거나, 테러 등으로 죽음을 맞이한다는 점에서 그들의 인물성과 주체성이 강조되는 것으로 보인다.

셋째, 당원들은 창작 시기와 시대 배경에 따라 그 '인물선'을 달리한다. 1950～1960년대 초반 창작된 작품에서는 당원들은 인물성・주체성・사상성・감성적 측면 등에 있어 완벽한 인물들로 등장한다. 그러나 고급 당원들은 중심인물이 아니라는 점이 특징적이다. 그리고 시대 배경이 해방 직후인 작품에서는 당원들의 일부가 종파분자로 등장한다.

넷째, 평범한 인민 대중인 '인물선' 8에 분포되어 있는 인물들 대부분이 인물성・주체성・이성적인 부분에서 부정적인 인물군과 마찬가지로 결함을 띠고 나타나며 이들의 변화 과정은 보이지 않는다.

다섯째, '인물선'들의 분포를 통해 총서 문학 중 해방 전 편을 제외한 나머지 작품의 주인공들과 주요 인물들의 대부분이 '인물선' 7・8에 분포되어 있다. 이를 통해 천세봉이 북한에서 요구하는 영웅적 인간형이나 공산주의적 인간형보다 평범한 민중을 주인공으로 선호하고 있음을 알 수 있다.

민중들은 변화 과정을 겪지만 공산주의 인간형으로의 변화까지는 천세봉의 작품에서는 드러나지 않는다. 이를 통해 그의 지향이 공산주의적 인간형에 있었던 것이 아님을 알 수 있다. 그리고 이 점은 당원의 오류를 보여주거나 강력한 공산주의자의 영도 아래 '공산주의적 인간형'으로 변모하는 인물형을 보여주는 다른 작가들의 작품과는 구별되는 점이기도 하다.

천세봉은 사회를 지탱해 주는 기본 윤리를 중시하는 작가이다. 그가 추구하는 윤리는 북한이 추구하는 사회적 양심과는 구분된다. 따라서 민중들의 변화 역시 김일성의 위대한 사상보다는 당시 사회를 지배하던 도덕률과 양심이 인물들의 변화에 크게 작용하고 있는 것이다.

그렇기 때문에 천세봉의 작품 속에는 당대의 주요 담론이었던 기술 혁신이나 속도전에 의한 생산력 증대와 같은 신화는 보이지 않는다. 완전한 사상성을 지니고 있지도 않고 그래서 오류도 많지만, 당시를 지배하던 윤리의 합의 속에서 자신들의 자리를 지켜내는 인물들에 대한 묘사를 통해 천세봉은 뛰어난 한사람의 당원보다 사회의 근간이 되는 민중들 사회를 지켜내고, 이끌어가는 모습을 보여준다. 이것은 북한을 지탱해주는 주요 구성원이 당원이 아닌 기층 민중이라는 천세봉의 생각을 읽을 수 있게 하는 부분이며, 그의 민중 지향적 성격을 드러내 주는 부분이다.

2. 천세봉 문학의 민중지향성

1) 천세봉 문학의 특질

천세봉 문학은 오이디푸스에 의해 스핑크스가 살해되는, 즉 영웅들이 지옥의 괴물을 제거하는 방식을 고스란히 답습하며, 영웅들에 의해 종파주의자들이나 관료주의자, 간첩들이 제거되는 형태를 보이고 있다. 이것은 천세봉 문학의 특징이라기보다는 도식화된 북한문학의 한 패턴으로 볼 수 있다. 따라서 천세봉 문학이 갖는 의의를 도출해 내기 위해서는 신화적 내용을 괄호 안에 묶어 버리고 괄호 밖의 그 특질을 찾아낼 필요가 있다. 그의 문학에서 발견되는 변화와 특질은 다음과 같다.

첫째, 그의 소설에서 가장 큰 변화는 1기에는 수령보다 당의 존재감이 크게 나타고 있지만 2기에 들어서면서부터 그 위치는 전도된다는 점이다. 이와 같은 변화는 1950~1960년대 초반 마크르스-레닌주의 노선을 걷던 북한이 1960년대 중반부터 유일사상체계로의 선회하기 때문이다.

둘째, 그는 완결된 인간형이 아닌 완결을 지향하는 인물들을 추구하고 있다. 그는 주인공을 완결된 인간형으로 그리지 않으며, 완결된 인간형으로 완성되는 모습도 보여주지 않는다. 그것은 '대중적 영웅'의 경우에도 마찬가지다. 그는 미성숙한 인물들을 주인공으로 설정하여 노력을 통해 영웅을 지향하게 만들지만 영웅으로 완성된 모습은 보여주지 않는다.

셋째, 『안개 흐르는 새 언덕』이후 부정적 인물로 그려졌던 독립군과 민족주의자, 지식인들을 선별적으로 긍정적인 인물이나 긍정적인 인물로 변화하는 인간형으로 그리고 있다는 점이다. 이들에 대해서는 이후 정세의 변화에 따라 후반기로 갈수록 그 교양 가능 대상에 대한 타협점을 열어 두기는 하지만 그것은 정책 수용 차원에서이지 그의 인식 자체가 변한 것은 아니다.

천세봉은 지식인에 대한 선망과 열등감을 동시에 지니고 있었던 것 같다. 그는 회상기「향도의 별빛」에서 자신이 많이 배우지 못했다고 고백하고 있다. 그의 배우지 못한 것에 대한 열등감은 작품 속에서 지식인들에 대한 시기심으로 표출된다. 그의 작품 속에 등장하는 지식인들에게 비판의식은 찾아볼 수 없으며 민중들의 의식에 영향을 미치지 못하는 인물들로 형상화되고 있다. 민중이 본받고 따라야 하는 인물들은 지식인이 아닌 노동자 출신의 당원들이다. 지식인을 도덕적 결함이 있는 인물 내지는 자기 꾀에 빠지는 어리석은 인물로, 농민은 도덕적이며, 지혜로운 인물로 묘사하였다. 『대하는 흐른다』 1부의 강형진, 『안개 흐르는 새 언덕』의 강민호, 『축원』의 강선호 등이 대표적이다. 긍정적 인물들의 성씨는 『석개울의 새봄』의 마영감, 『대하는 흐른다』 1부의 마영기, 『안개 흐르는 새 언덕』의 마동식 등 '마' 씨에 집중되어 있다. 다른 성씨들은 간혹 부정적인 인물들의 성씨로도 쓰이나 '마' 씨는 언제나 농민계급이며, 긍정적인 인물로 등장한다.

반면 서순구, 서기표(『석개울의 새봄』), 서상국(『대하는 흐른다』 1부), 서상학, 서동하(『고난의 력사』 1부), 서근하(『혁명의 려명』, 『은하수』), 서만호, 서강(『조선의 봄』) 등 간첩이나 청산되어야 할 인물들에게 '서' 씨 성을 부여하고 있다. 부정 인물들에게 '서' 씨 성을 부여함으로서 이들이 주인공이나 동요세력들에게 미칠 영향을 미리 예측할 수 있게 함으로써 작품이 갖는 재미와 긴장미를 반감시키고 있다.

둘째, 내용적으로 가장 혁명적이고 투사적인 인물들을 통해 임무를 실패하는 모습을 보여주고 있다. 이것은 초기 작품에 나타나는 특징으로 '혁명적 대작'으로 분류되는 「석개울의 새봄」 3부에서는 창혁이 조합 경영에 실패하는 모습을, 『대하는 흐른다』 1부에서는 강형진을 통해 시위대 구성에 실패하는 모습을, 『고난의 력사』 1부에서는 분을 이기지 못해 서상학을 폭행하고 달아남으로써 야학이 파괴되는 모습을 그리고 있다. 이 실패의 패턴 역시 북한 소설에서 자주 볼 수 있다. 그러나 다른 소설들이 실패의 모습을 작품 초반에 보여줌으로써 성공 신화를 창조하는 것과는 달리 천세봉의 소설은 주요한 사건이 실패로 끝나는 데서 작품을 맺고 있다. 그리고 실패한 사업이 다른 인물들에게 승계된다는 점도 다른 작품과 대비되는 점이다. '천리마 기수 형상론'에 의해 영웅적 인물들을 생산되고 있던 시기의 세 작품 모두 주인공이나 주요 인물의 실패하는 모습을 그린 것에서 도식주의적 인물형이나 내용 생산의 오류를 범하지 않으려는 천세봉의 경계가 엿보인다.

이것은 아무리 영웅적 인간형이라 할지라도 당의 교시를 따르기 위해 노력은 할 수 있어도 모든 사업에 성공할 수 없다는 천세봉의 인식과도 직결되고 있다. 그리고 이러한 실패는 인물들이 사업의 의지를 더욱 불태우게 되는 기제로 이용되고 있다.[8] 그러나 이와 같은 실패의 모습은 당시 성공 신화가 필요했던 국가 재건 이데올로기와는 동떨어진 것으로 북한 내에서는 비판의 대상이 될 수밖에 없었다.

셋째, 천세봉 작품에서 양심의 문제와 소외의 문제를 천착하고 있다. 인물들의 대립을 통해 천세봉이 천착했던 것은 양심이다. 그는 양심을 인간 행동의 변화의 기제이며, 국가 재건과 계급 이데올로기를 작동하는 기제로 보았다. 그리고 양심이라는 기제를 통해 그 속에서 파생되는 소외를 북한 사회가 지닌 문제라고 보았다.

그는 사회 작동 기제인 양심이 인간의 욕망을 어떻게 억압하고, 인간을 소외시키고 있는지를 동요계층, 도시와 농촌, 기성세대를 통해 적출해 내고 있다. '혁명적 대작'에서 양심의 문제는 개인적 양심에 머물러 있다. 천리마 시대 사회적 양심이 강조 되고 있을 때 그가 개인적 양심을 고집한 것은 그리는 대상이 노동자계급에 비해 사상적으로 미성숙한 농민계급이었기 때문이다.

또한 『석개울의 새봄』에서 소외 문제가 조합에 동요 계급들을 가입하게 하는 계기로 작용한다면 양심의 문제는 조합 일에 적극성을 보이게 하는 기제가 되고 있다. 반면 『축원』에서의 양심은 한 개인을 소외시키는 동시에 욕망을 억압함으로써 사회적 의식에 편입시키는 역할을 하고 있다. 『석개울의 새봄』에서 나타나는 양심이 개인적 양심이라면 『축원』에서 나타는 양심은 사회적 양심이 내재화되어 개인적 양심화로 좀 더 심화되어 나타난다. 이를 통해 천세봉이 바라보는 전체 윤리의 모습이 개인적인 양심에서 사회적 양심으로 변화되었음을 알 수 있었다. 천

---

8 부정적인 측면에서 보자면 모든 과업을 완벽하게 수행할 수 있는 인간은 수령 단 한 사람 밖에 없다는 의미로 읽을 수도 있다.

세봉의 작품에서 양심의 변화는 다른 작가들에 비해 10년 정도 늦게 시작되고 있다. 1960년대 작가들이 인간 윤리로 사회적 양심을 문제 삼고 있을 때도 천세봉은 개인적 양심을 고집했으며, 그 변화는 1980년 작인 『축원』에서 처음 나타난다.

넷째, 그가 창작한 '항일혁명문학'에는 『주체문학론』에서 보이는 수령 형상의 원칙이나 인물이 이미 보인다는 점에서 수령형상 문학 형성에 기여한 것으로 보인다. ① '주체형 공산주의자'의 전형이 그의 작품에서 완성되어 나타나고 있다. ② 수령 중심, 북한 중심의 역사관 드러나고 있다. ③ 어버이로서 민중을 감싸는 수령의 성품이 드러나 있다. ④ 김일성과 김정숙의 가계 형상과 인물들의 전형을 창조해내고 있다.

다섯째, 긍정인물을 묘사함에 있어서도 의심이 많은 인물들을 논리적이고 영리한 인물로, 다혈질에 의협심이 강한 인물들이 많은 소설에서 주인공으로 선택된 것을 보면 그는 이와 같은 인간형이 사회를 변화시키는데 필요한 인간형이라고 인식하고 있는 것 같다.

여섯째, 그의 작품 속에서 창조된 전형이 사회운동화, 정치적 구호화가 되고 있다. 이전부터 사람들이 영웅적 인물을 숭배하거나 기리는 의식을 가져온 것처럼 천세봉 작품 속에 나타나는 영웅들의 행위는 북한에서 영웅적 인물의 '따라 배우기'라는 의식으로 재현된다. 그가 작품 속에서 형상해 낸 '대중적 영웅'형의 모습은 '노력영웅'과 1979년 김정일 지시에 의해 발굴되기 시작한 '숨은 영웅'의 전형이 되고 있을 뿐만 아니라 그가 제시한 모범을 따라 배우는 모습은 '대안체계사업방법'이나 '청산리사업방법', '천리마 작업반 운동' 등으로 정치적 구호가 되어 사회주의 경쟁 운동이 되었다는 점에서 한편으로 천세봉이 문학을 통해 북한의 당 정책과 공민의 지도 방향을 생산해내고 있었다고 해도 무방할 것이다. 이와 같은 소설과 사회 작동의 관계 속에서 그의 작품 속에 나타나는 신화성은 북한에서 대표적 작가로 자리매김하는 데 또 다른 요건이 된다.

일곱째, 인물들의 관계를 보면 ① '인물선' 3·4와 협조적 관계를 맺는

인물은 동조자에 속하는 '인물선' 9~11에 속하는 인물 유형들이다. ②
'인물선' 6의 진보적 인물을 변화시키는 인물군은 '인물선' 4인 '공산주의
적 인물형'으로 고급 당원들이다. 반면 민중이나 동요 계급을 변화시키
는 인물들은 생존자적 인물형으로 같은 계급인 민중이다.

천세봉은 계급을 뛰어넘는 사랑을 지향했지만 인간의 변화나 사건 해
결은 대부분 같은 계급 속에서 해결을 하고 있다. 따라서 그가 인물의 변
화의 초점을 당원의 연설이나 격려에 맞추고 있지 않음과 자신이 2차 작
가회의에서 한 주장을 새로운 전형 창조와 소설 속에서의 인물의 변화
과정을 통해 실천하고 있음을 알 수 있었다.

그럼에도 불구하고 천세봉의 소설은 몇 가지의 한계를 안고 있다.

첫째, 논평적 화자의 습성이다. 작가의 주관의 개입은 부정인물에 대
한 단정과 희화 이 두 가지로 크게 나타나며, 긍정적인 인물일 경우 김일
성과 김정숙의 경우 작가의 미래에 대한 추측성 설명이 지나치게 사용되
고 있다. 긍정적인 인물의 경우 다른 작가들에 비해 논평적 습성이 두드
러지는 편은 아니나 부정적인 인물에 경우는 매우 심하게 나타난다. 이
것은 인물들의 객관성을 떨어뜨린다. 문체적인 측면에서도 부정적 인물
에 대해서는 과장법과 환유법, 속담을 많이 사용하고 있다. 천세봉은 특
히 대화 속에서 속담을 많이 사용한다. 환유적인 표현의 대표적인 예는
배뚱뚱이 리인수, 새삼이 박병천, 돼지바우 형사 강덕기 등이다. 이러한
환유법은 그들의 개성을 강하게 전달하기도 하지만 부정적인 인물들을
희화시키는데 크게 기여하고 있다. 작가가 인물의 일반화나 개성화에는
기본적으로 성공했다고 볼 수 있지만 긍정적 인물이나 부정적인 인물이
나 동요인물에 대한 묘사에 작가의 잦은 주관 개입은 인물들의 객관성을
떨어뜨린다. 작가의 주관을 내세우지 않은 객관적 현실에 대한 진실한
묘사, 이것은 다름 아닌 사실주의 고유의 힘이며 사실주의의 본래의 길
이기도 하다. 안함광의 말처럼 작가의 주관, 사상의 경향성의 의식적인
활용으로써 묘사의 객관성을 훼손함이 없이 총체적 형상의 중심적 흐름

을 더욱 선명하게 할 수 있다면 굳이 피할 필요는 없다.[9]

그러나 천세봉의 경우 논평적 화자의 습성은 동일시적 환상을 깨뜨림으로써 동일시를 방해하고 이화(異化)를 증가시켜 작품의 집중을 방해한다. 천세봉 소설에서 나타나는 이화는 화자에 의한 전달에만 중점을 두고 있기 때문에 실험성과는 무관하며, 그의 경우 이러한 논평적 태도가 작품의 질을 저하시키고 있다. 특히 논평적 화자의 습성은 '항일혁명문학기'에 들어서면서 더욱 심화되는 데 이것은 비단 천세봉 개인에 국한된 문제가 아니라 유일체계가 진행되면서 나타난 북한 문단 전체의 문제이기도 하다.

둘째, 천세봉이 인물을 묘사할 때 나타나는 문제점으로 원쑤로 명명되는 친미주의자, 친일주의자와 같은 적대계급이나 부정적 인물에 대한 묘사를 들 수 있다. 작품 창작에서 인물을 희화화할 수는 있다. 그러나 부정적 인물들이라 하더라도 현실에서는 자기 나름의 인생관이 있고, 생활철학이 있고, 혁명투사들과 마찬가지로 자신의 사상이나 계급을 위해 죽을 수도 있는 인물들이며, 자기 가족을 사랑할 줄 아는 사람들이다. 그런데 천세봉은 도가 지나칠 정도로 그들을 희화하고 있다. 그리고 이러한 현상은 그의 작품 속에서 하나의 유형으로 도식화되어 나타난다.

먼저 간첩에 대한 묘사를 보면 형상 자체도 감정도 없고 잔인한 추물이나 짐승 또는 변태로 희화화되어 있다. 『석개울의 새봄』의 강덕기·김산해, 『대하는 흐른다』 1부의 서상국 등과 같은 인물들이 이 유형에 속한다. 강덕기·서상국은 다혈질이며, 잔혹하고, 형상은 '몸집이 크고', '크고 시뻘건 손'을 가졌거나 눈빛이 매우 나쁜 짐승처럼 묘사되어 있으며, 김산해는 『안개 흐르는 새 언덕』의 고이시처럼 나체 조각상이나 주무르는 변태이며 아편환자다. 그들은 간첩으로서 어떤 공작을 하기보다 부녀자 성폭행이나 무의미한 살인만을 일삼는다.

---

9   안함광, 「장편소설의 구성상 문제」, 『조선문학』, 평양 : 조선작가동맹출판사, 1963.8, 99면.

종파주의자들의 형상은 지주의 형상처럼 뚱뚱하고, 배가 나왔으며 기름기가 흐르는 얼굴에 비열한 인상이거나, 아니면 말라서 야비해 보이는 형상을 하고 있다. 『혁명의 려명』, 『은하수』의 월파·고인호, 『대하는 흐른다』 1부의 최일벽은 말랐지만 음침하고, 야비해 보이는 인상을 가진 것으로, 기름진 얼굴과 퉁퉁한 목살, 배불뚝이처럼 거대한 몸집을 가진 『은하수』의 현묵관, 『축원』의 허승재·박진 등은 그야말로 한 마리의 탐욕스러운 돼지를 연상케 한다. 종종 『안개 흐르는 새 언덕』의 송미라처럼 아편 중독자로 등장하기도 한다.

『대하는 흐른다』 1부에 등장하는 김장로는 기독교인의 형상의 기본 모델로 몸이 말라 신경질적으로 보이고, 일본인과 같은 팔자수염에 나비넥타이를 하고 단장을 짚고 다니는 인물로 그려지고 있다. 지주와 지주의 부인은 일괄되게 기름진 얼굴에 볼에 심술이 묻어나는 인상을 가지고 있으며 성격 역시 포악하고 인색하다.

일본인이나, 한족 지주, 만주인들을 묘사할 때도 간첩들과 마찬가지로 비정상적인 욕구를 가지고 있는 인물들로 그리고 있다. 뻔뻔하고 악질적인 이들은 재물과 권력에 맹목적이며, 아무런 죄책감이나 고민 없이 사람들을 폭행하고, 살해한다.

그가 묘사하는 부정적인 인물의 모습은 자본주의에서는 살아남기 힘든 모습으로 북한에서나 통할만큼 고전적이다. 주적으로 설정된 인물들에 대한 필요 이상의 훼손과 개성 없는 인물 묘사와 그들에 대한 과소평가가 그들과의 대결 구도에서 극적 긴장감을 이끌어 내지 못할 뿐만 아니라 작품을 단순화시키며, 김일성이나 주인공들의 비범성을 부각시키는데 오히려 역효과를 초래하는 데서도 잘 드러난다.

특히 일본 장교들이 그의 소설에서처럼 진짜 아편환자나 비정상적인 욕구를 가지고 있는 인물이었는지에 대해서는 확인할 길이 없으나 당시 한 단체를 이끌었던 주요 인물들과 일본 장교들이 그의 묘사처럼 지적 능력이 부족한 인물들이었을 리가 만무하다. 그런데 그의 작품 속에서는 일본군 장교들이 작전을 수행할 때 치밀함이 전혀 보이지 않는다. 뿐만 아니라 그들은 친일파들의 작전계획이나 생각을 그대로 실행에 옮기는 꼭두각시 노릇을 한다. 일본군의 작전이나 일본의 정책에 대한 단순화는 구체적인 분석의 소홀함의 문제도 있겠지만 그들의 잔인함과 아둔함을 고의적으로 조롱하는 방법을 택했기 때문이다.

독립군·지주·일본 장교들의 세계 인식과 사고의 범위에 대한 세련되지 못한 묘사로 인해 소설이 고소설화, 반리얼리즘화 되어 가는 것은 천세봉 소설에서 최대의 약점으로 작용한다. 그리고 그것이 비록 현실의 반영이라 할지라도 이기영의 작품 속에 등장하는 지주나 자본가의 전형을 그대로 옮겨 놓음으로 해서 지주나 자본가 유형에 대한 차별화와 새로운 시도가 없었다는 점은 그의 한계로 남는다.

셋째, 만주에서의 항일무장투쟁에 대해 천세봉은 북한 중심의 역사관을 보여주고 있다. 그는 동북항일연군의 투쟁 조선인의 중국 내에서의 조국해방 투쟁으로 시야를 의도적으로 좁히고 있는데 이것은 북한의 역사 기술의 원칙에서 파생된 문제라고 할 수 있다.

천세봉의 문학에 대해 좀 더 범박하게 사고해 본다면 작품 2기에서부터는 프락시스가 보이지 않는다. 충실성이라는 이름으로 타자에게 복종하고 그것을 초월하는 목적을 지향하는 포이에시스[10]만 보이고 있다. 그가 창조해 낸 영웅의 전형은 여러 형태의 모습으로 줄기를 뻗어 현 북한 사회를 영웅 포화상태로 몰고 가는데 일조 하였다는 혐의를 벗을 수 없게 한다.

그리고 천세봉은 대중 동원의 대안의 상징물로서 영웅을 재탄생시키는 데는 성공하였지만 시니피앙에만 매달림으로써 시니피에를 질식시키고 있다. 즉 시니피에를 개인적인 전기나 충성심이라 이름 아래 묶어 둠으로써 인간의 자유를 무엇보다 잘 규정할 수 있는 상징을 억압하고

---

10 Vernant Jean pierre, 박희영 역, 『그리스인들의 신화와 사유』, 아카넷, 2005, 349면.

정권유지에 봉사하게 했다는 비판을 면할 수 없게 되었다.

　그러나 비단 북한뿐 아니라 권력 자체가 새로운 신화의 창설과 유포에 근거해 있음을 볼 때 천세봉 작품에서 나타나는 영웅을 비판적인 시각에서만 볼 것이 아니라 시·공간 속에서 엄격하게 한정되어 있는 문화적 에피소드로 볼 것을 제안한다. 그가 작품 속에서 신화만이 아니라 당대 북한에 내재되어 있던 문제점들을 노출시킴으로써 날카로운 비판의식을 보여주고 있으며, 혁명의 주동력을 일부 당원이나 김일성이 아닌 민중 그중에서도 최하층이었던 농민으로 규정함으로써 그의 혁명관과 역사관도 함께 보여주고 있기 때문이다.

　날카로운 비판 의식이 1970년대 이후 점점 약화된 것은 당 정책에 편승할 수밖에 없었던 그의 정치적 입지가 작가로서의 문학생활에는 장애로 작용한 것 같다. 비록 그는 비판을 받고 교시에 의해 개작을 하고는 있지만 개작의 범위 역시 창작의 틀을 깨지 않는 부분에서 수용할 수 있는 부분으로 한정함으로써 자신의 가치관을 확고하게 보여주고 있다. 성공신화가 필요했던 1950~1960년대에 국가재건 이데올로기에 반하는 작품을 창작하여 성공신화에 매몰되어 있는 북한사회를 객관적인 시선으로 바라보려고 했던 작가적 노력이 보이기 때문이다.

　2) 문학사적 의의

　북한문학사에서 천세봉은 농민소설의 대표적 작가이다. 몇 편의 단편과 '항일혁명문학'을 제외한 작품 모두가 농민소설일 만큼 그는 농민소설 쓰기에 평생을 바쳤다. 북한에서의 평가는 나쁘지만 그의 작품 중 가장 빼어나다고 생각되는『고난의 력사』나 '수령형상 문학'에 속하지만 북한에서 천세봉의 대표작으로 인정하는『대하는 흐른다』보다 토지개혁의 진행과정을 다양한 각도에서 보여주는『조선의 봄』은 농민문제를 그린

수작으로 볼 수 있다.

그의 작품 중 중편소설『싸우는 사람들』은 전쟁 승리에 이바지한 작품으로, '혁명적 대작' 소설『석개울의 새봄』,『대하는 흐른다』는 전후 복구건설과 사회주의기초건설시기의 의의 있는 작품으로, 총서【불멸의 력사】에 수록된『혁명의 려명』과 다부작 소설『충성의 한길에서』1・2부는 주체문학의 발전 면모를 과시하는 우수한 작품으로 꼽히고 있다는 점은 그의 또 다른 대표성을 확인할 수 있게 한다. 천세봉은 매 시기마다 당대에 이바지하거나 의의가 있는 우수한 작품을 창작하여왔다. 이것은 그가 당대의 문단에서 주도적인 역할을 해왔다는 증거이다.

위와 같은 사실과 관련하여 또 다른 대표성을 수령형상이나 김정숙 형상에 대한 '개척자'라는 부분에서 찾을 수 있다. 북한은 이 부분에 큰 의미를 두고 있는 것 같지 않다. 그러나 그는 총서의 첫 권인『혁명의 려명』에서 김일성의 형상을 통해 총서를 창작하는 다른 작가들에게 수령창조의 방향을 지시하는 개척자적인 역할을 하고 있음은 물론 김정숙의 형상 역시 천세봉이 첫 창조를 했다는 점에서도 대표성을 지닌다고 볼수 있다. 그가【불멸의 력사】총서나 다부작 소설『충성의 한길에서』에서 김일성과 김정숙을 형상을 전형화하여 방향을 제시함으로써 4・15문학창작단의 작가들이 그들의 형상을 심화시키고 결정하는 데 결정적 영향을 끼치고 있는 것이 다른 작가의 연작에서 포착되기 때문이다. 그리고 이 점은 이후 1990년대 이후 작가들의 창작 지침서가 되고 있는『주체문학론』과『수령형상 문학론』에 일정한 영향을 미치고 있다는 데서도 '농민작가'로서의 대표성 이외의 수령 형상과 김정숙 형상 및 가계형상의 창조자로서의 대표성을 확인할 수 있게 한다.

또한 천세봉의 작품은 '통치예술'을 드러내고 있다는 점에서 대표성을 지닌다고 하겠다. 그의 작품에서 형상되는 인물들의 행동은 '대안 사업체계'나 '모범 따라 배우기', '효녀・효자 되기'같이 사회운동으로 나타난다. 작품 속에 등장하는 인물들이 노동력을 움직이는 전술되고 있는 점을 볼 때 그가 의도했든 의도하지 않았든 작품을 통해 군중 동원의 전략과 전술 생산해내는 두뇌 역할을 하고 있음 알 수 있다. 그가 작가동맹의 소설분과장, 문예총 위원장, 4 · 15문학창작단 단장직이라는 문학계의 요직을 두루 거쳤음을 볼 때 북한의 정치술을 예술화하는데 일익을 담당했을 것이라는 추측이 충분히 가능하다고 생각된다.

이러한 점들이 그를 북한문학의 대표적 농민작가 또는 수령형상 문학의 개척자, 군중동원의 전략과 전술 생산해내는 두뇌의 위치에 놓일 수 있게 한다.

천세봉 문학이 북한문학 속에서 지니는 의의는 다음과 같다.

첫째, 북한문학이 지니는 현실적 제약 속에서도 작품 속에서 각계각층의 인물들의 형상과 전형화를 통해 인물 유형의 도식성에서 탈피하려는 노력을 보이고 있으며, 민중 지향적이다. 그의 민중 지향적인 요소는 그가 북한이 지향하는 인물만을 창조하지 않았다는 것에서 드러난다. 그가 애착을 보인 인물들은 마영감, 무림, 순영과 같은 평범한 민중이다. '대중적 인물'인 창혁이나 강민호 역시 영웅으로 완성되지 못한다. 그는 완결된 영웅을 지향하지 않았으며, 작품 속에서 설정한 다주인공들을 통해 민중지향적 성격을 보여주고 있다. 또한 『대하는 흐른다』와 『안개 흐르는 새 언덕』에서의 계급을 뛰어 넘는 사랑을 통해 청산계급을 모두를 타도의 대상으로 보고 있지 않음을 드러낸다. 이것은 북한의 다른 작가들은 시도하지 않았던 것이다.

그리고 그는 북한문학에서 흔히 발견되는 요소인 한 사건, 한 인물에 의해 중심인물들이 변화하는 것에 동의하지도 않으며, 의존하지도 않는 작가이다. 한 사건이나 한 개인에 의한 계기성 변화보다는 인물이 겪어온 생활 속에 축적된 경험과 정세에 대한 판단, 긴밀하게 관계 맺는 민중들과의 지속적인 접촉을 통해 변화 계기를 만들어낸다. 이 점에서 천세봉 작품에 등장하는 인물들은 모범자인 당원의 지도 속에서 변모해가는 인물들과는 차이를 보인다. 『석개울의 새봄』에서 영웅적인 면모를 지니고 있지만 오류를 범하는 창혁이나, 심지가 굳은 모범 농민이지만 조합이나 당의 일에 불만을 품고 있으며 정책 비판을 마다하지 않는 마영감, 『고난의 력사』에서 일제강점하라는 고난의 역사 속에서 가족이 붕괴되어가는 것을 지켜보면서도 마르크시즘의 세례를 받지 않겠다고 발버둥치는 무림, 『조선의 봄』에서 당원의 양심과 복수 사이에서 갈등하는 창규, 『축원』에서 실명한 애인을 받아들이기 힘들어 마을에서 도망치지만 소외되는 것이 두려워 편입되는 연순 등의 모습과 당 정책에 비판적인 태도에서 대상을 왜곡하지 않고 정시해서 사실적으로 그려내는 리얼리스트로서의 천세봉을 확인 수 있다.

둘째, 리얼리스트로서의 그의 모습은 도식성의 탈피 외에도 기록적 역사주의에서 탈피하려는 노력에서도 찾을 수 있다. 그는 한 영웅의 일대기를 그릴 때 기록적 역사주의에서 탈피하려는 노력이 보인다. 그 예가 판금의 비운을 맞은 『안개 흐르는 새 언덕』이며, '수령형상 문학'의 창조에서 김정일과 견해의 차이로 여러 번의 수정작업을 거쳐야했던 『혁명의 려명』과 『은하수』이다. 비록 『혁명의 려명』은 재출판을 거듭하며 심하게 개작되어 역사적 실재성에 충실한 작품이 되어버렸지만 총서 전체를 놓고 볼 때 전사의 기능보다 소설적 기능이 가장 강한 작품이다. 그리고 『은하수』 역시 소설적 연결성을 염두에 두어서인지 개작이 되긴 했지만 소설적 특성을 중시하는 천세봉의 특성이 살아있는 작품이다.

셋째, 그가 사회주의화 과정에서 노출된 병폐인 소외 문제를 천착해내고 있는 점은 다른 작가들이 갖지 못한 개성 가운데 하나이다. 북한에서 양심 문제를 다룬 작가는 많다. 그러나 양심 문제에서 파생하는 소외 문제에 눈을 돌리고 깊이 천착한 작가는 드물다. 양심의 문제 속에서 발생하는 소외의 문제를 천세봉은 다른 작가들처럼 당연한 것으로 받아들이지 않았다는 점에서 북한 사회에 대한 그의 고민이 엿보인다.

넷째, 그는 승리만을 지향하지 않으며, 실패를 통해 도약을 준비하고, 당대의 문제에 대해 반성을 하고 있다. 그의 당에 대한 찬양에서 멈추는 것이 아닌 당 정책에 대한 날카로운 비판의식, 제한적이기는 하지만 비타협적인 모습은 그를 북한의 대표적인 작가로 위치할 수 있게 하였다.

다섯째, 천세봉이 농민 문학 뿐 아니라 '수령형상 문학' 확립에 기여한 작가라는 점에도 북한문학 내에서의 의의를 찾을 수 있다. 천세봉은 김일성·김정숙의 형상과 그 가계형상에 기여한 작가로 다른 작가들이 그들의 인물을 전형화하는데 영향을 미친다. 뿐만 아니라 제대군인을 주동력으로 제시함으로써 이후 '천리마 형상 문학'에서 주인공 설정에 영향을 미치고 있다.

그의 작품을 분석하면서 얻을 수 있었던 성과는 교류 가능한 작품을 찾을 수 있었다는 데 있다. 1920년대 중·후반을 다루고 있는『고난의 력사』는 이데올로기 측면도 다른 작품에 비해 상대적으로 약하며, 남한의 독자들도 충분히 공감할 수 있는 문학적 보편성을 지니고 있다는 점에서 충분히 교류가 가능한 작품이라고 생각된다. 이 작품이 다루고 있는 내용이 1930년대 리얼리즘 소설과 크게 다르지 않기 때문이다.

그리고『석개울의 새봄』과『대하는 흐른다』, 등도 그 안에 숨 쉬고 있는 지배 이데올로기를 제거하고 작가가 추구하는 민중들의 구체적인 삶에 초점을 맞추어 본다면, 당대 북한 민중들이 지녔던 갈등과 고뇌를 엿볼 수 있다는 점에서 관심을 요하는 작품들이다. 총서 역시 신화적 내용을 괄호 안에 묶어 버린 후 괄호 밖의 내용만 본다면 역사소설로써 충분히 읽힐 만하다. 단 이것은【불멸의 력사】시리즈 중 해방 전 편에만 해당되는 사항이다. 해방 전 편은 만주에서의 항일무장투쟁을 다루고 있어 국내외적으로 사실을 검증할 수 있는 자료가 있지만 해방 후 편은 역사적 사실을 검증 할 수 있는 자료가 북한 사서에 국한되기 때문이다. 역사 소설이 세세한 사건까지 사실성을 드러내야할 필요는 없다. 그리고 역사소설이 역사서가 되어서도 안 된다. 그러나 아직 역사 날조 논쟁이 끝나지 않는 지금【불멸의 력사】시리즈의 역사적 실재성에 대한 부분은 북한은 물론이고 남한에서도 민감한 부분으로 남아 있기 때문이다. 그런 점에서 사실과 허구가 적절히 배합되어 있으며 그의 역사관이 드러나 있는 개작 전의 천세봉의 작품은 역사소설로 충분히 읽힐만하다고 생각된다.

그의 최초의 문제의식은 인물 형상론에서부터 드러난다. 공산주의적 인간형이 꼭 당원일 필요가 없으며, 당원에 의해 모든 사람들이 교화되어야할 이유도 없다는 것이다. 문제의식에 대한 실천은 『석개울의 새봄』에서부터 나타난다. 그는 이와 같은 문제의식 속에서 창혁이라는 새로운 공산주의적 인간형인 대중적 영웅을 탄생시켰고, 교화 대상에 대한 모범자도 당원에서부터 일반 노인으로 확대된다. 그리고 작품들 통해 '주체형 공산주의자', 인민적 사업작풍을 지닌 '항일혁명투사', '효자·효녀'와 같은 지속적으로 새로운 인물 유형을 창조해 내고 있다.

또한 천세봉은 작품 속에서 사건의 해결점으로 제시하는 양심을 개인적 양심, 사회적 양심, 계급적 양심 등으로 여러 갈래에서 보여준다. 양심은 북한 사회의 작동 기제 중의 하나라는 점에서 주목할 만하다. 그는 여기에서 멈추는 것이 아니라 문제의식으로 발전시키고 있다. 양심의 문제가 북한 사회에서 개인의 욕망을 억압하며, 소외 불러일으키고 있음을 예리하게 지적해 내고 있는 것이다. 소외 문제는 천세봉의 작품에서 두 가지로 나타난다. 사회주의 개조화 과정에서 파생된 소외 문제와 양심이라는 억압 기제가 집단 심리에 영향을 미쳐 나타나는 소외이다. 그는 북한 사회가 지닌 고질적인 문제인 소외 문제를 천착함으로써 사회의 병폐에 대한 지속적인 고민을 게을리 하지 않고 있음을 보여준다.

그가 창조해낸 새로운 전형에 대해 북한 문단은 환영하는 분위기였다. 그가 생산해낸 인물들의 행동 방식은 이후 구호화되고 정치사업화 될 만큼 위력적인 인간형들이었다. 북한은 신화 생산을 국가 작동의 주요한 전략으로 사용하고 있다. 천세봉 작품이 내포하고 있는 신화성은 그가 의도했던 의도하지 않았던 간에 북한의 노동력을 움직이는 전술이 되었다. 따라서 그가 생산해낸 새로운 전형은 북한 문단의 방향성을 지시하는 두뇌로 공민의 지도 방향에 좌표가 되었다고 할 수 있다. 이것은 그의 작품의 특성 중 하나이며, 천세봉의 작품이 기본적으로 신화성을 띠는 이유도 이 때문이다. 당 정책화나 이론 논쟁이 불거지기 전에 먼저 제시된 전형은 많은 비판 속에서도 그를 북한의 대표적이 작가로 자리매김하게한 원동력으로 여겨진다.

그렇다고 해서 천세봉의 작가적 자질이나 문학 형식 창조의 기량을 폄하하는 것은 아니다. 그는 소설의 새로운 형식과 인물의 전형을 지속적으로 창조하고 이론 논쟁이나 수령형상 문학론에 영향을 미침으로써 자신의 문학적 성취 또한 이루고 있다.

그러나 새로운 형식의 추구와 소설이라는 거울을 통해 북한의 밝은 면뿐만 아니라 어두운 면도 함께 그리려는 천세봉의 노력 역시 1~2기 문학에서 멈춰져 있으며, 3기 문학에서는 둔화되어 나타난다. 천세봉 문학에서 새로움 추구의 '멈춤'과 날이 서 있던 비판의식의 '둔화'는 소설 창작에만 몰두 할 수 없었던 그의 정치적 입지와도 관련이 있다. 이것은 천세봉 개인의 문제이기도 하지만 '수령형상 문학'이라는 높은 장벽을 넘지 못하고 신화 세계라는 수렁으로 빠져든 북한 문단 전체의 문제이기도 하다.

한 가지 다행스러운 것은 천세봉을 통해 알 수 있듯이 것은 개인에 따라서는 오류를 범해도 그것이 숙청으로 직결되지 않는다는 사실이다. 그것이 천세봉이 권력을 가졌기에 가능했겠지만 북한 문단 내에도 틀 안에서의 자율성이 작동되고 있다는 것을 반증한다.

그리고 북한 문예이론의 발달 노선을 볼 때 그 발달의 주된 방향은 장편의 다양화와 지향에 있었다. 그러나 장편 형식의 다양화 측면에서는 '수령형상 문학'이 오히려 장애가 되고 있음을 알 수 있다. '혁명적 대작' 논쟁 이후 장편소설은 역사소설과 '혁명적 대작', '수령형상 문학'으로 확연하게 구분되고 있기 때문이다. 특히 수령형상 문학은 주체문학론의 틀 안에서 자유롭지 못하며, 그 형식의 발전이 더 이상 보이지 않는다.

북한은 장편 형식 속의 영웅과 당과 수령이라는 사회 신앙을 통해 무반성적 신화 창조에 박차를 가하고 있다. 이와 같은 신화 창조를 통해 민중과의 거리감을 좁힐 수 있는 대중적 영웅이 탄생했으며, 이 영웅들이 소설 밖으로 뛰쳐나와 사회운동의 발전·확산에 기여한다는 점에서 천세봉이 유형화해낸 인물들이 북한문학에서 완성도를 지닌 인물들임을 알 수 있다. 새로운 영웅이 사회운동으로 확대 발전될 수 있었던 까닭은 이들이 영웅성을 지니고 있음에도 불구하고 지극히 인간적이며 결점이 많은 인물형들이었기 때문이다. '영웅 되기'의 강박 속에서 인물들이 리비도를 당과 인민 수령에게 투입하고, 개인의 욕망을 양심과 도덕이라는 이름으로 억압하는 모습만 보여주었다면 소설의 재미는 그만큼 반감되었을 것이나 천세봉은 소외의 문제를 배치함으로써 작품의 완성도를 높이고 있다.

그리고 천세봉은 작품을 통해 여러 가지 시도를 한다. 그 첫 번째가 인물의 다양화와 새로운 인물 유형의 창조이다. 하지만 천세봉이 그리고 있는 지주의 유형은 북한의 찬사처럼 새롭지는 못하다. 두 번째가 그는 계급을 뛰어 넘는 사랑이다. 그러나 천세봉의 계급을 뛰어넘는 사랑에 대한 시도는 북한에서는 결국 실패한 시도가 되고 말았다. 『대하는 흐른다』 계급성이 투철한 인민들의 타도대상인 지주계급에 대한 저항감 때문이었고, 『안개 흐르는 새 언덕』에서는 규정된 계급성의 이탈을 허용하지 않았기 때문이었다. 따라서 이후 천세봉이 계급을 뛰어 넘는 사랑에 대한 문제를 다시는 시도하지 않는다는 점은 참으로 아쉽다고 할 수 있다.

'수령형상 문학'기 이후 북한문학은 신화 작업의 과잉으로 영양실조 상태에 빠져 있는 것처럼 비친다. 그리고 아직 신화의 과잉의 늪에서 탈출하려는 의지가 없어 보인다. 조화와 통일은 북한을 이끄는 기준이다. 그렇기에 북한은 한사람의 이탈도 용납하지 않으며, 이탈을 막기 위해 끊임없이 문학을 통해 양심을 강조하여 통일과 조화를 보장받으려 하고 있다.

소련이 붕괴하고, 마르크스와 레닌이 역사의 뒤안길로 이미 사라졌으며, 최고의 동맹국인 중국마저도 자본주의 경제를 받아들이고 있는 이 시점에서 그들은 자본주의 경제에 대한 고민을 새롭게 하고 있다. 우리는 이들의 변화에 주목하여야 한다. 자본주의 경제에 대한 고민 속에서 북한 개방에서 오는 파장을 우려해 문학을 통해 더욱 통제를 강화하려 할 수 있다. 따라서 북한문학은 신화주의로 더욱 깊게 빠져들 가능성이 높다. 그렇다고 해서 북한문학이 갖는 한계를 문제 삼아 북한문학을 외면하거나 등한시해서는 안 된다. 신화적 문학이라 할지라도 그 속에는 북한 주민들의 삶이 펼쳐져 있기 때문이다.

이 연구는 천세봉의 장편소설만을 대상으로 한 것이다. 따라서 앞으로 폭넓은 자료의 개방과 문학 교류를 통해 그의 전 작품을 아우르는 연구가 진행되기를 기대해본다. 그리고 이 연구에서 천세봉을 다루면서 그의 문학에서 파생되는 여러 갈래의 형식에 대한 지식과 세밀한 연구의 필요성을 절감하게 되었다. 논의 폭을 좀 더 확장하기 위해 '도식주의 논쟁'에서 문제가 된 작품들에 대한 연구나, '혁명적 대작' 소설들의 비교 연구가 필요하다. 이것은 차후의 연구 과제로 삼고자 한다.

참고문헌

기초자료

1. 사전류

강만길·성대경, 『한국사회주의 운동 인명사전』, 창작과비평사, 1996.
『농업소사전』, 국립농업출판사, 1960.
『력사사전』 Ⅰ·Ⅱ, 사회과학출판사, 1971.
『정치용어사전』, 사회과학출판사, 1970.
『조선말 대사전』 1·2, 사회과학출판사, 1992.
『문학예술사전』, 과학·백과사전출판사, 1986·1993.
『문학예술사전』, 사회과학출판사, 1972.
윤종성 외, 『문예상식』, 문학예술종합출판사, 1994.
이명재, 『북한문학 사전』, 국학자료원, 1995.

2. 단행본

천세봉, 『석개울의 새봄』 1, 조선문학예술총동맹출판사, 1958.
______, 『석개울의 새봄』 2, 조선문학예술총동맹출판사, 1963.
______, 「석개울의 새봄 3부」, 『조선문학』, 1962.3~12·1963.1~6.
______, 『고난의 력사』 1부, 조선문학예술총동맹출판사, 1964.
______, 『대하는 흐른다』 1부, 조선문학예술총동맹출판사, 1964.
______, 『안개 흐르는 새 언덕』 상·하, 살림터, 1996.
______, 『축원』, 문예출판사, 1980.
______, 『유격구의 기수』(『충성의 한길에서』 1부), 문예출판사, 1984.
______, 『사령부로 가는 길』(『충성의 한길에서』 2부), 문예출판사, 1984.
______, 『혁명의 려명』(총서 [불멸의 력사] 2), 문예출판사, 1973·1987.
______, 『은하수』(총서 [불멸의 력사] 3), 문예출판사, 1982·1987.
______, 『조선의 봄』(총서 [불멸의 력사] 해방 후 편), 1991.
______, 『향도의 태양』, 평양출판사, 1994.

[불멸의 력사] 시리즈(해방 전·후), 1972~2011.

3. 신문과 기타자료(연감, 편람, 잡지 및 기관지)

1) 남한

「길돈선연장 기타로 길림 배일험악화, 학생 등은 매일 시위행렬 계속, 천진 배일도
　　　수일 심각」,『동아일보』, 1928.11.2.
「할빈 학생단체 길회선반대고조, 9일 경관대와 충돌 148명 부상」,『동아일보』, 1928.11.13.
「천여 연합공산군 무송현성 공격」,『조선일보』, 1936.8.11.
국토통일원 편,『북한연표』88~89, 국토통일원, 1990.
『북한동향』, 통일부, 2001.10.27~11.2.
이태준,「解放前後」,『文學』, 1946.7.

2) 북한

『문화전선』창간호, 북조선문예총연맹, 1946.
방린본,『조선지명편람』함경남도 편, 사회과학출판사, 2002.
『조선중앙년감』, 조선중앙통신사, 1963·1965·1967·1971~1993.

『로동신문』

「재차 보수주의와 소극성에 반대하여」, 1958.9.16.
「미제의 침략 책동에 의하여 조성된 큐바 정세에 대한 상보」, 1962.10.30.
「맑스-레닌주의의 기치를 더욱 높이들자」, 1962.11.17.
「왜 평양 경제 토론회의 성과를 헐뜯으려 하는가?-제2차 아세아 경제 토론회에 대
　　　한『쁘라우다』의 비방을 론박함」, 1964.9.7.
「국제 공산주의 운동의 단결을 강화하고 반제 혁명투쟁을 더욱 강력히 전개하자」,
　　　1964.12.3.
「자주성을 옹호하자」, 1966.8.12.
「위대한 당의 령도따라 새해의 총진군을 다그치자」, 1998.1.1.
「자립적 민족경제 건설로선을 끝까지 견지하자」, 1998.9.17.
「강계정신으로 억세게 싸워 나가자」, 2000.4.22.
「라남의 봉화 따라 강성부흥의 북소리 높이 울리자」, 2001.11.22.

『문학신문』, 조선작가동맹 중앙위원회

강능수,「거창한 력사의 흐름-천세봉 작 장편소설『고난의 력사』(1부)에 대하여」,
　　　1965.2.26.
계훈관,「과장법의 능란한 구사-장편소설『대하는 흐른다』(1부)를 읽고」, 1966.8.30.
김수경,「창작기지 고향의 번영과 함께-작가 천세봉을 찾아서」, 1961.8.25.

김혜선, 「사람답게 사는 길−평양화력발전소에서 장편소설 『안개 흐르는 새 언덕』에 대한 감상모임 진행」, 1966.9.30.

김길순, 「『대하는 흐른다』와 구성−소설가 리상현과의 담화에서」, 1965.10.22.

______, 「신간 안내−천세봉 『고난의 력사』 1부(문예총출판사)」, 1965.1.1.

______, 「'대하'를 이루게 한 것은 무엇인가−장편소설 『대하는 흐른다』의 작품합평회 진행(천세봉 작)」, 1963.9.24.

김영화·리금중, 「혁명적 작품의 주제와 성격창조−혁명적 작품 창작을 위한 연구론회」, 1964.11.27.

김영희, 「계급투쟁의 거대한 화폭−평양 전구공장에서 장편소설 『고난의 력사』(1부) 독자모임 진행」, 1965.11.12.

김갑기, 「투쟁과 랑만의 력사를 비친 화폭−장편소설 「안개 흐르는 새 언덕」(상·하를 읽고)」, 1966.11.15.

김명수, 「조선 작가 동맹 중앙 위원회 제2차 전원 회의에서 토론」(요지), 1957.11.14.

______, 「사회주의적 애국주의와 당적 인간, 긍정적 빠포스」, 1958.4.3.

량남익, 「불멸의 총서(해방 후 편) 장편소설 『조선의 봄』 출판(천세봉 유고)」, 1991.4.15.

______, 「총서 [불멸의 력사](해방 후 편) 장편소설 『조선의 봄』 출판」, 1991.12.18.

리금중, 「생활의 론리와 작가의 묘사 정신」, 1966.4.

리기주, 「해방후 토지혁명과 계급투쟁의 심각한 반영−장편소설 『대하는 흐른다』를 읽고」, 1993.9.3.

리상태, 「소설에서의 구성의 기교」, 1962.7.17.

______, 「전변되는 현실의 생동한 화폭−『석개울의 새봄』(1·2부)에 대하여」, 1962.10.5.

리시영, 「계급투쟁의 연대기−『고난의 력사』(1부)의 예술적 구상의 특성」, 1965.10.29.

리정엽, 「여러가지 표현수법들」(천세봉 『안개 흐르는 새 언덕』 평), 1966.10.18.

민병균, 「현실과 창작」, 1960.12.6.

박종모, 「혁명투사에 대한 서사시적 화폭−장편소설 『안개 흐르는 새 언덕』(상·하권)에 대하여」, 1966.7.15.

박학성, 「농촌현실과 농장원들의 형상」, 1964.9.29.

______, 「전형적 환경묘사와 심도」, 1967.3.28.

방연승, 「갈등문제」, 1963.2.19.

안함광, 「예술적 전형에 대한 수정주의적 리론을 반대하여」, 1963.10.18.

______, 「영광스러운 혁명전통에 대한 송가−장편소설 『안개 흐르는 새 언덕』(상·하권)」, 1966.11.15.

______, 「형상적인 생동한 언어 표현에로−장편 『고난의 력사』를 읽고」, 1966.6.21.

오승련, 「천세봉과 그의 문학」, 1992.12.18.

유항림, 「명확한 주제가 요구된다-소설분과위원회에서」, 1957.3.7.

윤세평, 「농촌 협동화에 바쳐진 예술적 화폭-장편 『석개울의 새봄』을 읽고」, 1959.3.1.

______, 「천세봉 형에게」, 1962.7.20.

장형준, 「준엄한 계급투쟁의 생동한 화폭」, 1963.6.21.

전세권, 「마음에 드는 형상들-장편소설 『대하는 흐른다』(1부)를 읽고」, 1965.10.22.

조중곤, 「'지난 1년간', 빛나는 창조적 로력 속에서」, 1956.12.27.

차균호, 「성격이 생동하고 심오하다-소설가 리근영 박효준과의 담화에서」, 1965.10.22.

최일룡, 「대하의 흐름을 재현한 력작-장편소설 『대하는 흐른다』(1부)의 구성슈제트 문제」, 1965.2.23.

______, 「대하의 흐름을 재현한 력작-장편소설 『대하는 흐른다』(1부)의 구성슈제트 문제를 중심으로」, 1965.10.22.

______, 「천리마 시대와 외국문학 작가」, 1961.4.7.

최창학, 「체험의 터전우에 솟은 두 개의 장편-『대하는 흐른다』(1부)와 『고난의 력사』(1부)의 창작 과정을 두고」, 1965.11.12.

______, 「혁명적 대작과 혁명가의 영웅적 성격 창조」-소설분과 토론회 진행, 1964.12.1.

최학수, 「'그 시절'에 대한 추억」, 2003.6.28.

천세봉, 「10년을 회상하며」, 1958.9.4.

______, 「전환에 대한 몇 가지 의견-공산주의자의 전형창조를 위하여」, 1960.6.10.

______, 「『석개울의 새봄 3부』 경개」, 1961.3.28.

______, 「『안개 흐르는 새 언덕』(상) 중에서」, 1966.7.15.

______, 「나의 현실체험」, 1962.11.9.

______, 「남반부 작가, 예술가들에게 부치여」, 1965.12.31.

______, 「남반부 작가, 예술가들에게」, 1963.1.1.

______, 「남조선 작가들에게」, 1964.1.3.

______, 「새 아침에」, 1961.1.3.

______, 「원형과 전형」, 1966.5.20.

______, 「윤세평동지에게 보내는 답장」, 1962.8.24.

______, 「천리마시대와 소설문학」, 1961.3.21.

______, 「체험의 터전 우에 솟은 두 개의 장편-『대하는 흐른다』(1부)와 『고난의 력사』(1부)의 창작과정을 두고」, 1965.11.12.

『근로자』
안광즙, 「사회주의 공업화를 위한 자금 원천」, 1957.9.
천세봉, 「온 사회의 주체사상화에 이바지하는 혁명적 문예작품을 창작할테 대한 당
　　　 의 탁월한 방침」, 1975.12.

『조선문학』, 조선작가동맹출판사, 1956~2005
강능수, 「혁명과 문학 2」(전형성문제 1~3), 1967.10 · 1968.1~3(2 · 3 합본호).
계북 역, 「사회주의적 사실주의의 발생 및 발전」(문제 연구에 대한 자료), 1958.4.
계훈혁, 「혁명적대작으로서의 풍격을 갖춘 빛나는 창작성과 1 · 2」, 1969.6~7.
김려숙, 「위대한 수령님께 끝없이 충성다한 공산주의혁명가의 불멸의 전형적 형상
　　　 ―장편소설『충성의 한길에서』(1부)를 읽고」, 1976.3.
김명수, 「문학에서 ‘미학적인 것’을 바로찾기 위하여」, 1957.3.
＿＿＿, 「평론은 생활 및 창작과 더욱 밀접히 연결되어야한다」, 1958.3.
김삼복, 「소설가의 모습」, 2003.6.
김영근, 「20세기 추억―생활의 바다속에서」, 2002.11.
김영석, 「우리 산문 문학에 반영된 농촌 생활의 진실」, 1957.5.
김재하, 「인민들을 고무하는 1930년대 공산주의자들의 전형」, 1963.9.
김창석, 「문학 예술의 민족적 특성에 대해여」, 1959.4.
＿＿＿, 「공산주의자의 전형 창조에서 제기되는 리론적 문제」, 1959.12.
김하명, 「공산주의 문학 건설과 긍정적 주인공의 형상화에서 제기되는 몇 가지 문
　　　 제」, 1959.6.
김하열, 「투사의 성격 창조에 대한 느낌」, 1966.1.
김헌순, 「체험, 기교, 성격의 매력」, 1963.1.
＿＿＿, 「공산주의 교양과 장편소설『석개울의 새봄』」, 1959.7.
＿＿＿, 「천세봉과 농촌」, 1960.7.
＿＿＿, 「형상과 묘사기법」 1~3, 1963.7~8.
김홍섭, 「위대한 수령님에 대한 충성의 빛나는 귀감―장편소설『충성의 한길에서』
　　　 1부를 읽고」, 1978.2.
로금석, 「천리마 기수들의 전형 창조와 작가의 시대적 감각」, 1961.2.
리금중, 「생활의 론리와 작가의 묘사 정신」, 1966.4.
리기영, 「사회주의적문학예술의 창조에서 강령적 지침으로 되는 력사적 문헌」,
　　　 1970.11.
리상태, 「우리 문학에서의 갈등의 특징에 대한 의견」, 1964.5.
리상현, 「력사소설에 대하여」, 1966.3.

리환식, 「총서 [불멸의 력사](해방 후 편) 중 장편소설 『조선의 봄』의 언어형상」, 1999.10.

박영근, 「혁명적 대작 구성문제 몇 가지」, 1965.5.

박용학, 「천세봉의 인간상과 인간문제」, 2000.1.

박정원, 「사회주의적문학예술을 민족적 바탕에서 발전시킬데 대한 김일성동지의 사상」, 1970.4.

방연승, 「시대와 인간과 투쟁에 대한 대서사적 화폭」, 1963.10.

______, 「위대한 수령님의 영광찬한한 혁명력사와 혁명적 가정을 형상하는 것은 우리 혁명적 문학예술의 첫째가는 과업」, 『조선문학』, 1975.4.

______, 「위대한 수령님을 높이 우러러모시고 받드는 충성의 한길을 열어 놓은 탁월한 녀성혁 명가의 빛나는 형상에 대하여-장편소설 『충성의 한길에서』(1부)에 대하여」, 1976.3.

안함광, 「천리마적 현실의 반영과 전형화의 특성」, 1961.9.

______, 「혁명문학 예술에 대한 김일성 원수의 지도방침에 대한 약간의 고찰」, 1961.5.

______, 「당의 령도 밑에 발전한 문학의 길」, 1965.10.

______, 「우리의 사회주의적 사실주의 문학 예술의 발전을 위한 조선 로동당의 정책의 정당성」, 1963.9.

______, 「장편소설의 구성상 문제」, 1963.8.

______, 「혁명적 대작의 성과와 형상의 론리」, 1966.11.

______, 「혁명적 성격 창조와 정황의 문제」, 1965.4.

______, 「혁명전통 형상에서의 전형화의 특성」, 1964.8.

______, 「혁명적 대작의 성과와 형상의 론리」, 1966.11.

엄단웅, 「혁명적 대작 창작과 구성에 관한 단상」, 1965.7.

엄호석 「사회주의적 애국주의와 긍정적 주인공」, 1958.8.

______, 「갈등의 예리화」(작가연단), 1956.7.

______, 「공산주의적 교양과 창작의 질적 제고를 위하여」, 1959.8.

______, 「로동 계급과 당적 인간의 성격」, 1960.12.

______, 「생활의 체험과 빠포스」, 1958.12.

______, 「작품의 사상성과 전형화의 높이」, 1967.7.

______, 「혁명대작 창작에서 더 큰 성과를 이룩하자」, 1965.11.5.

______, 「혁명적 대작과 구성의 기교 2」, 1965.11·12(합본호).

______, 「혁명적 대작과 슈제트 문제 1」, 1965.8.

______, 「혁명적 대작에서 생활과 성격의 독창적 탐구」, 1966.4.

______, 「혁명적 대작의 성과와 제기되는 몇 가지 문제」, 1966.12.

______, 「혁명가의 세계관 형성과정을 깊이 있게 그리기 위하여」, 1969.5.

______, 「혁명대작의 사상미학적요구」, 1968.5.

______, 「당문예정책관철의 선도자적역할을 놀수 있는 평론 활동을 적극 전개하겠다」, 1971.4.

연장렬, 「혁명 전통 전형화에서 제기되는 문제」, 1962.2.

______, 「혁명적 주제의 탐구와 주제 령역의 확대」, 1965.4.

오승련, 「주체시대 문학예술이 나아갈 앞길을 밝혀주는 불멸의 문예 강령─위대한 수령님의 불후의 고전로작 『천리마시대에 맞는 문학예술을 창조하자』 발표 20돐에 즈음하여」, 1980.10.

______, 「혁명투사─인간에 대하여 생각함」, 1965.4.

윤상현, 「총서 [불멸의 력사] 중 장편소설 『조선의 봄』의 사상미학적특성」, 1992.1.

윤세평, 「현실 침투와 인민 생활과의 련계의 강화는 우리 당 문예 로선의 기본 원칙」, 1961.5.

______, 「위대한 현실 생활의 화폭과 공산주의자의 전형 창조」, 1961.8.

______, 「우리나라에서 장편소설의 구성상 특성과 제기되는 문제」, 1962.1.

윤순철, 「문학에 있어서의 당성과 계급성」, 1953.12.

장형준, 「혁명전통 형상화에서의 사실과 허구, 원형과 전형」, 1960.1.

______, 「혁명적 대작과 주인공의 성격 창조」, 1965.10.

______, 「혁명주제의 대작창작에서 제기되는 중요한 사상─미학적 요구」, 1967.9.

조선작가동맹출판사 편집부, 「공산주의 당성은 우리 문학의 힘의 원천이다」, 1963.8.

조정국, 「농촌 현실과 작가의 사업」, 1956.7.

차균호, 「사회주의적 문학예술의 주제문제에 관한 김일성동지의 사상」, 1970.3.

조중곤, 「생활의 진실을 더 깊이 반영하기 위하여」, 1958.1.

천세봉, 「근로자들을 공산주의세계관으로 무장시키기 위한 혁명적인 작품들을 더 많이 창작할 데 대한 경애하는 수령 김일성동지의 교시를 철저히 관철하기 위하여」, 1971.4.

천세봉 외, 「一九五六년도를 맞이하는 작가들의 창작 계획에서」, 1956.1.

______, 「독자편집부──九五六년도 작가들의 창작 계획 실행 정형」, 1956.12.

______, 「신년 결의─벅찬 현실을 안고」, 1959.1.

______, 「새해 첫 아침에」, 1980.1.

천청송, 「혁명적인 대작과 주제의 탐구」, 1965.9.

최길상, 「위대한 수령님에 대한 끝없는 충실성의 빛나는 구감─장편소설 『충성의 한길에서』(2부)에 대하여」, 1980.6.

최일룡, 「혁명적 대작과 구성」, 1965.6.

______, 「혁명적 대작과 사실주의 묘사정신」, 1966.2.

______, 「혁명적 작품에서의 환경의 전형화」, 1967.8.

______, 「사회주의농촌현실을 반영한 작품들을 더 많이 창작하자」, 1968.2~3.

______, 「혁명적 대작과 구성」, 1965.6.

최학수, 「혁명적 주인공의 운명과 작가의 립장」, 1967.8.

______, 「영생하는 작가의 초상」, 2003.5.

한설야, 「현대 조선문학의 어제와 오늘」, 1957.1.

______, 「계급적 교양과 사회주의 레알리즘의 제문제」, 1956.2.

현종호, 「작품의 미학적 높이와 탐구정신」, 1966.7.

______, 「항일 혁명력사와 인간 운명에 대한 영웅서사시적 화폭」, 1966.11.

「조선혁명 려명기에 대한 기념비적 화폭―장편소설 『혁명의 려명』(총서 【불멸의 력사】 중에서)에 대하여」, 1975.1.

「충실성의 빛나는 구감」, 『조선문학』, 1980.7.

령도자와 작가, 「장편소설 『석개울의 새봄』(제1부)이 다시 나오기까지」, 2005.7.

단행본

국내

강만길 외, 『민족해방운동의 전개』 1·2(한국사 15~16), 한길사, 1994.

________, 『북한의 정치와 사회』 1(한국사 21), 한길사, 1994.

강진호 외, 『북한의 문화정전, 총서 '불멸의 력사'를 읽는다』, 소명출판, 2009.

권영민 편, 『북한의 문학』, 을유문화사, 1990.

극동문제연구소 편, 『북한 전서』 1945~1980, 극동문제연구소, 1980.

김광운, 『쟁점과 과제 민족해방운동사』, 풀빛, 1990.

김남식, 『남로당 연구』 Ⅰ, 돌베개, 1984.

김성윤 편, 『코민테른과 세계혁명』 Ⅱ, 거름, 1986.

김장호, 『한국사회성격의 재조명』, 한, 1990.

김재용, 『북한문학의 역사적 이해』, 문학과지성사, 1994.

김종회 편, 『북한문학의 이해』 1~3, 청동거울, 1999~2005.

김준엽·김창순, 『한국공산주의운동사』 1~5, 고려대 아세아문제연구소, 1967~
      1973.

남현우, 『항일무장투쟁사』, 대동, 1988.
동국대 한국문학연구소 편, 『북한의 문학과 문예론』, 동국대 출판부, 2003.
사회문화연구소 편, 『사회운동론』, 사회문화연구소, 1995.
신주백, 『한국역사입문』 3, 풀빛, 1996.
신형기·오성호, 『북한문학사』, 평민사, 2000.
신형기, 『북한 소설의 이해』, 실천문학사, 1996.
양소현, 『중국에 있어서의 한국독립운동사』, 한국정신문화연구원, 1996.
양재인, 『한국정치엘리트론』, 대왕사, 1990.
윤재근·박상천, 『조선의 현대문학』 II, 고려원, 1990.
이명재 편, 『북한문학의 이념과 실체』, 국학자료원, 1998.
이선영 외편, 『현대문학비평자료집』 1, 태학사, 1993.
이재화, 『한국근현대 민족해방운동사』(항일무장투쟁사 편), 백산서당, 1988.
이형기·이상호, 『조선의 현대문학』 I, 고려원, 1990.
임순희, 『북한문학의 김정일 '형상화'연구』, 통일연구원, 2001.
임형태, 『북한 50년사』, 들녘, 1999.
정창현, 『남북한 역사인식 비교강의』, 일송정, 1989.
전원하 편, 『저강도 전쟁의 이론과 실재―미국의 반혁명 수출과 제3세계전략』, 친
        구, 1990.
조종혁, 『커뮤니케이션과 상징조작 현대사회의 신화』, 성균관대 출판부, 1994.
최동호 편, 『남북한 현대 문학사』, 나남출판, 1995.
한 편집부, 『주체의 혁명적 조직관』, 한, 1989.
한국독립유공자협회 편, 『중국 동북지역 한국 독립운동사』, 집문당, 1997.

국외

고승효, 이태섭 역, 『현대북한경제입문』, 대동, 1993.
김 일 외, 『붉은 햇발 아래 항일혁명 20년』, 조선로동당출판사, 1979.
김일성, 『세기와 더불어』 1~4·8·45, 조선로동당출판사, 1992~1998.
______, 『김일성 선집』 1, 대동, 1988.
김정웅, 『문학예술작품 창작』(주체적문예리론의 기본 2), 평양문예출판사, 1992.
김정웅·천재규, 『조선문학사』 15, 사회과학출판사, 1998.
김정일, 『김정일 선집』 1, 조선로동당출판사, 1992.
______, 『주체문학론』, 조선로동당출판사, 1992.
______, 『주체사상에 대하여』, 조선로동당출판사, 1991.
김철만 외, 『회상기』 上·中·下, 대동, 1990.

김한길, 『현대조선력사』(사회과학원 력사연구소 편), 과학·백과사전출판사, 1983.

김한주, 『우리나라에 있어서 맑스-레닌주의 농업강령의 승리적 실현』, 조선로동당
　　　출판사, 1960.

김홍섭, 『소설창작과 기교』(주체적문예리론연구 13), 문예출판사, 1991.

나라사랑 편집부, 『중소대립과 북한』, 나라사랑, 1988.

단편소설집 『개선』, 조선작가동맹출판사, 1955.

돌베개 편집부, 『북한 '조선로동당'대회 주요 문헌집』, 돌베개, 1988.

라광빈·양익언, 『붉은 바위』上·下, 일월서각, 1989.

리근영, 『첫수확』, 조선작가동맹, 1957.

리상준 외, 『력사 논문집』(사회주의 건설 편), 과학원출판사, 1960.

림기범, 『우리식농촌문제해결의 빛나는 경험』, 농업출판사, 1992.

마로스 슬로먼, 박성규 역, 『러시아문학과 사상』, 대명사, 1983.

민주주의 민족전선 편, 『해방조선』 II, 과학과사상, 1988.

박종원·류　만, 『조선문학 개관』 II, 사회과학출판사, 1986.

백두연구소 편, 『주체사상의 형성과정』 I, 백두, 1988.

북한연구학회 편, 『북한의 언어와 문학』, 경인출판사, 2006.

사회과학원 력사연구소 편, 『조선전사』 16~22·30, 과학·백과사전출판사, 1980~
　　　1982.

사회과학원 문학연구소 편, 『조선문학사』(1945~1958), 과학·백과사전출판사, 1978.

사회과학원 편, 『주체사상에 기초한 문예리론』, 사회과학출판사, 1975.

사회과학출판사 편, 『반제반봉건민주주의 혁명과 사회주의혁명 이론』(『위대한 주체
　　　사상총서』 4), 평양사회과학출판사, 1985.

사회과학출판사 편, 『영도체계』(『위대한 주체사상총서』 9), 평양사회과학출판사, 1985.

송　영, 『백두산은 어데서나 보인다』, 민주청년사, 1956.

안룡선, 『위대한 수령님과 전사 강건』, 금성청년출판사, 1998.

안함광, 『문학의 탐구』, 조선문학예술총동맹출판사, 1966.

연변해외문제연구서 편, 『연변조선족력사화책』, 연변인민출판사, 1997.

오름 편집부, 『참된 봄을 부르며』 1~3, 오름, 1993.

유작촌, 『정통과 계승』, 현대사, 1992.

윤기덕, 『수령형상 문학』, 문예출판사, 1991.

이기영, 『두만강』 1~5, 풀빛, 1989.

＿＿＿, 『력사의 새벽길』 상, 문예출판사, 1972.

조선로동당 중앙위원회 당력사연구소 편, 『김일성 저작집』 1·4·8~11·13·15~
　　　18·21·24·25·27·33·43·45, 조선로동당출판사, 1960~1996.

________________________________, 『조선로동당략사』 1 · 2(1979년판), 돌베개, 1989.

조선작가동맹, 『제2차 조선작가대회 문헌집』, 조선작가출판사, 1956.

중국조선민족역사족적 편찬위원회 편, 『불씨』 · 『봉화』 · 『결전』(중국조선민족발자취 총서 2~4), 민족출판사, 1989~1995.

최학수, 『평양시간』, 문예출판사, 1976.

평양출판사 편집부, 『인민의 염원을 지니고』 1, 평양출판사, 1970.

한중모, 『주체사상에 기초한 사실주의 리론의 몇 가지 문제』, 과학 · 백과사전출판사, 1980.

연변해외문제 연구서 편, 『연변조선족력사화책』, 연변인민출판사, 1997.

『조선단편집』 1, 문예출판사, 1978.

Cumings Bruce · Holliday John, 차성수 · 양주동 역, 『한국전쟁의 전개과정』, 태암, 1989.

Cumings Bruce, 남성욱 역, 『김정일 코드』, 따뜻한 손, 2005.

Carr E. H., 『역사란 무엇인가?』, 조은 문화사, 1981.

Durand Gilbert, 유평근 역, 『신화비평과 신화분석』, 살림터, 1998.

________________, 진형준 역, 『상징적 상상력』, 문학과지성사, 1983.

Freud Sigmund, 김석희 역, 『문명속의 불만』, 열린책들, 1997.

________________, 윤희기 · 박찬부 역, 『정신분석학의 근본 개념』, 열린책들, 1997.

Gramsci Antonio, 이상훈 역, 『옥중수고』 1, 거름, 1986.

Gross Feliks, 신석호 역, 『당 조직론』, 녹두, 1984.

Lukacs Gyorgy, 이영욱 역, 『역사소설론』, 거름, 1987.

________________, 박정호 · 조만영 역, 『역사와 계급의식』, 거름, 1986.

________________, 조정환 역, 『변혁기 러시아의 리얼리즘 문학』, 동녘, 1986.

Lenin V. I., 김영철 역, 『국가와 혁명』, 논장, 1988.

____________, 이길주 역, 『레닌의 문학 예술론』, 논장, 1988.

Levi-Strauss Claude, 김진욱 역, 『구조인류학』, 종로서적, 1983.

Marx, Karl Heinrich · Engels, Friedrich, 김재기 역, 『마르크스 · 엥겔스 저작선』, 거름, 1988.

________________________________, L 박산달 · S 모라브스키 편, 『마르크스 · 엥겔스 문학론』(김대웅 역), 한울, 1988.

Paxton Robert O., 손명희 · 최희영 역, 『파시즘』, 교양인, 2003.

Rotenstreich N., 정승현 역, 『청년 맑스의 철학』, 한울, 1983.

Scalapino Robert A. · 이정식, 한홍구 역, 『한국 공산주의 운동사』 1 · 2, 돌베개, 1986.

Service R., 정승현 · 홍민표 역, 『레닌』, 시학사, 2001.

Vernant Jean pierre, 박희영 역, 『그리스인들의 신화와 사유』, 아카넷, 2005.

Charles A. Moser, *The Cambridge History of Russian Literature, Cambridge*, Universty press, 1989.

Edward J. Brown, *Russian Literature Since the Revolution*, Massachusetts · London, England : Harvard Universty press, 1982.

논문

김성보, 「북한의 토지개혁과 농업협동화」, 연세대 박사논문, 1996.

김은정, 「총서와 인물유형」, 『상허학보』 24, 상허학회, 2008.

노경덕, 「알렉세이 가스쩨프와 소비에트테일러주의, 1920~1929 이론적 구성요소를 중심으로」, 『서양사연구』 27, 서울대 서양사연구회, 2001.

엄경순, 「김정일형상 문학에 나타난 북한사회의 작동원리」, 동국대 석사논문, 2000.

오양열, 「남 · 북한 문예정책의 비교연구」, 성균관대 박사논문, 1998.

윤신명, 「중국의 신민주주의 혁명」, 『녹두서평』 1, 녹두, 1986.

이대철, 「천세봉 소설연구」, 원광대 석사논문, 2004.

이주미, 「북한의 농민소설 연구」, 동덕여대 박사논문, 2000.

장사선, 「남북한 자연주의 문학론 비교 연구」, 『국어국문학』 130, 국어국문학회, 2002.

한국정책 개발원, 「90년대 북한문화 예술계의 정책적 변화 양상과 향후 남북 문화 교류 방안」, 한국정책개발원, 1998.

1. 연보

1915년	함경남도 고원군 덕지리에서 대대로 머슴 집안의 아들로 출생하였다. 천세봉은 고향에서 보통학교를 다니다 생활고로 중퇴할 처지에 놓이나 동창생들의 도움으로 보통학교를 졸업한다. 그 후 상급학교에 진학하지 못한 채 농민이 된다. 힘든 살림 속에도 독서는 그에게 유일한 기쁨이었다. 그는 틈나는 대로 당시 발행되던 소년 잡지를 비롯한, 『치악산』, 『사씨남정기』, 『구운몽』 등의 고대 소설, 신소설, 세계 명작들을 탐독하였으며, 농민야학을 꾸린다. 이후 10여 년을 야학에서 농민들에게 글을 가르친다.
1945년(31세)	고원읍 운송점 탁송원, 하급 사무원으로 전전하다 해방을 맞는다. 해방 후 고원군 자치위원회에서 일하게 된다. 그는 해방 직후부터 문학 창작 시작하여 장막 희곡〈고향의 인상〉 집필한다. 그러나 이 희곡은 연출가의 보류로 공연되지 못한다.
1946년(32세)	북조선문학예술총련맹에 가입한다. 처녀작 단편소설 「령로」를 『예술』에 발표한다.
1947년(33세)	신병으로 고향에 머무른다. 『함남일보』가 주관한 8 · 15해방 2주년 전국 현상 모집에서 「새로운 맥박」으로 3등에 당선 본격적으로 작품 활동을 시작하게 된다. 이 작품은 『조선문학』에 다시 실린다. 단편 「오월」을 발표한다.
1948년(34세)	「소낙비」를 『문학예술』에 발표, 「밤나무 있는 집」을 『농민신문』에 발표. 「신혼 부처」를 『새조선』에 발표. 「땅의 서곡」을 창작한다.
1949년(35세)	「호랑령감」을 『문학예술』에 발표, 「안해의 뜻」을 『함남 인민 일보』에 발표, 「다리」를 『청년 생활』에 발표하며, 단편소설 「농부」가 『8 · 15해방 4주년 기념 소설집』에, 「땅의 서곡」이 『문학예술』에 실린다. 그리고 「푸른산맥」을 발표한다.
1950년(36세)	농업협동조합 준비위원회 위원으로 선출된다.
1951년(37세)	「은하리의 전투」를 『함남일보』에 발표한다.
1952년(38세)	「고향의 아들」을 『문학예술』에 발표한다.
1953년(39세)	「소나무」가 『8 · 15해방 8주년 기념 소설집』에 실린다. 중편소설 『싸우는 마을 사람들』이 단행본으로 출판된다. 중편소설 「흰 구름 피는 땅」을 『조선문학』에 발표한다.
1954년(40세)	조선작가동맹(작가동맹) 중앙위원으로 선출된다.
1955년(41세)	이전까지 중 · 단편소설에 치중하던 천세봉은 이때부터 장편소설을 쓰기 시작한다. 7월부터 『조선문학』에 장편소설 「석개울의 새봄 1부」를 연재하기 시작 하는데 이 작품은 그의 대표작이다. 그리고 「모내기」를 『함남일보』에 발표한다.
1956년(42세)	「봄의 서곡」을 『조선녀성』에 발표, 「모내기 무렵」을 『새세대』에 발표, 「나무를 심는 사람들」을 『민주조선』에 발표하고, 이 해에 단편집 『어머니』를 출판한다.
1957년(43세)	「옳은 길」을 『인민조선』에 발표하고, 『춘희의 경우』가 조선문학문고에서 출판된다.
1958년(44세)	조선문학예술총동맹(문예총) 중앙위원으로 선출된다. 작품으로는 「한 조합원의 이야기」를 『민주조선』에 발표, 「어린 사양공」을 『문학신문』에 발표, 「참된사람들의 문제」, 「두 조합원」을 『조선문학』에 발표했으며, 「지난밤의 질곡」이 단편집 『영광의 기록』에 실린다. 그리고 『조선문학』에 2년 동안 연재되던 장편대작소설 『석개울의 새봄』 1부가 조선문학예술총동맹출판사에서 간행된다.
1959년(45세)	8월부터 『조선문학』에 장편소설 『석개울의 새봄』 2부 연재를 시작한다. 슬로바키야 인

	민봉기 15주년(1959.8.19)을 맞아 체코를 여행한다.
1960년(46세)	10월에 장편소설「석개울의 새봄 2부」가 총 12회로 끝난다.
1961년(47세)	작가동맹 중앙위 소설분과 위원장으로 선출되며『새봄에 온 청년』, 장편 대하소설『대하는 흐른다』1부를 발표한다.
1962년(48세)	3월부터『조선문학』에 장편소설「석개울의 새봄 3부」연재를 시작한다.
1963년(49세)	장편소설『고난의 력사』1부 창작,『석개울의 새봄』2부가 조선문학예술총동맹출판사에서 간행된다. 6월에『석개울의 새봄』이 총 16회로 3부 연재 끝남.
1964년(50세)	문예총 중앙위 위원장으로 선출된다. 장편소설『고난의 력사』1부가 조선문학 예술총동맹 출판사에서『대하는 흐른다』1부가 조선문학예술총동맹출판사에서 간행된다.「백일홍」발표.
1966년(52세)	6월 5일 대하 장편소설『안개 흐르는 새 언덕』상권이 조선문학예술총동맹출판사에서 간행되었으며, 하권이 같은 해 7월 10일에 간행된다. 그러나 이 소설은 북한문학계에서 벌어진 논쟁에 휘말려 김일성의 교시「혁명주제작품에서의 몇 가지 사상미학적 문제」- 예술영화〈내가 찾은 길〉첫 필림을 보고 영화 예술인들과 한 담화(1967.1.10)의 발표 후 판금된다. 판금사건 이후 단편과 논설, 평론만이 간간히 발표된다.
1970년(56세)	제5차 당 대회를 통해 정치적으로는 노동당 중앙위원회 후보위원으로 선출된다.
1971년(57세)	작가동맹 중앙위 위원장으로 선출된다.『안개 흐르는 새 언덕』이후[불멸의 력사] 총서 첫 번째 권인『혁명의 려명』의 발표로 작품 활동을 시작한다.
1972년(58세)	최고인민회의 제5기 대의원, 동 사설회의 위원으로 선출된다. 4월 김일성 탄생 예순돌을 맞아『조선문학』에「위대한 수령 김일성 원수님의 만수무강을 삼가 축원합니다」라는 축원문 발표한다.
1975년(61세)	장편소설『유격구의 기수』(『충성의 한길에서』1부) 발표한다.
1977년(63세)	중앙선거위원회 위원과 최고인민회의 제6기 대의원 및 상설회의 의원으로 선출된다.
1979년(64세)	장편소설『사령부로 가는 길』(『충성의 한길에서』2부) 발표한다.
1980년(65세)	10월 노동당 중앙위 위원으로 선출, 장편소설『축원』이 창작되었으며 이 작품은 이해 평양문예출판사에서 간행되었다.
1981년(66세)	『조선문학』(작가동맹기관지) 발행 400호 기념 보고회에 참석한다.
1982년(67세)	최고인민회의 제7기 대의원 및 상설회의 의원에 선출된다.『은하수』([불멸의 력사] 총서 3)를 발표한다.
1984년(69세)	장편소설『충성의 한길에서』6부 중『유격구의 기수』와『사령부로 가는 길』이 평양문예출판사에서 간행된다.
1985년(70세)	김일성훈장 수여 받는다.
1986년(71세)	4월 18일에 지병으로 사망한다. 사후 10월 26일 아시아・아프리카작가회의로부터 로터스(LOTUS)상 수상한다.
1987년	장편소설『혁명의 려명』,『은하수』평양문예출판사에서 간행된다.
1991년	유고『조선의 봄』평양문예출판사 간행. 이 작품은 말년에 몸이 불편한 천세봉이 넷째 아들 천태식의 도움을 받아 구술로 작품을 창작한 작품이다.
1994년	『향도의 태양』1(천세봉 외) 평양출판사 등의 수기가 그의 사후에 간행된다.

2. 집필 목록

1) 소설

(1) 잡지 및 신문 발표 소설

작품명	발표지	발표연도	비고
「령로」	『예술』	1946	처녀작 단편소설
「새로운 맥박」	『함남일보』	1947	이후『조선문학』게재
「소낙비」	『문학예술』	1948	단편소설
「밤나무 있는 집」	『농민신문』	1948	단편소설
「신혼 부처」	『새조선』	1948	단편소설
「푸른하늘」			1948년도 창작 전쟁 중 유실
「호랑령감」	『문학예술』	1949	단편소설
「안해의 뜻」	『함남인민일보』	1949	단편소설
「다리」	『청년생활』	1949	단편소설
「땅의 서곡」	『문학예술』	1949	단편소설
「푸른 산맥」	?	1949	단편소설
「은하리의 전투」	『함남일보』	1951	단편소설
「고향의 아들」	『문학예술』	1952	단편소설
「흰 구름 피는 땅」	『조선문학』	1953	중편소설
「석개울의 새봄 1부」	『조선문학』연재	1955.7~1957.10	장편소설
「모내기」	『함남일보』	1955	단편소설
「비오는 밤」	『민주조선』	1955	단편소설
「봄의 서곡」	『조선녀성』	1956	단편소설
「모내기 무렵」	『새세대』	1956	단편소설
「나무를 심는 사람들」	『민주조선』	1956	단편소설
「옳은 길」	『인민조선』	1957	단편소설
「한 조합원의 이야기」	『민주조선』	1958	단편소설
「어린 사양공」	『문학신문』	1958	단편소설
「참된사람들의 문제」	『조선문학』	1958	단편소설
「두 조합원」	『조선문학』	1958	단편소설
「석개울의 새봄 2부」	『조선문학』연재	1959.8~1960.12	장편소설
「석개울의 새봄 3부」	『조선문학』연재	1962.3~1963.6	장편소설
「봄이 왔다」	?	1962	단편소설
「제비」	?	1962	창작 중임을 밝히고 있으나 완성 출판여부 확인 안 됨
「당증」	?	1963	단편소설
「백일홍」	?	1964	단편소설
「순희 아버지에게」	?	1964	단편소설
「력사의 자취」	?	1967	단편소설

작품명	발행사	발행연도	비고
「오월」	?	1948	창작집
「농부」	?	1949	8.15해방 4주년 기념 소설집
「소나무」	?	1953	8.15해방 8주년 기념 소설집
『싸우는 마을 사람들』	?	1953	중편소설 단행본 1955년(영문 번역)
『어머니』	?	1956	단편집
『춘희의 경우』	조선문학문고	1957	
「지난밤의 질곡」	?	1958	단편집 『영광의 기록』 수록
「감자」	?	1959	단편소설 창작집 수록
『석개울의 새봄』 1부	조선문학예술총동맹출판사	1958	장편소설
『새봄에 온 청년』	?	1961	장편소설
『석개울의 새봄』 2부	조선문학예술총동맹출판사	1963	장편소설
『고난의 력사』 1부	조선문학예술총동맹출판사	1964	장편소설
『대하는 흐른다』 1부	조선문학예술총동맹출판사	1964	장편소설
『안개 흐르는 새 언덕』 상	조선문학예술총동맹출판사	1966.6.5	대하 장편소설
『안개 흐르는 새 언덕』 하	조선문학예술총동맹출판사	1966.7.10	대하 장편소설
「세대 앞에서」	?	1969	단편소설
『혁명의 려명』	문예출판사	1973	【불멸의 력사】 총서
『유격구의 기수』	문예출판사	1975	『충성의 한길에서』 1부
『사령부로 가는 길』	문예출판사	1979	『충성의 한길에서』 2부
『축원』	문예출판사	1980	장편소설
『은하수』	문예출판사	1982	【불멸의 력사】 총서
「심장의 메아리」	문예출판사	1982	단편소설
『조선의 봄』	문예출판사	1991	유고작품
『향도의 태양』 1	평양출판사	1994	수기
『작가생활 40년』	?	?	수기

2) 희곡

작품명	발표지	발표연도	비고
〈고향의 인상〉		1945	장막희곡

3) 평론, 논설 및 잡문

작품명	발표지	발표연도	비고
「一九五六년도를 맞이하는 작가들의 창작 계획에서」	『조선문학』	1956.1	창작계획
「독자편집부――九五六년도 작가들의 창작 계획 실행 정형」	『조선문학』	1956.12	창작계획
「10년을 회상하며」	『문학신문』	1958.9.4	수기
「소설문학의 질제고를 위하여」	『문학신문』	1959	논설
「신년 결의－벅찬 현실을 안고」	『조선문학』	1959.1	창작계획

「조국의 쌀에 대하여」	『문학신문』	1959.1.4	수필
「쁘라가에서」	『문학신문』	1959.8.25	기행문
「전환에 대한 몇 가지 의견－공산주의자의 전형창조를 위하여」	『문학신문』	1960.6.10	논설
「새 아침에」	『문학신문』	1961.1.3	창작계획
「천리마시대와 소설문학」	『문학신문』	1961.3.21	
「윤세평동지에게 보내는 답장」	『문학신문』	1962.8.24	서간문
「나의 현실체험」	『문학신문』	1962.11.9	수필
「남반부 작가, 예술가들에게」	『문학신문』	1963.1.1	편지
「남조선 작가들에게」	『문학신문』	1964.1.3	편지
「내가 결의 하는 것」	『조선문학』	1965.1	창작계획
「체험의 터전 우에 솟은 두 개의 장편－『대하는 흐른다』(제1부)와 『고난의 력사』(제1부)의 창작과정을 두고(장편소설시리즈)」	『문학신문』	1965.11.12	인터뷰
「남반부 작가 예술가들에게 부치여」	『문학신문』	1965.12.31	편지
「원형과 전형」	『문학신문』	1966.5.20	논설
「안개 흐르는 새 언덕」(상) 중에서	『문학신문』	1966.7.15	수기
「근로자들을 공산주의세계관으로 무장시키기 위한 혁명적인 작품들을 더 많이 창작할 데 대한 경애하는 수령 김일성동지의 교시를 철저히 관철하기 위하여」	『조선문학』	1967	논설
「작가 예술인은 민조주선의 건국의 투사」	『조선문학』	1971.1	평론
「근로자들을 공산주의세계관으로 무장시키기 위한 혁명적인 작품들을 더 많이 창작할데 대한 경애하는 수령 김일성동지의 교시를 철저히 관철하기 위하여」	『조선문학』	1971.4	당 문예 정책
「위대한 수령 김일성원수님의 만수무강을 삼가 축원합니다」	『조선문학』	1972.4	축원문
「위대한 수령 김일성 동지의 주체적문예사상은 우리 시대 혁명문학 건설의 앞길을 휘황히 밝혀주는 탁월한 맑스-레닌주의적 지도 사상이다」	『조선문학』	1973.10	논설
「온 사회의 주체사상화에 이바지하는 혁명적 문예작품을 창작할데 대한 당의 탁월한 방침」	『근로자』	1975.4	논설
「위대한 수령님은 우리 작가, 예술인들이 우리말을 올바르게 쓰도록이끌어 주시는 자애로운 어버이시다」	『조선문학』	1977	평론
「새해 첫 아침에」	『조선문학』	1980.1	창작계획

이외 기타 시, 오체르크 등이 있다고 북한에서 밝히고 있으나 작품명
은 확인할 수 없었다.

3. 작품소개

1) '혁명적 대작'『석개울의 새봄』 1~3부(1955~1963)

1부

이 작품은 총 57장으로 구성되어 있으며 1955년 7월부터 1957년 10월까지 총 9회가『조선문학』에 연재되었다. 석개울을 배경으로 전쟁 직후인 1953년 늦가을(당 중앙위 제6차 전원회의에서 전후 복구의 기본 노선을 결정한 직후)부터 1954년 가을까지를 시대적 배경으로 하고 있다

정전 후 제대하여 집으로 돌아온 주인공 창혁은 어린 딸 하나만 남고, 온 식솔이 미군 폭격에 희생된 가슴 아픈 사실에 접하게 된다. 그러나 그는 혹심한 피해 속에서도 새 생활을 꾸리려는 마을 사람들을 보면서 석개울에 새로운 전변이 일어나고 있음을 느끼며 자기도 농업협동화를 실현하는데 적극 떨쳐나설 것을 결심한다. 창혁은 곽봉기, 억삼 등과 함께 농업협동조합조직을 방해하는 리인수, 권치도를 비롯한 부농들과 박병천, 서기표 등과 같은 간첩들의 책동에도 불구하고 석개울에 광명농업협동조합을 조직하고 관리위원장이 된다. 조합이 조직된 후 창혁은 반토굴 집에 사는 사람들을 그 속에서 나오게 하기 위한 대책들을 세우기도 하고, 돈을 벌어 축력을 해결하기 위한 사업들을 구상하고 실행한다. 조합원들은 가마니, 땔감, 구들돌을 팔아 돈을 마련한다. 이 과정에 창혁은 조합이 개인 정미소를 사서 운영하면 돈을 벌수 있다는 말을 듣고 정미소를 매입하려다가 농사에 집중하지 않는 탈선행위라는 리당위원장 김형태의 비판을 받는다. 그는 영농 준비 사업을 다그치는 한편 논에 물을 대기 위한 삼봉산 앞에 저수지를 만들 계획도 세우고 이 사업을 적극 추진시킨다. 조합이 날로 번창해지자 서기표는 일제강점시기 치안대에 있었

던 미국의 고용 간첩인 강덕기의 사주 아래 박병천, 리인수를 내세워 부 농끼리 따로 조합을 조직하려다가 실패하자 개인농과 조합원들을 이간 시키고, 강덕기의 지령 아래 돈사에 독약을 쳐서 돼지를 독살시킨다. 이 로 인해 일부 조합원들 속에서는 동요가 일어나고 조합에서 탈퇴하려는 경향들도 나타난다. 이러한 때 창혁과 곽봉기는 당위원장 김형태의 지도 밑에 룡이, 엄대근, 덕삼, 조희모 등과 함께 조합 살림을 튼튼히 꾸려 나 가기 위하여 헌신 분투한다. 저수지 공사가 완공되며 석개울 땅에서 처 음 보는 대풍작이 이룩된다. 조합에서는 가을걷이를 하고, 개인농이었던 사람들을 조합원으로 새로 받아들이기도 한다. 리인수도 들어오고 마영 감도 조합원으로 들어간다.

2부

2부는 총 38장으로 구상되어 있으며 1959년 8월부터 1961년 12월까지 총 14회가 『조선문학』에 연재되었다. 1954년 겨울 당중앙위원회 11월 전 원회의 결정 실천을 위해서 궐기한 때로부터 시작해 1955년 가을까지를 배경으로 하고 있다.

전우인 조경수가 석개울의 리당위원장으로 내려온다. 조경수는 그곳 에서 자신의 숙질인 조맹원과 해후한다. 그러나 조맹원은 북파 간첩으로 조합을 와해하기 위한 임무를 띠고 석개울에 잠입해 들어 온 것이다. 조 경수와 숙질간이라는 이유로 조합으로부터 의심의 눈길을 피한 조경수 는 조합 일에 열성을 보이며, 공작에 들어간다.

한편 창혁과 연인 관계인 룡이는 당에서 지원받은 양을 치는 사업에 몰 두하고, 조합에서는 농업 생산력의 비약적 발전을 추구할 수 있는 냉상모 를 도입하지만 농민들은 냉상모 경영에 위험 부담이 많다는 이유로 반대 하고 나선다. 곡물 생산량이 1955년까지도 전쟁 이전의 수준을 회복하지 못한' 상태였던 당시 관리위원회의 이러한 결정은 생산 증대를 위한 돌파구였지만 장기간 농사를 지어 온 농민들에게는 위험부담이 큰 도박과도 같은 사업이었다. 이를 해결하기 위해 창혁은 평안북도 운전벌 대성농업협동조합 관리위원장 황도일을 찾아가 두 묶음의 벼이삭을 얻어 와서 농민들을 설득한다. 창혁은 이와 동시에 방대한 면적의 과수원도 개간하려 하지만 박중근은 박 씨 문중을 동원해 과수원 개간을 반대한다.

조맹원에 의해 조합의 소가 죽자 창혁은 그 원인을 밝혀내려 애쓰고 조맹원은 박중근과 야합해 룡이와 창혁의 결혼 문제를 방해한다. 홀아비인 창혁을 탐탁지 않게 생각하던 룡이 어머니는 조맹원의 꼬임에 빠져 룡이와 창혁의 사이를 갈라놓는다.

석개울에도 '땅을 가는 범'이라 불리는 트랙터가 들어와 농민들의 농촌의 기술화에 감격한다. 그런 와중에 조합을 탈퇴한 조형모는 형과 싸운 후 마을을 떠나 방황을 한다. 하지만 모든 농촌은 농업협화가 진행되고 있어 조합을 탈퇴하고 마을 떠난 조형모가 안착할 수 있는 곳이 없다.

조맹원은 냉상모 창문을 훼손한 후 여자 신발로 발자국을 찍어 놓음으로써 혐의를 벗어나는 용의주도함까지 보인다. 그리고 냉상모가 얼어 죽자 조맹원은 박 씨 문중의 중종 토지를 관리하는 박중근을 부추겨 박 씨 문중 사람들을 조합에서 탈퇴를 하게끔 유도한다. 냉상모판의 훼손으로 조합에 위기가 닥치고 창혁과 룡이는 이일을 수습하기 위해 동서분주한다.

한편 조맹원은 창혁과 금란의 사이를 모함하는 소문을 퍼트린다. 이 소문에 창혁은 충격을 받지만 오해를 풀려고 노력하지 않고, 오히려 결혼문제를 해결하기 위해 탄정리의 여자와 선을 본다. 이에 실망한 룡이는 방황을 하고, 마을을 떠돌던 조형모는 자신이 있어야 할 곳이 어디인지를 자각한 후 마을로 돌아오고, 마을 사람들은 그를 환대한다.

냉상모판 훼손으로 소기의 성과를 얻지 못한 조맹원은 가축 축사에 불을 지러 양들이 희생되자 룡이의 아버지 조희모는 축산반장인 딸을 나무란다. 양사 화재 사건으로 충격을 받은 창혁은 정신을 차리게 되고 다시 조합일에 매진하게 된다. 그 과정 속에서 조맹원이 간첩이라는 사실이 밝혀진다. 이에 조경수는 고민에 빠지고 조맹원이 잡히던 날 조맹원에게 유린당해왔던 서기표의 아내 보옥은 목을 매 자살을 한다. 농사가 풍작을 이루자 조합을 탈퇴했던 박중근 일가도 재가입을 하게 되며, 석개울을 비롯한 맥여울, 장산동조합 등 세 조합을 합쳐 큰 조합을 만들어 보자는 의견이 제시된다. 그러나 창혁과 룡이의 갈등은 좀처럼 풀리지 않는다.

3부

3부는 총 29장으로 구성되어 있으며 1962년 3월부터 1963년 6월까지 16회가 『조선문학』에 연재되었다.

그로부터 3년 후 사랑의 상처를 안고 룡이는 마을 떠나 트랙터 양성 학교에 입학을 하고, 창혁도 간부양성소에서 교육을 받고 석개울로 돌아온다. 그러나 윤병국은 조맹원에 의해 도덕성이 훼손되었던 창혁의 이야기를 양태섭에게 듣고 나서부터 룡이를 동정하게 된다. 그는 이후 석개울 농업경영에 지원을 회피한다. 그는 농업 기계화를 지원하러 나온 농업임경소의 트랙터 운전수들은 사주하여 목표량에만 급급해 밭을 대충 갈아 버리게 만든다.

또한 맥여울 조합과의 조합 통합 과정에서 사료 축적물 등을 공동 관리하지 않고 조합원들끼리 분배해 버리는 사건이 벌어지고, 인재를 도시로 빼앗기지 않기 위해 창혁은 동서분주한다.

세 개의 조합이 통합되면서 조합의 규모는 커지지만 기계화가 되지 못해 조합의 일은 체계적으로 진행되지 않는다. 모내기할 시기에 모가 모자라 급히 다른 조합에서 모를 빌려와야 하는 상황이 발생하는가하면 거름용 니탄을 산같이 채취하고도 운송을 못해 거름을 대지 못하는 것이다.

평양 축전에 참가했던 창혁은 도시의 모습에 충격을 받고 석개울도 도시처럼 만들기 위한 꿈에 부풀지만 결국 조합 경영은 실패하고 창혁은 군당위원장 강영환에게 소환된다.

2) '혁명적 대작'『대하는 흐른다』1부(1962)

『대하는 흐른다』1부는 총 20장으로 구성되어 있으며, 함경남도 이원 부근 비룡강 기슭을 배경으로 해방직후에서 토지개혁까지를 시대적 배경으로 하고 있다.

징병으로 끌려간 마영기는 일본 오장을 죽인 후 무기를 탈취해 도망친다. 비룡강 기슭에 자리 잡고 있는 신안동과 구안동 사람들은 해방이 되자 감옥과 징용, 징병에 끌려간 남편과 자식들을 손꼽아 기다린다. 그러던 어느 날 징병으로 군대에 끌려갔던 마영기가 고향에 돌아온다. 그는 고향 읍내에 들어서면서부터 한덕삼을 도와 경찰서의 무기를 접수하는 투쟁에 적극 참가한다.

읍에서는 해방의 기쁨 속에 군자치대, 자치회 등이 조직되며 마을에서는 농조조직, 녀맹조직, 공청조직 등으로 사람들이 들끓는다. 그러나 한편에서는 김장로 일파와 같은 종교집단이 경찰서를 점거하고 군의 주도권을 잡으려 하며, 다른 한편에서는 유지집단이 일련의 자치회를 장악하려는 시도를 한다. 이에 강형진은 김장로를 협박해 갇힌 사람들을 구출하고, 군당사업을 맡아 진행함으로써 마을에 안정이 찾아온 듯하다. 그러나 마영기는 급변하는 사회를 관망하며 누나와 매형의 충고에도 무심하게 노름을 일삼으며, 명희와의 사랑을 키워 나간다.

이때 도에서 내려온 군당비서 최일벽은 마영기의 매부 강형진을 밀어내고 출신성분을 문제 삼아 공청조직과 여맹조직들에서 많은 사람들을 퇴출시켜 버린다. 이에 마영기는 당의 사업에 불만을 품고 공청 조직사업과 야학을 독자적으로 조직한다. 이로 인해 매형에게 비판을 듣지만 마영기는 그것을 받아들이지 못한다. 최일벽의 좌경적인 행동에 의심을 품은 강형진은 평양에 가서 정치 노선을 전달받고 돌아와 군당비서 자리를 되찾고 토지개혁 사업에 박차를 가한다. 한편 탐욕스러운 지주 배덕수는 해방이 된 후에도 농민들로부터 소작료를 받아내려고 하며 자기의 계급적 기반을 유지하려고 첩의 딸 명희를 미끼로 하여 마영기를 사위로 삼으려한다. 그러나 배덕수의 이 계획은 장봉길의 죽음으로 마영기가 계급을 자각하면서 파탄이 나고 만다. 농민들의 단합된 힘에 의하여 3·7 제투쟁이 실현되고 공청이 민청으로 개편된 후 토지개혁을 위한 사업이 본격적으로 추진되고 있을 때 군농맹에서는 농민궐기대회를 열고 토지에 대한 농민들은 절절한 염원을 담아 김일성동지에게 토지개혁을 요구하는 편지를 쓴다. 마영기도 토지개혁사업에 열성적으로 참가한다. 그는 아픈 마음으로 명희에 대한 사랑을 끊어 내며 농민들과 함께 배덕수의 토지문서를 빼앗고, 창고에 쌓인 벼를 몰수하여 소작료를 계약대로 바친 농민들에게 되돌려 준다. 토지분여 사업이 진행되면서 배덕수의 종들인 황서방, 식모, 꽃니에게도 토지가 분여된다. 그러나 황서방은 배덕수를 따라 서울로 떠난다. 아버지 배덕수를 따라 서울로 가던 길에서 명희는 아버지와 헤어져 구안동으로 길을 잡는다.

3) '혁명적 대작' 『고난의 력사』 1부(1964)

이 작품은 총 26장으로 구성되어 있으며 월하리를 배경으로 1923~ 1927년을 시대적 배경으로 하고 있다. 대장장이자 머슴인 현대진은 다섯 아들들과 월하리에 일가를 이루고 살고 있다. 무림의 아버지인 둘째 재근과 넷째 재두는 서상학과 박진우네 머슴이고, 큰아버지 재후나 셋째 삼촌 재환도 머슴이나 다름없는 처지이다. 무림이의 집에서는 그가 학교에 잘 다니고 있는 줄로 알지만 월사금을 3원 50전을 내지 못해 학교에 가지 못한 채 산과 들에서 소일을 하며 학교에서 공부하는 아이들을 부러워한다. 무림이 학교에 가지 못하고 산과 들로 배회하고, 공상을 하며, 학교에서 공부하는 아이들의 모습을 훔쳐보는 모습 또한 어린 시절 천세봉이 겪었음직한 내용이다. 결국 무림은 수업료 미납으로 인하여, 일본인 선생 시마다(島田-인용재)에게 매를 맞고 돌아온다. 머슴인 무림의 아버지가 상전인 박진우에게 돈을 빌리려고 하나 거절당하고, 무림은 그 사건 이후 학교에서 퇴학당하고 만다. 무림의 반 친구들은 월사금을 모아 무림에게 학교에 다니기를 권하나 무림은 거절한 후 퇴학당한다.

무림은 고전소설과 친구 대복을 통하여 소년 잡지, 신문, 톨스토이의 『부활』 등을 빌려 보며 문학의 꿈을 키운다.

이외에도 봉건 지주 박진우와 친일 지주 서상학 등은 악질 지주로 온갖 악행을 자행하는 자들이다. 박진우는 돈이 아까워 죽지도 않은 장서방을 생매장하고, 빚을 못 받을까봐 사랑채를 빚 대신 허물어오는 인색한 인물이고, 서상학은 고리대를 해오다 세부 측량 때 일본을 등에 업고 송하벌 땅을 자기 소유로 만들어 벼락부자가 된 자이다. 그는 되를 조작하는 방법으로 가일층 농민들을 착취한다. 그의 아들 서동하는 읍에서 요릿집을 운영하며 조선의 처녀들을 기생으로 전락시키는 인물이다.

반면 의병 운동을 하던 아버지와 깊은 인연으로 현 씨 일가와 절친한 최선도는 야학을 통해 재현과 동네 청년들에게 마르크스주의를 전파한다. 그러나 최선도는 채정훈과 함께 소작인 대회 때 검거돼 옥고를 치른 후 고문 후유증으로 병사하고 만다. 최선도가 죽은 후 그의 뜻을 이어 받은 재현은 서상학과 구장을 이용해 야학을 건설한다. 무림은 김대하와의 접촉을 통해 자신이 변모해 가고 있다고 느끼며, 김대하가 제시해 준 '박애주의'가 마르크시즘보다 우위에 있다고 생각하게 된다. 서상학의 집에 머슴으로 들어간 재현은 야학을 조직하며, 소작인 조합을 결성을 추동하던 중 서상학 폭행사건으로 고향 땅을 떠나 광산 노동자가 된다. 서상학은 폭행사건을 빌미로 땅을 빼앗는 동시에 무림 아버지와 무림마저 머슴으로 5년이나 부리려 한다. 무림은 머슴이 되지 않기 위해 탈가하여 운송점 점원이 된다. 서상학은 탈가한 무림이 대신 무림의 아버지를 끌어와 머슴으로 10년을 부릴 생각을 하고, 박진우에게 양조장이 넘어가자 채정훈은 고향을 떠난다. 한편 서상학네 계집종으로 재현의 아이를 가진 오

월은 서상학의 농락을 피해 재현이네 집으로 들어간다. 경사도 잠시 서
필하에 의해 농락을 당할 뻔한 이순은 가족들에게마저 의심을 받는 것에
수치심을 느낀다. 김달기는 이런 이순을 꾀어내 서동하가 운영하는 매월
관에 팔아넘긴다. 이 사건으로 아내를 잃은 재두가 잡혀가고, 재후는 소작
인 조합에 들어간다. 얼마 후 재현의 탄광 폭동사건으로 인해 현 씨네 일가
가 경찰서로 잡혀가고 모진 고문에 현대진이 옥사를 한다. 김대하의 도움
으로 경찰서에서 풀려난 무림은 비로소 자신이 가야할 길을 깨닫게 된다.

4) 대작 소설 『안개 흐르는 새 언덕』(1966)

이 작품은 총 8편[1]으로 구성되어 있으며 공간적 배경은 원산, 간도 룽
마마을, 치무거우(유격대 근거지), 왕야즈, 야야구, 신경이다. 시대적 배경
은 원산 총파업 직전부터 해방까지를 다루고 있다.

1편

철공직공 강민호는 3·1만세를 부르다 옥사한 아버지 때문에 일본에
대한 감정이 좋지 않다. 그는 고장난 서장실 난로를 고치러 갔다가 서장
에 재를 뒤집어 씌워 골려 주지만 곧바로 불리어온 주인에게 욕을 먹는
다. 불균등한 사회에 설움을 느끼며 집으로 돌아가던 민호는 광제당 약
국에서 기르던 개가 달려들자 개를 두들겨 패다 순영과 조우한다. 순영
은 민호가 다쳤음을 알게 되고 그가 자신이 흠모하던 검은 빤쯔의 사내
(육상대회에서 억울하게 한달수에게 1등을 빼앗긴)임을 기억해낸다.
서울서 중학을 중퇴하고 돌아온 강민호는 서울서 돌아오자마자 이자

---

1   1편은 총 10장, 2편은 22장, 3편은 6장, 4편은 13장, 5편은 8장, 6편은 7장, 7편은 14장, 8편은 15장으
로 구성되어 있다.

놀이를 하는 황우진을 두들겨 패 일약 싸움꾼으로 등극을 한다. 순영은 약을 가지고 민호네 집을 찾아가 그를 치료해주고 돌아온다. 개한테 물린 부위가 심하게 부어오르자 어머니 권 씨는 약국을 찾아가고 순영이 부재중인 아버지를 대신해서 민호를 치료해 준다. 둘 사이에는 사랑의 감정이 싹트나 민호는 그녀가 부르주아지라며 매몰차게 대한다. 군주사의 아들 한달수는 방학을 하자마자 순영을 찾아와 추근거린다.

매일 찾아와 서울 이야기를 늘어놓는 한달수에게 지친 순영은 강민호를 만나기 위해 한달수를 따라 독서회에 나가고, 독서회에서 자신의 유식함을 자랑하려던 한달수는 강민호에게 이론적으로 무참하게 깨진다. 앙심을 품은 한달수는 독서회를 고발하고 순영의 도움으로 강민호는 순영의 집에 숨는다. 김창환은 피신해 온 강민호가 강도하의 아들이라는 사실을 알게 되고 김창환이 돌아오자 그가 무서워 순영네 집에 함부로 가지 못하던 한달수는 강민호를 잡아넣지 못한 것이 분해 어머니 권 씨를 찾아가 행패를 부린다.

검거된 독서회원 김순길은 일본 경찰의 고문에 한달수가 지도자라고 말하고 고등계 주임은 한성운에게 한달수를 서울로 올려보낼 것을 권고한다. 아버지의 권고에 의해 한달수는 서울로 올라가고, 한편 고이시로부터 편지를 받은 한성운은 만주 대륙에 대한 꿈에 부풀어 오른다. 김창환은 떠나가는 민호에게 조국 해방을 위해 싸울 것을 당부하고 순영의 도움으로 어머니를 몰래 만난 후 사랑을 약속하며 고향을 떠난다.

2편

6개월 후 철도공사장으로 흘러 들어온 민호는 나라 없는 백성의 설움을 뼈저리게 느끼고, 한 끼 밥 때문에 함바집 송가에게 보따리까지 빼앗긴다. 일본의 상부와 손을 잡고 노장들 위에 군림하는 유태일은 강민호를 의심하고 민호는 유태일을 우물에 빠뜨려 살해한 후 도망친다. 1년 후

순영은 ××항구도시에서 고녀를 다니고 강민호는 채봉구네 집에 얹혀
살면서 시미즈 목재 공장에서 일한다. 제사공장에 다니는 예쁜이의 죽음
을 보면서 사회의 모순을 더욱 절실하게 느끼며 노동자들을 마르크스주
의자로 길러낼 생각을 한다. 노동조합장 유진은 일제에 아부하는 자로
강민호 그에게 실망하지만 문경태를 만나게 된다.

정미소 여공들은 검사원들과 시비 속에 부당한 대우에 항의를 한다.
강민호는 순영과 해후를 하고 둘은 사랑을 확인한다. 순영은 점점 마르
크시즘에 심취하지만 그녀의 음악 선생 오일파는 그런 그녀는 꾸짖는다.
민호는 문경태의 주선으로 부두노동자가 되고 그곳에서 술주정꾼이 바
다의 아들과 만나 어울린다. 민호는 삼화조에 들어가 공작을 시도하고
바다의 아들 최대석에게 삼화조의 끄나풀들을 살해하라는 지시를 한다.
고서점 주인 최일렬은 엠엘파로 문경태는 그가 종파주의자라 조심할 것
을 당부한다.

순영에게 어머니가 온다는 전보를 받은 민호는 경태의 도움으로 새집
을 얻고 순영을 며느리처럼 여기는 권 씨를 만난 경희는 크게 실망을 한
다. 노조 책임자 김옥녀는 노총 책임자 유진을 비판한다. 노총과는 달리
문경태의 지도 속에 파업이 시작된다. 파업을 방해하는 노총 간부 유진
에게 송미라와 정인배 등이 찾아오고 최인렬은 송미라의 미모에 반한다.
유진은 파업 주도자로 문경태를 떠올린다. 파업이 계속되고 노동자들의
생활이 어려워진다. 삼화조 대원들은 부두를 습격하고 바다의 아들은 그
들과 싸우다 로화찬과 함께 바다 속에 빠져 죽는다. 정미소 여공들의 파
업은 부두 파업으로 학생들까지도 연대하여 거리로 나온다. 송미라와 순
영도 싸우다 일본 경찰을 피해 오일파의 집으로 숨어든다. 파업은 일본
경찰의 진압으로 무위로 돌아가고 강민호와 문경태는 체포된다. 오빠를
잃은 경희는 민호네 집에 들어가 살게 되고, 그들은 사형을 언도 받는다.
김창환은 돈을 구해 변호사를 사지만 변호사는 김창환에게 감복해 무료
변론을 맡는다.

음악 공부에 열중한 순영은 오일파에 의해 마르크스주의를 하려면 음악을 포기하라는 소리에 고민에 빠진다. 문경태의 사형이 집행되고 경희는 민호를 면회한다. 문경태는 유서를 통해 경희에게 강민호의 아내가 되라는 유언을 남긴다. 순영의 집은 점점 몰락해가고 순영은 한달수가 보낸 거짓 편지에 속아 음악 공부를 위해 간도로 떠난다. 그녀는 이내 속은 걸 알게 되지만 한달수의 도움을 받아 음악 공부를 시작한다. 순영의 친구는 순영이 혁명보다는 음악에 더 관심이 있으니 애정을 끊으라는 편지를 민호에게 보내고 민호는 감옥에서 분노한다. 석방된 민호는 자신을 좋아하는 경희에 대해 동지의 동생으로서 책임감을 느끼고, 순영에 대한 배신감에 경희를 아내로 맞는다.

3편

간도의 ㅂ시 장경도의 아버지가 조희교의 농간에 맞아 죽어 장사를 치르는 날 강민호 일가가 장경도네 집을 찾는다. 장경도는 자신의 형이 권일호(강민호)라고 떠들고 다니다 강민호에게 꾸지람을 듣고 툰장인 박대범은 그가 자신과 한 사상의 동지라는 사실에 감격한다. 강림은 장경도를 밤마다 교양시키고 경희는 간도 생활에 행복해한다. 장경도는 조희교를 죽여 아버지의 원수를 갚을 생각을 하지만 강민호는 강림으로 변성명을 하고 조희교를 통해 신분을 보장 받는다.

최인렬 역시 간도로 와 공산주의 운동을 장악하지만 그의 밑에 있던 정대산은 헤게모니 놀음에만 빠져있는 최인렬에 환멸을 느낀다. 송미라는 서울로 가길 원하지만 간도에서 헤게모니를 쥐였다고 생각한 최인렬은 송미라를 놓치지 않기 위해 그녀를 아편 환자로 만든다.

강림과 정대산은 농민들을 선동해 추수폭동을 일으킨다, 한달수의 도움으로 음악 공부를 하던 순영은 강민호가 석방되어 간도로 왔다는 소식에 그를 찾아갈 생각을 하고 작별을 고하지만 순영을 놓칠 것을 걱정한 한달수에게 윤간을 당한 순영을 그의 감시 아래 죽지도 못하고 눈물로 세월을 보낸다. 그 사이 9·18사변이 일어난다.

4편

강림은 추수 폭동 이후 현위로 올라가고 공청원들은 일제의 앞잡이인 툰장들을 살해한다. 경희는 삐라를 일본군 서장에게까지 배달하는 기지를 발휘한다. 현위로 올라간 강림은 막 조직된 유격대장이 되고, 마을에서 청년들이 유격대에 입대를 한다. 무기 노획을 위해 첫 전투에 나선 강림과 일행은 정대산이 대포에 눈독을 들여 성급하게 공격을 개시하는 바람에 소년대원이 사망하고 대포는 얻지도 못하게 된다. 정대산은 비판을 받게 되고 과오를 뉘우친다. 최일렬에 의해 자유주의가 번진 유격대에서는 유부남인 마동식은 과부인 은순에게 반한다.

임신한 경희는 입산한 남편 때문에 체포되어 감옥에 갇히고, 김일성의 지도 아래 있는 허인숙을 만나 투쟁의 의지를 불태우며 감옥에서 아들을 출산한다. 김춘복은 친구이자 밀정인 양치근과 가까이하다가 약점을 잡히고 자유적의적 행동을 하다 비판을 받는다. 양치근은 김춘복으로부터 마동식네 마을에 유격대가 있음을 밀고해 마을이 토벌을 당한다. 양치근은 유격대에 입대하겠다고 들어와 김춘복을 압박한다.

인숙은 중국인 간수의 도움을 받아 탈옥을 계획하고 줄칼을 얻어 족쇄를 풀지만 다른 간수들에게 발각되는 바람에 파옥의 시기가 당겨지고 그 과정에서 경희는 왕간수의 도움으로 탈옥에 성공하지만 탈옥을 지휘하던 인숙은 사살 당한다. 김춘복은 양치근 때문에 유격대에 나오지 않자 이들 사이를 눈치 챈 강림은 김춘복의 정체성을 다그친다. 최인렬은 김춘복을 매수하기 위해 술 접대를 하고 장경도를 접전 시 강림에게 총을 겨눈 양치근을 발견하고 싸움을 벌인다. 아들을 안고 살아 돌아온 경희는 강림과 해후를 하고 회의가 소집되지만 강림은 김춘복을 비판대에 세우지 않는다. 강림은 최인렬과 어울리는 김춘복을 준열하게 비판하고 김 춘복은 자신을 회유하고 협박하는 양치근을 사살한다.

송미라는 최인렬이 조직 자금을 횡령한 돈가방을 훔쳐 도망가고 순영 은 한달수와 결혼을 한다. 고이시는 식장에서 본 순영에게 반한다. 최인 렬은 상급에 앉아 헤게모니 장악에 혈안이 되고 강림을 치기 위해 고심 한다. 고이시는 치안숙정계획을 실천에 옮기고, 마동식은 은순에게 반해 이혼하겠다고 소동을 벌이고 장경도 역시 연애 문제로 소대를 이탈하는 등 문제를 일으킨다. 강림은 민중을 박대하는 최인렬이 상부에 있자 정부 의 정책에 의구심을 품게 되고, 당에 이의를 제기한다. 이에 김일성은 치 무거우에서 전체 간부 회의를 열고 실정을 알아본 후 체제를 개편한다.

5편

식량난 속에서도 고군분투하던 정부는 일본군의 폭격에 많은 사람이 희생되고, 방어선을 하루 동안은 꼭 지켜야 한다는 명령을 하달 받은 후 송림구를 지키던 김춘복 부대는 전멸을 한다. 고이시는 고지 돌파를 위 해 나서다 부상을 당하고 악전을 면치 못하던 강림부대는 김일성의 하달 한 전술을 수행하면 일본군을 격파하기 시작한다.

한달수를 따라 지지하르로 가던 열차에서 낙조 속에 혁명군 기마대가 일본군을 치는 장면을 목격한 순영은 김일성장군을 부르짖으며 강림을 생각한다. 최인렬로부터 도망쳐 신경을 온 송미라는 아편 때문에 여급으 로 전락했지만 강림의 소식을 듣기 위해 찾아 온 순영 앞에서는 독립군인 체한다. 밀정으로 유격대에 들어온 산월은 강림의 아내 경희를 체포하기 위해 식량공작을 핑계로 경희를 적구로 유인하지만 이를 눈치 챈 경희와 산월의 얼굴을 아는 장경도 부대와 마주치는 바람에 죽음을 당한다.

강림부대가 공작해 온 식량을 옮겨가기 위해 정부로 향하던 경희와 마 동식은 일본군의 추격을 받게 되고 그 과정에서 총상을 입은 경희는 마동식을 정부로 보낸 후 부상당한 몸으로 식량을 지키다 죽는다. 경희 사망 소식에 강림은 경희에게 잘해주지 못한 것을 후회한다. 권 씨는 며느리의 시신을 보며 자신이 앞으로 어떻게 살아가야 할 것인가에 대해 결심을 한다.

경희가 죽은 지 1년이 지났지만 경희의 무덤에도 가보지 못한 강림은 그 근처를 지나다 김호의 배려로 경희의 무덤 앞에 서게 된다. 기아에 시달리는 왕야즈 정부회장 양기팔은 식량공작에 실패하자 자살을 기도하지만 강림에 의해 좌절되고 어머니를 찾은 강림은 자신을 낯설어 하는 아들을 안아 보지도 못한 채 다시 떠난다. 강림은 왕야즈의 기아를 해결하기 위해 관동 사령관 히시가루를 납치할 계획을 세우고 열차를 타고 오는 히시가루를 납치하여 나오지만 추격해온 일본군에 의해 히시가루를 다시 탈취 당한다. 박진은 독단적으로 행동하는 강림을 비판하고 박진은 식량창고 습격을 계획한다, 그 과정에서 강림은 부상을 당한다.

6편

송미라를 찾아 신경으로 온 최인렬은 도미를 통해 송미라를 찾아내고, 도미꼬는 고이시의 하녀 스즈에와 함께 죽임을 당한다. 병원으로 후송된 강림은 박대범에게 치료를 받지만 일본군의 습격으로 겨우 살아남아 병원을 포기하고 밀림 속 동굴로 피신하게 된다. 동굴 안에는 역시 아사 상태인 부상자 세 명이 누워 있었다. 박대범은 강림이 기거하는 동굴로 의약품과 식량을 보내지만 모두 일본군에 의해 좌절된다. 굶주림에 부딪힌 동굴 속의 환자들은 강림의 강인함에 감복하고 길남이 잡아온 까마귀를 먹으며 버틴다. 강림은 관념론자 문창일과 논쟁을 벌이고, 자신의 썩은 살을 직접 파내 버리며 삶의 의지를 불태운다. 강림은 자신의 몸을 자기 손으로 치료하면서 회복되어 가자 절망하던 다른 환자들도 그의 모습에서 희망을 얻는다. 강림이 부상당한 채 고립되어 있다는 사실을 안 김일성은 그를 구출하기 위해 작전을 벌이고 김일성과 강림은 동국 안에서 해후 한다. 무대포로 치료를 하는 박대범의 모습에 김일성은 부모와 같은 자애로움을 가지라고 충고하고 박대범은 그의 인품을 보며 눈 속에서 새빨간 꽃을 피어나게 하는 태양과 그가 다르지 않다는 것을 느낀다.

순영 낙조 속에 본 혁명군의 위용을 음악으로 옮길 생각에 분주하고, 송미라는 강림을 안다고 떠들다 최인렬과 함께 체포된다. 고이시는 강림이 사살되었다고 신문사에 거짓 투고를 하고 그 공을 한달수에게 돌린다. 순영은 그 소식에 절망을 한다. 시어머니에게 이끌려 교하로 간 순영은 거기서 빨치산이 되어 나타난 강림과 조우하게 되고 자신을 죽이고 가라는 순영을 본 강림은 그녀를 외면한 채 돌아선다. 순영을 만난 강림은 연대 내에서의 장경도와 읍별의 연애에 대해 다시 생각하게 되고 그들을 결혼시킨다.

7편

권 씨는 야야구 거리에서 녹두지짐 장사를 하며 양기팔과 함께 조국광복회의 공작을 돕는다. 남호두 회의에서 연대는 모처럼만에 휴식을 맞는다. "조국광복회10대강령"이 발표되고, 강림은 새로운 전술로 1달 동안 일본군과 위만군을 포위해 굶겨 죽인다. 고이시는 경제권으로 성스러운 전쟁을 모욕하는 아버지를 못마땅하게 생각하고, 그 일로 아버지와 언쟁을 벌인다. 강림이 살아 있음을 안 순영은 마음이 가벼워지고 돈을 빌리기 위해 찾아온 송미라가 독립군이 아니고 아편 환자라는 사실을 알게된 후 자신을 인도해 줄 끈이 없어져 버린데 다시 절망한다. 밀정이 되어 풀려난 최인렬은 양기팔에게 유인되어 살해당한다.

고이시는 한달수에게 특수 부대장 자리를 맡기며 순영에 대한 야욕을 드러낸다. 이에 불안해진 한달수는 순영을 지지하르로 숨기고 그 과정에서 강림의 손에 어머니가 죽은 사실을 알게 된다.

장경도와 읍별은 자신들의 결혼 소식을 전하기 위해 변장을 하고 마을로 내려오다 권 씨가 한달수에게 체포되는 것을 목격한다. 김동필은 일본 장군을 포로로 잡아오고 김호는 권 씨와 일본 장군을 교환할 생각을 한다. 고이시는 갈보를 권 씨처럼 분장시켜 교환하려 하지만 이를 알아챈 김동필에 의해 계획이 무산된다. 6도가에는 일본토벌대가 들어와 장경도의 어머니와 양기팔 등을 체포해가는 와중에 철웅과 함께 일본군에게 진흙을 던지던 경호가 총에 맞아 죽는다. 고이시는 다시 강림에게 특사를 보내지만 강림은 특사를 죽임으로써 협상을 거절하고 고이시는 강림부대의 습격에 대비한다. 장경도는 고이시를 습격하지만 소대원들이 모두 사살 당하고 강림의 부대는 3개의 성시를 경도는 정대산과 강림 몰래 자신의 부대원을 데리고 권 씨를 찾기 위해 야야구로 내려가고 그 시각 강림부대에는 위성타원 전술로 적을 타격하라는 명령 받고 정대산 부대를 찾지만 장경도 소대가 없어져 그들을 찾느라 하루를 소비하고 만다. 그러나 강림부대 3개 성시의 일본군을 섬멸하는데 성공한다. 고이시는 권 씨를 이민들이 보는 앞에서 교수형에 처한다.

부대원을 잃고 임시밀영으로 돌아온 장경도는 연대 지휘부로 이송되어 질책을 받고 강림은 그를 총살해 버리라고 명령하지만 김호는 그의 독단을 비판한다. 목숨을 건진 장경도는 죄책감에 눈물을 흘린다. 김호는 야야구를 습격하여 강림의 어머니의 시신을 수습하고, 강림은 경호의 시신을 수습하면서 아들 철웅이 죽었다고 생각한다.

8편

한성운 자신이 운영하는 학교 교장 정일환을 염탐하기 위해 순영을 교원으로 들여보내나 순영은 정일환을 도와 학교를 끌어 나간다. 그러나 일제의 밀정 이와노브의 밀고로 정일환과 선생들이 체포된 후 혼자 학교를 운영하다 한성운의 방해로 학교 문을 닫고 만다. 고이시는 순영을 지지하르로 빼돌린 한달수를 살해하고 한성운을 불러 며느리를 신경에 불러올리라고 협박한다. 김창환은 순영을 데려가려고 한성운을 집을 찾아와 둘은 싸움을 하고 한성운은 김창환을 독립군이라 밀고해 투옥시킨다. 한달수를 죽이기 위해 야야구까지 온 철웅은 철도운수 과장인 중국인 후충민의 양아들이 되고 그의 집에서 1년 남짓 생활하던 중 자신 때문에 그의 집에 불화가 생기자 가출을 한다. 고이시는 미국과 손을 잡아 소련으로 진출하겠다는 외상의 생각에 기가 막힌다.

유격대원 영칠과 옥단은 결혼하여 신경에 내려와 양기팔 부부가 조직해놓은 조국 광복회를 수습하고 로왕으로 변성명한 정대산이 그들을 돕는다. 정대산은 활동 중 담배 장사를 하던 철웅을 만나고 원수를 갚겠다는 철웅을 달래 은신처로 데려온다. 원수를 갚기 위해 변성명을 하고 순영의 집을 맴돌던 철웅은 자신의 아들이 되어 달라는 순영의 부탁을 거절하고 순영은 여급에게 한달수의 죽음을 듣는다.

정대산 등이 체포되기 전 필사적으로 숨긴 통신문을 강림 부대로 보낸다. 통신문과 함께 온 철웅과 순영의 사진을 강림은 태워 버린다. 강림은 연락병 길남을 아들처럼 여기며 보살피고 추위와 굶주림을 속에서 일본군을 격파하며 문건을 김일성에게 전달하기 위해 죽음과도 같은 고난의 행군을 한다.

고이시는 강림과 같은 부하를 둔 김일성의 존재감에 시달린다. 정대산 일행이 잡힌 날 순영이 밀고했다고 오해한 철웅은 그녀를 죽이려고 권총을 품고 그녀의 집 앞을 서성이다 교장의 손에 이끌려 북경행 열차를 탄다. 모진 고문을 받던 정대산, 영칠, 옥단은 독일 패망 소식을 듣고 기뻐하며 인간으로 태어나 보람 있게 살았다는 것을 서로들 확인하며, 일본군에 의해서 총살당한다.

순영은 신병을 빙자해 고이시를 피하고 그 사이 소련이 선전포고를 함과 동시에 만주로 진격해 들어오자 만주국은 혼란에 빠진다. 강림부대는 소련군과 연합하여 관동군을 습격하고 고이시는 패주하게 되고, 헌병대장은 가족들과 함께 자살을 한다. 고이시에게 과잉 충성을 하던 사또오는 순영을 지켜 주고자 했던 고이시의 뜻을 모르고 고이시에게로 순영을 데려가려다 순영의 식모와 침모의 손에 죽음을 당한다. 붉은 기를 손에 든 순영은 거리에서 시내로 들어오는 강림부대를 만난 후 자신의 처지를 재삼 확인하고 아편을 먹고 자살을 한다. 한편 장경도는 순영을 죽이겠다고 그의 집으로 들어가고 죽어 가는 순영에게 철웅이 있는 곳을 대라고 다그친다. 그 소식을 듣고 온 강림은 참회하며 죽어가는 순영을 보게 된다. 고이시는 읍별의 손에 사살된다. 옥단이의 남동생으로 신분을 바꾼 철웅을 찾기 위해 김호는 백방으로 수소문하고 순영의 집을 다시 찾은 철웅은 순영의 뼈아픈 과거를 듣게 되고 순영의 아버지 김창환과 만난다. 철웅은 며느리를 찾아온 한성운을 죽인 후 정일환 김창환과 함께 조국으로 향한다. 그리고 3년 후 김창환은 내각의 요인이 된 강림의 이름을 신문에서 보게 된다.

5) 『혁명의 려명』(총서 【불멸의 력사】 2, 1973)

이 작품은 총 17장으로 구성되어 있으며, 길림과 돈화가 공간적 배경이다. 시대적 배경은 1927년에서 1928년까지로 김일성의 소년 시절 15～16세까지의 과정을 그리고 있다.

금성은 화전의 화성의숙에서 길림성 육문중학으로 옮겨와 봉숙이네 집에 하숙을 하게 된다. 육문 중학교에서 역사 시간에 금성은 빙허 선생의 오류를 발견 지적한다. 그리고 권심의 강연회에서 그의 오류 발견 지적한다. 그들을 보면서 금성은 김형직의 죽음 이후 '타도제국주의동맹' 결성 과정 회상하게 된다.

안묵(안창호)의 강연회에서 오류 발견한 금성이 그에게 질문지를 보내자 안묵은 얼굴이 새파래져 강연회장을 떠나 버리고 금성은 강남공원에서 연설을 한다. 안묵이 일경에게 체포되자 금성은 안묵 석방 운동을 하기 위한 투쟁 방법 모의한다. 그리고 간도로 떠나려는 채경을 교양하여 '새날 소년회' 창단하고 채경과 경주는 소년회의 역원이 된다. 시를 쓰고 싶어 하는 신동호는 마르크시즘을 거부하며 방황하고, 금성은 조선공산당의 우두머리 월파와 논쟁을 한다. 금성은 소년회를 동원하여 안묵 석방 운동을 벌이고 소년회의 조직을 확대한다. 경주, 순희, 보배는 여자 사범학교에 연구소조 조직하고, 이를 토대로 '6·1학우회'를 결성한다.

강창수(차광수)는 일본에서 돌아와 연길로 와서 떠돌다 강남공원에서 연설을 하는 금성을 보고 감복해 그를 돕는다. 금성은 강창수를 광복동 교원으로 배치하고 길림으로 돌아오는 길 송화강 선창가에서 춘택의 고단함을 살펴본다. 금성은 다리가 불편한 최진국의 아버지 최성근 대신 밤새 부두 일을 한 후 의사 박승훈을 만나 그의 명백하지 않은 생활태도를 질책한다. 박승훈은 그의 설복에 최성근의 다리를 고쳐준다.

백락진(오동진)의 아들 순기(학천)는 방황을 하고 동생 순희는 마르크스의 책을 읽도록 권함으로써 그를 교양한다. 그 무렵 금성은 강반석 어머니로부터 부녀회를 꾸릴 방도에 대한 편지를 받게 된다. 금성은 권심이 글을 써 찾아오자 그의 논문의 오류를 지적해 주고 금성은 그의 예리함에 감탄한다. 금성은 공산청년회의 강령과 규약을 만들고, 장두촌의 실정 파악 야학을 설립하는 등 조직 활동을 확대한다.

금성은 국제당의 승인을 받으러 다니던 '고려공청' 장윤삼과 '조선만주총국' 월파와 소작료 철폐 문제로 논쟁을 벌이고 이들 이론의 허점과 야욕을 논쟁을 통해 밝혀낸다. 조창진은 월파와 금성의 이론 논쟁을 보며 그의 면모를 파악하고 그의 영도 하에 들어간다. 사양화 되어 가는 민족주의자들을 훈계하기 위해 금성은 연극 〈룡도국의 룡상〉을 직접 창작 공연하게끔 지도하여 그들의 작태를 비판한다. 연극의 파문으로 3부 통합회의 연기되고, 독립자금을 구하러가던 백락진은 음모에 빠져 자살한다.

무송부녀회를 지도하는 강반석은 아들 금성에게 부녀회를 조직하는 것과 투쟁의 방도 등을 지도 받는다. 1928년 여름 육문중학의 공청원들은 반동군벌·반동교원들반대투쟁 벌인다. 동맹휴학으로 왕희동 등 반동교원들 파면시키고 신동호는 아버지의 죽음과 금성의 교양에 의해 철도노동자가 되기로 결심한다. 노동자들은 철도부설 반대투쟁, 학생들 일본상품 배척투쟁을 벌이고, 조직원이 된 백순기의 서울로 유학을 가 서울 공산당과 연계를 하기로 한다. 리갑무는 자신이 본 역사를 수기로 기록하고, 계속된 속에서 경무청 순경들에 의해 조창진 죽음을 맞는다. 경주는 금성을 보위하려다 부상당하고 부상당한 와중에도 병원에서 뛰쳐나와 학생들의 투쟁을 독려한다. 금성의 영도 하에 군중들 새로운 투쟁에 나서게 된다.

6) 『은하수』(총서【불멸의 력사】 10, 1982)

이 작품은 총 12장으로 구성되어 있으며, 길림, 카륜, 교하, 고유수, 돈화, 왕청을 공간적 배경으로 1929년부터 1930년까지를 시대적 배경으로 하고 있다.

김성주(김일성)와 강창수(차광수)는 1929년 가을 '남만청총대회'에 참가하기 위해 왕청문으로 가던 도중 왕청에서 사업을 하고 있는 장덕순(최봉)의 약혼자 수연을 찾는다. '혁명당'의 현묵관은 고인호에게 김성주와 장덕순 등에게 테러할 것을 지시한다. 이 테러로 장덕순 등 6명의 청년들이 희생된다. 강창수(차광수)는 길림 시내에 성토문을 뿌림으로써 '혁명당'의 기만성을 폭로한다. 김성주와 강창수는 고유수로 가는 길에 수연 모녀의 집에 들르지만 만나지 못하자 집 주위를 청소해 주고 고유수에 교사로 있는 현욱(김혁)을 방문한다. 그들은 그곳에서 민족주의자 장윤삼과 그의 딸 인순이를 만난다. 김성주는 인순이를 학교에 보내라고 권유하지만 장윤삼이 이를 거절하자 인순이는 몰래 운동회에 참가한다. 장덕순의 죽음을 묵인한 죄로 남만학생조직을 이끄는 한윤은 강창수에게 외면당하고, 길림으로 돌아온 채경과 인의병원집 딸 영숙이 체포된다. 이에 조직원들 김성주의 보위에 각별히 신경을 쓰게 된다. 그러나 김성주는 한윤을 찾아 헤매고 경주의 병을 걱정한 인의병원에 진료를 부탁하러 갔다가 매복해있던 군벌에게 체포된다. 인의병원 원장 박승훈은 김성주의 체포를 목격하고 경주를 진료하러 가 그 사실을 알린다. 그 사실에 리갑무는 혼절을 한 후 자리에 눕게 된다.

채경 고문실에서 심한 고문을 받으나 굴하지 않고, 김성주는 감옥 안에서 최진국, 한윤을 만나 그간의 이야기를 듣는다. 그의 보위를 맡은 리상준을 모두 비판하나 감옥으로부터 나온 김성주의 통신문은 죄책감에 빠져 있는 리상준에게 보내온 것이다. 김성주의 통신문에 힘을 얻는 강창수는 길림 아지트를 지휘하고, 찾아온 아내를 만나지도 않는다. 본격적으로 감옥에서 감방 투쟁이 시작된다. 순희는 옥바라지를 하며 김성주의 지령을 받아 내고, 아내가 아픈 간수 리덕환이 박승훈과 연계를 가지고 바깥 소식을 전해 준다.

김성주의 지시에 따라 경주는 편지를 가지고 강반석 어머니가 있는 무송으로 떠나고 그곳에서 부녀회를 이끌고 생활하는 강반석과 할머니 리보익, 동생 철주의 각별한 보살핌을 받으며 병 치료를 한다. 리보익은 성주가 체포된 것을 알면서도 내색 없이 슬픔을 견뎌 낸다. 한편 강반석은 할머니가 김성주를 해 입히겠다고 허리에 감고 온 토목 한 필로 옷을 짓고, 나머지로는 경주의 보약으로 쓸 인삼을 사 꿀에 재 버린다. 삼촌 김형권은 무송에서 안도로 옮겨 사업을 하라는 성주의 지시에 따라 일가를 데리고 안도로 향한다.

장덕순의 약혼녀 수연은 김성주를 면회하기 위해 보따리를 들고 감옥으로 찾아오고 그를 만나 장덕순이 스크랩해놓은 자료를 넘겨준다. 김성주는 수연이 가져온 방대한 자료에 충격을 받는다. 김성주는 할머니가 지어 보낸 옷을 채경에게 보내고, 채경은 그 옷을 받은 날 경무대에서 일본영사관으로 이첩된다. 채경은 영사관 지하 고문실에서 고문을 받지만 순결한 정신으로 투쟁한다. 김성주는 감옥 안에서 메이데이 투쟁을 준비한다.

현묵관 등 종파분자들과 조선공산당 등은 국제당의 비준을 위해 당 재건을 외치며 5·30폭동을 주동하고, 5·30폭동이 일어나자 장윤삼은 진정한 투쟁이 시작되었다고 생각하고 그들을 찾아 떠나지만 그에게 돌아온 것은 딸 인순의 죽음뿐이다.

강창수는 김성주의 통신문을 통해 자신이 한윤을 끌어안지 못한 점과 자신의 아내를 방치한 점 등을 반성하고 그녀가 조직원으로 나설 수 있도록 수연과 함께 글을 가르친다. 먼저 석방된 한윤은 조직 사업에 뛰어든다. 고유수에서 활동하던 김혁은 활동지를 할빈으로 옮기고, 김성주는 종파들과의 싸움을 통해 조직을 노출시키는 일이 없도록 하라는 지시와 순희의 상한 몰골을 보고 신동호와 순희의 연애 문제를 해결해 주라는 지시를 보낸다. 순희는 강창수의 지령에 따라 신동호가 있는 카륜으로 향하는 길에 서울로 이송되는 채경과 마주친다. 채경을 보며 순희는 자신이 사랑 때문에 큰일을 잊고 있었다는 것을 깨닫게 된다. 길림 거리와 감옥에서는 석방 투쟁이 벌어진다. 석방된 김성주는 카륜회의를 위해 카륜으로 향하고 한윤은 기차 안에서 일본 경찰의 앞잡이가 되어 조직원들을 찾아내기 위해 기차에 오른 고인호와 마주치게 되고 그를 피해 기차에서 뛰어내리다 다리가 부러지지만 김성주와 대표들을 보위해야 한다는 일념으로 기어서 카륜으로 가 고인호를 색출해낸다. 카륜에서 채경의 죽음과 채경의 마지막 편지를 접하게 된 사람들은 채경이 죽어가며 요구한 수령 보위 문제에 대해 다시 각성한다. 그리고 김성주는 카륜에서 공청 및 반제청년동맹을 지도하고, 간부회의를 소집하고. 조선혁명의 성격을 반제반봉건민주주의 혁명이라고 규정하고 본격적인 무장투쟁 조직을 준비한다.

7) 『유격구의 기수』(다부작 『충성의 한길에서』 1, 1975)

『유격구의 기수』는 총 13장으로 구성되어 있으며, 1~6장까지는 부암 마을이, 7~13장까지 상촌근거지 공간적 배경으로 하고 있다. 시대적 배경은 1932년 초봄부터 1933년 가을까지이다.

부암마을에서 희섭은 야학을 운영하지만 지주 민태설의 집에서 빚 대신 연자를 돌리는 정숙은 야학에 나갈 엄두를 내지 못한다. 정숙은 어머니의 생신을 맞아 친구 분임이와 월평장에 가서 그곳에서 김일성의 이야기를 듣는다. 마을 고추 농사와 나물을 뜯어 말린 것을 내다 판 돈으로 어머니의 치마감을 사는 정숙을 보며 지주에게 팔려가게 된 분임은 서러워한다. 마을에서는 민태설이 금광 개업 잔치를 벌이고 구두장이 아들로 자위단 습격하여 총을 노획한 김봉석은 부상을 입고 쫓긴다. 부상당한 김봉석의 치료를 위해 연락을 해주러 가던 정숙의 올케 언니 길녀가 체포되고, 마을에서는 '모작금점(耗作金店)'[2] 반대 파업이 일어난다. 정숙은 삐라 살포에 가담하게 되고 일제의 마을 토벌로 정숙 어머니가 사망한다. 15세의 정숙은 홀로 젖먹이 조카 인남이와 동생 기송이를 키우던 중 토벌 소식을 듣고 찾아 온 오빠와 재회를 한다. 그 재회를 통해 길녀가 죽었다는 것을 알게 되고 오빠의 권유로 인남이를 강훈의 어머니에게 맡기고, 상촌 근거지로 들어간다. 몸이 쇠약해진 정숙은 상촌 근거지에서 병원 생활을 하고, 부암공청 책임자 경식이 근거지를 떠난 후 혁명에 뛰어들고자 하는 마음이 생긴다.

부암마을의 토벌 이후로 급진적 혁명주의자로 변화한 야학 교사 희섭과 상촌근거지 회장 차응도는 교육에 관한 문제로 마찰을 빚는다. 이 둘은 그러나 김일성의 방침을 들은 후 반성한다. 그리고 아이들의 참담한 모습과 정숙이 아이들을 돌보는 모습을 보면서 생활 속에서 혁명이 나온

---

2 장리를 놓아서 이자를 받는 금광을 뜻한다.

다는 것을 체득한다. 경식은 광산거리에 잠입하여 광부가 된 후 화약을
확보하여 근거지에 보낸다. 정숙 오빠 기준은 왕청으로 김일성을 만나러
가던 중 상촌에 들린다. 거기서 토지문제를 김일성의 방침대로 풀어야
한다는 최진의 사업 수완에 감복을 한다. 태봉으로 사업을 나온 정숙은
그곳에서 동무인 분임의 자살미수 사건을 접한다. 근거지의 식량 부장
한기천은 분임과 정숙의 친분을 빌미로 정숙의 부녀 사업을 방해 하지만
정숙의 헌신적인 모습에 감동하여 적극적으로 사업을 돕게 된다.

　상촌마을에 일본군이 침입하여 김봉석의 지도 아래 투쟁을 한다. 화약
운반의 길잡이로 투입된 정숙은 부녀자들을 동원하여 무기운반을 돕는
다. 정숙은 강훈의 어머니가 지극 정성으로 인남을 키우는 것을 보고 고
마워한다. 토벌대가 근거지를 습격하고 기송은 상촌의 리상녀와 금실 마
을 사람들을 살리기 위해 나팔을 불며 일본군을 유인하다 총상에 의해
사망하고 동생의 죽음을 접한 정숙은 총을 들고 싸운다.

8) 『사령부로 가는 길』(다부작 『충성의 한길에서』 2, 1979)

　이 작품은 총 13장으로 구성되어 있는 작품이다. 이 작품은 연길현 삼
도만 근거지와 상촌 근거기 술기막골 등을 공간적 배경으로 하고 있으며,
1935년 초봄부터 1936년 여름까지를 시대적 배경으로 하고 있다. 이 시
기는 요영구회의의 이후부터 무송현 전투까지의 시기이다.

　1935년 초봄 근거지는 식량난에 시달린다. 그런데 근거지는 민생단의
투쟁으로 몸살을 앓고 있다. 그리고 차응도가 살해되고, 씨앗과 식량보
급투쟁 문제로 근거지의 상황은 악화되어 간다. 토벌대가 쳐들어오자 정
숙은 유격대원들에게 배급할 죽가마를 빼앗기지 않기 위해 펄펄 끓는 죽
가마를 이고 도망을 치고, 복녀와 함께 민생단 혐의를 쓰고 창고에 갇힌
사람들에게 목숨을 걸고 밥덩이를 넣어 주어 아사를 막는다.

근거지에는 한기천이 차응도를 죽였다는 소문이 돌고 차응도의 딸 국금과 영금은 슬픔에 잠긴다. 정숙은 씨앗 문제를 지혜롭게 해결함으로써 근거지 누나에서 근거지의 어머니[3]로 불린다. 금실은 남편 희섭이 민생단으로 몰려 죽었다는 소식을 접한 후 근거지에서 사라지고 능지영의 아동단을 지도하며 공청위원회에서 일하던 정숙은 요영구회의에서 채택된 근거지 해산 방침에 따라 상촌근거지 구민들을 인솔하여 술기막골로 찾아간다. 술기막골은 악화된 식량 사정과 반민생단 투쟁의 좌경적 후과로 사람들이 불안 속에 살고 있었다. 정숙은 공청사업을 맡아 민생단의 연루자로 몰려 아동단에 들어오지 못하던 전체 아동들을 조직해 아동단을 정비하고 음전이나 분임이처럼 공연히 의심받는 여성들을 사랑으로 감싸 안는다. 근거지를 찾아온 김일성은 능지영에서 억울하게 민생단에 몰린 동지들을 희생적으로 도와준 정숙을 치하하며 부녀회 사업을 해 볼 것을 권한다. 정숙은 공청원들과 여성들을 조직하여 봄철 씨붙임과 근거지를 지키기 위해 고군분투하고, 차응도을 살해한 리억겸 일당을 적발 소탕한다. 얼마 후 유격대에 입대하여 내도산으로 간 정숙은 독립군 좌상인 정대환과 그 일가를 감화시키고, 단신으로 적구에 내려가 금실을 구출해 온다. 정대환의 아들과 며느리는 물론 금실과 그녀의 언니, 분임이까지 유격대에 입대를 한다. 이 시기 정숙의 오빠가 죽음을 맞이하고, 태봉에 맡겨 두었던 조카 인남이마저 잃어 버렸다는 소식을 듣게 되지만. 슬픔을 의지로 이겨내고 수백 벌의 군복을 만들라는 사령부의 명령을 집행한다. 죽은 줄 알았던 희섭은 다행히 살아 정숙과 아내와 재회를 한다. 정숙은 무송현성 진공 전투 때 사령부의 안전을 위하여 여대원들만 데리고 잘루목을 지켜낸다.

---

3   이 호칭은 정숙에게만 붙여졌던 호칭은 아니었다. 『회상기』나 『봉화』를 보면 근거지의 어머니로
     불렸던 여성들이 다수 등장한다. 중국조선민족역사족적 편찬위원회 편, 『봉화』(중국조선민족발자
     취총서 3), 연변 : 민족출판사, 1989, 665~690면.

9) 대작 소설 『축원』(1980)

이 작품은 12장과 마감장으로 구성되어 있으며, 송하리 풍덩마을을 배
경으로 하고 있다. 시대적 배경은 1957년 봄부터 1958년 봄까지이다.

주인공 한증녀는 아들 둘을 전쟁에 내보낸다. 그러나 전쟁이 끝난 지 3
년이 지났지만 두 아들에게는 소식이 없다. 1957년 봄 당의 축산정책을
관철시키기 위해 돼지 기르기에 여념이 없던 주인공 한증녀는 한국전쟁
당시 연대장으로 싸우다가 전사한 맏아들의 유서를 받는다. 자기의 몫까
지 합쳐 위대한 수령님께 충성을 다해 달라는 아들의 절절한 부탁이 담겨
진 유연을 읽어 내려가던 한증녀는 불현듯 해방된 이듬해 봄 김일성과 만
났던 일을 돌이켜본다. 한증녀는 머슴살이로 험해진 자기의 손을 부드럽
게 쓸어 주면서 가슴 아파하던 김일성이 마을을 다녀간 며칠 후 자기에게
도 토지를 분여해 준 일을 회고하면서 마음속으로 충성의 맹세를 다진다.

한증녀는 큰 아들 대신 관리위원장 사업을 맡아 애쓰는 며느리 조봉애
를 적극적으로 도우며 돼지 먹이를 자체로 해결하기 위해 노력한다. 그
러던 어느 날 도농산국장 허승재가 마을에 내려와 벌방에서는 축산을 하
기 곤란하다며 새로 시작한 냉상모도 그만두라고 지시한다. 관리위원회
부위원장 표중희는 그의 지시에 추종하며 일부 농장원들 속에서도 동요
가 일어난다. 하지만 한증녀는 당에서 결정한 축산과 냉상모를 그만두어
서는 안 된다고 며느리에게 당부하며 당 정책을 관철할 것을 고무한다.
이 무렵 한증녀의 둘째아들 정학은 평양 방어를 위한 공중전에서 부상당
한 눈을 완치하지 못한 채 고향으로 돌아오자 이전부터 정학이와 사랑하
는 사이였던 연순의 마음은 침울해진다. 한편 도농산국장은 연순이를 자
기의 조카와 결혼시키려 한다. 실의에 빠져있던 정학은 어머니의 뜨거운
사랑과 훈계에 정신을 차리고 새 삶을 준비한다. 당을 믿고 꿋꿋이 살아
가는 정학은 사양공의 실수로 어미 돼지가 죽었을 때 축산을 그만두자고
돌고나선 표중희에게 비판을 가한다. 어미 돼지가 죽는 사고가 일어나고

냉상모를 낸 돈비가 시들어 가자 그 기회를 이용하여 도인민위원회 부위원장 박진과 도농산국장 허승재는 한 씨 일가를 모해하려고 한다. 이 그릇된 처사를 호소하기 위해 조봉애는 도농산국으로 찾아서 탄원을 하지만 그 탄원서가 공교롭게도 박진의 손에 들어가고 그에게 불려 간 조봉애는 호된 비판만 받는다. 그러나 한증녀는 리당위원장의 고무를 받으면서 마을 사람들과 함께 축산과 냉상모를 돌보는 일에 주력한다. 조합 사업을 방해하려고 마을에 온 박진은 한증녀를 비롯한 마을 사람들의 규탄을 받고, 표중희도 자기의 과오를 뼈저리게 뉘우치게 된다.

도농산국의 방해를 물리친 후 한증녀는 선거 날 김일성을 만나게 되고 한증녀 일가의 이야기를 듣게 된 김일성은 자신이 받은 꽃다발을 한증녀에게 준다. 그 후 김일성은 한증녀의 손자 일남이를 만경대학원에 보내게 하고 정학이를 다시금 치료받게 한다. 눈을 완치한 정학은 연순과 결혼을 하고 전투기를 몰고 고향의 상공을 선회하는 정학을 바라보며 한증녀는 김일성에 대해 만원축수를 드린다.

10) 『조선의 봄』(총서 【불멸의 력사】, 1991)

『조선의 봄』은 총 15장과 후기로 구성되어 있으며, 공간적 배경은 황해도 재령벌 신당리와 동홍리, 만경대 그리고 평양이다. 시대적 배경은 1945년 가을부터 1946년 3월말까지 토지개혁 과정을 그리고 있다. 『조선의 봄』의 줄거리는 다음과 같다.

해방 후 땅과 재산을 몰수한다는 소문이 퍼지자 철공소 주인등 자본가와 지주들은 월남을 한 상태이고, 권력의 공백을 틈타 남아있던 지주 서만호는 군수가 되기 위해 음식을 돌리는 등 안간힘을 쓴다. 한편 조만식이 「서도빈농협의회」를 창립했다는 소식에 서가에게 아들과 친구 딸을 머슴과 몸종으로 빼앗긴 조순근은 아들 대복과 서분을 찾기 위해 서가와 친분이 있는 조만식을 찾아 평양성으로 간다. 김일성은 굶주리는 농민들을 돌아보며 가슴 아파하고 양심 있는 민족주의자 송목사가 종교문제로 체포되자 그를 석방시킨 후 그가 흔들리고 있음에도 그를 교육계에 복무하도록 배치한다.

조순근은 조만식을 만나 그의 검소함에 탄복하며 '서도농민회'의 세칙에 도장을 찍고 약탕관까지 받아 들고 돌아오며 자신의 아들과 서분이 풀려날 수 있다는 기쁨에 들뜬다. 그러나 김일성은 '서도농민회'의 세칙을 분석하면서 북조선 임시정부의 세칙과의 차이를 분석하여 '서도농민회' 세칙의 기만성을 짚어낸다.

흥묵의 딸을 데리고 도망갔던 창규는 군당 조직부장이 되어 신당리로 돌아오고, 조순근이 조만식을 만나고 온 이야기가 온 마을에 퍼진다. 서만호는 조만식의 '민주당'에서 발령한 소작 세칙 때문에 골머리를 썩고 있을 무렵 미 정보부에 근무하는 아들 서강이 돌아와 조만식의 세칙이 지주를 위한 세칙임을 알려준다.

공장을 버리고 떠났던 철공소 주인이 돌아오자 김일성은 그에게 개량 호미를 주문한다. 마을에서는 3·7제투쟁이 성공적으로 이루어지고, 조순근은 아들 대복이 풀려나기만을 기다리지만 자신이 가져온 소작세칙 때문에 3·7제투쟁의 진행에 애로가 있다는 사실을 알게 된다. 서만호는 세칙을 이용해 소작료를 다시 거둬들이고 그 과정에서 조순근은 아들 대복이 다칠까봐 서만호의 달구지군들에게 빼앗은 총을 돌려준다.

1946년 새해 북조선임시정부위원회는 토지개혁에 대한 회의를 하던 도중 토지 국유화를 주장하는 오기섭과 농림부장과 충돌하고, 오기섭은 김일성으로부터 비판을 받는다. 회의에서는 조선의 토지개혁에 대한 방법과 시기가 논의된다.

총을 내준 조순근과 서만호의 작인들에게 형 정기수가 폭행을 당하자 소작료를 실어다준 정기찬은 유사천으로부터 비판을 받고 농조에서 쫓겨난다.

독립군 출신인 강진건은 무지한 농민(조순근, 정기찬 등)을 의식화시킬 생각에 머리부터 아프다. 따라서 독립군 때와 마찬가지로 군율을 세워 작인들을 농조에서 내쫓은 것을 묵인했다가 김일성으로부터 '혁명은 사랑'이라는 소리를 듣는다.

목사 송신일은 지주와 농민 사이에 유혈 사태가 없고 손해가 없는 방식의 토지개혁을 모색하다가 지주인 친우에게 토지를 상납할 것을 요구하는 편지를 쓴다.

한편 서만호는 대복을 풀어 주는 대신 소작하는 땅을 떼어버리고, 항의하러 갔다가 서만호를 통해 조만식의 이중성을 알게 된 조순근은 절망과 수치심에 고장을 떠나려 이삿짐을 싸지만 창규와 정기수, 홍묵의 만류로 이삿짐을 풀게 되고, 정기수와 홍묵의 권유로 김일성에게 편지를 쓰라는 권유에 따라 자신의 지난날의 과오를 뉘우치는 혈서를 쓴다.

조순근은 혈서를 품고 김일성을 만나러 가는 길에 김일성의 할아버지 김보현을 만나 김일성 집까지 가게 되고, 김일성을 만나 유상 몰수·유상 분배를 한다는 소문을 따지는 김보현이 그의 친할아버지라는 사실에 놀란다. 김일성은 혈서로 쓴 조순근의 편지에 충격을 받고, 그것을 간부들에게 돌려보게 한다. 그리고 지주를 두둔하는 송신일을 우화를 통해 교양 설복 시킨다.

김일성에게 호미를 선물 받고 돌아온 조순근은 농민궐기대회에 서 씨들을 데려가고 궐기대회에서 연설까지 하게 된다.

일부의 지주들이 토지소유권을 포기하는 반면 농민들은 청원서와 진정서들을 평양으로 보내고 농민 대표들도 요구를 전하기 위해 평양으로 향한다. 황해도로 현지지도 나온 김일성은 얼어붙은 강 위에서 노래를 하며 빨래를 하는 서분을 보게 되고, 그가 조순근이 말한 아이라는 것을 알게 된다. 김일성이 재령 강가에 나타났다는 소문이 퍼지자 그를 찾아온 서기 종가 사람들은 서만호의 사주를 받아 지주의 땅을 빼앗지 말라고 사정을 한다. 그러나 김일성은 농민들과의 대화를 통해 그들의 오류를 바로 잡아 주고, 농민들의 토지에 대한 생각들을 들으며 토지개혁을 농민이 원하는 대로 해야겠다고 결심을 굳힌다. 김일성이 돌아간 후 서달호 외 서 씨 농민들이 농조에 가입한다.

조만식은 송신일에게 공산당 정부에서 나올 것을 권고하지만 송신일은 거절한 후 폭탄 테러로 외딸 숙영을 잃는다. 조만식은 오기섭을 찾아가 동맹을 제휴하지만 극좌경인 그에게 모욕을 당한다. 그는 김일성과의 만남에서 미국의 도움을 받아야 한다고 주장함으로써 회의가 결렬된다. 마음이 상한 조만식에게 서강은 미국의 지령이라며 3·1절 집회 참석을 권유한다.

3·1절 행사의 연설 도중 김일성은 폭탄 테러가 자행된 와중에도 연설을 계속 진행하고, 농민들은 땅을 가질 수 있다는 기쁨에 들끓는다. 강진건과 김책 등은 김일성을 제대로 보위하지 못했다는 죄책감에 자아비판을 한다.

폭탄테러 소식을 듣고 달려온 리보익 할머니를 안심시킨 후 김일성은 현지지도를 나가고 그곳에서 토지개혁법령을 농민들이 숙지하도록 설명하고, 농민 위원회의 간부 역시 지식인이 아니라 땅을 잘 아는 농민이 되어야 하는 이유, 지주 문제 처리에 그들을 타도해야하는 이유가 지주의 본성 때문임을 우화를 통해 이해시킨다. 한편 황해도는 좌·우경의 문제로 시끄럽다.

친구의 아버지이자 상전이었던 박병칠이 서만호로부터 땅을 사들였다는 소문에 창규는 그를 설득하러 가고 그 와중에 그의 지주 근성과 자신이 당했던 설움을 보복할까 하는 마음과 공산당원의 품성과 양심 사이에서 잠시 갈등한다. 공산주의자의 품성을 되새기며 자신을 다스린다. 한편 동흥리의 지주 송상환은 농민들에 의해 쫓겨난다. 유사천은 여전히 국유화를 외치며 창규 등과 대립하고, 박종관을 서무과에 내쫓고 박병칠을 청산대상에 넣는다. 그 사실을 통보받은 박종관은 자살을 기도한다. 집으로 돌아온 서강은 대복과 서분을 폭행한 후 감금하고 고택과 더불어 농조를 칠 계획을 세운다.

　강진건은 현지지도를 나와 유사천을 직위 해제하고, 장서방은 서강의 계획을 조순근에게 알린다. 흥묵은 사위를 살리려고 서강 일행을 막다 목숨을 잃고, 서분과 대복을 꼭 찾으라는 지시 아래 농민들은 서만호의 집을 수색하여 그들을 구출한다.

　토지개혁이 성공적으로 이루어지고 조순근 일가는 분여 받은 땅에 푯말을 세우며 새날을 다짐한다.